Über dieses Buch Obwohl auf Deutsch geschrieben, erschien der Roman ›Schloßgasse 21‹ zuerst 1940 in englischer Übersetzung in New York (übrigens auch in Blindenschrift). Der junge deutsche Journalist Katz verließ im Mai 1933 das Deutsche Reich. In seinem französischen Exil verfaßte er den Roman ›Die Fischmanns‹, der sogleich mit dem Heinrich-Heine-Preis des ›Schutzverbandes Deutscher Schriftsteller im Exil‹ ausgezeichnet wurde, bei Allert de Lange/Amsterdam erschien und überwältigende Kritiken erhielt. Es ist die Leidensgeschichte der ostjüdischen Familie Fischmann aus Strody in Galizien, die es während des Ersten Weltkriegs in eine kleine Stadt in Thüringen verschlägt. In dem Roman ›Schloßgasse 21‹ erzählt Katz die Geschichte der Fischmanns weiter. Hauptthema des Buches ist freilich die Beschreibung »einer kleinen deutschen Stadt« zwischen Wilhelminismus und Machtübernahme durch die Nazis; die Weimarer Republik, die die (Klein-)Bürger nicht für sich gewinnen konnte; das Umkippen zu Hitler. Katz beschreibt die kleinen Bosheiten und die großen Niederträchtigkeiten, denen die kleine ostjüdische Gemeinde ausgesetzt war. Eine Gemeinschaft muß sich immer daran messen lassen, wie sie mit ihren Minderheiten umgeht. Bei den Lehrern, den Honoratioren der kleinen Stadt, bei den Mitbewohnern der Fischmanns in ihrer Stadt und im Hause ›Schloßgasse 21‹ sieht der Saldo nicht gut aus. Die Amsterdamer Exil-Verlage gab es 1940 nicht mehr; die Niederlande waren von deutschen Truppen besetzt. Nach bald fünfzig Jahren kommt der Roman in die Heimat seines Autors zurück. In der Originalsprache.

Der Autor H(enry) W(illiam) Katz wurde am 31. Dezember 1906 im Galizien der Österreichisch-Ungarischen Monarchie geboren, verbrachte seine Kindheit und Jugend in Thüringen; schrieb Reportagen und Kurzgeschichten unter anderem für das *Berliner Tageblatt* und die *Leipziger Volkszeitung*; 1932 jüngstes Redaktionsmitglied in der angesehenen liberalen Berliner Wochenzeitung *Welt am Montag*; 1933 bis 1937 untergetaucht in Frankreich, schlug sich mit Gelegenheitsarbeiten durch, schrieb in dieser Zeit die beiden Romane ›Die Fischmanns‹ und ›Schloßgasse 21‹; 1939/40 Soldat in der französischen Armee (»Croix de Guerre«); nach der Demobilisierung von der Vichy-Polizei verhaftet; schließlich mit Frau und Tochter in New York; dort erst Arbeiter in einer Maschinenfabrik, dann Vorarbeiter, später Direktor; lebt jetzt als Pensionär in Florida. Sein Roman ›Die Fischmanns‹ ist als Fischer Taschenbuch lieferbar (Bd. 5955).

H. W. Katz

Schloßgasse 21

In einer
kleinen deutschen Stadt

Roman

Fischer
Taschenbuch
Verlag

Verboten und verbrannt/Exil
Lektorat: Ulrich Walberer

Originalausgabe
Veröffentlicht im Fischer Taschenbuch Verlag GmbH
Frankfurt am Main, Oktober 1986

Umschlaggestaltung: Max Bartholl
Gesamtherstellung: Clausen & Bosse, Leck
Printed in Germany
1680-ISBN-3-596-25106-0

Inhalt

Erster Band

Zweiter Band

Erster Band

Erstes Buch
Die große traurige Zeit

Lieber Kaiser Wilhelm

Meine Mutter war tot. Wenn ein Vater an der Front fiel, gab es drei Tage schulfrei. Aber ich kam erst nach acht Tagen wieder. Die ganze Klasse beneidete mich. Und jetzt mußten alle meinetwegen aufstehen.

Die Rechenlehrerin war sehr gerührt. Sie sagte:

»Euer Mitschüler Fischmann hat seine Mutter verloren. Es ist arg, wenn ein Vater draußen im Krieg bleibt. Aber es ist schlimmer, wenn einem die Mutter stirbt. Nimm dich zusammen, Fischmann. Du bist ja nicht allein, wir sind ja auch noch da. Na, es ist schon gut. Wein dich nur mal aus. Da könnt ihr alle mal sehen wie das ist, wenn man keine Mutter mehr hat. Setzt euch.«

Wir setzten uns.

Ich weinte noch immer.

Die Rechenlehrerin gab mir ihr Taschentuch. Weil ich keins hatte.

»Ihr sollt doch nicht ohne Taschentuch in die Schule kommen«, sagte sie vorwurfsvoll.

Ich war damals neun Jahre alt. Noch nicht ganz.

Meine Mutter war tot.

Und mein Vater war Soldat. Er war im Krieg. Er stand irgendwo an der Ostfront. Er kämpfte gegen die Russen.

Ich wurde nicht lange beneidet. Schon am nächsten Tag standen wir für den Seibt auf. Wir waren neugierig wie das ist, wenn der weint, denn Seibt schielte. Aber wir wurden enttäuscht. Die Tränen liefen nicht um die Ecke, sondern rollten nach unten wie bei uns auch. Er hatte kein Taschentuch. Die Rechenlehrerin gab ihm eins.

»Ihr sollt doch nicht immer euer Taschentuch vergessen«, sagte sie vorwurfsvoll. »Was war denn dein tapferer Vater?«

»Beobachter in einem Fesselballon«, stotterte Seibt und schielte uns stolz an. »Er hat den Krieg von oben beobachtet. Der Ballon ist wieder runtergekommen, aber mein Vater war nicht mehr drin. Er ist rausgefallen. Sie haben ihn dann gefunden.«

»Ach wie traurig«, sagte unsere Rechenlehrerin.

»Und ich habe jetzt seine Uhr«, freute sich Seibt.

»Schäm dich«, sagte das Fräulein.

Die Zeichenstunde. Gondel meldete sich und sagte:

»Fräulein, darf ich eine Gasmaske malen?«

»Nein, ihr malt jetzt alle das Stilleben mit dem Stahlhelm!«

Also malten wir den grüngrauen Stahlhelm, mit einem schwarzen Revolver und einer dunkelroten Rose im Vordergrund. Die Rose war künstlich, aber alles andere war echt.

Auf dem Heimweg erfuhren wir, ein englischer Kreuzer sei mit Mann und Maus gesunken. Wir schrien »Hurraaaa!« und stritten uns, ob ein Kreuzer wichtiger sei als ein Unterseeboot. Wir stritten vor einer Waffenhandlung. Erwin Salz, der den Unterschied zwischen Kamm, Kammer und Kimme nicht begriff, blamierte sich »fürs ganze Leben« und bekam eine Tracht Prügel.

Vor einer Drahtfabrik wurde Stacheldraht auf Lastautos geladen.

»Die Autos fahren direkt an die Front«, behauptete Vollmer. »Ich weiß Bescheid! In dieser Bude arbeitet nämlich meine Mutter.«

Der lange Giebler wollte nicht zurückstehen. »Und meine Mutter dreht Granaten«, sagte er. »Die kommen auch direkt an die Front.«

Er wandte sich an mich. »Und wo arbeitet deine Mutter?« fragte er.

»Die ist doch tot«, sagte ich beleidigt und dachte: Er hat es schon vergessen, dabei sind wir doch erst gestern wegen ihr aufgestanden und die Lehrerin hat es der ganzen Klasse gesagt...

Wir hielten unsern Deutschlehrer für nicht ganz normal, weil er uns nie schlug. Die Schüler der oberen Klasse flüsterten auf dem Schulhof: »Daß Pechdraht Unterricht geben darf, verdankt er nur dem Lehrermangel.«

Sein Spitzname war Pechdraht, weil sein Vater in der Ostvorstadt eine Schusterwerkstatt hatte.

Pechdraht sah immer aus, als würde er im nächsten Augenblick hinfallen oder alles zerschlagen oder weinen. Er starrte uns beim Unterricht an, als sei er eine Kriegerwitwe und wir bedauernswerte Waisen.

Er kam immer allein daher, hustend, die Nase spitz und wie mit Wachs überzogen. Einsam schlich er durch die Korridore, vergaß die Türen hinter sich zu schließen, ein kalter Luftzug warf sie zu – Pängkkk! Er drehte sich nicht um. Er duckte sich schnell. Wie ein Soldat, der Deckung sucht. Mit weit aufgerissenen Augen. Wir lachten.

Es kam vor, daß eine der Lehrerinnen ihn ansprach, mit sanfter Stimme, um ihn ja nicht zu erschrecken. Nur der Turnlehrer Zunk sprach ihn nie an. Er grüßte ihn nicht einmal. Dabei waren sie doch Kollegen.

Pechdraht erzählte uns oft vom Krieg. Er war zweimal verschüttet worden. »Der Krieg ist scheußlich!« Wir glaubten ihm das nicht. Ihm fehlten fast alle Zähne. Sie waren ihm ausgefallen. Vom Gas, wie er sagte.

Wir waren nicht schlecht erstaunt, als er eines Tages lärmend ins Klassenzimmer kam, die Tür hinter sich zuwarf, »Diktathefte raus!« befahl, und zwar mit einer uns unbekannten klaren Stimme. Er hatte auf einmal wieder Zähne! Er sah gar nicht mehr krank aus! Er schien recht gutgelaunt zu sein! Fast witzelnd erklärte er: »Jetzt schreiben wir einen Brief an Seine Majestät den Deutschen Kaiser. Wollt Ihr?«

»Jawohl!« brüllten wir begeistert.

Wir griffen nach unsern Federhaltern, Pechdraht sprang (er war nicht wiederzuerkennen!) aufs Katheder, sehr gewandt stand er vor uns. Er kicherte.

»Wird Deutschland siegen?« fragte er unsern Klassenersten und seine Augen wurden groß und leer.

»Jawohl, Herr Lehrer!« gab dieser flink zur Antwort.

»So siehst du aus«, sagte Pechdraht feixend und machte eine lange Nase! Wir erstarrten. Hielten den Atem zurück. Pechdraht glitzerte uns grün und drohend an. Dann wieherte er los wie ein Pferd.

»Ich bin nicht verrückt, Kinder, glaubt nur das nicht! Ich bin sehr gesund, gesünder als je zuvor. Ihr seht ja, wie gesund ich bin. Mir sind sogar alle meine Zähne gewachsen, hihi! Ich kann sogar, hopp! auf den Tisch springen...« Er sprang tatsächlich, schon saß er, ließ die langen Beine baumeln! »Heute gebe ich meine letzte Stunde. Gebt schön acht! Was ich euch sage, ist sehr wichtig. Zeigt das Diktat euren Müttern, euren Tanten, auch den Vätern die auf Urlaub sind. Zeigt es allen, die mit euch im Hause wohnen. So – und nun schreibt!«

Wir schrieben schwitzend, schluckend, ich machte vor Schreck mehrere Kleckse in mein Heft.

»Lieber Kaiser Wilhelm, ich habe Dich durchschaut. Du willst, daß Deutschland die ganze Welt beherrscht. Du willst, daß von Belgien nichts übrigbleibt. Du willst die französischen Erzgruben. Du willst ganz Europa in einen Friedhof verwandeln und die Deutschen zu Friedhofswärtern machen. Der Teufel soll Dich holen! Mich hat er schon geholt! Ich war ein Held, der für Dich kämpfte. Ich war blind und jetzt bin ich sehend geworden! Ich wurde wahnsinnig, jetzt bin ich es nicht mehr. Ich bin geheilt. Ich bin nicht verrückt, ich bin nicht verrückt, ich bin nicht verrückt...!«

Wir hatten zitternd diese furchtbaren Sätze niedergeschrieben. Pechdraht war wieder vom Kathedertisch gesprungen. Dicke Schweißperlen standen ihm auf der weißen Stirn. Hustend und spuckend lief er auf und ab. Gellend schrie er uns Wort für Wort zu. Schrie das Kaiserbild an, das rechts an der Wand hing. Wir wagten nicht, das Schreiben zu unterbrechen. Furchtsam kratzten unsere Federn. Draußen klopfte jemand gegen die Tür. Immer stärker. Pechdraht schien nichts zu hören. Er schrie noch immer: »Ich bin nicht verrückt, ich bin nicht...!« Da flog die Tür auf und herein stürzte der Turnlehrer Zunk, gefolgt vom Pedell der Schule.

Da riß Pechdraht den Mund weit auf. Wie ein Hund, der die Tollwut hat. Und lachte!

Wir sprangen auf. Die Holzsitze hinter uns klappten zurück. Turnlehrer Zunk, um einen Kopf kleiner als der kichernde Pechdraht, wollte ihn an der Schulter packen, erwischte aber nur gerade noch den Rockkragen.

»Kommen Sie sofort mit! Sie sind ja nicht mehr zurechnungsfähig!«

»Hihi! Ich bin also doch verrückt!« gluckste Pechdraht und bekam ein schimmerndes Gesicht. »Gut. Sie sagen, ich bin geisteskrank. Gut. Ich kann es mir also leisten, alles zu sagen, was ich will...«

»Schnell, raus mit ihm, packen Sie doch mit zu!« befahl der zerrende Turnlehrer dem verlegen abwartenden Pedell.

An der offenen Tür standen händeringend einige Lehrerinnen. Keiner kümmerte sich um uns.

Pechdraht gelang es, sich frei zu machen. Er flüchtete hinter das Katheder.

»Natürlich bin ich wahnsinnig! Ich und nicht Sie! Sie müssen es ja wissen, Zunk! Wo kommen Sie denn auf einmal her, Sie Held? Wohl wieder 'ne feldgraue Hammelherde an die Bahn begleitet? Wohl wieder 'ne Fahne an Ihren Spazierstock gebunden und ihn tapfer geschultert wie 'n richtiges Gewehr? Wohl auch Blumen von den Mädchen an Ihren Rock stecken lassen, wie die armen Rekruten, armer Zunk? Haben wohl auch die Beine mit geschmissen zum schönen Militärmarsch aus Messingblech, hihi...? Warum haben Sie aber kehrt gemacht vor dem Bahnhof? Ach, Sie Feigling! Sie reden vom Krieg, aber warum machste ihn nicht mit? Warum setzte nicht 'nen Stahlhelm auf, warum 'nen Jägerhut, Zunk? Ich bin nicht zurechnungsfähig? Ich kann also alle beleidigen – dich, deinen Kaiser, alle, alle, ich kann 's mir ja leisten, ich bin ja geisteskrank, hurraa, hurraaa...!«

Es gelang schließlich Pechdraht aus dem Klassenzimmer zu drängen, obwohl er sich verzweifelt wehrte. Wir hörten ihn noch lange im Rektoratszimmer toben. Auch noch, als ein Krankenwagen kam, und er, irre »Hurraa« ausstoßend, die Treppe verdächtigte, sie stehe mit Zunk und dem Kaiser in geheimer Verbindung und er wolle sie deshalb nicht betreten. Aber er mußte. Bis in die Klasse war sein verzweifeltes Keuchen zu hören.

Wir saßen ohne Aufsicht da, wagten aber trotzdem nicht, laut zu sprechen, wir flüsterten nur. Tuschelten miteinander. Einige weinten vor Angst. Noch nachträglich.

Dann kam der Pedell. Er war ohne Krawatte. Wir durften heimgehen.

Dwore Weiß und andere Leute

Meine Pflegemutter war die kinderlose Ostjüdin Dwore Weiß. Ihr Mann stand bei den Österreichern, er mußte ein Gefangenenlager bewachen. Er tat den gefangenen Russen nichts und auch sie taten ihm nichts – so kam er später heil und gesund aus dem Krieg zurück. Aber im Frieden brach er sich ein Bein, es mußte amputiert werden. An dem Tag, als ihm dies zustieß, wurde in Deutschland geschossen und der Tod drohte überall. Aber auch an einem solchen Tag will ein frommer Jude wie dieser Chaskel Weiß in die Betstube gehen. Doch das ist eine Geschichte, die später erzählt wird.

Mein Bruder Hermann und ich wohnten also bei Frau Weiß in der Schloßgasse 21, im Vorderhaus. Im Keller gab es Mäuse, und manche behaupteten steif und fest, früher hätte es hier auch Ratten gegeben. Im Winter fand man jeden Morgen ein paar schwarze Tierchen auf der Kellertreppe liegen, kalt und langgestreckt, die Schwänzchen fühlten sich wie Eiszapfen an. »Die armen Biester! Das ist der Krieg!« sagten die Frauen mitleidig, die früher immer ihre Katzen auf die Mäuse gejagt hatten.

Der Hauswirt hieß Emanuel Stiefel, er war fünfundfünfzig Jahre alt, litt an Rheuma und schrie immer: »Wenn ich euch Lausebande mal erwische!«

Hinter seinem Grundstück lag eine schöne Wiese, aber dort war uns Kindern das Spielen verboten. Herr Emanuel Stiefel brauchte das Gras der Wiese für seine Kaninchen, die er züchtete. Um sie dann zu essen. Er war Mitglied in einem Kaninchenzüchterverein.

Wir scherten uns aber wenig um dieses Verbot. Mit Vorliebe trafen wir uns auf dieser Wiese. Es war Krieg, also spielten wir »Weltkrieg«. Wir liefen hinauf in den nahen Wald. Dort waren wir »Kundschafter in den Vogesen«. Anna Gaal war die »Krankenschwester«. Ich war der »Franzose« und wurde totgeschossen. Das war sehr lustig.

Manchmal mußten alle weggehen, nämlich wenn Xaver Wunder, der älteste von uns allen, sagte: »Auch die Krankenschwester ist mal verwundet.« Er war der Stabsarzt, das Lazarett lag in einem Gebüsch, und wir mußten auf der Wiese warten. Wenn der Stabsarzt und die operierte Krankenschwester etwas verlegen anrückten, grüßten wir Kinder aus der Schloßgasse militärisch.

In dieser Schloßgasse lebten einige Ostjuden, die vor vielen Jahren in diese mitteldeutsche Kleinstadt gekommen waren. In der Nummer 33 wohnte der Schochet S. Klein. An manchen, sehr seltenen Freitagen drückte mir Frau Weiß einen Sack in die Hand, in dem Sack lag eine lebende Henne.

»Geh und laß sie schächten«, sagte sie. »Komm aber bald wieder, heute beginnt schon früh der Schabbes.«

Herr Klein war vor Jahrzehnten aus Warschau gekommen. Warschau war damals eine russische Stadt und Herr Klein war also Russe. Als der Krieg ausbrach, befahl ihm ein amtlicher Zettel: »Als feindlicher Ausländer haben Sie sich vom heutigen Tage an täglich in Ihrem zuständigen Polizeibüro zu melden.« Herr Klein lief erschrocken zur Polizei und schwor beim Andenken seiner Mutter Sarah Klein und seines Vaters Israel Klein, sie mögen in Frieden auf einem der Warschauer Friedhöfe ruhen, er schwor also, daß er doch, Gottbehüte, kein feindlicher Ausländer sei. »Sie dürfen mir glauben, ich bin sogar ein freundlicher Ausländer«, sagte er beleidigt und gab als Referenz seinen Hausbesitzer an. Es half ihm aber nichts, er mußte sich täglich melden. Später allerdings nur noch wöchentlich einmal.

Er sähe wie ein Pascha aus, behaupteten damals die Frauen. Seine Haut war blendend weiß, der schwarze wollige Bart umrahmte sein nachdenkliches Gesicht wie ein seltenes Bild. In dieser männerarmen Zeit war der Ausländer S. Klein ein vielbeachteter Mann. Doch seine dicke, etwas verschlampte Frau war grundlos eifersüchtig. Der Fleischer liebte weder sie noch eine andere Frau. Er liebte nur sich selbst.

Freitags versammelten sich einige ostjüdische Frauen, deren Männer im Kriege waren, in seinem Laden, mit teuer bezahltem Geflügel für den Sabbattisch. Der Krieg hatte so manches geändert, aber nur wenig an den jüdischen Gebräuchen. Die waren noch fast die gleichen wie vor zehn, vor hundert und vor noch mehr Jahren – mit Abweichungen, die von der Not diktiert wurden. Die ganze Woche wurde gehungert, aber ab und zu, am Freitagabend, wollte selbst die ärmste Frau ihr Festessen. »Damit die Kinder nicht vergessen, daß sie Juden sind, auch wenn der Vater Soldat ist.«

In einem blendend weißen fleckenlosen Mantel, der sein schwarz umrahmtes Antlitz noch hinreißender zur Geltung brachte, stand Herr Klein vor einem Bottich, der bis zum Rand mit Asche gefüllt war. Darüber hielt er das willenlose Huhn, spannte dem totgeweihten Tier mit gewohntem Griff den Hals nach hinten und durchschnitt blitzschnell die Halsgefäße mit seinem haarscharfen Messer. Dick spritzte das dunkle Blut in die Asche und versickerte darin. Nach jedem Schnitt säuberte Herr Klein sein Messer peinlichst und schliff es am gespannten Handballen.

Wenn das tote Geflügel sich dann nicht mehr rührte, sagte seine mißtrauische Frau an der Kasse zu der Kundin und sah dabei ihren Mann an: »Zehn Pfennig. Bleiben Sie nicht so lange im Laden, Sie sehen doch, daß wenig Platz ist. Gucken Sie nicht meinen Mann, gucken Sie Ihre Henne an und gehnse!«

Zu mir aber war sie anders. Ich war ja keine Frau. »Was machste und wie lebste?« fragte sie mich jedesmal und ließ mich nicht fort. »Setz dich hin, deine Mutter habe ich gut gekannt. Behandelt dich Frau Weiß nicht gut? Du siehst nebbich nicht dick aus. Schlägt sie euch? Kannst mir ruhig sagen, wenn sie euch schlägt. Hab keine Angst. Nun, es freut mich, daß du zufrieden bist. Haste Hunger? Hier, ein Stück Brot. Nun, iß schon, nimm schon!«

Ich nahm und sagte: »Danke schön, Frau Klein.«

»Hört ihr!« schrie Frau Klein entzückt den Frauen im Laden zu. »Hört, so ein scheenes Deutsch. ›Danke scheen, Frau Klein‹, sagt er. Oih! Gesund sollste bleiben und hundertzwanzig Jahr sollste alt werden! Ein jüdisches Köpfchen... Zehn Pfennig! Ihr könnt schon gehen, Frau Wolf! Nun, und dein Bruder? Kommt doch mal und spielt mit meiner Tochter. Warum kommt ihr nicht?«

»Morgen, wenn ich darf«, sagte ich und benutzte die erste Gelegenheit, um mich fortzuschleichen.

Was hatte denn Frau Klein gegen meine Pflegemutter? Frau Weiß hätte doch, wenn sie nicht kinderlos gewesen wäre, ihre eigenen Kinder nicht lieber haben können als uns Fischmannskinder. Selbst wenn sie mal schimpfte, fühlte ich, daß sie es gar nicht böse meinte.

Welch ein Unterschied bestand doch zwischen diesen beiden

ostjüdischen Frauen! Gemeinsam war ihnen nur, daß sie Schwierigkeiten mit der deutschen Sprache hatten.

»Was willste später werden?« hatte mich einmal Frau Klein gefragt. Sie hatte eine Art, ihr dickes Gesicht zu einem süßen Lächeln zu verziehen, daß mir übel wurde.

»Lokomotivführer«, sagte ich, ohne mich lange zu besinnen. »Da kann ich überall hin und brauche nie eine Fahrkarte.«

Frau Klein lachte, daß alles an ihr wackelte.

»Ein jüdisches Jingele will in Deutschland ein Lokomotivführer werden! In Deutschland! Hört nur, liebe Leute!«

Auch ihre lieben Leute im Laden lachten.

Frau Weiß lachte mich nicht aus, als sie hörte, was ich werden wollte. »Ganz schön, nicht schlecht«, sagte sie. »Zu deinem Geburtstag werde ich dir eine Eisenbahn kaufen.«

Zwar vergaß sie die Eisenbahn und schenkte mir »Grimm's Märchen«.

»Lies viel und lerne richtig deutsch, damit du später deine Waren auf deutsch verkaufen kannst«, sagte sie. Es war mein erstes eigenes Buch. An die Eisenbahn hatte ich ja doch nicht recht geglaubt. Woher sollte denn Frau Weiß so viel Geld hernehmen?

Seitdem ich keine Mutter mehr hatte, war ich manchmal sehr unglücklich. Wenn andere Kinder von ihrer Mutter sprachen, blieb ich stumm. Ich konnte mir nicht ausmalen wie sie: Was bringt mir Mutter heute Abend mit? Meine Mutter war ja tot. Und ich konnte sie nicht vergessen.

Dabei hatte ich so vieles vergessen. Ich erinnerte mich immer seltener daran, woher ich eigentlich gekommen war und seit wann ich hier in dieser Stadt lebte. Ich war kaum neun Jahre alt und ich lebte hier – das war meine Wirklichkeit. Was vorher gewesen war, beschäftigte mich höchstens wie ein Traum, an den man nur noch gelegentlich denkt.

Was war denn vorher gewesen?

Vor zwei Jahren war der Krieg ausgebrochen. Vor zwei Jahren saß ich plötzlich mit meiner Mutter, mit meinen Großeltern und mit meinem Bruder Hermann in einem Leiterwagen. Der Bauer machte »Hüh!« und »Hoh!« Der Ort, den wir verlassen mußten, hatte Strody geheißen. Wir flohen. Wir waren über Nacht galizische Flüchtlinge geworden. Inmitten unzähliger anderer Flüchtlinge flohen wir auf Landstraßen, die kein Ende nehmen wollten. Wir sahen Menschen an Bäumen hängen. Brücken waren gesprengt. Neben uns fielen Russen von ihren kleinen flinken Pferden, getroffen von einem Kugelregen, der auch uns bedrohte. Einmal hausten wir in einer verlausten überfüllten Flüchtlingsbaracke und stahlen Krautköpfe auf einem weiten ungarischen Krautfeld ... Aber dies alles war nur noch ganz verschwommen in mir. Ein Kindheitserlebnis nach dem anderen vergaß ich. Aber meine Mutter vergaß ich nicht.

Ich hatte gesehen, wie sie hier, in dieser deutschen Kleinstadt, starb. Und ich hatte gesehen, wie Vater damals weinte. Vater war jetzt im Krieg, aber manchmal träumte ich von ihm, aber immer weinte er, wenn ich ihn im Traume sah ...

Irgendwie empfand ich, trotz meiner neun Jahre, daß ich mit der Mutter vieles verloren hatte. Was eigentlich – das wußte ich noch nicht. Ich fragte auch niemanden. Der einzige Mensch, der mich trotzdem verstand und der mich liebhatte, war Frau Weiß.

Die anderen Erwachsenen waren roh und aufdringlich. Wem ich auch begegnete – ich wurde bemitleidet. Schon im voraus wußte ich, daß ich sicher der Gegenstand von Tröstungen sein würde, sobald ich bemerkt wurde und mich nicht rechtzeitig aus dem Staube machte.

Ich konnte Frau Klein nicht leiden, weil sie an etwas rührte, das sie nichts anging. Aber ich ließ mir nichts anmerken.

Und ich konnte Frau Wolf nicht leiden, die mir salbungsvoll mitteilte, sie habe ein gutes Herz. Sie glaubte es wirklich, aber ich glaubte ihr nicht. Trotz des Kuchens glaubte ich ihr das gute Herz nicht.

Sobald sie einen Kuchen gebacken hatte, bekamen ihre beiden Söhne den Auftrag, uns zu holen. Ihre Söhne waren in unserem Alter. Sie waren wütend, weil sie genau wie wir wußten, was nun kommen würde. Wenn wir bei Wolfs ankamen, sagte Frau Wolf zu ihren Sprößlingen:

»Ach, die Armen! So ist das, wenn man keine Mutter hat. Keine Mutter heißt auch: keinen Kuchen mehr. Wehe, wenn ihr mir, eurer Mutter, nicht folgt! So! Und nun gebt den Fischmanns auch etwas.«

Widerwillig reichten uns ihre Kinder ein Stück Kuchen.

Ich nahm es mit abwehrender Gebärde.

»Du brauchst dich doch nicht zu genieren«, sagte Frau Wolf und begann zu weinen. »Meine Kinder genieren sich doch auch nicht. Ich gebe doch gern. Ich habe doch ein gutes Herz. Ich bin doch zu euch wie eure eigene Mutter, die arme Frau... Arme Kinder...«

Mir erschien die Stunde bei dieser Frau wie ein Aufenthalt bei des Teufels Großmutter. Ich gab einsilbige Antworten, dachte mir bösartige Dinge für sie aus und wagte nicht, mich zu rühren. So saß ich an diesem fremden Tisch.

»Wie gut erzogen«, lobte mich Frau Wolf vor ihren wütenden Kindern. »Und dabei hat er doch gar keine Mutter mehr! Wie ist das nur möglich?«

Einmal, als ich von Frau Wolf kam, hielt mich auf der Straße ein mir unbekanntes Fräulein an.

»Du bist doch der kleine Jakob Fischmann?« fragte sie.

»Jawohl, Fräulein, ich bin der Jakob Fischmann.«

»Wie geht's denn? Schreibt dir dein Vater auch?«

»Ja, Fräulein, o ja.«

»Das freut mich sehr, Jakob. Wirklich sehr freut mich das. Schreibt er jede Woche?«

»Bis jetzt hat er erst einmal geschrieben, seitdem er fort ist.«

»Das freut mich sehr, daß er euch schreibt. Was hat er denn geschrieben?«

»Einen Gruß, und daß uns Frau Weiß warm anzieht und daß sie uns richtig zu essen gibt.«

»Und tut sie denn das auch wirklich?«

»O ja, Fräulein.«

»Das freut mich doch sehr, daß sie das tut. Und ist sie gut zu euch?«

»O ja, Fräulein, sehr gut sogar.«

»Das freut mich aber arg sehr, daß sie wirklich gut zu euch ist. Und sonst hat dein Vater nichts geschrieben?«

»Doch, Fräulein. Er schreibt, daß es geht.«

»Daß was geht?«

»Seine Gesundheit, Fräulein. Und sein Leben.«

»Na, da bin ich doch wirklich froh. Richtig froh bin ich für den armen Mann. Und dein kleiner Bruder, der Hermann? Vertragt ihr euch?«

»O ja, Fräulein.«

»Also das ist aber fein! Also auf Wiedersehen!«

»Auf Wiedersehen, Fräulein.«

Ich ging den Erwachsenen aus dem Weg. Ich wußte im voraus genau, was sie mir sagen würden. Es war ja immer dasselbe. Ich bekam es mit der Angst zu tun. Sie waren nur dazu da, um mich zu quälen. Nur zwischen Gleichaltrigen fühlte ich mich wohl.

Der Zirkus

Im Sommer 1916 kam ein Wanderzirkus in die Stadt. Eines Morgens, es war ein Sonntag, rollten grüne und braune Wagen, von alten Gäulen gezogen, durch die noch dösenden Gassen und Straßen. Ein trauriger Elefant und drei magere Kamele trotteten hinterher. Auf einem Kamel saß ein Clown und blies Trompete. Alle Fenster flogen auf. Und die Kinder, in ihren Nachthemden, stellten fest, daß der Clown gar kein Mann war, sondern eine Frau. Auch der Zirkusclown war wohl in den Krieg gezogen. Und die da die Trompete blies, war vielleicht sein Fräulein Braut und mit ihm kriegsgetraut.

Als der Zirkus wieder abzog, blieb außer dem Manegenkreis eine sehnsüchtige Erinnerung bei uns Kindern der Schloßgasse zurück. Wir stahlen heimlich ein Kaninchen aus dem Stalle des Hausbesitzers. Anna Gaal hatte das ausgeheckt, dafür durfte sie als Kunstreiterin auftreten. Es war ausgemacht worden, daß sie auf den Schultern von Xaver reiten dürfe. Eigentlich war Xaver Wunder der Direktor, aber für Anna war er sofort bereit, das Pferd zu spielen.

Xaver war es auch, der eine Wäscheleine und eine Wolldecke anschleppte. Wir Fischmanns brachten ein altes Bettuch von Frau Weiß mit. Wer sich dieses weiße Tuch um die Schultern und um den Kopf wickelte, war ein echter »Berber aus dem afrikanischen Urwald«. Annas Kaninchen war ein Elefant und hieß »Matahama, der weise Inder«.

Wir hatten schon oft die »Flucht eines tapferen deutschen Kriegsgefangenen« oder die »Verfolgung eines französischen Spions« gespielt. Einer von uns hatte sich dann irgendwo im Gebäude, im Keller oder auf einem der Böden versteckt, die anderen mußten suchen. Meistens wurde die Anna gesucht. Sie war ein »von Engländern verschlepptes deutsches und unschuldiges Mädchen«. Und wer sie fand und befreite, der heiratete sie, und sie waren Mann und Frau.

Zirkus hatten wir noch nie gespielt. Es war das erste Mal.

Das Hinterhaus hatte ein schräges Dach, darunter befand sich der im Sommer selten benutzte Trockenboden. Hier hängte sich später die Frau Kupke auf.

Nur selten kam der steifbeinige Hausbesitzer Stiefel die zwei Stockwerke hochgestelzt. Er liebte nicht den Geruch der Strohmatratzen in diesem Teil seines Hauses. Er hatte auch kein rechtes Zutrauen zu den hölzernen Stiegen und dem wurmstichigen Geländer. Dieses Hinterhaus war abgewohnt, die gußeisernen Ausgüsse bestanden längst nur noch aus Rostflecken.

Auf diesem abgelegenen Trockenboden waren wir Kinder sicher vor ihm. Einzeln schlichen wir hinauf.

Ein bunter Bettvorleger stellte die Manege dar. Xaver, der Herr Direktor, hatte sein Seil gespannt, darüber die Decke geworfen, das war das Ankleidezelt für die Künstler. Der Eintritt kostete eine Sirupschnitte für eine Loge, eine Briefmarke für den ersten Platz, ein Abziehbild für einen Stehplatz. Es waren vier Zuschauer da, sie saßen alle auf dem Stehplatz. Als der Herr Direktor persönlich erschien, mußten sie sich erheben. Er befahl es ihnen barsch, da gehorchten sie.

Der Direktor hieb mit der Peitsche durch die staubige Luft und brüllte sein Personal an: »Faules Zigeunerpack! Das Publikum wird ungeduldig!« Die Peitsche bestand aus einem großen Quirl und dem Rest einer Gardinenschnur. Der Direktor war zwölf Jahre alt und besaß schon einen Zylinder. Dieser Zylinder hatte seinem Vater vor vielen Jahren bei der Hochzeit als feierliche Kopfbedeckung gedient. Jetzt war Herr Emil Wunder auf dem Schlachtfeld, und der Zylinder gehörte bis auf weiteres seinem Sohn, wie dieser versicherte.

»Zieht euch endlich um!« schrie der kleinste unter den Zuschauern, mein Bruder Hermann. Er stand unter dem schiefen Dachfenster, wie ein dicker Zeigefinger wies die Sonne auf seinen blauen Matrosenanzug. »Wenn ihr nicht spielt, will ich mein Abziehbild wieder!«

Anna hatte nur einen Badeanzug an. Es war sehr heiß, sie lief den ganzen Sommer so herum. Frau Wunder, die Mutter Xavers, sagte jedesmal, daß sich so etwas nicht gehöre, das sei eine Schande für so ein großes Mädchen wie die Anna, aber was wüßten denn Leute wie die Gaals, die im Hinterhaus wohnen, sagte Frau Wunder immer, die im Vorderhaus wohnte.

Ich trug unterm Arm den Frack und eine Hose von Xavers Vater, außerdem einen Malkasten, denn ich hatte die Absicht, mich richtig wie ein Clown zu schminken.

Anna trug gleichfalls ein Bündel, das war früher einmal ihr weißes Sonntagskleid gewesen. Vor einem Jahr hatte es ihr noch gepaßt; heute, so hatte sie uns versprochen, würde es ihr nicht einmal bis ans Knie gehen. Wie bei einer ganz richtigen Kunstreiterin.

Im Ankleidezelt war es brütend heiß und stockdunkel. Ich zwängte mich zuerst hinein, dann kroch Anna hinterher, und der Direktor verhängte den Eingang mit einem Tischtuch, damit das ungeduldige Publikum nichts vorher zu sehen bekäme.

»Ich kann nichts erkennen«, schrie ich.

»Ist auch nicht nötig«, erklärte der Direktor und stülpte den Zylinder noch fester über den Kopf, bis in die Augen hinein. »Machen Sie, daß Sie fertig werden, Herr Klohn!«

Ich begann eben in den Frack hineinzukriechen, da zupfte mich Anna an den Hosen. »Du, gib mir einen Kuß«, flüsterte sie. »So wie der Xaver.« Und schon fühlte ich ihren Mund in meinem Gesicht.

Ich war so erschrocken, daß ich nach hinten fiel und beinahe das Zelt umgerissen hätte.

»Du kannst ja gar nicht küssen«, kicherte das Mädchen. »Zeig mal deine Hand.«

Ich schämte mich sehr, daß ich nicht küssen konnte und fürchtete, sie könnte mich ein zweites Mal auslachen.

»Du weißt gar nicht, was das ist«, behauptete sie flüsternd. Ich überließ ihr, mehr erschrocken als neugierig, meine Finger. Obwohl es ganz dunkel war, schloß ich meine Augen ganz fest. Wie betäubt saß ich hinter dem Mädchen.

Plötzlich sprang ich auf. Riß mich los von ihr. Das Zelt stürzte über uns beiden zusammen. Rasend wickelte ich mich heraus und stürzte an dem erschrockenen Direktor und an den vier Zuschauern vorbei. Auf die Bodentür zu. Die Stufen hinunter. Meine Füße übersprangen dabei immer eine Stufe. Ich ließ unten die Haustür offen. Obwohl das strengstens verboten war. Kroch durch den Zaun. Lief über die Wiese. Bis ich nicht mehr konnte. Da blieb ich atemlos stehen.

An diesem Tage glühten meine Backen, als hätte ich eine Grippe. Mitten im Sommer. Frau Weiß steckte mich erschrokken ins Bett. Ich mußte Schleimsuppe essen. Sie machte mir einen Halsumschlag, sie legte Säckchen mit heißen Kartoffeln auf. »Das hat schon in Busk geholfen«, beruhigte sie mich und ließ mich schwitzen. Sie stammte aus Busk, das einmal zu Österreich gehörte und jetzt polnisch ist.

Schon am nächsten Tag war ich wieder gesund. Anna Gaal lauerte mir am Nachmittag auf und sagte: »Mit dir spreche ich kein Wort mehr!« Und drückte mir einen Brief in die Hand. Da stand:

»Ab Heute biste Luhft fier mich. Tausend Grüse und kein Kus. Von deiner Anna.«

Anna war damals drei Jahre älter als ich.

Ich nahm allen Mut zusammen und sagte, indem ich den Zettel in die Tasche steckte: »Das ist heute schon der zweite Brief. Mein Vater hat mir auch geschrieben.«

»So? Dein Vater?« erwiderte Anna beleidigt und tat, als interessiere sie sich nicht für meinen Vater. »Was ist da schon dabei?«

»Und dein Vater?« fragte ich gekränkt. »Schreibt denn der?«

»Welcher?« wollte Anna wissen und sah mich überlegen an.

»Hast du denn viele?«

»Drei«, sagte Anna großspurig. »Der eine Vater, wo überm Sofa hängt, der ist aber tot. Der andere ist in der Kaserne und kommt nicht mehr. Weiß nicht warum. Und dann habe ich noch einen dritten, seit vierzehn Tagen, dem fehlt ein Arm, aber er hat dafür 'ne fette Rente, sagt meine Mutter.«

Wer hat gestohlen?

Unsere Zeichenlehrerin war krank geworden. Es hieß, der Turnlehrer Zunk würde sie vertreten. Wir zitterten schon bevor die Stunde begonnen hatte.

Ich saß zwischen Hummel und Laber. In jeder Bank saßen nur drei. Aber zwischen uns saß noch die irritierende Angst vor Zunk.

Er schien wieder einmal einen Vorwand zu suchen, um uns schikanieren zu können. Wie er so durch die Bankreihen schlich, jede unserer Bewegungen scharf überwachend, hörten wir auf, Schüler zu sein. Der Krieg, der Hunger, die Schule – all das war auf einmal vergessen. Unter seinen unbarmherzigen Blicken wurden wir eine isolierte Gruppe von Kriegsgefangenen. Jeder von uns hatte nur einen Gedanken: fliehen können. Sechzig verängstigte Kinderherzen schlugen gegen die Rippen.

Seine schrägen Jägeraugen sahen uns durchdringend an. Uns alle. Aber wir wußten, daß dieser gemeine Blick vor allem einem galt. Auch dieser eine wußte es.

Lauernd schritt er auf meine Bank zu.

»Ausgerechnet Herr Hummel!« schmetterte er meinen Banknachbarn an und sprang auf den hochschnellenden Hummel zu. »Weil du ein Stipendium haben willst, brauchst du natürlich nicht aufzupassen! Die Stadt hat ja Geld zu verschenken! Also ins Gymnasium willst du, was?«

»Jawohl, Herr Lehrer«, erwiderte der kleine Hummel schwach und stand stramm wie eine Schießbudenfigur.

»Bursche!« Schon schlug ihm Zunk klatschend ins Gesicht, daß der Kopf auf die rechte Seite fiel. »Das könnte dir so passen! Ich werde mit dem Schulrat sprechen! Setzen!«

Hummel hatte jetzt eine rote und eine weiße Gesichtshälfte. Eine eisige und eine brennende. Er setzte sich. Sein Banksitz neben mir schlug dumpf auf. Wir starrten schweigend und frierend nach vorn. Unbeweglich.

Unangemeldet war die Kälte von Norden her angerückt, durch den Wald war sie plötzlich gekommen und hatte über Nacht die völlig überraschte Stadt besetzt. Bevor jemand an Verteidigung hatte denken können, war dieser grimmige Feind in alle Häuser eingedrungen. Und nun pfiff er die zitternden Menschen eisig an – diese armen Kreaturen, die nicht verstehen konnten, wieso denn schon Winter sei, da er doch dem Kalender nach noch gar nichts hier zu suchen hatte. Das sei auch der Grund, warum es in der Schule noch keine Kohlen und keinen Koks gebe, wurde uns gesagt. Als aber der Winter auch offiziell begann, gab es trotzdem keine Kohlen und es gab noch immer keinen Koks. So war das im Krieg.

Wir saßen in den Schulklassen eingehüllt in unsere Wintermäntel, in dicke Schals, die Hände in wollenen Handschuhen versteckt. Die Ärmsten, in ihren fadenscheinigen Mänteln, froren am meisten. Hummel litt sehr unter der Kälte, denn er besaß keinen Mantel. Er steckte zähneklappernd in einem dunkelbraunen Sweater, dessen Ärmel Frau Hummel kürzer gemacht hatte. Der Sweater war ihr von der Kriegerswitwe Auguste Molch geschenkt worden; Herr Molch war gefallen, da brauchte seine Witwe den Männersweater nicht mehr. Hummels Nase hing, als sei sie aus Gips, weiß und gefühllos im Gesicht. Unsere Nasen glichen einander.

In allen Schulen der Stadt hofften heute die Schüler, daß der alte Bote vom Schulrat kommen würde, wie im vorigen Jahr, als uns keine Heizung in den Klassen erwärmte. So dem Zunk entwischen zu können, mit Hilfe von Kälteferien, wäre fein gewesen. Manche wären schnell und glücklich heimgelaufen. Manche aber wären nur langsam nach Hause gegangen, jene, die zu Hause noch mehr als in der Schule froren. Zu den letzteren gehörte Hummel.

Hummel war zehn Jahre alt. Er träumte zuweilen vom Barfußlaufen in der warmen Julisonne. Auch jetzt hatte er wohl davon geträumt, aber das war ihm schlecht bekommen. Er spürte noch immer den Schlag auf seiner Backe, als wenn ihn tausend Nadeln gestochen hätten. Wenn es kalt war, tat das doppelt weh. Vorschriftsmäßig hatten wir unsere Hände gefaltet und vor uns auf dem Pult unserer Bank liegen. An der Tafel knirschte die Kreide.

Auf einmal hörte die Kreide auf zu knirschen.

Draußen pickte ein Spatz hungrig gegen die Scheibe.

Zunk drehte sich ärgerlich um und musterte streng die einzelnen Reihen. Auch den Spatz suchte sein Blick tödlich zu treffen. Aber er traf ihn nicht. Der Spatz ließ sich nicht einschüchtern. Ihm war das Wissen von der Tödlichkeit des Zunkschen Blicks nicht beigebracht worden, also klopfte er ruhig weiter.

Aber uns war einiges beigebracht worden.

»Genau auf Vordermann!« befahl Zunk, und wir verstanden.

»Tadellose Haltung!« befahl er, und wir verstanden.

»Das bitte ich mir aus!« schrie Zunk. Auch das verstanden wir.

Selbst wenn er nichts sagte, sondern uns nur anblickte, verstanden wir ihn. Wir waren kleine dressierte Hunde.

Zunk war mit scharfblitzenden wasserblauen Augen bewaffnet, wie der Kaiser auf den bunten Postkarten. Höhnisch stach der rötlichblonde Schnurrbart zu beiden Seiten seiner scharfkantigen Nase nach oben. Der Schnitt seiner Jacke war knapp und militärisch. Aber Zunk war nicht beim Militär.

»Hergesehen!«

Wir sahen hin. Wir hatten schon die ganze Zeit nichts anderes zu tun gewagt. Er hatte eine Baum-Allee gezeichnet. Die Bäume, rechts und links der pfeilgeraden Straße, bildeten ein einschüchterndes Spalier. Ein Baum stand genau neben dem anderen. Die Natur wurde unter Zunks harten Kreidestrichen übersichtlich und zählbar. Wie wir.

»Ordnung der Dinge«, nannte Zunk das.

»Abzeichnen!« kommandierte er kurz und gab so das Zeichen wie ein Kompanieführer zum Sturmangriff. »Los!«

Wir stürzten uns eifrig auf die wehrlosen Bäume.

Als endlich das Klingelzeichen ertönte, sprangen wir sechzig Schüler wie ein Mann auf. Wir hielten uns stramm aufrecht, als befänden wir uns in der Turnhalle. Unsere Füße waren eisigkalt, und die Fingerspitzen, die durch den Mantelstoff hindurch die Naht der kurzen Hose suchten, kribbelten vor Frost.

Zunk, die Hände auf dem Rücken, das Kinn eingezogen und die spitze Nase geradeaus, schritt schnüffelnd die Bankreihen ab. Draußen im Korridor flogen schon Klassentüren auf, aber Zunk nahm sich Zeit.

»Natürlich, der Benno Nadel!« triumphierte er näselnd und stieß dem ewig krummen Nadel die Faust in den Rücken. Es klang hohl. Nadel machte sofort einen unbeholfenen Versuch, strammzustehen. Sein Buckel war plötzlich nicht mehr auf dem Rücken, sondern vorn auf der Brust. So war das immer, wenn Nadel strammstehen mußte. Zunk wieherte vor Vergnügen.

»Weggetreten!« winkte er uns leutselig zu. Er war auf einmal recht lustig, er grinste, er war auf seine Rechnung gekommen, auf Kosten des krumm gewachsenen Benno Nadel.

Die Zeichenstunde war zu Ende.

Hummel ging mit den anderen hinab in den Schulhof. Als die Klasse wieder zurückkam, fehlte dem Nebenmann vom Hummel, dem Gastwirtssohn Laber, das Frühstücksbrot und zwei Stahlfedern. Auf der gleichen Bank saß auch ich. Der Diebstahl wurde in der folgenden Rechenstunde entdeckt.

Die Rechenlehrerin war einem solchen Ereignis nicht gewachsen. Sie rief also den starken Mann aus der Turnhalle.

Zunk brüllte die Klasse an:

»Der Dieb soll sich freiwillig melden!«

Niemand meldete sich.

Zunk hatte ein krebsrotes Gesicht.

»Na, wirds bald? Ich kenne ihn ganz genau! Ich rate ihm, sich freiwillig zu melden, da kommt er besser weg! Also hopp!«

Niemand meldete sich.

Zunk zischte: »Lorke, Kulisch und Ruzenza vortreten!«

Das waren die Streber der Klasse.

»Ihr habt von jetzt ab die Aufsicht über die Saubande. In einer Woche wißt ihr, wer hier gestohlen hat!«

»Jawohl!« sagten alle drei. Hierauf marschierten sie zurück auf ihre Plätze. Sie waren stolz, sehr stolz. Wenn sie schon gewußt hätten, was ihnen noch alles bevorstehen würde, und daß Ämter nicht nur Befriedigung, sondern auch Mühen und Ärger und Leid bringen können, wären sie bestimmt weniger stolz gewesen.

»Ich danke Ihnen, Herr Kollege«, sagte das Fräulein aufgeregt, sie war achtunddreißig Jahre alt, und ihre Nerven ließen sie manchmal im Stich.

»Wenn ihr eurer Lehrerin nicht pariert, hole ich euch in die Turnhalle und lasse euch solange Freiübungen machen, bis ihr olivgrün werdet wie die Russen!« drohte uns Zunk und machte, bevor er davonmarschierte, dem zurückbleibenden Fräulein eine wohlwollende Verbeugung.

»Danke, Herr Kollege«, hauchte sie hinter ihm her.

Die Streber Lorke, Kulisch und Ruzenza hießen von nun an die Detektive. Aber den Dieb fanden sie nicht.

Fünf Tage später, unser Interesse für den unbekannten Dieb hatte schon zu erlahmen begonnen, tauchte er plötzlich wieder in der Klasse auf. Ein neuer Diebstahl! Wieder fehlte Brot! Diesmal dem Landwirtssohn Birk.

Wie begossene Pudel standen die drei Detektive vor dem tobenden Zunk. Hinter den Dreien hielt, in Reih und Glied aufgestellt, die Klasse gespannt den Atem an. Nur aus dem Munde des Turnlehrers pfiff die Luft wie aus einem wütenden Ventil.

»So also habt ihr aufgepaßt! Dafür also habe ich euch mein Vertrauen geschenkt! Warum wißt ihr nicht, wer hier stiehlt? Habt ihr Kerle geschlafen? Ich gebe jedem von euch eine

Stunde Arrest! Ich werde euch schon helfen! Bis Freitag weiß ich, wer der Dieb ist! Verstanden? Hier wird nicht gestohlen! Weggetreten!«

Zunk behandelte mich nicht schlechter als die anderen Schüler, die ihm gleichgültig waren. Einige aber waren ihm nicht gleichgültig. Die hatten dafür mehr zu leiden als ich.

Da war also der arme Paul Hummel. Mit dem hatte es Zunk in jeder Stunde. Warum? Weder Hummel noch sonst jemand in der Klasse wußte das. Vielleicht wußte es sogar der Zunk nicht. Was wußte er überhaupt von uns? Er machte sich weniger Gedanken über uns, als wir über ihn.

Hummel war einer der stillsten Schüler der Klasse. Nie wollte er eine Rolle spielen, immer befand er sich in der hintersten Reihe. Er hätte, seinen Leistungen nach, vorn stehen müssen, denn er war der Beste in allen Fächern, mit Ausnahme von Singen. Er war ein ausgezeichneter Geräteturner, und trotzdem konnte ihn Zunk nicht leiden. War es, weil Hummel zu kurze Beine hatte und beim Marschieren immer hinterher kam? Er war kein guter Marschierer – aber war das seine Schuld?

Zunk fragte nicht, Zunk stellte fest. Er war gegen Hummel.

Er hatte bald herausgefunden, daß Hummel also nicht singen konnte und schlecht marschierte. So ließ er ihn denn in der Turnstunde Lieder singen und ganz allein marschieren, immer im Kreise herum, immer ganz allein, fünfzigmal.

»Sing das Lied vom Guten Kameraden, Hummel«, lockte er ihn hohnlächelnd aus der hintersten Reihe nach vorn.

Wie war Zunk gemein! Er wußte ja, daß Hummels Gesang eine Katastrophe war; aber er machte sich über den Kleinen lustig, wann immer er konnte. Und Hummel wagte nicht, sich zu wehren. Er duckte sich, wurde noch kleiner, trat vor. Ganz allein stand er in der Turnhalle, in der riesengroßen Turnhalle, räusperte sich kläglich und begann seinen Marsch und sein Marschlied. Anfangs lachten wir ihn roh und herzlos aus, wenn er schluckend in der Melodie herumwatete. Er war unmusikalisch, und wir waren schadenfroh, wie nur Kinder sein können. Mit der Zeit aber nahmen wir fast alle für Hummel Partei und gegen Zunk. Wir begriffen, daß Hummel für uns litt. Einer mußte ja dem Zunk beweisen, wie schwach wir alle waren. Hummel hatte diese Aufgabe vom Schicksal zugewiesen bekommen. Er war ein Held. Er sang falsch und klagend: »Ich hatt' einen Kameraden« – und gleichzeitig dachte er: »Leck mich am Arsch, Zunk!...« Dieser Zunk wieherte vergnügt und befriedigt. Er war ja kein Gedankenleser. Er hörte nur den falschen Gesang. Er war dumm.

Er war ein Schläger. Er schlug uns alle, ohne Ausnahme. Bei ihm setzte es brennende Backpfeifen, spitze Kopfnüsse, harte Nasenstüber. Er hatte sich ein ganzes System von Bestrafungen ausgedacht. In jeder Stunde spielte er, während wir Freiübungen machten oder ängstlich horchend am Reck hingen, mit seinen Rohrstöcken. Er ließ sie durch die wehrlose Luft pfeifen und weidete sich an unserem Erschrecken. Seine Stöcke waren echte Bambusstöcke.

»Diese Stöcke wachsen zwar in Afrika«, klärte er uns auf. »Aber glaubt nur nicht, daß sie deshalb in Deutschland ausgehen könnten. Der Krieg kann hundert Jahre lang dauern, aber Rohrstöcke haben wir mehr als genug auf Vorrat! Ich habe vorgesorgt!« Wir glaubten ihm aufs Wort.

Noch einen quälte Zunk mit Vorliebe: Benno Nadel. Benno Nadel war Jude. Ich auch, aber ich war ein guter Turner, außerdem hatte ich lange, unermüdliche Beine zum Marschieren. Ich sang auch gut, wenigstens bis zum Stimmwechsel. Aber Benno hat weder turnen noch singen können. Außerdem war er krumm gewachsen.

»Du wirst immer ein unbrauchbarer Mensch sein«, prophezeite Zunk boshaft und verabreichte Benno, der sich stumm und ergeben bückte, mit dem dünnsten Rohrstock fünf Schläge auf das gestraffte Hinterteil, daß wir alle jeden dieser Schläge, die bestimmt rote Striemen hinterließen, mit zu verspüren meinten. Aber Benno Nadel richtete sich auf, als sei nichts geschehen. Er verzog sein Gesicht nie. Er sah ja schon sowieso immer aus, als habe er soeben Prügel bekommen. Seine Augen waren die traurigsten Augen, die ich jemals gesehen habe. Sie lagen in diesem verhüllten Kindergesicht wie zwei ferne Welten. Zunk haßte diese Augen, es waren nicht seine Welten.

»Du verstocktes Schwein!« schrie er wutentbrannt, wenn Benno nach den Schlägen nicht weinte. »Du wirst noch in einer Zwangsanstalt enden, in 'ner Strafanstalt!«

So ganz unrecht sollte Zunk nicht haben. Siebzehn Jahre später wurde Benno Nadel in ein Konzentrationslager gebracht.

Dort blieb er drei Wochen. Dann wurde er wieder herausgebracht. Tot.

Bei uns stimmte Zunks Rechnung. Er liebte uns nicht, und wir liebten ihn nicht. Aber mit den Tieren stimmte das weniger. Er war ein Tiernarr, er verpaßte keine Gelegenheit, um uns daran zu erinnern. Doch die Tiere mochten ihn nicht, sie gingen ihm aus dem Weg. Denn sie wußten ja nicht, daß Zunk Mitglied des Tierschutzvereins war.

Es verging keine Woche, ohne daß uns Zunk nicht eine Ansprache über Tierliebe, über seine Tierliebe hielt.

»Wer Tiere liebt, liebt auch den Menschen. Werdet Mitglied des Tierschutzvereins. Kauft den Tierschutzkalender. Organisiert den Tierschutz«, legte er uns drohend nahe. Und wir organisierten uns und kauften den billigen Kalender.

Vor allem hatte er es mit den Pferden. Er sang das hohe Lied des deutschen Pferdes bei jeder Gelegenheit. Er wurde beinahe zum Dichter, wenn er von jenen pflichtbewußten Pferden redete, die draußen bei den feldgrauen Soldaten kämpften, tapfere Reiter trugen, ungeheuer schwere Geschütze zogen. Weniger begeistert war er von alten Gäulen, die auf den Feldern des Hinterlandes den Acker bestellten und die Ernte heimbrachten. Doch erwähnte er sie gelegentlich auch.

Er besaß einen Hund, der war der stillste und verschüchtertste Köter der ganzen Stadt. Das sahen wohl nicht nur wir, sondern auch die Tiere. Während die hungrigen Tauben auf dem Schulhof sitzenblieben, wenn die Schüler oder eine Lehrerin sich ihnen näherten, flogen sie erschreckt davon, wenn Zunk, dieser organisierte Tierfreund, auf sie zumarschierte. Winselnd zogen Hunde den Schwanz ein, wenn er ihnen pfiff, sie konnten ihn nicht riechen, und wenn er sie zu fassen bekam, wanden sie sich am Boden wie vergiftet. Katzen flüchteten mit einem riesenhaften Satz in die nächste Haustür, wenn er sie süßlich miauend an sich locken wollte. Ein Kanarienvogel, den er sich einmal kaufte, verendete in der Zunkschen Wohnung, ohne auch nur einmal seine Kunst gezeigt zu haben. Zunk stand vor einem Rätsel. Die Tiere ignorierten seine Tierliebe! Tiere haben eben keinen Verstand, dachte er mitleidig, denn er hatte Mitleid mit sich. Er gab sich doch so viel Mühe mit Tieren... Rochen die Tiere das Unglück des Hundes Bebel, der von Zunk zuschanden dressiert worden war? Bebel hatte ein deutscher Sozialistenführer geheißen, sollte ich später erfahren. Indem Zunk seinen Hund »Bebel« nannte, rächte er sich an einer Idee, die ihm zutiefst verhaßt war. Außerdem spielte da noch sein Onkel eine Rolle.

Am neunten November 1918, als die republikanischen und die roten Fahnen in der Stadt auftauchten, erschoß er das mißbrauchte Tier. Vielleicht hatte er Angst, das Tier würde zu sprechen beginnen. Wahrscheinlich hatte er ein schlechtes Gewissen, Zunk, diese kleine Seele...

Die drei Detektive mußten am Mittwochnachmittag ihre Arreststunde absitzen.

Zunk ließ sie Hühner zeichnen. Er entwarf erst eine Musterhenne an der Tafel. Vorn gab er ihr mit sichtlichem Vergnügen einen mageren Hühnerkopf und nach hinten ließ er fünf Striche Gefieder herausragen. Wie Stäbe aus einem zerbrochenen Regenschirm.

»Das sind die Flügel«, erklärte er streng, indem er auf diese Striche zeigte.

Zwei Balken wiesen nach unten. Die sollten die Beine darstellen. Der Leib der Henne sah aus wie eine eingedrückte Konservendose.

»In einer Stunde zeichnet mir jeder zwanzig Hühner!« Er schloß hinter sich die Tür zu.

Die drei Detektive beschlossen hastig, jeder solle dreißig Hühner zeichnen, um so, wie sie meinten, Zunk wieder zu versöhnen. Neunzig eckige Hühner marschierten stramm über ihre Zeichenblöcke.

Zunk sah sich diese massige Hühnerparade an und sagte, menschlicher als sonst: »Na, bis Freitag habt ihr ja nun Zeit. Sperrt eure Augen auf, dann kriegt ihr den Verbrecher schon!«

»Ach«, sagte der lange Ruzenza auf dem Heimwege. »Ach!« Er heulte fast vor Wut. Sein Mund stand schwarz und forschend offen.

»Es ist einer, der ohne Brot in die Schule kommt«, meinte Lorke und spielte Fußball mit der Luft. Lorke war kugelrund, sein Spitzname war Mops.

»Wenn wir ihn erwischen, kriegt er eine Abreibung für unsern Arrest von heute«, versicherte Ruzenza und kam vor Erregung ins Stottern.

»Au ja«, freute sich der kleine Kulisch.

»Erst haben, dann Keile«, sagte Mops und warf einen Stein gegen einen Laternenpfahl. Er verfehlte den Pfahl, traf die Lampe und das Glas zersprang in tausend Stücke. Sie liefen alle drei fort, so schnell sie ihre Beine trugen.

»Wir kriegen ihn bestimmt«, versicherte Ruzenza, als sie endlich um die Ecke bogen.

»Vielleicht«, zweifelte Mops und trat wieder gegen einen Stein.

»Bestimmt«, erklärte Ruzenza aufgeregt. Er schien es sich sehr zu Herzen genommen zu haben.

»In zwei Tagen«, sagte der Mops, »ist Freitag.«

Donnerstag. Die Zehn-Uhr-Pause. Die Klasse war geräumt. Nur zwei Schüler waren oben geblieben. Ruzenza, der aussah, als wachse er jeden Tag mehr und mehr aus seinem Anzug heraus – Ruzenza stand am Fenster und spähte verstohlen hinunter in den Hof. Unten drehte sich der Kreis. Die Schulordnung schrieb vor: »In der Pause sind Spiele verboten, die Schüler haben paarweise im Kreise zu marschieren.« Hier und da lief aber auch einer allein. Dieser Einzelgänger war entweder bucklig, rothaarig, oder er stotterte, oder es fand sich aus einem anderen Grunde keiner, der mit ihm gehen wollte: weil er vielleicht einen komischen Namen hatte wie der Knoblauch, oder er war ein Jude, oder er war der Primus; und der war ja zu fein, um mit einem anderen zehn Minuten herumzulaufen... Die Frühstückspause hieß bei allen die Hungerpause.

Der andere, der in der Klasse geblieben war, lag unter einer Bank. Es war Mops.

Jetzt öffnete sich ganz vorsichtig die Tür. Jemand schlich sich auf Fußspitzen herein, bis an die Bank, unter der Mops seine Wache hielt. Es war Kulisch.

»Ich bin's«, sagte er zu Mops, der ab heute Oberdetektiv war. »Der Bock, der Nolte, der Hummel, der Fuchs und der Salzmann sind ohne Frühstück auf dem Schulhof«, berichtete er leise.

»Die sind immer ohne Brot in der Schule«, winkte Mops verächtlich ab. Er kroch auf allen Vieren zu Ruzenza und blickte auch hinunter. »Da! Jetzt gibt der Handtke dem Bock 'n Stück Brot!«

»Die Handtkes haben doch 'ne Bäckerei, sie haben soviel Brot wie sie nur wollen«, schluckte Ruzenza. »Auch ohne Brotmarken.«

»Ist nicht wahr! Sie brauchen auch Marken«, widersprach Mops. »Ich weiß es. Wir wollten mal 'n Brot ohne Brotkarte haben, aber das ging nicht.« Er verzog sich wieder unter die Bank.

»Ist nicht wahr«, behauptete Kulisch. »Wo wir doch von ihr jede Woche ohne Marken 'n Brot extra kriegen. Unsere Emmi muß nur immer hintenrum rein und wenn's dunkel ist. Und wir dürfen es nicht verraten.«

»Meine Mutter sagt, daß Leute die Geld haben, alles kriegen«, sagte Ruzenza.

»Vorige Woche haben wir sogar Eierkuchen gehabt«, erklärte Kulisch großspurig.

»Mag ich nicht«, sagte Mops.

»Das sagst du bloß, weil ihr keine machen könnt«, rächte sich Kulisch. »Ihr kriegt doch keine Eier, ihr seid doch arme Leute.«

»Das ist nicht wahr!« protestierte Mops erschrocken. Er schlich zum zweiten Mal ans Fenster. »Wir haben vielleicht mehr Geld als ihr!«

»Meine Mutter hat aber gesagt, daß ihr arme Leute seid«, versicherte Kulisch eifrig. »Überall pumpt ihr euch Mehl und Margarine, aber das Wiedergeben vergeßt ihr, sagt meine Mutter.«

»Das lasse ich mir nicht gefallen! Das ist Schwindel! Wenn du das noch einmal sagst, mache ich Rübensirup aus dir!« drohte Mops und sprang wutschnaubend den zurückweichenden Kulisch an.

»Schöne Detektive!« zischte Ruzenza. »Jetzt wollt ihr euch wohl noch prügeln?«

»Ich brauche mir das nicht gefallen zu lassen«, sagte Mops beleidigt, aber er griff Kulisch nicht an.

»Was wahr ist, ist wahr«, lispelte Kulisch. »Wie kannst du überhaupt Detektiv sein, wo du selber nie Brot hast!«

»Schwindler! Gemeiner Schwindler! Ich esse mein Brot bloß schon immer auf dem Schulweg auf!«

»Ich glaub das nicht«, versicherte Kulisch treuherzig und

drückte sich auf alle Fälle rückwärts an die Wand heran. »Du bist genau so arm wie der Bock und der Hummel. Meine Mutter hat gesagt, der Dieb ist einer, der ohne Frühstück in die Schule kommt, wie du.«

»Na warte!« drohte Mops dem sich duckenden Kulisch und wurde ganz weiß im Gesicht. »Ich melde dich nachher dem Herrn Zunk! Na warte!«

Ängstlich wartete Kulisch den Vormittag ab, aber Zunk ließ ihn nicht rufen. »Also hat Mops nichts gesagt«, fiel ihm ein Stein vom Herzen.

Ruzenza, der sich das mitanhörte, aber nicht sagte, was er dachte, versicherte er: »Mops ist ein Feigling! Paß auf, vielleicht ist er der Dieb!«

Nach dem Unterricht, auf dem Nachhauseweg, trafen sich die drei Detektive wieder.

»Morgen ist Freitag«, stöhnte Ruzenza. »Wenn ich nur krank wäre!«

»Ich habe keine Lust mehr«, sagte der Hauptdetektiv Mops. Er sah nur Ruzenza an und vermied es, mit Kulisch zu sprechen.

»Wir müssen es rausbekommen«, lispelte Kulisch. »Und ich habe den Dieb schon, glaube ich.«

»Ist dir schlecht?« fragte Mops Ruzenza.

»Ich bin krank«, sagte der.

»Heute Nachmittag haben wir Turnen beim Zunk«, seufzte Kulisch.

Zunk begab sich in die Schule. Kerzengrade lief er über die Straße, selbstbewußt, wie einer, der gewohnt ist, Befehle zu geben, jeder Zoll ein deutscher Turnlehrer.

Das ist Zunks Geschichte:

Sein Vater war Ziegeleimeister – und der jüngere Bruder seines Vaters war der Besitzer der Ziegelei.

Zunks Vater war ein Flaumacher und Neidhammel. Zunks Onkel dagegen war ein ausgesprochener Optimist, ein »Hauptkerl«, klug, mit gutem Instinkt bewaffnet und nie müßig. Er war durch seine Heirat zu Geld und zu der Ziegelei gekommen. Nichts Unrechtes war dabei. Es war eine Liebesheirat – und die Braut hatte ihm nie verheimlicht, daß ihr Vater der Besitzer einer Ziegelei sei. Der junge Mann hatte darauf erwidert, er sei zwar Geschäftsführer eines sozialistischen Konsumvereins – aber da er ja nicht seinen Schwiegervater heirate, sei ihm das egal. Daß der Schwiegervater sich zur Ruhe setzte und er über Nacht Ziegeleibesitzer wurde, war dem Umstand zuzuschreiben, daß er einen guten Eindruck auf den Alten gemacht hatte. Er liebte seine Frau abgöttisch (wie es in solchen Fällen heißt), auch noch, als ihr Besitz auch sein Besitz geworden war. Und er blieb weiter Mitglied des Konsumvereins, auch als Ziegeleibesitzer. Er änderte sich nicht wesentlich, er verdiente nur mehr Geld als früher und gab mehr aus. Doch gewaltig änderten sich seine Verwandten. Er hatte glücklicherweise nur einen Bruder, dessen Frau und Sohn.

Dieser Bruder, Zunks Vater, bezog mit seiner Familie eine Freiwohnung in der Ziegelei und wurde Ziegeleimeister. Nach und nach eignete er sich die dazu nötigen Fachkenntnisse an.

Der Ziegeleibesitzer bewohnte mit seiner Frau ein neues Haus am anderen Ende des Werkes. Sein Haus war schöner und größer als die Freiwohnung des Ziegeleimeisters. Die Kleider und Hüte seiner Frau waren teurer und eleganter als die seiner Schwägerin. Ab und zu hatte er Gäste in seinem schönen Haus, aber da er mit seinen Gästen gelegentlich auch allein sein wollte, lud er seinen Bruder und seine Schwägerin nicht immer mit ein.

»Ein schöner Bruder«, sagte deshalb Zunks Mutter neidisch, wenn sie von dem Ziegeleibesitzer sprach. »Dein roter Bruder!« sagte sie höhnisch, sie spielte auf den Konsumverein an. Alle Glätte ärgerte sie sich aus dem Gesicht. Vor Ärger und Neid kam sie gar nicht dazu, ihrem Schwager und ihrer Schwägerin auch mal etwas Gutes nachzusagen.

Im Schatten dieser großen Ziegelei und des schönen Hauses des reichen Onkels wuchs unser Zunk als armer Verwandter auf. Eine solche Jugend kann einen zum Revolutionär oder zu einem bürgerlichen, klugen, ehrgeizigen Menschen oder zu einem gefährlichen Dummkopf machen. Bei Zunk kam es, wie bei seinem Vater und bei seinem Onkel, nicht nur auf die Umstände, sondern auch auf die Charakteranlagen an. Diese versprachen nicht viel.

Trotzdem wollte der Onkel etwas für ihn tun und ließ ihn, zu unserem Pech, Lehrer werden. Er ermöglichte seinem Neffen die Lehrerlaufbahn, aber Dankbarkeit erntete er nicht. Der junge Zunk dachte bei jeder anständigen Tat seines Onkels ähnlich wie seine inzwischen verstorbene Mutter: »Ein schöner Onkel!« und »Naja, ein Roter!« Der Onkel war noch immer Mitglied im Konsumverein.

Kurz nach dem Tod des Ziegeleimeisters, der, weil ihn das befriedigte, ein vergrämtes und verbittertes Leben geführt hatte – kurz nach dem Tode seines Vaters trat Zunk seine erste Lehrerstelle in einem Walddorf an.

Doch das Dorfleben behagte ihm nicht sonderlich und auch nicht der eintönige Beruf eines Dorflehrers. Auf die Nerven fiel ihm das Gänseherdengeschnatter, das ihn auf dem Schulweg begleitete. Das Hundegebell verfolgte ihn in seinen Träumen. Er war wohl Tierfreund, aber er liebte nicht, wenn die Hunde ungefragt bellten und, hinter sicheren Zäunen, respektlos hin- und herspringend, sich nichts von ihm befehlen ließen. Er liebte wohl auch Pferde, aber nicht ihren Schweiß. Er war unzufrieden. Schuld an allem war sein Onkel, der Fabrikant von Ziegelsteinen. Der Sohn dieses Onkels besuchte jetzt die Technische Hochschule, aber er, Zunk, war verurteilt, zwischen wortkargen Bauern, ihren beschränkten Nachkommen und krähenden Hähnen zu leben. Zunk sah, wenn er so verzweifelt über die hügeligen Äcker lief, seinem verbitterten und jetzt toten Erzeuger zum Verwechseln ähnlich.

Der gutmütige Pfarrer des Ortes lud ihn eines Sonntags, als die Kirchenglocke ihr Geläute eingestellt hatte und die Felder, der Wald und die einzige Straße des Dorfes sonntäglich leer und verlassen dalagen, zum Essen ein. Dieser protestantische Pfarrer war ein gewaltiger Schlemmer vor seinem Herrn, ein Mann der das Leben von der besten Seite nahm, etwas dicklich schon und mit angeröteter Nase. Ein ganz glücklicher Mensch war er und noch gar nicht alt, seine Frau war eine vorzügliche Köchin.

Gänsebraten gab es, mit Thüringer Klößen aus rohen, entwässerten Kartoffeln und mit gerösteten Semmelbröseln als Füllung. Und im Leib der Gans dufteten Äpfel, überzogen mit ihrem eigenen süßen Saft und dem feinen Fett des verlockend glitzernden Bratens.

Ehrfurchtsvoll und zugleich verliebt betrachtete der Pfarrer die Gans und die Klöße. Er ergriff die Gabel und das große Messer und stieß zu. Die Knochen splitterten weich aus dem Fleisch. Mit fast religiöser Andacht trennte er die Schenkel vom prallen Rumpf und zerteilte den leckeren riesengroßen Vogel. Eigenhändig legte er das gebräunte Gebein mit dem weichen Fleischpolster und die runden, großen Klöße auf die flachen vorgewärmten Teller, dann überträufelte er alles mit dem heißen goldbraunen Fett. Und zuletzt gab er dem Gast, um ihn zu ehren, den Bürzel. Mit neckischen Worten trennte er sich von ihm. Dann gab er sich ganz der Speise hin, vergnügt schmatzend. Messer und Gabel handhabte er wie zwei Musikinstrumente. So aß er das ihm herrlich mundende Mahl und tätschelte zwischendurch auch mal zufrieden die müde kauende Gattin. Und während er so kennerisch das zarte Fleisch von den leise knackenden Knochen löste, sprach er vom Essen, von allerlei Gemüsearten und von Eierkuchen mit Preiselbeeren. Er nagte noch die restlichen Knochen der Gans mit glücklichem Stöhnen ab und sprach von einer Forelle, die er vor einem Jahre gegessen habe, mit neuen, in Petersilie und zerlassener Butter geschwenkten Kartoffeln.

Worüber aber sprach der Gast Zunk? Von seinem verpfuschten Leben. Weil sein Vater ein armer Schlucker gewesen und sein Onkel »ein schöner Onkel« und »ein Roter« sei. Seinen eigenen Sohn lasse dieser Onkel Ingenieur werden und ihn nur Schulmeister. Naja, Verwandtschaft! Dabei hätte er, Zunk, erwiesenermaßen Anlagen zum Erfinder! Staunen würde eines Tages die Ziegelei!

»Erfinder?«

»Erfinder!« bestätigte Zunk arrogant.

Dann ging er.

Den Bürzel hatte er kaum berührt! Der Pfarrer bekam, als er dies sah, ein »Herzeleweh«, wie das seine süddeutsche Frau nannte. Er schwor, diesen Lackel von Mensch, diesen ungebildeten Esser, nie wieder einzuladen.

Zunk, zurück in seinem Zimmer, sah sich eitel sein Erfindergesicht an, fettete dabei seinen jungen Schnurrbart ein und legte, um ihm die damals vaterländische Richtung, nach oben, zu geben, die Schnurrbartbinde an. So gerüstet stellte er sich ans Fenster und sah in seine goldene Zukunft. Ihm war jüngst eine großartige Sache geglückt: er war der Erfinder eines verstellbaren Kinderschuhes mit ausziehbarer Sohle! Dieser Gedanke war ihm gekommen, als er sich zufällig seiner Kindheit und der ewigen Klage seiner verbitterten Eltern erinnerte: »Bevor du deine neuen Schuhe anziehst, sind sie schon wieder zu klein!« Als ihm also diese Erinnerung gekommen war, setzte er sich hin und erfand einen verstellbaren Kinderschuh. Zwar hatten ihm bereits zehn Schuhfabrikanten die Erfindung dankend und mit der sachlichen Bemerkung zurückgeschickt, die Herstellung seines »Zunk«-Schuhes würde zehnmal soviel kosten wie die eines gewöhnlichen Serien-Kinderstiefels, womit ja der Sinn dieser an sich »großartigen Erfindung«, wie der Erfinder selbst ihnen schreibe, gerade ins Gegenteil gekehrt sei. Doch Zunk war sicher, daß solche Antworten von Fabrikanten kamen, die seinem Onkel, aber nicht ihm glichen. Und deshalb ließ er sich nicht entmutigen, sondern hatte die Erfindung bereits an fünf weitere Schuhindustrielle geschickt, mit genauen Zeichnungen und Rückporto.

Seine Zukunft aber wurde gar nicht von diesem verstellbaren Kinderschuh beeinflußt, sondern von dem Entwurf eines Zweihundertmarkscheins. Er hatte einen solchen Entwurf eines Tages an das Reichsfinanzministerium gesandt und daraufhin aus dem Büro des zuständigen Staatssekretärs einen Brief erhalten, der von einem ironischen Herrn diktiert worden war. Doch fühlte sich Zunk gar nicht verlacht, denn er begriff die Ironie gar nicht. Gutmütig und wohlwollend lehnte der betreffende Beamte den Zunkschen Entwurf ab, und der Brief schloß mit einem wahrscheinlich beabsichtigt unklaren, sogar zweideutigen Dank für das Interesse, das der Einsender den deutschen Banknoten entgegenbringe.

Dieser Brief lag zufällig auf Zunks Tisch, als einmal der Schulrat zu einer Inspektion ins Dorf kam. Niemals hatte der Schulrat einen Brief aus dem Büro eines Staatssekretärs erhalten, er war beim Anblick des schönen gewichtigen Bogens tief beeindruckt. Und mit Ironie hatte er, genau wie Zunk, auch nie zu tun gehabt, weder dienstlich noch außerdienstlich. So erschien ihm das Schreiben, obwohl es ein Absagebrief war, weil es amtlich war, sehr vielversprechend für die Zukunft dieses jungen Mannes. Sehr genau und interessiert erkundigte sich der Schulrat nach Alter, Familie und Gesundheit des ihm auf einmal begabt erscheinenden Dorfschullehrers, und dabei versuchte er gar nicht, seine Freude zu verbergen, als ihm Zunk auf die knappe Frage »Verheiratet?« die ebenso knappe Antwort »Ledig, Herr Oberschulrat« gab.

»Das ist günstig«, erwiderte ihm da der Schulrat geheimnisvoll, und fügte hinzu: »Ich werde Sie im Auge behalten, junger Mann.« Dann fuhr er wieder zurück in die Stadt.

Der Schulrat war ein zuverlässiger Mann. Er hielt sein Wort. Eines Tages stellte ein amtliches Schreiben dem Dorfschullehrer Zunk eine Stelle als Aushilfslehrer in der Stadt in Aussicht. Ein besonderer Vermerk unter diesem Amtsbrief forderte ihn jedoch auf, dem Schulrat zuvor seine Aufwartung zu machen.

Zunk machte sie an einem schulfreien Mittwochnachmittag des Jahres 1910. Er hatte seinen dunkelblauen Sonntagsanzug angezogen und wurde von einem feixenden Dienstmädchen in den Salon der Amtswohnung des allgewaltigen Schulrates geführt. Als dieser eintrat, war seine erste Frage:

»Haben Sie wieder etwas vom Staatssekretär gehört, junger Mann?«

Diese unerwartete Frage beantwortete der verblüffte Zunk stotternd und vielsagend, da er nicht wußte, was von ihr abhängen würde.

Die zweite Frage war sehr klar und eindeutig zu beantworten: Zunk war noch immer nicht verheiratet.

Erst nachdem diese scheinbar für den Schulrat wichtigen Dinge geklärt waren, wurde Zunk zum Sitzen aufgefordert. Unbequem saß er auf dem grünen Plüschsofa, rauchte eine angebotene Zigarre, nahm seine endgültige Versetzung in eine Volksschule der Stadt mit tiefer Verbeugung und einer untertänigen Dankesformel in Empfang, wurde hierauf der einzigen Tochter des verwitweten Schulrates vorgestellt, die er aber kaum ansah. Hätte er gewußt, daß diese Schulratstochter bald seine Frau werden würde, hätte er sie wahrscheinlich mehr beachtet, trotz ihres unscheinbaren Wesens. Sie war sieben Jahre älter als er, außerdem hatte sie einige Schönheitsfehler, sie besaß weder Augenbrauen noch Wimpern, doch das sah Zunk jetzt nicht, weil er sie ja nicht ansah. Sie ihrerseits konnte vom Blick auf den Besucher ihres Vaters nicht lassen. Der untersetzte stämmige rotblonde Zunk machte eine beeindrukkende Figur. Sein Brustkasten war gewaltig, die Stimme drohend, die Augen stechend, und vor allem war sein Ehrgeiz brennend. (Die Ziegelei würde schon sehen!) An seiner Uhrkette hing nicht nur zum Schmuck ein goldenes Plakettchen mit der Inschrift: »Immer feste druff!«

Die Hochzeit war schlicht. Der Ziegeleibesitzer war ohne Frau und mit einem lausigen sechsundsiebzigteiligen Porzellan-Service gekommen.

Noch am gleichen Abend sollte Zunk, seine Vornamen waren Friedrich Wilhelm August, merken, daß seine Frau Viktoria auch stark an Krampfadern litt. Sie hatte es ihm, wie alle ihre körperlichen Reize, bis jetzt mit Hilfe ihrer langen, damals modernen Röcke und auch noch zuletzt mit ihrem blütenweißen Brautkleid verbergen können. Doch dann mußte sie das Kleid ablegen. Und da sah er denn die Krampfadern.

Kurz vorher noch, als das Hochzeitsmahl im engsten Kreise zu Ende ging, hatte er sich stolz die letzte Zigarre angezündet.

Dann hatte er sich erhoben.

Er meinte zu wissen, was ihm jetzt bevorstand, aber er wußte es nicht.

Die Braut schwitzte vor Angst.

Zunks genau in der Mitte gescheiteltes Haar glänzte eigenartig. Der Hinterkopf war kahlrasiert.

»Viel Vergnügen, mein lieber Neffe Friedrich Wilhelm August«, sagte der Onkel angeekelt und fragte den jungen Ehemann leise: »Nun darf ich, als Familienvertreter, wohl gehen?«

Zunk, ebenso leise, sagte: »Meinetwegen zum Teufel.«

Der Schulrat drückte mit senilem Gekicher seiner zitternden Tochter einen Kuß auf die heiße Stirn und murmelte:

»Mut, meine Tochter! Mut, Viktoria! Mach deinem Namen Ehre!«

Von dieser Nacht hat sich Zunk vermutlich nie erholt.

Er machte 1913 das Turnlehrerexamen. Als dann, ein Jahr später, die deutschen Männer in den Krieg zogen, mußte er nicht ins Feld ziehen. In allen deutschen Städten blieben einige Zunks zurück. Es schien, als würden jene Erzieher bleiben, von denen die Behörde wußte, daß sie die Jugend stramm erziehen. Zunk erzog uns stramm. Und seine Behörde war der Schulrat, sein Schwiegervater.

Bei Zunk mußten die Kerle die Knochen zusammenreißen. Die Kerle, das waren wir. Wenn er beim Marschieren singen ließ, kam jeder Ton wie ein unbesiegbarer Soldat aus dem Munde. Jeder Takt war ein knallender Parademarsch. Das ganze Lied eine fürs Vaterland hinausziehende Armee. Zunk aber zog nicht hinaus. Er blieb bei uns Kindern. Sein Ziel hieß nicht Paris, sein Ziel hieß Oberlehrer.

Auf Anraten seines Schwiegervaters bereitete er sich »in Deutschlands schwerster Zeit« auf die Zeichenlehrerprüfung vor. Mit eisernem Fleiß und einem Holzlineal warf er sich auf die auch dazu geschaffene Natur und bestand das Zeichenexamen mit »ausgezeichnet«. Er malte Blumen und er malte Tiere, indem er mit harten und dicken Umrissen begann, die zu Beginn wie Baugerüste und zum Schluß wie Gefängnisgitter aussahen. Dahinter sperrte er dann seine unglücklichen Zeichnungen. Keine Blume und kein Tier konnte ihm entfliehen. Rosen und Tulpen lagen auf dem Papier wie in Zwangsjacken. Knochige Hähne mit riesigem Kamm wankten wie an Ketten an strammstehenden Grashalmen vorbei. Im April 1918, das wußte Zunk bereits jetzt von seinem Schwiegervater, würde er ans Realgymnasium versetzt werden. Er rieb sich zufrieden die Hände! Eine schöne Laufbahn lag vor ihm! (Die Ziegelei wird sich wundern!) Er warf sich stolz in die Brust und jagte die Klasse im Dauerlauf durch die Turnhalle.

»Damit ihr mir warm werdet! Marsch! Marsch! Halt! Kniebeuge! Fußspitzen! Fersen hoch! Hände an die Hüften stützt! Einszwei! Einszwei! Eins – halt! Rührt euch!«

Wir wollten den rechten Fuß etwas vorschieben. Da brüllte er schon wieder: »Stillgestanden! Rechtsum! Ausrichten! Abzählen!«

»Einszweidreivierfünfsechssiebenachtnein . . . !«

»Halt! Natürlich der Benno Nadel! Was heißt *nein?* Neun, Mensch! Neun! Noch einmal abzählen!«

»Einszweidreivier . . . !«

Und so stand Zunk vor uns, er schaukelte selbstbewußt, selbstherrlich und unangreifbar sein Gesäß. Wie faustdicker Hagel prasselten seine Befehle auf uns nieder.

Immer wieder ließ er uns stillstehen, marschieren, Kniebeuge machen, abzählen. Er schliff uns, als wären wir Rekruten, die er für den Krieg ausbilden müßte. Dabei waren wir nur Knaben von acht bis zehn Jahren.

»Und bis Freitag will ich den Dieb kennen«, schrie er vor dem letzten Befehl. Dann gab er auch endlich diesen: »Weggetreten!«

Am Freitag fehlten Kulisch und Ruzenza. Für beide waren Entschuldigungszettel gekommen.

Die Mutter von Kulisch schrieb, daß ihr Junge die Grippe habe. »Und wissen Euer Hochwohlgeborener Herr Rektor, daß dies nur selten meinem Sohne Ottomar zustößt. Hochachtungsvoll Berta Kulisch, geborene Menke.«

Ruzenzas Mutter hatte geschrieben: »Wollen Sie bitte die Krankheit von meinem Sohn Albert entschuldigen. Frau Ruzenza, Mutter des Albert.«

An was Ruzenza erkrankt war, schrieb sie nicht.

Frau Ruzenza, die Mutter des Albert, sitzt jetzt in ihrer Küche, allein sitzt sie vor dem Tisch, auf dem nichts steht. So einsam wie heute hat sie sich noch nie gefühlt, in ihrem ganzen Leben nicht. Sie ist zum Ausgehen angezogen, aber sie kann sich noch immer nicht entschließen...

Es ist ja so schwer dies alles, denkt sie müde, und wie soll ich es denn nur anfangen, was soll ich denn nur sagen, was Gott nicht alles von mir verlangt, als wenn es nicht schon schwer genug wäre ohne Mann, und nun muß mir der Albert so etwas anstellen...

Aber was hilft alles Klagen, es ist ja Krieg, und wir Frauen sitzen ganz allein hier mit allem Elend und allen Sorgen, und mit solchen Kindern, die einem so etwas anstellen, nein, wer hätte das von meinem Albert gedacht, von wem er es nur haben mag, doch nicht von seinem Vater, der immer ehrlich und anständig war, und auch nicht von mir, es ist doch furchtbar, nein, es ist ja so furchtbar...

Zuerst hatte sie ihm nicht glauben wollen, als er ihr heulend die Sache, diese schreckliche Sache gestand, weil doch sein Mitschüler Kulisch ja sowieso alles wüßte, wenigstens habe er Albert gesagt, er kenne den Dieb... Geschlagen hatte sie ihn da, daß ihr Arm noch jetzt weh tat, der arme Junge... Sie hatte ihn so zusammengehauen, daß er zum Schluß nur noch wimmerte und sie Erbarmen mit ihm hatte. Und war denn diese traurige Sache seine Schuld? Er sagte ja, daß er Hunger gehabt habe, jeden Tag habe er Hunger, und die anderen kämen mit ganzen Freßpaketen in die Schule. Aber wie soll sie es denn schaffen, sie kriegt ihn ja nie satt, er wächst ihr ja so rasch, und woher soll sie denn das viele Geld nehmen und die Lebensmittel...

Als sie gestern an seinem Bett saß und ihm tröstend über sein verweintes Gesicht fuhr, hatte er ihr gesagt: »Der Laber hat jeden Tag so dicke Wurst auf seinem Brot, und da ich das immer gesehen habe, kriegte ich eine solche Lust und konnte einfach nicht mehr widerstehen. Aber nur das vom Laber, nicht das andere vom Birk, ich schwör's dir, Mutter, das war bestimmt ein anderer...«

Sie glaubt ihm. Aber es ist ja auch so schlimm genug. Albert schläft jetzt. Sie ist über Nacht zu dem Entschluß gekommen, in die Schule zu gehen und alles zu erzählen. Auf keinen Fall darf ihr Kind wegen dieser Sache unglücklich werden. Sie will dem jungen Kulisch zuvorkommen und ganz offen mit der Lehrerin oder mit dem Lehrer sprechen, sie wird alle Kraft zusammennehmen... Es ist doch kein Verbrechen, wenn so ein Kind wie ihr Albert so ein Verlangen kriegt. Muß denn der Laber so auffällig seine Wurst zeigen, ist doch schon eine große Ungerechtigkeit, daß manche in dieser traurigen Zeit so schlemmen können, wo unsereins nicht ein noch aus weiß. Wie soll denn da mein armer, armer Albert widerstehen können? Und die andern? Wer weiß, was die schon alle für schreckliche Sachen gemacht haben und dafür kann doch nun nicht ihr Albert auf einmal die Schuld tragen, doch nicht für alle andern, das geht doch nicht...

Sie hatte die ganze Nacht nicht schlafen können. Und jetzt wird sie doch gehen müssen. Es hat ja keinen Sinn so dazusitzen, sie ist doch seine Mutter, wer soll denn sonst für ihn den schweren Weg gehen...?

Sie tritt vor den Spiegel und sieht ihr von Tränen entstelltes Gesicht. Alt sieht sie heute aus, wie fünfzig, dabei ist sie noch keine dreißig Jahre alt, aber es ist ja kein Wunder bei einem solchen Leben, immer arbeiten, immer bei fremden Leuten, immer sich abrackern, scheuern, flicken, immer waschen, bügeln, immer auf den Dreck fremder Leute achten, aber für ihren Albert hat sie nie Zeit, da wächst der ganz ohne Vater auf, und ich bin ja nie daheim, ich muß ja Geld verdienen, ich verlange, liebes Fräulein Lehrerin, daß Sie mir glauben, glauben Sie doch bitte einer geschlagenen Mutter, der das Herz bricht, mein Junge ist aber wirklich nicht schlecht, ich habe ihn halbtot geprügelt, glauben Sie doch bitte meinen Worten, und mehr als schuften kann ich doch auch nicht, Sie werden ihm doch bitte nichts mehr tun, er wird sie ganz bestimmt nicht wieder begehen, diese, diese – traurige Sache, er hat es mir doch versprochen, hoch und heilig hat er mir es versprochen, und so geheult hat er, daß ich geglaubt habe, ich habe dem armen Kind innen etwas zerschlagen, und vielleicht bin ich an allem schuld, was weiß denn so ein Kind von den Zeiten, und von dem was erlaubt ist und was nicht...

Ganz wirr ist es der armen Frau Ruzenza im Kopf, als sie endlich die Wohnung verläßt, ihre Knie werden weich, und je näher sie der Schule kommt, desto kleiner wird ihr mühsam gesammelter Mut. Ihre Augen, die sonst so treuherzig den Dreck fremder Leute überschauen, sind voller Angst. Wie gehetzt erscheint sie vor der Klassentür und kaum verständlich bittet sie das ihr öffnende Fräulein:

»Es ist wegen Albert, ich möchte Sie sprechen.«

»Ich komme gleich wieder«, sagt die Lehrerin und geht mit Frau Ruzenza hinaus auf den Korridor.

In der Klasse ist gleich große Aufregung, alle meinen, der Ruzenza ist entweder todkrank oder schon tot. Dann wird es ganz still. Man hört seine Mutter weinen. »Ich verlange, daß man mir glaubt«, schluchzt sie.

»Beruhigen Sie sich doch«, sagt das Fräulein mit ihrer guten Stimme.

»Ihre Erklärungen sind zwar töricht«, hört man Zunk belehrend erklären. »Aber wir werden es noch einmal versuchen«, setzt er begütigend hinzu.

»Ich danke Ihnen von ganzem Herzen«, weint Frau Ruzenza. »Und da ist doch der Krieg und er ist doch so groß für sein Alter, er ist doch bald so groß wie ich...«

»Es ist schon gut, es wird schon alles wieder gut werden«, sagt das Fräulein, dann entfernen sich die Stimmen...

Als die Lehrerin in die Klasse zurückkommt, hat sie eine rote Nase.

»Ist der Ruzenza vielleicht gestorben?« fragen gleich zehn Schüler neugierig.

»Aber nein! Was fällt euch ein!« sagt die Lehrerin erschrokken. »Er ist doch nur krank und kommt Montag wieder!«

Dann ließ sie uns allein. Sie ging zum Haarstrich, ins Rektoratszimmer. Es tat ihr leid, aber sie mußte den Bericht erstatten.

Der Mond und die Sterne

Dieser Haarstrich war der schrulligste Lehrer der Schule. Schon viele Jahre vor dem Kriege hatte das dürre Männchen seinen Abschied genommen. Als aber die wehrpflichtigen Lehrer den Rohrstock gegen den Säbel vertauschten, stellte er seine pädagogischen Fähigkeiten, trotz seines sagenhaften Alters, dem kriegführenden Deutschland wieder zur Verfügung.

Sein Ehrgeiz beschränkte sich anfangs darauf, uns schimpfend zu erklären, wir würden bestimmt im Leben »Schiffbruch erleiden«, da wir ja nicht einmal den Unterschied zwischen einem Haarstrich und einem Grundstrich erfaßt hätten. Er behauptete allen Ernstes, die Welt baue sich auf Haarstrichen und Grundstrichen auf. Wehe dem, der glaube, er könne dieses eherne Gesetz mißachten!

Damals lagen im Spital gegenüber der Schule die Amputierten mit schrecklichen Wunden, mit blutigen Gliedmaßen, blinde, taube, arme Krüppel. Sie beschäftigten uns mehr als das Schulpensum.

Leider dauerte der Krieg länger als drei Monate und Haarstrich kam mit der Zeit auf den Gedanken, daß es noch weitere Dinge gäbe, um die er sich kümmern müsse. Zum Beispiel um unsere Haare.

Er musterte nun täglich unsere Frisur. Anfangs nur schweigend, so, als müsse er sich erst langsam in ein neues Gebiet einarbeiten. Dann aber rückte er heraus mit seinen Ansichten. Er war gegen den Scheitel. Er sagte: »Schämt ihr euch denn nicht! Seid ihr denn Mädchen? Was seid ihr denn eigentlich, he?«

An diesem Tage freuten sich jene Schüler, die keinen Scheitel trugen. Schadenfroh lachten sie laut heraus. Sie wären ja nicht gemeint, meinten sie. Haarstrich aber funkelte sie giftig an und sagte: »Lacht nur nicht zu früh! Auch ihr kommt noch dran!«

Sein Feldzug gegen die Frisuren seiner Schüler war ein planvoll durchdachter und unbarmherzig durchgeführter Krieg. Sein Krieg. In jeder Stunde nahm er sich ein neues »Haar-Regiment«, wie er sagte, vor.

Er war gegen glatte Haare. Er verbot diesen Haaren, im Winde zu flattern. Aber auch im Winde ruhig zu liegen, verbot er ihnen.

Er war gegen lockige Haare. Er war gegen sauber gekämmte Haare. Er war gegen ungekämmte Haare. Er verabscheute lange, borstige Haare. Er verfluchte den Geruch von Haarwasser und stieß wüste Drohungen gegen »Pomadenköppe« aus.

»Das alles hört sich bald auf!« versprach er uns tückisch blinzelnd. Da lachte keiner mehr.

Und eines Tages befahl er, wir sollten uns innerhalb von drei Tagen alle die Haare schneiden lassen!

»Glatt und kahl«, lautete seine Anweisung. »Höchstens zwei Millimeter hoch dürft ihr sie euch stehen lassen, nicht höher! Seid ihr denn was besseres als unsere tapferen Soldaten? Keine Widerrede! Bis zum nächsten Mal habt ihr eure Mädchenmähnen runter. Sonst sollt ihr was erleben!«

Erschreckt von diesem Befehl kamen alle Mütter, Tanten, Großeltern in die Schule gerannt. Sie wagten schüchterne Einwände – aber der Haarstrich fertigte sie großartig ab. Was denn los sei, fragte er lauernd. Was sie denn einzuwenden hätten, wollte er wissen.

»Die Kinder weinen.«

»Die Kinder weinen?«

»Ja, die Kinder weinen.«

»Deutsche Kinder weinen nicht.«

Er sah die Erwachsenen forschend und durchdringend an. Seine hochfahrende Stirn, so schien es den vor ihm Stehenden, wuchs immer mächtiger in die Höhe und Breite und ging schwungvoll in einen gelblichen massigen haarlosen Schädel über. Vor diesem wuchtigen Argument mußte jeder Protest verstummen. Geknickt zogen die schweigenden Mütter, Tanten, Großeltern, auch meine Pflegemutter, heimwärts. Sollten sie Beschwerde einreichen? In einer solchen Zeit? Und bei wem? Der Haarstrich, damals der älteste Lehrer, war Rektoratsvertreter. Also mußten wir unter die Haarschneidemaschine.

Auf dem Schulhof lachten uns die anderen Klassen aus. Haarstrich mit seiner weithin leuchtenden Glatze sei der Mond und wir seien die Sterne sagten alle.

Nicht lange darauf stürzte sich Haarstrich auf unsere Ohren, auf den Hals, die Finger. Zu Beginn einer jeden Schönschreibstunde mußten wir uns, immer in Gruppen von zehn, vor das Katheder stellen. Er schnüffelte mit seiner übelriechenden

Nase und seinem Nickelbrillengestell an uns herum, und wer, seiner Ansicht nach, nicht »sauber wie 'n Militärrock« war, mußte aus der Reihe treten. So stellte er »Strafkompanien« zusammen. Er saß auf seinem Stuhl, die armen Opfer aber mußten wie Bettler mit ausgestreckter Hand an ihm vorüberziehen und ihre Strafen entgegennehmen. Fünf bis zehn Schläge mit einem Lineal auf die Fingerspitzen oder auf die Handballen. Wer die Hand zurückriß, erhielt »doppelte Ration«. Wer seine Strafe bekommen hatte, mußte laut und deutlich »Danke, Herr Steinhilber« sagen. Das war sein Name. Seine Hiebe begleitete er mit Ausrufen wie: »Gott strafe England!« oder »Jeder Schuß ein Ruß!« oder »Nur der Franzos macht in die Hos!«

Besonders verhaßt waren ihm die Fingernägelkauer. Da in dieser Hungerszeit die ganze Klasse aus Fingernägelkauern bestand, defilierten wir alle an ihm vorüber. Hinterher zogen wir mit der schmerzenden Hand feine Haarstriche und dicke Grundstriche, um im Leben keinen »Schiffbruch« zu erleiden.

Kurz vor Ostern 1918 wurde Haarstrich ganz plötzlich aus dem Schuldienst entlassen. Nicht weil er uns gequält hatte. Erst viele Jahre später erfuhr ich, daß er im Rektoratszimmer einer schreienden Lehrerin hatte zeigen wollen, wie man eine Männerhose aufknöpft...

Emanuel Stiefels Mieter

Im Hause Schloßgasse 21 spielte sich manches ab in diesen Jahren des großen Krieges. Dreimal am Tage zitterten die Frauen des Hauses, dreimal kam Nervosität über sie, da rissen sie die Fenster auf und lehnten sich weit hinaus, um die Gasse besser überblicken zu können. Manche liefen sogar hinunter und an die nächste Straßenecke, weil sie das Warten in der leeren Wohnung nicht aushalten konnten. Dreimal am Tage ging durch alle Stockwerke des Vorderhauses und des Hinterhauses diese Welle der bangen Angst. Jeden Tag war das so in diesem Hause, und in allen Häusern der Stadt war das so. Vier Jahre lang war das so, vier lange Jahre. Dabei war die Briefträgerin eine ganz harmlose Frau. Es war nicht ihre Schuld, daß sie so erwartet und so gefürchtet wurde. Es war ja nicht ihre Schuld, daß die Männer im Kriege waren und sie damals Feldpostkarten und

Feldpostbriefe ins Haus brachte aus den Schützengräben und aus den Lazaretten, oder daß sie auch nichts brachte. War es ihre Schuld, daß sie zuweilen die Überbringerin des gefürchteten amtlichen Schreibens war? Die Frauen zitterten, wenn sie auftauchte.

Diese Briefträgerin, auch das war der Krieg. Und dieser gelbe amtliche Brief, auch das war der Krieg.

Wenn man hinter einer Tür einen Fall hörte, dann sagten die Leute im Haus: »Der gelbe Brief! Wo hat sie ihn denn heute abgegeben?«

Einmal hatte es geheißen:

»Bei der Wundern.«

»Sind Sie sicher?«

»Ganz sicher. So kreischt nur die Wundern.«

»Nun ist die also auch Kriegerwitwe.«

»Und der kleine Xaver hat nun auch keinen Vater mehr.«

Der Hausbesitzer Stiefel mit Frau und Tochter und die dicke Hebamme vom ersten Stock, Frau Schade, stellten sich unten an die Treppe und warteten auf die Briefträgerin.

»Ja, der Emil Wunder ist gefallen«, bestätigte die. »Und Herr Handtke von gegenüber auch. Ich habe eben den Brief abgegeben.«

»Der Bäckermeister Handtke? Der war doch Schützenkönig! Und der soll gefallen sein?« fragte ungläubig die geschiedene Tochter des Hausbesitzers. »Wo er doch so gut schießen konnte! Wie kommt denn das?«

»Die andern haben eben auch schießen können«, brummte Frau Schade ärgerlich und dachte sich ihren Teil über diese dumme Gans...

Das war vor acht Monaten gewesen. Frau Wunder sagte eine Woche lang allen Bekannten, wie sehr sie, ach, ihren armen Emil geliebt habe. Sie trug einen großen schwarzen Schleier. Obwohl keiner etwas dabei fand und ihr niemand hineinredete, sagte sie zu allen Leuten spitz, sie lasse es sich nicht nehmen, für ihren armen Emil Trauer zu tragen. Xaver bekam gleich aus einem alten Anzug seines gefallenen Vaters einen neuen gemacht. Die Ärmel waren zu breit, die Knopflöcher zu weit auseinander, der Stoff war dunkelbraun, er sah darin wirklich wie ein Waisenknabe aus... Und dann, ja dann zog ein Untermieter bei Wunders ein, ein Herr August Heider, er war sechsundfünfzig Jahre alt, Eisenbahnangestellter und Witwer. Stiefels hielten ihn trotzdem für »nichts Rechtes«. Aber das sagten sie ja von allen im Hause. Und alle im Hause sagten dasselbe von den Stiefels...

Jetzt war der Mann von Frau Schubert auf Urlaub gekommen. Aber irgend etwas stimmte da nicht. Bei Ida Gaal im Hinterhaus wurde in Gegenwart der Anna davon gesprochen. Anna tat so, als mache sie ihre Hausaufgaben, aber sie verlor kein Wort von dem Gespräch zwischen ihrer Mutter und der etwas tauben Frau Zipfel, die nebenan wohnte.

»Die Schubert von vorne soll schon ein paar Tage lang krank sein«, sagte Annas Mutter laut. Sie stocherte mit ihrer Stricknadel in ihren Haaren herum.

»Das geschieht den jungen Weibsbildern von heute ganz recht«, meinte Frau Zipfel und strich über das Fell ihres mageren Katers, der auf ihrem Schoß schlief. »Sie sind selber schuld dran.«

»Das glaube ich nicht!« schrie Frau Ida Gaal und dachte: Die Alte spielt die Dumme, dabei weiß sie ganz genau, was drüben los ist...

»Gucken Sie doch bloß mal hin, wenn die Schubert Wäsche hat«, brummte Frau Zipfel. »Unsereins trägt wollene Hosen, aber die muß Spitzenhosen tragen. Da hat sie sich halt untenrum was erkältet. Nicht wahr, Peter?« Peter hieß ihr Kater.

»Ihr Mann auf Urlaub ist schuld!« rief Frau Gaal überzeugt aus.

»Meinense? Wieso das?«

»Tun Sie doch nicht so, als wüßten Sie nichts! Das ganze Haus weiß es doch, Frau Zipfel!« bat Frau Gaal inständig um Verständnis.

»Wo ich doch nur mit meinem Peterle zusammenkomme«, sagte Frau Zipfel mit einem Katzengesicht. »Woher soll ich da wissen, was mit der Schubert los ist?«

»Ihr Mann ist doch krank!« platzte Frau Gaal heraus und lachte befreit auf.

»Was gibt's denn da zu lachen?« wollte Frau Zipfel mißbilligend wissen.

»Da haben Sie natürlich recht, tieftraurig ist es für sie, wo sie sich doch so gefreut hat. Aber er hat draußen was erlebt, er kann es nicht sagen, sagt er. Und die junge Frau heult nun zwei Nächte lang rum, dann kriegt sie einen Nervenzusammenbruch. Das ist es und nicht die Spitzenhosen, die sie immer zum Trocknen aufhängt, wie Sie meinen.«

»Anna«, sagte Frau Zipfel zu der Tochter der Frau Gaal und gab ihr ihren Wohnungsschlüssel. »Anna, hol mir mal meine Brille, Kind, sei so gut...«

Die Anna wußte alles von mir und ich wußte alles von der Anna. Wir hatten keine Geheimnisse voreinander. Wir hatten wieder Freundschaft geschlossen.

So wußte ich, daß Anna Gaal der rätselhafte Kellerdieb war. Nachts kroch sie durch die auseinandergebogenen Latten der Stiefelschen Kellertür und warf ihrer Mutter, die draußen Schmiere stand, Kohlen und Kartoffeln zu. Dann schlichen beide über den nächtlichen Hof. Und am nächsten Tag schälten sie die gemausten Kartoffeln und kochten sie mit den mitgenommenen Kohlen und aßen sie frech und mit viel Appetit am weit offenen Fenster.

Wie war der Hausbesitzer Stiefel wütend! Er rief die gar nicht aufgeregte Polizei ins Haus, die vergebens die Diebe suchte. Ich kannte die Diebe ganz genau. Ich war stolz, denn ich war klüger als die Polizei. Ich verriet nichts.

»Wenn ich nichts klaue«, zog mich Anna ins Vertrauen, »muß ich verhungern.«

Damals hungerten viele. Jeden Tag klopfte es an der Tür. Man konnte schon nicht mehr zählen, wie oft es klopfte.

»Wir sind drei Kriegswaisen«, murmelten drei Kinder, die jeden zweiten Tag ins Haus kamen. »Haben Sie nicht 'n Stück Brot?« Es kamen viele Kinder betteln.

»Ich bin eine Kriegerwitwe und das ist mein Kind, es hat Hunger«, lächelte eine schwarzgekleidete Frau, die jede Woche kam. Sie hatte gar kein Kind, aber einen dicken Bauch und hieß »die verrückte Flora«.

»Bin schon achtundsechzig Jahre alt, meine Söhne sind gefallen, meine Töchter haben mich verlassen, die Undankbaren, und meine Frau weilt in einer besseren Welt«, leierte der alte Lehmann seinen Spruch herunter. Er kam täglich.

Dann kam einer, der sagte nichts. Das war der Zitterer. Er wackelte mit den Armen, mit dem Hals, mit dem Kopf. Er bekam immer etwas. Wenn er um die Mittagszeit anklopfte, ließ ihn Frau Weiß in die Wohnung und er setzte sich in die Küche.

»Hier, essen Sie Suppe«, sagte die gutmütige Frau Weiß, die ihr Leben mit Weißnähen verdiente.

Der Zitterer versuchte, sie dankbar anzublicken. Aber der Hals hielt nicht still, schon überfiel ihn ein neuer Zitteranfall und seine Blicke sprangen wie verfolgte Mäuse von einer Ecke in die andere.

»Hier, ein Löffel«, sagte Frau Weiß und kämpfte gegen ihre Tränen an.

Der Mann haschte mit beiden Händen den Löffel und hielt sich an ihm fest. Er wartete, bis ihm sein Leiden eine kurze Pause ließ. Dann schlürfte er hastig die Brühe in sich hinein, vergoß dabei die Hälfte, der Schweiß stand dick und klebrig in seinem verzerrten Gesicht. Und wenn er gerade den Mund öffnen wollte, um sich zu bedanken, versetzte sein Hals dem wehrlosen Kopf von neuem einen Stoß, und er ließ den Löffel fallen, und die Blicke flogen wieder gegen die Wände, nach rechts, nach links, immer wieder.

Endlich gelang ihm ein Lallen.

»Schon gut«, sagte Frau Weiß und atmete schwer. »Wenn Sie haben Hunger, brauchen Sie nur zu kommen.«

Frau Weiß sprach immer mit starkem jiddischen Akzent, setzte die Wörter oft an die falschen Stellen.

Aber Frau Stiefel, die Frau des Hausbesitzers, sprach fehlerfreies, ein reines Deutsch. Sie war ja auch keine eingewanderte Ostjüdin wie unsere Pflegemutter.

Wenn bei ihr ein Bettler anklopfte, machte sie die Tür nicht einmal auf, sondern schrie laut hinter der Glasfüllung, daß es jeder im Hause hörte: »Gehn Sie nur in 'n dritten Stock, da wohnt 'ne Jüdin, die kann niemanden wegschicken, da kriegen Sie bestimmt was. Wir haben selber nichts, guter Mann.«

Ich saß auf der Treppe und hörte alles. Auch die Hebamme vom ersten Stock hörte alles.

»So 'n Geizkragen, so 'n Aas!« schimpfte die dicke Frau Schade. »So 'ne Schlampe! Mittags läuft sie noch mit gewickelten Locken rum, brr! Und waschen tut sie sich vor Geiz auch nie! Was Sie nur immer gegen Sie hat?«

»Was weiß ich?« sagte Frau Weiß. »Ich bezahl' immer die Miete. Was soll sonst noch wollen ein Hausbesitzer?«

»Wenn ich groß bin«, versprach ich meiner Pflegemutter, »verhaue ich die Frau Stiefel, bis sie sich bei dir entschuldigt!«

»Ein Jude schlägt sich nicht herum«, verwarnte mich Frau Weiß.

»Nicht nur 'n Jude schlägt sich mit so einem Frauenzimmer nicht rum«, sagte Frau Schade mißbilligend. »Die ist für jeden anständigen Menschen zu dreckig.«

»Wieviel gibt es schon anständige Menschen?« fragte die skeptische Frau Weiß.

»Bestimmt eine ganze Menge«, sagte die Hebamme und beschrieb einen großen Kreis in der Luft.

»Wenn Sie nur hätten Recht«, meinte Frau Weiß.

Neben der alten Frau Zipfel wohnte die Witwe Lina Hering, geborene Schultheiß, von der jeder im Hause wußte, daß sie »vom Leben übers Ohr gehauen« worden war.

Kurz vor dem Krieg war ihr Mann, ein Säufer, gestorben, und das verzieh sie ihm nie. Hätte er noch etwas mit seinem Sterben gewartet und wäre er noch Soldat geworden, ein toter Soldat, bekäme sie jetzt eine Rente, und er wäre ihr wenigstens mit seinem Tode nützlich gewesen. Aber er hatte sich, wie um sie zu schädigen, vier Wochen vor Kriegsbeginn »die Gurgel abgesoffen«. Sie grämte sich deswegen sehr und schwor, sich nie wieder von einem Mann anrühren zu lassen. Diesen Schwur hat sie bis gestern gehalten.

Frau Hering arbeitete in der Munitionsfabrik Scheibe & Koch, sie war dort eine von dreihundertsiebenundsechzig verhärmten, blassen, abgerackerten Frauen. Neben ihr, an der Drehbank, stand ein Mann, der einzige in dieser Abteilung. Dieser Mann, er hieß Hermann Kupke, sollte ihr Schicksal werden. Seinetwegen brach sie gestern ihren Schwur. Seinetwegen wird sie sich eines Tages, viele Jahre später, aufhängen.

So war das losgegangen mit den beiden:

»Lina, du bist mir sympathisch«, hatte Kupke ihr gesagt. »Du bist hier in der Bude weit und breit die einzige Frau unter allen Kühen, die mir gefällt.«

»Geh weg«, hatte sie geantwortet. »Du bist wie alle Männer. Ihr seid ja alle Schweine. Ich weiß schon, was dahinter steckt. Ich weiß, worauf du hinaus willst. Aber ich bin kein junges Ding mehr. Mit mir kann keiner. Such dir 'ne andere.«

»Lina«, sagte Kupke eindringlich und gab ihr wieder ein Dutzend Stahlringe zum Einfetten. »Lina, in mir täuscht du dich aber sehr, ich bin nicht wie die andern, ich nicht.«

»Nachtigall, ick hör dir loofen!«

»Ich nicht, Lina!«

»Ach was«, sagte Lina und trat zurück. »Nimm die Hand weg. Und was du sagst, das sagt jeder Mann. Das hat auch mein erster Mann gesagt. Ich bin da schon einmal drauf reingefallen. Aber einmal, das reicht.«

»Ich bin zweimal verwundet worden, ich habe auch schon manches mitgemacht, fürs Vaterland, jawohl!« sagte Kupke und schien beleidigt. Doch dann versuchte er wieder, sie zu überzeugen. »Siehste, Lina, ich habe doch Schwein. Ich brauche nun nicht mehr zurück ins Feld. Ich bin Hilfsdienstpflichtiger und unterstehe dem Bezirkskommando. Ich habe das Eiserne Kreuz Zweiter Klasse und 'ne anständige Rente. Ich mag dich, Lina.«

Er zeigte ihr das schwarze Ordensbändchen, die Rentenkarte. Er streifte den Ärmel der blauen Arbeitsbluse hoch und zeigte seine Verletzung am Ellenbogen. Lina sah genau hin. Die Stadt war so klein, die Frauen waren still und allein, Kupke war ein Kriegsheld und eine Rente hatte er auch. Und eine Brust hatte er, die war bis zum Hals wie mit der Füllung einer Roßhaarmatratze belegt. Der Lina wurde es, wie sie das alles so sah, ganz anders.

»Nun kennste mich«, sagte Kupke. »Und nun drehe ich mit dir Granaten. Und ledig bin ich auch. Und du? Willste deinem Mann ewig nachtrauern? Du bist doch noch 'ne ganz Junge, Mädchen! Ich habe doch ernste Absichten, Lina, so wahr ich Hermann Kupke heiße!«

»Ach«, meinte Frau Hering, »das sagt ihr alle.«

»Ich meine es aber bestimmt ehrlich«, beschwor sie Kupke.

»Und wem haste das schon alles mal gesagt, vor mir?« seufzte Frau Hering und schlug die Kiste mit den Stahlringen energisch zu. »Ich bin doch bestimmt nicht die erste, der du Hoffnungen machst!«

Aber als er eines Abends, »nur so im Vorbeigehen«, bei ihr anklopfte, ganz unverhofft und zum ersten Mal, ließ sie ihn doch in ihre Wohnung. Es war sauber bei ihr, die Zimmer waren zwar winzig und hatten schiefe Wände, aber sonst war es richtig gemütlich. Lina war stolz, weil es ihm bei ihr gefiel, ihre Einrichtung war ja auch noch fast neu. Schön war alles, am Fenster hatte sie frische Gardinen hängen. Sie merkte gar nicht, daß er sich nach einer Stunde schon so gebärdete, als gehöre das alles auch ihm. Sie war so mit sich beschäftigt, sie hatte ganz rote Backen, sie hatte hier schon lange keinen Tabak mehr gerochen, ein Mann war wieder in ihrer Wohnung.

»Morgen ist Sonntag«, sagte Kupke, nachdem sie eine Weile von der Fabrik gesprochen hatten. »Ich habe aber noch gar keine Lust, schon abzuhauen. Dabei wollte ich dir bloß Guten Abend sagen.«

»Was machste denn so sonntags?« fragte die Lina neugierig.

»Ich bin immer allein. Weißte, ich paß nicht zu den andern... Du bist wirklich die erste, bei der ich denke, mit der kannste mal so über die Felder gehn... Wenn die Sonne so richtig scheint... Und der Wind weht einen trotzdem so richtig an... Und dann kommt 'n kleiner Gasthof mit 'nem Dorfteich und Enten drin... Und 'n Hund liegt faul vor dem Eingang, und man muß über das Tier steigen... Und man trinkt 'n Glas Bier zu zweit... Schön wäre das, was, 'n Glas Bier... Hab ich dir eigentlich schon gesagt, daß ich vor dem Krieg Bierkutscher war?«

»Nein«, sagte Frau Hering und wachte auf von dem schönen Traum. »Überhaupt, wenn du trinkst, hat es gar keinen Zweck, daß wir weiterreden. Mein ganzes Unglück kommt daher, daß mein erster Mann ein Trinker war.« Und sie wischte sich eine Träne weg, aber es hatte gar keinen Sinn, es kamen gleich viele andere hinterher. »Du mußt schon entschuldigen«, schluchzte sie auf. »Aber wenn ich so an den Säufer denke! Was habe ich wegen dem gelitten!«

»Arme Lina! Umbringen könnte ich ihn, wenn er noch leben täte«, sagte Kupke zärtlich und nahm ihre Hände und streichelte sie.

»Du kannst dir ja gar nicht vorstellen, Hermann, was ich alles gelitten habe«, schluckte sie und sah ihn dankbar an. »Nie habe ich einem Menschen erzählt, was für ein Leben das war. Ich habe nicht einschlafen können und die halben Nächte wachgelegen und auf ihn gewartet. Schon wie er über den Hof kam, an seinem Schritt, habe ich gewußt, daß er besoffen ist. Und dann hat er polternd die Haustür gesucht und die Nachbarn sind aufgewacht und haben die Fenster aufgerissen und geschimpft. Wie habe ich mich geschämt! Und dann, wenn er die Treppe raufstolperte. Und wenn er in der Küche gegen die Stühle stieß und fluchte und den Lichtschalter nicht fand... Nein, ich mag das nicht noch einmal erleben, nein...«

Kupke schüttelte den Kopf. »Und das haste dir alles gefallen lassen?«

»Was soll denn eine schwache Frau wie ich da machen? 'n paarmal habe ich ihn aus der Kneipe herausgeholt, nebenan, beim Müller.«

»Du hast es nicht leicht gehabt«, gab Kupke zu und erhob sich. »Und nun werde ich wohl gehen müssen, es ist schon spät.«

»Bitte, bleib«, bat sie ihn erschrocken. »Laß mich nicht allein heute! Jetzt, wo wir über alles gesprochen haben...«

»Siehste«, sagte Kupke gar nicht überrascht und gab ihr einen Kuß, den ersten. Dann hängte er seine Jacke über den Stuhl und drehte den Docht der Petroleumlampe tiefer.

»Da haste seine Pantoffeln«, flüsterte Frau Hering dankbar. »Ich habe sie nicht wegschmeißen können, wo sie doch noch ganz neu waren. Passen sie dir, Hermann?«

»Die werden passend gemacht«, sagte Kupke laut und legte seine Hosenträger auf den Tisch.

Lina machte eine Tür auf.

»Da«, sagte sie und begann wieder zu weinen.

»Entschuldige«, sagte sie, »aber das ist nur, weil ich so froh bin.«

Lange lag dann Kupke noch wach und starrte an die Decke und an die schiefe Wand, vor der das Bett stand. Die Frau neben ihm schlief. Leise erhob er sich, schlich ans Fenster, es war klein wie ein Dachbodenfenster, aber schön fand er es doch hier. Er sah die dunklen Umrisse des Vorderhauses, unten den Hof und oben einige ferne Sterne... Die Luft tat ihm gut... Als er sich behutsam wieder legte, begann er nach einer Weile einzuschlafen. Aber es war ein quälender Schlaf. Er träumte...

Es ist ein heißer Julitag, ein Sonntag. Er geht mit der ledigen Straßenbahnerin Hilde Siebert hinaus in die Natur. Über schöne Felder und Wiesen. Hinein in die Fichten geht er.

Die Hilde ist ein schmales, blutarmes Persönchen. Federleicht ist sie und schwebt neben ihm her. Sie trägt die schwarze Uniform der kleinstädtischen Trambahn. Sie hat eine enge Hose an. Auf den hochgesteckten Zöpfen, ein wenig schief, trägt sie die Schaffnermütze. Sie hat Flügel auf dem Rücken. Sie fliegt.

»Ich muß heute noch in den Dienst. Ich habe Nachtdienst. Von sechs bis neun, Halunke«, singt sie.

»Arme Hilde«, sagt der Halunke verlogen.

Sie halten sich an den Händen. Sie suchen einen einsamen Weg. Die Sonne brennt.

»Ich bin müde, ich kann nicht mehr fliegen«, sagt das Mädchen.

Sie knöpft die warme Uniformjacke auf.

Eine schöne Wiese mit vielen Blumen.

»Komm, leg deine Flügel ab«, lockt sie der Halunke. »Wir haben wenig Zeit.«

Sie setzen sich schnell.

Sie legen sich schnell.

Hinterher sagt der Halunke zu dem Mädchen, dessen Augen glänzen:

»Zieh die Flügel wieder an. Mit der Hochzeit werden wir bald einig sein. Ich kriege ja eine Rente. Dann brauchste nicht mehr zu arbeiten...«

»Halunke«, schreit die Hilde und erhebt sich vom Erdboden.

»Hilde! Hilde!« schreit der Halunke und will ihr nachfliegen.

Da fällt er in ein Loch, in ein schwarzes, tiefes Loch...

Jemand rüttelte ihn auf. Es war Lina.

»Wer ist diese Hilde?« wollte sie weinerlich wissen. »Seit fünf Minuten rufst du immer nach einer Hilde!«

Bestürzt sagte Kupke: »Hilde...? Ach so, Hilde! Hilde hieß doch meine Schwester. Die ist aber tot. Weißte, ich habe keine Familie mehr. Ich stehe ganz allein auf der Welt.« Wütend machte er sich Vorwürfe: Was bin ich doch für 'n Idiot! Ich habe die Schnauze zu halten, auch im Schlaf...!

»Ohne Familie!« bedauerte ihn die Lina und sagte zärtlich, schläfrig: »Aber von jetzt ab biste nicht mehr allein, mein guter Hase, meiner.«

»Meine... meine Lina«, sagte Kupke und drückte sie fest an

sich. »Mir wird schon noch ein schöner Name für dich einfallen. Laß uns erst mal Mann und Frau sein.«

Noch ein anderer hatte sich in dieser Nacht unruhig im Bett herumgewälzt, der Mann von Berta Schaller. Nur zwölf Stunden blieben ihm noch, dann mußte er wieder weg, dann war sein Urlaub zu Ende.

»Lieg doch nicht so rum, Franz. Versuch doch, ob du nicht noch 'n paar Stunden schlafen kannst«, bat seine Frau.

»Und du?« fragte Franz. »Warum schläfst du nicht?«

»Ich bin aufgewacht, weil drüben bei der Hering jemand auf und ab geht«, sagte sie. »Das ist das erste Mal, daß sie jemanden bei sich hat, seitdem ihr Mann tot ist.«

»Wenn ich nicht wiederkomme«, brummte Franz, »wird dann auch mal einer bei dir so rumlaufen. Das ist so. Du brauchst da nicht zu widersprechen. Ich weiß schon.«

»Wie kannst du nur an solche Sachen denken«, bat Berta.

»Was sollt ihr Frauen sonst machen, wenn unsereins nicht mehr ist?« sagte Franz dickköpfig. »Na, reden wir nicht davon. Wird ja auch nicht anders, wenn du jetzt nein sagst. Glaub mir!«

Berta dachte: Es ist wirklich das beste, wenn ich ihm nicht widerspreche, er ist ja so ganz anders als früher und regt sich jetzt immer gleich auf...

»Ich will dir was erzählen«, sagte sie. »Als der Bäcker Handtke gefallen ist, kamen die alten Schützenbrüder von ihm zu seiner Frau. Ich war gerade im Laden. Das hättest du hören sollen. Einen Blumenstrauß haben sie ihr mitgebracht und einer, der bei den Schützen 'ne große Rolle spielt, hat ihr feierlich gesagt: ›Frau Bäckermeister, Ihr Mann, unser Schützenbruder Handtke, starb wie ein deutscher Held, und wir werden sein Andenken stets in Ehren halten, dies möge Sie trösten...‹ Was meinste, was die dicke Handtke geantwortet hat? Sie hat gesagt: ›Es ist ja sehr schön von Sie, daß Sie zu mir kommen, wo ich seine Witwe bin, und wenn Sie noch alle meine Kunden würden, um mich alleinstehende Frau zu unterstützen, wäre das so schön, daß ich gar nicht sagen kann, wie schön das wäre. Aber was mein Mann war, der hätte ebensogut in der Heimat sterben dürfen, wo ich doch jetzt nicht ein noch aus weiß und dauernd den Ärger mit dem Lehrling habe, mit dem Ewald...‹ Das hat sie gesagt.«

»Wieso Ärger?« fragte Franz und mußte lachen.

»Das ist ja auch schon toll, wie 's die Weiber treiben«, sagte Berta entrüstet. »Und die Verheirateten am schlimmsten. Du kennst doch die Louise Liebig, die vorne wohnt, und ihr Mann ist im Frieden bei der Polizei und jetzt ist er bei der Infanterie wie du. Also weißte, den ganzen Tag sitzt die nun am Fenster und ruft: Ewaldchen, Eeeewaldchen... Dabei ist der Junge noch keine sechzehn Jahre alt und sie mindestens fünfunddreißig. Nun ist ja der Ewald ein strammer Bursche, alles was recht ist, ein strammer Bengel für sein Alter. Weißte, so lang und blond, und dann ist er in den letzten Wochen auch schon richtig breit geworden wie ein Mann, so ein richtiger junger Mann, weißte...«

»So?« sagte Franz trocken.

»Ja, nicht übel«, sagte Berta eifrig. »Aber eigentlich doch noch 'n Kind, er hat ja gerade Stimmwechsel. Na schön. Also jedesmal, wenn die Liebig ganz schamlos: Eeeewaldchen...! über die Straße ruft, läßt doch der Bengel die Backstube allein und springt zu ihr rauf. Weißte, Franz, das geht denn doch zu weit, meinste nicht?«

»Doch«, sagte Franz.

»Also, einmal wird es der Handtke zu bunt, wie der Junge schon 'ne Viertelstunde wegbleibt, und die Brote liegen im Ofen, und keiner kümmert sich um sie. Und sie springt also rauf zur Liebig. Die Tür, mußte wissen, war nicht abgeschlossen. Sie also rein. Und was sieht sie da? Der Ewald sitzt auf dem Schoß der Liebig, wo der Mann jetzt bei der Infanterie ist wie du. Kannst dir vorstellen, was die Handtke da gesagt hat?«

»Nein«, sagte Franz. »Kann ich nicht.«

›Marsch in die Backstube‹, hat sie gesagt. Und dann hat sie dem Lümmel 'n paar saftige Ohrfeigen gegeben.«

»Und die Liebig?« wollte Franz wissen.

»Die hat gesagt: ›Schämen sollten Sie sich, 'n Kind so zu prügeln...‹«

Franz schlug die Bettdecke zurück und stand auf.

»Nee«, sagte er, nachdem er lange ins Dunkel gestarrt hatte. »Nee, ich werde mich lieber zu dir setzen.« Und er setzte sich auf den Bettrand und nahm Bertas Hände, die zitterten.

»Ihr seid ja hier alle verrückt«, sagte er. »Ich kenne mich ja gar nicht mehr aus. Wie alt bin ich? Fünfundzwanzig? Stimmt das? Früher war ich wohl mal Tischler. Dann zog ich in den

Krieg. Ich bin verwundet worden und komme jetzt mal heim, um morgen wieder an die Front zu gehen. Und was ist inzwischen aus euch geworden? Verrückt seid ihr alle geworden! Lauft Säuglingen und alten Männern nach, statt dafür zu sorgen, daß der Krieg endlich aufhört. Nein, laß mich ausreden, du auch, Berta. Du bist nicht viel anders, brauchst mir gar nichts zu sagen, bin dir ja nicht böse, na ja, warum auch. Ihr denkt ja hier alle schon an gar nichts anderes. Und an uns denkt ihr bloß, weil wir euch fehlen. Ist es vielleicht nicht so? Was wißt ihr denn, wie es uns da draußen geht? Wie das ist, dieses Sauleben! Wenn wir nach 'nem Angriff in 'ne eroberte Kirche kommen und draußen an der Mauer steht: A bas les boches... oder so ähnlich, und ich muß denken, das hat vielleicht 'n französischer Arbeiter angeschrieben, der war vielleicht mal Tischler wie ich und warum er da Krieg macht, weiß er genau so wenig wie ich. Und dann greifen die Franzosen wieder an. Und wir lassen die Kirche und hauen ab, und zehn Minuten später sind die Franzosen im Ort und in der Kirche. Und dann müssen wir wieder stürmen, die gleiche zerschossene Kirche sollen wir zurückerobern. Und wie wir endlich wieder drin sind, sagt dir dein Nebenmann grinsend: ›Ich habe Schwein gehabt, mir ist nichts passiert...‹ Dabei hängt ihm sein rechtes Auge 'n viertel Meter an einem Muskel raus, und er merkt es nicht... Und dann sitzte achtundvierzig Stunden und wartest auf Ablösung und der Donner will nicht aufhören und dabei denkste: Wann hört die Scheiße endlich auf, es ist doch Zeit, daß zu Hause rebelliert wird, die ganze Schlachterei um die alte Kirche ist doch sinnlos, der Franzmann will doch sicher auch seine Ruhe haben... Und dann haste einen Heimatschuß und kommst wie ich auf 'n paar Tage heim. Und was merkste da? Du bist verraten und verkauft. Und die Weiber haben ja schon wieder andere. Ersatz haben sie, Bäckerlehrlinge und Greise vom Schützenverein haben sie. Unsereins ist ja blöd, wenn er meint, daß er noch gebraucht wird...«

Berta sagte leise: »Hör auf. Du tust mir weh, wenn du so daherredest.«

»Urlaub ist vielleicht das Scheußlichste am Krieg«, murmelte Franz und drückte ihre Hände, daß sie den Schmerz verbeißen mußte. »Einmal habe ich auf 'ner Feldpostkarte gefragt, ob es denn noch den Stadtwald gibt, wo ich als Kind immer gespielt hab, und ob denn die Bäume noch wachsen und ob ihr bei euch noch Vögel und Blumen habt. Aber du hast nicht verstanden. Jetzt habe ich mich mal selber überzeugt. Alles ist noch da, die ganze Natur ist bei euch noch so wie früher. Und das Rathaus steht noch da. Und die drei Kirchen. Und im Parteilokal haben sie sogar noch das Bild vom Bebel hängen. Nur das Bild von der letzten Maifeier 1914 haben sie in den Schrank gelegt, sie wollen es aufbewahren! Aufbewahren! Daß ich nicht lache! Für uns?«

Berta machte ihre Hände frei. »In der Fabrik fallen jeden Tag an die zehn Frauen um, weil sie zu schwach sind. Daß die Frauen auf jeden scharf sind, der wie 'n Mann aussieht, ist wahr. Aber das ist doch alles wie 'ne Krankheit. Und der Hunger ist viel, viel stärker als alles andere... Weißte, was alle mal gern haben möchten? Richtige Butter und 'n Stück gute Wurst...«

»Wir draußen merken auch schon lange, was Hunger ist«, gab Franz klein bei. »Das geht schon so weit, daß wir froh sind, wenn es gute Verpflegung gibt, dabei gibt's die nur vor 'nem Angriff. Wir wollen schon gar nicht so lange in Ruhestellung bleiben, weil es da nichts zu futtern gibt. Und was meinste, was erst los ist, wenn vor uns die Engländer liegen! Wir können oft die Zeit nicht mehr erwarten, bis wir in ihrem Graben sind. Es ist ja nicht zu beschreiben, was die alles zu fressen haben, die Engländer, da sind wir ja Bettler dagegen! Brot, sage ich dir! Brot!«

»Gutes Brot?«

»Weißbrot!«

»Auch Fleisch?«

»Ganze Konservenlager!« versicherte Franz.

»Einmal«, sagte Berta leise, »haben sie uns alle in der Fabrik durchsucht. Es waren Flugblätter gegen den Krieg verteilt worden, aber keiner wußte, von wem. Und es ist auch nicht rausgekommen.«

»Das war nur einmal?«

»Ich habe schon lange nichts mehr gehört«, gestand Berta. »Und draußen im Feld?«

»Es traut ja einer dem anderen nicht«, gab Franz ehrlich zu.

»Und da sollen wir Frauen hier mehr Mut haben?« fragte Berta.

Franz begann, sich schweigend anzuziehen.

»Wohin willst du denn schon gehen?« fragte Berta erschrokken. »Es ist doch noch so früh.«

»Ich will noch mal in den Wald.«

»Warte«, sagte Berta und stand auf.

»Gehst du mit?«

»Glaubst du, ich ließe dich jetzt allein?«

»Nein, du nicht«, sagte Franz. »Sag! Du nicht! Gib mir dein Ehrenwort!«

»Franz!«

»Ich bin wohl tüchtig runter mit meinen Nerven«, sagte er und schämte sich.

»Wir beide. Das ist der Krieg. Es ist eine Schande.«

Und sie versuchte, tapfer zu lächeln.

Hamstern

Eines Tages kam die Hebamme und sagte: »Ich habe eine Bitte, Frau Weiß.«

Frau Weiß wurde ganz aufgeregt. Sie warf ihren Töpfen einen entgeisterten Blick zu. »Sie werden doch nicht einen Topf von mir wollen! Ich bin doch koscher!«

Die dicke Hebamme lachte Tränen. »Nun sagen Sie mir mal ganz offen, ob Sie mir wirklich keinen Topf geben würden, wenn ich einen haben wollte?«

»Wie kann ich Ihnen denn einen Topf geben, wo Sie sich darin Schweinefleisch kochen«, murmelte Frau Weiß.

»Da brauchen Sie keine Angst zu haben«, beruhigte sie die Hebamme. »Wie Schweinefleisch schmeckt, habe ich schon längst vergessen. Bei mir gibt es jeden Tag immer nur geschnittene Rüben mit Wasser.«

Frau Weiß wand sich verzweifelt. »Auch ohne Schweinefleisch geht es nicht. Wenn Sie Ihren Löffel nehmen und dann in meinem koscheren Topf herumrühren und früher vor dem Krieg haben Sie mit dem gleichen Löffel eine Schweinefleischsuppe gegessen...«

»Seit dem Krieg habe ich meine Löffel schon mal saubergemacht«, regte sich die Hebamme auf. »Meinen Sie, daß ich meine Löffel zwei Jahre lang dreckig liegen lasse?«

»Gottbehüte!« schrie Frau Weiß auf. »Sie wissen doch, daß

ich Sie gern habe! Aber einen Topf kann ich Ihnen trotzdem nicht geben. Es ist mir verboten.«

»Wer hat Ihnen das verboten?« wollte die Hebamme wissen und spielte großartig die Beleidigte.

»Gott«, gestand Frau Weiß und errötete.

»Da ist freilich nichts zu machen«, gab die Hebamme ernst zu. Dann platzte sie heraus. »Ich will ja gar keinen Topf! Ich will, daß der Jakob mit mir hamstern geht!«

»Was sind Sie doch für eine gute Person«, atmete Frau Weiß erlöst auf und sah ihre geretteten Töpfe froh an. »Wann wollen Sie gehen?«

»Sofort. Und wie immer: Wurst und Speck für mich, und wenn ich Eier und Butter bekomme, kriegen Sie die Hälfte.«

Ich war überglücklich. Ich ließ alles liegen und stehen und raste die Treppe hinunter. Es war nicht das erstemal, daß ich mit Frau Schade hamstern ging. Sie war ja so dick, daß ihr keine Bäuerin den Hunger und die Not glaubte, auch wenn sie noch soviel davon sprach. Aber sie ließ sich nicht unterkriegen. Eines Tages war ihr der Gedanke gekommen, mit einem Kind loszuziehen. Da sie kinderlos war, sah sie sich im Hause um. Ich hatte keine Mutter mehr, vielleicht fiel deshalb ihre Wahl auf mich.

Wir waren bald gut aufeinander eingespielt. Die Hebamme war eine schlagfertige Frau, sie spielte die Rolle einer verzweifelten Mutter meisterhaft, und ich war ihr halbverhungerter Sohn. Unsere Erfolge grenzten schon an Wunder. Ich sah zu jener Zeit erbärmlich aus. Ich habe manches harte Herz nachgiebiger gemacht, manche Bäuerin rührte ich bis zur Freigebigkeit. Die Hebamme hatte mir einige Sätze beigebracht, sie gab mir jedesmal das Stichwort, ich hatte immer dasselbe zu sagen. Sie selbst improvisierte. Ihre schwarze Hebammentasche war immer voll, wenn wir abends wieder in die Schloßgasse einbogen...

Zunächst nahmen wir beide die Trambahn, um schneller aus der Stadt herauszukommen.

»Tag, kleine Hilde Siebert«, sagte die Hebamme mütterlich zu der traurigen Schaffnerin, die einen großen Bauch hatte. »Noch 'n paar Wochen, dann haben Sie alles gut überstanden.«

»Sie wissen ja noch gar nicht, was inzwischen passiert ist.«

»Heiratet er sie?« fragte die Hebamme und zahlte.

»Wo denken Sie hin! Der Halunke hat doch jetzt 'ne andere, 'ne Witwe!« schimpfte die Schaffnerin und nahm das Geld. »Danke. Ist das Ihr Junge?«

»Ich bin der Sohn«, sagte ich tieftraurig. »Wir haben Hunger!«

»Quatsch«, sagte die Hebamme und puffte mich. »Erst im Dorf.«

An der Endstation stiegen wir aus. Wir gingen über die Fürstenbrücke. Ein schlecht geölter Kinderwagen kam uns pfeifend entgegen. Eine große Frau schob ihn. Ihr Taftunterrock rauschte beim Gehen. Unter der Brücke rauschte das Wasser.

»Grüß die Dame«, flüsterte die Hebamme.

Die Dame hatte Handschuhe an, die bis zu den Ellenbogen reichten, und auf ihrem breitrandigen Hut lag ein ganzes Blumenbeet.

»Wie gehts denn dem Fritz?« fragte die Hebamme und schlug den Vorhang vom Kinderwagen zurück.

»Er nimmt nicht zu«, sagte die Dame ratlos. »Was soll ich da bloß tun?«

»Zum Arzt gehen. Er soll dem Kind mehr Milch verschreiben. Und was macht der Claus?«

»Dem fehlt der Vater«, jammerte die Dame und zupfte nervös an ihren Spitzenkragen herum. »Die ganze Erziehung leidet darunter. Wenn ich ihm was sage, lacht er mich aus. Ich werde nicht fertig mit ihm. Außerdem fehlt mir die Zeit.«

»Haben Sie denn soviel zu tun?«

»Mich nimmt der Vaterländische Frauenverein sehr in Anspruch«, stellte die Dame fest. »Wir haben täglich unsern Stricknachmittag für die Feldgrauen. Haben Sie übrigens gehört, daß die Kartoffelpreise in Frankreich ganz unglaublich gestiegen sind? Im Frauenverein wurde darüber ein Vortrag gehalten. Die Franzosen verlieren bestimmt den Krieg. Sie haben nicht mal mehr Kartoffeln! Und so teuer soll dort alles sein!«

»Bei uns auch«, sagte die Hebamme. »Und nun müssen wir aber gehen.«

»Ist das Ihr Junge?«

»Glaubt man ihn mir nicht?« fragte die Hebamme neugierig.

»Aber im Gegenteil! Er ist Ihnen wie aus dem Gesicht geschnitten!«

»Dann ist es gut. Und vergessen Sie den Arzt nicht, der Fritz muß ’ne doppelte Milchkarte kriegen. Und nun Adieu!«

»Aber Frau Schade! Das ist doch französisch!«

»Natürlich! Woher soll ich Frau aus dem Volke aber auch wissen, aus welcher Sprache so was kommt? Also ’n Tag!«

»Gott strafe England!« lächelte die Dame freundlich.

»Dumme Ziege«, brummte Frau Schade, als wir endlich außer Hörweite waren...

Da gehe ich Dreikäsehoch nun mit der Hebamme auf der Landstraße. Frau Schade singt: *Puppchen, du bist mein Augenstern! Puppchen, ich hab dich gar zu gern!* Dann singt sie das Lied von *Schöneberg, im Monat Mai, ein schönes Mägdelein war auch dabei!* Ich singe mit. Die schwarze Tasche baumelt zwischen uns hin und her. Wir sind beide froh. Die Straße ist schön. Die Sonne scheint gar nicht sehr heiß heute. Wir sind die einzigen weit und breit.

»Was sind das für Bäume?« fragt mich die marschierende Hebamme schnaufend.

»Pappeln, Frau Lehrerin«, sage ich wie in der Schule, und wir lachen uns halbtot.

»Was weißt du von diesen Pappeln?« Streng zeigt die Hebamme auf die hohen Bäume, dabei marschiert sie immer weiter.

»Sie wurden von Napoleon angepflanzt!«

»Wer sagt das?«

»Fräulein Schulze in der Heimatkunde.«

»Napoleon war wohl Hofgärtner bei unserem Fürsten?«, stellt mir Frau Schade eine Falle und zieht sich die Strümpfe hoch, weil sie beim Marschieren immer rutschen.

»Er war Franzose«, sage ich und laufe rückwärts, damit ich ihr Gesicht sehe, wenn sie es verzieht. »Er wollte, wie alle Franzosen, die Welt für sich erobern. Aber es gelang ihm nicht, weil, wie unser Fräulein Schulze sagt, Gott damals genau wie heute mit den Deutschen war.«

»Ich verstehe. Und was lernt ihr jetzt in der engeren Heimatkunde?«

»Hermann, der Vogt unserer Stadt und Landmeister, starb im Jahre 1249 und Jutta, seine Gemahlin, folgte ihm im Jahre 1268 in den Tod!«

»Setz dich, Fischmann, du kriegst 'ne Eins!« sagt die Hebamme und bleibt stehen, weil ihre Strümpfe immer wieder rutschen. Dann ziehen wir fröhlich weiter und singen wieder das Lied vom Puppchen ...

Ein Dorf kommt in Sicht. Da verstummt unser Gesang sofort. Wir machen jetzt Bettlergesichter. Die ersten kleineren Gehöfte lassen wir links liegen. Dann kommt ein größeres Anwesen, mit einer rasenbewachsenen Mauer. Wir treten rasch durch das halboffene Tor und gehen über den weiten leeren Hof auf das Bauernhaus zu. Wir machen eine Tür auf und befinden uns in einer großen Küche. Mehrere Frauen sitzen um einen Tisch herum, sie essen und blicken nicht auf.

Frau Schade zieht die Luft an und flüstert mir zu: »Speck und Kartoffeln!«. Dann sagt sie laut:

»Wer von euch ist denn die Bäuerin? Ich hab nur 'ne Frage zu stellen.«

Die Frauen essen weiter, ohne sich stören zu lassen. Sie antworten nicht. Eine lacht vor sich hin, eine Magd. Frau Schade kriegt einen roten Kopf, auch ich habe eine Wut, aber wir gehen trotzdem nicht fort, nun gerade nicht.

»Wenn ihr mir die Bäuerin nicht zeigen wollt«, fängt Frau Schade wieder an, »und wenn sie sich nicht selber meldet, sage ich's euch allen. Wir wollen doch nichts geschenkt haben, wir bezahlen euch was ihr wollt. Aber in der Stadt gibt es nichts mehr zu essen.«

»Wir haben selber nichts«, sagt eine robuste Frau ohne aufzusehen und zerdrückt sich ihre Kartoffeln. Diese Frau ist die Bäuerin!

»Der Magen tut einem weh, wenn man jemanden essen sieht«, jammert jetzt Frau Schade einfach los und gibt mir einen Puff. Das ist das Signal für mich.

»Ich bin der Sohn«, fange ich zu weinen an. Mein erster Satz!

Keine Antwort. Die Löffel klappern in den Schüsseln. Eine von den Frauen kichert wieder.

»Seien Sie doch nicht so gleichgültig!« regt sich da Frau Schade auf. »Gucken Sie sich doch wenigstens mein hungriges Kind an! Sehen Sie bloß, wie es weint!«

Die Bäuerin und die Mägde sehen unwillig auf und erschrecken sichtlich, als sie mich sehen. Ich wimmere gräßlich vor mich hin. Ich bin noch blasser und noch schmaler geworden. Frau Schade sagt immer hinterher lobend, ich mache das ganze lebenswahr. Sie weiß gar nicht, wie ernst mir das alles ist, ich finde es sehr ungerecht, daß die hier auf dem Lande so viel haben und wir in der Stadt haben so wenig.

»Hast du Hunger?« fragt die Bäuerin.

»Hah!« lacht Frau Schade bitter in sich hinein. So bitter, daß es sogar mich kalt überläuft, obwohl ich doch dieses »Hah!« das mir gilt, genau kenne.

»Ich habe immer Hunger!« schluchze ich. »Nicht wahr, Mutter!« schreie ich leise, ganz leise, auf. Dieser oft geprobte Aufschrei wird bestimmt seine Wirkung tun. Frau Schade meint immer, 'n Abführmittel, das direkt ins Herz geht ...

»Und wenn man Sie erwischt?« meint die Bäuerin verlegen. »Es darf doch nicht gehamstert werden.«

»Da gebe ich einen falschen Namen an«, sagt Frau Schade und macht eine fromme Miene.

»Wir liefern doch schon alles in die Stadt, ins Lebensmittelamt. Es ist doch Zwangswirtschaft.« Man sieht, daß die Bäuerin überlegt. Ich werde bestimmt noch was sagen müssen. Richtig, ich kriege wieder einen Puff.

»Ich bin der Sohn, ich habe immer Hunger!« wimmere ich. Es kommt vor allem auf das Wimmern an, hat mir da Frau Schade beigebracht.

»Marta«, brummt die Bäuerin. Die Magd, die vorhin kicherte, erhebt sich schwerfällig. »Marta, hol ein Ei.«

Ich weiß genau, was ich nun zu sagen habe.

»Über das Ei werden sich meine vier Geschwister sehr freuen«, sage ich dankbar, sehr dankbar. Frau Schade blinzelt mir zufrieden zu.

»Bring zwei«, befiehlt die Bäuerin widerwillig und steckt verdrossen das Geld ein, daß ihr Frau Schade zuschiebt ...

Wir besuchen noch sechs Bauerngüter.

»Sehn Sie sich mein Kind an«, fordert die Hebamme, wenn alle einstudierten Sätze nichts geholfen haben. »Und nun«, schreit sie auf, »und nun schmeißen Sie uns raus, wenn Sie das Herz dazu haben!«

Dreimal haben Bäuerinnen das Herz dazu, dreimal werden wir hinausgeschmissen. Aber bei den andern haben wir Glück.

»Ist ja nicht möglich! Sooo blaß!« bemitleidet mich sogar

eine Frau und schneidet mir ein Wurstrad runter, damit ich es esse.

»Er wird es zu Hause essen«, greift rasch Frau Schade ein. Und draußen meint sie: »Ich werde mich hüten, dir was zu geben, was nicht koscher ist.«

Und sie steckt sich die Scheibe Wurst selber in den Mund.

Auf dem Heimweg darf ich die schwere Tasche nicht tragen. Alles geht anfangs gut. Aber dort, wo die Geleise der Bimmelbahn über die Landstraße laufen, kriegen wir plötzlich Herzklopfen. Denn da steht, wie aus dem Boden gewachsen, ein Feldgendarm hinter dem einsamen Bahnwärterhaus und jetzt kommt er auf uns zu!

»Hamstern gewesen!« behauptet er streng und zeigt auf die Tasche.

»Wo denken Sie hin!« protestiert die Hebamme entrüstet. »Ich bin Hebamme und war bei 'ner Entbindung«. Sie zeigt einen Ausweis. »Und in der Tasche habe ich Verbandsstoff und ein Becken. Überhaupt geht das, was ich da drin habe, ein Mannsbild 'n Dreck an!«

»Schon gut«, sagt der Feldgendarm und entschuldigt sich. »Ich muß aufpassen, denn die Städter hamstern jetzt wie toll.«

Die Hebamme gähnt, sie ist furchtbar müde. »An Hamstern kann unsereins nicht denken. Die Geburt war schwer. Früher gabs wenigstens 'nen richtigen Bohnenkaffee für 'ne Hebamme. Aber jetzt die gebrannte Gerste! Ein furchtbares Gesöff!«

»Ein Junge?«

»Drillinge«, schmunzelt die Hebamme.

»Ach, du meine Güte!« schreit der Feldgendarm auf und geht lachend davon.

Auch die Hebamme lacht, auch ich lache. Schön hat sie das gemacht.

»Na?« fragt sie mich.

»Sie sind viel klüger als unser Fräulein Schulze«, gebe ich zu.

»Ich kenne mich in unserer Heimatkunde gut aus«, gibt sie lustig zu.

Ungehindert nähern wir uns nun der Stadt. Die Tasche ist wundervoll schwer, und wir singen wieder das Lied: *Es war in Schöneberg, im Monat Mai, ein schönes Mägdelein war auch dabei ...*

Kupke heiratet die Lina

Im Kriegsjahr 1918. Lina war überglücklich und sagte es auch. Kupke nickte gnädig, als sie so darüber sprachen. »Auch ich bin glücklich«, gab er ihr zu verstehen.

»So wie ich?«

»Ganz genau so, Lina.«

»Wenn ich nun denke, daß ich jetzt wieder einen Mann allein für mich habe, wird es mir ganz anders«, gestand Lina. »Weißte, Hermann, ich glaube, für meinen ersten Mann hatte ich wohl keine so große Liebe übrig, überhaupt wo er doch so soff. Was Liebe wirklich ist, merke ich eigentlich erst jetzt. Und dabei habe ich dich gar nicht wollen. Ganz verändert haste mich. Ach, schön ist das. Mit dir ist überhaupt alles schön.«

Kupke dachte: Ist doch eine Brave, die Lina. Nur gut, daß sie nicht alles weiß ...

Sie wußte wirklich nicht alles. So hatte sie keine Ahnung von der Existenz einer ledigen Straßenbahnerin Hilde Siebert, die einmal einen Bräutigam namens Kupke ihr eigen genannt, aber er war ihr durch die Lappen gegangen. Nun saß Hilde also ohne Bräutigam da und war ganz verzweifelt. Gekränkt, getroffen, entehrt war sie fürs ganze Leben. Der alte Rechtsanwalt, den sie zu Rate gezogen, machte ihr gegenüber kein Hehl daraus, daß er es wirklich für schandbar halte, eine Jungfrau zu schwängern. Schadenersatz sei das Mindeste, was der ungetreue Bräutigam zu zahlen habe. Aus dem Schriftstück, das er verfaßte, sprach eine ehrliche Erbitterung gegen den Kupke, der seine ehemalige Braut kompromittiert und damit ihre Heiratsfähigkeit stark vermindert habe, wodurch dieselbige einen spürbaren Schaden erlitt. Besonders verwerflich sei, so hob das Schriftstück hervor, daß der ehemalige Bräutigam, auf sein Eheversprechen hin, lange Zeit jede Woche einen Teil der Lebensmittelkarten der Klägerin an sich genommen habe ...

Zwei Wochen vor seiner Heirat wurde Kupke verurteilt, an seine ehemalige Braut Hilde Siebert Alimente zu zahlen. Für den Sohn. Seiner Zukünftigen verriet er nichts davon ...

Und nun waren Hermann und Lina ein Paar. Und Lina hieß von nun an Frau Lina Kupke.

Das Ehepaar blieb im Hause Schloßgasse 21 wohnen. Kupke ließ sich nicht lumpen und lud das ganze Haus für Sonntag zu einem Glas Bier ein. Sogar Frau Dwore Weiß mußte mit, obwohl sie sich lange sträubte. Sie bestehe darauf, sagte Frau Lina beleidigt, als sie am letzten Freitagabend kam, um die Lampe auszulöschen. Sie war bis jetzt bei Frau Weiß Schabbesgoite gewesen. Jeden Freitagabend hatte sie, seit vielen Jahren schon, die Lampen ausgelöscht und jeden Sabbatmorgen Feuer im Dauerbrandofen gemacht. Jetzt aber, entschuldigte sie sich verlegen, jetzt wolle es ihr Mann, der neue, nicht mehr dulden, jetzt könnte doch Anna Gaal die Schabbesgoite werden, schlug sie vor. Die Anna sei doch ein verständiges Mädchen. »Und jedenfalls mache ich es nicht anders«, beharrte Frau Kupke. »Sie gehören doch auch zum Haus, also müssen Sie auch mit. Sie müssen auch meine Heirat feiern.«

Sonntagvormittag versammelten sich die Hausbewohner mit Geschenken in Müllers Kneipe, Schloßgasse 19. Frau Ida Gaal war mit ihrer Tochter Anna und einem Tellerhalter gekommen. Frau Zipfel und ihr Kater Peter waren auch erschienen, mit drei Löffeln. Auch Frau Louise Liebig war da, auch mit einem Tellerhalter, den man aber umtauschen konnte. Frau Schubert kam mit einem Kochtopf und die Hebamme mit sechs Tellern. Frau Wunder hatte sich entschuldigt, sie fühle sich nicht wohl. Frau Liebig behauptete glucksend, das wären bei der die Jahre. Aber Frau Schubert meinte, so alt sei sie doch gar nicht. »Doch, die ist noch älter«, meinte Frau Liebig spitz. Es fehlte noch der Hausbesitzer Stiefel mit seinen beiden Damen; die Stiefels hatten zugesagt, ganz bestimmt einen Schluck mit dem neuen Ehepaar zu trinken. Frau Weiß schenkte drei Handtücher, die ich überreichte. Der Wirt stellte jedem ein Glas Bier hin.

Kupke sagte kichernd: »Ich komme mir unter all den Damen wie 'n preisgekrönter Zuchtbulle vor.«

Niemand lachte.

»Ich lache aber trotzdem«, sagte er und lachte. Er sah sich eitel die gar nicht festlich und gar nicht heiter dasitzenden Frauen an, eine nach der andern. Sie hatten alle die dicken Zöpfe zu einem Berg aufgesteckt, es sah aus, als sei diese Frisur viel zu schwer für die dünnen Gesichter. Nur die Liebig vom Vorderhaus trug ihre Haare wie ein junges Mädchen, sie waren mit schlechtem, stark riechendem Fett glattgestrichen.

»Trotz der schrecklichen Zeit ist es manchmal so wie früher im

Frühling«, wunderte sich die dicke Hebamme und nahm einen langen Schluck. »Das Bier wird auch immer wäßriger. Also die jungen Leute lieben sich noch und dann heiraten sie sogar. Man sollte so was nicht für möglich halten! Daß es so etwas noch gibt! Immer ist es ja nicht so einfach, liebe Frau Kupke. Mit Ihrem Manne haben Sie nun wirklich Schwein gehabt. Aber ich kenne so'n kleines Ding, 'ne Straßenbahnerin, die hat auch mal einen Bräutigam gehabt, und jetzt sitzt die Kleine mit was Kleinem da und der Bräutigam ist fort!«

»Prost!« sagte Kupke. »Wirt, noch 'n Glas!«

»Trink nicht so viel, Hermann«, bat Lina.

»Wenn ich dran denke, liebe Frau Kupke, wie Ihr erster Mann Sie immer geplagt hat. Und nun kriegen Sie so 'nen Jungen. Nein, wer hätte das gedacht, mein Peter!« brummte die alte Frau Zipfel.

»Wie im Märchen«, seufzte Frau Liebig. »Jung ist er, der Herr Kupke! Und 'ne Rente kriegt er auch! Wenn man bedenkt, wie schwer alles heutzutage ist. Haben Sie ein Glück, Frau Kupke!«

»Prost!« sagte Kupke. »Wirt, noch 'n Glas!«

»Trink doch nicht so viel, Hermann«, bat Lina.

»Einen jungen Mann zu schnappen, das ist heute nicht leicht«, seufzte die junge Frau Schubert. »Ja, einen Alten, das ist was anderes. Die alten Männer sind doch jetzt wie die Wilden hinter uns her, weil sie glauben, jetzt ist ihre Zeit.«

Kupke saß mit seiner Lina auf dem großen Ledersofa der Kneipe und blickte sehr von oben herab auf die männerlosen Frauen, die da mit am Tisch saßen. Noch immer fehlte der Hauswirt, inzwischen waren aber wenigstens seine Frau und die geschiedene Tochter gekommen, sie gratulierten und bestellten sich auch ein Glas Bier.

»Prost!« sagte Kupke. »Wirt, noch 'n Glas Bier!«

»Trink doch nicht so viel, Hermann«, bat Lina, schon fast weinend.

Frau Stiefel erzählte, wohin ihr Mann gegangen sei und daß er bestimmt noch kommen würde.

Emanuel Stiefel, der leidenschaftliche Kaninchenzüchter, befand sich auf der heute stattfindenden Generalversammlung des Kaninchenzüchtervereins »Deutscher Widder«, der vor dem

Kriege »Belgischer Riese« geheißen hatte. Pünktlich um acht Uhr hatte der Vorsitzende des Vereins, Herr Bahnhofsvorsteher a. D. Karl Fichte, in dem geräumigen Saal der »Reichshalle« die Generalversammlung eröffnet und die stattliche Anzahl maßgebender Leute der deutschen Kaninchenzucht aus den vielen Brudervereinen der Stadt und Umgegend als Gäste mit herzlich gehaltenen Worten begrüßt. Die zumeist alten Vereinsmitglieder hatten sich zu Ehren der im Felde gefallenen jüngeren Vereinsmitglieder erhoben, und mit einem begeistert aufgenommenen dreifachen »Hurra!« auf Seine Majestät endete der erste Teil der Veranstaltung.

Immer wieder sah Herr Stiefel auf die Uhr und dachte verzweifelt daran, daß in Müllers Kneipe ein junges Ehepaar, Mieter einer seiner Hinterhauswohnungen, auf ihn wartete. Aber er konnte hier doch nicht vor den Vorstandswahlen fortgehen, nein, das ging wirklich nicht. Und diese Wahlen kamen noch lange nicht.

Es sprach jetzt der Kassierer des Vereins, der Oberpostrat a. D. Haase, der ein ernstes Wort an die Anwesenden richtete und erklärte, daß jeder Züchter Abonnent der Fachzeitschrift »Der Deutsche Kaninchenzüchter« sein müsse, ohne welche eine intensive Zusammenarbeit unmöglich sei. Weiter gab der Redner bekannt, daß der Verein ein sehr gutes Ersatz-Futtermittel zur Verfügung der Mitglieder halte, diesbezügliche Anträge seien nach Schluß der Versammlung zu stellen. Auf jeden Fall aber, so betonte der ehemalige Oberpostrat Haase, müßten Züchtungen so durchgeführt werden, daß unser schwergeprüftes Vaterland davon Nutzen ziehen könnte.

Hierauf gab der Redner einen Bericht über die diesjährige Ausstellung. »Meine hochverehrten Zuchtfreunde und Zuchtfreundinnen«, rief er aus, »unser Kaninchenzüchterverein hat, trotz der Schwere der großen traurigen Zeit, auch diesmal, was das ausgestellte Zuchtmaterial anbetrifft, wahrlich wieder seine Ehre gewahrt. Vor allem möchte ich hier die Züchterfrauengruppe hervorheben.« Eine Schande aber sei, fügte er entrüstet hinzu, daß es noch immer deutsche Züchter gäbe, die ausgerechnet Japaner oder Belgische Riesen züchteten, wo doch sowohl Japan als auch Belgien das arme deutsche Vaterland überfallen hätten. Er könne nicht wärmstens genug, natürlich neben dem Deutschen Widder und dem Deutschen Riesenschecken, die Zucht des Blauen und des Weißen Wiener empfehlen, da diese Rassen sich sehr zur Zucht eignen, und außerdem seien ja die Wiener unsere Waffenbrüder.

Großer Beifall dankte dem trotz seines Alters noch temperamentvollen Redner. Noch größerer Beifall erhob sich, als er vorschlug, einem verwundeten Zuchtbruder, dem Feldwebel Siegmund Edelmann, ein Telegramm ins Lazarett zu schicken, mit den allerbesten Wünschen für seine baldige Genesung.

Dann wurde zur Neuwahl geschritten.

»Prost!«, sagte Kupke fröhlich. »Noch 'n Glas!«

»Hermann!« bettelte Lina. »Hermann! Du hast schon genug!«

»Lassen Sie ihn doch, wenn's ihm Spaß macht«, kicherte Frau Liebig.

»Siehste!« grunzte Kupke und trank und trank. Die Frauen starrten und starrten. Frau Lina Kupke sah gar nicht mehr wie eine junge glücklich verheiratete Frau aus, sondern verblüht, entstellt, geschlagen. Plötzlich warf sie sich an den massigen Busen der Hebamme und heulte wie ein kleines Kind, das Bauchweh hat.

»Das ist aber gar nicht recht«, sagte die Hebamme vorwurfsvoll zu Kupke. »Sie werden sich doch an einem solchen Tag nicht besaufen wollen! Wo doch Ihre Frau so schlechte Erfahrungen gemacht hat!«

Kupke schien aufzuwachen. Ratlos sah er von einer zur andern. Mit bleiernem Grau in den Augen starrte er die Hebamme an, er versuchte gleichmütig zu erscheinen aber dann ergriff ihn doch Unruhe, er hatte ein großes Bedürfnis nach Lärm. Er durchwühlte seine Taschen und zerrte aus den vielen Papieren, die er bei sich trug, ein Büchlein heraus. Das schmetterte er auf den Tisch.

»Da ist mein Militärpaß!« brüllte er die schweigenden Frauen an. »Ich weiß allein, was sich gehört und was nicht. Ich brauche euer Gewäsch nicht. Ich habe für euch gekämpft! Für euch, versteht ihr! Ich kann saufen, soviel ich will! Verstanden!«

»Komm«, flüsterte mir Frau Weiß zu, aber sie blieb doch sitzen.

Lina weinte. Kupke blätterte in seinem Paß herum. Das

feindselige Schweigen der Frauen irritierte ihn, brachte ihn aus der Fassung.

»Da! Das bin ich!« schrie er triumphierend. »Hier steht's schwarz auf weiß! Tapferkeitsmedaille im August 1916. Und da, das bin ich! Eisernes Kreuz im November! Und hier: Stellungskämpfe um Verdun, November 1914 bis August 1915! Und da: Gefecht bei Ornes-Flabas, Dezember 1914! Und da: August bis September 1915: Kämpfe im Argonnenwald! Und da: am ersten April 1916 durch Artilleriegeschoß schwer verwundet! Das alles bin ich! Und hier! Führung beim Truppenteil nach Urteil des Kompanieführers: Gut! Und da! Religion: Protestantisch! Das alles bin ich! Ich ganz allein, ich Hermann Kupke! Verstanden! Und da soll ich nicht mal 'n Glas Bier trinken dürfen, wenn's mir Spaß macht? Wirt, noch 'n Glas für mich!«

Frau Stiefel und die geschiedene Elli verabschiedeten sich hastig. Auch Frau Schubert.

»Lassen Sie mich nicht allein«, bat Frau Kupke die andern ängstlich.

Kupke blickte finster um sich. »Haut nur ab!« murmelte er böse. »Haut nur ab, ihr!«

Dann schwieg er. Er schien zu wissen, daß er besoffen war. Er streckte den Arm aus und versuchte, seine Frau zu umarmen. »Na, was schweigste, sprich doch 'n Wort, Lina!« polterte er unschuldig. »Warum soll denn nur immer ich reden? Haste vielleicht die Sprache verloren, he?«

»Hermann! Hermann!« zitterte Lina.

Jetzt kam Frau Berta Schaller ins Lokal, zusammen mit einem älteren kleinen Mann. Beide traten an den Tisch und gratulierten dem Paar. Verwundert sahen sie die verweinte Frau Kupke an. Als sich der frischgebackene Ehemann mühsam erhob, das Glas in die unsicheren Finger nahm und zu sprechen begann, verstanden sie, was sich abspielte.

»Das ist unser Meister aus der Dreherei, Herr Winkler«, stieß Kupke hervor und zeigte auf den Begleiter von Frau Schaller. »Es lebe mein Meister! Er ist zwar 'n Roter, aber trotzdem, hihi! Setz dich, Winkler. Wir feiern hier meine – hupp! – Hochzeit. Die Schallern kann sich auch setzen, wenn sie verspricht, nichts gegen uns Soldaten – hupp! – zu sagen. Wirt, noch 'ne Runde! Lina, kann ja sein, daß ich 'n Glas zu viel getrunken habe. Nimm es mir nicht übel, hupp!«

Er öffnete grinsend den Mund und näherte sein Gesicht der zurückweichenden Lina.

»Sag die volle Wahrheit! Riech ich stark nach Bier, Lina?« Er hauchte sie an. »Ich riech? Alles wo duftet, riecht! Nun laß uns mal anstoßen, hupp! Auf was denn, Meister? Auf den Kaiser! Ich bin schwarzweißrot bis in den Tod! Wie ein Mann! Schulter an Schulter! Es lebe unser Wilhelm!«

»Ein bißchen Ruhe«, beschwichtigte ihn der Wirt. »Ich hab auch andere Gäste.«

»Ach was! Ist doch alles wahr, was ich sage! Im Vertrauen kann ich dir sagen – hupp! – ich halt's mit allen!«

»Der weiß nicht, was er redet«, sagte Meister Winkler. »Bringen wir ihn mal in seine Wohnung.«

Und dann kommt ein Sonntag, Ende Oktober 1918. Es ist großer Krach im Hinterhaus. Alle Fenster sind besetzt. Frauen und Kinder beugen sich heraus, um ja kein Wort des Wortwechsels zu verlieren. Kupke brüllt, daß sogar die schwerhörige Frau Zipfel etwas hört und ihren Kater fragt: »Hat es nicht geklopft, Peter?«

»Wo ist mein warmes Wasser? Ich will mich rasieren!«

»Gleich«, sagt Frau Kupke müde.

»Wo ist meine Rasierseife?« brüllt Kupke.

»Wo sie immer ist. In der Schachtel unter deinem Bett.«

»Ich schlage dir alle Knochen im Leibe kaputt, wenn du mir nicht parierst!« tobt Kupke.

Lina tut, was sie seit Wochen tut, wenn es in ihrer Wohnung so zugeht. Sie setzt sich hin und beginnt zu flennen. Sie zittert dabei mit dem Unterkiefer wie ein zahnloses altes Weib. Sie ist unglücklich, todunglücklich. Wie schön hatte sie es vorher gehabt, so ganz allein. Und jetzt? Und jetzt!

»Au!«

Kupke schlägt sie. Sie heult auf. Sie schreit.

»Laß mich!« schreit sie.

»Schnauze!« schreit er.

Sie fliegt gegen einen Stuhl. Der Stuhl fliegt gegen die Wand. Lina liegt am Boden. Mühsam richtete sie sich wieder auf. Stellt auch den Stuhl wieder auf seinen Platz. Wo er hingehört.

Die Wände im Hinterhaus sind dünn. Die Nachbarin. Frau

Berta Schaller, klopft an ihre Rosenmustertapete und ruft: »Lassen Sie doch Ihre Frau in Ruhe!«

Kupke springt ans Fenster.

»Halten Sie Ihr Maul! Kümmern Sie sich nicht um Sachen, die Sie nichts angehen! Rotes Miststück!«

Jetzt öffnet sich das Fenster der Schallerschen Wohnung.

»Meinen Sie mich?«

»Sehr richtig! Sie meine ich!«

»Sie sollten sich schämen, Kupke!«

»Mensch! Meinst wohl, weil sie deinen Liebknecht jetzt freigelassen haben, kannste 'ne Lippe riskieren? Du bist genau so reif für's Zuchthaus wie der! Zuchthäuslerin! Rote Zuchthäuslerin! Hetzerin!«

»Halten Sie Ihren Schnabel!«

»Gerade du bist die Richtige! Gerade du! Dich kenne ich! Jeder kennt dich mit deinen Hetzreden gegen den Krieg!«

»An Ihrer Stelle würde ich vorsichtiger sein!«

»Vorsichtiger? Mensch! Ich komme gleich rüber und hau dir 'n paar hinter die Löffel, daß du nicht mehr aufstehst!«

»Ich bin nicht die Lina!«

»Ich werde dir gleich zeigen, wer du bist!«

»Sie meinen wohl, weil mein Franz im Felde ist, können Sie sich alles erlauben? Da will ich doch mal sehn!«

»Gleich wirste sehen!«

»Bitte, kommen Sie nur!«

»Ich komme gleich! Vor so roten Weibern habe ich keine Angst! Ich nicht!«

»Also dann kommen Sie doch schon! Meine Tür ist offen!«

»Pah! Ich werde mich gerade dreckig machen!«

Hinter Kupke taucht seine Frau auf, mit einem Topf in der Hand. Sie versucht, ihren Hermann vom Fenster wegzubringen.

»Das Rasierwasser wird doch wieder kalt!«

»Laß mich in Ruh mit deinem Wasser! Weg! Nein, bleib! Gib her!«

Er wirft das Fenster zu ...

Revolution?

Novemer 1918. In der Schule. Es hat schon längst geklingelt. Aber der Unterricht beginnt nicht. Die Lehrer und Lehrerinnen sind noch im Lehrerzimmer versammelt. Es geht in den Klassen alles drunter und drüber.

Aber nicht nur in der Schule stimmt jetzt etwas nicht. Auch in der Stadt hat sich seit gestern das Bild verändert. An den Straßenecken stehen Militärposten, am Bahnhof stehen sie und an allen Brücken.

Mops meint geheimnisvoll: »Ich weiß, was los ist! Der Kaiser ist von Hindenburg erschossen worden!«

»Du bist ja verrückt!« lachen wir ihn aus.

»Ich weiß es aber von meiner Mutter!«

»Hindenburg ist doch kein Feind!« sagt der Klassenerste klug. Alles sagt er klug.

»Trotzdem!« versichert Mops und tut so, als wüßte er noch viel mehr.

Da geht die Tür auf, und Zunk kommt herein.

Wir springen wie immer auf, er aber winkt ab! »Sitzen bleiben«, sagt er leise. Ach, wie sieht Zunk heute aus! Sein Gesicht ist ganz grau und seine Krawatte sitzt schief.

Er sinkt hilflos auf seinen Stuhl und stützt den Kopf in beide Hände. Ist er krank? Unser Zunk sieht schwach aus! Wir sehen, wie er sich zusammenreißen will, wie er mit dem Fuß aufstampft, aber gleich sinkt er wieder in sich zusammen. Vielleicht müßte man ihm helfen, diesem Ekel. Aber wie kann man denn Zunk fragen, was ihm fehlt? Nein, man kann ihn nicht fragen. Niemand kann fragen. Wir dürfen nur sprechen, wenn er uns dazu auffordert. Wir wagen ja nicht einmal zu husten.

Es vergehen fünf Minuten, ohne daß Zunk uns anbrüllt! Wir verstehen nichts mehr. Zunk ist nicht mehr Zunk!

Wieder geht die Tür auf. Die Rechenlehrerin kommt herein, hinter ihr der Schulrat. »Sitzen bleiben, sitzen bleiben!« rufen sie uns zu.

Wir sind nur noch Augen und Ohren.

»Was nun?« fragt Zunk heiser.

»Ach, alles ist verloren!« schreit das Fräulein auf.

»Dabei setzte ich so viele Hoffnungen auf die Herbstoffensive!« brummt der Schulrat enttäuscht.

»Das Wetter«, jammert Zunk, »das schlechte Wetter hat alles verdorben!«

»Vor einer Woche traf ich den Stabsarzt Pick in der Kirche. Du erinnerst dich, ich habe dir doch gesagt, was er meinte, als wir von der militärischen Lage sprachen«, wendet sich der Schulrat an seinen Schwiegersohn.

Zunk scheint taub geworden zu sein.

Der Schulrat tobt. »Dieser ahnungslose Esel Pick! Unsere Lage sei ernst aber nicht hoffnungslos, hat er mir gesagt, als die Predigt zu Ende war! Nicht hoffnungslos? Daß ich nicht lache!«

»Wir haben doch alles getan, was in unseren Kräften stand«, weint das Fräulein. »Wir haben Kriegsanleihen gezeichnet und Nähstuben errichtet. Und wenn ich an den eisernen Hindenburg auf dem Marktplatz denke! Jeder hat einen Opfernagel gekauft! Ach, wozu war das alles, wozu!«

»Und unser Kaiser«, stammelt Zunk. Und auf einmal zieht er sein Taschentuch und weint! »Unser unglücklicher Kaiser!«

Zunk weint! Zunk klappt ganz zusammen! Wir haben das Gefühl, als erlebten wir einen unheimlichen Traum!

»Mein Sohn, sei stark!« tröstet ihn der Schulrat. Plötzlich bemerkt er uns.

»Packt eure Sachen zusammen, Kinder«, seufzt er. »Die Schule ist geschlossen. In der Zeitung werdet ihr lesen, wann wieder aufgemacht wird. Geht jetzt heim und bleibt nirgends stehen. Es kann sein, daß geschossen wird. Dann müßt ihr ins nächste Haus springen. Geht nun.«

Wir schleichen aus dem Klassenzimmer. Auf Fußspitzen. Der arme Zunk tut uns leid! Aber recht geschieht es ihm trotzdem, daß er so leidet! Unsere Ranzen schnallen wir uns erst draußen auf den Rücken.

In der Wohnung des Pedells geht es laut zu.

»Und ich will in die Versammlung!« schreit der Schuldiener. »Ich will! Hörst du?«

»Nein!« schreit seine Frau. »Du gehst nicht! Willst du deine schöne Stelle verlieren? Wenn dich nun der Herr Schulrat sieht? Was dann?«

»Jetzt ist Revolution und ich gehe!«

»Du gehst nicht!«

»Doch!«

»Nein!«

Wir haben gerade noch Zeit, von der Tür wegzuspringen, da kommt die Frau des Pedells heraus. Sie fuchtelt mit einem Schlüssel in der Luft herum.

»Ich will doch sehen, wer stärker ist«, ruft sie und schließt zweimal die Tür ab. »Das hat mir noch gefehlt! Revolution machen!«

Als sie uns sieht, schreit sie auch uns an:

»Was steht ihr noch hier herum? Macht, daß ihr heimkommt! Es ist Revolution!«

Revolution?

Ein neues Wort! Ein Wort, das Bilder von brennenden Häusern und fliegenden Pflastersteinen hervorruft! Und von Blut! Blut ist zwar nichts Besonderes, denn seit vier Jahren ist ja Krieg. Aber vielleicht ist eine Revolution doch noch was ganz anderes als ein vierjähriger Krieg. Fräulein Schulze, unsere Lehrerin für Heimatkunde und Geschichte, hat uns mal was von Köpfe abschlagen erzählt. Rasch! Rasch!

Wir rasen davon. Draußen fällt mir gleich auf, daß die Straßen fast menschenleer sind, die Geschäfte haben die Rolladen herabgelassen. Die Revolution ist nicht zu sehen, und wir sind doch so neugierig, was das eigentlich wirklich ist, die Revolution. Und warum sieht man heute keine schwarzweißroten Fahnen? Sie hingen doch vier Jahre lang aus allen Erkern, von allen Balkons, aus allen Dachfenstern, Tag und Nacht, bei Regen, Schnee und Sonnenschein, im Sommer und im Winter – aber warum sieht man sie heute nicht?

Eine Kompanie zieht mit Musik in die Kaserne. Lauter junge Rekruten. An der Spitze des Zuges reitet ein Offizier. Auch er ist jung. Aber was ist los? Es geschieht ja was ganz Furchtbares! Frauen kommen angelaufen, sie laufen mitten auf der Straße, hinter den Soldaten her und rufen: »Der Schwindel hat jetzt ein Ende! Der Krieg ist aus!«

Aber gar nichts passiert! Die Soldaten marschieren weiter. Auch die Musiker spielen weiter. Die Trompeter blasen, ohne zu stocken, das Lied von den drei Lilien. Vier lange Jahre lang haben die Trompeter dieses Lied geblasen, wenn die Rekruten vom Manöverfeld zur Kaserne marschierten. Immer waren es andere Rekruten, aber immer war es dasselbe Lied von den drei Lilien, das die Trompeter spielten, wenn sie an der Schule vorüberzogen. Auch heute. Aber heute kommt ihnen ein alter Mann entgegen und ruft zwischen der ersten und der zweiten Strophe:

»Schluß machen! Schluß machen! Was wollt ihr noch in der Kaserne? Der Kaiser ist geflohen!«

»Jetzt geschieht ein Unglück!« flüstert Mops mir zu.

Aber nichts geschieht. Überhaupt nichts. Gar nichts. Die Rolladen vor den Geschäften bleiben unten. Viele Fenster sind verhängt. Nichts, nichts geschieht. Stumm und sachlich marschieren die jungen Soldaten an uns vorüber. Unbeweglich reitet der Offizier an der Spitze.

»Jetzt wird er gleich den Revolver ziehen und auf den Alten schießen«, haucht Ruzenza neben mir. Er kriegt vor banger Erwartung den Mund nicht zu, ein rundes Mauseloch.

Der Offizier aber zieht keinen Revolver! Hat der alte Mann vielleicht recht? Ist der Kaiser wirklich geflohen? Vor wem? Wohin? Wir platzen vor Neugierde. Mops geht auf den alten Mann zu und zieht die Schülermütze.

»Verzeihen Sie, könnten Sie uns vielleicht bitte sagen«, fragt er, wie man nach einer unbekannten Straße fragt, »ob unser Kaiser wirklich vor Hindenburg geflohen ist und ob Hindenburg unsern Kaiser ermorden wollte?«

»Mach, daß du heimkommst, Lausbub! Was treibt ihr euch hier herum? Marsch, heim!«

Wir flitzen davon. Wir sind etwa zwanzig Jungen zwischen neun und elf Jahren, wir wollen die Revolution sehen!

In der Hohenzollernstraße stoßen wir endlich auf viele Menschen. Sicher ist hier die Revolution! Auch hier sind alle Geschäfte geschlossen. Vor jedem Laden sind Leute versammelt, immer mehr laufen zusammen. Von allen Seiten kommen sie. Immer dichter und dichter drängen sich die Menschen vor den kahlen Schaufenstern. Von irgendwoher kommt ein mir unbekannter, harter, aufbegehrender Gesang immer näher, immer näher. Es ist keine Pickelhaube zu sehen, die Schutzleute sind wie weggeblasen. Nein, dort unten steht ja einer, der alte Hoffmann! Man kann nur schwer vorwärtskommen. Er ruft uns zu, wir dürften nicht links laufen, ob wir noch immer nicht wüßten, daß man rechts gehen müsse ... Manche gehen gleich hinüber auf die rechte Seite, aber die meisten kümmern sich nicht um den Schutzmann, sie lachen sogar über ihn! Da beginnt er zu schimpfen ... Wir reißen aus!

Immer wieder kriege ich einen Stoß gegen meinen Schulranzen, den ich auf dem Rücken trage. Der grelle Gesang hallt jetzt schon ganz nahe um die Ecke. Und jetzt biegt ein komischer Zug in die Hohenzollernstraße ein! Weder Soldaten sind es, noch Kriegsgefangene – sondern lauter Frauen!

»Das sind doch die Arbeiterinnen aus der Fabrik, wo meine Mutter schafft!« behauptet Vollmer ganz verwundert. Auf einmal entdeckt er in einer der vorwärtsdrängenden Reihen seine Mutter. »Mutter! Mutter! Wir haben heute schulfrei!«

Aber Vollmers Mutter kann ihren Sohn nicht hören, der Gesang ist viel zu laut, grelle Frauenstimmen kreischen dazwischen, überall schwirren Worte, Rufe erschallen, vor den Schaufenstern schreien die Erwachsenen aufeinander ein.

»Mutter!« schreit da der lange Giebler und winkt einem neuen Zuge zu, der mit johlenden Rufen und Händeklatschen begrüßt wird. Eine Frau trägt eine Fahne. Es ist die erste Fahne, die ich heute sehe. Eine rote Fahne. Ich habe aber keine Zeit, über diese neue Fahne nachzudenken, denn ich sehe plötzlich Herrn Kupke aus unserem Haus.

Herr Kupke steht vor der Frickschen Konditorei und fuchtelt mit seinen Armen wild in der Luft herum. Ich zwänge mich durch die Menge, um in seine Nähe zu kommen. Er ist von einer aufgeregten Gruppe umgeben, weit und breit ist er der einzige Mann, nur Frauen haben sich um ihn gescharrt, ich höre jetzt wovon sie reden, es sind immer dieselben Worte, die Herr Kupke und die Frauen schreien, alles durcheinander:

»Wucherpreise! Speisekammern! Etappenschweine! Aufhängen! Abknallen! Drückeberger! Kriegsgewinnler! Zusammenbruch! Weil der Karren im Dreck steht, gehn die Lumpen nach Holland! Und uns lassen sie hier!«

Auf einmal fliegen Steine gegen das Schaufenster der Frickschen Konditorei! Keiner weiß, wer den ersten Stein gegen die Scheibe geworfen hat. Aber jetzt ist sie hin. Fiebrig erregt brüllen die Frauen auf. Sie treten wütend auf das herumliegende Glas. Niemand weicht zurück. Schon steigt Herr Kupke in das Fenster und wirft die Schaufensterpackungen mit großem Gejohle in die Menge. Er packt jetzt den Storch aus Pappe, der bis zu diesem Augenblick und seit vielen Jahren zu Reklamezwekken eine Schokoladentafel in seinem Schnabel hielt – mit beiden Händen hebt er diesen Storch aus seinem künstlichen Storchennest, dann wirft er ihn auf die Straße, in die herbeistürzende Masse hinein, die in ein unbändiges Gelächter ausbricht und sich ausgelassen freut.

Grelle Pfiffe ertönen. Eine neue Kolonne versucht, auf dem Fahrdamm vorwärtszukommen. Ein Mann, den ich irgendwo schon mal gesehen habe, jagt diesem Zug marschierender Frauen nach bis an seine Spitze. Dort ist wieder jemand aus unserem Haus! Frau Schaller! Sie zeigt gerade auf Herrn Kupke, sie scheint sehr wütend zu sein. Der Mann neben ihr stutzt, dann ruft er den langsam ausschreitenden Frauen etwas zu, im Nu ergießt sich die Kolonne über die Bürgersteige, man kann sich kaum mehr bewegen. Der Mann und Frau Schaller drängen sich durch diesen ungeheuren Auflauf, sie kommen bis an das zerbrochene Schaufenster heran, in dem Herr Kupke steht und sie feixend begrüßt.

»Bist wohl verrückt geworden!« schreit Frau Schaller. »Wir sind keine Plünderer!«

»Mach, daß du da rauskommst!« ruft der Mann neben ihr dem grinsenden Herrn Kupke zu, ich weiß jetzt wieder, daß es der Meister Winkler aus der Dreherei ist.

Kupke kreuzt die Arme über der Brust und fragt lauernd: »Wer hat denn zu befehlen, wenn Revolution ist?«

»Als Mitglied des Arbeiter- und Soldatenrates befehle ich dir, daß du sofort . . .«

»Langsam, langsam!« winkt Kupke ab. »Immer mit die Ruhe, kleener Fritze Winkler! Auch ich bin Mitglied des Arbeiter- und Soldatenrates und du hast mir einen Dreck zu befehlen!«

»Zeig deinen Ausweis!« schreit Frau Schaller.

»Hier, mich hat heute meine Werkstatt gewählt«, sagt Herr Kupke und zeigt ein Papier, gibt es aber nicht aus der Hand.

Verdattert starren Frau Schaller und Herr Winkler auf das Papier.

Frau Schaller faßt sich als erste. »Das ist ja Wahnsinn, solche Leute zu wählen!«

»Solche Elemente haben uns noch gefehlt!« sagt Herr Winkler fassungslos.

»Brich dir bloß keinen ab«, empfiehlt ihm Herr Kupke und steckt feixend sein Papier wieder ein.

In diesem Augenblick sieht mich Frau Schaller. »Hau ab in die Schloßgasse«, schimpft sie.

Auf dem Markt ist der gleiche Betrieb. Auf dem Denkmal, zwischen dem reitenden Hermann und der reitenden Jutta, steht ein Mann. Die Hälse recken sich zu ihm hinauf. Er liest etwas von einem Zettel ab. Nach jedem Satz erntet er endlosen Beifall. Es gelingt mir, in Hörweite zu kommen. Der Redner ist schon heiser. »Die Oberste Heeresleitung hat uns in eine militärische Katastrophe geführt! Als sie bemerkte, daß ein gewaltiger Schlag unserer übermächtigen Feinde bevorstand, als sie sah, daß unsere Armeen vor einem blutigen Rückzug standen, da empfahl sie den Waffenstillstand! Warum, Genossen? Um uns, dem ausgehungerten Volke, ihre Niederlage aufzubürden!« So ähnlich liest er vor.

An der Stadtapotheke wird ein Feldwebel aus einer Trambahn herausgeholt.

»Reißt ihm die Achselklappen ab!«

»Das ist doch der Siegmund Edelmann!«

Ich sehe wieder den Kupke. Er steht vor dem Feldwebel und spuckt ihm auf die Stiefel. »Da sieht man's wieder mal! Überall die Juden! Natürlich biste gegen das Volk! Willst wohl auch verhindern, daß der Sozialismus kommt, was?«

»Halt deinen Schnabel, wir sind keine Antisemiten!« sagt ein anderer und läßt den Feldwebel wieder in die Trambahn. »Wir haben ihm die Achselklappen abgeschnitten, sonst soll ihm nichts geschehen!«

Herr Kupke wirft sich beleidigt in die Brust und schreit: »Ich bin ...« Er zeigt sein Papier.

»Ich auch!« sagt der andere Arbeiter und zeigt auf seine rote Armbinde, da steht auch was drauf ...

Zu Hause erwartet mich eine Sturzflut von jiddischen, deutschen und polnischen Schimpfworten. Frau Dwore Weiß hat meinetwegen, so wirft sie mir vor, drei Stunden lang geweint. Sie habe mich bereits als Todesopfer der Revolution in der Gosse liegen sehen. Ihr Herz habe, versicherte sie, schon einige Male einfach mit Schlagen aufgehört. Ihre Haare seien ergraut (Doch nicht meinetwegen und nicht erst seit heute, denke ich, sage aber lieber nichts). Und wie würde das alles bloß noch enden, wie? Man bekäme doch schon jetzt nichts mehr – keine Lebensmittel, kein Petroleum, keine Kohlen für den Winter, keine Kleider, keine Schuhe, und nun würde es bloß noch schlimmer werden! Und es soll sich bloß kein Jude unterstehen, sich da einzumischen! Gottbehüte! Und wenn ich noch einmal in einer solchen Zeit draußen herumstromere, würde sie mit Hermann fortgehen und mich für immer allein lassen. Ihr Goldkind, den Hermann, wollte sie mitnehmen! »Sieh was Hermann tut! Er macht mir nicht so viel Sorgen wie du!«

Natürlich! Auch heute tat Hermann das, was er sonst auch immer machte. Er kann stundenlang in einer Ecke hocken, wortlos, keine Augen für das, was um ihn herum geschieht, mit einem alten Uhrwerk beschäftigt oder mit einem Grammophonwerk, mit unzähligen Rädern, Federn, Schrauben und Muttern. Vor ihm ist kein Gegenstand sicher, der aus mehr als einem Teil besteht. Er zieht Schnürsenkel aus den Schuhen, nimmt Bilder aus ihren Rahmen, schraubt Möbel auseinander, hantiert, wenn es keiner merkt, an der Nähmaschine unserer Pflegemutter herum. Und ganz glücklich ist er erst, wenn die Einzelteile aller greifbaren Gegenstände fein säuberlich vor ihm liegen, nach Größe und Form geordnet. Dann aber, hinterher, erschrickt er. Ängstlich betroffen sieht er das Durcheinander an, hilflos – was hat er da angerichtet! Er sagt ehrlich, daß er das wirklich nicht gewollt habe. Mir erscheint so ein Spiel närrisch in dieser Zeit, in der wir »Amerikanischer Dampfer wird versenkt« oder »Deutscher Zeppelin über London« spielen. Und besonders heute kommt mir Hermann dumm vor. Ich verstehe nicht, wie man sich mit toten Rädern und Schrauben beschäftigen kann, wo doch die Erwachsenen in der Stadt Revolution spielen.

Am nächsten Morgen hören wir Schüsse. Aber nach einer halben Stunde ist alles wieder still.

Nachmittags spielen wir im Hof »Revolution«. Sonst dürfen wir nicht im Hof spielen, das ist bis jetzt immer verboten gewesen. Diesmal kommt aber Herr Stiefel nicht angelaufen, um uns zu verjagen. Niemand aus der Familie Stiefel läßt sich heute sehen. Es ist Revolution! Stiefels haben ihre Tür verschlossen, auch die Fenster sind verhängt. Die Kaninchenställe sind leer. Zur Hebamme hat Herr Stiefel gesagt, lieber frißt er sich krank, als daß er sich die Kaninchen klauen läßt. Und jetzt duftet die ganze Schloßgasse nach Kaninchenbraten. So gut wie heute roch es noch nie in unserer Gasse.

»Es würde mich nicht wundern, wenn bei Stiefels die Fenster eingeworfen würden«, meint die Hebamme. »Wo alles hungert, brauchen sie nicht sechs Kaninchen zu schlachten und ganz allein zu fressen, bloß damit niemand anders was davon abkriegt!«

Es wird aber kein Fenster eingeworfen, und auch der Duft des Bratens verzieht sich nach und nach.

Wir aber spielen im Hofe »Revolution«.

Wir sprechen im Tone von Volksrednern. Bis jetzt waren unsere Sätze beim Spielen knapp und militärisch gewesen. Jetzt werden sie langatmig und unverständlich.

Ich habe es mit der Obersten Heeresleitung zu tun, die mir eine militärische Niederlage eingebrockt hatte, wodurch ich mich schwer getäuscht fühle.

»Bravo!« beklatschen alle meine Ansprache.

Anna wird zur Kaiserin Auguste Viktoria ernannt und flieht mit Xaver Wunder auf den Trockenboden, dort ist Holland.

Der Bäckerssohn Karl Handtke ist der allmächtige Soldatenrat.

»Was halten Sie mit der Hand in Ihrer Tasche? Revolver? Ein Maschinengewehr?«

»Nur ein Taschentuch.«

»Wozu brauchen Sie ein Taschentuch?«

»Ich habe Schnupfen.«

»Also dagegen habe ich nichts einzuwenden. Sie können austreten.«

»Ich danke Ihnen, Herr Soldatenratsgeneral.«

Die beiden Söhne von Frau Wolf spielen mit. Es sind außerdem der Heinz Levy und Freunde von Xaver und von Anna gekommen. Auch Benno Nadel, der Bucklige. Wir sind noch in jenem schönen Alter, in dem man mit allen Gleichaltrigen befreundet ist. Um uns aber gegenseitig bekriegen zu können, spielen wir Erwachsene. Diesmal ist unser Spiel besonders schwierig, da jeder Proletarier, aber niemand »Burschua« sein will. Wir beschließen deshalb, die Revolution nur unter Proletariern spielen zu lassen. Wir wissen gar nicht, wie nahe wir damit der Wirklichkeit kommen.

Was ist später aus den Kindern von 1918 geworden?

Heinz Levy wurde von den Nazis in den Selbstmord getrieben.

Paul Wolf wanderte als Arzt nach Nordamerika aus.

Mein Bruder Hermann lebt als Orangenpflücker in einer palästinensischen Arbeitersiedlung.

Xaver Wunder ist Aufseher in jenem Konzentrationslager geworden, in das Benno Nadel eingeliefert wurde. Drei Wochen später war Benno tot.

Und was wurde aus Anna? Und was aus mir ...?

Ich war 1918 erst zehn Jahre alt ...

Und ich hatte schon ganz vergessen, daß wir einen Vater hatten.

Aber Frau Weiß erinnerte uns an ihn. »Und jetzt«, sagte sie und weinte, »jetzt wird euer Vater wiederkommen.«

Wir verstanden gar nicht, was es da zu weinen gab.

Ich war sehr neugierig.

Zweites Buch
Der unsichtbare Friede

Der Soldat Jossel Fischmann wird wieder was er war

Viele waren Krüppel geworden, hatten einen echten soldatischen Kiefer-, Bauch-, Brust- oder Gesäßschuß abbekommen. Viele mußten jetzt lernen, sich mit einem neuen Stelzfuß mühsam fortzubewegen. Vielen eiterte in einem schlotternden leeren Ärmel ein winziger fleischiger Armstumpf. Jossel Fischmann wurde aber weder von einem Granatsplitter, noch von einer Kugel, noch von einem Bajonettstich in das Lazarett gebracht, in dem er jetzt, im November 1918, lag.

In den letzten Monaten des Jahres 1917 hatte die Kompanie, bei der er diente, keine kriegerische Aktionen mehr durchzuführen. In Petersburg war eine Revolution ausgebrochen, und man munkelte von Friedensverhandlungen zwischen Kaiser Karl und dem neuen Zaren, oder wer sonst dort jetzt regierte. Niemand wußte etwas Genaues, nicht einmal der baumlange Hauptmann Roth, der doch sonst immer alles wußte. Er gab es auch offen zu. So ein Hauptmann war dieser Roth.

Es vergingen Tage und Wochen, ohne daß ein Schuß abgefeuert wurde. Sie sahen keinen Russen mehr! Wären sie vorgerückt, hätten sie ja sicher Russen zu sehen bekommen. Aber sie rückten nicht vor. Sie verschanzten sich. Sie hatten den Befehl erhalten, auf einem endlos sich dehnenden Feld Stellung zu beziehen. Im Rücken war Wald.

Der Wind begann in dieser Jahreszeit bösartig und kalt zu pfeifen. Trotzdem war er nicht stark genug, um aus der trüben Wasserlache, die zwischen dem Feld und dem Wald lag, die Choleraerreger fortzutragen; und die Kadaver der hastig eingeschaufelten Gefallenen des schon weit zurückliegenden letzten Gefechtes verpesteten die Luft, als sei noch Hochsommer.

Aber dies alles machte auf die Soldaten keinen Eindruck. Sie waren erschöpft, das war ihr einziges Gefühl.

Sie lagen in Erdlöchern, die sie sich gegraben hatten. Solange kein Schnee fiel, leisteten ihnen Feldmäuse und Ratten Gesellschaft. Dann fiel Schnee, eine messerscharfe Kälte setzte ein, das Feld verwandelte sich in ein heimtückisches Leichentuch. Bevor sie hierher gekommen waren, mußten die Soldaten durch eine kleine Stadt marschieren. Sie hatten dort verlassene Häuser und genug Platz für sie alle gesehen. Aber sie waren dazu ausersehen, auf diesem eisigen Feld, und nicht in dem nahen Städtchen, das offizielle Ende des Krieges abzuwarten.

Vielleicht würde das Ende wirklich bald kommen, trösteten sich die Soldaten. Gewiß lag das Schlimmste hinter ihnen, glaubten die meisten. Einige bildeten sich ein, da sie bis jetzt gegen Kugeln gefeit gewesen waren, sie seien überhaupt gefeit, selbst gegen den Tod, und nichts könne ihnen hinfort zustoßen. Sie hatten drei Jahre Krieg geführt und waren noch am Leben.

Jossel Fischmann war erst nach jenem grausamen Herbsttag des Jahres 1915, da ihm seine Frau starb, ein brauchbarer Soldat geworden. Erst von jener Zeit ab befolgte er blind die Kommandos. Er lernte sogar marschieren! Er bekam keine Blasen mehr an den Füßen – vom militärischen Standpunkt aus ein erfreulicher Fortschritt und ein Gewinn für das Heer! Daß er beim Marschieren weder an den Feind noch an das Vaterland dachte, interessierte den Obersten Heerführer nicht. Der Oberste Heerführer wußte übrigens gar nicht, daß einer seiner Soldaten Jossel Fischmann hieß.

Er war willenlos geworden. Er gehorchte. Er schoß wochentags, und er schoß am Sabbat. Er drehte sich nach rechts, er drehte sich nach links. Er schmiß sich auf den Boden, er sprang wieder auf. Er schmiß sich wieder hin. Er sprang wieder auf. Er schmiß sich wieder hin. Sprang wieder auf. Der Krieg befahl, er gehorchte. Der Krieg befahl ihm jetzt, in einem Erdloch, am Rande der Welt, liegen zu bleiben, auf weitere Befehle zu warten. Er gehorchte stumpf. Gefühllos. Wartete. Ein armer Mensch in Uniform ...

Ende Februar warf ihn eine Lungenentzündung um. Kein Schuß also war es, gar nichts Kriegerisches. Und jetzt befahl ihm niemand mehr! Da er krank geworden war, ließen sie ihn in Ruhe. Er durfte auf einmal denken, was er wollte. Aber er hatte es verlernt. Ihn schüttelte ein hohes Fieber. Er zitterte. Er zitterte aber auch, weil ihm keiner mehr Befehle erteilte. Er war es doch nicht mehr gewohnt, in Ruhe gelassen zu werden. Er glaubte, sein Ende sei nahe. Aber er wurde gerettet ...

Als der Krieg und die Habsburgische Monarchie zusammenbrachen, lag Jossel Fischmann in einem Lazarett, in der Nähe von Wien.

Die nervösen Ärzte, die überarbeiteten Schwestern, die ungeduldigen Verwundeten und Kranken, die bisher k. u. k. Untertanen gewesen waren, wurden über Nacht Tschechen, Dalmatier, Polen, Bosnier, Ungarn, Kroaten, Slowaken, Italiener, Slowenen, Deutsche und noch so einiges. Von den Habsburgern sprach keiner mehr, nur noch von den tschechischen Knödeln, von ungarischem Gulasch, von Krakauer Würsten, von slawischen Tänzen und von der so beliebten polnischen Unterdrückung. Einige Witzbolde fanden plötzlich ihren Humor wieder, der ihnen vor mehr als vier Jahren abhanden gekommen war. Jossel Fischmann aber war nie ein Witzbold gewesen, er war ein einfacher Mann und fand sich in diesem Durcheinander nicht zurecht. Er hatte den alten Kaiser Franz Joseph sehr verehrt. Wer weiß, so dachte er, ob das für die armen Habsburger so gekommen wäre, wenn er noch lebte ... Einige in seinem Krankensaal versuchten, ihm die neue Zeit zu erklären. Neben ihm lag ein Wiener aus der Leopoldstadt, aus dem Zweiten Bezirk. Joseph Karpeles hieß er. Der war anfangs so niedergeschlagen von den Ereignissen, die ihr Echo bis ins Lazarett fanden, daß er tagelang mit niemandem sprach. Erst als er durch einen Brief erfuhr, daß Wien, der Prater und der Nordbahnhof bestimmt österreichisch bleiben würden, und er selbst weiter ein Österreicher sein würde, schlug seine Stimmung ins Gegenteil um. Er war nicht mehr zum Schweigen zu bewegen.

Zu Jossel Fischmann, der ihn schüchtern fragte: »Und ich? Was bin ich geworden, Herr Landsmann?«, sagte er erstaunt:

»Was Sie gewesen sind. Ein galizischer Jud.«

Als sie ihn aus dem Lazarett entließen, drückten sie ihm seine Militärpapiere in die Hand. Er las darin, daß er den Krieg als Österreicher, Kronland Galizien, begonnen – und als Galizier, vorläufig noch unbekannter Staatsangehörigkeit, beendet habe. Diesen zum Teil neuen Worten, legte er weiter keine Bedeutung bei. Außerdem entnahm er diesen Papieren, daß er an einem Mannlicher-Gewehr ausgebildet worden war. Die Rubriken *Orden und Ehrenzeichen* und *Besondere Leistungen* enthielten Striche. Auf einem besonderen Blatt waren alle Gefechte, Vormärsche und Rückzüge vermerkt, an denen er in Wolhynien, in den Karpaten und in der Bukowina teilgenommen hatte.

Diese Militärpapiere stellten den einzigen Besitz dar, den der Ostjude Jossel Fischmann im Kriege erworben hatte.

Und nun fuhr er nach Deutschland. Er fuhr in das Land der großen Illusionen vieler Ostjuden. Daß er in ein Deutschland fuhr, das soeben einen vierjährigen Krieg verloren hatte und wahrscheinlich anders aussah als das erträumte Deutschland von vor 1914 – dieser Gedanke kam ihm nicht in den Sinn. Er wäre in diesen Tagen erstaunt gewesen, wenn man von ihm verlangt hätte, er solle über das Schicksal von Ländern nachdenken. Wahrscheinlich wußte er gar nicht, daß Länder Schicksale haben können. Er war von frühester Kindheit an nur mit der Methode vertraut gemacht worden, über das Schicksal eines Volkes nachzudenken – über das des jüdischen Volkes. Aber auch an das jüdische Volk dachte er jetzt nicht. Er dachte nur an sich, an Jossel Fischmann, und an seine Kinder. Er kam aus dem Krieg. Er war ein Mann, den keine Frau erwartete ...

Schon im Zug begann er, an sein neues Leben zu denken. Er stellte sich vor, wie seine Söhne jetzt wohl aussehen würden. Er versuchte, seine Tränen zurückzuhalten und lieber nur an »die Zukunft« zu denken. Das, so meinte er damals, sei weniger aufregend ...

Er wollte seinen Kindern und sich »eine Zukunft« aufbauen. Ostjuden, die in ihren Ländern, die nicht ihre Länder waren, ein hoffnungsloses Leben führten, hatten Übung, von der »Zukunft« zu träumen. Und sie sahen sie dann unweigerlich westlich der Weichsel und der Karpaten, in einem fremden Land, mit Vorliebe in Deutschland. Nach dem Osten waren immer viele deutsche Industrieartikel und viele deutsche Bücher und Zeitungen gekommen. Und alles was aus Deutschland gekommen war, war stets erstklassig gewesen. Dieses ferne Land hatte, von Strody aus gesehen, die Verlockung eines irdischen und zivilisierten Paradieses angenommen. Allerdings wußte jeder, daß man sich in Deutschland bemühen mußte, Deutscher zu werden; man konnte dort nicht Galizianer bleiben. Jossel

Fischmann beschloß jetzt bei sich, einen feinen Kompromiß mit dem ihn erwartenden Deutschland zu schließen: er wollte dort ein Deutscher werden – aber trotzdem ein guter Jude bleiben. Also ein »deutscher Jude«, wie er sich einen deutschen Juden eben vorstellte.

Viel später sollte er feststellen, daß ihm die Verwirklichung dieses Plans mißlungen war. Als er nach Deutschland kam, war er schon ein fertiger und vom Leben gezeichneter Mann. Der Kampf um eine neue Zunge, um neue Ohren, um neue Augen, um eine neue Haltung, um einen neuen Geschmack – dieser aufreibende Kampf des Einwanderers erwies sich als zu schwer für ihn. Er hatte sich eingebildet, wenn er statt eines Velourhutes einen Filzhut tragen würde, so müßte ihn jedermann für einen Deutschen halten. Doch setzte er den Filzhut so auf, wie kein Deutscher einen Hut aufsetzt. Seinen Mantel schloß er meist nur mit dem obersten Knopf, an die unteren drei Knöpfe und Knopflöcher dachte er gar nicht. So sah bald jeder deutsche Mantel, den er trug, wie ein galizischer Kaftan aus. Sein schwerster Schritt, den er aber tat, um den Deutschen seinen guten Willen zu zeigen, war ein unerhörter Schritt für ihn: er ließ sich seinen Spitzbart abschneiden! Doch ließ er ihn sich wieder wachsen, zornig und auch ein wenig beschämt, als er merkte, daß die Deutschen ihren Antisemitismus auch wachsen ließen ...

Schön säuberlich hatte sich der entlassene Soldat Fischmann seine Pläne für die Ankunft und für die ersten Tage seines neuen Lebens zurechtgelegt. Aber als er in der deutschen Stadt eintraf und seine beiden Kinder wiedersah, dünner und größer als er erwartet hatte, als er zu ihnen jiddisch und sie zu ihm deutsch sprachen, als er dann bei der energischen Dwore Weiß saß und sie ihm bewies, daß auch sie bereits genau wußte, was er nun tun müsse, und als noch andere Ostjuden aus der Schloßgasse mit ihm so sprachen, wie alle Leute und überall zu einem unpraktischen hilflosen Witwer mit zwei Kindern sprechen, da vergaß er, was er sich selbst vorgenommen hatte, und ließ alles über sich ergehen.

Frau Weiß hatte ihm bereits eine Wohnung gemietet, natürlich in der Schloßgasse 21, im vierten Stock, auf dem gleichen Flur gegenüber wohnte Frau Wunder, die Kriegerwitwe.

Obwohl alle im Haus jetzt stark mit sich selbst beschäftigt waren, wurde der Einzug dieses Herrn J. Fischmann nachdrücklich bemerkt. Am meisten wußte natürlich Frau Wunder über ihn Bescheid, wenigstens sagte sie dies allen Neugierigen in der Gasse. Anfangs hatte sie sich, in ihrer nicht eingestandenen Ängstlichkeit, über den kleinen Herrn Fischmann lustig gemacht, der sie mit tiefernstem bärtigen Gesicht und einem gurgelnden »A giten Tog« auf der Treppe zu begrüßen pflegte, wenn sie einander begegneten. Beinahe lächerlich (sie lachte – aber Angst hatte sie, Angst!) kam ihr dieser schweigsame Mann vor, der vorsichtig und kurzsichtig da plötzlich auf dem Flur auftauchte. Aber als aus dem »A giten Tog« nach und nach »Guten Tag« wurde, fand sie, daß der arme Mann doch gar »nicht so schlimm« sei. Erst jetzt legte sie sich Rechenschaft darüber ab, daß er ihr zuerst schlimm, ja schon unheimlich vorgekommen war, dieser Fremde, der sie nicht verstand und den sie nicht verstand, und der wenig Worte, aber viele übertriebene Gebärden machte. Zu freundlich nickte er mit dem Kopf, mit dem ganzen Oberkörper, mit den Händen. Wer weiß, was so ein fremder Mann im Schilde führt, wer weiß das? Fremde sind Räuber, Mörder, sie kommen ins Land, um arme alleinstehende Frauen anzufallen ... Frau Wunder war doch eine arme alleinstehende Frau, man konnte sich nicht genug vor einem Fremden in acht nehmen, sagte sich Frau Wunder, sagte auch ihr Untermieter, der Herr Heider, sagten alle im Haus, sagten alle in der Stadt, sagten alle in Deutschland, sagen alle in der ganzen Welt – und dieser Fremde war Jossel Fischmann aus Strody am Flusse Stryj. Aber als er richtig »Guten Tag« sagen konnte, war er nicht mehr ganz so der Fremde, der eine arme alleinstehende Frau anfallen will. Nein, leid tat ihr auf einmal dieser Mann, trotz des spitzen Bartes und des wackligen Zwikkers, trotz der komischen Gebärden. »Ist doch arg für 'n Mann mit seinen zwei Buben«, sagte sie mitleidig. »Ich habe es ja auch schon schwer mit meinem Xaver und ohne Mann, aber so ein Mannsbild ist doch viel verlassener, wenn keine Frau da ist, auch wenn er 'n Jude ist.«

Aber schwer fiel es ihr und den andern Bewohnern des Hauses, sich an den Gedanken zu gewöhnen, daß dieser hustende, etwas gebückte jüdische Mann der Vater der Fischmannkinder sei.

»Ihr habt ja einen Judenvater!« sagte Anna Gaal mißbilligend.

»Woher willst du denn das wissen?«, fragte Hermann beleidigt.

»Weil es meine Mutter sagt«, sagte Anna.

Jossel Fischmann hatte einen wichtigen Gang vor.

»Und vergessen Sie nicht«, schärfte ihm Dwore Weiß ein, »immer Herr Doktor Rabbiner zu ihm zu sagen.«

Auf dem ganzen Weg wiederholte Jossel Fischmann diesen Titel. Er ging in die Privatwohnung, nicht in die Synagoge.

Er kam vor ein schönes Haus. In der ersten Etage wohnte der »Herr Doktor Rabbiner«. Noch bevor er klingelte, wiederholte er vorsichtshalber noch einmal den Titel.

Als die Tür aufging, aber nur einen winzigen Spalt, bat er: »Kann ich bitte sprechen den Herrn Doktor Rabbiner?«

Eine verärgerte Frauenstimme sagte: »Der Herr Doktor ist nicht zu sprechen. Gehen Sie um sechs Uhr in die Synagoge.« Und die Tür schloß sich geräuschlos.

Punkt sechs Uhr war Jossel Fischmann in der Synagoge. Von außen gesehen war es ein schönes Gotteshaus, ein Palast fast. Er traute seinen Augen nicht, als er drinnen nur elf Männer zählte.

Nach dem Schlußgebet trat er auf den Vorbeter zu und sagte: »Sie werden entschuldigen, kann ich vielleicht reden ein Wort mit dem Herrn Doktor Rabbiner? Ich heiße Fischmann.«

»Wo sind Sie her?«

»Aus Strody am Flusse Stryj, der Ort ist ein kleiner Ort gewesen, in Galizien, vor dem Krieg. Jetzt ist alles zerstört.«

»Der Herr Rabbiner hat heute keinen Dienst«, sagte der Vorbeter und schlüpfte aus seinem Talar. »Wollen Sie eine Fahrkarte? Ich kann Sie Ihnen auch geben. Wohin wollen Sie? Nach Leipzig?«

»Ich will nicht nach Leipzig. Was soll ich tun in Leipzig? Ich will ...«

»... natürlich nach Berlin! Wir geben nicht nach Berlin! Sind wir ein Reisebüro? Meinen Sie, wir schütteln das Geld nur so aus unsern Ärmeln?« Er legte seinen Talar sorgfältig zusammen. »Wenn Sie die Karte nicht bis Leipzig wollen, dann lassen Sie es bleiben! Gehnse zu Fuß!«

Damit wandte er sich ab, zog seinen Mantel an und strebte dem Ausgang zu.

»Ich bin Herr Fischmann«, stotterte Jossel Fischmann aufgeregt. »Sie meinen, ich will wegfahren? Warum soll ich wegfahren? Ich bin doch schon genug gefahren! Ich heiße Fischmann!«

»Und wenn schon!« sagte der Vorbeter und schlug den Mantelkragen hoch. »Viele heißen Fischmann. Ich habe wenig Zeit. Wollen Sie nun nach Leipzig oder wollen Sie nicht?«

»Sie verstehen mich nicht, weil ich nicht kann gut reden deutsch«, seufzte Jossel Fischmann.

»Aber ich verstehe Sie sehr gut. Überlegen Sie sichs noch. Kommen Sie morgen wieder. Hier haben Sie inzwischen eine Mark.«

»Was geben Sie mir Geld? Ich will doch kein Geld! Bin ich gekommen als Schnorrer? Ich bin nicht gekommen als Schnorrer!«

»Ah!« sagte der Vorbeter erstaunt. »Ah!«

Und er schlug den Mantelkragen wieder um.

Schon am nächsten Tag wurde Jossel Fischmann vom Rabbiner empfangen. Er gab sich große Mühe mit dem langen Titel und mit der deutschen Sprache. Nur als er sich für die Betreuung seiner Kinder bedankte, verfiel er wieder in ein reines Jiddisch, vermischte seine Sätze mit hebräischen Lobsprüchen, überschüttete den vor ihm sitzenden Rabbiner förmlich mit Bibelzitaten, die er alle aus dem Gedächtnis wußte.

Sichtlich überrascht war der Rabbiner, weil Fischmann in Deutschland bleiben wollte. Natürlich gab er zu, daß die Kinder jetzt hier heimisch und die deutsche Sprache ihre Sprache geworden sei. Aber warum wollte er trotzdem nicht wieder zurück nach Galizien? Der Krieg sei doch zu Ende, die Kinder würden in seiner Heimat auch wieder heimisch werden und wieder schnell jiddisch und polnisch lernen. Also warum nicht?

Verlegen versuchte Jossel Fischmann zu erklären, daß es Länder gebe, aus denen ein Jude zwar auswandere, aber in die er nie freiwillig zurückgehe.

Als er sah, daß der Rabbiner, so, als habe er nicht verstanden, die Schultern hob, schob er das natürlich auf sein schlechtes Deutsch. Aber es lag ihm viel daran, daß ihn der Rabbiner nicht mißverstand. Deshalb schüttete er ihm sein Herz aus.

»Wenn Sie wären kein Jud, müßte ich Ihnen sehr viel erklären und immer wieder erklären, daß ein Jude nicht kann dort leben. Zwanzigmal kann man das erzählen einem Goy, er wird nicht verstehen. Zum Beispiel wird ein Deutscher oder ein Engländer oder ein Amerikaner vielleicht nicht einmal wissen, wo es liegt Galizien, und warum es wohnen dort so verschiedene Völker und warum alle sich schlagen untereinander, weil es doch dort gibt keinen Verdienst für niemand, und warum alle schlagen den Juden, weil er doch nebbich ist der Schwächste von alle. Wie soll schon ein Fremder, der nicht kennt Galizien, das alles verstehen? Es ist doch schon schwer für mich. Einmal ist Galizien gewesen schwarzgelb. Und jetzt soll es werden rotweiß. Und schon wollen die Bolschewiken kommen und das Land russisch machen, ich kenne die neue russische Fahne noch nicht. Zehnmal kann man das erzählen, hundertmal, alle werden höflich zuhören, aber verstehen wird es keiner ganz.«

Der Rabbiner spielte nervös mit seiner Brille.

»Ein Goy weiß doch nichts von uns Juden, Herr Doktor Rabbiner. Hab ich nicht recht? Hat denn ein Goy schon gehabt zu flüchten, weil er ist ein Goy?«

»Sagen Sie nicht Goy, ich liebe das Wort nicht. Sagen Sie dafür: Nichtjude.«

»Entschuldigt vielmals«, sagte Jossel Fischmann erschrokken. »Ich will Sie nicht beleidigen und ich will Sie nicht viel aufhalten mit meine Gespräche. Aber ich habe doch Galizien in meinem Blut. Ich habe doch gelebt dorten lange, lange Jahre. Ich habe doch Erinnerungen, was sich nicht vergißt. Ich habe doch mitgemacht, was das heißt: ein galizischer Jud zu sein. Ich habe doch gelitten! Wie soll ich vergessen und zurückfahren? Wie soll ich mich nicht erinnern? Ich habe geschworen, wie die spanischen Juden haben geschworen, ich gehe nicht zurück in das Land ...«

»Aber, mein Lieber, es können doch nun nicht alle galizischen Juden zu uns kommen! Hier in der Stadt leben schon dreißig ostjüdische Familien!«

»Und ich zähl, wieviel arme Juden müssen noch leider wohnen im Osten, Herr Doktor Rabbiner«, zitterte Herr Fischmann. »Was wissen denn die deutschen Juden! Ich rede nicht von Sie, weil Sie doch wissen bestimmt, ein Rabbiner weiß! Aber was wissen die Juden hier, was haben ein Glück zu sein deutsche Juden und können hier leben! Keine Pogrome, keine

Schlägerei! Um zu atmen, brauchen sie nicht zu gehen in ein fremdes Land!«

»Beruhigen Sie sich schon«, sprach der Rabbiner auf den Erregten ein. »Sie haben mich ja total falsch verstanden. Wenn Sie meinen, daß Sie hier Ihr Glück machen können, dann versuchen Sie es. Ich will Ihnen gerne behilflich sein, soweit ich dazu in der Lage bin.« Er öffnete die Tür. »Kommen Sie heute zum Abendgebet?«

»Ich komme jeden Tag beten, Herr Doktor Rabbiner.«

»Sagen Sie nur: Herr Doktor.«

»Jeden Tag bete ich, ein Jude kann nicht genug zu Ihm beten, Herr Rabbiner.«

»Hm ... Ich wünsche Ihnen also alles Gute, Herr Fischmann.«

»Ich danke Ihnen sehr vom Herzen für alles. Und auch für meine Kinder danke ich sehr, Herr Doktor Rabbiner.«

»Schon gut. Und machen Sie hinter sich gut die Tür zu.«

Acht Tage später. In der Synagoge, nach dem Gottesdienst.

»Guten Tag, Herr Doktor.«

»Guten Tag, Herr ... Ach, Sie sind ja der Herr Fischmann.«

»Ich bin hocherfreut, daß Sie mich verkennen, Herr Rabbiner.«

»Erkennen. Was machen die Kinder?«

»Unberufen. Sie wachsen.«

»Und haben Sie schon Pläne? Was wollen Sie nun hier machen?«

»Ich will verdienen, ich will mir suchen eine Existenz.«

»Das ist hier jetzt sehr schwer.«

»Wo ist es nicht schwer, Herr Doktor?«

»Verstehen Sie mich nicht wieder falsch. Aber alle Männer, die aus dem Feld heimgekehrt sind, suchen eine Existenz und viele bisher ohne Erfolg. Wie können da Sie hoffen? Sie sind doch Ausländer.«

»Gott wird mir schon helfen, Herr Rabbiner.«

»Schön. Aber was wollen Sie eigentlich tun?«

»Lieber Herr Doktor, ich will ganz offen mit Ihnen reden. Was heißt, was ich tun will? Will ich denn wissen, aus was Luft besteht oder mit was man macht Wasser oder einen Regenbogen? Ich will nur arbeiten. Wenn der Mensch nicht arbeitet, verdient er nichts und kann er nicht leben. Ich muß aber leben, ich habe zwei Kinder.«

»Haben Sie denn schon irgend etwas in Aussicht?«

»Sie kennen doch vielleicht Herrn Chaskel Weiß, seine Frau hat meine Kinder bei sich gehabt. Und dieser Herr Weiß reist in Wäsche. Werde ich auch in Wäsche reisen. Er wird mir verschaffen eine Vertretung bei seiner Firma.«

»Aber Sie sprechen noch nicht gut deutsch.«

»Werde ich unterwegs lernen. Ich kann doch nicht jetzt gehen acht Jahre in die Schule, um zu lernen die Sprache. Von was werde ich leben inzwischen?«

»Ich wünsche Ihnen viel Glück, Herr Fischmann.«

»Ich danke Ihnen hundertmal, Herr Doktor.«

»Wofür?«

»Nun, es ist schon da für was zu danken.«

Die Söhne wundern sich

Ich hatte ganz vergessen, wie Vater aussieht. Ich hatte auch schon ganz vergessen, wie das ist, wenn man einen Vater hat. Auf einmal war er also da, der Krieg war ja aus. Eine Postkarte kam, dann kam der Zug, und er sagte immer wieder: »Arme Kinderlech, arme Kinderlech.«

Es gefiel mir aber gar nicht, daß Vater nur jiddisch sprach. Wenn einer jiddisch sprach, machten die Nichtjuden Witze, und ich wollte nicht, daß man über Vater Witze machte.

Er sprach auch viel zu laut, wenn wir auf der Straße gingen. Alle Leute drehten sich nach uns um und grinsten. Ich schämte mich sehr. Es war nicht nötig, daß sich die Leute nach uns umdrehten. Vater bräuchte doch nur deutsch zu lernen, und keiner würde über ihn lachen. Oder er konnte es doch machen wie Frau Dwore Weiß, die auf der Straße überhaupt nie den Mund aufmachte, weil sie noch immer nicht gut Deutsch sprach. Das alles wollte ich ihm sagen.

Ich legte einen heiligen Schwur ab. Diesen Schwur wollte ich immer halten. Dies schwor ich: Ich werde nie eine andere Sprache als Deutsch sprechen! Ich werde auf der Straße nie laut sprechen! ...

»Morgen geht ihr nicht in die Schule«, sagte Vater. »Ihr werdet dem Lehrer sagen, der Vater ist vom Krieg zurückgekommen.«

»Da mußt du mir eine Entschuldigung schreiben«, bemerkte ich und brachte ihm Papier und Federhalter.

»Was soll ich denn schreiben? Versteht denn dein Lehrer jiddisch?«, sagte Vater.

»Nein, nur deutsch.«

»Deine Großmutter hat deutsch geschrieben, ich aber kann nur jiddisch.«

»Ich habe im Schreiben eine Eins«, sagte ich stolz. »Wenn du willst, schreibe ich die Entschuldigung und du unterschreibst.«

»Gut«, sagte Vater.

Ich schrieb einen Brief und Vater unterschrieb. Er las den Brief durch und sagte: »Du hast geschrieben Krieg mit einem K vorn und einem k hinten. Ich glaube, daß sich das nicht schreibt so.«

Ich dachte: Was weiß denn Vater, wie man dieses Wort richtig schreibt. Er kann doch überhaupt nicht schreiben ...!

»In Rechtschreibung habe ich auch eine Eins«, sagte ich.

»Ich will mich nicht streiten«, sagte Vater. »Aber ich meine ...«

»Im letzten Diktat habe ich keinen einzigen Fehler gemacht«, sagte ich. »Und was weißt denn du?«

Vater sah mich an und schüttelte den Kopf.

Als ich mit Hermann allein war, behauptete ich: »Ich kann mehr als er.«

Vater ging jeden Tag in die Synagoge. Wenn wir schulfrei hatten, mußten wir auch gehen. Früher spielten wir Fußball, wenn wir schulfrei hatten. »Ich spiele gern Fußball«, sagte ich.

»So? Du spielst gern Fußball?« schüttelte Vater den Kopf. »Was ist aber wichtiger – beten oder Fußball spielen?«

»Am Schabbes arbeitet ein Jude nicht«, sagte er. »Ich will nicht, daß ihr am Schabbes in die Schule geht.«

Frau Weiß erklärte ihm aber, daß das nicht ginge.

»Dann sollen sie wenigstens nicht schreiben«, sagte er. »Am Schabbes darf man nicht schreiben.«

Ich mußte also in der Klasse sagen, daß mir mein Vater nicht erlaube, am Sabbat zu schreiben.

»Sag deinem Vater, daß es bei mir keine Extrawurst gibt. Jude oder Nichtjude – es haben alle zu arbeiten!«, schimpfte der Lehrer.

»Er erlaubt es aber nicht«, sagte ich. »Ich kann doch nichts dafür, wenn er es mir verbietet. Mein Vater ist ein frommer Jude.«

»Du willst also nicht schreiben?« fragte der Lehrer noch einmal.

»Ich darf nicht schreiben«, sagte ich.

»Du bist ein ganz verstockter Bursche!« schrie er da. »Stell dich mal in die Ecke, so, mit dem Gesicht zur Wand. Und denk mal drüber nach, ob du nun schreiben willst oder nicht! Rühr dich ja nicht!«

Eine ganze Stunde stand ich in der Ecke. Ich durfte mich nicht umdrehen. Ich durfte mich nicht setzen. Ich durfte mich nicht bewegen. Meine Hände mußten an der Hosennaht anliegen. Mein Gesicht berührte fast die weiße Wand. Meine Augen sahen nichts als eine weiße Fläche .... Ich träumte im Stehen viele Sachen. Die Klasse beobachtete mich und den hinter mir stehenden Lehrer sehr aufmerksam. Der Lehrer wartete darauf, daß ich mich bewegte, um mich zu bestrafen. Ich bewegte mich aber nicht. Ich wiederholte mir immer wieder: Ich will stark sein, ich bin stark, ich bin stärker als die Klasse, stärker als der Lehrer, ich bin Jude, ich bin ein starker Jude, ich bin ein starker jüdischer Junge ... Ich träumte: Vater gibt mir einen Brief für den Lehrer mit, da steht alles drin und ich brauche mich mit dem Lehrer nicht mehr herumzustreiten. Aber gleichzeitig höre ich Vaters Stimme ganz leise neben mir: »Was soll ich dir schreiben? Wo ich doch mache solche Fehler, wird der Lehrer nur lachen ...« Ich träumte: Vater geht mit mir in die Schule und spricht mit dem Lehrer persönlich. Aber wieder höre ich Vaters Stimme: »Wie soll ich reden mit dem Lehrer? Er wird mich doch nicht verstehen! Red allein mit ihm ...« Als wenn es einen Sinn hätte, mit solchen Lehrern zu reden! Aber es war vielleicht noch besser, wenn ich mit ihm redete und nicht Vater. Denn Vater würde mich nur blamieren ... Ich träumte: Ich bin Juda Makkabi und erhebe mich gegen meine Feinde, gegen den Lehrer und gegen die schadenfrohe Klasse und ich besiege alle, wie Juda Makkabi alle besiegte ...

Nach dem Unterricht ließ mich der Lehrer wieder auf meinen

Platz. Ich durfte mich endlich setzen. Aber die anderen durften heimgehen. Ich bekam eine Arreststunde!

»Hast du dirs jetzt überlegt?« wollte er hinterher wissen. »Du hast ja Zeit zum Nachdenken gehabt!«

»Ich schreibe nicht am Sabbath, ich bin Jude«, sagte ich und hatte eine Wut, weil er mich nicht verstehen wollte. »Das hat nichts mit meinem Vater zu tun, ich bin nämlich auch Jude.«

Der Lehrer sah mich verwundert an.

»Du kannst gehen«, sagte er.

»Guten Tag«, sagte ich und ging.

»Halt, komm wieder her«, rief er mir nach.

»Bitte?« sagte ich.

»Du mußt dann jeden Sonntag die Schularbeiten zu Hause nachtragen.«

»Ich hole alles nach«, versprach ich und bedankte mich.

Nur sich nichts gefallen lassen, dachte ich.

Vater hatte eine neue Idee! Jetzt sollte ich in meiner Freizeit Hebräisch lernen! Lesen, schreiben, übersetzen! Ich hatte zwar jede Woche eine Religionsstunde bei dem Kantor Bamberger, aber das genügte meinem Vater nicht. Er ließ einen ostjüdischen Lehrer ins Haus kommen, täglich jeden Nachmittag! »Jetzt kann ich überhaupt nicht mehr auf den Sportplatz«, beklagte ich mich.

»Lernen ist wichtiger als Fußballspielen«, sagte Vater.

Zu dem Hauslehrer sagte Vater: »In Strody hat Jakob in einem Cheder gesessen. Einen guten Melamed hat er dort gehabt. Möchte übrigens wissen, was aus Mottke Reich geworden ist. Er hat dem Jakob viel beigebracht. Mit sechs Jahren hat er schon ganze Kapitel aus dem Gebetbuch, Seite für Seite, Abschnitt für Abschnitt aus dem Gedächtnis zitiert. Und jetzt weiß er nichts mehr! Ich will aber, daß er unsere heilige Sprache lernt, Herr Baron.«

Der Lehrer war nicht etwa ein Baron, er hieß Herr Baron. Als Vater uns allein ließ, sagte ich ihm gleich, daß ich keine Lust hätte, Hebräisch zu lernen. »Hebräisch ist doch gar keine richtige Sprache«, sagte ich. »Wer spricht denn schon diese Sprache?«

Herr Baron wollte mein Interesse wecken, also sagte er: »Alle unsere großen Gelehrten haben ihre heiligen Bücher in der heiligen Sprache geschrieben.«

Das machte aber gar keinen großen Eindruck auf mich.

»Wacker hat gegen Rasensport mit eins zu null gewonnen«, sagte ich ihm. »Der Sieg war aber nicht verdient. Rasensport hatte Pech. Bummel rutschte aus. Er machte einen Selbstmord!«

»Oih! Wie hat er das gemacht? Hat er sich vergiftet oder hat er sich erschossen?« fragte Herr Baron erschrocken.

Jetzt hatte ich Stoff zum Lachen.

»Ich will Ihnen das mal erklären«, versuchte ich, dem Lehrer etwas Vernünftiges beizubringen. »Wacker und Rasensport sind zwei Fußballvereine, die am Sonntag gegeneinander spielten. Und Bummel ist der Spitzname für den Torwart von Rasensport. Und Selbstmord heißt 'n Tor, das man sich selber reingeschossen hat.«

»Hebräisch ist leichter«, behauptete Herr Baron ...

Sein Unterricht war trostlos langweilig. Ich mußte aus dem Hebräischen ins Deutsche übersetzen. Herr Baron hatte keine Lehrmethode, er behauptete: »Eine Methode braucht man nicht. Eine Sache ist so oder so. Man fragt nicht immer: Warum ist das so? Man lernt auswendig!«

Er saß neben mir und stocherte in seinen Zähnen herum und in den Ohren. Das machte mich nervös.

»Eigentlich müßten Sie mal Deutsch lernen«, sagte ich ihm.

Als wir noch allein waren, hatte uns Frau Weiß nicht so viel Dinge verboten, wie es Vater jetzt tat.

Jeden Morgen, wenn wir aufstanden, mußten wir beten. Und vor dem Schlafengehen auch. Und nach dem Essen auch. Und die Mütze sollten wir immer aufbehalten, in der Wohnung und auf der Straße! Vater paßte sehr auf. Manchmal dachte ich: Als er im Krieg war, hatte ich's schöner.

Jeden Abend lernte Vater Deutsch. Er hatte sich eine Kinderfibel gekauft. Eine Fibel für sechsjährige Kinder! Selbst Hermann war da schon weiter!

Er setzte sich mit uns an den Tisch. Wir, seine Kinder, lasen schon Märchen und Erzählungen. Vater aber war noch nicht so weit. Er schrieb sich jedes Wort aus der Fibel in ein Heft.

»Du mußt noch sehr lange arbeiten, bevor du meine Märchenbücher lesen kannst, Vater«, sagte ich.

Er machte viele Schreibfehler. Manchmal fragte er mich, ob er ein Wort richtig geschrieben habe.

»Nein«, sagte ich und verbesserte ihm seine Fehler. Auch wenn er nicht fragte, sah ich nach und verbesserte seine Fehler.

»Lauter Leichtsinnsfehler«, warf ich ihm vor. »Du mußt dir noch viel Mühe geben.«

»Schon gut«, sagte Vater. »Gib mir mein Heft wieder.«

Zu Frau Weiß sagte er:

»Sie haben gar keinen Respekt vor mir.«

»Alle Männer, die aus dem Krieg gekommen sind, klagen jetzt über ihre Kinder«, behauptete sie ...

Und dann wurde Vater Reisender.

Der Witwer

Jeden Montag fuhr der Witwer Fischmann auf Tour und kam erst Freitag vor Anbruch der Nacht wieder heim. Eine Woche war wie die andere. Sein Leben war: Kunden besuchen, mit ihnen reden, ihnen Waren zeigen, einen Bestellzettel ausfüllen, am Tage viele Bestellzettel ausfüllen. Eines Tages, das war sein großer Traum, würde er nicht mehr reisen, da würde er sich selbständig machen, da würde er »unabhängig« sein, einen kleinen Laden besitzen und seine Kunden würden zu ihm kommen ...

Er bereiste für die Leipziger Firma *Gesundheitswäsche A. G.* einundfünfzig Dörfer. Viele kleine Orte waren nur zu Fuß zu erreichen. Seine Kunden waren Gemeindearbeiter, Eisenbahner, Bauern, Gutsarbeiter, Gastwirte, Handwerker, Angestellte von der Sparkasse, einige Lehrer. Er verkaufte ihnen Wäsche, die die Marke *Pyramide Erstklassig* trug. In seiner Kollektion hatte er Unterhosen, Unterhemden, Oberhemden, gestrickte Westen mit angenähtem Katzenfellrücken und ohne, Chemnitzer Strumpfwaren, Wolldecken, sogar Gummistrümpfe, auch Leibbinden und Korsette.

Seine Firma war ein solides Haus.

Seine Firma gab keinen Kredit.

Seine Firma lieferte gegen Nachnahme und erkannte Reklamationen nur an, wenn sie sofort nach Erhalt der Ware mit eingeschriebenem Brief erhoben wurden. Im Falle der Anerkennung lehnte die Firma ausdrücklich eine Berücksichtigung der inzwischen eventuell eingetretenen Geldentwertung ab.

Seine Firma verschickte zu Weihnachten einen Reklamekalender und drei Küchenhandtücher gratis an jeden Kunden. Sehr gute Kunden bekamen sechs Küchenhandtücher.

Die Firma *Gesundheitswäsche A. G.* war überall in Deutschland bekannt. Jedermann kannte die Marke *Pyramide Erstklassig*. Die Firma beschäftigte über siebzig Reisende allein in Mitteldeutschland. Der Witwer Fischmann war einer dieser Reisenden. Herr Chaskel Weiß hatte ihm die Vertretung verschafft ...

Alle zwei bis drei Monate tauchte er im Dorf auf. Es war ein kleines Dorf ohne Eisenbahnverbindung. Wenn er ankam, nach einem langen Marsch auf der Landstraße, lächelte er. Er lächelte unterwegs die Passanten an, die Kinder, die Dienstboten, die Frauen, dann trat er ins Haus des Kunden und lächelte immer weiter, er lächelte die Katzen an, die Kinder, die Frau, den Kunden. Sein Lächeln hatte etwas von dem Lächeln eines Taubstummen. Ein ostjüdisches Lächeln. Das Lächeln eines Wanderers, das Lächeln eines Heimatlosen, eines Fremden unter lauter Einheimischen, eines Fremden, dem die Landessprache immer noch nicht ganz geläufig ist.

»Tag, Joseph«, sagte der Kunde. »Wieder mal in der Gegend? Setz dich und ruh dich erst mal aus, bevor du uns bescheißt.«

»Ich bescheiße keinen Menschen«, schnaufte der Witwer und ließ sich müde nieder.

Der Kunde war kein Kaufmann. Für den Kunden war also jeder Kaufmann ein Gauner. Und ein jüdischer Händler war für ihn ein ganz besonders großer Gauner. Schon sein Vater und sein Großvater und sein Urgroßvater hielten einen Kaufmann für einen Gauner und einen jüdischen Kaufmann für einen besonders großen Gauner. Der Kunde hatte auch noch andere überlieferte Ansichten. So hielt er Bucklige und Rothaarige für böse Menschen, genau wie sein Vater, sein Großvater, sein Urgroßvater schon Bucklige und Rothaarige fürchteten – der Urgroßvater hatte Bucklige und Rothaarige sogar für Hexen und Zauberer gehalten! Dabei kannte der Kunde einen Buckligen und zwei Rothaarige und alle drei waren recht anständige und ruhige Menschen. Aber das machte nichts, der Kunde hielt diese drei für Ausnahmen und seine Ansicht über Bucklige und Rothaarige trotzdem für richtig. Denn schon sein Vater, sein Großvater, sein Urgroßvater … Und nun kannte er seit einiger Zeit den Ostjuden Fischmann, er hatte ihn ganz gern, ein ganz anständiger Mensch war dieser Fischmann, er hielt ihn für eine Ausnahme, denn die Juden im Allgemeinen … Schon der Vater, der Großvater, der Urgroßvater …

»Ich weiß«, sagte der Kunde augenzwinkernd. »Jeder Kaufmann verschenkt seine Ware, deine Firma auch. Und du bist ein ganz sympathisches altes Haus!«

»Ich bin kein altes Haus!« wehrte der Reisende diese ihm umklare Bezeichnung mit offenen Händen ab.

»Daitsche Schprack, schwärre Schprack!« lachte der Kunde. »Ich will dich nicht beleidigen, aber bei uns sagt man »altes Haus« zu einem Freund. Was machen die Kinder?«

»Was sollen sie machen? Sie gehn in die Schule. Der Älteste geht in die Hohe Schule, ins Realgymnasium!«

»Du verdienst ja auch Hunderte bei uns!«

»Wo jetzt ist Inflation, verdient man schnell Hunderte. Was sind aber Hunderte wert?«

»Und biste immer noch nicht wieder verheiratet?«

»Nein, wozu brauche ich eine Frau, frag ich.«

Der Kunde machte kleine Schweineaugen. »Und fürs Bett, Joseph?«

»Ich habe andere Sorgen«, erklärte der Witwer verlegen und begann, seinen Musterkoffer eilig auszupacken.

»Aber für deine Kinder wär doch ’ne Mutter gar nicht so ohne! Weißt Joseph, ich habe da ’ne Base, sie würde nicht schlecht zu dir passen. Sie ist vierzig, sieht aber viel jünger aus. Willst du nicht mal sehn? Bist doch ’n fleißiger Mann, kannst gut ’ne Frau ernähren. Wenn du willst, wird sie auch Jüdin. Sie läßt sich sogar beschneiden, wenn’s sein muß!«

»Machense keine Witze über mein Unglück«, seufzte der Witwer.

Dann zeigte er mit einer Salve von begeisterten Zungenschnalzern seine Kollektion. Besonders empfahl er heute lila Unterhosen mit langen Beinen. Er hatte auch weiße mit kurzen Beinen, aber von denen riet er gleich ab, sie gefielen ihm selbst nicht, er mußte sie zwar zeigen, weil er sie ja in der Kollektion hatte, aber er sagte seinem alten Kunden lieber gleich und ehrlich: »Die weißen Unterhosen sind großer Tineff.«

»Das«, sagte der Kunde anerkennend, »siehste, das gefällt mir an dir, Joseph. Du willst wenigstens keinen Tineff verkaufen.« Der Kunde wußte genau, was »Tineff« war. Er kannte auch jiddische Worte wie »nebbich«, »Chuzpe« und was »Schlemiehl« bedeutete, wußte er auch.

»Überhaupt verstand er sich ausgezeichnet mit dem Reisenden Fischmann. »Schlemiehl, main Waib will habben Bettfedern«, jüdelte er und lachte sich halbtot über seine jiddischen Kenntnisse, die ihm selber ganz enorm vorkamen.

Jossel Fischmann hatte viele Kunden, die als deutsche Soldaten an der Ostfront ein paar jiddische Brocken in Warschau und in Kiew aufgeschnappt hatten, und die ihm immer wieder begeistert erzählten, was für »liebe Lait« die Ostjuden dort waren und daß ein deutscher Soldat im Osten am liebsten bei einem Juden in Quartier lag. Aber trotzdem ärgerte sich Jossel Fischmann jedesmal, daß sich der Kunde über seine Aussprache lustig machte. Da er jedoch der Meinung war, daß er schon »beinahe perfekt« die deutsche Sprache beherrschte und daß er hier beliebt sei, so ärgerte er sich auch gleichzeitig über seinen Ärger. Er sagte sich: Erstens meint er mit seiner Schadenfreude nicht mich allein, er meint alle Juden – und zweitens ist eben ein jeder Goy ein Antisemit ... So tröstete sich Jossel Fischmann. Und diese jüdische »Klugheit« ermöglichte es ihm, alles zu schlucken, so wie man ja auch das Sterben schluckt, weil alle sterben.

Ein Reisender muß vieles herunterschlucken. Der Witwer war kein schlechter Reisender, er ließ sich eine Verstimmung kaum anmerken. Er wollte sich bei keinem Spaß verletzt fühlen, wollte nichts übel nehmen (»Und wenn ich ja etwas übel nehmen, was dann?«). Er beklagte sich nie (»Wird mir was helfen, wenn ich mich beklage!«). Er stritt sich nie. Der Kunde soll immer Recht haben, ein guter Reisender will gar nicht Recht haben, er will Aufträge, er will verkaufen ... Der Witwer hatte in Galizien unter schlechteren Bedingungen verkauft.

Wenn er in die Dörfer kam, bescheiden bei den Kunden anklopfte und vorsichtig, fast ängstlich nach Aufträgen fragte, wunderte er sich selbst, daß sich die Kunden an ihn erinnerten und ihn mit seinem Namen ansprachen. Er war unscheinbar, er war ein kleiner Mann mit einem traurigen Gesicht. Immer schleppte er schwere Musterkoffer, immer trocknete er sich die schwitzende Stirn mit einem großen Taschentuch, das jeden Abend naß war, als habe er es gerade aus dem Wasser gezogen.

An das, was einstmals sein Leben gewesen, dachte er nicht gern. Er verscheuchte seine Erinnerungen. Er zwang sich, nur an seine jetzige Arbeit zu denken, an sein jetziges Leben. Mußte er nicht Gott Unrecht tun, wenn er an die Vergangenheit dachte? War nicht sein Leben, dieses zerrissene, verpfuschte, sinnlose, frauenlose, familienlose Leben nicht auch Gottes Leben? Und war nicht dieser Gedanke allein schon ein Frevel, unwürdig eines Juden? ...

Statt zu denken, zog es der Witwer vor, zu träumen. In Wahrheit war das kein großer Unterschied, und bei ihm schon gar nicht. Aber er glaubte, es sei einer. Zuweilen, wenn er in einem Hotelbett auf den Schlaf wartete, wollte er sich, in Bildern und nicht in Gedanken, an seine tote Frau erinnern. Aber es gelang ihm kaum. Er hatte sogar schon vergessen, wie sie ihr dunkles schweres Haar getragen. Beängstigend war diese Vergeßlichkeit! Ihr Gesicht, ihre Gestalt, alles verschwamm, der Witwer war unglücklich, bekümmert. Lea war erst einige Jahre tot, aber schon konnte er sich nicht mehr erinnern, wie sie einst ausgesehen hatte. Er lag da, ein müder überarbeiteter Mann, er quälte sich ab mit der Vergangenheit, wie ein Greis quälte er sich ab und war doch erst ein Mann von fünfunddreißig Jahren...

Seine Träume jagten einander. Vor langer Zeit hatte er in Amerika ein neues Leben versuchen wollen, und dieser Versuch war mißlungen. Wie hatte Amerika ausgesehen? Er wußte es nicht mehr, Amerika verschwamm, verschwand. Auch der Krieg verschwamm, verschwand, auch der Hunger, die Strapazen. Er war jetzt Witwer, er hatte zwei Knaben, er war Reisender, in diesem Hotel gab es Wanzen und Mäuse, die ganze Nacht pfiffen die Mäuse, in jedem armen Hotel pfiffen die Mäuse ... Ich muß Geld verdienen, und es wird mir weniger zustoßen, die Kinder sollen es einmal schöner haben ... Und ob ich doch wieder heiraten soll? ... Und wenn ich wieder heirate, dann doch nur wegen der Kinder ... Aber wen soll ich heiraten? ... Freitag werde ich wieder nach Hause fahren. Um die Kinder kümmert sich inzwischen die Dwore Weiß. Ein Glück, daß sie meine Kinder liebt... Sie achtete darauf, daß sie jeden Freitagnachmittag ins Brausebad gehen und frische Wäsche anziehen ... Sie müssen sauber sein, wenn der Schabbes kommt ... Sie müssen sauber sein, wenn der Vater kommt ... Ich, Jossel Fischmann, bin ihr Vater ... Aber wer ist ihre Mutter? ... Ihre Mutter ist tot ...

Ganz verschwommen tauchten manchmal vor ihm bunte Bilder auf, ein galizisches Wirtshaus, in seinem Kopf summte eine Melodie, eine sentimentale jiddische Melodie ... Von einer Hochzeit träumte er, von süßen Schnäpsen und von würzigen Honigkuchen, von Wandermusikanten und von lustigen Tänzen, von einem jungen Bräutigam und von einer jungen Braut. Einmal, träumte er, und es tat sehr weh, einmal bin auch ich ein Bräutigam gewesen und Lea war die Braut ...

Auch wenn er zu Hause war, in der frauenlosen Wohnung, mit seinen beiden Knaben, für die er der Vater war und für die er auch die Mutter sein sollte, überfielen ihn manchmal diese bittersüßen Träumereien. Dann senkte sich der Zwicker immer mehr und mehr nach vorn, die Nase wurde rot und röter, die Augen hinter den runden Gläsern glänzten, oft aber schloß er die Augen, und die Lider leuchteten wie entzündet. Das sahen seine Kinder, sie beobachteten ihn verstohlen, sie saßen bei ihm, zwischen ihnen sang die Petroleumlampe, bald wird es eine Gaslampe sein, die Rohre waren schon gelegt ... Heimlich stießen sie sich an: Schläft er oder weint er ...

Jeden Freitagabend gibt es bei Juden eine Festtafel. Die Hausfrau entzündet weiße Kerzen in silbernen Leuchtern. Der Hausherr spricht für die ganze Familie einen Segensspruch über den Tischwein und über die frischgebackenen »Schabbesberches«. Jedem Tischgenossen reicht er dann den Becher zum Trunk und ein Stück Berches.

Der Witwer und seine beiden Kinder essen Freitagabend bei Chaskel Weiß und seiner Frau Dwore. Der Hausherr ist Chaskel Weiß, die Fischmanns sind Gäste. Damit es dem Witwer nicht zu weh tut, stellt ihm Dwore Weiß, genau wie dem Hausherrn, einen silbernen Becher hin und zwei eigene kleine Berches. Nach Chaskel Weiß kann also Jossel Fischmann für sich und seine Kinder den Segensspruch sprechen. Dwore Weiß kennt zwar schon seit langem diese stumpfe unglückliche Stimme des Witwers, aber jedesmal flüchtet sie in die Küche und weint. Und jedesmal muß ihr Mann rufen: »Nun? Wo bleibt die Vorspeise, Dworele?«

Dwore Weiß bringt die Vorspeise: geriebene Eier mit Zwiebeln in Hühnerfett. »Die Zwiebeln«, lächelt sie und wischt sich die Tränen ab. »Die Zwiebeln!«
»Danke«, sagt der Witwer ohne aufzusehen und denkt: Lea hat da geriebene Leber beigemischt ...

Dwore Weiß bringt den süßen Fisch, mit Rosinen in der Soße.

»Danke«, sagt der Witwer traurig und denkt: Lea hat mir immer den Kopf gegeben, aber natürlich kriegt hier der Chaskel Weiß den Kopf, es ist ja auch richtig so, er ist ja der Hausherr, ich denke ja nur, wie es einmal war ...

Dwore Weiß bringt die Nudelsuppe.

»Danke«, sagt der Witwer und denkt: Lea ...

Dwore Weiß bringt das Fleisch mit den großen weißen Bohnen als Beilage, dann Kompott oder eine Mehlspeise, und zum Schluß bringt sie noch gepfefferte Erbsen und für jeden ein Glas Tee. Und immer sagt der Witwer heiser: »Danke« und denkt: Lea ...

Chaskel Weiß lehrt die Kinder des andern, wie man Tee richtig trinkt. »Nein, man wirft den Zucker nicht ins Glas. Man beißt sich ab ein Stückel, man nimmt das Stückel zwischen die Zähn', dann zieht man den Tee in sich hinein, so, seht mal her! So!«

Und der Witwer sitzt daneben und träumt vor sich hin.

Manchmal kriegt die gute Frau Weiß einen Wutanfall.

»Warum heiratet Ihr nicht?« schreit sie. »Es gibt keine Frau für Euch? Es gibt hunderttausend Frauen, die glücklich wären mit so einem Mann!«

»Mit zwei Kindern?«

»Es gibt Millionen von Frauen, die glücklich wären mit solchen Kindern!« behauptet die kinderlose Frau Weiß.

»Wir wollen jetzt lieber das Tischgebet sprechen«, schlägt Chaskel Weiß vor.

Aber hinterher fragt Frau Weiß wieder: »Also warum heiratet Ihr nicht? Heiratet!«

Mit der Zeit begann der Witwer sich an diesen Gedanken zu gewöhnen. Vielleicht wäre es doch besser, wenn er wieder einen eigenen Freitagabendtisch hätte ...

Und er wurde nervös. Er schrie seine Kinder an. Ohne es zu wollen, rutschte ihm jetzt oft die Hand aus.

Auch die Lina ist ein armer Mensch

Frau Zipfel war mit ihrem Kater Peter ins Altersheim gekommen, in die leere Hinterhauswohnung zog die Familie Bieber. Der alte Bieber war Dienstmann, seine Frau strickte für zwei Geschäfte Kinderjäckchen, und die ledige Tochter, sie hieß Paula, ging auf Aufwartung, sie nahm nur Halbtagsstellungen an.

Dieser Paula war Schreckliches passiert. Schon längst hatte der unbekannte Bräutigam sie verlassen, aber da log sie der Mutter immer noch vor, sie werde ihn bestimmt noch vorstellen. Jeden Tag erzählte sie, sie treffe sich in der Stadt mit ihm, er sei Geheimpolizist, und es sei wegen dieser geheimen Stellung, daß sie seine Adresse und sogar seinen Namen geheimhalten müsse. Der Vater glaubte ihr kein Wort, aber die Mutter glaubte alles, denn sie wollte diese romantische Geschichte gar zu gerne wahr haben. Aber dann, als sich ihr Zustand nicht mehr verheimlichen ließ, war die verheulte Paula doch gezwungen, ein Geständnis abzulegen. Sie mußte zugeben, daß sie eine faustdicke Lüge aufgetischt hatte, daß alles gar nicht wahr gewesen war, daß sie gar keinen Geheimpolizisten kannte, und daß sie auch gar nicht wußte, wer der Vater sei.

»Was? Du weißt nicht mal, wie er heißt?«

Nein, sie wußte es wirklich nicht. Es war nun schon so lange her, schon einige Monate. Und wo sie doch sowieso nie einen Namen behält, nicht einmal von heute auf morgen, und wie muß sie sich jetzt schämen.

»Es ist nicht zu glauben!« sagte Frau Bieber zu Lina Kupke, als die mal zu ihr rüberkam und sah, daß die Paula flennte. »So ein dummes Luder!«

Aber dann tat ihr die Tochter doch leid.

»Schäm dich, aber heul nicht, wenn Frau Kupke da ist! Na, da kann man nichts mehr machen. Nun sitzt sie da mit dem Bauch, und der Lump hat das Vergnügen gehabt, aber zahlen braucht er nicht, bloß weil du dir seinen Namen nicht gemerkt hast! Hör bloß auf! Es ist ja schon gut! Ich sag ja gar nichts mehr!«, tröstete sie ihre Tochter Paula.

Wie Frau Kupke süßlich: »Das arme Dingelchen« sagte, aber dabei feixte, dachte Frau Bieber ärgerlich: Warte, dir werde ich's stecken, du hast es gerade nötig, du mit deinem Mann ...!

Und so kam Lina hinter die Geschichte.

»Hat eigentlich Ihr Mann seine Werkzeuge wieder?« lächelte Frau Bieber falsch.

»Sein Werkzeug? Welche Werkzeuge?«

»Sie wissen wohl gar nicht, daß er nicht mehr in der Dreherei arbeitet?«

So, das saß!

»Ich weiß nichts«, entgegnete Lina und setzte sich vor Schreck.

»Tun Sie doch nicht so! Natürlich wissen Sie es!«

»Was soll ich denn wissen? Hermann sagt mir doch nie was!«

»Ihr Mann ist doch schon lange aus der Dreherei rausgeflogen! Er ist doch bloß noch Packer. Und nun erzählt er allen, was für 'ne Wut er hat, weil sie ihm alle Werkzeuge abgenommen haben. Nur 'nen Hammer durfte er behalten. Für die Kisten, zum Zunageln.«

»Ich kann es nicht glauben«, sagte Lina. »Woher wollen Sie denn das alles wissen?«

»Von meinem Bruder, der arbeitet bei Scheibe & Koch. Und ihr Mann hat nun 'ne große Wut auf den Meister Winkler, weil er meint, daß der ihm das angetan hat. Allen Leuten sagt er, daß er dem was auswischen werde. Er will ihn erschießen, sagt Ihr Mann. Hat er denn einen Revolver?«

»Nein«, log Lina.

Am Abend sagte sie zu ihrem Manne, daß sie alles wisse.

»Um so besser. Die Kugel für den Lumpen ist schon gegossen.«

»Sei doch vernünftig! Sei doch zufrieden, wenn du in der Pakkerei bleiben kannst!«

»So? Zufrieden? So? Du hältst es wohl auch mit diesem Winkler, was? Und daß er mir kein Werkzeug mehr gibt? Was sagste dazu? 'nen alten Hammer hat er mir gelassen!«

»Was brauchst du denn Werkzeuge zum Packen?«

»Das ist ganz gemeine Ungerechtigkeit! Mir die Werkzeuge abzunehmen! Er ist verurteilt, Lina! Er meint, weil ich nicht in der Gewerkschaft bin, kann er mit mir machen, was er will! Er irrt sich! Es ist nicht wahr, daß er jetzt die gelernten Dreher einstellen muß, die im Feld waren und nun zu Hause sitzen! Ich glaub's nicht! Und ich bin 'n guter Dreher, ich! Weil ich mal früher Bierkutscher war, soll ich den Platz 'nem gelernten Dreher freimachen? Ich bin jetzt auch 'n guter Dreher! Das ist doch alles bloß Schikane! Aber bei mir hat er sich geschnitten! Er wird noch sehen, was ich kann! Der Revolver ist schon geladen! Ich brauche bloß abzudrücken! Ich habe im Krieg nicht umsonst gelernt, wie man einen kalt macht!«

Lina bekam es mit der Angst zu tun. Sie floh ins Schlafzimmer und kroch zitternd unter die Decke.

Sie wußte, daß er einen Revolver besaß. Sie hatte ihn einmal überrascht, als er die Waffe ölte und dann in ein Öltuch einwikkelte. Aber sie wagte nicht, sie ihm abzunehmen. Er hatte den Revolver noch aus jener Zeit, als der sonderbare Frieden ausbrach, der kein rechter Friede werden wollte. Lina erinnerte sich noch gut an die grauen Novembertage im vergangenen Jahr. Als damals der Krieg zu Ende war, so ganz plötzlich, als niemand mehr damit gerechnet hatte, daß noch einmal Frieden werden könnte, da waren sie bei Scheibe & Koch ganz erschrocken. Überraschend kam das alles, der Waffenstillstand und die Schließung der Munitionsfabriken, und dann kehrten wirklich nach und nach viele Männer von der Front heim. Und die dreihundertsiebenundsechzig Frauen und die zwölf Männer hatten auf einmal keine Granaten mehr zu drehen.

Wie hatte sich Lina damals geärgert! Nicht weil der Krieg zu Ende war, nein, darüber war sie überglücklich – aber weil der Kaiser abhaute, und das arme Deutschland hatte keine Regierung mehr, die die Verantwortung übernahm, und weil deshalb alle Abteilungen bei Scheibe & Koch den *Arbeiter- und Soldatenrat* wählen mußten, damit jemand regierte, sonst geht doch alles drunter und drüber ... Jede Abteilung sollte damals einen Delegierten wählen, und dort, wo Lina mit ihrem Mann arbeitete, hoben alle Frauen die Hand, als eine Hermann Kupke vorschlug, weil Hermann der einzige Mann in der Abteilung war. Und deshalb hatte sie sich so geärgert im November 1918! ... Ich war ja gleich dagegen gewesen, dachte sie jetzt. Sie hatte nicht wollen, daß ihr Hermann Politik betreibt, wenn sie auch geehrt war. Aber er hörte nicht auf seine Frau, das ist ja immer so. Und er wurde außerdem Mitglied bei den *Unabhängigen Sozialisten*, aber die warfen ihn nach einer Woche wieder raus, da ging er sofort zu den Spartakisten, weil das wenigstens Kerle wären, hatte er der Lina gesagt, die aus dem Staunen nicht herauskam, weil ihr Hermann sich plötzlich in allem so gut auskannte. Aber dann hatte er auch bald die Spartakisten satt, überhaupt die ganze Politik, so sagte er wenigstens. Ihr war das nur recht gewesen. Sie hatte ihm ja schon immer gesagt, daß nichts dabei rauskomme, wenn die Männer sich um Politik kümmern. Sie haben dann bloß einen Grund mehr, in der Wirtschaft zu sitzen und den Lohn zu versaufen, was ihr ganz besonders gegen den Strich ging. Hatte sie nicht schon mit ihrem ersten Mann bittere Erfahrungen genug gemacht? Nicht mit der Politik, aber mit dem Saufen! Sie war wirklich froh und wie von einer großen Last befreit, als sie erfuhr, daß er nicht mehr mitmachte. »Wahrscheinlich haben dir auch die Spartakisten einen Tritt gegeben«, sagte damals Lina. »Es wird auch Zeit, daß du vernünftig wirst.«

Und nun hatte er also schon lange die Stelle als Dreher verloren, und sie mußte es von fremden Leuten erfahren. Aber schlimmer war, daß er etwas im Schilde führte! Wenn er nur die Waffe nicht hätte, diese Waffe, die seit vorigem November in der Wohnung war! Eine Angst hatte sie, eine ganz große Angst ...!

Sie hörte, wie draußen die Tür ging, wie er sich fortschlich. Sie fing an zu schlucken und zu schlucken, ach, wenn sie nur hätte weinen können, dann wäre ihr wohler gewesen, aber sie konnte nicht, es war nichts zu machen.

Nun war sie wieder einmal ganz allein in der Wohnung. Hermann hockte Tag und Nacht in Müllers Kneipe, obwohl er keine Politik mehr trieb. Wäre sie nur immer allein geblieben, hätte sie doch nur nicht wieder geheiratet ... Aber erst hinterher merkt man, wie dumm man doch ist ... Hinterhin merkte die Lina: sie hatte ja den Saufkopp, den braven guten lieben harmlosen Saufkopp doch gern gehabt, ihren ersten Mann. Da war der Hering doch gar nicht so schlimm gewesen, da war doch der Hermann Kupke viel schlimmer, dieser gemeingefährliche Schläger ...

Und auf einmal, wie sie das alles dachte, kam ein gemeines, ein froh machendes Verlangen über sie: sie wird jetzt aufstehen, sie wird aus dem Schrank ein Bild von ihrem ersten Mann herausnehmen, sie wird das Bild aufhängen, da wollen wir doch sehen, wer seinen Willen durchsetzt, er soll doch wenigstens sehen, daß es aus und vorbei ist, daß ich keine Lust mehr habe, daß ich es satt habe, mir alles von ihm gefallen zu lassen, in die Küche hänge ich das Bild, über den Tisch hänge ich es ...

Und dann fand sie das Bild. Und sie machte Licht in der Küche und hängte das Bild auf, genau in der Mitte, zwischen dem Tisch und dem schönen Küchenbüffet. Und wie ihr Herz in Seligkeit schwelgte: er wird ja schön gucken, wenn er heimkommt; nun habe ich wenigstens etwas angestellt, worüber er sich ärgern muß, alles ist nun so, wie es sein soll ... Wie sie das alles laut vor sich hersagt, da wurde sie gewahr – Hermann war gar nicht fortgegangen! Er war ja noch da! Er saß ja in der Ecke! Er hatte die ganze Zeit zugeschaut und zugehört! Er starrte sie so komisch an!

»Nun gut!« schrie die Lina auf.

»Jetzt weißte es«, sagte sie rasch und leise.

Da sah sie auf seine Hände.

Er hielt die Waffe! Sie war schwarz! Fettig! Er zielte!

Mit einem Schrei, den niemand hörte, auch sie nicht, floh sie ins Schlafzimmer zurück.

Schon jetzt will Feiwel sterben

Im selben Jahr kamen jüdische Flüchtlinge aus der Ukraine nach Deutschland. Auch hierher kamen Flüchtlinge. Oft hielten sich die jungen Männer in der Schloßgasse auf, bei Chaskel Weiß und bei uns. Dreimal täglich beteten sie. Vater war stolz auf diese jungen Leute und auf ihre Frömmigkeit. »Sie haben zwar kein Gepäck mitgebracht«, sagte er mir immer wieder, »aber keiner ist ohne Gebetsriemen geflüchtet!«

Wenn sie nicht beteten, stritten sie sich mit Herrn Weiß, mit Frau Weiß oder mit meinem Vater. Sie behaupteten: »Die Ukraine, liebe Leute, die Ukraine ist trotzdem ein schönes Land. Bei uns ...« Und dann schwärmten sie uns was vor: »Oih! Die Wälder bei uns, und die Felder bei uns, und die Dörfer bei uns! Und sogar die Bauern bei uns, wenn man sie nicht verhetzt, sind anständige Bauern, wir haben uns ganz gut mit ihnen verstanden, bis es angefangen hat und sie gekommen sind, um uns totzuschlagen. Aber sind sie von selbst gekommen? Unsere ukrainischen Bauern kommen nicht von selbst, um uns totzuschlagen. Haben wir ihnen denn etwas getan? Sie sind gekommen, weil man sie geschickt hat! Es ist schon ein ganz ein schönes Land, unsere Ukraine! Sehr schön ist es bei uns!«

Vater aber meinte: »Vielleicht. Aber nicht für uns Juden.«

»Nicht für Juden? Welches Land ist denn schön für uns Juden?«

»Wirklich, Reb Fischmann, welches Land ist schön für uns Juden?«

»Ist das eine Frage?« meinte Vater. »Wenn man schon anfängt zu fragen!«

»Wer fragt? Haben wir ukrainische Juden angefangen zu fragen? Ein Ukrainer fragt nicht viel! Ein Galizianer fragt! Ihr habt angefangen zu fragen! Und warum? Bloß weil ihr nicht glauben wollt, daß bei uns ...«

»Schon gut, ich glaube alles, streiten wir uns nicht.«

»Wirklich, streiten wir uns nicht«, bat auch Frau Weiß.

»Wir streiten uns nicht! Unsere Ukraine ist aber wirklich ein schönes Land!«

»Gut«, sagte Chaskel Weiß. »Eure Ukraine ist wirklich ein sehr ein schönes Land.«

Jeden Tag war unsere Wohnung oder die Wohnung des Herrn Weiß voll wie eine Gaststube. Überall saß ein Fremder und lernte Deutsch oder eine andere Sprache. Wenn sie auf die Straße gingen, blieben alle Leute stehen und sahen ihnen nach, weil sie sich sehr laut und auf jiddisch unterhielten.

»Müßt Ihr denn so schreien?« regte sich Vater auf. Ich dachte: Früher hast auch du auf der Straße jiddisch gesprochen und geschrien ...

Die Flüchtlinge behaupteten, wir seien schon richtige Deutsche, wir könnten sie ja doch nicht verstehen, denn wir wohnten ja in einem freien Land, ohne Pogrome. Nun ja, die Inflation sei schlimm, das Elend sei schlimm, aber trotzdem seien wir glückliche Leute ... Ich dachte: Vater jammert immer, er sagt, wir sind arme Fremde in diesem Land, wir haben es schwer ... Und da kommen Flüchtlinge und beneiden uns! Es sind die ersten Menschen, die uns beneiden! ...

Einmal kam ein Flüchtling, er hieß David Blau. Er schlief bei uns in der Küche, auf einer Matratze.

»Glückliche Menschen seid ihr!« sagte auch er. »Ihr habt keinen Petljura!«

»Wer ist Petljura?« fragte ich.

»Ein Bandenführer ist er, ein Pogromling, ein Lump, ein Mörder ist er!« schrie David. »Er hat fünfzigtausend Juden abschlachten lassen!«

An diesem Tag war unsere Wohnung wieder einmal voller Gäste.

»Warum hat dieser Petljura das gemacht?« fragte ich.

»Weil er ein Antisemit ist!« erklärte der eine.

»Weil wir Juden sind!« erklärte ein anderer.

»Es ist so viel Blut geflossen, daß wir selber nicht mehr verstehen können, warum Menschen solche Tiere sein können.«

»Bei uns hat man den Banden gesagt, daß wir Freunde der Bolschewiken seien. So ist der Pogrom losgegangen.«

»Bei uns hat man den Banden genau das Gegenteil gesagt. Man hat ihnen erzählt, daß wir Gegner der Bolschewiken seien. Und so ist bei uns der Pogrom losgegangen!«

David nahm mich auf sein Knie. »Ich will dir erklären, warum sie Pogrome machen. Warum springt zum Beispiel immer ein großer Hund auf eine kleine Katze?«

»Das ist nicht wahr«, sagte ich. »Hier im Haus wohnt der Dienstmann Bieber und der hat einen großen Hund, der springt nie auf Katzen. Der spielt sogar mit den Katzen im Haus.«

»Dieser Hund ist eine Ausnahme«, erklärte David betroffen. »So einen Hund habe ich bei uns in der Ukraine nie gesehen.«

»Aber ich habe schon solche Hunde in der Ukraine gesehen«, sagte ein anderer. »Mein Ehrenwort!« setzte er hinzu, weil ihn alle Ukrainer ungläubig ansahen.

»Geh jetzt ins Bett«, sagte Vater. »Du regst sie nur auf, sie wollen nicht immer gefragt werden!«

»Aber nein!« protestierten die Gäste. »Er soll nur ruhig fragen. Er muß wissen für später!«

»Siehste«, sagte ich zu Vater.

»Ins Bett!« sagte Vater streng.

Da ging ich.

Stundenlang blieben die Flüchtlinge sitzen, sie hatten sich viel zu erzählen. Sie tranken ein Glas Tee nach dem andern. Sie sagten: »Wir wollen euch nicht wehtun. Aber bei uns in der Ukraine ist der Tee besser als in Deutschland«. Trotzdem tranken sie ihn. Sie steckten sich ein Stück Zucker zwischen die Zähne und schlürften ihn kochend hinunter, ihre Lippen schienen unempfindlich zu sein. Herr Weiß gab mir einen Stoß: »Paß auf, wie man richtig Tee trinkt!«

Immer sprachen sie von den gleichen Dingen.

»Klug wird man, Kinderlech, wenn man hat Unglück«, jammerten sie.

Aber trotz ihrer Klugheit waren sie sich nie schlüssig.

»Was meint Ihr? Sollen wir hierbleiben?«

»Deutschland läßt uns nicht bleiben. Die Fremdenpolizei will uns alle ausweisen. Alle Ukrainer müssen fort.«

»Ich habe eine Idee! Wir müssen der Polizei jetzt sagen, daß wir in einigen Monaten nach Palästina oder nach Amerika weiterfahren wollen! Natürlich fahren wir nicht weiter, in einem Vierteljahr sind wir hier heimisch geworden, und keiner will mehr etwas von uns haben. Was sollen wir auch in der Welt herumfahren? Wir sind doch keine Zigeuner! Wir wollen doch wieder ein Dach überm Kopf haben und eine eigene Lampe in einer eigenen Stub und einen eigenen Teller und ein eigenes Messer und eigenes Brot und eigenen Tee, wie bei uns in der Ukraine. Was meint Ihr, Reb Fischmann! Kann man hier sein Leben verdienen?«

Vater sagte: »Hier ist es schwer. Aber man wird schon sehen. Ein Jude verhungert nicht, wenn er ist in einer Stadt, wo schon andere Juden wohnen. Also macht nicht so ein trauriges Gesicht, Feiwel! Was ist los?«

»Ich weiß nicht«, seufzte Herr Feiwel, den alle für ein bißchen verrückt hielten.

Gegenseitig stellten sie einander Fragen.

»Also wohin wollt Ihr?«

»Wohin man mich läßt.«

»Redet Ihr Sprachen?«

»Warum nicht? Ich habe es zwar noch nie versucht, aber andere reden doch auch! Man lernt und man redet. Ich werde auch lernen und auch reden.«

»Ich werde sterben«, sagte Herr Feiwel finster.

»Wir alle werden sterben«, tröstete ihn David.

»Ich werde bald sterben«, behauptete Herr Feiwel hartnäckig.

»Schäm dich! Hilft man dir vielleicht nicht?«

»Helfen? Wer hilft mir? Man schickt mich von einem Büro ins andere«, beklagte sich Herr Feiwel. »In wieviel Flüchtlingsbüros bin ich schon gewesen? Wie oft hat man mich schon angesehen, numeriert, photographiert, eingetragen in Bücher und in Hefte und auf große Kanzleibogen und auf kleine Kanzleibogen und auf grüne und auf rote und auf gelbe Karten, mit roter und mit blauer und mit schwarzer Tinte, mit vielen Zeichen vor dem Namen und mit vielen Nummern hinter dem Namen. Und ich habe hundertmal müssen unterschreiben. Und man hat mich immer wieder gelegt in die Akten. Und ich habe nicht gewußt, was sie wollen von mir – und sie haben vielleicht nicht gewußt, was ich will von ihnen. Aber sie haben immer gefragt und noch gefragt. Und sie haben immer geschrieben und noch geschrieben. Und was war das Resultat? Man hat mir gesagt: ›Sie dürfen nicht bleiben, Herr Feiwel ...‹ So hat man mich geschickt von einer Stadt in die andere. Und wieder in Büros mit Büchern und mit Bogen und mit Karten und mit Akten und mit Nummern und mit Zeichen! Was hat das alles für einen Zweck?«

Niemand schien den Zweck zu kennen.

»Und dann hat man mir gesagt, ich muß gehen zur Fremdenpolizei. Natürlich bin ich sofort hin. Die Polizei hat mir gesagt: ›Richtig, gut daß Sie kommen, Sie müssen sich anmelden bei der Polizei ...‹ Habe ich gesagt: ›Gut, daß ich gekommen bin, ich melde mich also bei Ihnen an ...‹ Hat die Polizei gesagt: ›So einfach ist es nicht, Sie müssen sich erst holen eine Bescheinigung auf dem Wohnungsamt, daß Sie sind berechtigt, in Deutschland zu wohnen, und eine andere Bescheinigung auf dem Arbeitsamt, daß Sie sind berechtigt, in Deutschland zu arbeiten ...‹ Hat man mir auf diesen Ämtern diese Bescheinigungen gegeben? Nein, ich bin zu nichts berechtigt! Bin ich wieder zurück zur Polizei und habe gesagt: ›Guten Tag, ich bin wieder da, aber ohne Bescheinigungen, ich muß mich aber doch anmelden, das Gesetz befiehlt es mir so, ich kann nicht bleiben hier ohne Anmeldung bei der Polizei ...‹ Antwortet die Polizei: ›Ja, das ich richtig, aber wir können Sie auf keinen Fall eintragen ohne die Bescheinigungen vom Wohnungsamt und vom Arbeitsamt, Sie müssen wieder hingehen ...‹ Bin ich also wieder hin auf diese beiden Ämter. Und was ist mir dort passiert?«

Alle schienen zu wissen, was ihm dort passiert war.

»Herausgeworfen hat man mich! Bin ich wiederum zur Polizei. Die Polizei unterhält sich diesmal nicht sehr lang mit mir.

Sie fragt kurz: ›Haben Sie? ...‹ ›Nein‹, sage ich ... Da gibt mir die Polizei einen Zettel, da steht drauf, daß ich das Land verlassen muß, weil ich mich nicht bei ihr anmelde und daß ich deshalb bin ein lästiger Ausländer, eben weil ich mich nicht von ihr eintragen lasse ... ›Was‹, schreie ich, ›hat man schon so etwas gehört‹, schrei ich, ›ich bitte Sie dreimal *tragt mich ein* – und Sie behaupten, ich lasse mich nicht eintragen! ...‹ Das sage ich der Polizei, so wie ich es euch jetzt sage. Aber genützt hat es nichts! Und außerdem ...«

»Was ist außerdem?«

»Außerdem habe ich keinen Geburtsschein mitgenommen. Ich habe nicht gewußt, daß man mit einem Geburtsschein flüchten muß. Vielleicht habe ich nie gehabt einen Geburtsschein. Was weiß ich? Und jetzt will mir keiner glauben, daß ich bin wirklich ich ...«

»Nehmen Sie noch ein Glas Tee, Feiwel«, sagte Frau Weiß und seufzte. »Es wird sich schon einmal die Lage von uns Juden bessern. Auch Ihre Lage wird sich bessern, so Gott will.«

Herr Feiwel kicherte. Dann sah er alle starr an und stieß seine tägliche Drohung aus: »Ich werde bald sterben!«

Natürlich starb er noch nicht, es starben inzwischen andere, die nicht drohten. Aber das Leben wurde ihm hier von der Fremdenpolizei unerträglich gemacht. Er bekam wegen des fehlenden Geburtsscheines tatsächlich eine Ausweisung, und Ende Februar 1920 erklärte er allen, er habe von diesem Lande genug! Aufdrängen wolle er sich nicht, das habe er, Gottseidank, nicht nötig, es gebe auch andere Länder ... Und mit diesen Worten nahm er für immer Abschied. Sein Traum war Antwerpen. Er hatte gehört, dort gebe es ostjüdische Diamantenschleifer, er wollte auch Diamantenschleifer werden. Diamanten – nun, das sei noch was Stabiles, verglichen mit der deutschen Mark, mit der man sich doch jetzt, mit Verlaub gesagt, etwas abwischen könnte ...

Aber wir werden noch sehen, daß es kein Abschied für immer sein sollte ...

Ein neues Klassenbuch wurde eingerichtet. Jeder mußte seinen Namen, den Namen seines Vaters, den Geburtsort und das Geburtsdatum angeben. Zuerst kamen die Protestanten der Klasse dran, dann die paar Katholiken, zuletzt die drei Juden.

»Wie heißt du?«

»Benno Nadel.«

»Wie heißt dein Vater?«

»M. Nadel.«

»Also Moses Nadel«, grinste Professor Opel überlegen. Er steckte seine Daumen in die Ärmelausschnitte der Weste und näselte: »Benno heißt der Sohn und Moses heißt der Vater.«

Die Klasse brüllte, lachte, klatschte in die Hände. Nur die drei Juden waren still.

»Nein«, sagte der krummgewachsene Benno und biß sich auf die vorspringende Unterlippe. »Er heißt M. Nadel.«

»Vielleicht heißt M bei euch Isidor, mein Bennoleben?«

Die Klasse konnte nicht mehr. Einige stöhnten vor Lachen.

»Ruhe!« befahl Professor Opel. »Was habt ihr da zu lachen? Ich gebe euch keinen Grund für euer Gelächter!« Zufrieden blinzelte er seinen besonderen Lieblingen zu.

Benno heulte.

»Ein schöner Schlappschwanz biste, mein Bennoleben«, sagte Professor Opel mit falscher Zärtlichkeit und ging auf ihn zu. Er strich ihm vorsichtig, ganz vorsichtig, übers Haar. »Was hast du doch für schöne schwarze Locken! Und da weinst du noch? Aber nein!«

Er nahm seine Hand wieder von Bennos Kopf und hielt sie vorsichtig von sich fern, so, als wäre seine Hand ein beschmutztes Tuch. Er wusch sie sich umständlich unter der Wasserleitung. Das Wasser lief und lief. Bennos Tränen rollten nur so aus den Augen. Professor Opel hörte überhaupt nicht mehr auf, sich zu seifen. Dabei kokettierte er, Grimassen schneidend, mit der wiehernden Klasse.

»Na, setz dich, Bennochen. Gibt es noch einen Juden in der Klasse?«

»Zwei!« schrien alle und zeigten auf Heinz Levy und auf mich.

»Wie heißt du?« fragte mich Professor Opel.

»Jakob Fischmann.«

»Heißt dein Vater auch Moses?«

Noch lachte niemand. Alle waren gespannt, was ich sagen würde. Ich auch. Ich überlegte es mir gründlich, ich hatte gar keine Eile. Ich sagte endlich:

»Nein, Joseph.«

»Bist du sicher?«

»Ja, Herr Professor.«

»Wo bist du geboren?«

»In Strody.«

»Wo liegt das?«

»In Galizien.«

Professor Opel schob das neue Klassenbuch und den Federhalter verärgert auf die Seite und kam auf mich zu.

»Du bist also Ostjude?«

Ich hörte den hundsgemeinen Ton. Ich hörte das neugierige Schnaufen meiner Nachbarn. Ich schwieg.

»Was ist dein Vater?«

»Kaufmann.«

»Natürlich! Und mit was handelt dein Vaterleben?«

In meinen Ohren fing es an zu brummen, als wenn Bienen drin wären. Ich dachte: Heulen, wie der Benno, darf ich nicht. Das könnte dem Opel so passen, wenn ich auch noch weinen würde. Ich werde von jetzt ab keine Antwort mehr geben. Was kann er denn dagegen machen? Nichts ...

»Hast du nicht verstanden? Mit was handelt dein Vater, der Herr Moses Fischmann aus Galizien?«

Ich blickte in sein feistes Gesicht. Ich las darin die ganze selbstgefällige Zufriedenheit eines Mannes, der sich etwas drauf einbildete, nicht als Jude geboren zu sein, der sich was drauf einbildete, zur Mehrheit der Nichtjuden zu gehören ... Es ist ihm anzumerken, wie zufrieden er ist, wie er meine Wehrlosigkeit genießt. Der Lump, so dachte ich, ist mindestens fünfzig Jahre alt, und ich bin knapp dreizehn Jahre alt, aber mit dreizehn Jahren ist ein Jude ein Mann, dachte ich ... Er mag nur witzeln, aber eher lasse ich mich totschlagen, als daß ich ein Wort sage, als daß ich antworte. Außerdem wird er mich schon nicht totschlagen, diese feige Sau, so dachte ich ... Meine Gedanken bedienten sich in diesem Augenblick nicht sehr gewählter Worte, aber meine Wut war groß, und ich hatte gar keine Lust, für Opel unverdient schöne Bezeichnungen zu wählen.

»Wird's nun bald? Antworte!«

Ich dachte: Ich darf nicht zusammenfahren, wenn er schreit! Je mehr er sich aufregt, desto ruhiger will ich werden! Er kann sich nicht beherrschen – aber ich kann es gut! Von mir kriegt er heute keine Antwort ...

»Hast du nicht verstanden? Ich habe dich was gefragt!«

Ich sah ihm in die Augen, er stand vor mir und war nicht viel größer als ich. Wenn wir früher Indianer spielten, durfte keiner zwinkern, nicht einmal am Marterpfahl, und das war gar nicht so einfach, weil da sogar geschossen wurde, mit einem Luftgewehr, auf eine Schießscheibe, die knapp über dem Kopf des »gefangenen Blaßgesichtes« angebracht war... Ich dachte: Du bist ein räudiger Sioux, du steckst mit Verbrechern unter einer Decke, sie haben dich mit einem Faß Branntwein gekauft, aber du sollst jetzt vor meinem scharfen Adlerblick erzittern... Und richtig!Opel fing zu zwinkern an! Er lachte falsch und spitz.

»Setzen!« zischte er und wandte mir den Rücken zu. Er ging zögernd auf seinen Platz zurück. »Wir werden uns noch mal sprechen, Bursche!« sagte er drohend und fixierte mich, als wären nur er und ich in der Klasse. Dann besann er sich und schrie.

»Der nächste Jude!«

»Heinz Levy«, murmelte Heinz Levy und stand langsam auf.

»Noch einmal! Lauter!« befahl Opel kreischend.

»Heinz Levy.«

»Und womit handelt dein Vater?« Das fragte Opel so nebenbei, seine Stimme hatte auf einmal gar nichts mehr Scharfes, eher etwas Lauerndes an sich.

»Ich habe Sie nicht genau verstanden«, sagte Heinz Levy.

»Bist du schwerhörig, Levy?«

»Nein, Herr Professor.«

»Also womit handelt Herr Levy senior?«

»Er ist 1916 gefallen.«

Professor Opel wurde blaß.

Er blätterte aufgeregt im alten Klassenbuch herum.

»Setzen«, sagte er heiser. »Setzen. Es stimmt. Hier ist er ja bereits eingetragen.«

Aber Heinz Levy setzte sich nicht.

»Was willst du noch?«

»Ich wollte nur noch den Namen meines gefallenen Vaters angeben. Er hieß weder Moses noch Joseph. Er hieß auch nicht Abraham. Er hieß Ernst Levy, er hieß Ernst – genau wie Sie, Herr Professor. Aber er ist fürs Vaterland gefallen.«

Und damit erst setzte sich Heinz Levy, der dritte Jude der Klasse.

Professor Opel war unser Klassenlehrer. Bei ihm lernten wir Französisch.

In derselben Woche erkrankte unser Deutschlehrer, der alte Professor Urban. Professor Opel übernahm die Vertretung. Wir schrieben einen Klassenaufsatz über die »Charakteristik der Deutschen«. Opel diktierte uns die Gliederung für diesen Aufsatz.

»Einleitung: Geschichtliche Bedeutung des deutschen Volkes.«

Wir schrieben uns die Gliederung ins Heft.

»Ausführung: Charakteristik der Deutschen in körperlicher Beziehung – schöne Gestalt, Größe, Kraft und Gewandtheit.« Er lief erhobenen Hauptes in der Klasse auf und ab. »In geistiger Beziehung: die Lichtseiten – also: natürliche Begabung, Offenheit und Geradheit, Treue und Redlichkeit, Gastlichkeit, Religiosität, Liebe zum Vaterland, Tapferkeit, Keuschheit und Ritterlichkeit... Habt ihr das Wort *Ritterlichkeit,* das ist wichtig!«

Wir hatten Ritterlichkeit.

»Nun die Schattenseiten des Deutschen: Übergroße Offenheit... Das wäre wohl alles, sonst wüßte ich nichts. Und als Schluß: Die Vorzüge der Deutschen, die selbst von ihren Feinden rühmend anerkannt werden, befähigen sie, eines Tages wieder eine bedeutende Rolle in der Geschichte zu spielen... So, fangt jetzt an. Ihr habt drei Stunden Zeit.«

Es war Mittwochnachmittag und schulfrei.

Der Jungsturm hatte Appell. Die unteren Klassen hatten keine Ahnung, was der Jungsturm war. Wir hatten auch keine Ahnung, daß wir dies nicht wußten. Oberlehrer Zunk, auch im Realgymnasium unser Turnlehrer, sagte uns, der Jungsturm sei eine großartige Bewegung, eine nationale Bewegung. National – davon hatten wir keine besonders klare Vorstellung. Aber was großartig war, das verstanden Zwölfjährige sehr wohl. Außerdem wußten wir, daß fast die ganze Anstalt dem Jungsturm angehörte, nur die schlechten Turner nicht und alle die jenigen nicht, die Oberlehrer Zunk nicht leiden konnte. Ich war stolz, daß ich nicht abgelehnt wurde, als ich mich in dieser großartigen Bewegung anmeldete.

Der Wald war verschneit. Alle Wege waren verschneit. Wir sollten uns an der Luthereiche treffen. Es war uns mitgeteilt worden, wir könnten uns nicht in der Stadt versammeln, denn die Arbeiter seien gegen den Jungsturm, in ihren Zeitungen hätten sie gedroht, uns krumm und lahm zu schlagen, wenn sie uns erwischten. Als Oberlehrer Zunk in der Turnhalle diese rote Zeitung vorlas, schrien wir alle: »Pfui!«

»Es wird aber bald anders kommen!« prophezeite Zunk und machte ein sehr geheimnisvolles Gesicht. Er schärfte uns ein, über unsere großartige Bewegung mit anderen nicht zu sprechen. Auch zu Hause sollten wir lieber schweigsam sein. »Alle großen Soldaten waren große Schweiger!« rief er aus. Also schwieg ich, ich sagte nur, wir machten einen Schulausflug. Dagegen hatte Frau Weiß nichts einzuwenden. Vater brauchte ich ja nicht zu fragen, er war auf Tour...

Dreihundert Schüler standen in Reih und Glied an der Luthereiche. Oberlehrer Zunk, mit einer großen Landkarte in der Hand, erklärte das Terrain, zeigte auf den Wald, der voller Verstecke und Hinterhalte sei, und meinte: »Es ist ein ideales Gelände für eine Schlacht. Aber die Schlacht beginnt noch nicht.«

Er ließ uns erst mal exerzieren, hinwerfen, wieder aufspringen, ausschwärmen, im Zick-Zack-Sprung in den Wald hineinlaufen und im Sturmschritt wieder herauskommen.

Dann mußten wir lange, lange stillstehen. Keiner durfte sich räuspern. Es wurde immer windiger und kälter.

»Das Stillstehen ist das Wichtigste für einen Soldaten!« versicherte Zunk und stampfte auf und ab im Schnee. Wir standen und starrten nach vorn. Es schneite und schneite.

Von weitem sahen wir einige Herren auf uns zukommen. Einer davon war Dr. Grosse, ein neuer Lehrer unserer Schule. Morgen sollte er bei uns die erste Botanikstunde geben. Die Herren grüßten militärisch und unterhielten sich mit Oberlehrer Zunk. Wir waren weiß, wie Schneemänner. Auf den Augenbrauen und auf der Nase, überall lag Schnee.

Endlich bildeten wir zwei große Abteilungen. Das Heer und die Roten. Ich war beim Heer. Wir marschierten ab, und die Roten blieben. Sie mußten sich hier verschanzen. Wir stampften inzwischen durch den weichen Schnee. Dr. Grosse ließ uns ausschwärmen und Deckung suchen. Es war schon fast Nacht. Rechts und links von mir schlichen Schatten, geduckt wie ich nach vorn. Wir mußten vermeiden, gehört zu werden...

Jetzt kamen wir wieder aufs Feld. »Der Feind weicht zurück«, murmelte jemand neben mir. Der Himmel war grauschwarz. Meine Füße waren naß, die Strümpfe auch, bis an die Knie. Ein Kommando ertönte, die Stimme von Dr. Grosse: »Im Sturmschritt, marsch, marsch!«

Die Roten ergriffen vor uns die Flucht! Wir jagten sie schreiend vor uns her! Wir warfen mit Schnee! Manche fielen hin, wir auf sie drauf, und sie wurden tüchtig gewaschen!

Ein Trompetensignal verkündete das Ende der Schlacht.

Wir stellten uns alle in eine Reihe, das Heer und die besiegten Arbeiter wieder zusammen. Oberlehrer Zunk und Dr. Grosse hielten kurze Ansprachen gegen das »rote Gesindel« und daß wir nicht in zu großen Gruppen heimgehen sollten, weil das Gesindel jetzt besonders scharf aufpaßte. »Wenn euch jemand fragt, was ihr im Wald gemacht habt, so sagt, daß ihr von einem Schulausflug kommt. Begriffen!«

»Jawohl!« schrien wir.

Dann ging es heim, immer vier zusammen. In der Stadt schneite es auch, die Lampen brannten trügerisch friedlich und mir war es, als starrten mich die Passanten mißtrauisch an, als seien sie »rote Schweine«. Sie sollten nur kommen! Wir vom Jungsturm hatten keine Angst! Wir siegten gegen alle Feinde!

Mir taten alle Muskeln weh. Aber das machte nichts.

So stellte sich Dr. Grosse am nächsten Tag der Klasse vor:

»Ich bin euer Botaniklehrer. Man kann von mir nicht verlangen, daß ich hier das Bild eines Sattlergesellen, der die längste Zeit Präsident seiner Republik war, dulde. Vor meiner Stunde ist das Bild abzuhängen!«

»Wir besitzen gar kein Bild vom Reichspräsidenten«, sagte der Primus.

»Um so besser.« Dr. Grosse verzog sein Gesicht zu einer beifälligen Fratze, was ihm nicht leicht fiel. Sein Gesicht war von mehreren dicken Schmissen durchzogen, die rot und lang wie Regenwürmer waren. Er hatte ein Glasauge, das kalt und geradeaus funkelte, unbeweglich, mißtrauisch, wie eine Eidechse hinter einem Stein. Sein Zivilanzug war aus feldgrauem Stoff. Die Brust war breit und nach vorn gestreckt, als trüge sie unsichtbare Orden.

»Ich liebe keinen toten Unterricht, das sage ich euch gleich.«

Sein lebendiger Unterricht sah so aus:

»Heute sprechen wir über das Schmarotzertum in der Natur«, sagte er und stellte sich in eine Ecke, von wo aus sein gesundes Auge uns alle übersehen konnte. »In der Menschenwelt ist das genau wie in der Natur. Wir erleben heute eine schwere Zeit, eine Zeit der nationalen Knochenerweichung, dank einiger vaterlandsloser Gesellen, die die Schmarotzer an unserem deutschen Volkskörper sind.«

Er musterte uns scharf wie auf einem Manöverfeld.

»In Langemarck gab es keine Schmarotzer!« fuhr er fort, und sein richtiges Auge wurde vor Erregung starr wie das Glasauge. »Damals stürmten unsere jungen tapferen Soldaten singend gegen die feindlichen Stellungen vor und nahmen sie. Singend, Jungens! Deutsche Regimenter gegen feindliche Maschinengewehre! Das war noch ein Leben! Das war noch ein Deutschland, für das es sich lohnte zu sterben!«

Er marschierte in eine andere Ecke. Stumm. Ergriffen. Mit zuckendem, zerschlagenen Gesicht.

»Gibt es heute noch dieses selbstlose, dieses tapfere Deutschland?«

Der Primus meldete sich.

»Nein, Herr Doktor.«

»Leider nein. Dieses Deutschland gibt es nicht mehr. Heute gibt es ringsum Schmarotzertum, daß es zum Speien ist! Eine Republik haben wir, da kann man schon ruhig sagen: eine Scheißrepublik haben wir!«

So hatte noch nie ein Lehrer mit uns gesprochen! Ein richtiger Soldat aus dem Schützengraben, dieser Dr. Grosse! Ganz anders als die Lehrer sonst! Er sagte »Scheißrepublik«!

»Schmarotzer, um bei unserem Thema zu bleiben, gibt es also in der Natur und bei den Menschen. So wie sich Schmarotzerpflanzen auf Bäumen breitmachen und den armen Bäumen das Wasser absaugen, bis sie eingehen, so hocken heute am deutschen Baum unzählige Schmarotzer und saugen uns die letzte Kraft aus den Adern. Verstanden?«

»Jawohl!« schrie die Klasse.

»Sattlergesellen, Buchdrucker, Tischler, Schlosser und andere Genossen hocken in den Regierungspalästen. Und ein Herr namens Preuß, er nennt sich Hugo, wahrscheinlich heißt er aber Chaim...«

Gelächter.

»Ruhe! Und dieser Herr Preuß sitzt also irgendwo in Preußen, aber nicht mehr lange, und macht sich und uns eine Verfassung...«, mauschelte Dr. Grosse und schmiß die Hände nach rechts und nach links. Er verzog boshaft seine Schmisse, das Glasauge funkelte unbeweglich, das gesunde Auge rollte wild und blitzschnell wie in einem zu engen Gehäuse hin und her. Die Klasse wieherte, trampelte Beifall.

»Ich sage ja nicht«, sagte Dr. Grosse, »ich sage ja nicht wie andere: Juden raus! Ich sage auch nicht, daß der Herr Rabbiner Walter Rathenau eine Judensau ist...!«

Brüllendes Gelächter.

»Ruhe! Das alles sage ich also nicht! Ihr versteht mich doch?«

»Ja! Jawohl!«

»Schön. Ich freue mich, daß wir uns so großartig verstehen. Ich sage nur: Wie in der Natur, so gibt es unter uns einige Schmarotzer, die wir ausrotten müssen, mit Stumpf und Stil! Radikal! Ohne Erbarmen! Ohne Mitleid! Und wenn es nötig ist: mit Gewalt!«

Hier hielt er inne, starrte uns an, aber es war offenbar, daß er uns gar nicht sah. Sein heiles Auge glitt über uns hinweg und blickte durch das Fenster in die Ferne, in eine unbekannte Ferne. Es war Anfang März 1920.

Er forderte uns noch alle auf, dem Jungsturm beizutreten. Dann war die Botanikstunde zu Ende.

In der Pause ging ich zu Dr. Grosse.

»Na, was willst du von mir?« fragte er freundlich.

»Ich bin schon im Jungsturm«, sagte ich und mir war gar nicht wohl zu Mute.

»Das freut mich sehr, mein Junge«, sagte er und klopfte mir auf die Schulter. »Was hast du denn auf dem Herzen?«

Ich nahm allen Mut zusammen und sagte:

»Ich bin Jude.«

»Du bist Jude?« Das Gesicht wurde wieder so hart wie vorhin im Unterricht. »Na und?«

»Weil Sie das vorhin gegen uns Juden gesagt haben«, sagte ich und meine Stimme klang gar nicht wie meine Stimme, »will ich aus dem Jungsturm austreten.«

»Freut mich«, schnarrte Dr. Grosse und ließ mich stehen.

Bis zum zwölften März wurden die drei Juden aus der Klassengemeinschaft ausgeschlossen. Klassenbann! Keiner grüßte uns, keiner richtete an uns das Wort, keiner gab uns eine Antwort, wenn wir eine Frage stellten. Wir waren einfach für niemanden mehr da...

Direktor Hüsemann begann seinen täglichen Rundgang. Das Gehen fiel ihm schwer. Bei jedem Schritt knickte er nach vorn. Sein Spitzname war »das Wasserknie«. Vor mehr als vierzig Jahren hatte er bei seinen Schülern der »Bock« geheißen. Wehmütig dachte er noch zuweilen an diese schöne Zeit. Hatte er wirklich früher einen gesunden federnden hüpfenden Gang gehabt? Er konnte es selbst nicht glauben, so lang war das her.

Nicht zufällig war er Leiter der Anstalt. Er war ein zuverlässiger Beamter, für den neben seiner Schule nichts von Bedeutung existierte. Seine Schule – das war sein Leben. Dies war seine Weltanschauung: In meiner Anstalt wird entschieden, wer im Leben Erfolg und wer Mißerfolg haben wird. Von allen Schulen der Stadt ist meine Schule die wichtigste. Wer meine Anstalt mit einem guten Abgangszeugnis verläßt, hat ausgesorgt. Ein solches Zeugnis ist die sichtbare Seele eines jungen Menschen, denn es gibt genauen Aufschluß über sein Können, seine Fähigkeiten, seine Gedanken, seine Hoffnungen, seinen Ehrgeiz, sein Betragen und seine Aufmerksamkeit. Die Schüler lieben ihre Anstalt, denn erst die Anstalt gibt dem jungen werdenden Menschen einen Lebensinhalt...

Der Krieg hatte weder den Direktor noch seine Ansichten sehr erschüttert, nicht einmal der Verlust seines einzigen Sohnes vermochte dies. Näher waren ihm schon der Zusammenbruch der Monarchie und die Ausrufung der Republik gegangen. Aber auch nicht etwa so, daß er nach dem November 1918 seine Ansichten über seine Anstalt und seine Schüler geändert hätte. Er hatte sich, so gut dies ging, mit dem republikanischen Staat abgefunden, so wie sich ja auch der republikanische Staat mit ihm, dem alten Monarchisten, abgefunden hatte.

Als er so durch die Korridore humpelte und hinter den geschlossenen Klassentüren die Stimmen der Lehrer und der Schüler hörte, mußte er an die letzte Lehrerkonferenz denken. Er empfand es als äußerst peinlich, daß die Politik nicht vor seiner Anstalt halt machen wollte, daß sie hier eindrang und immer bösartigere Formen anzunehmen drohte. Welch eine Zeit, welch schreckliche Zeit für das arme Vaterland! In seiner Jugend, als Bismarck das deutsche Reich geschmiedet hatte, war das Leben hoffnungsvoller und schöner gewesen, die Zukunft voller Versprechungen, Deutschlands Stellung in der Welt gesichert... Bismarck! Die dunklen Vorgefühle seiner letzten Jahre, sein »mir ahnt für Deutschland nichts Gutes!« war in Erfüllung gegangen. Zerstört war das Lebenswerk des großen Kanzlers, am Boden lag das Reich, verloren hatte es den Krieg, obwohl es militärisch gesiegt hatte, größer war die Zwietracht unter den Deutschen als je zuvor... so dachte Direktor Hüsemann bekümmert und setzte sich auf eine Bank, die neben der Aula stand. Selbst in den Klassen, bei den Schülern, selbst bei den jüngsten, wollten die schulfremden Diskussionen kein Ende nehmen. Und manche Lehrer waren daran nicht schuldlos...

»Meine Hörren!« hatte er letzthin in der Lehrerkonferenz ausgerufen. »Mäßigen Sie sich, bütte! Wir stähn hier und arbeiten und wirken für unser Völk! Und unser Völk ist immer so gewesen wie heute, ös hat sich nicht geändert unter der jetzigen Staatsform. Unser Völk wird sich unter keiner Staatsform ändern – also bleibt unsere Aufgabe doch immer dieselbe! Arbeiten wir für unser Völk auch unter der Republik! Denken Sie doch bitte an unser Völk, für das wir wirken!«

»In meiner Klasse hocken drei Juden«, hatte Professor Opel eingeworfen. »Die gehören nicht zu unserem Volk. Auch die Sprößlinge hergelaufener roter Bonzen gehören nicht zum deutschen Volk!«

»Ich muß Sie doch bitten!« Erregt war Dr. Voss aufgesprungen. »Sie sprechen eine Sprache, die vielleicht in Versammlungsräumen üblich sein mag, aber nicht in einer Lehranstalt!«

»Ich spreche deutsch, Herr Kollege!« hatte Professor Opel erwidert.

Dr. Grosse hatte das Wort ergriffen. Lächelnd erklärte er:

»Auch mir widerstrebt es, Juden zum deutschen Volk zu rechnen...«

»Im Schützengraben wurden sie mitgerechnet!« protestierte Dr. Voss.

Professor Opel ging auf diesen Zwischenruf nicht ein, als er sich erhob. Er gab lächelnd zu: »Ich kann Judenjungen nicht einmal riechen. Juden und Neger haben einen ekelerregenden Geruch an sich. Dreckige Völker, das ist es. Kommen da kürzlich ein paar Schüler aus meiner Klasse und berichten mir, daß sie ihre drei jüdischen Mitschüler aus der Klassengemeinschaft ausschließen mußten, weil diese drei Levantiner Läuse haben...«

»Unerhört!« Dr. Voss schlug mit der Faust auf den Tisch.

»... wofür sie mir einwandfreie Beweise lieferten!«

»Die Läuse?« hatte der kleine Dr. Lummer bissig gefragt.

Der alte Urban, Professor für Deutsch, bärtig, fast bis zur Blindheit kurzsichtig, ein leidenschaftlich demokratischer Geist, hatte Professor Opel, Lehrer der französischen Sprache, zugerufen: »Quand on veut noyer un chien on dit qu'il est galeux.«

Nur mit Mühe war es Direktor Hüsemann gelungen, die Gemüter zu beruhigen. »Welch ein Ton! Welch ein Ton! Meine Hörren! Ich muß doch söhr bütten!«

Er hatte aber doch nicht verhindern können, daß der alte Urban dem Kollegen Opel zurief: »Es ist schandbar, wie Sie die jüdischen Schüler Ihrer Klasse behandeln! Bedenken Sie denn gar nicht, was Sie bei den Kindern anrichten? Die einen werden sich ewig als Untermenschen und die andern als Übermenschen fühlen! Was soll das in zehn oder zwanzig Jahren geben!«

»Meine Hörren!« hatte Direktor Hüsemann ausgerufen. »Ich achte die privaten Ansichten eines jöden Kollögen. Aber vergössen Sie nicht, daß wir eine Tradition zu wahren haben. Wenn unsere Zöglinge uns später einmal verlassen, dann sollen sie doch mit Lübe an uns zurückdönken!«

»Mit Bitterkeit und Haß werden die drei jüdischen Schüler des Kollegen Opel an uns zurückdenken«, hatte Professor Urban behauptet. »In der ganzen Anstalt gibt es sieben Juden unter sechshundertneunundzwanzig Schülern! Lehrer sollten aus ihrer privaten und sentimentalen Abneigung keinen Lehrstoff machen!...«

Es ist, so dachte Direktor Hüsemann und erhob sich müde von der Bank, es ist zum Verzweifeln mit diesen Auseinandersetzungen, die kein Ende nehmen... Noch ein Jahr, und er hat die Pensionierung erreicht, dann mag ein Jüngerer versuchen, ob er mit der heutigen Zeit besser fertig wird...

Der Putsch

Niemand wußte genau, warum der Unterricht nicht begann. Einige in der Klasse behaupteten, nachts seien fremde Soldaten mit Kanonen und Maschinengewehren in die Stadt gekommen. »Es ist wieder Revolution, aber diesmal gegen die Roten!« rief der Primus.

»Und gegen euch Juden!« schrie Mops. Er versetzte Benno Nadel einen Faustschlag. Benno hielt sich die blutende Nase zu und gurgelte mit weit offenem Munde:

»Ich lasse dich nicht mehr abschreiben!«

»Du wirst sowieso gekillt!« lachte ihn Mops aus.

»Alle Juden werden gekillt!« brüllte die Klasse.

Da kam der kreidebleiche Pedell, wir sollten schnell hinunter auf den Schulhof! Es war also wirklich was los! Als wir unten ankamen, sahen wir, daß die Schüler der Sekunda und die der Prima Windjacken und Soldatenmützen trugen! Sie taten so, als seien sie erwachsen und nicht Zöglinge der Anstalt! Einige rauchten sogar! So etwas war noch nie dagewesen!

Jetzt erschien das Wasserknie mit einigen Lehrern. Das Wasserknie war in Zivil, die Lehrer aber trugen alle irgendwelche Uniformen! Es fehlten Dr. Lummer, Dr. Urban, Dr. Voss – aber sonst waren alle da. Ganz komisch sah Professor Opel aus, in einem neuen Offiziersmantel, aber ohne Soldatenmütze – er hatte sich seinen alten verbeulten Jägerhut aufgestülpt. Und Oberlehrer Zunk hatte einen ganz neuen Stahlhelm! Der einzige, der wirklich echt aussah, war Dr. Grosse, in Hauptmannsuniform. Er hatte mindestens zehn Orden an der Brust hängen!

Alle Lehrer blickten gespannt auf die Uhr, dann auf das Wasserknie, sie redeten auf ihn ein, aber er schien schwer zu hören, er hielt die Hand ans Ohr, dann fuhr er sich mit seinen Fingern in den weiten Kragen, dann rieb er sich nervös die Fingerknöchel. Endlich begann er zu sprechen, mit zitternder Stimme, seine alten Arme hingen wie unnötig an den abfallenden Schultern.

Er sagte, die Stunde habe geschlagen, das Vaterland sei wieder erwacht, und die Schmach der Republik werde heute von unserem Lande abgewaschen. Die Schüler der oberen Klassen hätten um Urlaub gebeten, um gemeinsam mit ihren Lehrern ihre Pflicht zu tun, und er gebe ihnen, wenn auch schweren, so doch stolzen Herzens, diesen gewünschten Urlaub. Er ermahne uns alle, in dieser ernsten Stunde, zu eifrigem Dienst und zu christlichem Lebenswandel.

Hier brach seine Stimme. Der Alte litt an Asthma. Dr. Grosse räusperte sich ungeduldig.

»Jungens!« rief das Wasserknie kläglich aus. »Jungens! nun geht – und Gott mit euch!«

»Unterprima und Oberprima hören auf mein Kommando!« rief Dr. Grosse. »Beide Klassen treten am Haupttor an! Marsch! Marsch!«

Oberlehrer Zunk schrie: »Die Sekundaner an der Turnhalle!«

Wir horchten auf. Waren das nicht Schüsse?

»Die Schüler der unteren Klassen gehen sofort heim«, flüsterte das erschrockene Wasserknie kaum vernehmlich. »Nirgends stehen bleiben!«

Wir gingen durch uns völlig unbekannte, aufgeregte Straßen. Überall hingen Plakate.

Der Kapp-Putsch gegen die Republik war ausgebrochen!

Zur gleichen Zeit kam Franz Schaller heim in die Schloßgasse. Berta war nicht schlecht erschrocken, als er ihr sagte, sie solle nicht erschrecken, es würde wohl ernst werden. Sie erfuhr, daß Franz schon vor anderthalb Stunden mit der Arbeit aufgehört hatte und daß er eben aus einer Gewerkschaftssitzung der Holzarbeiter komme, nur um sich umzuziehen. Er müsse gleich wieder zu einer anderen Sitzung.

»Ich habe es ja schon immer gesagt«, schimpfte er grob und schlüpfte dabei aus den Arbeitshosen. »Eine Republik, die nicht vorbereitet war! Die Monarchisten haben im November 1918 eine Stunde lang geglaubt, daß es ihnen an den Kragen geht, aber es ist ihnen nichts geschehen! Der Adel blieb Adel, die Militärs blieben Militärs, die Bürger blieben Bürger, keiner störte sie. Denn was taten wir, die Arbeiter, die Angestellten, die Republikaner? Wir hatten genug mit uns zu tun!«

Er wiederholte fast wörtlich, was er soeben in der Sitzung gehört hatte. Berta aber meinte, es seien seine Gedanken und war ganz stolz auf ihren klugen Mann. »Wir bildeten immer wieder neue Gruppen, neue Parteien, neue Oppositionen, spalteten die Gruppen, spalteten die Parteien, spalteten die Oppositionen, traten heute da ein und morgen dort aus, intrigierten, legten Minen – aber gegen wen, Berta? Immer nur gegen uns selbst! Gib mir 'n Paar frische Socken! Und jede Gruppe war eine Sekte neben einer anderen Sekte! Und jede Opposition richtete ein eigenes Büro ein, gab eine eigene Zeitung heraus, hatte Vorstände und Sekretäre und selbstverständlich gleich wieder eine Opposition! Darauf haben sie nur gewartet! Und jetzt meinen sie, es genügt 'n kleiner Stoß, und die Republik ist hin! Aber da sollen sie sich geschnitten haben, die feinen Herrschaften! Gib mir die Mütze! Ich muß jetzt zu 'ner Vollversammlung sämtlicher Arbeiterfunktionäre! Jetzt, wo es beinahe zu spät ist, sind sie sich alle auf einmal wieder einig! Und mach dir keine Sorgen!«

»Ich mache mir keine Sorgen«, sagte Berta. »Aber nimm deinen Schal mit, es ist kalt heute.«

Da nahm Franz seinen Schal.

»Wird es wirklich ernst?«

»Vielleicht. Albert Koch ist heute früh aus Berlin zurückgekommen. Da werden wir erfahren, was gespielt wird.«

»Wie sieht es in der Stadt aus?«

»Wir haben den Krieg noch nicht vergessen«, antwortete Franz ausweichend. »So leicht werden sie es nicht mit uns haben.«

Er ging fort.

Die große Vollversammlung fand nicht im Volkshaus statt, sondern in der Städtischen Schwimmhalle. Die Bademeister waren alle organisiert. Als ihnen gesagt worden war, worum es heute gehe, ließen sie das Wasser aus dem Becken ablaufen und hängten draußen ein Schild an das Tor:

Wegen Rohrbruch geschlossen.

Die Funktionäre standen im leeren Becken, andere saßen auf den Terrassen. Auf den Sprungbrettern saßen die Leiter der

Gewerkschaften und der linken Parteien. Die Metallarbeiter waren da, die Holzarbeiter, die Textilarbeiter, die Transportarbeiter, es fehlte keine Arbeitergruppe, alle waren vertreten. Der Redakteur Koch berichtete von seiner Berliner Reise. Er hatte einen Aufruf gegen die Putschisten mitgebracht.

»Wir haben keine Zeit zu verlieren«, sagte er.

»Lauter reden!« schrien ein paar Männer, die auf der Treppe saßen, von der aus man in den Frauenduschraum sehen konnte.

Albert Koch wollte aber wegen der kritischen Situation, so sagte er, nicht lauter reden.

»Sehr richtig!« pflichteten ihm die vor ihm Stehenden bei.

»Ich werde also jetzt den Berliner Aufruf verlesen«, sagte Koch. »Das erspart uns viel Gerede und jeder sieht, worum es geht.«

»Wir stimmen darüber ab«, ergriff der eifrige Versammlungsleiter das Wort. »Wer ist für das Vorlesen des Aufrufes?«

Es erhob sich Widerspruch.

»Gegen eine kleine Minderheit angenommen«, stellte der Versammlungsleiter fest.

»Nein! Wir sind ja gar nicht gegen das Vorlesen!« protestierten die paar Männer, die soeben Widerspruch erhoben hatten. »Wir waren nur gegen diese unnötige Abstimmung!«

»Um so besser«, stellte der Versammlungsleiter fest. »Also einstimmig angenommen. Lies jetzt vor, Albert.«

»Arbeiter! Genossen! Der Militärputsch ist da!« las Koch vor. »Die Marinedivision Ehrhardt marschiert auf Berlin, um eine Umgestaltung der Reichsregierung zu erzwingen. Wir weigern uns, uns diesem militärischen Zwang zu beugen. Wir sagen: Nein und nochmals Nein! Wendet jedes Mittel an, um diese Wiederkehr der blutigen Reaktion zu verhindern. Streikt, legt die Arbeit nieder, schneidet dieser Militärdiktatur die Luft ab, kämpft mit jedem Mittel um die Erhaltung der Republik, laßt alle Spaltung beiseite! Es gibt nur ein Mittel gegen die Rückkehr Wilhelms II.: die Lahmlegung des gesamten Wirtschaftslebens! Keine Hand darf sich mehr rühren, kein Proletarier der Militärdiktatur helfen. Generalstreik auf der ganzen Linie! Proletarier, vereinigt euch!«

Ganz still war es jetzt in der Schwimmhalle. Wie eine freche Provokation empfanden alle das Quietschen des Sprungbrettes, auf das sich Koch wieder setzte.

Der Versammlungsleiter unterdrückte noch rasch die einsetzende Beifallskundgebung. »Keine unnötige Zeitvergeudung heute«, winkte er ab. »Genossen, es muß jetzt abgestimmt werden – für oder gegen den Generalstreik. Was wollt ihr lieber: Stimmzettel oder Handaufheben?«

»Handaufheben!« wurde vorgeschlagen.

»Also, wer für den Generalstreik ist, den bitte ich sein Zeichen durch Handaufheben zu geben.«

Fast alle.

»Gegenprobe!«

Keine Hand erhob sich.

»Ich stelle Einstimmigkeit fest. Wir kommen jetzt zur Organisation der Abwehr ...«

Genau so spielte sich diese denkwürdige Versammlung ab.

Drei Stunden dauerte die Versammlung im Schwimmbad. Inzwischen besetzten Soldaten und hastig gebildete Bürgerwehren das Rathaus, die Bahn, die Schulen, das Krankenhaus und einige Turnhallen. An das Schwimmbad dachten sie auch. Acht Soldaten lasen das Schild *Wegen Rohrbruch geschlossen,* da marschierten sie wieder ab.

Wo man hinkam, überall marschierten Soldaten. Sie waren gut bewaffnet. Sie kamen in Panzerwagen, auf denen große Totenköpfe aufgemalt waren. Den Panzerwagen sah man an, daß sie sich die Nacht vorher auf verregneten Landstraßen befunden hatten. Die Städter standen stumm auf den Bürgersteigen und ließen die Truppen an sich vorüberziehen ... Diese Soldaten waren Rebellen, sie waren gekommen, um die Einrichtungen des Staates in dieser Stadt in Besitz zu nehmen. Was konnte das alles heißen? Sie wollten Republikaner verhaften, Ehemänner, Ehefrauen, Väter, Mütter, Brüder, Schwestern – sie wollten die Verhafteten auf Lastwagen bringen, dann in den Wald fahren, dann an den Fluß, und keiner der Verhafteten wird später jemals wieder gesehen werden ... Viele in der Stadt wußten, was dieser Putsch bedeutete. In allen Städten Deutschlands marschierten jetzt Rebellen durch die Straßen. Viele Menschen, viele Familien waren in Gefahr ...

Das Publikum sah sich die Soldaten recht fachmännisch an. Das Publikum hatte ja noch Erfahrungen vom Kriege her, vor sechzehn Monaten war noch Krieg gewesen, wie die Zeit vergeht! Daß es noch immer Menschen gab, die Krieg machen wollten, die noch immer nicht die Nase voll hatten von den langen vier Jahren bis 1918! Es war nicht zu glauben...!

Arthur Schubert stand mit seiner traurigen kleinen Frau an der Ecke der Schloßgasse. Er erklärte ihr alles.

»Siehste, das da ist ein schweres MG«, sagte er stolz. »Und das da ist ein leichtes MG...«

»Furchtbar«, sagte seine Frau und fror auf einmal.

»Ich kenne mich da noch ganz genau aus«, behauptete Arthur Schubert, seine Stimme verriet, daß er restlos glücklich war, so, als begegnete er alten lieben Bekannten. »Ich könnte diesen Minenwerfer gleich bedienen.« Er freute sich richtig, wie ein Kind freute er sich.

Seine Frau sah ihn sprachlos an. Sie wurde noch trauriger, wenn das überhaupt bei ihr möglich war.

»Was sie bloß mit Minenwerfern in der Stadt wollen?« seufzte sie.

Auch Stiefels standen an der Ecke und sahen dem vorbeiziehenden Zug zu. Die geschiedene Tochter der Stiefels war begeistert.

»Wie stramm sie marschieren!« rief sie aus. »Ach, wieder mal richtige Soldaten!«

»Und Stacheldraht haben sie ja auch mit!« lächelte zufrieden Frau Stiefel. »Sieh nur, Emanuel! Was wollen sie bloß hier mit Stacheldraht machen?«

»He, ihr da! Was wollt ihr denn hier mit Stacheldraht machen, Kameraden!« schrie Emanuel Stiefel, leidenschaftlicher Kaninchenzüchter, den Marschierenden zu. Er winkte ihnen mit dem Regenschirm, aber die Soldaten gaben keine Antwort.

»Stolze Heinriche!« flüsterte da Herr Stiefel beleidigt.

»Laß nur, Papa«, beschwichtigte ihn seine Tochter. »Sind sie nicht goldig! Sind sie nicht süß!«

»Dumme Gans«, brummte die Hebamme, die neben den Stiefels stand.

Es nieselte, richtiges Märzwetter. Den ganzen Tag über nieselte es so. Und den ganzen Tag über sah man diese stadtfremden Soldaten, es waren Bayern. Und man sah die uniformierten Schullehrer und Bürgersöhne, geschäftig, unnahbar, schwer bewaffnet, man wunderte sich, wie die so auf einmal durch die Stadt patrouillierten, mit Gewehr, Stahlhelm, Handgranaten am Gürtel, genau wie im Krieg. Lastautos fuhren langsam durch die Stadt, dann in die Kaserne, dann wieder zurück, Einschüchterungstouren, entschlossene Gesichter unterm schweren Stahlhelm, Gewehr im Anschlag, es wurde aber nicht geschossen, es war gar kein Gegner da!

Doch die Straßen bevölkerten sich immer mehr. Man konnte nur sehr schwer vorwärtskommen.

Vor dem Rathaus rollten die Soldaten Stacheldraht aus. Das Publikum, in gebührendem Abstand, schaute zu und sagte, im Krieg sei das anders gemacht worden, das seien ja blutige Anfänger.

Die alten Soldaten lachten; sie waren erst seit sechzehn Monaten wieder Zivilisten.

Hinter dem Stacheldraht stand eine ganze Reihe von MGs und hinter den MGs standen Soldaten und warteten, daß was anfing, aber es fing noch lange nichts an.

»Die sollen mal ruhig noch warten«, sagte Franz Schaller zu seiner Frau. »Wir warten ja auch. Laß mal den Tag erst vorüber gehen. Die sollen sich erst einmal in Sicherheit wiegen, die Säuglinge, die!« sagte Franz zu Berta und bald mußte er Abschied nehmen, er wollte heute Nacht nicht in der Schloßgasse 21 schlafen.

Der Tag ging zur Neige. Noch immer war nichts passiert. Und noch immer war kein Schuß gefallen. Die Soldaten und die Offiziere aus Bayern, die Schullehrer und die Bürgersöhne aus dieser Stadt waren halb stolz, weil alles so schön für sie klappte – und sie waren halb unruhig, weil alles so wunderschön klappte. Die Stadt, dachten sie, die Stadt ist ja schon erobert, sie gehört ja schon uns, ist das nicht unheimlich ...

Franz Schaller aber sagte: »Eile mit Weile. Jetzt ist mal zuerst beschlossen, daß morgen nicht gearbeitet wird. Nirgends. Morgen wird es keine Fabriken mehr geben, kein Wasserwerk, keine Trambahn, kein Licht, kein Gas, keine Eisenbahn, kein Brot. Und dann werden wir mal sehen, was sich entwickelt. Und jetzt muß ich aber wirklich gehen.«

»Erkälte dich nicht«, sagte seine Berta. »Es ist so'n schlechtes Wetter. Und laß dich nicht erwischen, es ist Belagerungszustand.«

»Ich paß schon auf«, versprach Franz. »Siehst ja, daß ich den Schal wieder mitnehme.«

»Da bin ich schon viel ruhiger«, sagte Berta und gab ihm einen Kuß.

Aber als er dann draußen war, mußte sie doch weinen.

In der ersten Nacht nach der Ausrufung der Regierung Kapp in Berlin, die ganz widerstandslos vor sich gegangen war, schoben in dieser kleinen mitteldeutschen Stadt der Oberprimaner Ziegler und der Unterprimaner Hinkel mit vier jungen bayrischen Soldaten Wache vor dem Bahnhofsgebäude. Ziegler und Hinkel hatten noch nie Wache geschoben. Sie hatten auch noch nie mit einem richtigen Militärgewehr 98 geschossen, und noch nie mit einem schweren Dienstrevolver. Und wirkliche Handgranaten hatten sie auch noch nie geworfen. Aber seit einer Stunde gingen sie jetzt hier ihre vorgeschriebenen sechs Schritte hin und sechs Schritte her, mit geschultertem Gewehr, todernst, auf ihren weißen Armbinden stand: Bürgerwehr.

Pechschwarz war es draußen, in der großen Halle brannte eine kleine Lampe. Seit einer halben Stunde waren die vier bayrischen Soldaten unterwegs, in zwei Gruppen, sie machten Streife. Die beiden Einheimischen waren erst mächtig stolz auf das Vertrauen, daß sie von den Soldaten allein gelassen worden waren. Aber langsam wurde die Geschichte ungemütlich. Wenn nun etwas passierte, und sie waren hier ganz allein! Die beiden Streifen wollten nach zehn Minuten zurück sein!... dachte jeder der beiden, aber das dachte nur jeder für sich; sie wollten sich doch nicht voreinander blamieren und ihre Besorgnis eingestehen.

»Kamerad«, flüsterte der Oberprimaner Ziegler, »ich werde mal schiffen gehn!« Eine unmilitärische Entgleisung, die sich bitter rächen sollte!

Er entfernte sich in der Richtung der unbeleuchteten Blechbude, auf der man am Tage groß *Für Männer* lesen konnte.

Es vergingen zwei Minuten, und die Dunkelheit gab den Oberprimaner noch nicht wieder her.

Drei Minuten... Ziegler kam und kam nicht wieder!

Der Unterprimaner Hinkel wartete und wartete und wurde unruhig. Er ging noch einmal seine sechs Schritte hin und seine sechs Schritte zurück, aber dann blieb er wieder stehen, er lauschte, er hatte etwas gehört, vielleicht hatte er sich nur geirrt... Es ist verdammt dunkel heute Nacht und gar nicht geheuer, werde mal sehen, wo der Kamerad Ziegler bleibt, dachte da der Kamerad Hinkel und vergaß vor Angst, daß er Wache schob, und ein Posten seinen Platz nicht verlassen durfte...

Und dann war es eine ganze Weile still auf dem großen Bahnhofsplatz, den man in der Dunkelheit nur ahnen konnte. Nichts war los, die beiden Wachposten waren wie vom Erdboden verschwunden, sie kamen nicht wieder, einsam brannte die kleine Lampe in der großen Halle.

Nur ein Schalter war offen. Dahinter saß der Eisenbahnangestellte August Heider, Frau Wunders Untermieter, er döste vor sich hin. Auf einmal schreckte er auf. Männer standen vor seinem Schalter! Arbeiter, Mein Gott! Mitten in der Nacht!

»Sie wünschen?« flüsterte er.

»Nicht schreien«, sagte der eine mit der Nickelbrille. »Schließ mal rasch die Tür zum Bahnsteig auf.«

»Aber ich bitte Sie! Das kann ich doch nicht so ohne weiteres«, protestierte der Beamte August Heider und hatte große Angst um seine Stellung mit Pensionsberechtigung, wo er doch schon neunundfünfzig Jahre alt war.

»Psst! Leise«, sagte der Mann mit der Nickelbrille und zeigte einen Revolver. »Aufschließen!«

»Nur wenn Sie Bahnsteigkarten nehmen«, flüsterte Herr Heider erschrocken, aber entschlossen. »Ich bin Beamter, ich kann Sie nicht umsonst durchlassen. Wenn Kontrolle kommt, verliere ich meinen Posten!«

Der Bewaffnete schien das einzusehen. Er hieß Alfred Richter und war Kassierer im Textilarbeiterverband. Dieser Heider war ja auch Kassierer, wie er. Ordnung mußte sein in der Kasse! Also steckte er den Revolver ein und zog das Portemonnaie. »Wir sind fünfzehn Mann. Das kostet wieviel?«

»Drei Mark, bitte.«

»Ich habe nur zwei Mark, schnell, gib uns zehn Karten und schließ auf. Die andern fünf bleiben bei dir.«

Er erhielt die zehn Bahnsteigkarten. August Heider schloß seinen Schalter und kam mit dem Schlüssel und mit seiner Knipszange.

»Die anderen Herren müssen leider hierbleiben«, flüsterte

er bedauernd, dann lochte er jede Karte und ließ die zehn Männer hinaus auf den dunklen Bahnsteig.

Plötzlich sagte er zu den Zurückgebliebenen: »Was machen die denn eigentlich jetzt auf dem Bahnsteig? Jetzt kommt doch gar kein Zug, fällt mir ein!« Kläglich und als wäre er endlich aufgewacht, starrte er auf die Glastür.

»Nee, jetzt kommt kein Zug, und morgen kommt auch kein Zug und bis der Putsch nicht erledigt ist, kommen überhaupt keine Züge mehr, guter Mann. Die draußen sperren sämtliche Streckensignale, damit hier nicht sobald wieder Züge durchfahren können.«

»Ach, du lieber Gott!« schrie August Heider auf. »Und wo sind denn die Soldaten?«

»Mensch, leiser! Und reg dich bloß nicht auf.«

Jetzt kamen die zehn wieder. »Es ist gemacht«, sagte Alfred Richter. Und jeder gab dem vor Schreck verstummten Beamten die Bahnsteigkarte zurück. »Und niemandem was sagen«, lächelten sie ihm ermunternd zu, »sonst biste der Blamierte.«

Vor dem Bahnhof stand eine kleine Gruppe von Arbeitern. Sie trugen Bündel und lange Pakete. Es waren Soldatenmäntel und Gewehre in diesen Bündeln und Paketen …

Früh um fünf Uhr hatte es noch geregnet, aber jetzt war schönes Vorfrühlingswetter. Die Fabriken waren heute geschlossen. Die Arbeiter waren heute nicht zur Arbeit gekommen. Sie waren aber auch nicht zu Hause geblieben. Sie gingen spazieren. In der Stadt und nicht im Wald. Auf den Bürgersteigen, zu fünft, zu sechst, zu zehnt in einer Reihe. Wo die Bürgersteige zu schmal wurden, gingen sie mitten auf der Straße spazieren. Nach und nach wurden alle Bürgersteige der Stadt zu schmal. Die Arbeiter hatten heute unvorstellbar viel Zeit. Scheinbar wurde heute nicht mal gekocht. Denn auch die Frauen der Arbeiter gingen spazieren.

Soldaten und junge Burschen in Uniform klebten Plakate an die Mauern aller städtischen Gebäude. Die Spaziergänger blieben stehen, behielten die Hände in den Hosentaschen und lasen.

Sie lasen, daß sechs Soldaten, die den Bahnhof zu bewachen hatten, in der Nacht von einem Haufen vaterlandsloser Gesellen feige überfallen, gefesselt, geknebelt und ihrer Waffen beraubt worden waren. Wer die Täter oder einen der Täter namhaft mache, erhalte tausend Mark Belohnung und außerdem werde Straffreiheit und Diskretion zugesichert...

Auf einem anderen Plakat lasen sie, ohne mit der Wimper zu zucken, daß jeder Streik verboten sei. Sie lasen: »Mit dem Tode werden Rädelsführer bestraft, die sich der in der Verordnung zum Schutze des Arbeitsfriedens unter Strafe gestellten Handlungen schuldig machen, ebenso die Streikposten.«

Lange und langsam lasen die streikenden Arbeiter die eindeutigen Drohungen, Wort für Wort. Vor zwei Jahren lagen sie noch im Schützengraben, da ging es heißer zu, man sollte das Maul doch nicht so voll nehmen, dachten alle... Aber keiner sagte etwas, sie hoben bloß so ein ganz klein wenig die Schultern, dann ließen sie die Schultern wieder fallen. Bald standen hunderte vor den grellen Plakaten.

Plötzlich schrie einer:

»Da oben fliegt 'n Zeppelin!«

Und alle starrten da gleich in den Himmel und riefen:

»Wo? Wo? Zeig mal, Emil!«

Und keiner sah den Zeppelin, obgleich sie sich sehr anstrengten und manche wie verrückt brüllten: »Da! Da! Der lange Strich! Nein, weiter rechts! Hurraaa!«

Und als sie alle genug geschrien und genug in den Himmel gestarrt hatten, wollten sie sich wieder den großen Plakaten widmen. Aber wer beschreibt ihr unbeschreibliches Erstaunen – die Plakate waren nicht mehr da, fort waren sie, nur noch Leimflecken waren an der Mauer zu sehen!

»Wetdefloden ist der Teppelin!« rief da einer mit verstellter Kinderstimme.

»Na, da gehn wir mal weiter, Eulalia«, sagte einer zu seiner Frau, die vielleicht gar nicht seine Frau war und vermutlich auch gar nicht Eulalia hieß.

»Na, da gehn wir mal weiter«, sagten da alle. »Gehn wir mal alle auf den Markt.«

Auf dem Markt, wo die Reiterstandbilder von Hermann und von Jutta standen, wuchs das Gedränge der spazierengehenden Menge immer mehr an. Es soll zwischen dem Stacheldraht und der ersten Reihe anfangs einen Respektraum von dreißig Metern gegeben haben, aber das war ja schon lange her, eine ganze

Stunde schon. Jetzt standen mindestens zweitausend Arbeiter und ihre Frauen auf dem Platz, und zwischen der ersten Reihe und dem Stacheldraht lag jetzt ein freier Raum von vielleicht sechzig Zentimetern, nicht mehr!

Hinter dem Draht warteten die stadtfremden Soldaten mit ihren Maschinengewehren. Sie hatten es recht heiß, die jungen Soldaten, obwohl es doch erst März war. Aber sicher wußten sie nicht, wie sie sich verhalten sollten, so einfach war das doch nicht, auf mitteldeutsche Landsleute zu schießen. Der einheimische Hauptmann, dieser Dr. Grosse, hatte ihnen soeben den Befehl erteilt, sich bereit zu halten. Sie waren vierzig Soldaten und vor ihnen standen Tausende. Und wußten denn die Vierzig, ob die Tausende nicht doch Waffen bei sich hatten...?

Die Bayern hockten hinter ihren MGs und hielten sich bereit. Aber wohl war ihnen jedenfalls nicht, das sah jeder.

Da trat ein einzelner Mann dicht heran an den Stacheldraht, jeder in der Stadt kannte ihn, jeder kannte seine weiße wehende Mähne, es war der Redakteur Albert Koch von der »Volkszeitung«. Daß er, noch verhältnismäßig jung, einen solchen weißen Schopf hatte, war für ihn und seine Partei ein großer Vorteil in dieser revolutionären Zeit. Die Arbeiter liebten ihn, sie sprachen von ihm als »unser Albert«; er erschien ihnen klug, entschlossen, energisch, dieser frühere Schmied und jetzige Redakteur. Aus eigener Kraft hatte er sich hochgearbeitet. Er war ein lebendiges Sinnbild sozialistischen Aufstiegs, an den sie alle glaubten. Seine Erscheinung machte überall, wo er sich zeigte, starken Eindruck.

Als er jetzt nun unerwartet aus der vieltausendköpfigen Menge trat, den Hut vom Kopfe riß, die Haare im Winde wehen ließ, die schönen weißen Haare, brach ein großer Jubel aus. Mit einer Handbewegung, die den routinierten Volksredner verriet, verschaffte er sich Ruhe.

»Seit gestern suchen mich die Putschisten!« rief er mit seiner weithin hallenden, allen bekannten Stimme aus. »Nun gut! Ihr sucht mich? Da stehe ich!« Er liebte kurze theatralische Sätze.

Einer rief gellend: »Sag es ihnen, Albert!«

»Wißt ihr noch nicht, daß auf dem Turm der Kaserne schon die weiße Fahne weht?« fragte Koch die Soldaten. »Die Besatzung der Kaserne ist zu uns übergegangen! Sie hat sich mit uns verbrüdert! Worauf wartet ihr noch?«

Der Hauptmann auf der anderen Seite des Stacheldrahtes faßte sich als erster. »Ich lasse schießen!« schrie er.

»Da muß ich lachen!« schrie Koch zurück.

»Ich zähle bis drei! Wenn Sie und Ihre Genossen dann nicht fünf Meter zurückgegangen sind, gebe ich den Befehl, Koch!« rief Hauptmann Grosse. »Eins!!«

»Soldaten! Schießt nicht auf Arbeiter! Schießt nicht auf eure Brüder!« rief Koch. »Wenn Sie sich ergeben, gebe ich Ihnen freien Abzug, Grosse! Nehmen Sie Vernunft...«

»Zwei!!!«

Die Menge begann zu singen! Ein toller Gesang! Es waren viele Lieder, die da plötzlich zu gleicher Zeit an den verschiedensten Stellen angestimmt wurden! Ein ohrenbetäubendes Singen! Und ein ohrenbeträubendes Schreien! Vorn am Stacheldraht machten sich schon Männer mit Drahtscheren zu schaffen...

Drei!

Der Hauptmann winkte!

Hob den Revolver...

Schüsse knallten, pfiffen, peitschten, Männer warfen sich auf den Boden, Frauen kreischten grell auf, von den Dächern wurde auf einmal auch geschossen, die Kugeln klatschten gegen die Fassaden, durch Fensterscheiben, die Splitter fielen auf Menschen, auf Steine, Scherben, Blut, schreiende Münder, das Ganze dauerte keine Minute...

Dann senkte sich eine große Ruhe über den Markt. Eine mörderische Ruhe. Ein Schnaufen machte das noch deutlicher. Ein tiefes keuchendes Schnaufen. Langsam um sich blickend erhoben sich die Männer vom Boden. Sie hatten sich, gewitzt durch ihre Erfahrungen, die sie in den Kriegsjahren gesammelt hatten, bei den ersten Schüssen hingeworfen. Nicht diese Männer waren es, die jetzt in ein Wutgeheul ausbrachen, in einen Freudentaumel gleichzeitig, die jetzt lachten und weinten, die jetzt jauchzten und schrien und wimmerten – diese Männer behielten ihre Ruhe auch hinterher. Sie benahmen sich ganz wie alte Soldaten, die sich vor einer Stunde nur auf Urlaub befunden hatten. Die Frauen führten sich wie wild auf. Und die Verwundeten.

Sechsundzwanzig Tote gab es. Darunter fünf Putschisten.

Und über hundert Verwundete. Darunter Hauptmann

Grosse und Redakteur Koch. Grosse hatte einen Schulterschuß, er war bereits verbunden und wurde gerade abgeführt. Koch hatte einen Streifschuß abbekommen...

»Jetzt hört man nichts mehr«, atmete Herr Chaskel Weiß in der Schloßgasse auf. »Die armen Verrückten! Wahrscheinlich haben sie sich alle gegenseitig totgeschossen.«

»Geht weg vom Fenster!« schrie Frau Dwore Weiß uns zu. »Es ist vielleicht noch nicht zu Ende!«

Wir Fischmanns waren in der Weißschen Wohnung. Vater war schon gestern früh von der Tour zurückgekommen. »In solchen Tagen«, hatte er gesagt, »geht man nicht auf Tour. Nicht einmal auf die Straße geht ein Jude jetzt.« Das galt vor allem mir, denn ich wollte gern auf die Straße gehen. Vater aber meinte: »Wenn sie einen Juden sehen, werden sie später sagen, die Juden haben den Putsch angefangen.« Und jetzt waren wir Juden aus der Schloßgasse 21 alle beisammen.

Plötzlich sagte Herr Weiß: »Es klopft!«

»Ich werde aufmachen«, schlug ich vor, denn die Erwachsenen machten keine Anstalten, zur Tür zu gehen.

Aber Frau Weiß protestierte ängstlich.

»Ich habe nichts gehört«, sagte Vater leise.

Da klopfte es wieder und eine Stimme rief verzweifelt:

»Macht auf! Macht auf!«

Als ich aufmachte, stand kein Soldat draußen – aber Herr Feiwel!

»Wo kommt Ihr her? Ihr seid doch ausgewiesen!« Vater schlug die Hände über den Kopf zusammen. »Wir haben gemeint, daß ihr schon längst in Antwerpen seid!«

»An der Grenze bin ich schon gewesen«, seufzte Herr Feiwel und fiel müde auf das Sofa. »Aber sie haben mich nicht hineingelassen. Bin ich eben wieder zurück. Es hat wirklich keinen Zweck zu leben, liebe Leute. Ich werde wirklich bald sterben.«

»Macht keine Witze! Wie seid Ihr eigentlich hergekommen? Es gehen doch keine Züge mehr? Es ist doch Generalstreik! Wie habt Ihr das gemacht?«

»Das möchtet Ihr nicht machen, was ich habe gemacht«, wich Herr Feiwel dieser Frage aus und mehr verriet er nicht...

An diesem Tage, da es in der Stadt viele Tote und Verwundete gab, saß nun in der Wohnung des Ostjuden Weiß dieser

Feiwel. Er war weder Putschist, noch Republikaner, weder Soldat, noch Arbeiter. Er war ein aus der Ukraine geflüchteter Jude, der in der jungen deutschen Republik Asyl gesucht, aber nicht gefunden hatte. »Mich hat die republikanische Fremdenpolizei ausgewiesen. Was geht mich also das alles an«, sagte er und zeigte auf die Straße. »Ich bin doch auf alle Fälle ein verlorener Mensch. Ganz gleich, wer heute siegt – die Fremdenpolizei wird bleiben die Fremdenpolizei. Der Staat? Hab ich denn schon einmal mit einem Staat persönlich zu tun gehabt?«

Er war in einer recht verbitterten Stimmung. Trotzdem sagte er plötzlich und es klang wie das Geständnis eines hoffnungslos Verliebten:

»Aber wie gerne möchte ich hier bleiben, ach!«

Alle erschraken über dieses unerwartete Geständnis. Und alle versuchten, ihn auf andere Gedanken zu bringen. So bemerkte Frau Weiß sanft wie eine Krankenschwester: »An Ihrer Stelle würde ich vielleicht doch nicht in einem Lande bleiben, wo so ein Aufruhr ist.«

Und auch Herr Weiß redete ihm gut zu. »Das ist doch nur eine von Ihren fixen Ideen, Herr Feiwel«, sagte er. »Wenn man Sie hört, kann man meinen, Sie wollen in einem Paradies bleiben.«

Aber es half nichts. In der Ukraine, prahlte Herr Feiwel, sei er an Schießereien, an Schlägereien, an Aufruhr gewöhnt worden. Aber im Gegensatz zu hier sei er dort immer irgendwie mit hineinverwickelt worden: indem die anderen Jagd auf ihn, den Juden Feiwel, machten. Verglichen mit seiner Heimat, versicherte er treuherzig, sei der hiesige Aufruhr – wenigstens für ihn – direkt schön. »Ich kann hier inzwischen ruhig in der Schloßgasse sitzen und Kaffee trinken. Meint ihr, in der Ukraine hätte ich so etwas wagen können? Und ausgerechnet hier darf ich nicht bleiben! Was für ein Unglück!«

»Noch eine fixe Idee vom Feiwel«, lachte Herr Weiß.

Er hatte fixe Ideen. So behauptete er, er wäre nie ausgewiesen worden, wenn sich die deutschen Juden richtig für ihn eingesetzt hätten. Wirklich, warum hatten sie nichts für ihn, für ihren Glaubensgenossen Feiwel, getan? Mußte etwa nicht ein Jude dem anderen helfen? Warum hatte man ihm nicht geholfen? »Nein, Herr Fischmann, man hat mir nicht geholfen«, sagte er verbittert. »Wie können Sie sagen, daß man mir geholfen hat? Wer? Sagen Sie gleich auf der Stelle, wer mir geholfen hat! Nennen Sie Namen!« Und dann beugte er sich über den Tisch und vertraute den Anwesenden an, wie man ihm helfen könnte: »Es braucht nur ein deutscher Jude zur Fremdenpolizei zu gehen und zu sagen: ›Guten Tag, ich bin kein Ausländer, ich bin ein deutscher Jude, reden Sie gefälligst ruhig und anständig mit mir, ich rede genau so gut deutsch wie Sie, Herr Polizeioberpräsident. Und dies ist Herr Feiwel, mein sehr ehrenwerter Glaubensgenosse. Und jetzt eine Frage: Warum plagen Sie eigentlich meinen guten Freund Feiwel? Tun Sie mir persönlich den Gefallen und lassen Sie ihn hier wohnen! Was kann Ihnen Herr Feiwel schon schaden, wenn er hier wohnt? Und wozu brauchen Sie denn seinen Geburtsschein? Geht es nicht vielleicht, bitte schön, vielleicht ausnahmsweise, ohne Geburtsschein, Herr Polizeiministerleben?‹... So könnte man mir helfen!«

Alle im Zimmer lachten über die Phantasie des verträumten Herrn Feiwel. Er aber sah nicht ein, was es da zu lachen gab. Verzweifelt verteidigte er seinen schönen Traum. »Sobald wieder einmal ein deutscher Jude zu euch in die Wohnung kommt, könnt ihr doch mit ihm über mich und über meinen Geburtsschein reden. Vielleicht kann er mir helfen, vielleicht!«

Jetzt wollte das Gelächter überhaupt nicht mehr verstummen. »Ein deutscher Jude in unserer Wohnung? Bei einem Ostjuden? Was bilden Sie sich ein, Feiwel!«

»Dann redet mit einem deutschen Juden, wenn ihr in der Synagoge seid!« bettelte Feiwel. »Wenn ihr das nicht macht, bin ich gezwungen, sofort auf die Straße zu gehen, mich vor ein Gewehr zu stellen und zu sagen: Schieß, Herr Soldat... Und keiner wird mich mehr ausweisen können!«

»Herr Feiwel«, sagte Herr Weiß und lief auf und ab (drei Stunden später würde er auf einem Operationstisch liegen, der Arme, und nie mehr so auf und ab laufen können!) – »Herr Feiwel, es tut mir leid, aber seit acht Tagen haben wir Ostjuden nichts mehr mit der deutschen Synagoge zu tun.«

Mit einem Schlag vergaß Herr Feiwel alle seine Sorgen! Er dachte nicht mehr daran, sich erschießen zu lassen – wenigstens wollte er vorher noch erfahren, warum denn die hiesigen Ostjuden nicht mehr in die deutsche Synagoge gingen! Und ob sie denn eine Betstube hätten! Und wo denn diese Betstube sei! Einfach alles wollte er wissen, wie einer, der die feste Absicht hat, in dieser Stadt für immer und ewig zu bleiben!

Vor allem war es die Orgelbegleitung, die den Anstoß gegeben hatte, erfuhr er jetzt.

»Ich habe es doch gleich gesagt, als ich damals herkam«, sagte Feiwel triumphierend. »Was ist das für ein jüdischer Gottesdienst, habe ich schon am ersten Tag gesagt, wenn dazu Orgel gespielt wird. Bei uns...«

»Und auch noch am Schabbes!« sagte Herr Weiß. »Wo man doch am Schabbes gar nicht spielen darf!«

»Nicht einmal einen christlichen Orgelspieler darf man am Schabbes spielen lassen«, schüttelte Vater mißbilligend den Kopf. »Denn in der heiligen Schrift steht geschrieben...«

»Das ist aber noch nicht alles«, sagte Frau Weiß. »Da war noch die Geschichte mit den Plätzen! Sie wollten, jeder soll sich einen Platz mieten! Und wer sich keinen mietete, der hätte, Gottbehüte, nicht in das Haus seines Gottes hineinkönnen! Herr Feiwel, stellen Sie sich das vor: Plätze mieten!«

»Wie im Theater!« lachte Herr Weiß ärgerlich auf. »Aber wenn es dabei wenigstens gerecht zugegangen wäre! Aber nein! In der ersten Reihe saßen die Herren Doktoren und die großen Geschäftsleute! Und wir armen Ostjuden bekamen Plätze in der hintersten Reihe angewiesen! Fragen Sie mal Herrn Fischmann, wo er seinen Platz hatte!« forderte er den entzückt lauschenden Herrn Feiwel auf.

»Es spielt doch gar keine Rolle, wo ich meinen Platz hatte«, wollte Vater dieser Frage ausweichen.

»Bitte, sagt es schon«, bat ihn Frau Weiß. »Sie sehen doch, wie das Gespräch unserm armen Feiwel gut tut.«

»Wenn Sie glauben«, ergab sich Vater. »Mein Platz war also in einer Ecke.«

»Sie vergessen die Säule«, kicherte Frau Weiß.

»Schön«, seufzte Vater. »In einer Ecke und neben einer Säule.«

»Hinter einer Säule«, verbesserte ihn Herr Weiß.

»Hinter einer halben Säule«, stotterte Vater.

Feiwel lachte wie besessen.

»Und jetzt haben wir also eine eigene Betstube«, berichtete Herr Weiß weiter. »Es ist kein Palast, aber wir sind sehr zufrieden. Ein Gasthof hat pleite gemacht, da haben wir die Kegelbahn gemietet. Und der reiche Grünfeld hat uns eine Thora gestiftet. Heute Nachmittag werden Sie unsere Betstube sehen.«

»Heute Nachmittag? Fällt mir nicht im Schlafe ein«, lehnte Herr Feiwel diese Einladung ab. »Ausgerechnet heute?«

»Bald fängt das Abendgebet an«, sagte Chaskel Weiß und trat unruhig von einem Fuß auf den anderen. (Noch hatte er zwei Füße!)

»Soll man wirklich gehen? Vielleicht wird noch geschossen? Vielleicht ist es noch sehr gefährlich auf der Straße?« wandte Jossel Fischmann ein.

»Auf der Straße ist es ganz ruhig«, versicherte Herr Weiß. »Ich muß gehen. Ich habe Jahrzeit, ich muß Kaddisch sagen«, beteuerte Chaskel Weiß. »Wollen Sie sich nun unsere Betstube ansehen, Herr Feiwel?«

Herr Feiwel hat sich aufs Sofa gelegt, er ruhte sich aus. Er wollte die Wohnung des Herrn Weiß heute unter keinen Umständen wieder verlassen. »Geben Sie mir die Garantie, daß man mich nicht erschießen wird? Bin ich aus der Ukraine geflüchtet, um hier bei euch erschossen zu werden?«

Herr Weiß und Herr Fischmann gingen allein. Unterwegs begegneten sie vielen Arbeitern mit roten Armbinden und Gewehren. Lastautos, auf denen singende Männer standen, ratterten mit drohendem Gehupe um die Ecken. Andere Autos, geschmückt mit rotem Fahnentuch, warteten. Worauf warteten sie?

Jossel Fischmann hätte gern gewußt, worauf diese Autos warteten.

»Was weiß ich, auf was sie warten?« antwortete Chaskel Weiß.

Heute früh sah man überall Putschisten, jetzt sah man sie nicht mehr. Die Herren Fischmann und Weiß hatten den Eindruck (»Ich glaube, aber schwören möcht ich nicht!«), daß die Roten gewonnen hatten. Sie freuten sich darüber nicht und sie ärgerten sich darüber nicht. Sie stellten es lediglich als Eindruck fest (»Nun, man kann sich natürlich auch irren. Vielleicht haben sich die Putschisten als Arbeiter verkleidet. Bei uns...«). Sie waren der Meinung: Aber was wird, weiß man nicht, es kann ja vielleicht sehr gut sein, daß die Roten gewonnen haben, es kann aber auch sehr schlecht sein, daß ausgerechnet die Roten gewonnen haben. Was weiß ein armer Jud schon, was gut ist und was nicht? Vielleicht sind die Roten gar nicht rot, vielleicht sind sie aber viel zu rot. Abwarten muß man, was sie mit uns machen werden. Das Leben von uns Juden ist gar nicht so einfach. Ein Jud weiß doch nie, wer ihn alles schlagen will... Das alles dachten die beiden Herren aus der Schloßgasse 21 und beschlossen vorsichtshalber, die Hauptstraßen zu meiden.

Aber auch die Seitengassen waren heute nicht ruhig. So oft ein roter Ordner auftauchte, erschraken die beiden hastig ausschreitenden Ostjuden zutiefst. Zwar hatten sie kein schlechtes Gewissen, das nicht. Aber sie besaßen keine Waffen, und die Ordner besaßen doch bestimmt Waffen, ganz bestimmt sogar; die Waffen waren ja zu sehen! Und vielleicht gab es verrückte Ordner, sicherlich gab es doch bei so vielen Ordnern auch Verrückte! Und es konnte doch gut sein (»Warum nicht?«), daß sie kein Glück hatten, und es ausgerechnet mit so einem Verrückten zu tun bekämen, was dann?

»Ein großes Glück ist noch, daß wir nicht, wie im Krieg, mitmachen müssen«, freute sich, trotz der ungemütlichen Stimmung, in der er sich befand, Herr Fischmann.

»Russische Juden haben den Krieg gegen Japan mitgemacht, ich meine den Krieg vor ungefähr zwanzig Jahren. Und wie hat sich der Zar hinterher bei uns bedankt?« fragte Chaskel Weiß und gab sich selbst die Antwort. »Er hat Pogrome machen lassen, als Dank. Wozu also sich einmischen, wenn man nicht muß?«

»Ich misch mich nie ein«, versicherte Jossel Fischmann. »Aber werden sich die andern auch bei mir nicht einmischen?«

Gerade als er das sagte, ertönte ein:

»Halt!«

Fünf bewaffnete Arbeiter verstellten den zwei zu Tode erschrockenen Ostjuden den Weg.

»Wohin gehen Sie?«

»Entschuldigen Sie bitte vielmals«, schrie Chaskel Weiß, der sich als erster faßte. »Wir haben gar keine Angst, meine Herren!« schrie er. »Wir gehen zum Abendgebet, ich habe heute Jahrzeit, meine Herren!«

»Nur deswegen sind wir überhaupt gegangen«, setzte Herr Fischmann erklärend hinzu. »Sonst wären wir zu Hause geblieben, denn wir sind der Meinung, wir mischen uns nicht ein in diesen Putsch! Aber weil er Kaddisch sagen muß, sind wir gegangen. Vielleicht wissen die Herren, daß ein Jude am Todestag von seinen Eltern ein Gebet sagen muß, das ist Kaddisch.«

»Haben Sie einen Ausweis?« fragte einer der Ordner und flüsterte seinen Kameraden leise etwas zu.

»Ich habe keinen Ausweis, ich heiße Fischmann, Sie können mir schon ruhig glauben, wenn ich gewußt hätte, daß man braucht einen Ausweis, hätte ich mir mitgenommen einen Ausweis. Ich habe hundert Ausweise bei mir zu Hause, so viel Sie wollen, ich habe mir jetzt erst neue Geschäftskarten drucken lassen! Und ich heiße ganz bestimmt Fischmann, mein Ehrenwort! Warum soll ich nicht Fischmann heißen, frage ich Sie, warum?«

»Und wie heißen Sie?«

»Chaskel Weiß, mein Ehrenwort! Aber zu was brauchen die Herren sich aufzuregen? Wir sind doch ganz einfache Leute, lassen Sie uns bitte gehen beten!«

»Welcher Partei gehören Sie an?«

»Was heißt Partei?« fragte Herr Fischmann erschrocken.

»Ich handel mit Bett-, Leib- und Tischwäsche«, beklagte sich Chaskel Weiß. »Bin ich ein Politiker? Nein, ich bin kein Politiker! Wir wollen Ihnen bestimmt nichts tun! Was wollen Sie von uns haben, was?«

»Haben Sie Waffen bei sich?«

»Wie können Sie so etwas vermuten!« flüsterte Herr Fischmann erschrocken. »Sind wir vielleicht Räuber? Führen wir vielleicht Krieg? Zu was brauchen wir also Waffen?«

Sie wurden untersucht, dann durften sie weiter.

»Beinahe hätten sie uns auf der Stelle erschossen!« schimpfte Herr Fischmann. »Ausgerechnet heute müssen Sie auf die Straße gehen!«

»Habe ich Sie gezwungen mitzugehen, Reb Fischmann?«

»Gezwungen? Laß ich mich vielleicht von Ihnen zwingen, Reb Weiß?«

Jetzt endlich standen sie vor der ehemaligen »Goldenen Sonne«, vor dem Gasthof, der kürzlich Pleite gemacht hatte.

»Nun, da sind wir ja endlich!« stellten die Herren fest.

In diesem Augenblick kam aus dem Einfahrtstor ein furchbares Geknalle.

»Ich bin getroffen!« schrie Herr Weiß auf, er lag da und rührte sich nicht mehr.

Und aus dem Tor knallte es lustig weiter...

Der große Speisesaal der ehemaligen »Goldenen Sonne« war nämlich von einem Herrn Schmutzler zu einer Autoreparaturwerkstatt eingerichtet worden. Dieser Herr Schmutzler, wie viele unpolitische Leute, hatte sich um den heutigen historischen Tag nicht gekümmert; und da sich dieser Tag auch um ihn nicht kümmerte, hatte er in der Werkstatt an einem Motorrad arbeiten können. Der Motor wollte den ganzen Tag nicht anspringen. Soeben aber war er plötzlich losgefaucht, er ratterte jetzt, hart und unregelmäßig zwar, aber er ratterte. Scharf wie Granaten platzten die Fehlzündungen durch das Auspuffrohr, bellend, stinkend, es schien doch endlich zu klappen. Er mußte aber gleich wieder abstellen, denn da kam ja einer von den Ostjuden herein, die vor acht Tagen die Kegelbahn im Hofe gemietet und daraus ihren Tempel gemacht hatten. Neugierig war der Autoschlosser Schmutzler jeden Tag an die halbverhängten Fenster geschlichen und hatte durch die Scheiben gespitzt. Er hatte gesehen, wie die Juden in ihrem »Tempel« zu ihrem Gotte beteten. Sehr geheimnisvoll sah es aus, wenn sie zwei kleine schwarze Würfel mit langen Riemen aus einem kleinen Samtbeutel zogen und den einen Würfel auf den linken Oberarm unter den offenen Hemdsärmeln banden, und den andern Würfel mitten auf die Stirn, zwischen die Augen. Manchmal warfen sie sich sogar weiße Mäntel um die Schulter oder zogen diese Mäntel gar über den Kopf! Wie Araber in der Wüste Sahara, dachte romantisch Herr Schmutzler, der in seiner Jugend, vor dem Krieg, immer von einer Auswanderung nach Ostafrika geträumt hatte... Zwei Stunden lang standen sie da drin, machten nie die Fenster auf, schüttelten sich, schrien, jammerten alle durcheinander. Wann arbeiten denn die bloß? Immer beten sie, früh, nachmittags, abends..., fragte sich Herr Schmutzler und wußte nicht recht, ob ihn dieses viele Gebete nun wunderte oder ärgerte. Stießen ihn diese Ostjuden ab oder imponierten sie ihm? Schade war jedenfalls, daß keiner von ihnen ein Auto oder ein Motorrad besaß. Es waren ja lauter arme Schlucker, kleine Händler, Hausierer, Schneider, Schuster, das hatte er in diesen acht Tagen schon herausbekommen. Denn jeder hatte ihm schon etwas verkaufen wollen: Taschentücher, Socken,

Unterwäsche, ein Kleid für seine Frau, einen Anzug, Schuhe... Komische Leute jedenfalls, er wurde nicht recht klug aus ihnen. Und jetzt kam da einer von ihnen zu ihm herein. Wahrscheinlich hatte er auch Socken zu verkaufen. Nein? Es sei was passiert? Draußen sei geschossen worden? Und einer liege verwundet auf der Straße und er sollte helfen?

Natürlich half er. Er schlug vor, gleich ins Krankenhaus zu fahren. Bei der Gelegenheit konnte er das soeben reparierte Motorrad mit Beiwagen ausprobieren. Der Verwundete kam in den Beiwagen – er wurde bewußtlos, als ihn Herr Schmutzler etwas plötzlich auf die Beine stellen wollte. Und der andere Jude, der, der ihn gerufen hatte, und immer wieder beteuerte, er sei doch noch nie auf einem Motorrad gesessen, mußte hinten auf dem Soziussitz Platz nehmen. So kamen sie zum Krankenhaus.

Dort wurde festgestellt, daß der jetzt wieder erwachte und stöhnende Herr Weiß, trotz seiner Schwüre und trotz der sehr glaubwürdigen Schilderung seines Begleiters, eines Herrn J. Fischmann – daß dieser eingelieferte Verwundete gar keine Schußverletzung aufweisen konnte, dagegen, vermutlich verursacht durch ein ungeschicktes und noch zu klärendes Ausgleiten, einen sehr komplizierten Beinbruch, der wohl die Abnahme des linken Beines nötig mache.

»Aber man hat doch geschossen!« regte sich Jossel Fischmann auf. »Ich habe doch gehört die Schüsse!«

»Wie kann man sagen, daß man nicht geschossen hat!« protestierte ächzend und beleidigt der arme Chaskel Weiß, als man ihn in den Operationssaal fuhr. »Wie kann man behaupten, daß ich nicht eine Kugel im Bein habe! Was heißt überhaupt eine Kugel? Hundert Kugeln!«

Drittes Buch
Menschen und Devisen

In einem deutschen Wäldchen ...

Mitten im Ostviertel der Stadt lag das Wäldchen. Es hieß »das Wäldchen«, hatte aber gar nichts von einem Wald. Ein paar Büsche standen um einen weiten Platz. Und Bänke, die jeden Frühling grün gestrichen wurden. Und drei Sandkästen für Kinder.

Abends trafen sich hier Kleinbürger und Arbeiter mit ihren Frauen, und Liebespaare, »um mal Luft zu schnappen«. Sie machten ihre Runde um den Platz und jammerten einander dabei vor, welches Ekel der Chef, der Meister oder der Kollege heute wieder mal gewesen war. Und die Ostjuden des Viertels kamen hier zusammen, »um noch einen Guck zu tun, um zu hören, was ist«. Hier erfuhren sie, wer wieder etwas »von zu Hause« aus seinem »Städtel« gehört hatte. Sie konnten weder ihre Heimat, den Osten Europas, noch das Geschichtenerzählen und das Geschichtenanhören vergessen. Ihre Kinder interessierten sich leider nicht für den Osten. Sie kamen zwar auch ins Wäldchen, aber um hier deutsche Spiele zu spielen. Sie hatten es schwer mit ihren Kindern, die nicht einmal antworteten, wenn die Eltern »Jankel«, »Duvtsche«, »Gittel« oder »Channekind« riefen. Das Herz konnten sich die ostjüdischen Eltern aus dem Leibe schreien, aber die Kinder antworteten nur, wenn man sie bei ihrem deutschen Namen rief. Und wenn man sie fragte: »Was spielt ihr wieder? Ganowim und Sellner?« – sagten diese Kinder wütend: »Nein! Räuber und Gendarm!« Dabei war das ganz genau dasselbe.

Und jeden Abend war das so ...

Noch lange, lange nachdem die Kleinbürger und die Arbeiter mit ihren Frauen und nachdem sogar die Liebespaare heimgegangen waren, saßen die Ostjuden und Ostjüdinnen auf den

Bänken. Der Mond war vielleicht auch schon heimgegangen, es war jedenfalls stockdunkel, aber diese Leutchen saßen immer noch im Wäldchen. Es war ja warm, was sollten sie da schon in die Wohnung zurückkehren? Sich jetzt schon schlafen legen? Man schläft noch genug! Morgen wird man ja wieder den ganzen Tag allein für sich sein. Aber jetzt ist man doch so schön beisammen, Juden mit Juden, in dem ganzen Wäldchen nur Ostjuden, da wird man doch noch nicht heimgehen!... Auch die Kinder gingen noch nicht heim. Was sollten sie auch allein in der Wohnung? Sie sollen noch warten, sie sollen sich auch mit hinsetzen... Und sie setzten sich hin, die Kinder der fremden Juden in dieser deutschen Stadt. Sie waren schon müde, diese Kinder, und eigentlich wollten sie gar nicht zuhören, aber sie hörten doch, fast wie im Traum, ihre Mutter und den Vater und die Tante und den Onkel und den Schochet Klein und den und jenen erzählen, von fernen Ländern und fremden Menschen...

Jeden Abend, seit vielen Jahren, unermüdlich, erzählten sich die Erwachsenen Geschichten »von bei uns zu Hause«. Nie fanden sie ein Ende, sie wußten immer etwas Neues, sie waren unerschöpflich. Und die Kinder dachten müde und schliefen schon halb: »Bei uns zu Hause... Das ist doch hier in dieser Stadt...«

Und der eine hatte einen Bruder in Frankreich. Und einer einen Vetter in England. Und einer eine Schwester und eine Tochter und einen Onkel in Südafrika. Und einer hatte drei Brüder in Amerika. Und in Palästina hatten sie alle jemanden. Und in Belgien. Und in Holland... Und alle hatten sie einmal in Litauen oder in Südrußland oder in Weißrußland oder in Galizien oder in der Ukraine oder in Polen oder in Rumänien gelebt... Das hörten die müden Kinder... Und müde dachten sie: Viele Länder gibt es, und das ist also wahr, das ist nicht nur so bunt hingemalt auf den Landkarten... Und wir wohnen in Deutschland...

Und dann hörten sie, daß Itschku Reiß ein richtiger Goy sei, wirklich ein richtiger Goy!

»Wieso ist Itschku Reiß ein Goy?« zweifelte Frau Klein.

»Er hat gesagt, ohne Erde ist er unglücklich. Er muß einen Garten haben, er ist gewohnt zu graben, weil er in Litauen ein Bauer gewesen ist, hat er gesagt.«

»Ein Bauer? Nie habe ich gewußt, daß der Itschku Reiß ein Bauer gewesen ist!«

»Wer hat das schon gewußt? Hat er denn selber gewußt, daß er einmal ein Bauer gewesen ist?«

»Was weiß Itschku überhaupt?«

»Und jetzt hat er sich einen Schrebergarten gemietet!«

»Unmöglich! Das ist ein Witz!«

»Mein Ehrenwort! Er gräbt sogar schon. Jeden Abend und jeden Sonntag gräbt er jetzt in seinem Garten. Er hat sich da verschiedene Sachen gekauft: eine Schaufel und eine Hacke und was man noch so zum Graben braucht.«

»Unter uns: wozu gräbt er eigentlich in seinem Garten?«

»Zu seinem Vergnügen, Madam!«

»Nebbich!«

»Er hat schon sogar eigene Tomaten. Seine Frau behauptet, eine Tomate vom Itschku ist so groß wie drei Tomaten aus einem Geschäft. Und verliebt ist dieser Itschku in seine Tomaten! Mehr als in seine Frau, sagt seine Frau!«

Und alle lachten.

Was gibt es denn da zu lachen? dachten die müden Kinder. Wenn wir einen Schrebergarten hätten, wäre es sogar fein. Viele aus der Klasse – fast alle haben sie einen Garten. Nur wir haben keinen. Es wäre doch gar nicht so dumm, wenn wir einen hätten, und jeder in der Familie bekäme sein eigenes Beet. Und der eine würde Kohl pflanzen, und der andere Radieschen und der eine Rettiche, und ringsherum viele viele Blumen... Aber leider haben wir ja keinen Garten. Und den Herrn Reiß lachen sie sogar aus, weil er jetzt einen hat...

»Vater, wir möchten auch einen Schrebergarten.«

»Das fehlt mir noch! Ich bin froh, daß ich zum Essen verdiene und ihr wollt einen Garten! Seid ihr verrückt. Bin ich ein reicher Mann?«

»Müllers sind doch auch keine reichen Leute, Vater.«

»Müllers sind Deutsche. Geht Herr Müller auch mit einem Päckel hausieren, von Dorf zu Dorf, von Haus zu Haus? Herr Müller kriegt jede Woche sein Geld, er braucht nicht nach dem Geld zu laufen – das Geld läuft nach ihm. Wenn man sich einen Garten nimmt, muß man ein sehr reicher Mann sein.«

»Vielleicht einen ganz kleinen Garten, Vater!«

»Laßt mich schon in Ruhe, ihr mit eurem Garten! Ein jüdisches Kind hat andere Gedanken im Kopf, aber keinen Garten. Ganze Goyim werdet ihr mir schon! Fußball wollen sie spielen, ein Taschengeld wollen sie, ins Kino wollen sie, Bücher wollen sie sich kaufen – und jetzt wollen sie auch noch einen Garten! Hat man schon je zuvor so etwas gehört! Habe ich auch Fußball gespielt? Habe ich auch Taschengeld verlangt? Bin ich auch ins Kino gegangen? Habe ich mir auch Bücher kaufen können?« Wütend schüttelte so ein geplagter Vater seinen Kopf. »Ins Cheder bin ich gegangen, Tag und Nacht ins Cheder!«

Da sagten die Kinder nichts mehr. Sie verstanden ihre Eltern nicht, und die Eltern verstanden ihre Kinder nicht. Man möchte gern einen Garten, sogar nur einen ganz ganz kleinen Garten – was aber kommt dabei heraus? Vorwürfe! Und natürlich muß man wieder hören, was für ein Engel der Vater als Kind war ...!

Von einem finsteren Golem sprachen jetzt die Erwachsenen, der in den winkligen Judengassen Prags um Mitternacht herumstampfte und die Leute aufschreckte. Frau Rappaport behauptete, sie hätte den Golem schon mindestens dreimal persönlich gesehen, sie war oft in Prag, dort wohnte nämlich ihr jüngerer Bruder Schlome ... Und dann wurde von einem Dibbuk gesprochen, der in eine Braut fahren konnte, aber auch in einen Musiker.

»Ein Dibbuk«, behauptete Frau Klein, »kann nur in eine Frau fahren.«

»Mein Dibbuk«, behauptete Frau Schapiera recht von oben herab, »mein Dibbuk war aber ein besonderer Dibbuk und er fuhr in einen Musiker!«

»Was ist eigentlich ein Dibbuk?« fragte ein Kind ängstlich.

»Der Geist eines Toten«, sagte jemand, »der in den Körper eines Lebenden fährt.«

Der Mond war endgültig fort, die Sterne waren fort, alles Licht war fort. Von irgendwoher schlug eine Uhr. Dann wurde es ganz still. Nur der Atem der erzählenden Frau Schapiera, die aus einem kleinen Ort bei Wilna stammte, war zu vernehmen. Frau Schapiera hatte es mit der Luftröhre. Sie klagte schon seit vierzig Jahren, seit damals behauptete sie, daß sie todkrank sei und es nicht mehr lange mitmachen würde. »Bis hundertundzwanzig Jahr«, beruhigten sie ihre Kinder und Kindeskinder, wenn sie ihnen ihr baldiges Ende voraussagte. Ihr Mann beruhigte sie nie. Er schüttelte verzweifelt den Kopf, und sie lebte weiter. Bemerkenswert an ihr war nur ihre Stimme. Sie redete nicht – sie rasselte. Es klang, als schlage eine harte Hand gegen Blech.

»Mach den Kindern keine Angst«, bat eine ihrer Schwiegertöchter. »Sie schlafen.«

»Werde ich leise erzählen«, krächzte die Alte.

Aber die Kinder waren vor Angst wieder munter geworden und sehr hellhörig, und so entging ihnen kein Wort.

»In unserem Städtel«, rasselte Frau Schapiera, »ist einmal der Dibbuk hineingefahren in einen Musiker...«

»Ein Dibbuk kann nicht in einen Mann hineinfahren«, regte sich Frau Klein auf. »Nur in eine Frau!«

»Aber mein Dibbuk kann!« zischte Frau Schapiera. »In einen Musiker! Auf allen Hochzeiten liebte man diesen Musiker. Er war ein sehr angenehmer, ein stiller Mensch – er spielte die Klarinette. Einmal fand die Hochzeit von der Tochter vom Rabbi statt, man hat allgemein gesagt, daß er dieser Tochter eine Mitgift von zwanzigtausend Rubels mitgegeben hat – aber wenn es nur zehntausend Rubels gewesen sind, so war es auch schon eine sehr schöne Mitgift! Also es war auch der Musiker da. Aber wie er mit seinem Spiel angefangen hat, hat man sofort den Dibbuk in ihm gehört...«

»Erzähl nicht weiter«, sagte eine ihrer Schwiegertöchter. »Ich hab doch so viel Angst!«

»Nein, erzählt schon weiter! Ich will wissen, wie die Geschichte ausgegangen ist!« zitterte Frau Weiß.

»Sonst hat der Musiker auf allen Hochzeiten so schön gespielt, daß man garantiert hat weinen müssen«, versicherte Frau Schapiera ihren Zuhörern. »Aber bei der Tochter vom Rabbi hat er auf einmal angefangen mit seiner Klarinette zu bellen. Wie ein Hund! Natürlich hat man ihn doch fragen wollen, wieso und warum. Aber als einzige Antwort hat man das Heulen der Klarinette gehört, es war ein Heulen wie von einem Wolf. Wie von einem sehr hungrigen Wolf! Ihr könnt euch vorstellen, wie alle Gäste erschrocken sind! Und natürlich auch der Musiker! Er ist blaß geworden wie ein ganz blasser Leichnam...«

»Bitte, erzähl nicht weiter«, schrie eine ihrer Schwiegertöchter, es war immer eine andere Schwiegertochter.

»Doch! Doch!« rief Frau Klein entzückt aus. »Was für eine

schöne Geschichte! Wie furchtbar für den armen Mann! Ich hab solche Geschichten sehr gern!«

»Nun, was soll ich euch viel erzählen? Er hat also die Klarinette vom Mund genommen und hat etwas sagen wollen, aber auch ohne Klarinette hat er nur heulen können, ganz genau wie ein blutgieriger Wolf...«

»Gib mir deine Hand«, bat eine ihrer Schwiegertöchter, es war schon wieder eine andere. »Ich sterbe vor Angst!«

»Da haben sich seine Haare hochgestellt wie hohe Bäume auf einem hohen Berg! Und plötzlich sind sie schneeweiß geworden – wie ein Dach im Winter! Und er sah sich selbst in einem Spiegel, der ganz zufällig vor seinem Gesicht hing! Und wie er sich so verwandelt sah, konnte er sich nicht mehr ansehen und er lief aus dem Haus hinaus und auf die Wälder zu...«

»Oih!«

»... und im Laufen hat er gewinselt und geheult, wie viele hungrige Wölfe. Und immer kleiner ist er geworden. Und sein Heulen ist immer leiser und leiser geworden...«

»Und was wurde aus ihm?«

»Was weiß ich? Man hat nie wieder etwas von ihm gehört. In den Wäldern bei uns gibt es doch Bären und Schlangen...«

»So ein armer Mensch! Ist er verheiratet gewesen? Hat er Kinder gehabt?«

»Er war ein richtiger jüdischer Ehemann. Acht Kinder hat er gehabt und eine kranke Frau. Ein braver Mensch war er, ihr könnt euch auf mein Wort verlassen. Der anständigste von allen Musikern im Städtel. Aber ein Mädchen hat ihn geliebt, und weil er von ihr nichts wissen wollte, ist sie vor Gram gestorben. Sicher war sie sein Dibbuk.«

»Und euer Rabbi konnte nichts machen?«

»Was kann man da schon machen?«

»Natürlich, man kann da nicht viel machen.«

»Nichts kann man da machen. Vielleicht, wenn man es gleich bemerkt! Aber wenn der Dibbuk schon einige Tage in einem Menschen ist...«

»Ich habe bis heute nicht gewußt«, gab Frau Klein schluchzend zu, »daß ein Dibbuk auch in einen Mann fahren kann.«

»Komm, hör schon auf!« protestierte eine der Schwiegertöchter. »Wir müssen doch Rücksicht auf die Kinder nehmen!«

»Nun gut, reden wir also von etwas anderem. Von etwas Lustigerem. Bei uns auf dem alten Friedhof«, rasselte Frau Schapiera, »pflegten sich alle Liebespaare zu treffen, zu meiner Zeit, damals gab es ja noch die Liebe...«

Kupke beim Postvorsteher Adolf Mayer

Hermann Kupke war der einzige Mann im Hause, der jetzt nicht arbeitete. Er war nun auch aus der Packerei herausgeworfen worden und trieb sich beschäftigungslos in der Stadt herum. Wenn ihm einer Vorwürfe machte, sagte er grob, er hätte ja noch seine Kriegsrente. Aber jeder wußte, daß Renten wertlos geworden waren. Am Monatsletzten holte er sich das Geld, aber es war Inflationsgeld, es langte nicht mal für einen einmaligen anständigen Rausch. Zur Lina sagte er: »Bis dieser Schwindel mit dem Papiergeld wieder vorbei ist, mußt halt du 'ne Arbeit suchen. Ich werde mal sehen, ob ich nicht Beamter werden kann, wo ich doch im Kriege verwundet worden bin.«

Die Lina glaubte ihm das mit der Beamtengeschichte nicht – aber was konnte sie gegen ihn tun? Sie machte sich also auf Arbeitssuche. Und sie wurde Waschfrau.

Ganz untätig blieb Kupke aber nicht, und an der Beamtengeschichte war etwas dran. Und außerdem suchte er sich inzwischen Dumme. Keiner im Hause konnte sich vor ihm retten. Um Politik, so erzählte er allen, kümmere er sich nicht mehr, er habe ja jetzt eine Frau, das seien Sorgen genug. »Ich habe vorher nicht gewußt, was das heißt, so'n Weibsstück sattzukriegen«, jammerte er mit geplagtem Augenaufschlag. Wahllos schüttete er allen sein übervolles Herz aus. »Habense nicht zufällig 'nen Tausender bei sich? Sie kriegen ihn bestimmt wieder, morgen oder übermorgen, danke.«

Ein andermal:

»Lange dauert das nicht mehr mit meiner Arbeitslosigkeit. Ich könnte ja jeden Tag wieder als Packer anfangen, in meiner alten Bude. Aber schön dumm wäre ich, wenn ich's täte! Ich denke nicht daran! Ich habe da nämlich einen Plan! Vielleicht habense zufällig drei Tausender, sie kriegen sie nächste Woche wieder, die Lina verdient ja nicht schlecht, danke!«

Ein andermal:

»Ich bin doch kriegsverletzt und ohne Arbeit. Da hab ich jetzt mal 'n Antragformular verlangt, vielleicht kann ich wirklich Beamter werden. Da staunste Bauklötzer, was! Vielleicht habense zufällig... Was? Nee? Auch gut! Wenn nicht, dann nicht, liebe Laura!«

Ein andermal:

»Scheiße!«

Ein andermal:

»Mann! Ich bin aufs Postamt bestellt! Wissense schon 's Neuste? Ich kriege Arbeit! Ich werde Beamter! Sie glauben's nicht? Sie werden's ja bald sehen! Habense vielleicht zufällig... Nee? Auch gut!«

Am gleichen Tag:

»Was? Ich soll Sie heute schon mal angepumpt haben? Was? Ich soll nicht so viel saufen? Wer säuft? Ich? Männecken! Wenn ich nicht so'n Kinderfreund wäre! Haunse bloß ab, aber schnell!«

»So ein Taugenichts!« schimpfte Kupke hinter ihm her.

Dann ging er aufs Hauptpostamt.

»Ich bin nämlich vorgeladen. Ich heiße nämlich Hermann Kupke mit K vorne, ein hartes K. Ich komme nämlich, weil ich bestellt bin.«

»Warten«, brummte der unfreundliche Mann hinter dem Schalter, an dem *Auskunft* stand.

Kupke wartete. Er wartete ganz gern. Er setzte sich auf eine Bank gegenüber von dem Schalter. Warum sollte er nicht warten? Er hatte bis jetzt gewartet, lange hatte er gewartet, monatelang hatte er gewartet, er konnte ganz gut und schön und ruhig noch zehn Minuten warten, auch eine halbe Stunde, auch eine Stunde, auch anderthalb Stunden...

Ach du lieber Gott!... Nach zwei Stunden stand er auf und versuchte es wieder.

Demütig flüsterte er: »Schimpfen Sie bitte nicht. Ich warte nämlich schon seit zwei Stunden. Mein Name ist nämlich Kupke Hermann, Kupke mit K vorne, mit hartem K. Ich bin nämlich bestellt.« Ein bißchen blöd schielte er auf das Schild *Auskunft,* das über seinem Kopfe hin und her schaukelte.

»Bestellt sind Sie? Warum sagen Sie das nicht gleich?« sagte der unfreundliche Mann ärgerlich und unterbrach endlich die Zusammenrechnerei, mit der er sich schon den ganzen Morgen beschäftigte. »Erste Tür rechts, dann geradeaus, auf der linken Seite die vorletzte Tür, Zimmer 29.«

Zimmer 29. Dunkelbraune Tür. Finstere Tür. Schild: Postvorsteher Adolf Mayer III.

Er klopfte.

»Rrrrein!«

Das war Herr Mayer III. Er saß. Er blickte nicht auf. Er rechnete viele Zahlen zusammen. Hermann Kupke stand. Stand lange und wartete. Dachte: Es hat keinen Zweck, groß was zu denken, ich werde schon sehn... Drehte seine Mütze in den schwitzenden Händen. Dachte: Gut, daß ich mich vorgestern rasiert habe, ganz klein wird man vor einem so hohen Tier, sieht aus wie 'n Major...

»Ihre Militärpapiere sind nicht schlecht«, sagte der Herr endlich. »Von jetzt ab sind Sie Hilfspostbote. Verstanden?«

»Jawohl, Herr Oberpostrat.«

»Ihre Rentenkarte mitgebracht?«

»Hier, bitte, Herr Oberpostrat!«

»Sie haben also eine fünfzigprozentige Rente?«

»Eigentlich hätte ich Anrecht auf fünfundsiebzig Prozent. Aber 'n Jude hat mir das damals verbockt.«

»'n Jude? Erzählen Sie mal.«

»Der Stabsarzt, der mich 1917 untersuchte, war nämlich 'n Jude, Herr Oberpostrat.«

»Na und?«

»Der war kurzsichtig, er trug nämlich 'n Klemmer auf seiner krummen Nase und genäselt hat er auch, Herr Oberpostrat. Wie alle Juden.«

»Na und? Was hat das mit Ihrer Rente zu tun?«

»An ihm hats gelegen, Herr Oberpostrat. Ich hatte damals bestimmt mit fünfundsiebzig gerechnet. Aber so sind die Juden! Wenn ich den Kerl erwische, wird er nichts zu lachen haben! Er wohnt hier in der Stadt, aber bis jetzt bin ich noch nicht an ihn rangekommen.«

»Wie heißt denn Ihr Jude?«

»Doktor Pick heißt er, Herr Oberpostrat.«

»Was? Pick?« Herr Postvorsteher Adolf Mayer III hob erstaunt seinen mit Pomade angeklebten blonden Scheitel. »Hat er etwa rote Haare?«

»Ganz richtig! Rote Haare!« rief Hermann Kupke aus. Erschrocken merkte er, daß er den Titel vergessen hatte und ließ ihn noch schnell nachlaufen: »Herr Oberpostrat!«

»Ihr Stabsarzt ist seit zehn Jahren mein Hausarzt«, wurde der arme Kupke angebrüllt. »Jeden Sonntag treffe ich ihn in der Kirche und jeden Mittwoch spielen wir zusammen Skat! Seit zehn Jahren! Merken Sie sich, daß Doktor Pick Protestant ist! Wie kommen Sie dazu, ihn für einen Juden zu halten?«

»Weil er«, stotterte Kupke und bekam den Mund nicht auf und nicht zu, »weil er mir doch keine fünfundsiebzig Prozent gegeben hat...«

»Was stehen Sie eigentlich noch hier herum! Melden Sie sich morgen früh um sieben. Zimmer 10! Und unterstehen Sie sich ja nie wieder, den Pick für einen Juden zu halten!«

»Zu Befehl, Herr Oberpostrat!«

Kupke drehte sich steif um.

Ab!

Tür auf, Tür zu.

Das war gerade noch einmal gut gegangen.

Gerade kam Herr Fischmann aus der Schloßgasse. Mit drei Musterkoffern.

»Mann! Pumpen Sie mir mal rasch zehn Tausender! Das ist ja großartig, daß ich Sie treffe! Fischmann, ich bin Postbeamter! Was sagen Sie nun, Mensch! Oberpostbeamter! Wird die Lina staunen! Danke!«

»Warum müssen Sie aber so viel trinken?« schüttelte Herr Fischmann vorwurfsvoll den Kopf.

»Weil mir immer so viel Staub in 'n Rachen fliegt«, behauptete Kupke und machte schöne blaue Augen.

Dann ging er schnell noch rüber zum dicken Müller, um ein Glas Bier zu trinken.

»Schon wieder da?«

»Mach nicht so 'n abweisendes Gesicht, Dickerchen! Will nichts aufgeschrieben haben! Hier haste Geld! Und Arbeit habe ich auch!« Er klimperte mit den Schlüsseln in der Tasche.

Und dann kam Lina heim. Sie hatte heute neun Stunden lang in einer Waschküche gestanden. Ihr aufgedunsenes Gesicht glänzte. Sie trug ein Kind im Leib. Sie war müde zum Umfallen. Das Kreuz, die Knöchel, das Herz. Frau Schade, die Hebamme, behauptete, es seien die schwachen Mutterbänder, und Waschfrau sei nicht das Richtige für eine werdende Mutter. Die Hebamme hatte gut reden.

»Lina, ich muß dir was schonend beibringen«, sagte Hermann.

»Ja.« Sonst sagte sie nichts, sie war gar nicht neugierig.

»Ich habe Arbeit, Lina!«

Er sagte das, als ob er vorher eine ganze Stunde lang den Atem angehalten hätte.

Aber die Lina war ja so müde.

»Wird Zeit«, sagte sie. Das war alles.

»Könntest mir wenigstens gratulieren und 'n Kuß geben!«

»Laß mich in Ruh, du stinkst ja wieder nach Bier.«

Kupke sah sich seine Lina an. Er sah sich die Bescherung ganz genau an und fand, wie alle Männer seines Kalibers, daß eine Frau einen lächerlichen Eindruck machte in diesem Zustand. Eigentlich hätte er am liebsten gefeixt, aber er feixte lieber nicht, er getraute sich nicht. Er hatte viel wieder gutzumachen. Wie ein Pferd arbeitete die Lina, und er hatte so lange nichts verdient.

»Ich bin Postbeamter geworden«, sagte er.

»Mal sehen, wie lange das geht.«

Da schrie er sie an: »Kannste dir denn gar nicht freuen? Ich habe gemeint, du wirst froh sein, aber es fehlt gerade noch, daß du mir ins Gesicht springst!«

»Schrei nicht so rum. Du machst mich nervös«, sagte die Lina. »Hier haste Geld, hol jetzt lieber 'n Brot bei der Handtke. Verlier aber das Geld nicht wieder unterwegs wie das letzte Mal. Ich hab keins mehr.«

Da ging der Kupke fort und holte das Brot. Und dachte: Es wird schon bald wieder anders werden, laß mich nur erst mal arbeiten und wieder Geld heimbringen, da wirste mir schon wieder parieren, da wirste schon wieder ganz klein werden, ich werde dir schon helfen, ich werde dir solange in die Fresse schlagen, bis du wieder gelernt hast, wer der Herr im Hause ist, laß mich nur erst wieder Geld verdienen ...

Jüdisches Wochenende

Vater hatte nicht viel Zeit für uns. Nur von Freitag bis Sonntag war er mit uns zusammen. An diesen Tagen erzog er uns zu »guten Juden«. Vater war ein guter Jude und er wollte, daß auch wir welche würden.

Freitagabends mußten wir mit ihm in die ehemalige Kegelbahn. Er drückte uns das Gebetbuch in die Hand und paßte auf, ob wir auch wirklich beteten. War er mit unserem Beten zufrieden, nickte er uns anerkennend zu. Merkte er aber, daß wir einen Abschnitt übersprangen, gab er uns einen Stoß in den Rücken.

Vater war nicht der einzige, der so aufpaßte. Auch Herr Wolf paßte auf seine Söhne auf. Und andere Väter auch. Trotzdem gelang es uns machmal, so schnell ein paar Worte zu wechseln, zum Beispiel über ein Kinoprogramm oder über die Liliputaner und ihre dressierten Hunde auf dem Schützenplatz.

»Schah!« schrien da die Väter und pufften uns. »Was betet jetzt der Vorbeter?« fragten sie streng.

In solchen Augenblicken waren die jüdischen Väter von ihren Kindern gar nicht begeistert. Als wollten sie sich bei Gott wegen ihrer leichtsinnigen Sprößlinge entschuldigen – so verdoppelten sie die Inbrunst ihrer Gebete. Die Kinder aber machten prompt das Gegenteil von dem, was die Väter da mit Fanatismus taten...

Nach dem Freitagabendessen bei der Familie Weiß gingen wir hinauf in unsere Wohnung. Vater prüfte unsere neuerworbenen Kenntnisse. Unsere Kenntnisse in Hebräisch, nicht in der Schule.

Wir hatten noch immer jeden Tag hebräischen Unterricht. Aber nicht mehr bei Herrn Baron, er war nach Palästina ausgewandert. Unser neuer Lehrer war Herr Schröbel.

Von den Erwachsenen wußten wir, daß dieser neue Lehrer eigentlich gar kein Lehrer, sondern ein Schnorrer, ein heruntergekommener Mensch, war. Von den Erwachsenen wußten wir, daß er mit Nichts in die Stadt gekommen war und sich überall etwas zusammenbetteln mußte, um essen und übernachten zu können. Von den Erwachsenen wußten wir, daß er damals nichts auf dem Leibe hatte – außer einer Hose und einem drekkigen Gummivorhemd unter einem abgerissenen Mantel. Nicht einmal Hosenträger besaß er damals, seine ausgefranste Hose mußte er mit einer Schnur festhalten. Und nicht mal Socken hatte er damals an – hatten sich die Erwachsenen oft in unserer Gegenwart erzählt.

Und wie er es fertigbrachte, in der Stadt zu bleiben, wußten wir auch. Er wollte einfach nicht weiterreisen. Er schnorrte jede Woche bei den Juden der Stadt etwas Geld zusammen, er kam bei jedem an einem ganz bestimmten Wochentag vorbei. Und wenn man ihn nach vier Wochen hinauswarf, kam er in der fünften Woche mit einer so ergeben lächelnden Grimasse wieder, daß man ihm doch wieder etwas gab. Was sollte man machen? Er war doch ein Jude, es tat einem doch leid, wie er daherkam, man schenkte ihm eine abgetragene Hose, einen alten Hut, Schuhe, ein Hemd, sogar einen alten Regenschirm für die Regentage. Man einigte sich darauf, daß er einmal bei dem und einmal bei jenem zum Essen eingeladen wurde. Er war zwar etwas verrückt, er trank leider, aber das kam sicher vom Krieg; viele waren vom Krieg verrückt zurückgekommen und viele tranken, seitdem sie wieder frei herumlaufen und noch immer nicht begreifen konnten, daß ja morgen kein Sturmangriff war... Das alles wußten wir von den Erwachsenen über Herrn Schröbel.

Mit der Zeit stellte sich aber heraus, daß der Schnorrer gar nicht als Schnorrer auf die Welt gekommen war, sondern daß er aus einer sehr angesehenen und gebildeten jüdischen Familie stammte. Vor dem Kriege hatte er sogar eine Rabbinerschule besucht! Jedenfalls hatte er ein gutes jüdisches Wissen, er kannte sich in den heiligen Büchern aus und beherrschte sogar Neuhebräisch. Als sich das herumsprach, machten ihm einige ostjüdische Familien den Vorschlag, ihre Kinder zu unterrichten, da er ja doch in der Stadt zu bleiben gedachte... Alles das wußten wir über unseren Lehrer.

Jeden Nachmittag gingen wir in die Kegelbahn und lachten Tränen. Herr Schröbel sah sehr komisch aus, er war beinahe zwei Meter lang und dünn wie eine Bohnenstange. Am meisten lachten wir, weil der eine Schüler seine Hose, der andere den Hut kannte. Und ein dritter sagte: »Diese verblichene Krawatte habe ich auch schon mal gesehen.« Wir ließen ihn reden, schreien, protestieren – aber lernten nur wenig bei ihm.

Auch sein Kopfschuß vom Krieg machte keinen Eindruck auf uns. Es gab viele Juden mit Kopfschuß, das war nichts besonderes, die zwei künstlichen Rippen des Klempnermeisters Kohn waren schon eher etwas. Auch seine drohende Werbung: »Ich ehemaliger Soldat befehle euch jetzt, doch bitte endlich aufzupassen!« machte keinen Eindruck auf uns. Daß Herr Schröbel früher Soldat war, erschien uns so unwahrscheinlich, daß wir es ihm schreiend bestritten. Daraufhin zog er viele Schriftstücke aus seinen Taschen, um es uns zu beweisen. Wir glaubten es ihm trotzdem nicht. Da zeigte er uns einen Ordner. Wir glaubten es noch immer nicht. Da zog der Geplagte sein Taschentuch, um sich die triefende Stirn zu trocknen. Woraufhin Norbert Rosenbaum erklärte: »Das Taschentuch muß ich doch schon mal gesehen haben.«

Er tat mir manchmal leid, der Schröbel. Aber so einer konnte nicht Lehrer sein.

Wir benutzten die Nachmittage in der Kegelbahn, um Briefmarken und Schmetterlinge zu tauschen.

Und da wollte Vater jeden Freitagabend von mir wissen: »Was sagt Raschi zum heutigen Bibelabschnitt?«

Natürlich hatte ich keine Ahnung, was Raschi, der größte Bibel- und Talmuderklärer, geboren im Jahre 1040 und gestorben 1105, sagte.

Hätte sich Raschi für Fragen wie: »Ist ein Freistoß von der Strafraumlinie einem Eckball vorzuziehen?« Oder: »Welche Automarke ist die bessere, Wanderer oder Adler?« – hätte er sich für solche Fragen interessiert, dann wäre ich nicht um eine Antwort verlegen gewesen. Aber vor 800 Jahren gab es diese Probleme nicht.

»Ein Vermögen kostet mich deine Erziehung!« warf mir Vater entsetzt vor und schlug auf mich ein. Mir tat es nicht sehr weh, und er beteuerte, ihm tue es furchtbar weh, mich so zu schlagen, aber später würde ich ihm für jeden Schlag noch dankbar sein.

Ich zweifelte daran, aber hütete mich, es ihm zu sagen.

Hermann erging es ähnlich wie mir.

Ich sagte Vater, es wäre mir lieber, wenn er sich für meine nichtjüdischen Kenntnisse interessieren würde. Aber davon wollte er gar nichts hören. Er war sehr niedergeschlagen. Zur Strafe verbot er uns für die kommenden vier Wochen jeden Kinobesuch.

»Ich bin kein unmenschlicher Vater«, behauptete er. »Aber was soll aus dir werden, wenn du nichts von Raschi und nichts von Rambam weißt? Als ich so alt war wie du, habe ich das alles gewußt!«

»Ich will kein Rabbiner werden«, verteidigte ich mich und wischte mir die Tränen aus den Augen.

»Kein Rabbiner? Weißt du denn überhaupt schon, was du werden willst? Auch ein reicher Kaufmann, auch ein berühmter Professor muß jüdisches Wissen haben! Glaubst du vielleicht, ein Rothschild wüßte nicht, was Raschi zum Wochenabschnitt niedergeschrieben hat und wer Rambam ist? Oder Einstein? Merke dir: der große Herr Professor Einstein weiß alles!«

Ach, ich kannte diese Herren Rothschild und Einstein! Sie wurden uns oft genug als Muster vorgehalten. Ich bewunderte sie, aber trotzdem konnte ich sie nicht ausstehen. Vater, Herr Klein, Herr Wolf – überhaupt alle jüdischen Väter, die ich kannte, stellten ihren Kindern diesen jüdischen Bankier und den Sonnen- und Mondfinsternis-Professor (»So etwas ähnliches hat er erfunden«, sagte Vater mit großer Hochachtung) als nachahmenswerte, beispielhafte Juden vor. Ich sollte sogar Geige lernen, weil einmal in der Zeitung stand, der Einstein spiele gut Geige. Der Rothschild und der Einstein hingen mir schon beide zum Hals heraus.

»Die wissen auch nicht mehr von Raschi als ich«, behauptete ich wütend.

»Und woher haben sie das große Vermögen, die Rothschilds?«

Ich schwieg – woher sollte ich das auch wissen?

»Und woher hat er sein großes Wissen, der Herr Professor Einstein? Nun? Woher, mein kluger Herr Sohn, woher?«

»Das weiß ich auch nicht«, gab ich zu. Und plötzlich mußte ich sehr lachen. »Bestimmt nicht von unserem Schröbel!«

Vater war aber gar nicht lustig aufgelegt.

»Geh ins Bett«, sagte er, um mich streng zu bestrafen. Wenn er nicht weiterkam, schickte er mich immer ins Bett.

»Ich muß doch aufbleiben, bis Anna Gaal kommt und das Licht auslöscht. Heute ist doch Freitagabend!« Anna war immer noch unsere Schabbesgoite.

»Ins Bett!« beharrte er. »Ich werde aufbleiben. Strafe muß sein!«

Fast jeder Freitag endete mit so einer Verstimmung. Wer war schuld daran? Vater stellte seine Forderungen – aber ich interessierte mich nicht für den Unterricht des Herrn Schröbel.

Wir hatten jede Woche einmal eine Religionsstunde bei dem deutsch-jüdischen Kantor Bamberger. Er lehrte uns biblische Geschichte, hebräische Vokabeln, hebräische Lesestücke lesen und rezitieren. Aber Vater wollte von diesem »deutschen« Religionsunterricht nichts wissen. Er behauptete, daß sei so eine Religionsstunde wie für Katholiken und Protestanten. Als wenn so ein lückenhaftes Religionswissen einem Juden genügen könnte, rief er jedesmal aus, wenn ich ihm erzählte, was wir bei Herrn Bamberger gelernt hatten. Außerdem sei dieser Kantor Bamberger zwar ein richtiger Oberlehrer, aber koscher lebe er nicht und am Schabbes nehme er die Trambahn – und so ein Jekke sei gerade nicht der ideale Erzieher für jüdische Kinder!

Ich wollte mit Vater nicht immer streiten, aber als Lehrer gefiel mir Herr Bamberger besser. Bei ihm machte mir das Aufpassen und Lernen Freude, ich wußte schon eine ganze Menge von ihm, er war nicht so trocken in seinen Vorträgen wie Schröbel, er las uns oft aus religiösen Romanen vor oder Gedichte über biblische Helden, die wir bei ihm behandelten. Vater aber wollte nie wissen, was ich beim Bamberger lernte, ihn interessierte nur der Unterricht bei Schröbel.

Wenn ich Sabbatmorgen aufwachte, war Vater wie umgewandelt. Von dem vorangegangenen Krach keine Spur mehr! Er hatte vielleicht alles wieder vergessen. Unsere alten Anzüge hingen schon im Schrank – Vater hatte uns die neuen Anzüge herausgelegt. Er brachte uns ein Stück zur Schule und unterwegs, wenn er zur Kegelbahn abbog, sagte er: »Gut Schabbes, Kinderlech« und war überhaupt sehr nett aufgelegt. Am Sabbat war das immer so bei uns Fischmanns. An diesem Tag gab es nie Krach.

Am Nachmittag saßen wir dann zu dritt auf einer Bank im Wäldchen. Auch Vater hatte am Sabbat seinen guten Anzug an, alle Juden hatten am Sabbat ihren guten Anzug an, die Frauen ihre schönen Kleider, manche einen Pelz, Ohrringe, Ketten, Armbänder. Ich fand das eigentlich nicht richtig. Xaver Wunder und die andern im Hause sagten, wenn die Juden sich so fein herausputzen könnten, da müßten sie es aber dicke haben – und alle in der Stadt drehten sich nach uns um, weil sie gleich wußten, daß wir Juden waren und heute »Judensonntag« war ... Ich wunderte mich, daß die erwachsenen Juden nicht merkten, wie wir auffielen oder daß sie sich nichts draus machten. Ich wollte nicht auffallen.

Einmal hatte ich versucht, Vater zu erklären, warum ich auch am Sabbat in der Klasse nicht auffallen möchte. Ich hatte ihm von den Lehrern gesprochen und von den Schülern, ich hatte sogar gesagt, daß es doch eigentlich schade wäre, wenn ich Tintenflecke auf meinen neuen Anzug bekäme – mit verschiedenen Beispielen hatte ich es ihm beibringen wollen. Aber er verstand mich nicht. Er hatte immer nur erwidert: »Am Schabbes muß man frisch angezogen sein.« Vorläufig gab ich es auf. Aber ich nahm mir vor, als Erwachsener später auch am Sabbat nur einen gewöhnlichen Anzug zu tragen. Ich wollte manches anders als Vater machen. Aber gern hatte ich ihn doch. Er war viel allein und hatte nur uns...

Sonntags lud er das Ehepaar Weiß zu einem Spaziergang ein. Wir schlenderten durch den Stadtwald. Uns Kindern ging es viel zu langsam, aber Herr Weiß hatte ja ein Holzbein und humpelte. Überall waren Verbotstafeln. Wo Aussichtsbänke standen, war gegenüber dann eine schöne Aussicht.

»Scheen is es hier!« seufzte, auf Jiddisch, Frau Dwore Weiß beglückt bei jeder Aussicht auf. Sie wollte sich gerne setzen, aber die Bank war jedesmal schon besetzt.

»Sehr scheen, tacke sehr scheen!« bestätigte Vater ihre Ansicht. »Jakob! Hermann! Gucktse euch an, die scheene Aussicht!«

»Tacke sehr scheen!« keuchte der heranhumpelnde Herr Chaskel Weiß.

Viele Leute waren am Sonntag unterwegs, oft ganze Vereine. Im Stadtwald war großer Krach, und von dem Frieden der Natur merkte ich nichts. Wo wir spazieren gingen, gingen schon andere. Und wo wir mal stehen blieben, standen schon andere. Diese anderen sagten genau dasselbe wie Vater und wie Chaskel Weiß und seine Frau Dwore – nur auf Deutsch sagten sie es.

»Schön ist's hier!«

»Ja, sehr schön! Otto! Elfriede! Aufpassen! 'ne sehr schöne Aussicht!«

»Wirklich, sehr sehr schön!«

Im Waldkaffee fanden wir nie gleich Platz und mußten warten. Dann hatten wir endlich einen Tisch für uns. Ein elektrisches Klavier spielte Walzer und Märsche und Polkas. Die Kellnerinnen trugen große Platten mit herrlich duftendem Quarkkuchen von Tisch zu Tisch. Wir durften keinen essen, dabei hatte ich immer so einen großen Appetit darauf. Auch Milchkaffee durften wir nicht trinken. Wir tranken Tee und sahen zu, wie die andern Quarkkuchen aßen und Milchkaffee tranken. Wir durften erst ab sechs Uhr milchig essen, weil wir Mittag Fleisch hatten. Außerdem war der Quarkkuchen vielleicht mit Margarine gebacken und nicht koscher.

»Ich könnte vor Wut platzen«, sagte ich.

Vater sagte, ich solle mich schämen.

Ich beschloß: Wenn ich groß bin, werde ich Quarkkuchen essen, wann ich will, zu jeder Tageszeit, ohne Rücksicht auf die jüdischen Speisegesetze... Das sagte ich aber nicht laut. Es hatte ja doch keinen Zweck.

Halb sechs sagte Frau Weiß: »Ich frier.«

»Fräulein!« rief Vater und wollte zahlen.

»Was fällt Ihnen ein!« protestierte Herr Weiß und suchte seinen Geldbeutel. »Heute zahle ich!«

»Was fällt Ihnen ein!« protestierte auch Frau Weiß. »Chaskel, zahl! Schnell! Zahl, Chaskel!«

»Heute seid ihr meine Gäste«, sagte Vater und zahlte. »Im übrigen kostet es nur fünfzigtausend Mark. Was ist das schon? Morgen kostet es bestimmt sechzigtausend oder noch mehr.«

»Das ist mir trotzdem sehr peinlich«, behauptete Herr Weiß.

Dann gingen wir.

Montag früh fuhr Vater wieder fort, auf Tour. Er kam erst Freitag wieder.

Viele Kinder beneideten mich, weil ich vier Tage lang machen konnte, was ich wollte. »Erstens ist das gar nicht wahr«, sagte ich ihnen. »Und zweitens wißt ihr ja gar nicht, wie schön ihr es alle habt.«

Warum sie es aber schöner hatten als ich, sagte ich ihnen nicht.

Sie hatten alle eine Mutter.

Die Zeder, die schlank die Wolken küßt

Fritz Schwartz war dreiundzwanzig Jahre alt und stammte aus Ostpreußen. Er war vor elf Wochen hierher gekommen, als Verkäufer des Warenhauses Max Kahn A. G. In diesen elf Wochen hatte er noch keinen Anschluß gefunden. Abends besuchte er Vorträge, las im Café »Größenwahn« veraltete Berliner Zeitungen und Zeitschriften, manchmal ging er ins Theater oder ins Konzert, es gab ein Theater und einen Konzertsaal in der Stadt.

Sonntags wanderte er. Er zog kurze Hosen an, ein Hemd mit offenem Kragen, er nahm einen Rucksack mit. Bis an die Stadtgrenze fuhr er mit der Trambahn, dann marschierte er los, mit langen weitausholenden Schritten, mit wehendem dunklen Schopf, die Beine dicht behaart. Im Rucksack lagen ein Spirituskocher und Hartspiritustabletten, eine Tüte mit Reis und eine andere mit Dörrobst, eine Badehose, ein Handtuch und zwei Bücher. Seine Kollegen in der Leinen- und Baumwollwarenabteilung sahen am Montag müde und griesgrämig aus, er aber kam frisch und braun gebrannt angerückt und strahlte. Einladungen zu Tanzvergnügungen lehnte er ab. Er sei Abstinenzler, sagte er. Er sei Wandervogel, sagte er. Die Kollegen hatten ihn ganz gern, er war verträglich und hilfsbereit. Aber er sei ein bißchen komisch, sagten die Kollegen. Wenn einer nicht mal 'n Glas Bier trinken mag, ist er bestimmt nicht ganz richtig im Kopp, sagten die Kollegen.

Dieser nach Mitteldeutschland verschlagene Fritz Schwartz, Sohn eines kleinen Rabbiners an der Ostgrenze Deutschlands, gründete in unserer Stadt eine jüdische Jugendgruppe.

Unsere Gruppe hieß *Davidstern.* Wir waren junge Juden und stolz darauf. Wir schämten uns von jetzt ab unserer Abstammung nicht mehr, wir bekannten uns jederzeit zu unserem Volk und waren tapfer und hilfsbereit zu jedermann, ob Jude oder Christ, ob Weißer, Gelber, Roter oder Schwarzer. Wir waren Zionisten. Wir hatten schon einen Vortrag über den »Judenstaat« gehört. Dieser »Judenstaat« bestand noch nicht, sondern war der Titel eines Buches, und Theodor Herzl hatte dieses Buch geschrieben. Herr Herzl war der Begründer des Zionismus und leider bereits tot. Das alles wußten wir von Fritz Schwartz. Wir waren neun Jungen, alle zwischen zwölf und fünfzehn Jahre alt. Fritz war viel älter und unser Gruppenführer.

Daß sich Fritz Schwartz um uns kümmerte, erfüllte Vater mit Stolz. Er wunderte sich aber auch ein bißchen darüber. Denn Fritz war doch ein deutscher Jude – und sonst wollten doch die deutschen Juden, sagte Vater, nicht viel mit uns zu tun haben. Eher kam doch ein Ostjude mit einem Christen zusammen als mit einem deutschen Glaubensgenossen. Höchstens einmal im Jahr, auf dem deutsch-jüdischen Chanukka-Ball, wenn das berühmte Geschwisterpaar Horwitz, Moskauer Flüchtlinge, ihre russischen Tänze zeigte, schien das Eis zwischen den einheimischen und den eingewanderten Juden zu schmelzen. Huldvoll nickten die deutsch-jüdischen Damen und Herren zum Beispiel dem Lumpenhändler Chaim Blumenstein zu, der mit seiner Frau und vier erwachsenen unversorgten Töchtern abseits an einem einzelnen Tisch saß. Oder sie nickten dem Fellhändler Eisig Rappaport zu, der ein braver junger Mann war und für seine unverheiratete Schwester und für seine Mutter derart rührend sorgte, daß es alle wußten, weil er es allen erzählte. Und sie nickten jemandem zu, dessen Namen sie gar nicht kannten – und sie nickten jemandem anderen zu, dessen Namen sie auch nicht kannten ... Aber sobald der Chanukka-Ball zu Ende war, fühlten sich Herr Chaim Blumenstein mit Frau und Töchtern, Herr Eisig Rappaport mit Schwester und Mutter, und dieser da und jener da – alle Ostjuden fühlten sich wieder vergessen. Wer von den Ostjuden konnte sich etwa rühmen, jemals bei einer deutsch-jüdischen Familie zu Gast gewesen zu sein? Nicht einmal das berühmte Geschwisterpaar Horwitz aus Moskau! Und auf einmal tauchte da so ein Fritz Schwartz auf! Ein Rätsel ...!

Deshalb wollte Vater genau wissen, was denn dieser Herr Schwartz mit uns treibe. Ich sagte ihm, daß Fritz immer Vorträge halte.

»Über was?« fragte Vater.

»Über große Juden«, sagte ich.

»Und ist das alles?« wollte Vater mehr wissen.

»Wir lernen Lieder«, sagte ich.

»Welche Lieder?« wollte Vater wissen.

»Das Lied von der Zeder, die schlank die Wolken küßt.«

»Sonst keins?«

»Doch«, sagte ich. »Auch noch die Hatikwah, das Lied von der Sehnsucht nach dem jüdischen Land.«

»Sonst weiter keins?« fragte Vater immer weiter.

»Bis jetzt ist das alles«, bedauerte ich. »Aber wir werden schon noch andere zionistische Lieder lernen.«

Da wurde Vater mißtrauisch. Ob denn Herr Schwartz Zionist sei.

»Wir sind alle Zionisten«, sagte ich.

Vater lachte. »Kindertorheit! Du bist kein Zionist!«

»Ich bin Jude und ich bin stolz darauf. Ich bin Zionist und will nach Palästina!« behauptete ich.

Jetzt lachte Vater nicht. Ich sei ein dummes Kind, sagte er. Ich sollte lieber versuchen, ein *richtiger Deutscher* zu werden. Ich wüßte ja gar nicht, was das sei: auswandern und umlernen und sich an ein neues Land gewöhnen und an neue Menschen, an eine neue Sprache und an ein fremdes Klima... Er selber wisse, was das heiße. »Du bist viel zu jung, um das alles zu verstehen. Ich verbiete dir, Zionist zu sein!«

Er ließ keine Aussprache zu. Überhaupt fand er auf einmal, daß dieser Schwartz ein zweifelhafter Mensch sei. Er habe inzwischen so einiges über ihn gehört, was ihm zu denken gebe. »Wie kommt es«, wollte er von mir wissen, »daß dieser Schwartz am Sonntag mit kurzen Hosen und ohne Krawatte in die Wälder läuft, mit einem Rucksack auf dem Rücken wie ein Wilder, aber nicht wie ein Angestellter in dem feinen Warenhaus Max Kahn A. G.! Wie ein Kommunist! Er wird mir meine Kinder noch zu Kommunisten machen! Das hat mir noch gefehlt! Aber ein Glück, daß ich noch rechtzeitig aufmerksam geworden bin! Ich verbiete dir, weiter mit diesem Schwartz zusammenzukommen!«

Acht Tage später hob Vater das Verbot wieder auf. Fritz war bei uns gewesen, er hatte mit Vater gesprochen und ihm versichert, daß er kein Kommunist sei und daß er die kurzen Hosen am Sonntag nur deswegen trage, weil das gesünder sei – »nicht etwa aus politisch weltanschaulichen Gründen, mein lieber Herr Fischmann.«

Vater hörte aufmerksam zu. Es falle ihm, sagte er dann zögernd, ein Stein vom Herzen – und es sei ihm jetzt, nach dieser Erklärung, direkt ein Vergnügen, einen jungen gebildeten deutschen Juden bei sich in der Wohnung kennenzulernen. Natürlich habe er nichts gegen kurze Hosen aus Gesundheitsgründen. »Nur wenn man kurze Hosen als Kommunist trägt, ist es schlimm! Verstehen Sie mich bitte nicht falsch, Herr Schwartz. Aber ein Jude braucht nicht ausgerechnet zu sein ein Kommunist!«

Da habe er ganz recht, gab Fritz zu. Und außerdem müsse er ihm ein Kompliment machen. »Sie sprechen sehr gut deutsch. Wenn man auch merkt, daß Sie Ausländer sind.«

»Für jeden Fehler, den ich noch mache, möchte ich gern haben nur hunderttausend Mark. Nicht mehr«, sagte Vater geschmeichelt.

»Nein!« winkte Fritz Schwartz beruhigend ab.

»Jojo!« schüttelte Vater wissend den Kopf.

Und nun durften wir wieder alle Sonntage von ein bis sechs Uhr eine Halbtagswanderung mit dem *Davidstern* machen.

Es fielen jetzt die Sonntagsspaziergänge mit Vater weg, aber dies schien ihm recht zu sein. Oder irrte ich mich? Es war mir aufgefallen, daß er seit einiger Zeit nicht mehr so viel wie früher mit uns zusammen war, wenn er von der Reise zurückkam.

Manchmal dachte ich, daß dies nicht nett von ihm sei. Ich glaubte, daß er viel Kummer und Sorgen hatte, er machte sich über irgendetwas Gedanken und mir sagte er nichts davon. Auch ich hatte so meine Gedanken und sagte ihm nichts, weil ich mir einredete, daß er mich ja doch nicht verstehen würde. Ich wollte bestimmt nach Palästina! Ich wollte Pionier werden und das jüdische Land aufbauen. Alle vom *Davidstern* wollten das.

Ich hatte beschlossen, daß ich nicht mehr lange in der Schule bleiben würde. Ich konnte die Lehrer Opel, Grosse und Zunk nicht mehr ertragen! Nach dem Putsch waren sie einige Wochen weggeblieben, aber dann durften sie plötzlich wiederkommen, und es wurde bei ihnen noch schlimmer als früher. Es war eine Marter, ein jüdischer Schüler bei ihnen zu sein. In Palästina würde es bestimmt keine solche Bestien geben! ... Natürlich war das alles noch mein Geheimnis, und Vater erfuhr noch nichts davon. Er hatte mir ja schon einmal verboten, davon zu sprechen. Ich wollte Maurer werden, denn Fritz hatte uns erzählt, in Palästina brauche man vor allem Maurer.

Manchmal dachte ich über uns Fischmanns nach. Ich war nun der Sohn, aber Vater wußte doch gar nichts von dem, was ich vorhatte. Und vielleicht hatte auch er etwas vor, und ich wußte nichts davon. Das heißt, eigentlich wußte ich doch schon alles.

Kürzlich war ich bei Wolfs, da sagte Frau Wolf: »Du kriegst bald wieder eine Mutter. Hat dir dein Vater schon was gesagt?«

Vater hatte natürlich nichts davon gesagt. Ich war sehr erschrocken und wollte mir nichts anmerken lassen. Sollte es wirklich wahr sein? Wollte Vater uns das antun? Eine Stiefmutter? In den Märchen, die ich kannte, ging es den Kindern mit Stiefmüttern immer dreckig. Stiefmütter waren gemein, geizig, ließen die armen Kinder hungern und jagten sie zu guter Letzt aus dem Haus. Ich glaubte zwar schon lange nicht mehr an Märchen. Aber ich war schon immer gegen Stiefmütter gewesen. Weil ich keine wollte.

Ich hatte Angst, daß es wahr sein könnte. Auch Frau Weiß sagte kürzlich: »Arme Kinder, bald seid ihr nicht mehr allein.« Ich hatte richtige Angst.

In letzter Zeit sah Vater so aus, als hätte er etwas gegen sich selbst. Und auf einmal merkte ich, daß nach und nach alle Sachen aus der Wohnung verschwanden, die meiner Mutter gehört hatten! Ich sagte nichts, aber ich kam dahinter, daß Vater alles verschenkte, was noch an Mutter erinnerte!

Einmal glaubte ich, daß Vater endlich etwas sagen würde. Wir saßen an einem Sabbatnachmittag im Wäldchen, da meinte er: »Alle Kinder haben eine Mutter, mit der sie spazieren gehen, die ihnen Geschichten erzählt, ihnen das Leben erklärt – nur meine Kinder nicht.«

Aber dann sprach er nicht mehr weiter. Vielleicht morgen, dachte ich... Aber am Sonntag fing er nicht wieder davon an. Und Montag fuhr er wieder auf die Reise.

Falls Vater sich wieder verheiraten würde, wollte ich durchbrennen. Das hatte ich mir fest vorgenommen. Ich wollte keine neue Mutter. Meine Mutter war tot...

Und dann brach eine Zeit an, da war Vater nicht auszustehen, da war er aufgeregt, da schrie er mit uns herum, da schlug er uns wieder, was er schon lange nicht mehr getan hatte. In dieser Zeit schrieb ich in mein Tagebuch: »Ohne den *Davidstern* könnte ich nicht weiterleben.«

Damals bekamen wir in der Schule für Freitagabend billige Theaterkarten zu Klassikeraufführungen. Ich wäre gern mal ins Theater gegangen. »Ich könnte doch nach dem Freitagabendessen gehen«, sagte ich zu Vater. Er fragte mich aber, ob ich denn verrückt sei! Am Freitagabend? »Am Freitagabend geht ein Jude nicht ins Theater!«

»Kürzlich hast du mir gesagt, ich soll kein Zionist sondern ein *richtiger Deutscher* werden. Aber wenn ich mal Freitagabend wie ein *richtiger Deutscher* ins Theater gehen will, bist du auch dagegen.«

Sprachlos sah mich Vater an, dann gab er mir eine Ohrfeige. Ich beschloß, ihm von nun an nichts mehr zu sagen. Ich wollte jetzt nur noch heimlich denken und heimlich tun, was ich für richtig hielt. Nicht schwindeln – aber schweigen würde ich. Ich würde ihm aus dem Wege gehen, denn es verlohnte sich ja nicht, mit ihm offen zu sprechen. Ich schrieb in mein Tagebuch: »Ich bin sicher einer der unglücklichsten Menschen in der ganzen Welt. Ich habe keine Mutter mehr und Vater versteht mich nicht. Wenn mein Bruder älter wäre, könnte ich mit ihm alles durchsprechen, was mich beschäftigt. Aber er ist ja noch ein Kind. Er ist fast zwei Jahre jünger als ich! Und mich beschäftigt jetzt so viel...«

Ich las in jeder freien Minute. Fritz Schwartz besaß viele Bücher. Ich las alles von Scott, Dickens, Gogol, Zola, Balzac, – aber auch Bücher von Rathenau, Freud, Spengler. Mit einem großen Zettel ging ich zu Fritz und sagte: »Ich habe viele Wörter nicht verstanden. Erklär mir doch bitte, was Sozialismus ist. Und was ist Psychologie? Und Staatskapitalismus?« Ich gab mir alle Mühe, um schwere Bücher zu verstehen. In der Schule aber gab ich mir keine Mühe. Ich hatte keine Lust mehr. Ich würde ja doch bald Maurer sein! Vater behandelte mich noch als kleines Kind. Aber er hatte ja von mir und meinen Gedanken keine Ahnung, schluchzte ich nachts...

Fritz Schwartz fuhr fort!

Erst meinten wir, er wollte als Maurer nach Palästina.

»Nein, noch nicht«, sagte er. »Ich gehe nach Berlin, als Einkäufer zu Hermann Tietz.« Er freute sich und wir waren traurig.

Der *Davidstern* kam noch zweimal zusammen.

Dann nicht mehr.

Es war niemand da, der sich für uns interessierte.

Bald war Fritz Schwartz wieder vergessen.

Vater sagte: »Ich bin froh, daß diese zionistische Träumerei ein Ende gefunden hat.«

Ich war aber gar nicht froh.

Lina und die Schatten

Zwei Männer bogen in die Schloßgasse ein. Jedermann kannte den einen, es war Inspektor Braun von der Kriminalpolizei. Wohin gingen sie? Wer hatte wieder was ausgefressen? Sie blieben vor der Nummer 21 stehen.

Im Hausflur stießen sie auf Frau Berta Schaller.

»Ist die Kupke da?« fragte Inspektor Braun.

»Da müssen Sie schon selber sehn«, sagte Frau Schaller. »Was wollen Sie denn schon wieder von der Armen? Sie ist ja schon bald wahnsinnig. Wenn sie nicht bald in eine Anstalt kommt, gibt's 'n Unglück. Jeden Abend kriegt sie 'nen Rappel.«

Sie bekam keine Antwort. Die beiden Männer waren schon wieder weg.

»Herein.«

»Tag, Frau Kupke«, sagte der Inspektor. »Wir müssen mit Ihnen sprechen.«

Die Männer setzten sich. Sie zogen Papiere und Bleistifte aus ihren Taschen. »Da können wir ja anfangen«, sagte der Inspektor freundlich...

Vor vielen Monaten, es war beinahe schon ein ganzes Jahr seitdem verflossen, es war ein wunderschöner Nachmittag wie heute, und die Sonne lachte wie heute, und es war in der Wohnung so hell wie heute, und der Sommer duftete wie heute, da saß der Inspektor Braun zum ersten Mal an diesem Küchentisch.

»Sie werden mir doch nicht weismachen wollen«, hatte er sie damals angedonnert, »daß sie von all dem nichts gewußt haben!«

Zitternd hatte sie behauptet, sie wisse auch jetzt noch nichts.

»Aber daß Ihr sauberer Ehemann Hilfspostbote ist, das haben Sie doch wohl wenigstens gewußt!« hatte er gehöhnt.

Ängstlich hatte sie zugegeben, ja, das wüßte sie.

»Nicht möglich!« hatte er gegrient. Dann aber ließ er seine Faust wie einen Hammer auf die mit Linoleum ausgelegte Tischplatte fallen. »Spielen Sie mir keine Komödie vor, wir wissen alles, wir sind völlig im Bilde! Er hat alles gestanden! Wo ist das Geld, das er gestohlen hat?«

Bevor der Inspektor sie noch hatte halten können, war sie

damals vom Stuhle gerutscht, mit verdrehten Augen. Ihr Kopf lag auf dem Küchenbüffet, und die Beine berührten die schräge Wand auf der anderen Seite. Braun, der sich auf so was ja verstand, merkte damals, daß der Schreck nicht gespielt war, daß sie tatsächlich nichts gewußt hatte, und er bekam Mitleid mit der Frau, die so neben einem Mann dahinlebt und gar nicht weiß, was für einem Gauner sie da ausgeliefert ist.

Als die arme Lina wieder zu sich gekommen war und zähneklappernd dahockte, brachte er ihr bei, daß ihr Mann Unterschlagungen begangen habe. Ganz schonend brachte er ihr es bei.

»Unterschlagungen im Amt, liebe Frau. Und regen Sie sich nicht wieder so auf, es hat ja nun keinen Zweck mehr, das Unglück ist ja nun schon mal geschehen. Und es ist ja nicht so tragisch wie sich so was fürs erste Mal anhört, 'n Mord ist ja wirklich viel schlimmer!« hatte er sie noch getröstet. »Er hat Postquittungen gefälscht, Ihr sauberer Herr Gemahl. Der Goldstein in der Wilhelmstraße, Sie kennen doch das Schuhgeschäft, hat ihn angezeigt. Na, beruhigen Sie sich nur schon. Das kostet ja nicht den Kopf«, hatte er ihr Mut gemacht.

Aber sie war der Meinung gewesen, daß es schon schlimm genug wäre, wenn der Lump geklaut hätte. »Na warte!« hatte sie weinend gedroht. »Der wird ja was erleben! Der wird ja was sehn, wenn er heute Abend heimkommt!«

»Freuen Sie sich lieber nicht so sehr drauf«, hatte Braun sie vorbereitet. »Der wird wohl heute Abend nicht heimkommen. Der sitzt ja schon seit zwei Stunden im Untersuchungsgefängnis...«

Das alles war im Jahre 1921 geschehen.

Und jetzt waren wieder zwei Männer in der Wohnung und wollten sie sprechen.

»Ihr Mann hat da wegen seiner Kriegsrente Schritte unternommen«, sagte der Inspektor Braun. »Sind Sie über seine Schritte unterrichtet?«

Sie war über nichts unterrichtet.

»Da, lesen Sie mal, was er ans Versicherungsamt aus dem Gefängnis geschrieben hat.«

»Ich will nicht«, weigerte sich Lina.

»Sie müssen«, redete ihr der Inspektor gut zu.

Da las sie also: »Ich, der ehemalige Soldat und Bierkutscher

Hermann Kupke bin im Weltkriege zweimal verwundet worden. Ich war Gefreiter. Ich ersuche umgehend um eine Abfindungssumme. Hochachtend Hermann Kupke, ehem. Gefreiter, Inhaber der Sächsischen Tapferkeitsmedaille und des Eisernen Kreuzes II. Klasse.«

Diesem Brief war ein Zettel angehängt, auf dem stand die Frage: »Warum sitzt Kupke und auf wie lange? Das Versicherungsamt.«

Darunter mit Bleistift die Antwort: »Wegen schweren Diebstahls im Amt. Drei Jahre und sechs Monate. Die Verwaltung. i. V. Kunze.«

»Ich bin nun beauftragt worden, einen Fragebogen auszufüllen, wo alles drinsteht, was Ihren Mann angeht und was er so im Leben angestellt hat«, sagte der Inspektor. »Ich werde Ihnen mal ein paar Fragen stellen. Also da wäre mal die Frage: Wieviel Alimente hat Ihr Mann im Monat gezahlt?«

»Mein Mann hat keine Alimente gezahlt«, sagte die arme Frau und ihre Lippen wurden weiß.

»Also sagen Sie schon, liebe Frau, wir wissen es ja doch.«

»Nein, er hat keine unehelichen Kinder«, wehrte sich die Lina verzweifelt. »Nein, das nicht! Nein, das ist nicht wahr!«

»Ihr Mann hat einen unehelichen Sohn, er hat früher regelmäßig für den Jungen gezahlt«, beharrte der Inspektor. Ihm tat die Frau wirklich leid, aber was sollte er machen, Pflicht ist Pflicht. Er zeigte ihr einige Postquittungen, das war Kupkes Handschrift, das konnte sie nicht leugnen.

»Nein, ich glaube es nicht«, murmelte Lina, aber sie glaubte es jetzt doch.

Und nun erfuhr Lina alles. Sie hörte, daß dieser Spitzbube und Mädchenverführer einen Sohn hatte, und sie war ahnungslos gewesen! Jetzt wollte sie die ganze Wahrheit wissen, alles, wirklich alles. Herr Inspektor! Na, wenn sie es unbedingt wollte: ... Es war einmal, während des Krieges, eine Straßenbahnerin Hilde Siebert. Es war einmal ein heißer Sommertag. Ein Sonntag. Ein einsamer Feldweg. Sie hatten sich an den Händen gehalten. Dann gesetzt. Dann gelegt. Dann hatte sie der Halunke mit einem dicken Bauch hocken lassen und eine Witwe geheiratet. Diese Witwe hatte Lina, verwitwete Hering, geborene Schultheiß geheißen. Das sitzengebliebene Mädchen Hilde war todunglücklich und die Witwe recht glücklich gewesen damals – alles wegen dieses Hermann Kupke! ... Und jetzt wußte nun diese Lina also endlich auch das mit dem Sohn! Jetzt war es aber wirklich aus, es war genug! Gestohlen hatte er, betrogen hatte er, unterschlagen hatte er, und sie hatte nichts von alldem gewußt. Und nun erfuhr sie, daß er auch noch einen Jungen hatte! Und vielleicht hatte er noch mehr und nicht nur einen! Was wußte denn sie! Was wußte denn sie! Sie hatte genug! Nichts hielt sie mehr, sie weinte und weinte und hörte nicht auf zu weinen ...

Inspektor Braun konnte keine Frau weinen sehen. Wenn er Weibertränen sah, war es schnell aus mit seiner Stärke. Er starrte verzweifelt auf seinen Fragebogen, den er ausfüllen mußte, aber er konnte doch die unglückliche Frau nicht wie eine Zitrone auspressen. Er hustete verlegen.

»Liebe Frau, ich muß Sie noch was fragen«, bat er leise. »Wie heißen die ehelichen Kinder Ihres Mannes?«

Schluchzend sagte Lina: »Wir haben keine. Ich hatte 'ne Totgeburt, vom vielen Waschen. Es war 'n Mädchen. Es sollte Margarete heißen.«

»Ob der Antragsteller, zur Zeit wohnhaft im hiesigen Staatsgefängnis, zum Weiterbezug seiner Rente berechtigt ist oder ob seinem Antrag wegen einer Abfindungssumme stattgegeben wird, entscheidet das Versicherungsamt«, sagte der Herr, der mit Inspektor Braun gekommen war und bis jetzt kein Wort gesprochen hatte.

»Mir ist ja alles so gleichgültig«, schluchzte die Lina. »Machen Sie doch, was Sie wollen, ich kann nicht mehr, ich kann nicht mehr ...«

»Kopf hoch«, ermahnte sie der Inspektor, bevor er ging. »Ihr Mann wird ja auch mal wiederkommen. Denken Sie doch daran.«

»Gerade daran denke ich doch«, heulte die Lina.

Die Herren waren fortgegangen. Jetzt kam der Abend. Die Schatten kamen. Die Angst kam über Lina Kupke. Sie war allein. Ihr Blick war allein. Ihre Hände waren allein. Ihr ganzes Leben lang war sie allein gewesen. Es war alles nur Schwindel und Trug. Der erste hieß Hering und soff sich die Gurgel ab. Als er krepierte, blieb sie. Warum ist sie nicht mitkrepiert? Warum ist sie Witwe geworden? Warum hat sie nicht schon damals

Schluß gemacht mit sich, warum? Keinem hatte sie es damals gesagt, wie grausig die Nächte waren in der Wohnung, in der er starb. Sie hatte ja alle belogen, als sie sagte, sie sei erst richtig glücklich geworden, als der Saufkopp tot war. Sie hatte ihn ja doch geliebt. Er war ja ihr erster Mann gewesen... Und die Nächte, oh, die Nächte nach seinem Tode waren so fürchterlich... Und mit dem Gas wollte es nicht klappen...

Und dann fiel sie dem Kupke in die Hände. Er hatte ihr gesagt, daß er nicht trinke. Aber das war natürlich erstunken und erlogen. Alle Männer soffen, alle Männer waren Verbrecher, alle waren sie gegen Lina, die ganze Welt war gegen Lina... Und die Schatten, oh... Jede Nacht kamen sie in die Wohnung und wollten sie erdrosseln... Aber es war ja alles Betrug, sie ängstigten sie nur, aber ließen sie weiterleben... Nein, sie wollte nicht weiterleben, sie hatte keine Lust mehr, wenn es nur mal klappen würde mit dem Gas, aber es klappte ja nicht, sie stand ja dann doch immer wieder auf und stellte ab, mit dem Gas war es nichts...

In der Wäschekommode, die nach Lavendelseife roch, lagen viele Bilder, von ihrem ersten Mann. Früher hatte sie mal ein Bild vom Hering in der Küche hängen. Einmal hatte Kupke, er war schon stockbesoffen in die Wohnung gekommen, die mitgebrachten Bierflaschen, voll wie sie waren, gegen den Spiegel geworfen, dann gegen das Küchenbüffet, zuletzt gegen das aufgehängte Bild des ersten Mannes seiner Frau. Dann hatte er das Bild von der Wand gerissen und durch das geschlossene Fenster geworfen. Unten im Hofe lagen die Scherben und mitten drin der mit Bier besudelte Kopf vom Hering. Und oben in der Wohnung schlug Herings Nachfolger so lange auf die Lina ein, bis sie heulend und im Nachthemd aus der Wohnung flüchtete, hinauf auf den Trockenboden, dort wo am Tage die Kinder des Hauses spielten...

Der Trockenboden...! Sie verzog ihr Gesicht zu einem fremden Gesicht. Auch die Schatten sahen dieses fremde Gesicht! Sollen sie sich auch mal ängstigen...! Daß Kupke im Gefängnis ist, ist ja gar nicht wahr, er kommt ja heute Abend heim... Wenn er dann die Bilder findet, wird er schön toben... Die Bilder und die Schatten...!

Sie holte sich einen Hammer und Nägel aus dem Werkzeugkasten und nagelte alle Bilder an die vier Wände. Auf manchen

Bildern stand sie neben Hering und lächelte als glückliche Braut und später als traurige Ehefrau ... Kupke wird nicht grinsen, wenn er die Bilder sehen wird ... Aber sie wird nicht mehr dasitzen und auf seine Prügel warten ... Sie wartet nicht mehr ... Die Schatten werden sich auch wundern, auf einmal ist sie nicht mehr da ... Sie wird sich verstecken ... Auf dem Trokkenboden ...! Sehr gut wird sie sich verstecken ...

Sie suchte ihren Brautschleier in der Kommode. Da war er. Sie setzte ihn auf den wackelnden Kopf, der Kopf hielt nicht still ... Er soll stillhalten ... Er will aber nicht ... Damals kannte sie die Männer nicht, jetzt aber kennt sie die Männer, einen dritten nimmt sie nicht mehr, Verbrecher sind sie alle, es hat keinen Zweck ...

Sie setzte sich auf den Fußboden. Mit ihrem Brautschleier. Auf dem Fußboden konnten ihr die Schatten nichts tun. Die Schatten waren nur gefährlich, wenn sie stand. Aber sie war nicht so dumm. Sie hatte den Bogen mit den Schatten schon raus! Sie lachte. Warum hatte sie jetzt gelacht? Sie wußte es nicht mehr. Sie mußte weinen. Sie dachte an die Nacht, die nun kam. Sie weinte.

Ich bin wahnsinnig, dachte sie.

»Ich bin wahnsinnig«, sagte sie laut. Sie fuhr zusammen und versteckte sich unter dem Brautschleier. Die Schatten sollten doch gar nicht wissen, daß sie noch in der Wohnung war!

Psst!

»Es liegt so in der Familie«, sagte sie laut.

Sie horchte.

»Sie brauchen sich doch nicht zu verstecken«, sagte sie sanft.

Sie stand auf. Sie ging auf die Wand zu. Der Brautschleier raschelte.

Aus dem Spiegel starrte sie ein fremdes, weiß verhängtes Gesicht an.

»Ich kenne dich nicht«, sagte sie ablehnend. Genau dasselbe sagte die fremde Person!

»Überall hängen seine Köpfe«, flüsterte die fremde Person im Spiegel. »Dein Vater ist ersoffen. Deine Mutter hat nicht geweint, als sie ihn brachten. Sie hat gelacht!«

»Hilfe! Zu Hilfe!! Zu Hilfe!!!«

Pssst!

Es klopfte!

Schnell die Kerze ausmachen! Sicher die Schatten! Wollen sie holen!

Pssst! Niemand da! Psst! Nicht aufmachen!

»Ich bin's, die Ida!« rief es.

Da machte die Lina auf.

Ida Gaal sah nichts. »Warum machst du kein Licht? Und warum schreist du denn so?«

Lina schüttelte den Kopf.

»Was hast du denn da über deine Haare gelegt? Du erschreckst mich ja ganz!«

»Pssst! Die Schatten waren wieder da!« winkte die Lina und hängte ein Handtuch über den Spiegel. »Ich habe es gewußt. Morgen sind wir alle tot. Ich habe aber keine Angst. Ich verstecke mich. Unter meinen Brautschleier versteck ich mich. Da sehen sie mich nicht.«

»Komm, iß was«, sagte Ida Gaal. »Ich hab dir was mitgebracht. Da, nimm!«

»Es liegt in der Familie«, lachte die Lina scharf auf. Sie machte kleine Kugeln aus dem Brot. »Margarinestullen, Linsen, Kartoffeln, Linsen, Bohnen, Kartoffeln...«

»Iß endlich! Du machst mich ja auch noch ganz verdreht!«

»... Pferdefleisch. Es liegt in der Familie.«

»Was liegt denn in der Familie?« fragte Ida Gaal und sah jetzt erst die vielen Bilder an den Wänden. »Das hast du wunderschön gemacht«, lobte sie die Verrückte und dachte: Der ist ja nicht mehr zu helfen, morgen muß sie in eine Anstalt...

»Vater ist ersoffen«, kicherte Lina.

»Aber deine Mutter lebt doch noch.«

»Auch ersoffen«, flüsterte die Lina. Sie stopfte sich die kleinen Brotkugeln in den Mund, immer mehr und mehr, bis nichts mehr hineinkonnte, sie bekam nicht mal mehr den Mund zu.

Ida Gaal war es gar nicht geheuer zumute, mit der Irren allein zu sein. »Weißte«, sagte sie ärgerlich, »'n bißchen verrückt ist ja ganz schön. Aber was zuviel ist, ist zuviel!«

»Ich hab es schon mit Gas probiert«, hauchte Lina und spie das Brot aus mitten auf die Tischplatte.

»Was hat du ausprobiert?« schrie Ida Gaal.

»Nichts, gar nichts«, sagte die Lina leise, mit irrem Blick, sie kaute dabei und kaute und kaute, sie hatte aber gar nichts mehr im Mund. »Nichts. Wieder abgedreht. Nein, kein Gas. Willst du meinen schönen Kopf? Ich schenk ihn dir. Nein. Geh.«

Ida Gaal ging rückwärts auf die Tür zu.

»Geh nur. Laß mich nur allein mit den Schatten. Geh«, lächelte die arme Lina noch. »Geh.«

Das war das letzte Wort, das ein Mensch von ihr hörte...

Als alles schlief im Hinterhaus, nahm sie die Kerze und ihre Wäscheleine und stieg hinauf auf den Trockenboden.

Durch das Dunkel der Nacht rollten Güterzüge.

Bis in die Schloßgasse 21 hörte man die langgezogenen Signalpfiffe der Lokomotiven.

Von der Kiste aus, auf die sie kroch, sah sie den Himmel und sie sah die Sterne.

Sie fürchtete die Schatten, sonst nichts mehr.

Da kam auch schon ein großer Schatten auf sie zu!

Sie wimmerte nur, sie wagte nicht zu schreien.

Sie fiel nach vorn.

Von dem Balken, an dem sie baumelte, flog eine große Staubwolke herab auf den zerrissenen Brautschleier, der lautlos mit dem fürchterlichen Schatten spielte...

Am nächsten Morgen suchte das ganze Haus die Irre. Franz Schaller sah die Lina als erster. Blau, mit vorgestreckter Zunge, mit unbeschreibbaren Augen, so hing sie ärmlich an der Wäscheleine.

In ihrer Wohnung fand man einen Zettel, darauf standen vier Worte. Die schiefen Buchstaben, die wie umgefallene Balken auf dem Papier herumlagen, ergaben nach eingehender Prüfung durch die Mordkommission:

»Er weiß schon, warum.«

Kupke, den man im Gefängnis schonend vom Selbstmord seiner Frau in Kenntnis setzte und der den Zettel mit ihren letzten vier Worten vorgelegt bekam, zuckte die Achseln.

»Nee, ich weeß von nischt, ich nich, ich bin doch hier in Panksion, was soll ich'n wissen, ich?«

Die Frau

Ich stand am Fenster, als sie das Haus betrat – an Vaters Arm. Dann hörte ich die Frau auf der Treppe sprechen, laut und fremd. Bevor die Wohnungstür aufging, versteckte ich mich.

»Wo sind deine Kinder?« war ihre erste Frage.

Ich stand in einer Ecke, zwischen Schrank und Tür, ganz klein und dünn.

»Willst du nicht kommen«, sagte Vater leise. »Komm, mein Kind. Das ist jetzt deine Mutter.«

»Ein richtig großer Bub«, lobte sie mich und hielt mir die Backe hin. »Er sieht genau so aus wie auf dem Bild, das du mir geschenkt hast, Joseph. Und wo ist dein Jüngster?«

»Wo ist Hermann?« fragte mich Vater.

»Er ist schon schlafen gegangen«, sagte ich und sah weg. Die Frau trug einen Pelz. Ich konnte Mottenpulvergeruch nicht leiden. Ich ließ die Erwachsenen stehen und stürzte in meine Kammer.

»Laß ihn«, hörte ich die Frau laut lachend zu Vater sagen. »Es ist schon spät, und er wird sich schon an mich gewöhnen.«

»Ist sie da?« wollte Hermann wissen. Er schlief natürlich nicht.

»Die Frau ist zum Kotzen! Ich werde Schiffsjunge und gehe zur See«, sagte ich.

Sie trug eine Perücke, weil sie fromm war und fromme Jüdinnen eine Perücke tragen. Sie hatte ein spitzes, vorspringendes, entschlossenes Kinn. Sie war nicht jung.

Es fiel ihr bald auf, daß ich jede Anrede vermied. Nie sagte ich »Mutter« zu ihr. Sie behauptete, daran sei mein böser Trieb schuld und setzte hinzu: »Das sage ich!«

Immer setzte sie hinter ihre Behauptungen das verbissene »Das sage ich!«

Vater reiste nicht mehr. Er hatte einen kleinen Laden eröffnet. Mittags kam er zum Essen heim.

Sobald er wieder fortging, stocherte die Frau mit einer mich schmerzenden Neugierde im Leben meiner toten Mutter herum.

»Was hat sie eigentlich immer angehabt? Kostüme oder Kleider? Und wo sind ihre Kleider?«

»Ich weiß es nicht.«

»Was hat sie eigentlich immer gekocht?«

»Ich weiß es nicht mehr.«

»Du mußt doch aber wissen, was sie gern kochte.«

»Nein, ich weiß es nicht.«

»Komisch. Dein Vater will es mir auch nicht sagen.«

Ich schwieg verbissen. Ich weigerte mich, auf ihre Fragen einzugehen. Was ging diese Frau meine tote Mutter an?

»Ich sehe schon, daß dein böser Trieb recht stark ist«, sagte sie, um sich zu rächen. »Aber ich bin stärker als du!«

Obwohl ich gar nichts erwiderte, sagte sie:

»Doch! Ich bin stärker!«

Sie war so fromm, daß ich mir vornahm, es in ihrer Nähe nicht mehr lange auszuhalten. Sie spionierte mir nach, sie überraschte mich in meiner Kammer ohne Kopfbedeckung. »Du fühlst dich wohl nicht wohl, wenn du nicht sündigst, was? Du wirst in die Hölle kommen!« behauptete sie.

»Dein Jakob ist kein Jude«, sagte sie zu meinem Vater.

»Deine Mutter ist eine fromme Frau«, ermahnte mich Vater. »Du mußt ihr folgen. Du bist sehr widerspenstig, höre ich. Deine Mutter ist mit dir nicht zufrieden.«

Meine Mutter ist tot, dachte ich.

Deine Frau ist nicht meine Mutter, dachte ich.

Auch Frau Weiß war mit Vaters Wahl nicht zufrieden.

Beide Frauen hatten sich schon am ersten Freitagmorgen gezankt. Frau Weiß hatte nämlich behauptet, einen richtigen polnischen Karpfen müsse man mit süßer und nicht mit scharfer Soße machen.

Frau Weiß kannte die Familie der neuen Frau Fischmann. Vor dem Kriege schon war sie mit ihren Eltern aus Sambor nach R. gekommen, und Vater hatte sie jetzt in R. kennengelernt, wo er geschäftlich zu tun hatte. Sie war die älteste von acht Schwestern, ihr einziger Bruder war als österreichischer Soldat an der italienischen Front gefallen. Als sie nach Deutschland kam, war sie bereits im heiratsfähigen Alter, hatte aber keinen Bräutigam. »Fromm ist ihre Familie, dagegen ist nichts zu sagen«, gab Frau Weiß anerkennend zu. »Und arm ist sie auch, die Familie Wechsler.« Der alte Herr Wechsler war Vorbeter, er verdiente so gut wie nichts. Die Familie lebte von der Mutter, die mit koscherer Margarine, mit Gänsefett, mit Zucker, Kaffee, Tee und Zichorie handelte –, und die Schwestern machten Handarbeiten für jüdische Geschäfte. »Für einen Schadchen«, meinte Frau Weiß bedauernd, »ist es bestimmt nicht leicht, für alle Mädchen einen Mann zu finden.«

Vater hatte eine von den acht geheiratet.

Ich hatte immer noch nicht gelernt, »Mutter« zu ihr zu sagen. Ich verachtete Hermann, weil er es gleich gekonnt hatte. Ich würde es nie können, wußte ich. Eher würde ich mir die Zunge abbeißen, wußte ich.

Sie quälte mich.

»In welchem Bett ist sie eigentlich gestorben?«

»Ich weiß es nicht.«

»Doch, du weißt es! Du warst doch schon groß damals. Ist sie in meinem Bett gestorben oder in Vaters Bett?«

»Ich weiß es nicht!«

»Ich will es wissen!«

»In deinem Bett.«

»Ich habs gespürt!« schrie sie. »Und wie ist es mit den Möbeln? Sie stehen noch genau wie in der Sterbestunde? Sag!«

»Laß mich. Ich weiß es nicht mehr.«

»Doch! Ich will die ganze Wahrheit wissen!«

»Wenn es dir Spaß macht: sie stehen wie damals.«

Es war gar nicht wahr, wir hatten ja damals noch gar nicht hier gewohnt – und die Möbel, die Betten, alles das war erst nach dem Krieg von Vater nach und nach gekauft worden. Aber ich merkte, daß sie Angst hatte. Und da sie mich quälte, freute mich das. Nur weil sie mich nicht in Ruhe ließ, sagte ich ihr ja solche Unwahrheiten. Die Wahrheit wollte sie mir doch nie glauben. Die Wahrheit erschien ihr zu einfach, um wahr zu sein.

Damals begann ich, meine ersten Gedichte zu schreiben. Keiner durfte sie lesen, ich versteckte sie in meinem Zimmer, zusammen mit meinem Tagebuch. Alle Gedichte handelten von unmenschlichen Leiden, von bitteren Qualen, von der Hoffnungslosigkeit, von der Seele und natürlich vom verlassenen Herzen. Auch stellte ich Fragen nach Gott, nach Gerechtigkeit, nach Schuld und Sühne.

Angeregt war ich nicht zuletzt von den Dostojewskischen

Romanen, die ich in jener Zeit am liebsten las, lieber noch als die Romane deutscher Autoren. Ich ertrank in diesen gigantischen Werken. Ich fieberte, ich träumte des Nachts, ich säße im sibirischen Totenhaus, ein Opfer des Kampfes für die Freiheit. Ich stand ergriffen vor der Leiche der armen Pfandleiherin und klagte den Studenten Raskolnikow des Mordes an. Aljoscha, der Mörder Rogoschin, Dimitri – alle saßen an meinem Bett und flüsterten mir ihre Geheimnisse ins Ohr. Ich war krank damals, ohne krank zu sein.

Einmal überraschte ich die Frau dabei, wie sie meinen Schrank durchwühlte und meine Blätter mit den Gedichten zerriß.

Ich stürzte mich auf meine Blätter, aber die Frau war stärker. Sie zerriß alles, alles.

»So!« keuchte sie befriedigt.

Zu Vater sagte sie, ich hätte furchtbare Dinge niedergeschrieben, lauter Sünden. Als Vater nichts darauf erwiderte, begann sie zu weinen und behauptete, sicher hätte ich meinen bösen Trieb von meiner Mutter. Sie rang die Hände, kratzte sich die Haare unter dem Scheitel, sie schrie, sie drohte mir.

»Laß bitte Jakob in Ruhe«, bat Vater. Er kannte jetzt ihre Vorliebe für dramatische Szenen. Deshalb versuchte er, mich in Schutz zu nehmen.

Ich beschloß, ein Theaterstück zu schreiben. Den Titel hatte ich schon. Einen wunderbaren, einen noch von keinem Schriftsteller vor mir gewählten Titel! »Der Kampf gegen den Drachen« wollte ich das Stück nennen.

Noch war kein halbes Jahr verflossen, und Vater sah um viele Jahre gealtert aus. Mit der Frau entstanden Auseinandersetzungen ohne Anlaß, ganz plötzlich war ein großer Krach entbrannt und nahm dann schnell, ohne daß ein anderer etwas dazu tun mußte, grauenhafte Formen an. Ich stand zitternd vor Wut daneben. Ich haßte die Frau. Ich hatte Mitleid mit meinem armen Vater. Ich konnte nicht still bleiben, ich griff zuweilen in die Wortgefechte ein.

Da gab sie mir die Schuld, daß sie sich mit Vater nicht verstehe.

»An deine Schuld denkst du nicht«, sagte ich. »Immer sind es die anderen.«

»Was wollt ihr alle von mir!« wehrte sich Vater und hielt sich die Ohren zu. »Was schreit ihr denn alle so herum!«

»Ich werde mich scheiden lassen!« frohlockte die Frau.

»Laß dich scheiden«, sagte Vater. »Aber mußt du so laut schreien? Ist mein Haus ein Irrenhaus?«

»Dein Haus?« höhnte die Frau. »Heißt du Herr Stiefel?«

»Ich gehe auf und davon!« drohte ich und ging in meine Kammer, um den zweiten Akt meines Dramas zu beginnen. Den Titel hatte ich inzwischen geändert. Das Drama hieß jetzt: »Sein oder Nichtsein!« Ein wunderbarer, noch von keinem Schriftsteller vor mir gewählter Satz!

»Ich werde nicht mehr länger bleiben!« rief ich aus meiner Kammer heraus.

»Meinetwegen«, sagte Vater. »Aber schrei nicht!«

»Er darf nicht mehr länger bleiben!« drohte die Frau. »Das sage ich!«

»Tut was ihr wollt! Aber jetzt muß ich ins Geschäft!«

Vater konnte nicht ertragen, wenn geschrien wurde. Außerdem hatte er geschäftliche Sorgen. Noch immer war Inflation, noch ungezügelter als zuvor. In dieser Zeit also hatte Vater geheiratet und dann seinen Laden eröffnet, weil sich das Reisen nicht mehr lohnte. In seinem Laden hatte er ein paar Anzüge, ein paar Kleider, etwas Wäsche. Nein, es war kein großes Geschäft, diese Firma J. FISCHMANN, DAMEN-, HERREN- UND KINDERBEKLEIDUNGSARTIKEL.

Die Herren Linke und Grünfeld

Es war eine rasend gewordene Zeit. Die Mark fiel ins Abgrundlose. Und ein einziger Dollar hatte den Gegenwert von einer Million Mark. Später von einer Milliarde. Jedes Papier bedeckte sich mit unvorstellbar gewordenen langen Zahlenreihen.

Sonntags gab es Taschengeld.

»Hier haste eine halbe Million«, sagte Vater.

»Heute kostet aber der billigste Kinoplatz schon achthunderttausend Mark«, sagte der Sohn.

Damals wäre es Irrsinn gewesen, am Geld zu kleben, geizig zu sein. Geld war nichts, nur Waren behielten ihren Wert. Aber es war sehr schwer, Waren zu bekommen. Es mußte sofort alles bar bezahlt werden, und Jossel Fischmann war nicht vermögend. Es hatte nie viel Geld besessen. Er war ein kleiner Handelsjude.

Als es nach der Inflation wieder einen kaufmännischen Kredit von dreißig, fünfundvierzig, sechzig und neunzig Tagen gab, vergaß man schnell, daß man jahrelang mit einem Kredit hatte arbeiten müssen, der von Stunde zu Stunde fällig wurde.

Ohne die Herren Linke und Grünfeld hätte Jossel Fischmann die Jahre der Geldentwertung wahrscheinlich nicht durchhalten können. Vielleicht auch doch – aber jedenfalls half ihm damals sonst niemand, nur dieser Grünfeld und dieser Linke, gehaßt von vielen, die weniger fähig waren als sie, mit astronomischen Zahlen zu rechnen. Für schlechte Kaufleute, für langsam denkende Phantasten, für ehrliche kleine Leute war dieser Linke, der sich gerissener erwies als seine Zeit, ein »Totengräber« – und Grünfeld: ein »gemeiner, geldgieriger, ostjüdischer Haifisch.«

Grünfeld, derselbe, der 1920 der ostjüdischen Betstube eine Thorarolle geschenkt hatte, war Litauer, er stammte aus der Nähe von Poniewesch; Jossel Fischmann, auch aus dem Osten aber aus Galizien stammend – (Ein großer Unterschied! Verdächtigen Sie nur einmal einen Galizier, er sei ein Litwak! Sie werden was erleben!) – Jossel Fischmann nannte diesen Grünfeld auch einen »litwakschen Halsabschneider«.

Jossel Fischmann war selber kein Halsabschneider, kein Totengräber, kein Haifisch. Er war immer ein schlechter, ein armer Kaufmann gewesen. Als die Inflation noch ganz zahm war, hielt er sich schon für einen gemachten Mann. Er besaß auf einmal Tausende, Hunderttausende. Plötzlich, mein Gott, war er Millionär geworden! Nur eben ein sehr armer Millionär, denn eine Million Papiermark war ja nicht einmal fünfzig und bald keine zehn Dollar wert. Und dann mußte man eine Milliarde Papiermark besitzen, um sich einen einzigen Dollar kaufen zu können – doch es war offiziell verboten, Dollars zu kaufen! Aber auch die Milliarde war noch nicht das Ende. Zum Schluß brauchte man 4200000000000 Papiermark, um einen Dollar zu bekommen. Nur wenige konnten diese phantastische Ziffer auf den ersten Blick entschlüsseln. Jossel Fischmann konnte es auch nur schwer. Er wäre ertrunken in diesen Nullen, in diesen faszinierenden runden Fallen, wenn er nicht den »Haifisch« Grünfeld und dessen Kompagnon, Herrn Willy Linke, gehabt hätte.

Grünfeld machte natürlich nichts umsonst. Wenn er jemanden zum ersten Mal sah, sagte er gleich: »Ich bin ein seriöser Kaufmann und kein Wohlfahrtsamt.« Sein Teilhaber Willy Linke, Berliner, Nichtjude, der in der Inflation zum Besitzer einer Uhrenfabrik, einer Brauerei, einer großen Gartenwirtschaft und dreier Schuhgeschäfte wurde, paßte zu ihm wie ein Universaldietrich in das Schloß eines fremden Geldschrankes. Man könnte auch sagen, daß Herr Linke der Geldschrank war und Herr Grünfeld der Dietrich. Sie blieben einander beide nichts schuldig.

Beide waren mit allen Wassern gewaschen. Sie hatten, bis sie mit Krach auseinandergingen und Grünfeld sich erschoß, die erstaunliche Angewohnheit, einander mit geistlichen Titeln zu beehren. Sie arbeiteten an einem Riesenschreibtisch. Sie saßen sich gegenüber und warfen einander die eingegangene Post zu, indem Grünfeld dem Protestanten Linke mit »Kluger Rabbi, lies!« reizte – und Linke die von ihm behandelte Post dem Juden Grünfeld mit den Worten »Heiliger Papst, vertief dich« übergab.

Es war eine verrückte, rasend gewordene Zeit.

Nach Ansicht des Oberlehrers Zunk, als Protestant ein glühender Hasser des für ihn rätselhaften Katholizismus, war die Inflation von der katholischen Kirche ausgeheckt worden, um das deutsche Volk zu ruinieren.

Professor Opel hielt alle Juden für schuldig. Also auch Jossel Fischmann, dessen Söhne, die damals noch ungeborenen Enkelkinder und so weiter.

Dr. Grosse erklärte: »Merkt euch die Namen dieser internationalen Freimaurer, die mit der Inflation unser Volk in tiefste Armut stürzen wollen: Präsident Wilson, der Franzose Clemenceau und der Engländer Lloyd George. Natürlich sind alle drei Juden.«

Trotz dieser gerissenen Organisatoren der deutschen Inflation, trotz Jossel Fischmann, Präsident Wilson, Clemenceau und Lloyd George, waren die Herren Linke und Grünfeld nicht unterzukriegen. Dabei taten sie nichts, was verboten gewesen wäre. Sie nutzten nur jede von anderen verpaßte Gelegenheit aus, um Devisen zu verdienen, nicht nach ordinärem Papiergeld jagten sie. Tüchtigkeit, gerade wenn sie aus dem allgemeinen Rahmen fällt, sollte respektiert werden, aber in keinem Land der Welt würde persönlichem Erfolg, Klugheit, Tüchtigkeit so mißtraut wie in Deutschland – wenigstens behauptete dies Herr Grünfeld immer. Erfolgreiche Leute würden von vornherein für verdächtige Leute gehalten. Nicht zufällig hätten die Deutschen im Mittelalter so viele Hexen und Zauberer »entlarvt« und verbrannt. Das Mittelalter sei in diesem Lande noch nicht zu Ende. Die Deutschen seien schwerfällig, wie ihr Witz. Haß, Neid, Mißgunst und die Schadenfreude wohnten in allen Städten dieses technisch fortgeschrittenen und menschlich verkümmerten Landes. Dies und ähnliches erklärte bedauernd Herr Grünfeld seinem Kompagnon Linke. Dem aber war das alles gleichgültig. »Die Hauptsache ist, daß die Inflation nicht so schnell zu Ende geht«, sagte er nur.

Um leben zu können, mußte sich Jossel Fischmann schwer abmühen. Grünfeld und Linke streckten ihm Geld vor, damit er sich Ware kaufen konnte. Sie waren es, die ihm märchenhaft hohe Papiersummen für eine Stunde liehen. Jossel Fischmann hatte gerade noch Zeit, seine Waren bei einem Grossisten zu holen, sie gleich zu bezahlen, dann zu einem wartenden Kunden zu springen, dort die bestellte Ware gegen sofortige Bezahlung abzuliefern – und in einer Stunde hatten die Herren ihr Geld wieder zurück. Mit zehn Prozent Zinsen. Natürlich sind zehn Prozent viel für eine Stunde. Und für jede angefangene weitere Stunde mußte er weitere fünf Prozent zahlen. Aber wer hätte denn zinslos dem Jossel Fischmann jahrelang Millionen, Milliarden und zum Schluß sogar Billionen geliehen? Es fanden sich viele Leute, die warnten den ausgebeuteten Fischmann vor den Schiebern Linke und Grünfeld. Sicher hätten sich auch Leute gefunden, die vor Mitleid geweint hätten, wenn der arme Fischmann mit seiner Familie während der Inflation verhungert wäre. Mitleid riskierten die meisten. Linke und Grünfeld aber kannten kein Mitleid. Beide verachteten im Grunde ihres Herzens die Menschen, denn beide kannten sie sehr gut. In ihrer Art waren sie wohl genial. Sie teilten mit erbarmungsloser Härte alle Menschen, mit denen sie zu tun hatten, nur nach Debetposten, Kreditposten, Verlustposten ein und nach der Höhe der Abschreibungen, die sie später würden vornehmen müssen – oder nach der Höhe der später zu verbuchenden Gewinne. Nun gut, sie verliehen ihr Geld stundenweise und gegen zehn Prozent Zinsen – aber sie riskierten auch einiges. Zehn Prozent für eine Stunde, was bedeutete das damals? In der Inflation verlor mancher in einer Minute sein ganzes Vermögen, Kopf und Kragen, alles. Jeden Tag Punkt zwölf Uhr wurde der neue Kurs bekannt, das hieß: der neue Absturz der Mark. Oft fiel die Mark an einem Tag um fünfzig Prozent. Eine Minute nach zwölf Uhr war die Billion nur noch eine halbe Billion! Waren da zehn Prozent zuviel? Und wer war denn Herr Jossel Fischmann? Welche Sicherheit konnte er geben? Er besaß kein Haus, kein Auto, nur zwei Kinder, eine Frau und eine Firma – wir werden noch sehen, was für eine Firma! Diese Firma war ein Witz, aber keine Sicherheit. Für Tausende von Kaufleuten wäre dieser Herr J. Fischmann nicht kreditwürdig gewesen, nicht einmal für Papiermark.

Willy Linke hatte ein recht bewegtes Leben hinter sich. Er war schon viel gewesen: Versicherungsagent, Journalist, Privatdetektiv, Weltreisender – zuweilen auch Gefängnisinsasse. Es gab wirklich kaum ein Laster, eine Übertretung, ein Vergehen, nichts Verbotenes und Schiefes, das ihm fremd gewesen wäre. Sofort nach Kriegsende begann er wieder ganz klein, er gründete einen Verein »Reise um die Welt auf Doppelrädern«. Alle Vereinsmitglieder, die einen recht ansehnlichen Beitrag hatten leisten müssen, sahen zu, wie er und seine Frau auf ein Doppelrad stiegen und wie beide lostrampelten. Das Doppelrad war auf Abzahlung gekauft worden. Die Fahrt ging nur bis in die nächste Stadt, dann kamen Linke und Frau zu Fuß zurück. Der pfiffige Willy hatte in der fremden Stadt sein Doppelrad, das ihm gar nicht gehörte, verpfändet.

Als die Inflation richtig einsetzte, überfluteten reiche Ausländer Berlin. Alle Ausländer, die damals nach Berlin kamen, waren ja reiche Ausländer. Sie brachten Devisen mit. Sie kauften sich so viel Nahrungsmittel, wie sie nur wollten, und schöne Pelze; und für fünfzig Dollar konnten sie die Häuser einer ganzen Straße erstehen. Damals begann Willy Linkes gute Zeit. Dieser Herumtreiber, der vor dem Kriege ein Stück der Welt gesehen hatte, war jetzt ein gemachter Mann. Er sprach Englisch, Französisch, Spanisch und Italienisch. Er machte ein Privatlokal auf. Ein geheimes Lokal, in seiner Wohnung. Damals entstanden an allen Ecken Berlins solche Nepplokale, Dielen, Lasterhöhlen, Spielklubs. Überall wurde Roulette gespielt, ein schwungvoller Rauschgifthandel blühte, Linke panschte Sekt, kannte alle verbotenen Glücksspiele, gab sich auch mit Hehlerei ab – er war einer jener Berliner, zu dem gewisse zahlkräftige Devisenbesitzer kamen, um Nackttänze zu sehen. Seine Frau, die Alma Linke, tanzte jede Nacht von zwei bis drei. Nackt ritt sie auf einem Steckenpferd, das sie sich auf Anweisung ihres klugen Willy zwischen die etwas schmalen Schenkel stecken mußte. Als sei das Steckenpferd nicht aus Holz und überhaupt kein Steckenpferd, und mit hohen, schrillen, gekitzelten Schreien und unzüchtigem Gelächter – so tanzte Alma auf einer runden Tischplatte. Um den runden Tisch herum saßen die schon etwas angetrunkenen Gäste, die Taschen vollgestopft mit wertlosem Papiergeld, die Zigarette im nassen Mundwinkel, auch dies Menschen, die Gott nach seinem Ebenbild geschaffen haben soll.

Vor den leeren Läden wurden die Elendspolonaisen immer länger, der Hunger immer unerträglicher. Vor den Abfallgruben versammelten sich mit den Ratten der Städte auch die Armen der Städte. Soviel hungrige Ratten und soviel hungrige Arme hatte Deutschland nie vor jener Zeit gehabt, außer wenn es Krieg führte. Aber jetzt war Friede!

Daß Arbeitsscheue hungern, leuchtet noch ein, obwohl keiner so verworfen ist, daß er hungern sollte. Aber es hungerten die Arbeiter, die Arbeit hatten und Geld verdienten. Und es hungerten die Angestellten, die arbeiteten und Geld verdienten. Und es hungerten die Beamten und die kleinen Leute alle – doch alle arbeiteten und verdienten Geld. Aber sie verdienten Papiergeld, und das war nichts wert. Die Zeit war wie ein riesengroßes Maul. Die Inflation war unersättlich und lag über Deutschland wie ein dickes Löschblatt. Die redegierigen Politiker hatten reichlich Redestoff. Und die Schupos mit ihren Tschakos und den schön lackierten Sturmriemen hatten alle Hände voll zu tun. In ihren weißbehandschuhten Händen hielten sie schlagfertig eine gefürchtete Waffe, die gerade aufgekommen war, einen gar nicht langen Knüppel aus steinhartem Gummi, mit dem die hitzigen Köpfe der hungrigen Schreier bearbeitet wurden. Doch füllten diese Schläge keinen Magen. Ein leerer, rebellischer Bauch demonstrierte neben dem anderen. Die Fahnen waren blutrot. Die Massen schrien und sangen von früh bis spät, daß nur die Internationale die Menschenrechte erkämpfe...

Damals wurde Linke ein schwerreicher Mann, er kaufte sich die Uhrenfabrik, eine Brauerei, die Schuhgeschäfte und noch und noch. Alma hatte es nicht mehr nötig, nackt zu tanzen. Sie ließ andere tanzen, es wollten viele junge Berlinerinnen für ein Butterbrot unbekleidet auf die runde Tischplatte steigen. Doch bekamen es die Linkes plötzlich mit der Sittenpolizei zu tun, Alma sollte später entschuldigend behaupten: »Wegen leichter, nicht wegen schwerer Kuppelei« – jedenfalls verabschiedete sich das Ehepaar über Nacht aus Berlin und kam nach Mitteldeutschland. Hier traf Linke den Litauer Grünfeld, der mit ihm zusammenarbeiten wollte, wenn jener sich verpflichtete, seine schmutzigen Gaunereien aufzustecken und ein »seriöser Kaufmann« zu werden. Das einzige, was Linke ohne Zögern zu geben gewohnt war, waren Versprechungen.

Grünfeld war schon vor dem Kriege ein reicher Mann gewesen. Er besaß ein paar Häuser, die ihm genügend Einkommen sicherten. Eigentlich hätte er sich gut zur Ruhe setzen können, aber er konnte Ruhe nicht ausstehen. Er war ein unerbittlicher, ein besessener Arbeiter, den jeder Stillstand krank machte. Kopfschüttelnd betrachtete er Menschen wie Jossel Fischmann, der sich mit kleinen Dingen beschäftigte. Er, Grünfeld, konnte kleinen Dingen keinen Geschmack abgewinnen. Kopfschüttelnd betrachtete er Jossel Fischmanns Firma und sagte ganz offen, ihm wäre eine Riesenpleite immer noch lieber als so ein Zwerggeschäft. Sympathisch fand ihn niemand, er sich auch nicht. Wenn man mit ihm sprach, hatte man das Gefühl, als taxiere er das Einkommen seines Gesprächspartners und als suche er dessen schwächste Stelle zu ergründen. Dabei war er ein sonderbar geteilter Mensch. Er vergötterte seine alte Mutter und schickte ihr regelmäßig eine beträchtliche, wertbeständige Summe nach Kowno, wo sie von diesem Geld lebte und allen Verwandten und Bekannten erzählte, daß ihr guter jüdischer Sohn »wie ein Rothschild persönlich« irgendwo in Deutschland lebe und sogar verheiratet sei. Grünfeld war verheiratet. Aber seine Frau war ihm mit ihrer Langsamkeit und Tranigkeit zuwider geworden, mit ihr sah man ihn nie. Nur am Sabbat ging er in ihre Wohnung und aß bei ihr polnischen Karpfen und eine gute »heimische Nudelsuppe«.

Böse Zungen behaupteten, er habe früher nicht den Unterschied zwischen einem Wertpapier und einem Kartoffelpuffer gekannt. Mag sein. In der Inflation zeigte sich, daß er wohl Wertpapiere und Devisen von einem Kartoffelpuffer unterscheiden konnte. Er schuftete – er arbeitete nicht nur. Er bestellte. Er bestellte wieder ab. Er kaufte. Er verkaufte. Er aß zum Frühstück, zum Mittagessen, zum Abendessen Kurszettel. Einige behaupteten, er sei früher einmal recht sentimental gewesen, er habe eine Zeitlang eine Geliebte gehabt. Er habe diese Geliebte aber verlassen, weil sie die Gewohnheit hatte, mit einem Hund im Bett zu liegen – und dieser Hund biß ihn eines Nachts in die rechte Wade. Mag sein. Aber in Geschäften war er nicht sentimental. Im Geschäft gibt es keine Liebe, keine Romantik. Nur Tüchtigkeit und nur Erfolg zählen. Er war nicht vertrauensselig. Immer fühlte er sich umgeben von Gegnern, immer befand er sich im Kriegszustand. Wenn er einem Partner gegenüber etwas empfand, so nur Argwohn.

Jossel Fischmann hatte er irgendwie ins Herz geschlossen, obwohl doch die Fischmanns aus Galizien stammten und er aus der Nähe von Poniewesch, das in Litauen liegt. Aber die traurige Geschichte dieses Jossel, dieses erfolglose Leben – wahrscheinlich war Grünfeld doch sentimental und deshalb stand er dem Fischmann bei. Dieser Beistand beschränkte sich natürlich aufs Geschäftliche. Allerdings gab er dem Jossel Fischmann auch kostenlose und zinsenfreie Ratschläge. Zum Beispiel versuchte er, aus ihm einen guten und großzügigen Kaufmann zu machen.

»Kaufen Sie sich ein Haus, Fischmann«, sagte er. »Ich leihe Ihnen zehn Dollar. Sie werden mir die zehn Dollar später zurückgeben, nach der Inflation, und, sagen wir, fünf Dollar extra. Diese fünf Dollar sind keine Zinsen, das sind nur, sagen wir, Ihr Geschenk für mich, weil ich Ihnen den guten Rat gebe.«

Jossel Fischmann stutzte. Wie kam eigentlich dieser Halsabschneider Grünfeld, dieser Haifisch, dazu, ihm zinsenlos Geld anzubieten? Dahinter steckte bestimmt irgendeine litwaksche Falle! Also lehnte er ab.

»Nein, wozu brauche ich ein Haus?« fragte er mißtrauisch.

»Ich spare für meine Kinder. Sie haben beide ein Sparkassenbuch.«

»Fischmann, sparen Sie nicht! Geben Sie alles Geld aus, was Sie haben! Geben Sie sogar aus, was Sie nicht haben. Ich schenke Ihnen die zehn Dollar, da! Hier sind die zehn Dollar, Sie brauchen meinem Kompagnon, dem Willy, nichts zu sagen. Nehmen Sie den Schein und kaufen Sie sich ein Haus.«

»Ich will kein Haus!« schrie Jossel Fischmann und schob den Zehndollarschein empört zurück. »Ich brauche kein Haus! Warum wollen Sie mich zwingen, ein Haus zu kaufen? Sagen Sie mir endlich, warum Sie mich zwingen wollen, ein Haus zu besitzen!«

»Ich will Sie nicht zwingen«, gab es Grünfeld auf und steckte das Geld wieder ein. »Meinetwegen sparen Sie.«

Die Frau und ihr Teufel

Millionen, Milliarden, Billionen ...!!!

Ich aber schrieb jetzt offen am Sabbat, in der Schule, in meiner Kammer – das hielt die Frau für Sünde. Zitternd klagte sie mich an, ich würde lieber Romane lesen, statt zu beten – und dies sei nicht nur Sünde, sondern Todsünde und eine Herausforderung der Obersten Instanz! Sie schielte zu mir hin, wie man zu einem Aussätzigen hinschielt – voller Ekel, Abscheu, Mitleid, Furcht, Beklemmung.

Sie war so mit mir beschäftigt, daß wenigstens Hermann Ruhe vor ihr hatte. Ruhe? Nein, sie überschüttete ihn mit schreiender Liebe, mit lauten Zärtlichkeiten. »Du ja! Aber der Teufel nicht!«

Der Teufel – das war ich.

Mir war von Kindheit an beigebracht worden, daß Gott alle Menschen in Seiner göttlichen Hand habe. Seitdem ich bewußt empfinden konnte, hatte ich für diesen großen unbekannten Beherrscher meines kindlichen Lebens Liebe, Dankbarkeit und Vertrauen empfunden – so wie ich es gelernt hatte. Mit kindlichem Ernst hatte ich an den großen unparteiischen Richter der Welt geglaubt.

Heute ist es mir nicht möglich zu sagen, welches besondere Ereignis mich, mit etwa zwölf Jahren, aus diesem vertrauensvollen Verhältnis zu Gott herausriß. Aber Anlässe sind oft gar nicht wesentlich, jedenfalls waren die Gedanken der Auflehnung plötzlich da, schmerzhafte, bange, streitbare Gedanken – und alles übertönend, alles beherrschend ein rebellierender Gedanke, der schon lange in mir gelauert haben mußte: Wenn Gott wirklich auch mein Leben, des Jakob Fischmanns Leben bestimmte, warum hatte Er denn meine junge Mutter sterben lassen? Warum ließ Er mich denn in der Schule ein »Saujud« sein? Warum bestrafte Er denn nicht einen Opel, einen Zunk, einen Grosse? Warum ... Warum ... Warum ...?

Soweit ich damals zurückdenken konnte, hatte ich mit Gott gelebt, Gott hatte zur Familie Fischmann gehört, mit Ihm verbanden mich viele meiner täglichen Gewohnheiten, meiner täglichen Gefühle und das Leben meines Vaters und anderer Juden ganz selbstverständlich. Alle Juden, die ich kannte, glaubten an Gott, lebten mit Gott, gehörten zu Gott, und Gott gehörte zu ihnen, denn sie waren Juden, und Sein auserwähltes Volk und Er gehörten also zu ihnen auf eine besondere Art. Alle, die ich kannte, hatten sich schon geliebt, gezankt, getrennt und wieder geeinigt – nur zu Gott, der sie auserwählt hatte, unterhielten sie immer die gleichen guten bittenden vertrauensvollen Beziehungen. Gott mußte sehr stark und sehr einflußreich sein, daß keiner sich mit Ihm zankte, daß sich keiner von Ihm trennte. Gott war bestimmt stark, sonst würden nicht alle an Ihn glauben. Und trotzdem hatte ich den Mut, diesem Mächtigsten unter allen meinen Bekannten zu erklären, daß ich mit Ihm unzufrieden sei, daß ich nicht vergessen würde, was Er mir alles zugefügt hatte, daß ich Ihm vor allem die zweite Frau meines Vaters nie verzeihen könnte. Und eigenwillig setzte ich Zwölfjähriger in Gedanken hinzu: Vielleicht ist Gott gar nicht allmächtig, vielleicht gibt es Ihn gar nicht. Wenn Er sich dies alles von mir, dem kleinen Jakob Fischmann, gefallen läßt, dann glaube ich überhaupt nicht mehr an Ihn ...

Anfangs behielt ich dieses große aufwühlende Geheimnis ganz für mich. Aber je gespannter die Ehe meines Vaters wurde, desto öfter entfuhr mir eine Bemerkung, die mich verriet. Die Frau sah mit weit aufgerissenen Augen, wie neben ihr »ein großer Sünder« aufwuchs, wie meine Gläubigkeit von Tag zu Tag immer noch ein Stück mehr abnahm, wie sie ganz in sich zusammenzufallen drohte.

Es war in jenem Jahre, als Mann und Frau wochenlang nicht miteinander sprachen. Wir Kinder schwiegen mit. Das Schweigen war trostlos, brutal. Der Zwist in der Familie zerschnitt alles.

Sie hatte mit großer Robustheit diesen Familienzwist ertragen. Aber bei meiner Unfrömmigkeit bekam sie es mit der Angst zu tun. Gott läßt nicht mit sich spaßen ... Gott heißt nicht Jossel Fischmann ... Gott ist Gott und der Allmächtige ... Gott ist ein fürchterlicher Rächer ...! Sie mußte Gott rechtzeitig davon überzeugen, daß sie nicht so verworfen war wie ihr Mann und sein ältester Sohn, dieser Teufel. Sie gehörte ja doch nicht so recht zu dieser Familie. Sie hatte Furcht in dieser Familie. Sie mußte in dem Bett liegen, in dem die erste Frau gestorben war. Alles in der Wohnung war noch wie in der Sterbestunde. Sie glaubte nicht, daß es damals andere Möbel waren. Und die Stimme des Teufels wurde rauher und rauher. Der Flaum auf seiner Oberlippe wurde zu einem scharfen drohenden Schatten. Seine Augen blickten schwarz und kalt. Sein Lachen war spitz wie ein Dolch. Seine Urteile waren hart und böse. Sie fürchtete sich, sie hatte eine unbändige Angst. Sie täuschte sich nicht. Sie hatte es wirklich mit einem Teufel zu tun! Wenn er nicht im Hause wäre, würde sie sich mit ihrem Manne bestimmt besser verstehen. Es war die Schuld des Teufels, daß sie in schlechter Ehe lebte. Sie mußte gegen den Teufel kämpfen. Sie mußte den Teufel besiegen. Sie kämpfte gegen ihn, wo und wann sie nur konnte. Das Geschrei in der Wohnung der Fischmanns nahm jetzt kein Ende mehr. Die Streitigkeiten zwischen Stiefmutter und Stiefsohn bekamen nun immer gleich etwas feindselig Prinzipielles, wie in Religionskriegen: es war der Kampf gegen den Bösen – und sie wollte den Bösen erledigen! Sie empfand eine grausame Genugtuung, wenn sie ihm etwas Gemeines in sein verschlossenes Gesicht geschrien hatte. Sie fühlte mit dem schmerzhaften, überfeinen Empfinden einer Besessenen, daß er ihr aus dem Wege ging, daß er sie ignorieren wollte, daß er sich versteckte, daß er sein wahres Leben vor ihr verbarg (was ist das nur für ein Leben, ich muß wissen, was für ein Leben er vor mir geheimhält, brütete sie finster ...), daß er sich eingrub in ihr fremde Gedanken, daß er sie, die Frau seines Vaters, zutiefst verachtete. Sie sah ihn wachsen und wachsen!

Er war so groß wie sie! Nein, er war schon größer! Nein, noch nicht ganz! Aber er drohte bereits größer zu werden, als sie es war! Nein, sie wollte das nicht! Sie konnte nicht zulassen, daß der Teufel größer wurde als sie! Ja, sie haßte ihn! Sie haßte ihn auf eine unbeschreiblich blinde mutige und zugleich sehende feige Art. Sie wollte ihn bezwingen!

Sie wollte ihn bezwingen! Sie saß vor seiner Tür. Vermied es, sich zu rühren. Sie wollte nicht, daß er sie hier nebenan vermutete. Sie starrte auf die Tür, hinter der dieser junge Teufel hockte und gottlose Bücher verschlang ... Er mag nur seine Hefte verkramen, sie findet ja doch alles ... Sie wird sein Bett, seinen Schrank, seine Bücher durchwühlen, dann die engbeschriebenen Seiten finden und heimlich, zitternd, aufheulend lesen, dann zerreißen, dann verbrennen, alles wird sie verbrennen, was von ihm ist, er wird aus dem Haus müssen, vorher wird sie nicht glücklich sein, der Teufel muß hinaus ...!

Ich wußte, daß sie vor der Tür saß. Ich wußte, daß sie es mit Gebeten versuchte. Sie betete stundenlang. Ihre Perücke tänzelte dabei fanatisch zwischen den heißen Ohren hin und her. Die Augen brannten. Die blassen Lippen bewegten sich wie ganz schmale Bänder auf und ab und ließen mit kleinen Schmerzensschreien die uralten Gebete entschlüpfen wie ein übervoller Ofen glühende Kohlenstückchen. Ein Wort klang bei ihr wie das andere. Alle Abschnitte, auch wenn sie von der Liebe handelten, bekamen bei dieser besessenen Frau den unheimlichen Klang von Beschwörungen und Flüchen. Sie war fest davon überzeugt, daß Gott ihr großer Bundesgenosse gegen den verruchten Unglauben sei. Sie drohte mir. Sie sei der Richter und Gott ihr Scharfrichter, drohte sie mir. Er werde ihre Urteile vollstrecken, ich solle mich in acht nehmen, denn Gott warte nur auf ihre Urteile, drohte sie mir.

»Ich auch«, sagte ich wütend. »Verurteile mich doch endlich!«

Sie schrie wie eine Geschlagene auf, weil ich ihr lange unbeweglich zuhörte. Dann aber schrie sie auf, weil ich nicht mehr zuhörte, sondern achselzuckend die Wohnung verließ. Sie winselte vor sich hin, weil ich an ihrem Glauben, an ihrer Kraft zweifelte. Sie war noch genau so gläubig, wie sie es mit vier Jahren gewesen, als man ihr neben den Märchen auch die Religionsgeschichten erzählte. Sie glaubte noch jetzt an Märchen, glaubte an Feen und noch mehr an unheimliche Frauen mit bösem Blick. Sie glaubte noch genauso, als wäre sie immer noch vier Jahre alt. Unheimliche Frauen mit bösem Blick und den Teufel fürchtete sie – Gott aber fürchtete und liebte sie zugleich. Sie hatte zu Gott Beziehungen von einer großen naiven Kraft: als heiße er im Privatleben Aaron Wechsler und sei ein allmächtiger Verwandter ihrer Familie. Sie stammte aus Sambor, und wenn man sie danach gefragt hätte, wäre vielleicht zutage gekommen, daß sie Gott für einen Juden aus Sambor hielt, der allerdings vor vielen, vielen, vielen Jahren nach einem fernen Land über den Wolken ausgewandert war ... Mit Gott konnte sie jiddisch reden, Gott hatte ein jiddisches Herz, er hatte einen jiddischen Kopf wie alle Juden aus Sambor einen jiddischen Kopf hatten ... Gott, nur Gott verstand sie. Aber die Fischmanns verstanden sie nicht!

»Hinaus aus meiner Wohnung!« schrie sie mir entgegen, wenn ich heimkam.

»Du wirst mich bald los sein«, beruhigte ich sie. »Ich werde bald das Feld räumen.«

Als ich Vater sagte, daß ich die Schule verlassen wollte, sah er mich verständnislos an und erklärte, er habe jetzt keine Zeit für ein so wichtiges Gespräch. Aber nie hatte er Zeit, wenn ich mit ihm darüber sprechen wollte. Jedesmal sah er mich verständnislos an. Aber ich hatte ihn im Verdacht, daß er mich sehr wohl verstand. Doch schien ihm mein Wunsch eine schwer lösbare Aufgabe zu sein. Mir schien das anders zu sein. Ich wollte meine Freiheit unter allen Umständen erzwingen. Ich machte keine Hausaufgaben mehr. Ich ging jetzt oft tagelang nicht mehr zur Schule, morgens verließ ich zwar das Haus, aber um den Weg einzuschlagen, der in den Wald führte. Dort legte ich mich ins Gras und träumte, wie die Freiheit aussehen würde, die ich mir erkämpfen wollte. Ich konnte die Frau nicht mehr sehen, nicht mehr hören, nicht mehr die gleiche Luft atmen wie sie. Und ich war nicht mehr fähig, auf einer Schulbank zu sitzen und mathematische Probleme zu lösen, im französischen Unterricht schweigend die antisemitischen Bemerkungen von Professor Opel mit anzuhören und im Turnunterricht den Befehlen von Zunk Folge zu leisten.

Leid tat mir nur, daß ich nun auch bald den Deutschunterricht bei Professor Urban verlieren würde. Professor Urbans Augenleiden war immer schlimmer geworden, seine Brillengläser wurden immer stärker, seine Bewegungen immer grotesker, aber sein Unterricht war der lebendigste des ganzen Lehrplanes. Er war der weiße Rabe unter meinen Lehrern. Er war ein alter Demokrat und wetterte bissig gegen die Anweisungen seiner Schulbehörde, die vier Jahre nach der Ausrufung der Republik immer noch mit dem Material des kaiserlichen Deutschlands arbeitete.

»Mir wurde von der Schulbehörde«, so sagte er beispielsweise, »ein Aufsatz über *Gewitter und Krieg* für euch vorgeschlagen. Ich werde diesen Aufsatz nicht nehmen, aber ihr sollt wenigstens sehen, wie die Söhne von unglücklichen Soldaten über dieses Thema nicht schreiben sollen. Nämlich nicht so, wie man es hier auf diesem Blatte vorschlägt.«

Und er las vor:

»Wie die Stürme in der Natur treffend mit den Leidenschaften der Menschen verglichen werden, so läßt sich auch im besonderen nachweisen, daß Gewitter und Krieg manches miteinander gemein haben. Gemeinsamkeiten in den Entstehungsursachen sind: allmähliche Ansammlung entgegengesetzter widerstrebender Elemente, Stoffe und Ideen. Wir sehen das Bestreben derselben, sich auszugleichen oder zu vernichten, da sie nicht nebeneinander bestehen können. Daher Ausbruch des wirklichen Gewitters und Krieges zum Ausgleichungs- oder Vernichtungskampfe ... Gemeinsamkeiten in den Erscheinungen selbst sind: der vom Donner begleitete Blitz des Himmels und der Donner der Kanonen, der wechselnde Kampf der feindlichen Elemente, bald prächtig schön, bald beängstigend ... Was die Gemeinsamkeiten in den Wirkungen und Folgen betrifft, so sind zunächst den Schülern die paar schlimmen und unheilvollen zu Gemüte zu führen: Einschlagen des Blitzes und Sturm – und Verwüstung durch Feuer und Schwert, Vernichtung der Saatfelder durch den Fußtritt der Menschen und die zerstampfenden Hufe der Rosse ... Demgegenüber sind aber die vielen guten und heilsamen Wirkungen und Folgen entscheidend: Reinigung der Atmosphäre – und Klärung des Verhältnisses der beteiligten Staaten. Nach dem Gewitter: blauer, ruhiger Himmel. Nach dem Kriege: wiederbefestigtes Vertrauen und Friede... Zusammenfassend ist den Schülern zu sagen: Wie in der Natur Sturm und Gewitter sich oft wiederholen, so werden auch die ähnlichen Erscheinungen bei den Menschen, also Leidenschaften und Krieg, nie aufhören, solange die Menschen Menschen bleiben...

»Meine private Ansicht aber«, sagte der Professor Urban abschließend, »deckt sich nicht mit dieser veralteten und unverantwortlichen Aufsatzdisposition. Für mich ist und bleibt der Krieg ein großes Verbrechen, an dem sich kein Mensch beteiligen darf!«

Professor Urban hatte ich gesagt, warum ich die Anstalt verlassen wollte. Zu ihm fühlte ich mich hingezogen. Nie hörten wir Drohungen von ihm, immer nur Ermahnungen, Ansporn, Ratschläge. Ich war sein bester Schüler. Oft ließ er meine Aufsätze in der Klasse vorlesen. Zuweilen lud er mich zum Kaffee ein, und wenn uns dann seine Frau allein ließ, mußte ich ihm aus meinem Leben erzählen. Er war der erste, der mir den Rat gab, alles niederzuschreiben, was ich erlebte und dachte. Einmal brachte ich ihm meine Gedichte mit, die ich für ihn säuberlich in ein Schulheft eingetragen hatte. Er gab sie mir einige Tage danach wieder zurück, mit roter Tinte korrigiert und zensuriert. Er war ja mein Deutschlehrer. Unter dem letzten Gedicht stand der Satz von Lafontaine: »Man darf sein Talent nicht forcieren – man kann aber auch nichts dagegen machen.«

»Danke schön«, sagte ich und überlegte lange, was er eigentlich damit sagen wollte. Auf alle Fälle schrieb ich weiter Gedichte.

So recht glaubte er mir aber nicht, daß ich die Schule wirklich verlassen würde. Dabei gab er offen zu, daß es im Leben nicht sehr auf Geschichtszahlen und Schulweisheiten ankomme. Anständig, sauber und wachsam solle man sein, das sei wichtig. In jedem Falle hätte ich mehr Glück als er. »Du kannst wenigstens mit diesem Gedanken spielen!« Lachend versicherte er, daß auch er nur zu gerne diese Schule verlassen möchte, doch er sei leider Lehrer...

Zehn Jahre später war er dann gezwungen, die Schule zu verlassen. Im Jahre 1933. Es wird noch zu erzählen sein, was dann mit ihm geschah.

Das Kartenspiel

Die Spannung zwischen Mann und Frau wuchs. Der Mann kam aus dem Geschäft nach Haus, er aß schnell, dann ging er wieder fort, ohne viel gesprochen zu haben.

Er traf sich mit den Herren Klein, Weiß und Wolf. Sie spielten Karten, diese Herren. In der ganzen Welt spielen Herren Karten. In Dorfgasthäusern, in einem Eisenbahnabteil, in einem großen Gartenlokal in der Stadt, nach dem Essen in einem Restaurant, in einer Gesellschaft zugunsten unschuldiger Opfer der Gesellschaft, in den Wohnungen der Bürger, der Arbeiter, der Angestellten, der Arbeitslosen – in der ganzen Welt spielen die Menschen Karten. Warum spielte der Mann Jossel Fischmann Karten?

Das Leben war nicht zum Aushalten. Das Leben war verpfuscht. Das Leben war für immer ein verpfuschtes Leben, da ließ sich nichts mehr dran ändern. Der Mann Fischmann war zu alt, er konnte nicht wieder von vorn beginnen, er konnte nicht so einfach ein neues Leben anfangen wie man ein neues Buch aufschlägt. Er hatte ein zweites Mal begonnen, und dieses Mal war es wieder mißlungen. Und so ein mißlungenes Leben war lang, es war ein unabsehbares, ein trauriges Schicksal ...

Da saßen nun vier Ostjuden und spielten Karten.

Fischmann mischte. Er mischte kein unabsehbares Schicksal. Er mischte nur für ein kleines Spielchen. Nach soundso viel Karten war das Spiel zu Ende und ein neues Spiel konnte sofort anschließend beginnen. Anders als in seinem Leben!

Jedes Kartenspiel war kurz. Jede Partie ging schnell vorüber. Es entschied nicht nur der Zufall, wer gewann und wer verlor. Es entschied auch der Verstand, die Kombinationsgabe, die Konzentrationsgabe, die Phantasie. Hatte etwa Jossel Fischmann nicht auch all diese Gaben? Natürlich hatte er sie. Er hatte sie, weil er allein spielte. Ja, weil er allein spielte – das war wichtig! Die Frau hatte hier nicht zu schreien, zu jammern, zu drohen, zu fordern. Jossel Fischmann war jetzt von niemandem abhängig. Er hielt seine Karten, er sah nur seine Karten, er hatte jetzt eine Chance für ein faires, wenn auch nur kurzes Kartenleben in der Hand. Eben hatte er zwar verloren, aber er war nicht traurig, gleich würde er vielleicht wieder gewinnen. Er hatte ja jetzt bessere Karten als vorhin. Im richtigen Leben aber hatte er immer die gleichen Karten in der Hand. Solange er lebte, spielte er mit den gleichen schlechten Karten, ohne Trumpf, er verlor jeden Stich, er war ein ewiger Verlierer...

Es kam vor, daß Jossel Fischmann mitten im Spiel lachte, laut herauslachte, weil ihm ein guter Stich gelungen war. Die Tränen liefen ihm in den Bart, so mußte er lachen. Und dann hörte er mitten im Lachen sich lachen und verstummte... Zu Hause lachte er nie. Zu Hause saß eine Frau, mit der vertrug er sich am besten, wenn er sie nicht sah, wenn er sie nicht hörte. Manchmal fürchtete er, sie könnte im Kopfe nicht ganz richtig sein – so erschreckten ihn ihre Wutausbrüche. Es würde ihn nicht wundern, wenn sie eines Tages noch überschnappte. Es gibt Menschen, die haben im Leben Pech, und ich gehöre zu diesen Menschen... Meine erste Frau ist jung gestorben und meine zweite Frau ist vielleicht meschugge, was weiß ich...?

»Sie geben, Herr Wolf«, sagte Herr Klein.

Vielleicht ist sie auch nicht meschugge, dachte Herr Fischmann skeptisch. Vielleicht ist auch sie nur unglücklich...

»Ich habe doch eben gegeben«, protestierte Herr Wolf.

»Gut, dann gebe ich«, machte Fischmann den Vorschlag. Er war ein verträglicher Mensch, Streit mochte er nicht.

An seine Söhne dachte er auch zuweilen, wenn er die Karten mischte. Dann sagten die drei Herren: »Es soll schon einer beim Mischen eingeschlafen sein, Fischmann.«

»Entweder«, verteidigte sich da Jossel Fischmann, »entweder soll ich die Karten mischen oder ich soll sie nicht mischen!«

»Also mischen Sie schon!«

Also mischte er weiter... Die Schulbücher, die Hefte kosten ein Vermögen. Aber ein jüdischer Vater arbeitet, um seinen Kindern eine gute Ausbildung zu geben... Warum hat die Frau keine Beziehung zu den Kindern gefunden, besonders zu Jakob nicht?... Aber verstand er sich mit seinen Kindern besser...?

Er hatte zwei deutsche Söhne. Es war bitter, er war doch ein Ostjude geblieben – aber seine Kinder gingen in eine deutsche Schule, hatten deutsche Freunde, redeten nur deutsch, hatten deutsche Ideen, über die er nur den Kopf schütteln konnte. Aber was wollte er eigentlich? Warum beklagte er sich denn? Nein, er beklagte sich ja gar nicht, er dachte nur nach. Was nützte es schon, zu klagen? Er hatte doch alles getan, was er konnte, damit sie Deutsche würden. Er tat doch täglich nichts anderes. Er wollte doch, daß sie anders werden als er! Ja, natürlich wollte er das! Also wer konnte da sagen, daß er sich beklagte?

Im Gegenteil, er war stolz auf seine Kinder. Aber oft schämte er sich, wenn er an sie dachte. Er war traurig, er sprach dann nicht viel, er gab keine Antworten, und keiner wußte, warum. Er aber wußte, warum er schwieg. Er hatte Kinder und hatte doch keine Kinder. Sie waren noch jung, aber schon verstand er sie nicht, wenn sie von ihren Plänen redeten. Was sollte das später werden? Sie redeten schon jetzt immer von Dingen, die er nicht kannte. Die Kinder wohnten mit ihm in der gleichen Wohnung, aber manchmal glaubte er, daß sie und er in verschiedenen Ländern wohnten... Er fürchtete sich schon vor dem Tag, da sie ihm vielleicht sagen würden, was sie von ihm hielten. Wahrscheinlich dachten sie: Wir haben einen Vater und haben doch keinen Vater... Noch sagten sie ihm nichts. Vielleicht hielten sie ihn für beschränkt, weil er sie oft nicht verstand und sie ratlos anblickte und fragte oder schon gar nicht mehr fragte. Sie wußten ja nicht, wie müde er war, wie alt er sich schon fühlte, wie mutlos er war, wie hoffnungslos, wie einsam, wie verlassen. Wie zwecklos ihm alles Lernen für sich erschien und daß er ja deshalb nicht mehr lernen konnte. An manchen Tagen merkte er erschrocken, daß er bereits vieles zu vergessen begann – und er vergaß zuerst das, was er zuletzt gelernt hatte. Ihm war, als hätte er früher besser Deutsch gesprochen als jetzt. Ihm war, als hätte er früher nie soviel an sein vergangenes Leben gedacht wie in jüngster Zeit. Wenn er sich im Spiegel erblickte, erschrak er. Er glaubte, seinen verstorbenen Vater zu sehen, den alten Leib Fischmann...

Vielleicht, wenn seine erste Frau noch leben würde, wäre alles anders. Sicher wäre da alles anders, redete er sich ein. Alles wäre da anders... Aber Lea war gestorben. Und er? Was war das für ein sonderbares Leben in Deutschland? Er wurde, je älter er wurde, immer mehr dem Jossel Fischmann aus Strody am Flusse Stryj ähnlich. Aber nur ähnlich. Er stammte aus Galizien, aber er war kein galizischer Jude mehr. Und er war noch immer kein deutscher Herr Fischmann geworden. Vielleicht würde er es auch nicht mehr werden, niemals, es war so schwer, so schwer. Er hatte es ja versucht, aber er selbst fühlte, daß ihm dieser Versuch mißglückt war. Und mit der Frau, die er nun geheiratet hatte, konnte nichts gelingen. Nie würde er ein *richtiger Deutscher* mehr werden. Hatte er eigentlich früher wirklich daran geglaubt? Ach, für sich hatte er keine Hoffnungen mehr...

Manchmal hätte er sich gern mit seinem Sohn Jakob ausgesprochen. Aber er war unbeholfen, der Jossel Fischmann. Da war er nun der Vater, aber er konnte mit seinem deutschen Sohne nicht väterlich reden. Auf jiddisch hätte er ihm alles sagen können, was er auf dem Herzen hatte, aber dann würde ihn der Sohn ja kaum verstehen... Und wahrscheinlich könnte er dem Sohne auch auf jiddisch nicht alles sagen... Konnte er ihm denn sagen, daß auch er die Frau nie geliebt hatte und daß er nur wegen der Kinder noch einmal geheiratet hatte? Konnte man denn das einem Sohne sagen? Nein, Jossel Fischmann konnte es nicht... Ach, wenn er nur wirklich reden könnte! Konnte er vielleicht deshalb nicht mit seinem Sohn sprechen, weil er sich in manchen Stunden verantwortlich fühlte für diese grausame Ehe? Mußte er sich denn verantwortlich fühlen? War er denn wirklich schuldig? Hatte er sich denn sein Leben ausgesucht, sein Unglück, seine Verlassenheit? Sucht sich denn der Mensch sein Leben selbst heraus...?

»Spielen Sie oder spielen Sie nicht?« brummte Herr Klein. Er ärgerte sich furchtbar über die Stiche, die Herr Fischmann machte.

»Herr Fischmann träumt«, kicherte Herr Wolf.

»Ich habe immer nur schlechte Karten«, entschuldigte sich Herr Fischmann.

»Ihre Karten sind auch nicht schlechter als meine«, lachte Herr Chaskel Weiß. »Sie können bloß nicht spielen.«

Die drei Herren lachten, und Jossel Fischmann litt. Da spielte er nun Karten, um sein Leben zu vergessen – aber auch dies mißlang ihm! Er war geboren, um unglücklich zu sein. Daneben gibt es kein Leiden, das größer wäre. Ach, wie fühlte er sich unglücklich! Wie mußte er leiden!

Trotzdem war er in seinem Element, indem er litt...

Zweiter Band

Viertes Buch
Glück

Ein ganz anderes Leben

Als ich wegging, ganz so, als käme ich noch am gleichen Tag wieder zurück, war ich sechzehn Jahre alt. Ich sollte aber nie wieder zurückkommen.

Wieder einmal hatte die Frau schreiend versichert, sie würde sich das Leben nehmen, wenn ich noch länger in ihrer Wohnung bleiben würde.

Ich hatte keine Angst, wirklich nicht. Wie oft hatte sie uns schon gedroht, sie würde sich das Leben nehmen! Aber ich begann, meine wenigen Sachen in einen kleinen Pappkarton zu packen.

»Sie wird sich doch wieder beruhigen! Mußt denn du auch schon nervös werden?« jammerte Vater unschlüssig und ging ins Geschäft.

Nervös? Ich und nervös? Nervös war ich nicht! Aber ich ging fort, ganz so, als käme ich noch am gleichen Tag wieder zurück.

Ich bin nicht nervös, redete ich mir starrköpfig ein. Warum sollte ich denn nervös sein, ich? Tat ich denn etwas Unrechtes, ich?

So lief ich mit meinem Pappkarton durch die Stadt. Ich beschloß, praktisch zu sein. Was hatte ich nun zu tun und was hatte ich nicht zu tun? Ich würde einfach nicht mehr in die Schule gehen. Gut. In meiner Tasche klimperten drei Mark und fünfundvierzig Pfennige. Gut. Ich mußte also Arbeit suchen, Geld verdienen. Gut. Ich mußte sofort Arbeit suchen. Ich war nun nicht mehr der Sohn eines armen Mannes, sondern selbst ein armer Mann. Gut.

Ich fand auch noch am gleichen Tag eine Stelle als Autowäscher. Wochenlohn achtzehn Mark. Ich fing gleich an.

Um halb sechs war ich mit meiner Arbeit fertig. Ich konnte

gehen. Ich war hundemüde. Aber es waren keine Schularbeiten zu machen! Ich suchte ein Zimmer. Ich merkte nach einer Stunde, daß ich mir kein Zimmer leisten konnte. Meine schönen Pläne! Aber ich wollte nicht lockerlassen. Ich suchte weiter, verließ die Stadt und begab mich in den Arbeitervorort L. In einer kleinen Gasse las ich ein Schild: »Billige Schlafstellen zu vermieten.« Die Bodenkammer roch schlecht nach alter Kalkfarbe, nach dreckiger Wäsche und Zigarettenstummeln. Aber es war billig. Ich mietete und legte mich gleich in eine der drei Bettstellen. Ich war so müde, daß ich sofort fest einschlief. Als ich am nächsten Morgen aufwachte, fand ich zu meinem Schrecken die anderen Betten auch belegt. Ich erfuhr, daß ich die Kammer mit zwei »Schlafburschen« teilte. Ich hatte nicht gewußt, daß es solche Schlafkammern gab.

Als ich wöchentlich einundzwanzig Mark verdiente, mietete ich eine Schlafkammer für mich allein.

Damals versuchte Vater noch, mich umzustimmen. Ich erinnere mich noch genau an jene Zeit, da ich mein Schicksal selbst in die Hand nehmen wollte...

Mutter Grimms Wohnung bestand aus zwei Räumen und einer Küche. Eine dieser beiden Stuben hatte sie vermietet, ein »Zimmer mit voller Verpflegung«. Davon und von einer Rente lebte sie.

Resolut wischte sie mit ihrer Schürze über den Stuhl und forderte den verlegenen Besuch auf, sich zu setzen. Das also war der Vater ihres Mieters. Nee, der junge Mann ist nicht da. Nee, sie kann sich nicht über ihn beklagen, über den jungen Mann. Nee, es geht sie ja nichts an, aber es ist doch arg, daß sich der Jakob, scheint's, nicht mit seiner Stiefmutter vertragen kann. Was Direktes hat ihr der Junge nicht sagen wollen, aber sie hat sich's schon gedacht. Aber sie will, um Gottes willen, nichts gesagt haben! Und gut hat er's ja bestimmt bei ihr, da könnte sich der Vater drauf verlassen...

»In seinem Zimmer steht das Bett von meinem Adolf, es ist 'n sehr schönes Bett, mit 'ner echten Roßhaarmatratze. Mein Adolf, als er noch lebte, konnte nur auf Roßhaarmatratzen schlafen. Der stammte nämlich aus einer sehr guten Familie, ja. Was meinen Sie, wie sich seine Familie gewehrt hat, weil er mich heiraten wollte! Und abwechselnd mache ich Salzkartoffeln mit Heringen oder Linsen mit Speck und Bratkartoffeln oder mal Bohnen mit Kartoffeln oder auch Kartoffelsuppe mit Fleischklöpsen, der Junge kriegt immer zwei. Und jeden Sonntag gibt's Kartoffelsalat mit Schweinsrippchen. Für jeden eins«, setzte sie hinzu.

Er ißt also schon Schweinsrippchen! dachte der Vater erschrocken. Ich werde ein sehr ernstes Wort mit ihm reden! Ich werde ihn zwingen! Ich garantiere, er wird schon nicht mehr wissen, daß es einen Freitagabend gibt! Er hat schon bald vergessen, daß er ein Jude ist... Herr Fischmann machte ein sehr besorgtes Gesicht.

Mutter Grimm sah das. »Ach ja, man hat so seine Sorgen mit seinen Kindern«, tröstete sie den Mann. Sie meinte, daß sie sich schon denken könnte, was diesen Vater bedrückte. »Auch ich kann ein Lied singen! Was habe ich alles an meine Tochter gehängt! Mir selbst habe ich nie etwas gegönnt. Alles nur für das junge Fräulein!«

»Habense viele Kinder?«

»Nur die Tochter. Aber die genügt, kann ich Ihnen sagen! Sie ist Kellnerin«, erzählte sie. »Ein schandbarer Beruf!«

»Wieso schandbar?« fragte Herr Fischmann.

»Jeder, der sich ein Bier bestellt«, schimpfte Mutter Grimm, »ist berechtigt, meiner Emma in 'n Hintern zu kneifen!«

»Und das lassen Sie zu?« fragte Herr Fischmann entsetzt.

»Was soll ich denn machen? Lassen sich denn Kinder was sagen? Ihr gefällt's. Wissense, ich hab meine Emma immer vor den Männern gewarnt, man kann doch ein Mädchen nicht genug vor den Männern warnen. Ich habe gesagt: ›Emma, es genügt, daß deine Mutter schlechte Erfahrungen gemacht hat, du brauchst nicht auch noch schlechte Erfahrungen zu machen...‹ Ich habe gesagt: ›Man macht nur schlechte Erfahrungen, Emma. Laß die Hände weg vom andern Geschlecht, du wirst immer die Dumme sein, wir Frauen sind immer die, wo reinfallen...‹ Aber es hat ja nichts genützt, sie ist trotzdem in ihr Verderben gerannt. Sie hat nicht auf mich hören wollen. Ich habe kein Glück mit meiner Tochter.«

»Und wohnt sie bei Ihnen?« fragte Jossel Fischmann ängstlich.

»Das fehlt mir noch, daß sie bei mir herumhurt!« schimpfte die Alte. »Stellen Sie sich nur mal vor: Hier wohnen wollte sie, aber zahlen wollte sie nichts! Da habe ich sie rausgesetzt!«

»Gut haben Sie das gemacht«, pflichtete ihr Herr Fischmann beruhigt bei.

Es war Sonntag. Es roch nach Kartoffelsalat mit Schweinsrippchen. Mutter Grimm saß mit ihrem unerwarteten Besuch in der Küche. Sie erzählte ihm, daß sie sich zehn Mark gespart habe, um ihrem Emmachen zum Geburtstag einen Hut und einen Stoff für eine Bluse zu kaufen.

Herr Fischmann erkundigte sich besorgt, ob denn Frau Grimm auch acht gebe, daß sich sein Sohn nicht »verkühle«. »Auf mich, Frau Grimm, hat er nie hören wollen.«

»Ganz wie meine Emma! Was habe ich sie durchgewalkt, als sie mir ihren ersten Kerl in die Wohnung brachte! Ich habe erst am nächsten Morgen was gemerkt, wie da so ein fremdes Mannsbild in Hemdsärmeln am Tisch saß und mit ihr Kaffee trank! Er hat ja dann gezahlt, aber trotzdem!«

Zutiefst betroffen ließ Jossel Fischmann diesen Wortschwall über sich ergehen. Er wird ein ganz ernstes Wort mit seinem Sohn reden! Schäm dich, wird er ihm sagen...!

Jossel Fischmann schämte sich. Er schämte sich für seinen Sohn. Er wußte ganz gut, daß Jakob nicht freiwillig aus dem Haus gegangen war, aber mußte er deswegen gerade hier leben und mußte er ausgerechnet Schweinsrippchen essen? Man konnte auch andere Sachen essen! Das mußte aufhören! Er wird, ganz einfach, sagen: Mein Sohn! Schäm dich und mach Schluß...!

Wo blieb der Sohn? Warum war er nicht zu Hause? Natürlich, sein Vater war noch nie hier bei ihm gewesen, er konnte nicht wissen, daß sein Vater jetzt hier auf ihn wartete. Aber er könnte trotzdem am Sonntag zu Hause sein, ein junger Mensch soll nicht soviel herumlaufen... Bis jetzt hatten sich Vater und Sohn zuweilen im Wäldchen getroffen. Wenn sie dort einander begegneten, am Abend, in einer Ecke wo sie niemand störte, sah der Vater dem davongelaufenen Sohn stolz, beleidigt, traurig, vorwurfsvoll ins Gesicht und fragte:

»Nun? Du siehst nicht gut aus. Biste krank? Was fehlt dir? Warum läufste ohne Mantel herum? Nun? Wie geht es dir?«

»Gut. Und dir?«

»Nun? Wie soll es mir gehn?« sagte der Vater.

Sie wandelten auf und ab.

Der Vater mit den Händen auf dem Rücken, den Hut im

Nacken, die Stirn frei. Der Sohn, schon größer als der Vater, die Hände in den Hosentaschen.

»Hast dir neue Hosen gekauft?« stellte der Vater vorwurfsvoll fest. »Warum biste nicht in mein Geschäft gekommen?« Und dann: »Willste nicht zurückkommen?«

»Nein, Vater.«

»Warum willste nicht? Dein Bruder verträgt sich doch auch mit ihr. Warum willste dich nicht auch mit ihr verstehen? Mir zulieb, Jakob.«

»Es geht nicht.«

»Nun gut. Schön, wenn es nicht geht. Aber was ist das schon für eine Idee von dir, ein Autowäscher zu werden!« Ein kleiner Handelsjude, dieser Jossel Fischmann. Aber stolz! Stolz wie seinerzeit die Könige Israels. »Nun, hab ich recht?«

»Nein.«

»Nein?«

»Nein.«

»Wie kann bloß ein jüdischer junger Mann auf solche Einfälle kommen! Willste nicht wieder in die Schule zurück? Ich will mit einer jüdischen Familie reden. Du wirst dort wie bei mir zu Hause leben. Mein Herz bricht mir doch, wenn ich seh, wie du lebst! Wie ein wilder Mensch lebst du! Ohne Schabbes lebst du! Ist das ein Leben?« Und nach einer Weile: »Ich bitte dich, geh schon wieder zurück in die Schule! Ich werde doch alles für dich zahlen.«

»Ich will nicht mehr abhängig sein. Ich will selbständig sein.«

»Selbständig? Ist denn ein Autowäscher selbständig? Ein Kaufmann ist selbständig und ein Professor ist selbständig! Wenn ich an Rothschild denke und an Einstein...! Aber was macht mein kluger Herr Sohn? Er wäscht Autos von fremde Leut! Wo ist denn da ein Sinn?«

Und dann versuchte er es mit einem neuen Vorschlag. »Wenn du schon nicht mehr in die Schule zurückwillst, vielleicht willste ins Geschäft vom Goldstein? Du weißt, er hat ein sehr schönes Schuhgeschäft in der Wilhelmstraße. Ich will mit ihm reden. Er ist zwar ein deutscher Jude und vielleicht will er keinen Sohn von einem Ostjuden nehmen. Aber wenn er dich nehmen will? Es wäre doch ein sehr großes Glück für dich, glaub mir, wenn er dich nehmen wollte.«

Aber der Sohn beteuerte, er wolle keine Schuhe verkaufen, er habe ganz andere Pläne.

»Und welche Pläne haste?«

Das wollte der Sohn nicht sagen. Er schwieg. Dieses Schweigen verletzte den Vater sehr.

»Ich will, daß du mir folgst!« begehrte er auf.

»Wohin?« fragte der Sohn. »Sag mir bloß, wohin ich dir folgen soll?«

»Ein anständiger Mensch sollste werden«, sagte Jossel Fischmann ausweichend, kläglich.

Er ging davon, auf dem Rücken die jüdischen Hände, den Hut hinten im Nacken. Ein kleiner, unansehnlicher, schüchterner sorgenbeladener Mann ging davon. Ein melancholischer, fast gebrochener Mann – ein vom Leben gejagter und betrogener Ostjude... Aber helfen konnte man ihm nicht... Wie kann man denn hier helfen, dachte der Sohn und schluckte und schluckte...

So verliefen die gelegentlichen Begegnungen im Wäldchen.

An diesem Sonntag, da Vater in Frau Grimms Küche auf mich wartete und ich davon nichts wußte, holte ich den Stadtbibliothekar Karl Rascher zu einem Spaziergang ab. Wir hatten uns, ich war damals noch Schüler gewesen, bei Professor Urban kennengelernt. Er forderte mich auf, ihn in der Bibliothek zu besuchen. Er beeinflußte anfangs nur die Wahl meiner Lektüre, aber damit sollte er mein ganzes Leben entscheidend beeinflussen.

Auch er war einst Schüler bei Professor Urban gewesen. Er war fast fünfzehn Jahre älter als ich, hatte eine Schauspielerin geheiratet und sich sehr bald wieder scheiden lassen. Seine frühere Frau lebte in München. Sie trafen einander trotz der Scheidung regelmäßig in den Bergen, vertrugen sich einen halben Tag, dann stritten sie sich und schworen, einander nie wieder zu treffen. Dies geschah mindestens dreimal im Jahr.

Karl Rascher behandelte mich von Anfang an als Erwachsenen. Natürlich sah ich bewundernd zu ihm auf. Professor Urban hatte ihm von mir erzählt, er kannte meinen Ehrgeiz, er wußte, daß ich tagsüber Autos wusch und abends etwas anderes tat.

Ich staunte immer wieder über den Umfang seines Wissens. Er war um so vieles reifer an Kenntnissen und Erfahrungen als ich, und seine Sicherheit im Urteil, seine Kunst der Menschenbehandlung waren so überzeugend, daß ich Jüngling mich bei jedem Zusammensein gezwungen fühlte, Vergleiche zu ziehen. Sehr ermutigend fielen diese Vergleiche für mich nicht aus.

Damals wollte ich jeden Menschen, den ich kannte, auf eine Formel bringen. Ein richtiger Jünglingssport.

Rascher behauptete aber, ich sei da ein schlechter Sportler, ich müßte noch viel trainieren.

»Sie halte ich für einen harmonischen Menschen«, sagte ich.

»Falsch«, sagte er.

»Also wofür halten Sie sich denn?«

Er wich aus. »Ich bin ein simpler Büchervermittler.«

»Schade, daß Sie keine Bücher schreiben.«

»Ich bin viel zu faul, um Bücher zu schreiben.«

»Sie wissen so viel. Ich beneide Sie!«

»Wer viel herumkommt, weiß immer eine ganze Menge. Und wer enttäuscht worden ist, ist dadurch nicht dümmer geworden.«

»Ich bin auch schon enttäuscht worden«, sagte ich dunkel.

Ein anderer hätte wohl jetzt gelacht. Aber Rascher lachte mich nie aus. Er hörte zu. Oder er sagte mir, daß ich mich irrte und worin ich mich irrte. Er war ein feiner Kerl. Ich konnte meine Begeisterung für ihn nicht verbergen.

»Sie haben es gut«, sagte ich. »Sie haben feste Begriffe...« Aber als ich dies sagte, fiel mir ein, wie anders doch alles bei mir war.

»Sorgen?« Er munterte mich auf, ihm doch zu sagen, was ich auf dem Herzen habe.

Ich habe viel auf dem Herzen, gestand ich. Ich explodierte förmlich. »Ich werde nicht mit mir fertig! Sie wissen zwar, daß ich Jude bin. Aber Sie können nicht wissen, was das ist. Außerdem bin ich der Sohn eines eingewanderten Ostjuden. Und was das heißt, wissen Sie schon gar nicht. Mein ganzes Leben ist dadurch belastet. Ich stoße überall an, bei mir selbst an. Die einfachsten Begriffe sind verschoben und werden kompliziert, schon wenn ich nur an sie denke«, klagte ich ihm mein Leid.

»Das liegt am Denken«, warf er ein.

»Nein, das liegt an meinem Leben«, verteidigte ich mich. »Nur ein Beispiel: Selbst mit der Sprache, in der ich jetzt zu Ihnen spreche, ist etwas nicht in Ordnung.«

Er verstand nicht! Natürlich, wie sollte er mich auch verstehen? Niemand verstand mich!

»Sehen Sie! Sie verstehen mich nicht! Dabei ist alles so einfach wie kompliziert. Also: Was ist meine Muttersprache? Die einzige Sprache, in der ich heimisch bin, ist die deutsche. Aber meine Mutter sprach nicht Deutsch, sie sprach Jiddisch. Spreche ich Jiddisch? Nein! Sie, jedermann, alle sprechen ihre Muttersprache, die Sprache ihrer Mutter. Aber ich nicht. Ich bin ein Einwandererkind. Liegt das nun am Denken oder liegt das an meinem Leben?«

Er antwortete nicht, er blieb nur stehen, um mich anzuschauen. Was sah er denn an mir? Warum sagte er nichts? Warum half er mir nicht?

»Schauen Sie mich nur gut an«, sagte ich beleidigt. »Meine Damen und Herren, hier ist der Mensch zu sehen, der nicht einmal weiß, welches Land sein Vaterland ist und welche Sprache seine Muttersprache ist! Treten Sie ein! Lassen Sie sich nicht lange bitten! Es sind nur noch wenige Plätze frei! Bibliothekare und Kinder zahlen die Hälfte!« Und plötzlich setzte ich ganz verzweifelt hinzu: »Ich möchte ein guter Deutscher werden!«

Karl Rascher nahm meinen Arm. »Kommen Sie«, sagte er und steuerte auf eine Bank zu. »Setzen wir uns. Ich will Ihnen eine Geschichte erzählen. Vielleicht wird Sie diese Geschichte beruhigen. Im Jahre 1768 beteiligte sich Carlo Bonaparte, der ein korsischer Patriot war, an dem Feldzug gegen die Franzosen. Als aber die Franzosen siegten, wurde Korsika im gleichen Jahre französisch und die Familie Bonaparte auch. So einfach ist das! Eben noch korsische Bonapartes, jetzt französische Bonapartes! Sie wurden gute Franzosen. Oder zweifeln Sie daran? Dabei war das mit der Muttersprache für die Kinder der Bonapartes gar nicht so einfach. Ihr Sohn Napoleon lernte erst mit zehn Jahren Französisch. War er etwa ein schlechter Franzose, weil Französisch nicht seine Muttersprache gewesen war?«

»Ich heiße nicht Napoleon, ich heiße Jakob Fischmann.«

»Ein sympathischer Name«, behauptete Karl Rascher. »Kein Leben wird nur von den Ereignissen bestimmt, die auf einen einwirken, sondern auch davon, was einer daraus macht.«

»Ich bin Jude.«

»Na und? Wer hat mehr unverwüstliche Vitalität, mehr Mut

und mehr Zuversicht aufgebracht als jüdische Menschen? Woran andere schon längst gescheitert wären – die kleinsten und unbekanntesten Juden machten aus den Niederlagen ihres Lebens zu guter Letzt noch einen Sieg! Sie plagen sich unnötig, wenn Sie Ihre Muttersprache suchen. In allen Sprachen der Welt ist böse böse, und gut ist gut. Sie sind von wildgewordenen Schullehrern irre gemacht worden, mein Junge! Ihr Vaterland ist nicht dort, wo Sie zufällig zur Welt gekommen sind, und nicht dort, wo man Sie vielleicht nicht leben läßt. Das Vaterland des Menschen ist da, wo er als Mensch behandelt wird. Hier in Deutschland werden Sie als Mensch behandelt. Hier ist Ihr Vaterland! Und jetzt kommt es auf Ihre Leistungen an.«

Meinen Vater hatte ich nicht erwartet.

»Sehnse! Immer bringt er Bücher mit! Ein guter Junge, mein Jakob«, frohlockte Mutter Grimm. »Hab ich zuviel gesagt? Als mein Adolf so alt war wie unser Jakob, Herr Fischmann, hat er schon die dritte Braut sitzenlassen. Aber an Bücher war da nicht zu denken! Deshalb ist ja nie was Rechtes aus ihm geworden.«

»Gehn wir lieber in dein Zimmer«, schlug Vater vor.

Ich saß auf dem Bett des toten Adolf, Vater auf dem einzigen Stuhl.

»Ich bin gekommen, um dir dein Gebetbuch zu bringen«, warf er mir vor. »Du bist von zu Hause weggelaufen, wie kein Jude wegläuft. Ich habe es erst jetzt gemerkt. Auch deine Gebetsriemen haste vergessen!«

Wie hatten wir uns auseinanderentwickelt! Wie wenig Gemeinsamkeiten hatten wir noch! Nicht aus Feigheit sagte ich nichts. Es war die Einsicht, daß es zwecklos sei, mit Vater so zu sprechen, wie »Männer untereinander« zu sprechen pflegten. Ich dachte wörtlich: »wie Männer untereinander«. Ich machte eine leere jugendlich verzweifelte Geste, nahm das Paket und schloß es weg... Ein jüdischer Vater, der täglich im Gebet versunken sein gläubiges *Echod* ausstieß – und sein Sohn, der in all den Wochen weder die Gebetsriemen noch das Gebetbuch vermißte, aber so manches andere... Ein Vater, der sich ein Leben ohne *Schirhamalaus*-Gesang nicht vorstellen konnte und sicherlich meinte, auch sein Sohn brauche zum Leben diesen Gesang...

»Ich habe mir ja gleich gedacht«, sagte Vater, »daß du alles nur in der Aufregung vergessen hast. Aber jetzt wirste wieder beten können.«

»Danke«, sagte ich und dachte etwas Häßliches: Der Mann vor mir ist mit seinem eigenen Leben nicht fertiggeworden und jetzt hat er mir nichts anderes zu empfehlen als Gebete, die ihm selbst wenig geholfen haben...

»Ich verstehe nicht, wie du hier wohnen kannst.«

»Ich ziehe sowieso aus. Noch zwei Monate bleibe ich hier, dann wird ein Zimmer in einer Pension frei, wo ein Freund von mir wohnt.«

»Wer ist dieser Freund?«

»Ein Bibliothekar.«

»Jedenfalls bin ich nicht zufrieden mit dir. Du ißt Schweinerippchen, habe ich von deiner Wirtin gehört! Wie anders habe ich mir dein Leben vorgestellt, Jakob!«

Vater wollte mir immer noch vorschreiben, was ich essen sollte! Ich aber wollte mir nichts mehr vorschreiben lassen. Das Leben hatte wirklich alles getan, um uns einander zu entfremden. Die Gedanken, die Sehnsüchte des Vaters schienen mir künstliche Gebilde zu sein, fremd, reizlos, aus einer längst verflossenen Zeit und aus einem unwirklichen Land ... Er hatte sich wohl einfach gewünscht, daß sein Sohn zwar Deutscher werde, aber gleichzeitig ein Jude bleibe wie er einer ist. Wahrscheinlich hatte er schlichterweise von einem jüngeren Jossel geträumt, und ebenso schlichterweise hatte er sich vorgestellt, daß dieser jüngere Jossel ein Arzt sein sollte, mindestens aber ein Zahnarzt – auf alle Fälle aber ein Doktor Fischmann, der mehr Glück als er haben würde und sehr feinen jüdischen Verkehr. Und so perfekt Deutsch würde der Sohn sprechen, daß alle Juden und besonders die deutschen Juden vor Bewunderung platzen müßten. Und er könnte dann täglich mindestens zehnmal sagen: »Das ist mein guter jüdischer Sohn, der berühmte Arzt (oder Zahnarzt), der Doktor Jakob Fischmann, ich heiße Jossel Fischmann und bin natürlich sein Vater...« Und nun war sein Sohn nicht fromm und wollte nicht studieren, er war kein Doktor und kam nicht mit Juden zusammen – er wusch Autos von fremde Leut... »Wie anders habe ich mir dein Leben vorgestellt!«

Wie ich ihm jetzt die große Enttäuschung so ansah, fühlte ich ganz stark, wie sehr ich doch diesen hilflosen Mann liebte, er war kein fremder Mann für mich, er war mein Vater. Ein heißes Verlangen kam über mich, ein sehr sentimentales. Gern hätte ich ihn jetzt umarmt und ihm gesagt: »Vater, ich habe dich lieb.« Aber ich konnte es nicht. Er würde, wußte ich, solche Worte als Reue ausgelegt haben. Wahrscheinlich hätte er geglaubt, ich wollte von nun an keine Schweinerippchen essen, ich würde nun endlich doch noch klein beigeben und Lehrling im Goldsteinschen Schuhgeschäft werden. Also sagte ich es lieber nicht, denn ich wollte nicht klein beigeben, ich wollte mein eigenes Leben leben...

»Was schreibste so viele Briefe?« wollte er wenigstens wissen. Er zeigte auf beschriebene Blätter, die auf dem Tisch lagen.

»Es sind keine Briefe, es ist eine Erzählung. Ich will Schriftsteller werden.«

»Unglückliches Kind! Wer hat dir den Kopf verdreht? Was biste für ein Mensch? Ein Dummkopf? Ein Narr? Ja, ein Narr bist du! Von was willst du denn leben?«

Mich reizte Vaters Jammerei. Ich wollte ihm jetzt ein für alle Male sagen, was ich vorhatte. »Ich will dir meinen Plan verraten«, sagte ich großspurig. »Vorläufig arbeite ich noch in der Garage. Aber später werde ich in tiefer Zurückgezogenheit Romane schreiben. Alle Zeitungen werden sich um meine Arbeiten reißen.«

»Bitte, erschrick mich nicht«, seufzte Vater. Er sah mich an, wie man einen Verrückten ansieht. »Wie ist es jetzt mit Zeitungen?«

»Jetzt bin ich ja noch nicht berühmt«, gab ich widerwillig zu. »Aber Napoleon war auch nicht immer berühmt«, trumpfte ich auf. »Außerdem hat er erst mit zehn Jahren Französisch gelernt und ist trotzdem in Frankreich etwas geworden.«

Vaters Entrüstung kannte jetzt keine Grenzen mehr. »Napoleon!« schrie er. »Napoleon! Habe ich so gesündigt, daß ich so gestraft werde!« schrie er. Dann aber versuchte er es noch einmal im guten. »Du bist doch schon ein vernünftiger Mensch«, redete er mir zu. »Aber was sage ich? Du bist noch kein vernünftiger Mensch! Du bist noch ein Kind. Du bist erst sechzehn Jahre alt. Du wirst dir noch vieles anders überlegen.«

»Ich bin schon fast siebzehn Jahre alt«, verbesserte ich ihn beleidigt. »Und was habe ich schon alles erlebt! Wie habe ich schon gelitten!«

»Gelitten?« Betroffen sah mich Vater an. »Wie kommt mein Sohn dazu, zu sagen, daß er gelitten hat?«

»Ich werde dir jedenfalls beweisen, daß ich schreiben kann«, sagte ich fest.

»Was schreibste? Kannste mir nicht wenigstens erzählen, was für eine Geschichte du da gemacht hast?«

»Eine Frau bekommt am Fünfzehnten eine kleine Rente«, erzählte ich ihm stolz. »Damit bezahlt sie ihre Schulden vom vergangenen Monat, und ihr bleiben noch acht Mark. Das langt noch für ein paar Tage. Dann läßt sie sich wieder alles aufschreiben, bis zum nächsten Fünfzehnten. Manchmal muß sie weit laufen, um einzukaufen, denn in der Nähe will ihr niemand mehr was pumpen.«

»Und?«

»Das ist alles.«

»Das soll eine Geschichte sein?«

»Ja«, nickte ich. »Eine Geschichte aus dem Leben.«

»Du bist verrückt!« rief Vater aus. »Womit habe ich das verdient!«

Ratlos, verdrossen, unglücklich ging er fort, mit dem schmerzhaften Bewußtsein, daß sein Ältester ein verlorener Sohn sei. Den Hermann wird er bald in die Konfektion stecken! Es langt ein Unglück!...

»Die Hälfte der Gedanken, der Gefühle, der Zeit wird von Rücksichten verbraucht. Schluß damit!« schrieb der verlorene Sohn in sein Tagebuch.

Dann weinte er.

»Und lehnen Sie nie den Kopf an die Tapete an«, sagte Frau Moll, als sie mir das endlich freigewordene Zimmer unterm Dach zeigte. »Nehmen Sie dazu lieber 'n Kissen. Das kann man wieder waschen. Die meisten Herren haben ja Pomade in den Haaren.«

»Ich nicht«, entschuldigte ich mich.

Um eine hohe Frisur zu haben, trug Frau Moll Einlagen, und über dem Ganzen war ein festes, viel zu helles Haarnetz gespannt. Der Kneifer baumelte an einem Kettchen. Aus ganz echtem Gold, wie sie mir gleich versicherte. Und früher sei sie eine bekannte Sängerin am Theater gewesen.

»Die Kunst muß nach Brot gehen«, stöhnte sie nach dieser Einleitung tief auf. »Frühstück kostet extra. Ich habe ein sehr schönes Frühstücksservice.«

»Mir ist alles recht.«

»Manche Pensionsgäste gehen gern auf und ab, das gibt dann so einen furchtbaren Lärm, die Lampen wackeln und die Decken bröckeln ab. Ich bin aber sicher, daß Sie ein ruhiger Mieter sind. Und das ist die Glocke fürs Mädchen. Das Mädchen heißt Erna, sie putzt einmal in der Woche den Fußboden. Sie haben ja gesehen, wie wunderbar alles gewichst ist. Haben Sie eigentlich die Schuhe abgeputzt? Ach, wie dumm von mir! Natürlich haben Sie das! Es gibt aber leider Gäste, die denken nie dran.«

Ich würde dran denken, versprach ich ihr.

Ihre farblosen Augen hinter den runden Gläsern glitten von mir ab. Ihr Mund lächelte sauersüß. Das Gesicht, mehlig überpudert, drückte nur Falschheit aus. Alles an ihr war Verkleidung. Nur die Stimme war nackt. In ihrer Stimme waren keine Einlagen wie in ihrer Frisur. Kein Haarnetz hielt ihr Geflüster zusammen. Kein Kettchen aus echtem Gold hing ihr vor dem leider nie geschlossenen Mund. Wenn ich jetzt, viele Jahre später, an diese Frau denke, höre ich ihre grelle Stimme in den Ohren klingen: »Papi! Der Purzel ist schon wieder weg!«

Purzel, der struppige Hund, hatte die unsteten Augen seiner Herrin. Meist lag er verschlafen vor der Tür. Wenn aber Frau Moll »Papi!« verzweifelt um Hilfe rief, lag er nicht mehr dort.

Papi, ihr Mann, war vor der Ehe Komiker am Theater gewesen, und jetzt führte er ein unterdrücktes Leben, er hatte nichts zu lachen. Mißmutig flüsterte er mir einmal zu, seine Frau sei nie Sängerin gewesen. »Logenschließerin war sie! Sagen Sie ihr aber nicht, daß Sie es von mir erfahren haben«, bat er mich ängstlich und wurde klein wie ein Clown in einer Kindervorstellung. »Sie versteht keinen Spaß.«

Die Molls hatten einmal fünftausend Mark in der Lotterie gewonnen und mit diesem Geld ihre Pension begonnen. Die ganze Nachbarschaft ärgerte sich damals. Eher hätten die Nachbarn dieses Geld Fremden gegönnt. Aber ausgerechnet die Molls hatten gewonnen! Wo doch kein Mädchen bei denen länger als drei Monate blieb! Und wo doch die Mädchen bei Molls regelmäßig ein Kind bekamen! So etwas fiel doch immer auf die Herrschaft zurück!

So war die Nachbarschaft und so waren die Molls, bei denen ich nun wohnte, nachdem ich das Zimmer bei Mutter Grimm aufgegeben hatte.

Und hier lernte ich Marie kennen. Ein romantisches Geheimnis umgab sie. Sie war angeblich die Nichte des ehemaligen Clowns Moll, wenigstens behauptete Herr Moll das, und auch sie; aber Frau Moll lachte nur darüber. Von ihrem Vater wußte Marie nichts, und ihre Mutter, die vor dem Krieg einen Engländer geheiratet hatte, lebte in Indien. Jeden Monat erhielt sie von ihr Geld geschickt, sie war Musikschülerin und spielte Geige. Ihre Mutter schrieb ihr zu Pfingsten und zu Weihnachten einen Brief, darin stand immer das gleiche: Der Engländer sei schon recht alt, und wenn er sterben würde, bekomme sie die Pension lebenslänglich und Marie könnte dann sofort nach Bombay kommen, aber nicht früher, denn der Engländer wisse gar nicht, daß es eine Marie gebe, und dies sei besser so, Engländer seien so komisch in manchen Dingen. »Du wirst dann sehen, es wird Dir bei mir wundervoll gefallen, it is a very beautiful city, my darling, du wirst es bald sehen«, schloß jeder dieser Briefe. Aber Marie glaubte ihrer Mutter, an die sie sich nicht einmal mehr erinnerte, kein Wort.

Da sie sich mit ihrer Tante nicht vertrug, aß sie nicht am Tisch der Molls, sondern an Raschers Tisch. Und dann kam ich hinunter in den Speisesaal und setzte mich zu den beiden. Marie und ich – wir waren die Jüngsten in der Pension. Unsere Bekanntschaft begann mit schüchternen Bekenntnissen. So sagte ich zum Beispiel: »Ich liebe die Natur.«

»Ich liebe die Einsamkeit«, sagte sie.

»Die Leute fallen einem auf die Nerven«, sagten wir.

»Ach, das Leben!« sagte ich geheimnisvoll.

»Das Leben kann unendlich banal sein«, sagte sie.

»Und ohne Höhepunkte, nicht lustig und nicht traurig«, stellte ich fest.

»Ein einfaches Dahinleben«, seufzte sie.

»Man braucht sich nur die Leute hier anzusehen«, sagte ich.

»Überhaupt, die Leute! Furchtbar!« sagte sie.

»Tut euch keinen Zwang an, Kinder«, grinste Rascher und ließ sich nicht stören.

Die Leute hier – ich sah sie mir an.

Da war der Tenor mit dem Dreifachkinn. Er fürchtete seine Frau, weil er am Ende des Monats ohne ihr Wissen ihren Pelzmantel aufs Leihamt getragen hatte, aber am Ersten war das Theater nicht in der Lage gewesen, das Gehalt zu zahlen. Es wurde plötzlich kühler, und er konnte den Mantel nicht wieder einlösen. Die Frau sagte zu allen: »Sie werden ja staunen, was ich für einen schönen Pelzmantel habe! Soll ich ihn morgen anziehen, Enrico? Oder soll ich bis Sonntag warten?« Enrico, der eigentlich Ernst hieß, machte uns verzweifelt Zeichen und empfahl seiner Frau, doch noch zu warten. »Ich werde ihn aber Sonntag aus dem Koffer nehmen und Ihnen zeigen«, versprach uns seine Frau eine Überraschung. Alle wußten, daß der Koffer leer war.

Und da war die Chemikerin Patzig, sie hieß Auguste und war »von furchtbar weit weg her«. Sie sah wie eine von Zitronen lebende Blondine aus. Das Auffallendste an ihr war eine riesige dunkle Hornbrille, hinter der sie trotzig hervorschielte, und keiner wußte, warum sie trotzig war. In ihrem Zimmer hatte sich diese junge Chemikerin aus Laboratoriumsgläsern eine Küchenecke eingerichtet. An jedem Glas klebte fein säuberlich ein Zettel mit der entsprechenden chemischen Formel für Zukker, Salz, Alkohol (sie trank, weil sie ohne Mann lebte), für Brennspiritus und Wasserstoffsuperoxyd (für ihre Haare). Zuweilen kochte sie für Herrn Huster, der ein sehr freier Schriftsteller war, einen anregenden Pfefferminztee. Herr Huster borgte sich bei ihr auch oft Zigaretten und die Schreibmaschine aus. Aber nach acht Tagen brachte er die Maschine (nicht die Zigaretten) wieder zurück, ohne etwas geschrieben zu haben. Weil ihm nichts eingefallen sei.

»Schreiben Sie doch ein Buch über den Schriftsteller, dem nichts einfällt«, schlug ihm der Bibliothekar Rascher einmal vor. Von da ab strafte ihn der Schriftsteller mit Verachtung. Später sollte Huster noch eine ganz andere Rache nehmen ... Auch ich hatte mir seinen Haß zugezogen. Er fand es anmaßend, daß ich, ein Autowäscher, ihm nachts in sein Handwerk pfuschte. Er hatte Literatur studiert, das war etwas anderes – Literatur war sein Beruf, auch wenn ihm nichts einfiel. Aber wie kam ich dazu, zu schreiben?

Und da war Fräulein Nachtigall, eine kleine dunkle Bankbeamtin unbestimmten Alters, in allem das Gegenteil von der langen blonden Patzig. Sie war so sehr Beamtin, daß sie sogar am Sonntag um sieben Uhr aufstand. Abends häkelte sie Tischdekken für Geschenke, die sie ihrer großen Familie zu machen hatte. Außerdem, das war ihre andere abendfüllende Beschäftigung, nahm sie Marie und mir unsere Jugend übel.

Und dann war eine Krankenschwester da, ein armes Wesen mit strubbeligem Wollhaar. Fräulein Beate Stock sah aus, als habe sie als Kind, wenn sie von ihrer Mutter gekämmt wurde, immer jämmerlich geweint. Sie war hochgradig hysterisch. Plötzlich konnte sie im Speisesaal von einem Weinkrampf befallen werden, bei dem sie auf eine furchterregende Weise ihre Nasenflügel zum Beben brachte. Wollte man sie trösten, schluchzte sie: »Nein, lassen Sie mich nur weinen, das tut mir gut, ich bin schwer krank.« Ich habe später noch oft solche aufgeregte Mädchen getroffen, deren Beruf es war, Kranke zu pflegen.

Das Stubenmädchen Erna, Fräulein Erna, paßte ausgezeichnet in unsere Pension. Sie war das erste Stubenmädchen der Molls, das kein Kind bekam und deshalb jahrelang blieb. Sie hatte ein respektloses Grinsen im Gesicht, wenn sie mit Pensionsgästen, besonders mit männlichen, sprach. Bevor sie ihre jetzige Stellung angetreten hatte, hatte sie selbstverständlich die berühmten besseren Tage gesehen. »Ich war sogar an der Ostsee in Saisonstellungen«, erzählte sie gerne. »Aber wissense, da lassen einem die Herren ja keine Ruhe, da bin ich eben weg.« Sie war dann bei der großen Zirkusdame Strauch Stubenmädchen, bevor sie zu Molls kam. »Ach, die ist mir anhänglich geblieben, da machen Sie sich keinen Begriff von! Wenn sie mal herkommt, krieg ich soviel Freikarten für ihren Zirkus wie ich nur will!« Alles in allem war Fräulein Erna ein Mensch mit höheren Interessen. Sie sagte mir immer, wo ein schöner Film lief. »Die Alpar müssen Sie sehen, unbedingt! Sie hat fast nichts an!« Jede Woche fiel Erna auf einen anderen, aber immer auf den gleichen Typ Männer herein. Es waren Männer mit zu engen Anzügen, zu hellen Polohemden, zu weichen Farben, zu spitzen Schuhen. Ihr stehender Satz war:

»Männer sind Schweine, ich kennse!« Und dann grinste sie eben respektlos.

In dieser Pension also lernte ich Marie kennen. Wir waren beide so jung. Und unabhängig.

Zuweilen kam sie in mein Zimmer und brachte ihre Geige mit. Sie spielte leidenschaftlich Kreislers »Liebesleid«.

»Herrlich!« sagte ich hingerissen.

Zuweilen klopfte ich schüchtern bei ihr an und fragte, ob ich ihr etwas von mir vorlesen dürfte. Sie war eine große Bewunderin meiner Gedichte, meiner Erzählungen, nicht einmal gähnte sie, nie unterbrach sie mich. Nur zum Schluß lobte sie mich mit vor Begeisterung funkelnden Augen. »Herrlich!« lobte sie mich.

Sie besaß ein Fahrrad. Ich sparte so lange, bis auch ich mir ein Fahrrad kaufen konnte. Es war zwar ein uraltes Gestell, verrostet, es hatte weder Freilauf noch Rücktrittbremse, aber wenn man sehr fest in die Pedale trat und vorher die Kette mit einem halben Liter Öl schmierte, drehten sich die zwei Räder doch ganz schön vorwärts. Schwieriger war es nur, wenn es bergab ging, das Rad in seinem verwegenen Lauf aufzuhalten. Ich mußte ein Stück Holz in die Gabel stecken, und dieses Holz wirkte dann wie ein Hebel auf den Vorderreifen. Eigentlich müßte ich noch erzählen, wie dieser Reifen aussah und die Lenkstange und der Sattel – jedes Stück am Rad sah toll verwegen aus. Und der Sattel war klein, viel zu klein für mich, denn es war ein Damensattel – weil mein Rad ein Damenfahrrad war. Aber mir war das gleichgültig. Ihr auch.

Wir fuhren hinaus, weit aus der Stadt. In die Natur, die ich so liebte. In die Einsamkeit, die sie so liebte. Um nur keine Leute zu sehen, die wir beide für unausstehlich hielten.

Ich fühlte mich sehr stark – besonders wenn ich zu Fuß ging und mein Rad neben mir rollte. Stark wie im Mittelalter ein Ritter fühlte ich mich da, wie ein Ritter, der sein Pferd am Zaume führte, und seine Schöne ritt nebem ihm auf einem herrlichen Schimmel. Maries Rad war wunderschön, es war ein neues Rad, das glänzende Fell eines Schimmels war Dreck dagegen. Und Marie war schön. Wenn ich sie ansah, aber noch mehr, wenn sie mich ansah, fühlte ich mich also sehr stark, wie ein Ritter im Mittelalter. Ich hätte gern die Schöne vor irgendjemandem beschützt. Aber es war keiner da, der sie angriff.

Dafür war ihr Fahrrad zu putzen, zu ölen, die Kette anzuziehen, die Reifen zu flicken und aufzupumpen. Ich war glücklich, wenn ihrem Rad unterwegs etwas zustieß.

Für andere Menschen hatte ich keine Zeit mehr.

Ich war Handlanger, ein ungelernter Arbeiter, ein Autowäscher. Ich wusch Autos, um Geld zu verdienen, um leben zu können. Ich hatte nicht die Absicht, immer Autos zu waschen. Ich glaubte fest daran, daß mein wahres Arbeitsgerät die Feder sei und nicht der Eimer und der Schwamm. Schreiben wollte ich und vom Schreiben leben. Ich schrieb viel. Aber ich mußte erfahren, daß es etwas gab, womit ich gar nicht gerechnet hatte. Niemand druckte, was ich schrieb.

In ihren Entwicklungsjahren sind fast alle Menschen Dichter. Wenn aus dem Kind ein Erwachsener wird, lebt der Mensch nicht gern in der Wirklichkeit. Seltsam mischt sich da der Hunger nach Erlebnissen mit dem Trieb zur Flucht aus dieser realen, ach so häßlichen Welt. Das Ergebnis ist häufig Poesie.

Ich war stolz, weil ich dichtete – und unglücklich, weil ich nicht gedruckt wurde. Alles kam zurück, was ich weggeschickt hatte. Ich schrieb fast täglich, meine Produktivität war jugendlich überschäumend. Abends kam ich verdreckt, verschwitzt heim. Ich stellte mich nackt vor meine Waschkommode, bückte mich prustend über das abgesprungene Emaillebecken, trocknete mich hinterher ab, wischte den Fußboden auf, fuhr mir mit dem Kamm durch die klitschnassen Haare, zog mich schnell wieder an und aß hastig. Dann schrieb ich bis ein Uhr nachts ununterbrochen. Ich hatte kein Geld, um auszugehen, denn ich brauchte alles für Porto, um meine Manuskripte wegzuschicken. Aber wenn Karl Rascher etwas Neues von mir lesen wollte, erklärte ich, daß ich schon lange nichts mehr geschrieben hätte. Ein erfolgloser Dichter wirkt lächerlich wie ein Papagei, der immer wieder den Schnabel aufreißt, aber ihm gelingt kein Laut.

»Nie werden Sie gedruckt werden«, warnte mich Rascher, »wenn Sie mit Schreiben aufhören. Wollen Sie in Husters Fußstapfen treten?« Und so nebenbei sagte er freundschaftlich: »Auch wenn täglich drei Manuskripte zurückkommen, dürfen Sie den Mut nicht sinken lassen.«

»Sie haben es also gemerkt«, sagte ich beschämt. »Ich wollte . . . nun, ich hatte vor . . .«

»Sie müssen weitermachen. Sie sind auf dem richtigen Weg. Wenn Sie jetzt nachlassen, war alle bis jetzt aufgewandte Mühe vergebens.«

Ich ließ nicht nach. Ich konnte gar nicht nachlassen. Auch wenn ich gewollt hätte.

Dabei war es schwer, ganz einfach schwer. Ich hielt meine Tagesarbeit in der Garage, dann in den Fabriken, später im Chemischen Werk A. G. nur aus, weil ich all die Jahre hinter mir stand und mir beobachtend über die Schulter sah. Auch meinen vielen Kollegen und meinen kleineren und größeren Chefs sah ich bei ihrer Arbeit, in ihrem Leben, über die Schulter. Ich arbeitete, so redete ich mir ein, um abends niederzuschreiben, was ich tagsüber erlebt und gesehen hatte.

Aber nichts wurde gedruckt. Verleger und Redakteure bedauerten ergebenst. Platzmangel und Überangebot an Material waren die beiden Worte, die mich damals bis im Traum verfolgten. Aber ich ließ mich nicht entmutigen. Marie meinte tröstend, ich dürfe gern einen Teil meiner Manuskripte in ihr Zimmer bringen, denn meins würde ja kleiner und kleiner. Ich glaube nicht, daß das Schreiben nur eine Beschäftigung ist. Für mich ist Schreiben lebensnotwendig wie Essen und Trinken und Schlaf und Träume. Wohl war ich wütend, betroffen, weil der ersehnte Erfolg so lange ausblieb. Aber nie war ich mißvergnügt, nie verbittert. Ich glaubte an Platzmangel und an Materialüberangebot. Ich wartete. Ich kannte damals noch keinen Redakteur und keinen Verleger, vielleicht half mir das. Ich schrieb ihnen Briefe, und mir wurde abgeschrieben. Aber was machte das? Ich war wie ein Gestrandeter, und meine abendliche Schreiberei war eine vielversprechende Insel, auf die ich zäh und verbissen zuschwamm, mit kräftigen Stößen, die immer kräftiger und sicherer wurden.

Beinahe hätte ich vergessen zu erzählen, daß ich unter verschiedenen Pseudonymen schrieb.

Unter J. Fischel.

Und unter J. Fisch.

Und unter J. Fisch-Fischel.

Diese drei Pseudonyme fand ich sehr originell, sehr.

Und einprägsam.

Außerdem steckte ich meine Manuskripte in knallgrüne Briefumschläge. Überdies waren diese knallgrünen Briefumschläge nicht etwa viereckig, wie sie in Deutschland meistens benutzt werden, sondern länglich. Sehr einprägsame Briefumschläge waren es.

Ich wurde trotzdem nicht gedruckt.

Die Frau des Polizisten

Vor einigen Wochen war mit Louise Liebig eine große Veränderung vorgegangen. Ihr war auf einmal klargeworden: »Louise, du bist ja arm. Nun bist du bald fünfzig, aber was hast du bis jetzt gehabt, außer dieser ewigen Angst, es morgen schon zu bereuen, wenn du dich heute amüsiert hast? Ach, auch ich will endlich glücklich sein!«

Sie verstand sich selbst nicht mehr. Sie war doch nicht mehr jung, aber was sollte sie nur tun, ihr Herz schlug doch noch so warm.

Nachdem sie in letzter Zeit oft unter heftigen Kreuzschmerzen gelitten hatte, wurde sie von einer Naschsucht überfallen, die ganz von ihr Besitz ergriff und sie wie in einem Strudel gefangenhielt. Sie konnte an keinem Schaufenster mehr vorübergehen, in dem Schokolade auslag. Der häusliche Vorrat an Zucker und Konfitüren zerrann im Handumdrehen. Ein nicht unbeträchtlicher Teil des nicht übermäßig hohen Wirtschaftsgeldes verwandelte sich in Kuchen, Windbeutel, Pralinen, Bonbons, Eis und Schlagsahne. Dafür wunderte sich ihr Mann über die zunehmende Verschlechterung der Kost, aber er sagte nichts, er war sprachlos. Louise selbst war auch sprachlos. Man denke sich: Eine Frau lebt jahrelang nach einer sehr bescheidenen Schablone, auf einmal passiert ihr so eine Geschichte! Zur Naschhaftigkeit kam außerdem ein überwältigender Heißhunger nach sauren und scharfen Speisen. Louise verschlang pfundweise saure Gurken, Rollmöpse, Lachs, Sauerkraut und Tomaten, letztere mit viel Salz und Pfeffer, und sie hörte mit diesem den Rachen beißenden und brennenden Fraß nicht einmal auf, als ihr davon schlecht wurde. Sie verbarg mit allen möglichen Tricks ihre süße und saure Gefräßigkeit. Was würde wohl geschehen, wenn ihr Mann, der Polizist, sie erwischte?

Doch was sollte sie tun? Ein Sturm nie gekannter oder bisher krampfhaft unterdrückter Empfindungen hatte sie gepackt.

Es konnte passieren, daß sie am hellichten Tage träumte: Die Tür öffnet sich und ein Jüngling, frisch und stark nach einer Backstube riechend und mit Namen Ewaldchen, überfällt sie und zwingt sie, ihm alles Geld und sich selbst zu geben... Sie war unglücklich und schalt sich eine Verlorene, die kein gutes Ende nehmen würde, wenn sie noch lange so weitermachte.

Bevor sie ihren Mann kennenlernte, war sie Dienstmädchen gewesen und hatte ein Leben geführt, das zwischen Frühstückmachen, Wohnungsäubern, Kochen und Aufwaschen dahinpendelte, dazu mußte sie nähen und bügeln, Kinder beaufsichtigen und Schuhe putzen, »Gnädige Frau« sagen und auf »Martha« hören, weil die Vorgängerin Martha geheißen hatte, dazu mußte sie sich noch die Zahl der von ihr ohne Absicht fallen gelassenen Teller und der beim Bügeln verbrannten Tischtücher vorhalten lassen und sich mit der Tatsache abfinden, daß ein Dienstmädchen kein Privatleben zu haben hat. Als dann eines Morgens die »Gnädige« entrüstet feststellte, daß Martha gestern nicht heimgekommen war, was stimmte, und daß außerdem eine Geldtasche mit zwei Scheinen fehlte, sie fand sich später hinterm Kleiderschrank des Hausherrn, kündigte Martha weinend und sofort zum nächsten Ersten und heiratete kurz darauf ihren Bräutigam Robert, der sie nur unter ihrem richtigen Namen Louise kannte. Vorher hatte sie nie einen Mann gehabt. Die eine Nacht, die sie nicht im Hause ihrer Herrschaft verbracht hatte, verlebte sie nicht etwa in Gesellschaft ihres zukünftigen Mannes, sondern sie übernachtete damals bei einer Cousine in einem Nachbardorf, sie hatte den Zug verpaßt. Aus Trotz und weil sie alles satt hatte, sagte sie nicht, wie einfach sich ihr nächtliches Fernbleiben erklären ließ. Lieber schon heiratete sie. So wurde sie Roberts Frau.

Man kann nicht sagen, daß sie von Robert sehr verwöhnt wurde. Nicht nur, weil der Polizist oft Nachtdienst hatte – auch sonst konnte er nicht immer mit ihr beisammen sein. Es stellte sich denn auch nach einigen Jahren heraus, daß ihre Ehe kinderlos bleiben würde. Und da Louise eine unüberwindliche Scheu hatte, einen Doktor für derart intime Fragen zu konsultieren, war die Frage zwischen ihnen nie geklärt worden, an wem es lag. Denn auch der Polizist war in dieser Hinsicht sehr schüchtern und konnte sich nicht entschließen, einen Arzt um Rat zu fragen... Und der Krieg gab ihm dann den Rest.

Damals, vor fast einem Dutzend von Jahren also, hatte es in der Schloßgasse jene Geschichte mit einem Bäckerlehrling gegeben, von der der damalige Infanterist Liebig nie etwas erfahren sollte. Louise hatte die kleine Liebelei mit dem Ewaldchen »so gut wie vergessen«. Auch Ewald, inzwischen Bäckermeister und jung verheiratet, hatte sie »so gut wie vergessen«. Nur der jetzt aus dem Gefängnis entlassene Hermann Kupke hatte nichts vergessen.

Und eines Tages nahm das Unheil seinen Lauf.
Louise besaß ein heimliches Bankbuch. In diesem dünnen Büchlein legten die vielen Sümmchen ein beredtes Zeugnis für ihre hausfraulichen Tugenden ab. Louise hatte für jene Zeit vorgesorgt, da der Mann seiner Frau nur noch eine kümmerliche Rente bieten kann. An manchen Tagen hatte sie sich die Überraschung Roberts ausgemalt, die er sicherlich nicht würde verbergen können, wenn sie ihm an ihrem immer näherrückenden Lebensabend unverhofft eine schöne Summe auf den Tisch legen würde. Achthundert hatte sie inzwischen schon für die Tage ihres Alters aufgehäuft, für ihren Haushalt war das schon eine große Summe gewesen, die sie nicht so leicht hatte abzweigen können. Statt Butter verwendete sie oft Margarine – ohne daß Robert etwas merkte. Wenn sie eine Einkaufsquelle entdeckt hatte, die Rabattmarken gewährte, dann verließ sie ohne Hemmungen das Geschäft, in dem sie jahrelang eingekauft hatte. Sie hatte weder Kinder noch Katzen noch Hunde. Aber dafür besaß sie die Rabattsparbücher von sieben verschiedenen Firmen und in sieben verschiedenen Farben. Sie beschäftigte sich stundenlang liebevoll mit den kleinen Marken, sortierte sie nach der Höhe der Beträge, nach den Farben, nach der Firma. Und wenn diese Geschäfte zu Weihnachten das Geld ihrer Kunden, mit dem sie ein ganzes Jahr zinslos hatten arbeiten können, verteilten, stürzte Louise in die »Städtische Sparkasse« und füllte dort, vor Freude kichernd, einen Zettel aus, auf dem *Bareinzahlung* stand.

Diesmal war es anders. Sie wollte nicht, sie tat es aber doch. Sie hob Geld ab! Hundert Mark! Und mit diesem Geld ging sie in ein Schuhgeschäft, zu Goldstein in die Wilhelmstraße.

»Sie wünschen?«

Was wünschte sie eigentlich? Wozu war sie in ein Schuhgeschäft gegangen? Sie besaß doch genug Schuhe, sie brauchte doch nichts!

»Ich möchte ein Paar Halbschuhe.«

»Welche Größe darf ich Ihnen zeigen?«

»Größe 40.«

»Haben Sie einen besonderen Wunsch?«

»Ich will Lackschuhe haben, mit ganz hohen Absätzen«, piepste Louise wie ein Backfisch und schämte sich entsetzlich.

Herr Goldstein brachte zwei Modelle. Louise entschied sich für die höheren Absätze. Herr Goldstein versuchte, ihr diese Absätze auszureden. »Sie werden Mühe haben, auf Stöckelabsätzen zu gehen«, warnte er sie.

»Ich werde keine Mühe haben!« Sie weinte fast. »Außerdem will ich Seidenstrümpfe!« Bis jetzt hatte sie nur baumwollene getragen!

Ihrem Mann erzählte sie nichts von diesen Einkäufen. Sie erzählte ihm auch nicht, was sie von nun an jeden Nachmittag trieb.

Schlag zwei Uhr verließ sie das Haus in der Schloßgasse. Sie wußte, in welchem Bezirk ihr Mann Dienst tat, also wählte sie einen andern, um ihm nicht zu begegnen. Sie trug ihr bestes Sonntagskleid, dazu den schönen Fuchspelz, den ihr Robert zu ihrem zwanzigsten Hochzeitstag gekauft hatte. Außerdem natürlich die neuen Lackschuhe und die Seidenstrümpfe. Die Schuhe drückten sehr, aber um nichts in der Welt hätte sie auf diese Schuhe mit den hohen Stöckelabsätzen verzichten können. Sie wußte nicht recht warum, aber sie bildete sich ein, von diesen Schuhen und von den Seidenstrümpfen hinge das Glück ab, das sie so lange vermißt hatte. Sie hatte begonnen, ganz verschrobene Gedanken zu haben.

Sie ging direkt in die Fricksche Konditorei. Sie ließ sich Berge von Kuchen bringen und verzehrte blitzschnell eine Portion nach der andern. Sie bestellte sich eine Schokolade und nahm sich nicht einmal die Zeit, die Schokolade in der Tasse umzurühren. In der Luft zitterten Girlanden. Louise sah eine Frau sich schminken, sich pudern – da sprang sie auf, zahlte, lief hinaus auf die Hohenzollernstraße, suchte einen Schönheitssalon und erstand einen Lippenstift. Nie hatte

Louise, die eine brave deutsche Kleinbürgerin war, einen Lippenstift besessen!

Und nun ging sie in eine öffentliche Damentoilette. Sie nahm sich eine Waschzelle, weil dort ein Spiegel hing. Sie vergewisserte sich noch einmal herzklopfend, daß die Tür auch wirklich verriegelt sei. Dann setzte sie das Rot, zum ersten Mal in ihrem Leben, an die weißen zuckenden Lippen. Der Schweiß rann ihr von der Stirn, die Finger waren naß und unsicher.

Sie machte sich zwei verschmierte schiefe Striche zwischen Nase und Kinn.

Es sah sehr grotesk aus.

Louise fing bitterlich zu weinen an. Sie wischte sich mit beiden Handrücken die Farbe von dem schluchzenden Mund. Dann warf sie den Stift in den Papierkorb, der an der Tür stand. Dann nahm sie aber den Stift doch wieder an sich und ging nach Hause, legte sich ins Bett und weinte.

In den folgenden Tagen wiederholte sich Louises Jagd nach dem Glück mit kleinen Abweichungen, die darin bestanden, daß sie die Konditorei nach einer Stunde verließ und ein Kino aufsuchte. Robert hatte keine Ahnung von dem seltsamen Treiben seiner Frau. Er vermutete sie zu Hause, wo sie wahrscheinlich schlief oder die große Romanfolge in fünfhundert Fortsetzungen *Das Geheimnis der schönen Gräfin* las.

Louise hatte in der Konditorei bemerkt, wie junge Frauen heute Männer ansahen. Einem fremden Manne Augen machen – mit dem einen Augenlid zwinkern, die andere Braue hochziehen: wenn es jemandem eingefallen wäre, ihr so etwas vor einem Monat zuzumuten, wäre sie wahrscheinlich ohnmächtig geworden. Gestern aber hatte sie tatsächlich auf diese Weise einem Manne Augen gemacht! Es war nicht sehr ermunternd für sie ausgefallen, denn dieser Mann brach in ein schallendes Gelächter aus, so daß Louise es vorzog, das Lokal fluchtartig zu verlassen. Sie flüchtete in ein Kino, das sie mit seiner wohltuenden Dunkelheit aufnahm und diesmal wirklich beruhigend auf sie wirkte, denn es wurden Kulturfilme gezeigt: *Die automatische Herstellung von Bierflaschen*, *Die deutsche Uniform im Wandel der Zeiten* und *In Erinnerung an unsere Kriegsflotte*. Louise hatte vor dem Betreten des Kinos nicht auf den Spielplan geachtet.

Heute aber achtete sie genau darauf. Zunächst hob sie wie

derum, das dritte Mal schon, Geld von der Sparkasse ab. Dann ging sie in eine Konditorei, die im Westbezirk lag, denn sie vermutete ihren Robert im Norden der Stadt. Als sie zahlte und in ein Kino ging, merkte sie nicht, daß ihr ein Mann folgte. Dieser Mann löste sich auch ein Kinobillett und setzte sich neben Louise.

Der Saal war bereits abgedunkelt. Sie streifte aufatmend die drückenden neuen Schuhe von den geschwollenen Füßen. Eine Filmoperette begann. Ein Offizier. Reitweg. Der Offizier zu Fuß. Ein Mädchen, auch zu Fuß. Da kommt ein finsterer Reiter. »Oha! Da kommt der finstere Reiter!« singt der Offizier. Das Mädchen singt: »Ich fürchte mich so schrecklich, so-o-o schrecklich se-e-ehr! Dieser finstere Reiter!« singt sie, »es ist« singt sie, »mein Bräu-, mein Bräu-, mein Bräutigam!«

»Sie haben Ihre Tasche fallen lassen«, hauchte eine Stimme an Louisens Ohr, Bier und Pfeifentabak... Louise erwachte aus ihrer Trance. Oh, der Offizier war schön!

»Gefällt Ihnen der Film?« fragte die Stimme neben ihr.

Jetzt erst wurde Louise gewahr, daß der Fremde, neben ihr, ihre Tasche ergriffen hatte. Als sie die Tasche an sich ziehen wollte, spürte sie die Männerhand. Das verschlug ihr den Atem. Aber sie konnte ihre Hand nicht mehr zurückziehen, denn sie wurde von festen Fingern umspannt... Louise kämpfte wie eine ins Wasser gefallene Nichtschwimmerin gegen heranrollende Wellen. Das heißt, sie wäre sehr froh gewesen, wenn sie die Kraft zum Kampfe aufgebracht hätte. Aber sie fand die Kraft nicht. Sie ertrank. Ihr Arm wurde schlaff und gab nach. Ihre Beine spreizten sich ermüdet auseinander. Zwischen diesen Beinen, in der Mulde, die das seidene Kleid bildete, lag die Tasche und darüber ihre von einem wildfremden Mann gestreichelte Hand. Ein Mann...! Ihr Herz klopfte zum Zerspringen. Wachte oder träumte sie? Ihre Augen weiteten sich – sie war mindestens ebenso neugierig wie erschrocken –, aber sie sah nichts als die unklaren Umrisse eines Männerkopfes neben sich. Louise bekam eine Gänsehaut. Sie stemmte sich platt gegen die gepolsterte Rückenlehne ihres Sessels. Aber auf den einfachen Gedanken zu schreien kam sie nicht. In allen Gliedern spürte sie ihr Blut.

»Zum Schluß heiratet der Offizier das Mädchen«, flüsterte der Mann neben ihr.

Das brachte Louise wieder zu sich. »Still! Ich will nicht, daß Sie mir das Ende erzählen!«

»Der finstere Reiter stürzt und bricht sich das Genick«, lachte der Mann.

»Still! Sonst rufe ich um Hilfe!« drohte Louise, aber sie zog die Hand nicht zurück.

»Das wirste hübsch bleibenlassen, Puppe«, sagte die Stimme, und die trockenen Finger verstärkten den Druck.

Darauf erwiderte Louise nichts. Sie ergab sich.

Eine Stimme hinter ihr brummte: »Ruhe da vorne!«

Das schmiedete Louise und den Fremden vollends zusammen. Jetzt waren sie gemeinsam die Ruhestörer...

Auf der Leinwand: eine abendliche Landschaft. Der frühlingshafte Mond steigt einen frostigen Himmel empor, klettert über alte Eichen wie ein Gespenst. Die Eichen rauschen. Von den Wiesen erhebt sich ein Wind. Grillen zirpen. Der Offizier und das Mädchen halten sich umschlungen. Der Mond versteckt sich hinter einer Wolke. Es wird dunkel in der Landschaft. Eine Hand betastet Louise, oh! Der Mond rollt weiter hinter den Wolken. Sie will ausreißen, davonspringen, einer glücklichen Gefahr entrinnen, aber die Beine wollen nicht, man muß sitzenbleiben, ob man will oder nicht, und vielleicht will Louise, sie fühlte die starkknochige Hand eines Mannes, sie spürt Hände, sie wird gepackt, umfaßt, der Mond gleitet hinter jungen Birken dahin, der Offizier und das Mädchen setzen sich auf einen Baumstamm, der auf der Wiese liegt, dunkles Wacholdergestrüpp wankt im Winde, der Offizier flüstert zärtlich: »Ewig...!« Das Mädchen singt: »Mein Bräu-, mein Bräu-, mein Bräutigam!« Und der Film ist, ach, zu Ende...
Der Mann neben Louise war Kupke!

Louise, wie gelähmt, wagte nicht, sich zu rühren. Sie wagte nicht, ihm ihre Tasche aus der Hand zu nehmen. Hilflos sah sie zu, wie er die Tasche öffnete, in ihrem Bankbuch blätterte, ihre kleine Geldtasche untersuchte, immer dabei grinsend, so daß die Herumsitzenden meinen mußten, sie gehörten zusammen.

»Gib mir deine Hand.« Kupke zeigte seine großen gelben Zähne. »Du kannst auch Robert zu mir sagen, wenn's dir Spaß macht«, lachte er gemein. »Oder Ewaldchen! Erinnerst du dich noch an den Bäckerlehrling? Soll ich mal mit deinem Mann über ihn sprechen? Seit einer Woche bin ich hinter dir her. Soll ich ihm mal erzählen, was du jeden Nachmittag treibst? Ich hab viel gelernt in meinen langen Ferien!«

Louise saß noch auf einem Baumstamm. Der Mond lief davon. Grillen zirpten. Louise schloß erschrocken die Augen. Die Welt war häßlich. Das Glück war Schwindel. Nur das Kino war schön ... Wenn nur alles ein Traum wäre!

»Komm, wir gehen!«

Sie gingen. Auf der Kaiserstraße war es wieder hell. Es gab keine Dunkelheit. Keine Bäume. Keine Grillen. Keinen Offizier. Was wollte dieser verkommene rohe Mann neben ihr? Louise machte sich los, drehte sich wortlos um und begann zu laufen, auf die Hohenzollernstraße zu!

Ach, wie war das Laufen schwer. Die Lackschuhe drückten. Sie war doch eine verheiratete Frau. Gib auf dich acht, Louise, nimm dich in acht vor diesem Zuchthäusler Kupke!

Wer hätte vermutet, daß diese keuchende ältere Frau im Mittelpunkt einer, wenn auch nur lächerlichen Liebesgeschichte stand! Sah sie doch aus wie eine Louise, aus deren Körper schon längst jede Leidenschaft entwichen war.

Kupke holte sie schnell wieder ein. »Geh jetzt heim«, sagte er großzügig wie ein mitleidiger Jäger. »Aber komm morgen zu mir, ja, ins Hinterhaus. Um drei Uhr. Ich warte!«

Die Hohenzollernstraße war voller Menschen. Louise bekam für einen Augenblick wirklich das Verlangen, zum ersten Mal ein ernstes Verlangen, um Hilfe zu schreien.

»Ich werde nicht kommen!« schrie sie und verzog ihr hängendes Doppelkinn.

»Mach keine Witze! Du kommst oder ich rede mit Robert!«

»Ich komme nicht«, jammerte Louise, dann lief sie auf die Trambahn zu und stieg ein.

In der Trambahn ließ sie sich gehen. Die Tränen rollten ihr nur so über die eingefallenen Backen.

»Mama, die Tante weint ja«, sagte ein Kind.

»Sei nicht ungezogen«, sagte die Mutter des Kindes verlegen.

Louise zerschnitt ihr Weinen mit einem Lächeln, das fröhlich sein sollte, das ihr aber völlig mißglückte. In ihrem feinen Aufzug und mit dem verzerrten Gesicht sah sie jetzt jenen alten Weibern ähnlich, die sich mit Vergnügen allen Leichenzügen anschließen und am Grabe heiße Tränen vergießen, ohne die Leiche zu kennen.

Zu Hause versteckte sie zunächst ihre Schuhe, die seidenen Strümpfe, sie hängte das dunkle Sonntagskleid und den schwarzen Taftunterrock weg, sie sperrte den Fuchs in die mit Mottenkugeln gefüllte Schachtel, auch den Hut verstaute sie und vergaß auch nicht, das Bankbuch wieder zu verstecken. Ihre Geldtasche war leer. Nur einige kleine Münzen fand sie noch.

Aufheulend flüchtete sie ins Bett. Sie hatte plötzlich eine große Angst. Angst vor dem Glück, das sie gesucht hatte – und Angst vor Robert, der sie vielleicht mit dem Zuchthäusler gesehen haben konnte!

»Ach, was soll ich bloß sagen«, seufzte sie. »Ach, du mein lieber Gott! Wenn er mich ausfragt! Er ist doch bei der Polizei!«

Wenn Frauen vor einer Auseinandersetzung mit ihrem Mann bangen, flüchten sie gern ins Bett. Sie schließen die Augen und sind nicht mehr da. Sie sind krank, schon seit heute morgen, sie haben gleich mehrere Gebrechen, klagen über Kopfschmerzen, Mattigkeit, belegte Zunge, Ohrensausen, Herzklopfen, Schwindelanfälle, manchmal fällt aus ihrer armen Brust ein kurzer trockener und verdächtiger Husten.

So erwartete auch Louise ihren Mann Robert.

Dieser Robert war, so meinten wenigstens die Leute, kein großes Kirchenlicht. Seit Monaten hatte seine alte Louise einen Liebhaber (und was für einen!), doch er schien nichts zu merken. Wie in allen wahren Geschichten wußte es zwar das ganze Haus, nur der Ehemann wußte scheinbar nichts. Der Polizist war im Westen und Norden der Stadt mit Autounfällen und mit Einbrüchen beschäftigt, dort war er aufmerksam, mißtrauisch, dienstlich – aber die Schloßgasse lag im Ostviertel, hier war er blind und taub, hier wollte er sich ausruhen und nicht dienstlich sein, sehr zum Vergnügen seiner Frau, witzelten die Leute.

Arme Louise Liebig! Sie dachte nicht an ein kurzes Abenteuer, das bald vorübergehen wird. Für sie war es, selbst mit diesem Kupke, die »ganz große Liebe«. In einem Lebensabschnitt, da die meisten Menschen alle Illusionen schon verloren haben und Ruhe, aber keine Aufregungen suchen, wurde Louise durstig, da konnte sie nicht widerstehen, sie war wehrlos. Auch wenn Kupke ein Raubmörder gewesen wäre, hätte sie nicht widerstehen können. Die Sucht, von der sie so spät ergriffen worden war, erwies sich stärker als alle Vernunft. So fiel sie diesem Kupke in die Hände, diesem Kupke, der aus dem Gefängnis schlauer herauskam, als er hineingekommen war. Aber umsonst bekam er ihr Geld nicht. Er zitterte genug. Denn immerhin war ihr Mann bei der Polizei! Und Louise ging sehr weit mit ihrer späten Leidenschaft.

»Der arme Kupke tut mir leid«, sagte sie ihrem Manne.

»Ein Zuchthäusler«, sagte Robert und las die Zeitung weiter.

»Er gibt sich aber soviel Mühe, 'n anständiger Mensch zu werden.«

»Es wird auch Zeit.«

Er merkte nichts, der Polizist. Merkte er wirklich nichts?

Wie es Jossel Fischmann geht

Er war nicht reicher geworden, aber immerhin brachte er sich mit seinem kleinen Laden durch. Schon das war ein Erfolg, wenn man sein Geschäft, seine Geschäfte, ihn selbst und seine Kunden kannte. Besonders Menschen, die nie etwas mit dem Verkauf von Waren zu tun hatten, wird die kommerzielle Geschichte des Kaufmanns Fischmann wie ein Märchen erscheinen, wie ein etwas komisches Märchen.

Er hatte, wie wir wissen, die Inflation überstanden. Dann kam die Konjunktur, eine wunderschöne Zeit mit festen Preisen, mit einer Mark, die hundert Pfennige wert war und nicht erst nach Dollar berechnet werden mußte. Überhaupt war es schön, die Billionen und Milliarden nach und nach zu vergessen, viele Nullen wegfallen zu lassen, mit einfachen soliden Zahlen »wie vor dem Kriege« zu rechnen. Ein ruhiges Leben kündigte sich an. Die Konjunktur war also endlich da, schmunzelte Jossel Fischmann zufrieden, es gibt doch noch einen jüdischen Gott, es war doch alles nur ein böser Traum gewesen, der Mensch soll nie die Hoffnung aufgeben...

Sein Wochenumsatz schwankte zwischen hundert und dreihundert Mark – um konkrete Zahlen zu geben. Vor Festtagen war der Umsatz sogar etwas höher, allerdings ging er dann in der Woche nach einem Festtag so zurück, daß er doch nie über die Höchstgrenze von dreihundert Mark kam. Natürlich hatte er keine Angestellten, er machte alles selbst, es war ja nicht viel, was es zu machen gab.

Was brachte ihm seine Firma J. FISCHMANN, DAMEN-,

HERREN- UND KINDERBEKLEIDUNGSARTIKEL ein? Nach Bezahlung der Rechnungen, der Miete, der Steuern blieb ihm soviel, wie ein Arbeiter bei regelmäßiger Beschäftigung verdient. Er war nicht unzufrieden, nein. Er war sogar glücklich. Ja, Jossel Fischmann war glücklich, zum ersten Mal seit vielen, vielen Jahren war er das. Mit seiner zweiten Frau hatte er Frieden geschlossen. Sie waren doch Mann und Frau und schließlich gehörten sie nun zusammen. Mit ihnen wohnte noch sein Sohn Hermann, aber der war jetzt den ganzen Tag als Angestellter im Warenhaus Max Kahn A. G. beschäftigt und abends selten zu Hause. An solchen Abenden saß jetzt das Ehepaar Fischmann zuweilen am Tisch, sie hatten sich glücklicherweise nichts zu sagen – was hatten sie sich früher nicht alles zu sagen gehabt –, und sie spielten Karten. Einmal gewann sie, einmal gewann er, einmal zankten sie sich über einen falschen Stich, einmal lachten sie über einen falschen Stich. Dann gingen sie schlafen, weil sie müde waren, weil man Licht sparen muß, bald werden sie elektrisches Licht haben, die Leitung war bereits seit Monaten gelegt, aber es gab da noch Differenzen mit dem Hauswirt, wer das Stück von der Treppe bis in die Wohnung zahlen sollte, sie gingen nie spät schlafen, morgen ist ja auch noch ein Tag, gute Nacht...

Und jeden Morgen, außer Sabbat, ging Jossel Fischmann in sein Geschäft. Und er glaubte, er würde immer, sein ganzes Leben lang, jeden Morgen, außer Sabbat, in sein Geschäft gehen. Es war ihm ja lange genug schlecht gegangen. Er hatte täglich zu Gott gebetet, Bittgebete, und endlich hatte Gott ihn erhört, es war besser geworden. Ohne Zweifel war es besser geworden. Die Herren S. Klein, N. Wolf und Ch. Weiß dachten darüber genau wie er. Sie alle sagten, jetzt beginne endlich ein schöneres ruhigeres Leben. Alle hatten wie Jossel Fischmann bis jetzt schwer gearbeitet und wirklich gelitten, gezittert, gebetet und gehofft. Und nun sprachen sie alle, ehrlich überzeugt, vom Ende aller Leiden und vom Anbeginn einer glücklichen Zeit in Deutschland für alle Menschen, die in Deutschland lebten.

Genau das also war Jossel Fischmanns Ansicht. Mit seinen Ansichten über das Leben, über die Welt, über das Gute und Böse verhielt es sich einfach so: wer überzeugend zu ihm sprach, überzeugte ihn. »Was mich interessiert, sind Tatsachen«, sagte er jetzt immer. Es kam ihm nach den schweren

Jahren gar nicht mehr in den Sinn, weiter skeptisch zu bleiben. Jedenfalls wollte er es nicht. Er war lange genug skeptisch gewesen, wahrscheinlich war er deshalb so müde und vermied deshalb jetzt jedes »Wenn« und »Aber«. Die Konjunktur war eine Tatsache. Das Geschäft ließ ihn leben, auch das war eine Tatsache. Die Gegenwart sprach eine überzeugende Sprache, er glaubte ihr, er glaubte an ihre Unvergänglichkeit. Denn er wollte beruhigende und angenehme Tatsachen für unvergänglich halten.

Gern sprach jetzt Jossel Fischmann mit seinen Bekannten über sich, über sein Glück (»Unberufen und unbeschrien!«) und am liebsten über seinen Sohn Hermann.

Hermann war ein junger Mann geworden. Er war stolz, daß er sich endlich rasieren mußte. Alle seine Freunde waren stolz, daß sie sich endlich rasieren mußten, und alle diese Jünglinge erwarteten, daß man den zaghaft sprießenden Schnurrbart als eine von ihnen vollbrachte Leistung bewunderte. Eitel pflegten sie jedes Härchen des zarten Bürstchens.

Er hatte eine Freundin, mit der ging er spazieren, er küßte sie, sie küßte ihn. Sie war Verkäuferin oder Stenotypistin und legte vor allem Wert darauf, daß ihr Freund gebügelte Hosenbeine und wattierte Schultern hatte. In der Zeitung las Hermann die Rubriken *Sport vom Tage*, *Wettervoraussage*, *Veranstaltungen, Bälle, sonstige Ereignisse der kommenden Woche*, *Kreuzworträtsel*, den Roman, wenn er spannend war und von Liebe handelte, außerdem die *Stellenangebote*. Er war nicht besser, nicht schlechter und nicht oberflächlicher als viele andere junge Männer seiner Zeit. Er tanzte gern und gut. Er besaß zwei Anzüge und zehn schöne Krawatten. Jeden Sonntag ging er tanzen und bummelte auch mal eine ganze Nacht durch.

Hermanns Deutsch war rein, mit sächsischem Klang. Er war in Deutschland aufgewachsen, und niemand konnte auf den Gedanken kommen, daß auch er, wie sein Vater, in Strody am Flusse Stryj geboren war. Weder war seine Erscheinung die eines Ostjuden, noch ließen seine Gesten auf diesen Volksstamm schließen.

Er war der Sohn eines heimatlosen Juden, aufgewachsen in einer neuen Heimat. Heimatlose Väter sind auf ihre assimilierten Kinder stolz. Dieser Stolz ist nur schwer zu beschreiben. Er ist dem Zittern ebenso verwandt wie der Freude. Er ist ein großes Glück. Er ist die Erfüllung eines Traumes. Aber der eigene Traum geht doch nur für die Kinder in Erfüllung. Deshalb ist auch eine kleine Dosis Trauer und Eifersucht dabei. Aber doch viel, viel Freude.

Jossel Fischmann bemühte sich immer noch sehr, korrektes Deutsch zu sprechen. Aber noch immer wollte ihm dies nicht restlos gelingen. Er wußte das, wenn auch nicht ganz so gut wie die Zuhörer. Jeder deutsche Satz kostete ihn fast Schweißtropfen. Wenn es gar nicht klappen wollte mit manchen schwierigen Satzbildungen, sagte er mit einer verzweifelten und trotzdem sehr frohen Stimme: »Aber meinen Hermann sollten Sie hören! Er redet mühelos!« Ja, Hermann machte ihm viel Freude, dieser Sohn würde es als ein *richtiger Deutscher* im Leben einmal leichter haben als er ... Das Leben ist reich an Illusionen. Hatte nicht seine Mutter, die alte Malke Fischmann, einst in Strody die gleichen Träume für ihren Sohn Jossel geträumt ...?

Hermann absolvierte die Handelsschule. Weder ihm noch dem Vater wäre der Gedanke an eine andere Schule gekommen. Auch daß er dann ins Warenhaus Max Kahn A. G. kam, war für alle Beteiligten natürlich. Es wäre übertrieben zu behaupten, daß über Hermanns Laufbahn ein anderer Satz entschieden hätte als der: »Nun, ich mein, du wirst ein Kaufmann werden.« Also wurde er Kaufmann. Er stand sich nie selbst im Wege. Er war sorglos für den Morgen. Er hatte keinen besonderen Ehrgeiz, also ließ er sich schnell und willig einordnen und unterordnen. Er hatte ein von Problemen wenig belastetes Temperament. Er liebte, wie fast alle Angestellten, das Warenhaus, von Zeit zu Zeit größere Amüsements. Sein Leben erschien ihm gar nicht schlecht. Wenn er am Abend seinen Verkaufsblock hernahm und eine hohe Tagesziffer errechnete, war er glücklich. Am Ersten bekam er sein Gehalt, am Zwanzigsten bat er um Vorschuß. Im Warenhaus Max Kahn A. G. lebten alle Angestellten, Juden und Nichtjuden, so oder ähnlich.

Ein junger Jude, der sich nicht groß bemerkbar machte, der anonym dahinlebte, der eine kleine Stellung und ein kleines Gehalt hatte – das war Hermann, und Jossel Fischmann lächelte zufrieden.

Es kam jetzt häufig vor, daß Jossel Fischmann Vergleiche anstellte und seinen jüngeren Sohn an das Leben vor zwei Jahrzehnten erinnerte.

»Ein guter deutscher Kaufmann wirste, mein Hermann, ich bin froh für dich. Ein richtiger Kaufmann. Du wirst nicht gehetzt, nicht gestoßen, nicht herausgeworfen. Ich erinnere mich, bei uns in Galizien ...«

Hermann interessierte sich nicht sehr für Galizien.

Aber der Vater interessierte sich für alles, was seinen Sohn betraf.

»Was machste eigentlich in deinem Warenhaus den ganzen Tag?« wollte er gern wissen. Er sagte »in deinem Warenhaus«, als heiße die Firma, deren Angestellter sein Sohn war, schon WARENHAUS HERMANN FISCHMANN ... Er fragte: »Haste gute Kunden? Zahlen sie gleich? Oder geben sie euch Wechsel? Nein? Sei froh, daß du nicht mit Wechseln arbeiten mußt. Du bist doch zufrieden? Haste eigentlich eine Spezialität in deinem Geschäft?«

Da Jossel Fischmann nie Angestellter eines Warenhauses gewesen war, waren seine Fragen oft recht erstaunlich.

»Am liebsten bediene ich die Damen«, lachte Hermann.

Jossel sagte: »Ich freue mich, daß du Freude am Beruf hast.« So legte er Hermanns Lachen aus. »Und was tuste also den ganzen Tag? Erzähl doch ein bißchen, ich will doch wissen.«

»Ich messe Stoffe ab«, erzählte Hermann. »Ich schneide sie, ich reiße sie.«

»Und was sagste so zu deinen Damen, wenn du deine Stoffe schon verkauft hast und du bist fertig? Sagt man da in einem so großen Geschäft auch eine Freundlichkeit?«

»Ich sage: Gnädige Frau, darf ich Ihnen noch etwas zeigen? ...«

»Oih! Er sagt: Gnädige Frau! Ein gelungener Mensch! Es ist doch schöner hier in Deutschland als in Galizien«, gab er seinem Sohn zu verstehen.

»So?«

»Mein Ehrenwort! Du hast keine Sorgen, du bist in einer Lebensstellung im schönsten Geschäft der ganzen Stadt! Was hätteste in Strody gehabt? Einen Handel mit alten Kleidern oder mit alten Möbeln oder mit Nägeln und Draht oder mit

Heringen oder mit Heringsfässern. Hier biste doch ein Mensch. Ein feiner, ein angesehener Mensch biste! Und unberufen: für dein ganzes Leben ist ausgesorgt!«

Und dann wurde Hermann Verkäufer, erster Verkäufer in der Abteilung *Modestoffe, Spitzen und Besätze*. Erster Verkäufer! War das ein Ereignis für den Vater! Der Sohn bekam nun hundertfünfundfünfzig Mark Monatsgehalt! Und 0,05 Prozent Beteiligung am Umsatz!

»Guten Tag, Herr Wolf«, sagte Herr Fischmann und konnte seine Freude nicht verbergen.

»Guten Tag, Herr Fischmann«, sagte Herr Wolf, der schon längst wußte, daß Jossels Sohn erster Verkäufer geworden war. Aber er hütete sich, dem eitlen Vater ein Stichwort zu geben.

Herr Fischmann brauchte gar kein Stichwort. »Mein Sohn Hermann«, platzte er heraus, »macht jetzt in Couture.«

»In was macht er?« stellte sich Herr Wolf unwissend.

»In Couture! Sie wissen nicht, was Couture ist? Er macht die Modebranche!«

»Ach so«, sagte Herr Wolf. »Ich war auf etwas Außergewöhnliches gefaßt. Mein Vater in Kiew war auch Schneider.«

»Hah! Schneider!« lachte Herr Fischmann verärgert. »Mein Hermann schneidert nicht! Er läßt andere schneidern! Er gibt den Schneidern Ideen! Er braucht nur Geschmack zu haben! Und er hat! Das ist sein Beruf.«

»Seit wann lebt man vom Geschmack?« fragte Herr Wolf bissig. »Ich habe auch Geschmack, aber kann ich davon leben?«

»Nun ja«, gab Herr Fischmann zu. »Ich habe vielleicht auch Geschmack. Aber wir sind doch keine modernen Menschen. Mein Hermann dagegen hat doch einen modernen deutschen Geschmack! Und das ist gar nicht so einfach. Zu ihm kommen alle feinen Damen der Stadt in sein Warenhaus und sagen: Lieber Herr Fischmann, was trägt man jetzt in Paris oder was weiß ich in welcher Stadt, sagen die feinen Damen... Und da sagt mein Sohn, ohne zu zögern: Gnädige Frau – hören Sie gut zu, Herr Wolf, wie er das macht – also er sagt: Gnädige Frau, jetzt trägt man chinesische Druckmuster, ich empfehle Ihnen heute besonders Kleider aus Satin imprimé, groß gemustert, schwarzer Fond mit bunten Blumen und ciriert, mit einem schweren Mantel aus grobem Cirétüll, der nach unten in weite Glocken fällt...«

Herr Wolf bekam vor Staunen den Mund nicht zu. »Was habt Ihr da alles gesagt?« fragte er verwirrt.

»Ich habe«, winkte Herr J. Fischmann großartig ab, »ich habe Ihnen nur gezeigt, was für einen klugen Sohn ich habe.«

»Und was verdient Ihr Sohn?« wollte Herr Wolf ängstlich wissen. Er dachte erschrocken an seine beiden Söhne. Hatte er vielleicht doch eine Dummheit begangen, daß er beide studieren ließ. Wäre es nicht vielleicht sinnvoller gewesen, den einen ins Warenhaus Max Kahn A. G. zu stecken? Herr Wolf war ein armer Hausierer, er zog mit seinen Koffern von Dorf zu Dorf, von Bauerngut zu Bauerngut. Er verkaufte an die Mägde und Knechte Wäsche und Kleider und Anzüge und Schuhe. Es war ein schweres Verkaufen. Er mußte sich sehr plagen. Suchte er die Mägde und Knechte in der Scheune auf dem Hof, dann waren sie gerade auf ein Feld gefahren, dreißig Minuten mußte er dorthin zu Fuß gehen. Und kam er endlich aufs Feld, da waren sie gerade wieder ins Dorf zurückgefahren, auf einem anderen Weg, und Herr Wolf schleppte sich mit seinen Koffern wieder zurück, zur Scheune auf dem Hof. Wenn er zu Hause war, aßen er und seine Frau trocken Brot und tranken saure Milch dazu. Jahrelang lebten sie so bescheiden dahin, damit ihre Kinder vorwärts kämen. Die Kinder sollten es einmal besser haben als ihr Vater. Die Söhne sollten einmal richtige »Doktoren Wolf« werden, ein Doktor und noch ein Doktor. Und von beiden »Doktoren Wolf« würde man später einmal garantiert soviel reden wie heute von allen Doktoren der Welt zusammengenommen. Jüdische Köpfchen hatten sie beide. Gut lernten sie – aber vorläufig lagen sie dem schwer arbeitenden Vater auf der Tasche. Und dieser Handelsschüler Hermann Fischmann verdiente sicher ein fürstliches Gehalt. »Also was verdient Ihr Sohn?«

»Genug, um leben zu können«, wich Herr Fischmann aus.

Herr Wolf wollte natürlich nicht zurückstehen.

»Meine Söhne schreiben mir viel aus den Universitäten«, sagte er und blies sich auf wie ein Truthahn. Bis jetzt hatten die Väter jiddisch gesprochen, jetzt sprach Herr Wolf deutsch. »Mein Sohn, der Arzt, schreibt mir – und mein Sohn, der

Rechtsanwalt, schreibt mir. Aus den Universitäten.« Er platzte fast vor Stolz. Dabei war der Arzt noch lange kein Arzt und der Rechtsanwalt noch lange kein Rechtsanwalt.

»Mustersöhne haben Sie«, gab Herr Fischmann zu.

»Sie sind«, preßte sich Herr Wolf ab, »sehr tüchtig. Ich muß«, antwortete er gespielt bescheiden, »ich muß das zugeben, ohne zu übertreiben. Mein Sohn, der Rechtsanwalt, ist bereits bei einem Anwalt beschäftigt.«

»Und wie beschäftigt er sich, wenn ich fragen darf?«

»Nun, mein Sohn macht dem Anwalt alle Akten und verdient dadurch schon sehr schön. Dabei ist er doch noch gar nicht mit seinem Studium fertig. Er kostet mich viel, viel Geld. Aber ich weiß, warum und wozu. Der Anwalt ist sehr mit ihm zufrieden. Er ist der größte Anwalt von ganz Berlin!«

»Welches Glück für Ihren Sohn!«

»Nun, auch der Anwalt hat ein Glück! Er wird meinen Sohn bestimmt zu seinem Teilhaber machen, weil er doch Angst hat, er könnte ihn vielleicht verlieren. Er läßt ihn schon jetzt Tausende verdienen.«

»Tausende?« Herrn Fischmanns Stimme schwankte ehrfürchtig.

Aber mit einem Male ging ihm ein Licht auf.

»Und trotzdem kostet er noch seinen Vater?« Ein ganz vergnügtes, ein ganz schlaues Gesicht machte Herr Fischmann, als er diese Frage stellte. »Hat er hundertfünfundfünfzig Mark im Monat?«

»Nein, das hat er nun wiederum nicht«, gab Herr Wolf gewunden zu und sprach auf einmal wieder jiddisch. »Aber später, wenn er ein berühmter Anwalt sein wird, wird er soviel verdienen, wie er will.«

Probleme der Freude

Vier Jahre lang mußte ich warten. Ich schrieb und schickte meine Arbeiten weg und bekam sie wieder zurück und schickte sie wieder weg, an eine andere Zeitung. Und bekam sie zurück. So fast vier Jahre lang.

Huster erzählte laut im Speisesaal, er bekomme seine Arbeiten nicht los, weil er kein Jude sei, nur die Juden würden in

Deutschland gedruckt. Ich war Jude und wurde auch nicht gedruckt. Wen hätte ich verantwortlich machen können?

Meinen Beruf wechselte ich oft. Das war damals noch leicht, es gab so gut wie keine Arbeitslosigkeit. Schön war meine Stelle als Beifahrer auf einem Transportauto. Wir fuhren landwirtschaftliche Maschinen aus der Stadt auf die Rittergüter des Landes, im Umkreis von zweihundert Kilometern. Leider machte die Maschinenfabrik Pleite, ich mußte mir eine andere Stelle suchen; und da ich zufällig in der Zeitung las, das Chemische Werk A. G. suche Heizer, meldete ich mich.

Nie werde ich die Fabrikstraße im Morgengrauen vergessen, jene Wochen, da ich das alte brave Damenrad aus der Haustür schob und aufstieg und losfuhr, in die Dämmerung des Morgens hinein. Ich bekam einen Lederschurz, eine Lederkappe und eine Eisenstange. Ich kam unter die Generatoren. Meine Arbeit war schnell zu begreifen: ich hatte mit langen Eisenstangen in der Glut herumzustochern. Bei dieser Arbeit lernte ich Geistesgegenwart – in acht Tagen lernte ich mehr als in den zehn vorausgegangenen Jahren. Blitzschnell fielen glühende Klumpen über uns Heizer. Aber nur in der ersten Woche erleidet der Anfänger Brandwunden. Später ist man schneller als die fallende Glut. Man gewöhnt sich auch an die Hitze. Man gewöhnt sich an alles.

Eines Tages wurde ich in einen riesigen Bau geholt, um von nun an ein Ventil und vier Druckmesser zu beobachten. Das war eine Beförderung. Das waren fast Ferien – nach dieser Arbeit unter den Generatoren. Aber es war ein verantwortungsvoller Platz, auf dem ich nun stand. Das Leben von Tausenden hing von der Beobachtung dieser kleinen unscheinbaren Apparate ab.

Acht Stunden stand ich vor diesen Apparaten. Keine fallenden Flammen brannten mehr Löcher in die Haut, aber dafür begannen die Augen zu brennen und auf den Nacken legten sich Zentnerlasten, vom ständigen Hochblicken. Meine Welt war eng geworden: das Brett mit den Druckmessern. Meine Gedanken waren auf einen einzigen Punkt konzentriert: auf den roten Ventilhahn.

Zehn Männer hatten die gleiche Aufgabe. Jeder hatte sein Brett mit den Druckmessern und ein Ventil zu beobachten. Manche starrten schon drei und noch mehr Jahre auf die gleichen Zeigerspitzen. Manche Gesichter hatten in diesen Jahren die runde Form von Druckmessern angenommen. Der Atem der Männer ging im Takt der Kolben, die wir aus dem Maschinenhaus hörten. Sonst hörten wir nichts. Nicht einmal unsere eigene Stimme, wir konnten laut vor uns hersingen, und unsere eigenen Ohren hörten nichts. Um einander etwas zu sagen, mußten wir so schreien, daß die Adern aus der Stirn heraustraten. Die Hände manches Kollegen zitterten wie die Eisenkonstruktion, wenn schwankende Lasten an ihr hingen. Nie werde ich die sonderbaren Blicke des Arbeiters vergessen, der neben mir stand. Er starrte mit scheinbar gestorbenen Pupillen, glotzend, vollkommen entgeistert, auf die kleinen runden Scheiben mit dem roten Gefahrenstrich hinter dem Glas. Ich vermied, einen Taschenspiegel in meinen Arbeitsanzug zu stecken. Ich wollte meine Augen nicht sehen.

Vor mir, zwischen zwei Eisenpfosten, hoch in der Luft, hing ein Schild, so groß wie eine quergelegte Tür. Darauf war zu lesen: ACHTUNG! GELBE DÄMPFE BEDEUTEN LEBENSGEFAHR! In Reichweite baumelten Gasmasken, wie Totenköpfe. Diese Masken waren für uns bestimmt, wir konnten uns ihrer im Notfall bedienen.

Einige Male waren Arbeiter in diesem Bau umgefallen, betäubt durch ausströmende Dämpfe. Sie hatten zu spät nach den Masken gegriffen. Wenn dann einer auf der Nase lag, ertönten die Sirenen, heulend, gellend, ohrenbetäubend, ohrenzerfetzend. Im Nu waren die Rettungswagen der Werk-Ambulanz da. Die Werkärzte, auf den Trittbrettern stehend, sprangen vom noch fahrenden Wagen ab. Sie hatten einen schwarzen Medikamentenkasten in ihren weißen Händen. Gesichter hatten sie nicht. Statt dessen trugen sie Gasmasken. Und der Chauffeur trug außerdem den Sauerstoffapparat.

Aber dann kam ein schöner Tag! Marie und Karl Rascher standen am Werktor und winkten mir zu, ich solle schneller herauskommen. Es war Feierabend. Ich war so müde. Aber wie schnell wurde ich wieder munter! Munter wie noch nie zuvor!

»Guten Tag, Herr J. Fisch-Fischel«, verbeugte sich Karl Rascher.

»Was habt ihr?«

Marie sagte nichts. Sie lachte nur und hielt mir eine Zeitung unter die Nase.

Ich las: *Der Druckmesser im Bau 479. Erzählung von J. Fisch-Fischel.*

Die beiden nahmen mich in ihre Mitte.

»Sie haben aber wirklich keinen Grund zum Schweigen«, schimpfte Rascher. »Halten Sie gefälligst eine Ansprache!«

Marie kniff mich immer wieder begeistert in den Arm. Ich merkte es aber erst zu Hause, als ich mich wusch. Ich hatte lauter blaue Flecke.

Frau Moll brachte mir einen Brief. Nicht Fräulein Erna, wie sonst – nein, Frau Moll. »Ich bin persönlich gekommen«, sagte sie. »Herr Huster ist krank geworden«, kicherte sie. »Er will sein Essen aufs Zimmer gebracht haben.«

In dem Brief lag ein Scheck. Der Brief enthielt die Aufforderung, regelmäßig Beiträge einzureichen! Ein Vertrag war in Aussicht gestellt! Es war ein großes Berliner Blatt!

»Ich hätte ganz gut auf der Strecke bleiben können.« Jetzt redete und redete ich und hörte überhaupt nicht wieder auf. Jetzt kam die große Angst ehrlich zum Ausbruch. »Vier lange Jahre!«

Rascher ließ mich reden. Er hatte zwei Flaschen Wein mitgebracht und schenkte ein. »Wir müssen das Ereignis feiern«, sagte er bei jedem Glas.

»Nein, ich hätte nicht auf der Strecke bleiben können!« behauptete ich. »Ich war ja meiner ganz sicher gewesen! Sie müssen doch selbst zugeben, Rascher, daß ich meiner ganz sicher war!«

Rascher ließ mich reden. Ab und zu nickte er zustimmend. Wenigstens legte ich heute alles zustimmend aus. Man sollte jedenfalls, sagte er und trank immer weiter, man sollte solche Ereignisse mit einem Glas begießen.

Ich hörte überhaupt nicht mehr auf zu reden.

Wenn man später dann viel oder unglaublich oft gedruckt wird – was ist das alles gegen den ersten Abdruck!

»Einmal mußte doch ein Redakteur aus Versehen eine Ihrer Arbeiten lesen«, neckte Rascher und holte noch eine Flasche.

Sonntag lud mich Professor Urban zum Kaffee ein. Er hatte meine Erzählung in dem Berliner Blatt gefunden und sie mit roter Tinte korrigiert. »Es sind nur ein paar freundschaftliche kritische Bemerkungen«, sagte er lächelnd. »Sie waren ja mein Schüler.«

Abends ging ich ins Wäldchen, um meinen Vater zu treffen.

»Nun? Was ist?«

Ich zeigte ihm die Erzählung.

Aber statt sich zu freuen, erschrak er.

Ja, er erschrak! Hätte er Schacht geheißen und wäre er Nichtjude gewesen – er wäre nicht erschrocken. Aber für einen jüdischen Vater war das Leben in Deutschland kompliziert. Nicht einmal freuen konnte sich ein jüdischer Vater, wenn sein Sohn nach vielen Jahren Arbeit endlich eine Frucht seiner Arbeit sieht. Er mußte sich ja auf Schritt und Tritt fragen: Was werden die »andern« sagen, wenn sie dahinterkommen, daß wieder ein Jude Erfolg hatte?

Was diese »andern« sagen würden, das stand fest. Der deutsche Antisemitismus griff immer mehr um sich. Der Kapp-Putsch war von den Republikanern längst vergessen worden – aber nicht von den Gegnern der Republik. Sie hatten sich schon wieder gesammelt und begonnen, mehr oder weniger offen gegen den Staat zu hetzen, der es sich wie ein plumpes dummes Tier gefallen ließ. Unter diesen radikalen Organisationen zeichnete sich eine Gruppe durch besondere Robustheit und Frechheit aus. Ihr Führer war ein Österreicher, ein ehemaliger Landsmann Jossel Fischmanns, ein Wortemacher, ein Aufwiegler und Demagoge von überraschendem Format. Er hatte den Dreh heraus, unzufriedenes Volk um sich zu sammeln. Einige Linksblätter kamen hinter seine Schliche und hinter seine Geldgeber. Diese Blätter schlugen Alarm, warnten, schrieben: »Unter den Gegnern des demokratischen Staates sind Industrielle, Agrarier, Bankiers, hohe Offiziere. Sie sind jetzt auf einen Agitator, der in einer schmierigen Windjacke auftritt, aufmerksam geworden. Ein bißchen lächeln sie über diesen typischen Plebejer, der wüsten Antisemitismus propagiert. Sie mokieren sich über sein hochfahrendes Schnurrbärtchen und erzählen sich offen, wieviel sie dieses Schnurrbärtchen kostet. Aber sie geben auch zu, daß seine Verleumdungsreden einprägsamer und erstaunlicher sind als alles, was bisher auf diesem dunklen Gebiet in Deutschland gehört und gewagt worden ist. Gläubig hängen kleine Leute an seinem Maul, das er bis ins Mannesalter hinein hat halten müssen, bevor er plötzlich nach dem Kriege eine unbändige Lust zum Reden in sich entdeckte. Wer ist Schnurrbärtchen? Ein geschickter, wenn auch nicht sehr präziser Mann: einmal nennt er sich Architekt, dann wieder Kunstmaler. Aber seinen Geldgebern kommt es darauf nicht sehr genau an, entscheidend ist für sie der Zulauf, den er für sie findet. Nur seinen Gegnern kommt es darauf an, ob er früher nun wirklich Architekt oder ob er gar nur ein simpler Anstreicher gewesen ist, ob er es mit Frauen hat oder mit Männern...«

Vergebens bemühten sich ein paar Linksjournalisten, die Republik auf diese Stimme, die so geschickt donnern und zugleich sanfte Versprechungen machen konnte, aufmerksam zu machen. Aber die Republik war ohne Augen und ohne Ohren zur Welt gekommen. Und einflußreicher als diese warnenden demokratischen Journalisten waren die antidemokratischen Geldgeber dieses Trommlers. Sie lächelten – und schon legte sich das ganz schwach erwachende republikanische Mißtrauen. Diese Herren gaben ja selber zu, daß ihr *enfant terrible* manchmal etwas weit ging, daß nicht alle Demokraten und Sozialisten »Verbrecher und Banditen« seien. Auch mit der Judenhatz übertreibe Schnurrbärtchen entschieden. Aber Politik sei doch nun mal kein Religionsunterricht, und wer alle Tage neue Lügen und Versprechungen präsentieren mußte, bekomme eben von ganz allein eine geläufige Zunge... »Es wird ja nie so heiß gegessen wie gekocht wird«, sagten sie augenzwinkernd. Und: »Der Zweck heiligt die Mittel«, sagten sie hart. Heimlich dachten sie: Schade, daß Schnurrbärtchen nicht schon früher diese unheimliche Suggestivkraft besessen hat, mit ihm wäre der Putsch 1920 wahrscheinlich ein Kinderspiel gewesen. Damals waren alle Vorbedingungen gegeben: Verzweiflung, Misere, Hunger, Unzufriedene. Aber auch das wird schon noch einmal wiederkommen! Einmal wird auch wieder eine Wirtschaftskrise einsetzen, und für diesen Augenblick muß man sich den Mann warmhalten! Dann wird der Maulaufreißer seine handfesten saftigen Ideologien als Gutscheine für Brot und Fleisch verteilen können. Dann: »Adieu, du deutsche Republik...«

Viele Juden glaubten, wenn sie sich nicht bemerkbar machten, wenn sie ihn nicht reizten, würde sie der Österreicher nicht bemerken, würde auch er sie in Ruhe lassen. Schnurrbärtchens ehemaliger Landsmann Jossel Fischmann dachte so wie die große Mehrzahl der Juden in Deutschland. Viele Jahre später sollten große europäische Staatsmänner die gleichen naiven Gedanken in einem gefährlichen Augenblick haben wie dieser einfache ostjüdische Mann...

Weil ich mich mit einer Arbeit in einer Zeitung bemerkbar machte, erschrak Vater.

Aber stolz war er doch. Genauso, als heiße er Herr Schacht.

»Warum schreibst du nicht richtig unter deinem Namen Jakob Fischmann?« kritisierte er mich. »Wer wird schon wissen, wer der J. Fisch-Fischel ist? Wer von meinen Bekannten wird mir das schon glauben?«

Fremde Mächte und geheime Kräfte

Wenn Kupke jetzt zurückdachte!

Was im Gefängnis gewesen war, daran wollte er sich lieber nicht mehr erinnern. Aber dann, als er entlassen worden war, als er heimkam, in die verstaubte Wohnung der toten Lina. Und keiner grüßte. Und keiner half ihm. Ein richtiges Gesindel, diese Bewohner der Schloßgasse 21, spuckte er verächtlich aus, wenn er an diese Zeit zurückdachte. Herr Stiefel wollte ihn sogar aus der Wohnung schmeißen! Als ihm aber Kupke sagte: »Bis jetzt war ich harmlos, oller Kaninchenzüchter, aber ich kann einem auch 'n Hals umdrehen!« – als er das sagte und dabei seine Fäuste zeigte, durfte er bleiben. Aber Arbeit fand er nirgends. Alle wollten Zeugnisse sehen. Und er hatte nur den Entlassungsschein!

Der letzte Winter! Ohne Arbeit, ohne Geld, ganz allein! Zuerst war er mit seiner Arbeitslosenunterstützung ganz gut ausgekommen, aber sie wurde nach einigen Wochen gekürzt, dann wieder gekürzt, immer weniger schoben ihm die Lumpen hin. Kupke erinnerte sich, daß er mal früher Bierkutscher gewesen war. »Unter Kaiser Wilhelm ist's mir viel besser gegangen!« schimpfte er. »Das System von euch ist ja morsch! Die ganze Republik ist ja nichts als Lug und Trug, wenn ich nichts zu fressen habe!« sagte er verbittert. Er meinte, als er so tobte, es ginge ihm so schlecht, daß es gar nicht mehr schlechter gehen könnte. Aber weit gefehlt! Auf einmal steuerten sie ihn aus auf dem Arbeitsamt. Er bekam nur noch die paar Groschen Wohlfahrtsunterstützung. Da begehrte er auf! Er hatte im Gefängnis gesessen, schön, das war verdient, weil sie ihn damals erwischten. Aber jetzt mußte er wie ein Bettler ins Rathaus und sich die Unterstützung holen! Nein, nein, nein!!

Er sagte den Leuten, die ihm vor die Zähne gerieten:

»Mir ist alles schnuppe, ganz wurscht ist mir alles, sag ich euch! Die da oben sind große Gauner! Denen werde ich schon mal das Genick brechen, darauf könnt ihr Gift nehmen!«

Aber niemand hörte zu, nicht mal die paar Arbeitslosen an der Stempelstelle. Niemand gab ihm die Hand. Niemand wollte etwas mit dem Mann der unglücklichen Lina zu tun haben.

Kupke schimpfte. »Ich bin Kupke, ich bleibe Kupke, und wenn euch das nicht paßt, könnt ihr mich alle kreuzweise!«

In Müllers Gasthof kam er auch nicht mehr. Keiner bediente ihn in der Schloßgasse 19. Dabei hatte er früher den Müller reich gemacht mit den vielen Gläsern, die er bei ihm getrunken hatte! Aber so undankbar sind sie alle in dieser Gasse!

Und dann kam das Abenteuer mit Louise. Aber er hatte ihr bald alles abgenommen. Jetzt langweilte sie ihn gräßlich mit ihren täglichen Heimsuchungen, mit dem falschen Jungmädchengekicher, mit den nach Brennschere riechenden dünnen Haaren, mit den Falten im Gesicht und am ganzen Körper, mit ihrem weinenden Gestammel und ihrer passiven Gefräßigkeit. Wenn er nur etwas Junges finden würde!

Er fürchtete sich vor ihr, er hielt es nicht mehr aus zu Hause, er war immer unterwegs, er suchte, was bei seinem Lebenslauf verständlich war, neuen Anschluß. Dabei geriet er zufällig in den Gasthof *Zum braunen Bären*. Diese kleine billige Schenke lag im Südviertel der Stadt, wo niemand Kupke kannte. Und da lernte er einen tuschelnden Stammtisch kennen: Angestellte, einige Arbeiter, kleine Kaufleute, sogar Gebildete waren da versammelt, Schullehrer und dergleichen. Nachdem er mehrere Male in diesem Lokal ganz allein an einem Tisch gesessen hatte, wurden sie auf ihn aufmerksam, auf sein verzweifeltes Gesicht, auf den abgerissenen Anzug. Sie forderten ihn auf, mitzuhören. Noch nie hatte jemand Kupke aufgefordert, mitzuhören. Noch nie in seinem Leben hatte sich jemand um ihn bemüht! Da bin ich doch direkt wer, staunte Kupke, es muß doch was an mir sein, sonst würden sie mich doch nicht so mit aller Gewalt einladen...! Geschmeichelt setzte er sich zu der Tafelrunde.

Ein verdammt feiner Herr sprach an diesem Abend über Deutschlands Verfall. Hinterher erfuhr dann Kupke, daß dieser feine Mann ein ehemaliger Hauptmann sei, ein Doktor Grosse und jetzt sogar Professor – Kupke war nicht wenig stolz auf den feinen Umgang, der ihm da auf einmal offenstand! Was da erzählt wurde, war allerdings nicht neu für ihn, nur daß man das alles so schön sagen konnte, wo es doch um gar nichts Schönes ging, das war ihm neu. Kupke wußte eigentlich alles schon. Daß »die da oben« große Gauner sind und gestürzt werden müssen, sagte er selbst alle Tage, wenn auch nicht mit so feinen Worten. Und daß es viele gescheiterte und bankrotte Existenzen in Deutschland gibt – wem will der feine Mann da vorne das erzählen? »Sehr richtig!« rief ihm Kupke zu. »So ist es!« Und Kupke traute seinen Augen nicht, als ihm die ganze Tafelrunde erfreut zunickte!

Neu war nur, was der Redner dann behauptete. Er berief sich da immer wieder auf einen andern, den er nicht beim Namen, nur »unseren Führer« nannte, der gesagt habe, alles komme nur daher, weil es fremde Kräfte und geheime Mächte gebe! Da sperrte Kupke aber wirklich Maul und Ohren auf! Das war ja direkt interessant! Natürlich! Daß er nicht schon selbst längst drauf gekommen war! Natürlich mußte es solche geheime Kräfte und fremde Mächte geben, die ihn, den Kupke, nicht hochkommen ließen! Auch daß er, der Kupke, ein Arier und deshalb ein wertvoller Mensch für die menschliche Gesellschaft und für das deutsche Volksleben sei und nicht so ein gemeiner Untermensch wie ein Jude, das alles sagte ihm sehr zu. Überhaupt lernte er, je länger der feine Mann sprach, eine Menge Sachen, die ihm, der Einfachheit halber, sofort einleuchteten. Wenn er schon früher gewußt hätte, wie einfach doch alles in der Welt war, dann hätte er sich nicht für so 'nen ungebildeten Mann gehalten. Nee, wo er jetzt das alles weiß, da ist er ja direkt prima raus, da ist er ja klug wie 'n richtiger Untersuchungsrichter, richtig gescheit wie 'n Gefängnisdirektor! Haha, der Referent war ein ganz gerissenes Huhn! Daß Kapitalismus, Kommunismus, Demokratie und Christentum ein und dasselbe Ding waren und alle zusammen soviel wie Judentum bedeuteten, das hatte er bis jetzt auch noch nicht gewußt. Aber den

Juden war so was schon zuzutrauen! Wo sie doch alle schwerreich waren und den Kapitalismus erfunden hatten! Warum sollten sie da nicht auch gleich noch den Kommunismus miterfunden haben? Klar, Kupke, haben sie das! Auch daß die Pfaffen eins vom Referenten abkriegten, imponierte ihm gewaltig. Hatte er sich doch im Gefängnis immer mit so einem Pfaffen angelegt, weil der nach jeder Sonntagsandacht wollte, daß er wegen der Lina und ihrem blöden Ende in sich gehen und Buße tun sollte. Wenn er schon damals gewußt hätte, was er an so einem Abend erfuhr: daß also auch das Christentum nur von den Juden erfunden worden sei, um das deutsche Volk besser beherrschen und knechten zu können – das hätte den Pfaffen freilich schön gestochen, diesen verlogenen Judenknecht!

In der Pause wurde Kupke gefragt, ob er denn nicht Mitglied werden wollte. »Wir Nationalsozialisten werden bald die Macht haben. Solche Leute wie Sie brauchen wir, Volksgenosse. Wir haben viel Arbeit vor uns.«

»Ich bin arbeitslos«, stotterte Kupke. »Ich möchte ja schon gerne Mitglied bei Ihnen werden, wenn ich darf. Von den Juden kann ich nämlich auch ein Lied singen!« Haßerfüllt dachte er an das Schuhgeschäft Goldstein, das hinter seine Urkundenfälschung gekommen war.

»Ich werde Ihnen Arbeit verschaffen«, versprach ihm der Vorsitzende, ein Oberlehrer Zunk.

»Aber Beiträge kann ich augenblicklich nicht zahlen«, entschuldigte sich Kupke gleich.

»Wir haben genug zahlende Mitglieder«, prahlte der Vorsitzende. »Am Geld scheitert bei uns nichts.«

Einer fragte: »Haben Sie ihn mitgemacht?«

»Wen?« wollte Kupke lieber vorher wissen.

»Den Krieg!« versetzte der Kolonialwarenhändler Kühne streng.

»Und ob!« atmete Kupke erleichtert auf. »Als Gefreiter!«

»Freut uns sehr, Kamerad!« klopfte ihm der Oberlehrer Zunk auf die Schulter. »Auch unser Führer war Gefreiter!«

Wieder einmal sagte Louise:

»Er möchte gern mal mit dir sprechen, Robert.«

»Wer?«

»Der Hermann.«

»Welcher Hermann?«

»Der Hermann Kupke, du weißt doch!«

»Woher soll ich das wissen! Er soll in mein Revier kommen, aber nicht in meine Wohnung. Hier hat er nichts zu suchen!«

»Sei nicht so hart, Robert.«

»Von wegen! So ein Verbrecher!«

»Er ist doch ganz ohne Familie.«

»Hat er's anders verdient? Seinetwegen hat sich die arme Lina aufgehängt!«

»Das weiß man doch gar nicht so genau.«

»Wir von der Polizei wissen alles! Was will er denn überhaupt von mir?«

»Er ist da in so 'nem Verein drin und weiß nicht recht, was das für Leute sind. Ich glaube, das hat was mit Politik zu tun. Er will doch anständig bleiben. Und da wir doch im gleichen Hause wohnen und du doch bei der Polizei bist, hat er mich auf der Straße gefragt, ob du was davon verstehst.«

»Was haste ihm denn da gesagt?«

»Natürlich versteht mein Mann was davon, habe ich gesagt.«

»Man kann ja mal sehn«, sagte Robert geschmeichelt.

Dunkler Fleck wird hell, ganz hell

Seitdem Kupke in der Partei war, kam er sich direkt wichtig vor. In seinem ganzen Leben hatte er noch nie die Möglichkeit gehabt, mit bessseren Herrschaften so menschlich, so nahe zusammenzukommen wie jetzt. Ein richtiger Akademiker, der Herr Professor Grosse, drückte ihm sogar die Hand, wenn sie beide den Arm wieder gesenkt hatten, nach dem offiziellen Parteigruß. Viele Nazis waren zwar arme Schlucker wie er, Arbeitslose waren dabei und kleine Angestellte mit hundert Mark Monatsgehalt und auch ganz junge unerfahrene Burschen, die nach der Schulzeit eine Lehrzeit durchgemacht, aber hinterher keinen Arbeitsplatz gefunden hatten, es war schwer geworden, Arbeit zu finden. Doch war es Kupke gar nicht so unrecht, daß es auch noch andere arme Schlucker in der Partei gab, dadurch kam er sich doch nicht so als Letzter vor. Und mit diesen unreifen Jüngelchens verglichen, war er doch so etwas wie ein bedeutender Mann. Denn er hatte ja immerhin den Krieg mitgemacht, und darauf legte die Partei ganz großen Wert. Und er ließ es die jungen Burschen schon spüren, daß er, mit ihnen verglichen, eben ein altes *Frontschwein* war, auf dessen erfahrene Stimme sie zu hören hatten. Natürlich grinsten sie manchmal über ihn, aber er macht doch Eindruck auf sie, das merkte er genau.

Auf ihn wiederum machten die besseren Herrschaften großen Eindruck. Die hatten natürlich ’ne ganz andere Schnauze, weil sie eben freiweg, und ohne lange nachzudenken, reden konnten. Es geht eben nichts über ’ne handfeste Bildung, mußte Kupke zugeben, wenn er einen gebildeten Parteigenossen über die vernegerten Franzosen und die verjudeten Amerikaner reden hörte. »Die haben Kenntnisse, da kann unsereins nicht mit«, gab er dann zu. »Unsereins ist höchstens ein Frontschwein«, sagte er zu den jungen Burschen, »was ihr nicht mal seid. Aber die da jetzt reden, das sind doch wirklich kluge Kerle!«

Da war der Kaufmann Kühne, der meckerte, der sagte in den Versammlungen, die Juden würden alle Geschäfte machen, und außerdem habe er mit dem republikanischen Finanzamt ein Hühnchen zu rupfen. Der Tag der Rache für alle gezahlten Steuern würde noch kommen! Kein Jude würde dann mehr ein Geschäft besitzen und kein republikanisches Finanzamt würde dann mehr Steuern verlangen.

Und dann war da ein Student, ein kleiner Dicker, der Ottomar Kulisch. Wie war der genau! Der kannte alle Zahlen aus dem Gedächtnis! Ob das nun eine Zahl mit zwei oder mit sechs Ziffern war – er wußte alles haargenau! »Volksgenossen«, sagte er, »Deutschland braucht in vier Jahren noch nicht einmal zehntausend neue Beamte, aber fünfundzwanzigtausend bewerben sich um die freien Stellen! Fünfzehntausend haben jahrelang studiert, haben vergebens zwölf Jahre die Schulbank gedrückt, dann die Bänke in den Hörsälen. Und nun? Nun sind sie arbeitslos!«

Einer, er hieß Hinkel, war Parteiarzt, ein junger Kerl. Der hielt einen Vortrag, da vergaß Kupke fast zu atmen, so sehr strengte ihn das an. »Jedes Jahr«, so sagte der Herr Doktor, »braucht das Land höchstens achtzehnhundert neue Ärzte, aber jedes Jahr beenden fünftausend Mediziner ihr Studium. Und dreitausendzweihundert junge Ärzte haben geschanzt, gebüffelt, teure Instrumente gekauft, teure Bücher gekauft, ihre

Examen bestanden – aber wozu haben sie sich so angestrengt?« Wozu? Das verstand Kupke natürlich auch nicht – wenn der Herr Doktor selbst es nicht verstand und die Versammelten fragen mußte.

»Ich kenne«, sagte der Vorsitzende, Herr Oberlehrer Zunk, »auch einige Fälle, die zum Himmel schreien!«

»Pfui!« rief Kupke empört aus. Herr Oberlehrer Zunk hatte ihm die Stelle im Chemischen Werk verschafft.

»Ich kenne einen Oberlehrer«, donnerte der Oberlehrer Zunk, »der kommt, im Gegensatz zu früher, beruflich nicht weiter – weil es in diesem korrupten Staate für vaterländische Männer keine Möglichkeiten zum Vorwärtskommen gibt! Nur Vetternwirtschaft gibt es in der Republik! Und dieses System hat noch die Stirn zu behaupten, diesem Oberlehrer fehle die höhere Vorbildung!«

»Unerhört!« rief Kupke.

»Aber wenn in einem Ministerium ein ehemaliger Schlosser sitzt, dann fragt keiner nach Vorbildung! Oder wenn der Staatssekretär zwar ein Akademiker ist, aber sein Vater ein roter Kesselschmied war – ist das Gerechtigkeit? Und so ist es im Reichsversicherungsamt! Und in den Krankenkassen! Und wenn unser Hinkel von den Ärzten spricht, so frage ich: Wer ist denn Chefarzt im Städtischen Krankenhaus? Ein Jude!«

»Pfui!«

»So etwas war früher nicht möglich!« Es war dem Oberlehrer Zunk die tiefe Erregung anzumerken, seine Augen traten ihm fast aus dem Gesicht. »Und warum hat dieser Jude die Stelle? Er hat zwar den Krieg mitgemacht und außerdem irgendein Serum erfunden. Aber das, Volksgenossen, können wir Deutsche ganz allein, dazu brauchen wir die Juden nicht! Die sollen machen, daß sie hier fortkommen! Nieder mit dem System!«

Das »System« wurde scharf bekämpft. Es war gar nicht auszudenken, wie schlecht das »System« war. Kupke hatte gar nicht gewußt, wie sehr ein solches »System« doch schlecht sein kann, und war Feuer und Flamme, daß es nun bald anders werden sollte. Ganz einverstanden war er damit! Immer feste! Nur nicht gefackelt! Nur nicht lange rumgespielt! Immer wieder gegen das »System«!

Alle in der Partei sprachen von dem kommenden Dritten Reich und von der deutschen Gerechtigkeit, die dann herrschen werde. »Das Reich«, rief Herr Huster aus, »das Reich des Führers wird sich auf die fünf großen geistigen Werte stützen: auf das deutsche Blut, auf die deutsche Erde, auf die deutsche Arbeit, auf die deutsche Ehre und auf das deutsche Reich!«

Jawohl, es sind fünf, ich habe genau mitgezählt, er hat recht, nickte Kupke zufrieden. Immer von neuem bestaunte er diesen Idealismus, der ihn umgab. Das hätte Kupke den Krämern, diesen Federfuchsern und sogar Industriellen nicht zugetraut, diesen vielen Idealismus! Ja, auch Industrielle und »noch Höhere« sollten sogar Mitglied in seiner Partei sein, er konnte zwar nie die Namen erfahren, aber es gibt berechtigte Geheimnisse, das war schon beim Militär so, daß wir Unteren nicht alles zu wissen brauchten, das ist schon ganz richtig so...

Er durfte mit ihnen am gleichen Tisch sitzen. Keiner kümmerte sich um sein Vorleben. Er hatte nur einmal seinen Geburtsschein und die Geburtsscheine seiner toten Eltern und Großeltern mitbringen müssen, denn sie wollten sehen, ob er ein reiner Arier sei. Erst hatte er gemeint, »rein« sei wegen einer Geschlechtskrankheit. Die sei schon geheilt, schon im Kriege, hatte er beweisen können. Aber so war das gar nicht gemeint gewesen, es handelte sich um sein Blut, wurde ihm erwidert. Und dann bewiesen sie ihm, daß er für sie ein reiner Arier sei, daß sein Blut und sein Stammbaum und überhaupt alles, was dazugehört, in Ordnung seien. Da war Kupke aber froh! Das kann man sich schon denken! Und nun saß er mit seinen Parteigenossen im *Braunen Bären*. Vor ihm standen ein Glas Bier und ein Teller mit Würstchen und Kartoffelsalat. Er brauchte nur zuzugreifen. Und er griff zu. Für ihn und die andern kleinen Verdiener zahlte der Kassierer der Partei. Nicht immer, aber ab und zu war die Partei direkt nobel! Von Geiz keine Spur! Kupke trug nun auch hohe Stiefel, einen Ledergurt mit Schulterriemen und vor allem das braune Hemd. »Wer zu uns echten Deutschen gehören will«, erklärte Oberlehrer Zunk bei einem Ausmarsch, »muß das braune Hemd am Körper tragen. Hier ist der Sitz der neuen deutschen Geistigkeit!« Und dies alles, auch das so wichtige Hemd, war ihm ohne Geld geliefert worden, es hätte Zeit mit dem Bezahlen, bis er mal was erübrigen könnte, wurde ihm gesagt. Wirklich, Kupke war nicht unzufrieden mit der Partei. Das war doch 'ne andere Sache als früher! Er erinnerte sich an den ärmlichen Betrieb bei den Spartakisten und bei den Sozis, wo er gleich nach dem Kriege mitgemacht hatte. Dort hatten die Kassierer immer nur Geld von ihm haben wollen! Nein, hier brauchte keiner über die Knickrigkeit der Bonzen zu murren. Die hatten und gaben doch immer Geld. Es gab immer mal wieder Freibier, und wenn er »Dienst« hatte, bekam er sogar zwei Mark! Und dabei war er doch nicht der einzige, der für den »Dienst« bezahlt wurde. In Reih und Glied, im Gleichschritt, in einer draufgängerischen Kolonne, so marschierte Kupke durch die Straßen der demokratischen Stadt, die braune Kappe auf dem Kopf, den Sturmriemen festgezogen unterm Kinn. »Nieder mit der Demokratie!« schrie er mit den andern. Nach langem faulen und einsamen Dahinschlendern hatte sein Leben wieder einen Sinn, einen deutschen Sinn bekommen. Er hatte da wieder 'nen Vordermann, 'nen Hintermann, 'nen Nebenmann. Er war doch mal Gefreiter gewesen. Er verstand sich ja auf diesen Schwindel und er machte ihn ja ganz gerne wieder mit. Das Herz wackelte ihm vor Freude, wenn so die Straßendecke vom Marschtritt widerhallte. Das blöde republikanische und rote Pack auf den Bürgersteigen mag nur witzeln! Das Witzeln wird diesen Leuten eines Tages noch vergehen!

Die schönsten Stunden erlebte er draußen im Stadtwald, bei den von der Republik verbotenen Geländeübungen, wenn eine Gruppe ausschwärmte, wenn sie »Machtergreifung«, »Verfolgung von Juden und rotem Gesindel« und »Straßenkampf« zwischen hohen Bäumen übte. Da liebte er seinen Führer! Da liebte er den Hauptmann Grosse, den Oberlehrer Zunk, den Herrn Huster, den Doktor Hinkel, da liebte er alle seine großen und kleinen Führer, die, die er persönlich kannte, aber vor allem den einen, der in München die Bewegung organisierte! Begeistert knirschte er mit seinen gelben Zähnen! Da vergaß er sogar sein ganzes verdammtes Sauleben! Da vergaß er endlich auch die gestorbene Lina und alles und alles! Da warf er sich gern und willig auf den feuchten, stark duftenden Waldboden! Bald würde der Führer siegen, dachte er gläubig. Dann gibt's für jeden von uns Pinke, Zaster, Moneten! Jeder soviel er nur will! Dann hat die Not endlich ein Ende! Und seine frühere Kriegsrente wird ihm der Führer bestimmt auch wieder verschaffen – das lumpige System hatte sie ihm gestrichen, diese Gauner! Auf 'ne Arbeit pfeift er dann, das hat er dann im Dritten Reich nicht mehr nötig! Die Hauptsache ist, daß der Führer rankommt an die Regierung! Der wird den Juden gleich alles abnehmen, wie er's versprochen hat! Und Kupke bekommt dann auch was von den jüdischen Kapitalien ab, alle in der Partei kriegen dann davon!

»Der arme Hermann tut mir ja doch leid«, sagte der Polizist Robert Liebig zu seiner Frau.

»Welcher Hermann?« fragte Louise und suchte schnell was im Schrank.

»Der Kupke. Er ist doch so allein. Kannst ihn schon mal einladen, damit er auch mal im Hause, wo er doch nun schon so lange wohnt, auch mal zu jemandem eingeladen wird. Bist überhaupt komisch kühl zu ihm, finde ich. Wo er dich doch mal auf der Straße gefragt hat, ob er mit mir was besprechen könnte. Du hättest ruhig mal in seiner Wohnung nachsehen können, ob er nicht was braucht. Warst du denn nie in seiner Wohnung?«

»In seiner Wohnung!« Louise regte sich schrecklich auf. Herrgott, regte sie sich auf! »Was hab ich denn in seiner Wohnung zu tun!« protestierte sie laut. »Nie war ich in seiner Wohnung!«

»So? Du warst nie in seiner Wohnung?«

»Wenn ich dir sage, daß ich nie in seiner Wohnung war, dann kannst du mir's doch glauben! Ich war nie in seiner Wohnung!«

»Ich auch nicht«, sagte Robert. »Er kommt jetzt in letzter Zeit so sauber an. Er hat 'ne gute Stelle gefunden. Er ist Nachtwächter im Chemischen Werk, da verdient er ganz schön. Lad ihn mal ein!«

»Aber er hat schon gesessen«, wehrte sich Louise gegen den unerwarteten Vorschlag.

»Abgesessen ist abgesessen, Louise.«

»Wie du meinst, Robert.«

Das Haus staunte nicht schlecht! Kupke wurde zu Liebigs zum Abendessen eingeladen! Dieser Robert war doch ein komplettes Kamel!

Als Louise die Männer einen Augenblick allein ließ, entschuldigte sich Robert bei seinem Gast. Er sah ihn dabei sehr sonderbar an, so daß Kupke nicht recht wußte, woran er war. Für alle Fälle nahm er sich vor, zurückzuschlagen, wenn Louisens Mann die Hand heben sollte.

»Meiner Alten darfste es nicht übelnehmen«, flüsterte der Polizist. »Die ist mit allen Männern so komisch. Die hat nichts gegen dich, wenn sie nichts spricht, nicht daß du meinst! Die ist schon als junges Mädchen immer sehr kalt mit Männern gewesen. Das ist so ihre Natur. Verstehste das?«

Kupke verstand das ganz gut. »So was gibt's«, sagte er zustimmend. Seine Hände lagen aber auf jeden Fall schlagbereit auf dem Tisch.

Der Polizist lachte. »Spielste Sechsundsechzig?« fragte er.

»Na sicher!«

Als Louise eine Kanne Bier brachte, spielten die Männer friedlich Karten.

»Nun sei mal 'n bißchen lieb zu deinem Gast! Mach nicht so 'n Gesicht«, kicherte Robert. »Was soll denn der von dir denken!«

Kupke wußte ganz gut, was er von Louise zu denken hatte. Er wollte sie gerne wieder loswerden, und auch Louise wußte das endlich.

Dies war für viele Jahre ihr letztes Gespräch – bis sie dann 1933 wieder miteinander sprachen und Louise alles, alles bitter büßen mußte.

»Warum biste so selten bei dir, Hermann? Ich klopfe, aber du bist nie da.«

»Keine Zeit, Louise.«

»Du hast wohl 'ne andre, Hermann?« Angstvoll sah sie ihn an.

Er sah sie nicht an. Sagte nichts.

»Ich hab's gewußt«, jammerte sie.

»Geh weg!« schrie Kupke.

»Ich bin dir wohl zu alt geworden?« weinte sie und vergrub ihr verheultes Gesicht in den Händen.

»Die Jüngste biste ja nicht mehr«, höhnte Kupke. »Vor zwanzig Jahren, als du noch alle deine Zähne hattest, warste vielleicht mal jung.«

»Du hast auch nicht mehr alle deine Haare!« kreischte sie los. »Mit meinem Geld, was mal auf der Bank lag, war ich dir jung genug. Und wo ich jetzt nichts mehr habe, läßte mich hocken!«

»Wenn du nicht sofort ruhig bist, sag ich's dem Robert!«

Aber sie gab den Kampf noch nicht auf. Sie verlegte sich aufs Betteln. Sie war sicher, daß eine andere im Spiel war. Eine andere Frau! Wer war sie? Sie wollte wissen, wer es war! Eifersucht, das tobt! Das nimmt das ganze Gefühl im Leibe ein! Das läßt nichts daneben aufkommen!

»Ich esse nichts mehr, seitdem du mir ausweichst«, seufzte sie und sah ihn mit traurigen, zärtlichen, verlorenen Augen an.

»Ich lieb dich nicht! Mach die Kuhaugen zu!« sagte er gemein. »Ich hab dich nie geliebt. Fall mir nicht mehr auf die Nerven. Verreck!«

»Wenn das so einfach wäre«, weinte sie.

Er hielt sich die Ohren zu.

»Du wirst es noch bereuen!« drohte sie ihm.

Bald nach dem Zerwürfnis mit Louise erhielt Kupke eine Vorladung von der Partei.

Im Braunen Haus saßen drei Männer am Tisch, er kannte sie alle drei, sie kannten ihn auch, aber sie taten so, als sei er ein Fremder für sie und nicht der alte treue Parteikämpfer Hermann Kupke.

»Verbrecher werden bei uns nicht geduldet«, sagte der Kolonialwarenhändler Kühne streng. Er fuchtelte wild mit einem Brief in der Luft herum.

»Uns wird mitgeteilt, daß Sie schon mal im Gefängnis saßen«, sagte Professor Grosse kühl.

»Wir haben schon genug unsaubere Elemente in unseren Reihen. Wir sind im Interesse unserer deutschen Bewegung weitherzig. Aber Sie haben gesessen!« brüllte Oberlehrer Zunk. »Was haben Sie ausgefressen, Mensch! Ihnen habe ich eine Stelle verschafft! Wenn das in der Direktion des Chemischen Werkes bekannt wird!« Er schwitzte.

Kupke, am Rockkragen das runde bunte Abzeichen der Partei, zitterte vor Scham, vor Wut, vor Haß. Das hatte er nicht erwartet.

Verächtlich blickten ihn die drei Männer an.

»Was haben Sie zu erklären?«

Kupke faßte sich wieder. Nur sachte, nur sachte! Was konnte ihm denn passieren? Nichts konnte ihm passieren. Wissen möchte er bloß, welches Schwein ihn da verpfiffen hatte.

Langsam holte er ein hellgraues Büchlein aus der Tasche, seinen alten abgegriffenen Militärpaß.

»Ich war Gefreiter! Wie der Führer!« sagte er herausfordernd. »Ich bin zweimal verwundet worden, hier sind meine Militärpapiere. Ich habe den Feldzug gegen Frankreich mitgemacht. Die Stellungskämpfe um Verdun, Gefecht bei Ornes-Flabas, die Kämpfe im Argonnenwald, den Sturm auf die ›La-Fille-Morte-Kuppe‹. Alles schwarz auf weiß!«

»Schon gut«, winkte Professor Grosse ab. »Aber weswegen haben Sie gesessen? Das interessiert uns!«

Wütend mußte sich Kupke bequemen, die Unterschlagungen beim Schuh-Goldstein einzugestehen. Er kochte innerlich wie noch nie zuvor.

»Beim Juden Goldstein? In der Wilhelmstraße?« fragte Kolonialwarenhändler Kühne erfreut, als Kupke fertig war mit seiner Beichte.

»Jawohl«, gab Kupke niedergeschlagen zu.

»Das ist ja was anderes!« rief Professor Grosse aus.

Zunk war mit dem Verlauf der Verhandlung nicht ganz einverstanden.

»Wieso?«

Professor Grosse ließ ihn nicht lange im Zweifel. Er erhob sich und sagte feierlich: »Auf unsern Volksgenossen Kupke, auf unsern Parteigenossen Kupke trifft unser Paragraph elf zu: Wer wegen einer Handlung, die durch Tat oder Wort oder Schrift gegen einen Juden begangen wurde, von einem Gericht des Systems verurteilt worden ist, kann trotzdem Parteimitglied werden oder bleiben. Recht ist, was dem deutschen Volke nützt.«

»Jawohl«, sagte Kupke verblüfft und stand stramm.

Der Kolonialwarenhändler Kühne bat, etwas schwer von Begriff: »Warten Sie mal. Wie war das? Was hat Kupke getan? Er hat also eine Handlung durch Schrift ausgeführt...«

Oberlehrer Zunk hatte immer noch Bedenken. »Eine Urkundenfälschung! Immerhin!«

»Er hat einen Juden geschädigt!« erklärte Professor Grosse scharf. Und mit einem Seitenblick auf den errötenden Oberlehrer: »Wer die Statuten nicht anerkennt, stellt sich außerhalb der Partei!«

Kupke murmelte: »Sehr richtig!«

Er wurde hinausgeschickt und nach einigen Minuten wieder hereingerufen. Das Verfahren sei niedergeschlagen, teilte man ihm mit, er könne in der Partei bleiben.

Kupke war so überrascht, daß er nichts erwiderte.

»Kennen Sie eigentlich den anonymen Briefschreiber?« fragte ihn Professor Grosse interessiert und bot ihm eine Zigarette an.

Als Kupke die Schrift sah, sagte er ausweichend, sie komme ihm zwar bekannt vor, aber wer es sei, das könne er nicht sagen.

Weil er aber gedrängt wurde, sagte er es doch. »Das war das gemeine Aas, die Louise!«

»Also eine Frau! Aber Sie sind vorbestraft, denken Sie daran! Mit einigen Ohrfeigen ist alles erledigt. Nicht mehr!«

Kupke schnaufte etwas von »auf die Partei schwören« und »nie vergessen«. Dann schritt er aufrecht die Treppe des neuen schönen Braunen Hauses hinab. Aufrecht marschierte er durch die Straßen. Er war von nun an stolz auf seine Vergangenheit. Alles hatte sich verändert, seitdem er in der Partei war. Er war stolz auf seine Partei. Sie hatte seinen dunklen Fleck hell und strahlend gemacht. Er war wieder vollwertig geworden, ja, sogar ein Held, der sich im Kampfe gegen das raffende jüdische Finanzkapital bereits bewährt hat. Ein Kämpfer, der für seine Überzeugung sogar gesessen hatte! Ja, das war er! Ein Märtyrer, ein armer – aber ein Märtyrer, dessen guter Ruf soeben wiederhergestellt worden war! Nieder mit den Juden und nieder mit den jüdischen Schuhgeschäften! Juden raus! Raus mit dem Schuhjuden Goldstein! Tod dem Verräter Goldstein!

Und mit dem Biest, mit dieser Louise, würde er bei Gelegenheit noch abrechnen, schwor er sich. Kommt Zeit, kommt Rat...

So also war auch Kupke endlich zu seinem Glück gekommen.

Fünftes Buch
Das Ende vom Glück

Die kleine Firma und das große Warenhaus

Als die Konjunktur wieder abbrach und die Wirtschaftskrise im ganzen Land, und also auch bei Jossel Fischmann begann, diese Krise, deren Ende nicht abzusehen war, wurde aus dem komischen Märchen des Kaufmanns Fischmann eine traurige Geschichte.

Geruhsam hatte er ein paar Jährchen verbracht – und da kamen also die beängstigenden Sorgen wieder über ihn. Als hätte er noch nicht genug gehabt! Als wäre ihm nicht einmal Erholung zu gönnen gewesen, Genesung von all dem Leid seines kümmerlichen Daseins. Nein, er hatte noch nicht genug. Nein, er mußte wieder zittern, hoffen, bangen und beten, wieder Bittgebete und keine Dankgebete: Er war ein armer, armer Mann. Er besaß nichts. Er hatte mehrere Male begonnen, sich und den Seinen einen winzigen Platz auf dieser weiten Erde zu schaffen. Was hatte er nicht schon alles versucht? Und wo war er nicht schon überall gewesen! In einigen Ländern schon und unter verschiedenen Leuten hatte er schon gelebt. Mit vielen Sprachen und mit vielen Hoffnungen hatte es dieser Mensch schon versucht. Aber einmal gelang es nicht, weil er ein Jude war. Und einmal litt er, wie alle armen Menschen leiden. Und einmal kam der Krieg. Und einmal kam der Tod. Und einmal kam dies und einmal kam das. Jetzt aber hatte er wirklich geglaubt, es sei genug und er habe endlich seine Ruhe! Aber nein, es war noch immer nicht genug! Es kam wieder über ihn! Es warf ihn wieder um, langsam warf ihn die Krise um! Langsam sank er zu Boden wie eine machtlose Marionettenfigur, die jemand von oben am Faden hält, und der Faden gibt nach, gibt nach...

Die Krise schlug ihn, wie sie alle kleinen Menschen schlug.

Aber Jossel Fischmann war Jude. Für ihn gab es immer noch ganz besondere Schläge...

Die Firma J. FISCHMANN, DAMEN-, HERREN- UND KINDERBEKLEIDUNGSARTIKEL befand sich in einer Nebengasse, durch die viele Arbeiter und kleine Büroangestellte kamen, wenn sie gegen Abend nach Hause eilten. In dem einzigen Schaufenster stand eine stupid ins Leere starrende Puppe. Abwechselnd war sie mit einer billigen Bluse oder mit einem Unterrock aus Seidentrikot bekleidet. Außerdem lagen im Schaufenster drei dicke, innen angerauhte Schlüpfer, aus Seide und Wolle, in süßlila, lachsfarben und himmelblau. Daneben eine Strickweste, etliche Schuhe und baumwollene Socken und ein verblichenes Schild: *Samstag geschlossen*.

Der Geschäftsraum entsprach dem einzigen Schaufenster: ein Ladentisch, zwei gebeizte Regale und ein Spiegel für die Kunden. Dann gab es noch ein fensterloses Viereck, das Büro. Die Ausstattung dieses Büros bestand aus einem alten Küchentisch, einem Stuhl, einem kleinen Sofa und einem Schränkchen aus ungestrichenem Holz, in dem Bindfäden, Siegellack und Knöpfe aller Art lagen.

Dieser Laden war Jossel Fischmanns Glück, das er endlich gefunden zu haben glaubte, mit bald fünfzig Jahren, das große Glück des kleinen jüdischen Eingewanderten: ein eigenes Geschäft.

Einen Kassenschrank besaß er nicht. Einnahmen kamen in einen viel zu großen Beutel, den er sich in der Inflationszeit für die Papierbündel gekauft hatte und seitdem bei sich trug, in der Hosentasche.

Einen größeren Laden hätte der einfache Jossel Fischmann gar nicht besitzen wollen. Er war ohne jenen hastenden Ehrgeiz, der manchen Menschen einem gejagten Hasen ähnlich werden läßt. Schon ein Laden mit zwei Schaufenstern wäre über seine Kräfte gegangen. Es wären dann bestimmt zwei Puppen nötig gewesen und mehrere Verkaufsräume vielleicht und sicher ein umfangreicheres Warenlager. Zum Schluß hätte er dann nichts mehr übersehen können. Wahrscheinlich hätten ihn zu viele Größen, zu viele Farben, zu viele Qualitäten nur verwirrt. Und vielleicht wären auch seine Kunden in einem größeren Geschäft, in einer BEKLEIDUNGSGESELLSCHAFT

J. FISCHMANN GMBH etwa, verwirrt gewesen und mißtrauisch geworden. Sie hätten sich in einem größeren Laden nicht mehr zurechtgefunden und wären dann nach und nach weggeblieben, diese einfachen kleinen Leute. Jossel Fischmanns Kunden finden sich in der ganzen Welt, und überall finden diese Käufer kleine Geschäfte wie das von Jossel Fischmann. In der ganzen Welt kaufen diese Menschen nur in Läden, die abseits vom großen Trubel und in ärmlichen Gassen liegen. Nie betreten sie ein Warenhaus, weil sie dort den Besitzer nicht zu sehen bekommen und deshalb kein Vertrauen zu seiner Ware haben. Jossel Fischmanns Kunden kamen zu ihm, weil sie Vertrauen hatten, weil sie den »Besitzer« der Waren, die sie brauchten, kannten. Sie ließen sich zwei Hemden zeigen (mehr hatte ja Jossel Fischmann in den einzelnen Größen nie auf Lager), wählten eins davon und gingen. Später, nach einer Woche, nach einem Monat, kamen sie wieder, ließen sich den einen Konfektionsanzug zeigen, den Fischmann im Schaufenster liegen hatte. Sie kamen gleich mit der ganzen Familie und nahmen dann noch zwei Schlüpfer für die strahlende Frau mit. Wenn die innen angerauhten Schlüpfer zu groß waren, machte das nichts, sollte die Frau sie enger machen, trösteten sie den untröstlichen Kaufmann Fischmann. Und dann wieder kauften sie sich ein Paar baumwollene Socken. Und ein andermal vielleicht Schuhe für die Kinder. Und wenn die Schuhe zu groß waren und der untröstliche Herr Fischmann die kleinere Nummer nicht vorrätig hatte, trösteten sie ihn und sagten: »Das macht nichts, Herr Fischmann, die Kinder werden ja wachsen.«

Immer wieder kamen dieselben braven einfachen Menschen zu dem braven einfachen Jossel Fischmann. Weder wußten sie genau, warum sie gerade zu ihm ins Geschäft kamen und nicht nebenan einkauften, noch wußte Jossel Fischmann, warum nun seine Kunden ausgerechnet seine und nicht die eines andern Kaufmanns Kunden waren.

Jedenfalls war keine Hexerei im Spiel. Nicht einmal Überredung konnte für die sichtlich vorhandene Sympathie, die er genoß, in Frage kommen. Wie hätte Jossel Fischmann auch einen *richtigen Deutschen* überreden können, er, der doch kein fehlerfreies Deutsch sprach. Gewöhnlich redete er sehr wenig beim Verkaufen. Er kam mit einigen immer wiederkehrenden Worten aus. Er zeigte die Ware, nickte, lächelte, seine Finger glitten stolz, fast schon zärtlich über den ausgebreiteten Artikel.

Auch seine Kunden sprachen wenig. Sonderbar war, daß sie, die doch sonst redeten wie Deutsche reden, im Laden beim Fischmann verlegen wurden, schwere Zungen bekamen, nickten, lächelten, genauso wie der Mann hinter dem Ladentisch. Für diese kleinen seßhaften Leute stellte das Betreten des Ladens dieses Ostjuden Fischmann beinahe eine Auslandsreise dar, ein Besuch im Ausland, beim Ausländer, der Hauch eines anderen Landes.

»Diesen Mantel?« lächelte Fischmann fragend.

»Paßt der Mantel?« lächelte der Kunde.

»Warum nicht?« lächelte Fischmann, knöpfte den Mantel weit auf und ließ den Kunden hineinschlüpfen.

»Gibt er warm?«

»Und ob er warm gibt! Wie ein Ofen!« nickte Fischmann stolz.

»Und der Preis?«

Fischmann zeigte auf das Preisetikett. »Aber für Sie zwei Mark billiger«, lächelte er.

»Gut«, lächelte der Kunde. »Und nächsten Monat braucht meine Frau ein Kleid.«

»Schöne Kleider!« Fischmann zeigte auf einen fast leeren Pappkarton, auf dem *Damengarderobe* stand. »Und geht es gut in Ihrer Familie?«

»Und in Ihrer Familie, Herr Fischmann?«

»Ich danke Ihnen schön«, nickte Herr Fischmann. »Wie soll es gehn?«

»Auf Wiedersehn«, lächelte der Kunde.

»Kommen Sie gesund nach Hause«, lächelte Jossel Fischmann.

Das waren die Jahre der Konjunktur.

Aber dann kam das Jahr 1930.

Und das Leben begann eine gefährliche Rutschbahn zu werden.

So ist das nun: man macht sich was vor, man macht anderen was vor. Man glaubt's, und andere glauben es auch. Sie glauben alle: es geht langsam aber sicher vorwärts, es geht aufwärts, geradeaus, es ist schön, es ist wunderschön, es ist gar nicht zu sagen, wie schön es ist. Eine Firma! Und Arbeit! Und Stellungen! Und Lebensstellungen! Du arme Menschheit, du lächerlich arme Menschheit. Die Rutschbahn hört doch nie auf.

Im Hause Schloßgasse 21 zum Beispiel waren jetzt die meisten Leute ohne Arbeit. Sie lebten fast alle von der Arbeitslosenunterstützung. Auch Hermann Fischmann war ohne Arbeit.

Er verlor seine Stellung als erster Verkäufer – seine Lebensstellung. Mit ihm war fünfzig anderen Angestellten des Warenhauses Max Kahn A. G. gekündigt worden. Nein, er hatte sich natürlich nichts zuschulden kommen lassen. Es stand fest, daß nicht er schuld an seiner Entlassung war. Aber auch nicht das Warenhaus. Nichts hatte das Warenhaus gegen ihn einzuwenden gehabt, ebensowenig gegen die Qualitäten der anderen fünfzig Entlassenen. Es war die »Zeit«, die Hermann Fischmann arbeitslos machte, nicht etwa Herr Kahn und auch nicht der Personalchef des Hauses – es war ganz einfach die »Zeit«.

So erfuhren damals viele Menschen zum ersten Mal in ihrem Leben, daß sie alle Angestellte der Zeit waren. Ein schöner Reinfall. Mit Herrn Kahn konnte man zur Not noch reden und auch noch mit seinem Personalchef. Aber wie redete man mit der Zeit? Sie entließ, ein Einspruch war nicht möglich, die Zeit hörte ja gar nicht zu, sie hatte Fäuste wie ein Hammer oder wie ein Beil, aber sie hörte nichts.

Dabei war Hermann nicht etwa überrascht worden. Er hatte es kommen sehen. Er hatte die Zeit kommen sehen. Die Zeit kann alle Formen, alle Gestalten annehmen, sie kann der Tod und sie kann das Leben sein. Bei Hermann war sie der Verkaufsblock. Hermanns Abteilung war eine Luxusabteilung. Sein Verkaufsblock hatte vor dem Beginn der Wirtschaftskrise alle vier bis fünf Tage erneuert werden müssen, und jetzt kam er mit seinem Block einen ganzen Monat aus!

Zwar ließen sich noch immer frühere Kunden bei ihm sehen, aber nicht um zu kaufen, sondern nur um auf dem laufenden zu bleiben. Hermann gab sich alle Mühe, diesen Damen etwas anzubieten, ihre Kauflust zu reizen. Aber die Damen erklärten offen, Lust hätten sie schon, und reizen dürfe er auch, aber kaufen könnten sie vorläufig nichts. Die Zeit, die Zeit, seufzten auch sie...

Hermann sagte sich selbst, daß es so nicht mehr lange weitergehen könne. Noch einige solcher Wochen, und sie bestellten ihn in die Personalabteilung... Bei diesem bedrückenden Gedanken wurde er von einem wahren Verkaufsfieber ergriffen.

Die neueste Mode, redete er sich heiser, lehne sich jetzt an das Zeitalter der Königin Elisabeth und Maria Stuart an, was namentlich in den Façons bei den quer drapierten Ärmeln zum Ausdruck komme sowie in den vielfach gesehenen Stuart-Kragen... (Wenn sich mein Umsatz nicht wieder hebt, werde ich gekündigt, mein Gott!)

»Stuart-Kragen? Nicht schlecht«, gaben die ehemaligen Kundinnen zu.

»Auch die vorne in absteigendem Spitz verlaufenden Hüte entstammen dieser Periode«, versicherte Hermann bittend. Er sah von weitem den Personalchef mit einem großen weißen Bogen herumlaufen. Sicher stellte der Mann eine neue Entlassungsliste zusammen, diese Bestie, dieser Menschenvernichter, dieser Henker! »Auch diese entzückende Garnitur«, bat Hermann sanft, »stammt aus dieser Periode. Außerdem besteht jetzt die Tendenz«, erklärte er süß (der Personalchef stand jetzt neben ihm!), »den Gürtel rückwärts etwas tiefer zu halten als vorne und die Rückenlinie damit zu verlängern.«

»Ach, es besteht jetzt die Tendenz«, bedauerte eine nervös zwinkernde Dame, »Kleider zu tragen, die man sich vor der Krise kaufte.«

»Für die Abendstunden hat das Cocktailkleid größere Bedeutung bekommen«, beschwor sie Hermann. »Man trägt es meist aus Abendstoffen in Tailleurformen, so daß es beim Ausziehen des Jäckchens durch den Rückenausschnitt sofort in ein Abendkleid verwandelt wird.«

Aber niemand machte Anstalten, ein teures Abendkleid zu kaufen. Sein Verkaufsblock wurde staubig. Und die einzelnen Blätter bekamen Eselsohren. Und Hermanns Mut und Selbstvertrauen sanken von Tag zu Tag. Die Abteilung *Modestoffe, Spitzen und Besätze* hatte nichts mehr zu tun. Hermann versuchte, sich und seinen Vorgesetzten die Illusion von Arbeit vorzuspielen, indem er täglich die Dekoration änderte und die Mannequins, teure und bildhübsche Puppen, wie Schachfiguren von einem Platz auf einen andern verschob, sie immer wieder neu bekleidete. Er legte die prächtigen Stoffe immer wieder von neuem in kunstvolle Falten, daß ihn selbst dabei Kauflust ergriff. Aber den Glauben an sich, an den Verkäufer, hatte er verloren. Sein Blick verriet schon Unruhe, wenn er Schritte auf dem spiegelglatten Parkett vernahm. Seine Hände, die gepflegten schmalen Hände eines guten Verkäufers, hatten früher mit leichten Fingerspitzen die kostbaren Stoffe gerafft, gefaßt, ausgebreitet. Jetzt verbarg er sie ängstlich hinter dem Rücken. Sie zitterten.

»Ich wünsche Ihnen alles Gute«, bedauerte ihn der Personalchef bei der Kündigung. »Sie wissen ja selbst: es ist die Zeit! Wenn die Zeit sich ändern sollte, werden Sie natürlich wieder bei uns willkommen sein. Vielleicht finden Sie unterdessen in einer anderen Firma eine Stellung.«

Natürlich bemühte sich Hermann redlich, um eine Anstellung in Leipzig oder Berlin oder München zu finden, obwohl er von der Nutzlosigkeit seiner Bewerbungen schon im voraus überzeugt war. Überall in Deutschland war die Zeit miserabel geworden. Überall waren Angestellte arbeitslos, Hunderttausende. Es gab einige Millionen Arbeitslose in ganz Deutschland. Hermann Fischmann war einer von diesen Millionen.

Der gute fröhliche Hermann wurde immer wortkarger. Er verließ morgens die Wohnung und lief verzweifelt durch die Hohenzollernstraße, durch die Kaiserstraße, durch die Wilhelmstraße, durch alle schönen Geschäftsstraßen der Stadt. Er träumte davon, daß ihn abends ein Brief des Warenhauses Max Kahn A. G. wieder in seine Abteilung zurückrufen würde, als Abteilungsleiter mit einer saftigen Gehaltszulage.

Aber nie sollte ein solcher Brief in die Schloßgasse kommen.

Hermann war damals erst zweiundzwanzig Jahre alt.

Allen geht es schlecht – sogar dem Kasperle

Franz Schaller war ebenfalls arbeitslos geworden. Daß ein Verkäufer in Zeiten ohne Käufer, ein junger Mann »ohne praktischen Beruf«, von der Krise betroffen wurde – schön, das konnte Jossel Fischmann noch hinnehmen. Aber ein Tischler! Und dazu so ein guter Tischler wie der Schaller! Er hatte selbst mit seinen eigenen Augen gesehen, was für ein guter Tischler Schaller war, denn Schaller hatte ihm ein wunderschönes Regal für seinen Laden gemacht. Aus ein paar ganz einfachen Brettern! Was für geschickte Hände! Die linke Hand hatte den Nagel gehalten, und die rechte Hand hatte mit einem Hammer zugeschlagen. Und immer genau auf den Nagelkopf! Und nie hatte der Hammer daneben getroffen! Nicht ein einziges Mal! »Passen Sie gut auf Ihre Finger auf!« hatte ihn damals Jossel Fischmann bei jedem Schlag gebeten. Bewundernd sah der Kaufmann zu, wie da aus Holz ein Regal wurde. Und Franz Schaller hatte lachend weitergehämmert, nicht einmal daneben! Daran erinnerte sich Jossel Fischmann jetzt und dachte irritiert: Der auch? Tischler ist doch ein praktischer Beruf... Aber praktische Berufe waren in den Krisenjahren ebenso unpraktisch wie unpraktische Berufe.

Franz Schallers Lage war besonders unglücklich, denn Berta erwartete ein Kind. Sie hatte sich das Kind gewünscht. Jahrelang hatte sie sich gesagt, es eile ja nicht. Aber nun war Berta schon über die Dreißig, und sie hatte behauptet, wenn sie jetzt keins bekäme, dann würde sie nie eins bekommen, und sie wollte ein Kind haben.

Im zweiten Monat ihrer Schwangerschaft verlor Franz seine Arbeit. Im dritten Monat kam es dem Hausbesitzer Stiefel zu Ohren, daß Schallers ein Kind erwarteten. »Ein unglaublicher Skandal!« regte sich Emanuel Stiefel auf. »Wozu hat 'n Arbeitsloser 'n Kind nötig? Und wie wollen die mir noch Miete zahlen? Von der Arbeitslosenunterstützung? Daß ich nicht lache!« Aber er lachte gar nicht.

Herr Emanuel Stiefel war inzwischen ein alter tapsiger Mann geworden. Er züchtete trotzdem weiter Kaninchen. Außerdem war er jetzt Großvater, seine Tochter Elli hatte wieder geheiratet und war Mutter von zwei Mädchen geworden.

Die erste Ehe von Elli lag weit zurück, sie wurde noch vor dem Krieg geschlossen, diese seltsame Ehe, von der die Stiefels nie sprachen. Es war eine große Aufregung gewesen, als es damals in der Schloßgasse hieß, die Elli habe einen Dummen gefunden. Eines Tages war ein schon bejahrter, aber noch recht ansehnlicher Kerl mit hellgelben Handschuhen aufgetaucht. Eine große weiße Perle steckte geheimnisvoll in seiner dunklen Krawatte, und alle flüsterten neidisch: »Sicher aus der Goldschmiedebranche, ein reicher Juwelier, er soll sogar aus Berlin sein, die Elli hat aber Schwein!« Die Stiefels hüllten sich, stolz und geschmeichelt lächelnd, in Schweigen. Es wurde bei verschlossenen Türen, aber offenen Fenstern Verlobung gefeiert und gleich hinterher die Hochzeit. Dann fuhr das Paar fort, Elli mit der Nase in der Luft, eine Kutsche mit zwei Pferden brachte sie an die Bahn. Am Tor ihres Hauses standen die alten Stiefels. Traurig nickten sie hinter der verschwindenden Elli und ihrem Mann her und seufzten: »Für immer, Elli, für immer!« Aus den Fenstern des Hauses sahen die Mieter der Kutsche nach und winkten, winkten.

Nach acht Tagen war Elli wieder da, ohne Mann, sie blieb in der Wohnung ihrer Eltern, ließ sich nicht sehen, auch die alten Stiefels ließen sich nicht sehen. »Was ist da nur los? Wo ist denn nur der feine Ehemann von der Elli geblieben?« flüsterten die Leute neugierig.

Gegenüber, neben der Bäckerei Handtke, wohnte schon damals Frau Pilz mit ihrer Tochter Elisabeth, »die noch warten kann, sie hat noch Zeit«. Diese Frau Pilz behauptete nun, sie wisse »alles«. Wie sie »alles« erfahren hatte, das wollte sie nicht preisgeben, das war eben ihr großes Geheimnis, es genügte doch, daß sie einem Vertrauen schenkte – nicht wahr? »Sehnse, das Ganze war'n Schwindel«, zischte sie mit schiefem Munde. »Andre Frauenzimmer sollen auch auf ihn reingefallen sein! 'n Heiratsschwindler war's! Die Mitgift hat er in acht Tagen durchgebracht! Die arme Elli! Geschieht ihr aber ganz recht! Muß man denn so jung heiraten? Meine Elisabeth kann gut warten!« Sie wartet noch heute.

Und dann, nach vielen Jahren, kam die Elli wieder zu einem Mann, nicht wieder zu einem »Juwelier«, diesmal zu einem Reisenden in Fensterleder und Bürstenwaren, ein stiller Mensch mit Namen Emil Korn. Er trug eine Melone und lüftete sie freundlich vor jedermann, zum großen Erstaunen der Schloßgasse 21. Keiner gönnte ihn, der doch so höflich war, dieser unbeliebten Familie Stiefel. Die Heirat war zwischen den befreundeten Müttern der Elli und des Emil beschlossen worden. Verschämt sagte Elli »Ja«, und auch der stille Emil sagte »Ja«, er hatte nichts dagegen einzuwenden. Er war auch damit einverstanden, daß seine Frau allein auf die Hochzeitsreise ging, mit ihrer und mit seiner Mutter. Er reiste das ganze Jahr und hatte sich schüchtern ausbedungen, einmal acht Tage lang nicht reisen zu müssen, die acht Tage nach der Hochzeitsnacht. Es wurde von den Frauen bewilligt. Ein komischer Mensch, aber Kinder bekam seine Frau doch. Zwei.

Elli wurde nach dem zweiten Kind dick wie eine üppige Wagnersängerin. Ihre Kleider taten das übrige, um diesen theatralischen Eindruck zu verstärken: Über jedem Ärmel war bestimmt ein Überärmel und auf dem fleischigen Rücken wehte bestimmt irgendein Schal.

Außerdem war Elli Nationalsozialistin geworden, weil der Trockenboden am Donnerstag immer belegt war. Jede Woche ärgerte sie sich über die Fischmanns. Diese Juden hängten ausgerechnet immer am Donnerstag ihre Wäsche auf, wo sie doch auch am Donnerstag aufhängen wollte. Seit langem schwebte dieser Streit zwischen Elli Korn und Frau Fischmann. Beinahe hätte sich Elli wegen der Juden noch mit ihren Eltern überworfen! Ihr Vater weigerte sich aber beharrlich, seinem Mieter Fischmann zu kündigen, denn Fischmann zahlte Miete, und seine Tochter wohnte mietefrei im Hause. »Häng deine Wäsche am Freitag auf«, schimpfte er. »Du weißt doch, daß die Juden am Freitag keine Zeit für ihre Wäsche haben, weil dann ihr Sabbat anbricht oder was weiß ich. Jedenfalls ist der Donnerstag schon immer für sie reserviert!« Elli fand einen Bundesgenossen in Kupke, der erklärte ihr, daß alles nur jüdische Hinterlist sei. Einst aber komme der Tag, prophezeite er, da würden die Nazis das arme deutsche Volk auch von dieser Schmach befreien. Einst würde ein Tag kommen, versprach er der begeisterten Elli Korn, ein Donnerstag im Dritten Reich, da würde kein Jude mehr wagen, seine Wäsche aufzuhängen, werden Sie Mitglied bei uns!

Und so also wurde Elli Nationalsozialistin, kurz vor dem Weihnachtsfest im Jahre 1931. In derselben Woche hatte sie ihr Dienstmädchen entlassen, um das Geschenk zu sparen. Schon bei den alten Stiefels wurden die Mädchen vor dem Fest entlassen, im Januar engagierten sie dann eine neue, das war billiger, es gab ja genug Mädchen.

Am Heiligen Abend wollte Elli ihre Kinder mit einem sinnigen Geschenk überraschen. Außerdem wollte sie dann Klavier spielen. Sie spielte sonst nie, aber vor zwanzig Jahren hatte sie drei Monate lang Klavierstunden genommen, und das Klavier stand nun einmal in der guten Stube. Also schloß sie den verstimmten Kasten auf und übte nun fleißig das Lied von der

»Stillen Nacht« tagelang, nächtelang, bis zum Vierundzwanzigsten. Mit einem Finger, mit dem koketten Zeigefinger der dicklichen rechten Hand, klimperte sie auf den gelben Tasten die Melodie, es war jedes Jahr um die gleiche Zeit das gleiche Geklimper. Und wie jedes Jahr machte sie auch im Krisenjahr 1931 den gleichen Fehler bei »heilige«. Der musikalische Chaskel Weiß, der schon über zwanzig Jahre im Hause wohnte und das Weihnachtslied und den alljährlich wiederkehrenden Fehler bei »heilige« kannte und fürchtete, behauptete verzweifelt: »Eher lernt sie noch unser jüdisches Kol-Nidre spielen!« Und dann also, am Heiligabend, in Gegenwart des stillen Emil und der gerührten Stiefels, schenkte sie ihren Kindern das sinnige Geschenk: zwei braun uniformierte Stoffpuppen mit roten Hakenkreuzbinden am Arm.

Vor zehn Jahren war ich noch ein Kind der Schloßgasse gewesen, und mein Bruder Hermann und Xaver Wunder und Anna Gaal und viele andere noch. Wir hatten »Krieg« gespielt und dann »Revolution«. Jetzt spielten andere Kinder im Hause des Emanuel Stiefel. Und sie spielten andere Spiele.

Berta Schaller träumte von dem kleinen Wesen, das sie in sich trug. Wenn sie die Kinder des Hauses auf dem großen winkligen Trockenboden vermutete, dort wo sich einst die Frau des Kupke erhängt hatte, schlich sie hinauf und sah ihnen heimlich beim Spielen zu. Die Kinder spielten mit Kasperlefiguren, und ihr Spiel hieß »Kasperle ist arbeitslos«.

»So, das ist der Kasperle«, hörte Berta Schaller den kleinen Hans Bieber sagen. »Kasperle geht stempeln und bekommt nur acht Mark Unterstützung. Und zu Hause wartet immer seine Frau, das ist die Puppe da. Sie schaut jetzt zum Fenster raus, weil sie Geld braucht, weil sie Brot und Margarine kaufen will.« Hans Bieber hielt die Puppe ans Dachfenster, von wo aus man die ganze Stadt übersehen konnte.

»Aber da kommt der Gasmann, das ist der schwarze Mann«, sagte er mit verstellter tiefer Stimme. »Er will Geld haben. Und dann kommt der Lichtmann, das ist auch der schwarze Mann, der will auch Geld haben. Und dann kommt der Wassermann, das ist wieder der schwarze Mann, und der will auch noch Geld haben. Und zuletzt kommt einer, den will die Puppe nicht reinlassen, sie schließt einfach die Tür zu und ruft: »Ich bin nicht zu

Hause!« Aber der Mann kommt doch in die Stube und beklebt alles und will alle Sachen mitnehmen, der ist nämlich auch der schwarze Mann. Aber da kommt auf einmal der Kasperle heim vom Stempeln und verhaut den schwarzen Mann – so und so und so! – und schmeißt ihn die Treppen runter!« Hans Bieber warf die schwarze Figur auf den Boden und nahm den Polizisten in die Hand.

»Aber jetzt kommt schon der Herr Liebig und nimmt unsern Kasperle mit. Kasperle sitzt dann bei der Polizei und darf lange nicht mehr mitspielen. Und zu Hause weint seine Frau so viel, bis sie nicht mehr kann. Da springt sie einfach aus dem Fenster und bricht sich das Genick!« Und Hans warf auch diese Puppe auf den Boden.

»Und nun kommt ein großer, langer, schwarzer Kasten, da wird sie reingelegt und fortgeschafft zum Bäcker Handtke in den Ofen. Und wie dann der Kasperle wieder heimkommt, ist niemand mehr da. Da geht er auf die Straße und schreit: ›Ich schlage alles kurz und klein, ich schlage alles in Klumpen, es muß anders werden, ich mache da nicht mehr mit, es muß anders werden!‹«

Und dann marschierten die Kinder mit den beiden braunen Nazipuppen, die Elli ihren Töchtern, der dreijährigen Margot und der fünfjährigen Sieglinde, zu Weihnachten geschenkt hatte, im Kreise herum. Und sie sangen mit ihren hellen Kinderstimmen:

»Die Straße frei den braunen Battaloo-nen!«

Und Hans Bieber hielt eine Ansprache:

»Vierzehn Jahre der Schmach habe ich gekämpft!«

Franz Schaller hörte kaum zu, als ihm Berta weinend die Geschichte vom arbeitslosen Kasperle erzählte. Die Frau weinte jetzt bei jeder Gelegenheit, das war wohl ihr Zustand. Und er? Und sein Zustand? Wie hatte ihn das nutzlose Herumsitzen verändert! Franz, der früher voller Lebensfreude zu sein schien, war verbissen und streitsüchtig geworden, ein ausgestoßener, ein arbeitsloser Tischler. Einst war er Sozialdemokrat gewesen, und jetzt war er Kommunist.

Er war arbeitslos – aber in Rußland gebe es keine Arbeitslosen, hatten Arbeiterdelegierte, die vier Wochen in Rußland herumgereist waren, erklärt. Sie hatten große Städte wie Moskau und Leningrad, Charkow und sogar Odessa gesehen. Und gewaltige Talsperren, Fabrikanlagen, Kanäle, Wälder, Denkmäler. Begeistert kamen sie zurück. Rußland hatte sie eingeladen, kostenlos waren sie gereist, kostenlos hatten sie überall Hotels bewohnt und in Restaurants gegessen. Nirgends hatten sie Arbeitslose gesehen. In Sowjetrußland habe jedermann Arbeit, berichteten sie in ihrer schlichten Sprache. Auch Hunger gebe es dort nicht, erzählten sie. Und der Kaviar sei dort gar nicht für Kapitalisten, sondern jeder Arbeiter könne Kaviar essen! Und wäre Deutschland ein Sowjetdeutschland, dann gäbe es auch hier weder Arbeitslose noch Hunger.

Franz wollte Arbeit und Brot haben. Er wollte ein Sowjetdeutschland haben. Ein Sowjetdeutschland... Mit düsterem Ernst schaufelte er sich immer tiefer hinein in diesen Aufschrei, der ihn jetzt ganz und gar beherrschte.

Berta verfiel ins andere Extrem. Da sie von den Rußlandsdelegierten nichts hielt, hielt sie auch von Rußland nichts. Sie kannte jeden der Delegierten, es waren zum Teil ehemalige Arbeitskollegen von ihr, keiner sprach Russisch. »Wenn Ausländer, die nicht Deutsch sprechen können, jetzt vier Wochen lang in deutschen Hotels und Restaurants leben und außerdem die Krupp-Werke, die Münchener Brauereien, die Saaletalsperre und das Leunawerk gezeigt bekommen – was wissen dann diese Ausländer von Deutschland? Nein, ich lasse mich nicht dumm machen!«

Jede Woche ging Berta in ihre sozialdemokratische Versammlung, und Franz ging in die kommunistische Versammlung. Wenn sie dann heimkamen, stritten sie sich. Sie diskutierten aufgeregt über »das Glück in Sowjetrußland«, von dem Franz schwärmte (»Alles Schwindel«, behauptete Berta) – und sie schrien sich große Worte in ihrer kleinen ärmlichen Hinterhauswohnung zu vom »Wert der Demokratie« (»Alles Schwindel«, behauptete Franz). Einig waren sie sich nur darüber, daß die Wirtschaftskrise vom internationalen Kapital verschuldet wurde, daß sie sogar »organisiert« wurde, um die Arbeitermassen auf die Knie zu zwingen... Einig waren sie sich auch darüber, daß die Nazis die Knechte des deutschen Kapitalismus wären... Und einig waren sie sich auch endlich darüber, daß es »anders« werden müßte.

Aber dann behauptete Berta: »Mit eurer ständigen Kritik habt ihr die Kraft der Arbeiterorganisationen gebrochen!«

Das ließ sich Franz nicht gefallen. »Und was hat deine Partei mit ihrer Macht gemacht, die sie gehabt hat?«

»Sie hat nie allein die Macht gehabt!«

»Dann hätte sie sich die Macht nehmen sollen!«

»Du warst selbst mal in der Partei«, weinte Berta. »Aber damals haste nie kritisiert! Bei uns kann jeder sagen, was er denkt! Und du weißt genausogut wie ich, daß viel gemacht wurde!«

»Ja, ich weiß!« schrie Franz. »Betriebsräte haben wir – aber wir haben keine Arbeit!«

Berta hielt sich die Ohren zu. Ihr Bauch stieß nach vorn. Ihr Körper bäumte sich auf. »Laß mich doch endlich in Ruhe!« heulte sie.

Franz begann zu jammern, er machte sich Vorwürfe, daß er mit seiner schwangeren Frau so herumgeschrien hatte. Und plötzlich wurde er gewahr, daß das Fenster ganz offen stand und alle im Hause feixend zugehört hatten.

Und unten im Hof stand Kupke in seiner braunen Uniform und lachte, lachte ...

Immer hockten ein paar Frauen an den Fenstern in der Schloßgasse und ließen sich von der Sonne wärmen. Aber wenn einer der Juden aus der Schloßgasse auftauchte, zog sich manche der Frauen verächtlich lächelnd in ihre dunkle Wohnung zurück. Nein, mit Juden wollten jetzt viele aus der Gasse nichts mehr zu tun haben. Auf jedem Treppenabsatz tuschelten sie feindselig: »Daß wir das nicht schon früher gewußt haben! Daß wir da nicht schon selbst dahintergekommen sind! Aber weil die Juden eben so geschickt zu Werke gehen mit ihren Verbrechen, mußten sie erst entlarvt werden! Der Kupke, dieser Schlauberger, hat uns ja schon immer gesagt, was für welche die Juden sind! Und auch die Elli Korn, die gar nicht so dumm ist wie sie aussieht, sagt es jetzt auch immer! Und jeden Tag steht es in den Zeitungen! Es ist nicht zu glauben, wie leicht man sich in Menschen täuschen kann! Wer hätte das von dem Fischmann gedacht, daß er so ein Verbrecher am deutschen Volk ist!«

Jossel Fischmann duckte sich ängstlich, wenn er an der Hausmauer mit Kreide angeschrieben las: *Der Jude ist das teuflische Element des Menschengeschlechtes! Schlagt sie tot!* Er hatte Kupke im Verdacht (dabei war es Kupke gar nicht gewesen diesmal!), und er faßte den Plan, mit dem Nazi Kupke ein offenes

Wort zu reden. Es wurmte ihn, daß Kupke im Hause gegen ihn herumhetzte. Er wollte ihm ein paar Fragen stellen, vielleicht würde Kupke dann einsehen, wie gemein er handelte. Wieso sei denn, so wollte er ihn fragen, der Jude schuld an Deutschlands Unglück? Er, Jossel Fischmann, sei schuld? Wieso und warum? Und wer sei denn dann schuld an seinem Unglück? Ging es ihm, dem Kaufmann Fischmann, augenblicklich nicht schlechter als manchem Arbeiter? Eine furchtbare Zeit, man weiß doch gar nicht, wo einem der Kopf steht, gerade das Kleingewerbe hat es doch heute besonders schwer, lieber Herr Kupke! Und da müssen Sie mich mit solchem leichtsinnigen Gerede im Hause schlechtmachen! Ist denn das eine Art und Weise? Nein, das ist nicht anständig gehandelt! Was ist das doch für ein Unsinn zu behaupten, der Jude sei die Weimarer Republik – der Jude sei der Staat! Er, Jossel Fischmann, hatte wirklich vor, den Nazi Kupke auf Ehre und Gewissen zu fragen: »Nun sagen Sie mal offen, glauben Sie wirklich, daß ich der Staat bin? Mir können Sie es doch ungeniert sagen.«

Jossel Fischmann weihte seine Frau nicht ein. Kein dritter sollte erfahren, daß er ein vernünftiges Wort mit Kupke reden wollte. Warum sollte Kupke nicht verstehen, daß er Unrecht beging mit seiner Hetzerei? Es war doch in der Schloßgasse nicht mehr zum Aushalten, seitdem Kupke seine antisemitischen Flugblätter und Zeitungen in die Briefkästen warf. Überall stand groß und fett gedruckt: *Der Jud ist schuld!*

Nicht alle im Haus, es ist wahr, glaubten Kupke und seinen Zeitungen. Da waren die Schallers im Hinterhaus und außerdem der Schornsteinfeger Hummel, die stritten sich laut mit Kupke herum. Sie verteidigten die Juden, es seien doch ganz brave Leute, was man denn von ihnen wolle, sie täten doch keinem was zuleide. »Oh«, rief Kupke besserwissend aus, »das ist doch nur Maske, der Jude will doch ganz Deutschland vernichten und auf den Trümmern ein Judenreich errichten, der Jude hat doch dafür geheime Kräfte und fremde Mächte mobilisiert! Und es wird noch jeder Deutsche einmal rausfinden«, so rief er laut aus seinem Fenster heraus, »daß der Jude ein geborener Gauner und Dieb ist!«

Natürlich rief ihm Berta Schaller zu, sie habe noch gar nicht gewußt, daß der Urkundenfälscher Kupke Jude sei. Aber da kam sie an die falsche Adresse, denn Kupke rief frohlockend, seine Tat sei eine nationale Tat gewesen, er sei ein Märtyrer, ein Opfer des internationalen Judentums geworden, und ein Nationalheld sei er eigentlich! Denn er habe ja nur einem Juden das Gut genommen, was vorher dieser Jude dem deutschen Volke abgenommen habe! Und noch sei nicht aller Tage Abend! Er komme schon noch zu seinem Recht! Die Partei stehe hinter ihm! Der Dieb Goldstein, dieser jüdische Schuhdieb, werde noch was erleben! Laßt nur erst mal das Dritte Reich kommen...

Die Schallers und Hummel gaben es auf, mit Kupke zu streiten, es war ja aussichtslos, wer streitet sich denn mit einem solchen Lumpen! Zu Herrn Fischmann sagten die Schallers und der Hummel, er solle das Geschwätz vom Kupke nicht so ernst nehmen, es gebe ja auch noch anständige Leute im Hause. Und außerdem kämen die Nazis nie zur Macht, die Republik wüßte zu kämpfen, da seien die linken Parteien und die Arbeiterorganisationen mit ihren Millionen von Mitgliedern auch noch da und hätten ein Wörtchen mitzureden!

Herr Fischmann war tief gerührt und fühlte sich beschützt.

Im Hause wohnte noch immer Arthur Schubert. Auch er erklärte mit seiner hohen Fistelstimme: »Ja, der Jude ist schuld, daß ich arbeitslos bin, Kupke hat schon ganz recht, es muß anders werden!«

Und er kaufte sich ein Hakenkreuz, heftete es an seinen Rockkragen und ging, Arm in Arm mit seiner kleinen verschüchterten Frau in die Versammlungen der Nazis, dort war die Luft judenrein, da konnte kein Itzig seine krumme Nase auslüften, da konnte kein Judas dem deutschen Volke etwas vorlügen, da war das deutsche Volk ganz unter sich!

Schubert bekam eine kleine Unterstützung vom Wohlfahrtsamt, aber in den Naziversammlungen wurde ihm versprochen, daß es auch ihm bald besser gehen würde. Erst aber müsse er mithelfen, das Joch Alljudas zu zerbrechen. Von ihm stammte übrigens die Inschrift an der Hauswand. Er hatte mit großen Buchstaben den kreidigen Satz verfaßt: *Der Jude ist das teuflische Element des Menschengeschlechtes! Schlagt ihn tot!* Er war Lagerist in einem Stabeisengeschäft gewesen und gewohnt, mit meterlangen Maßen umzugehen. *Juda verrecke!*, die sonst übliche Beschriftung der Hauswände in der Stadt, erschien ihm viel zu kurz, um beachtet zu werden.

Auch Xaver Wunder trug das Hakenkreuz. Er war ein großer Bursche geworden. Wenn er einem Juden begegnete, wurden seine Augen hart, finster. Er war ein Athlet. Jossel Fischmann bekam Atembeschwerden, wenn er ihm im Hause begegnete, drückte sich dicht an die Wand, solche Angst flößte ihm Xaver ein.

Xaver war nicht arbeitslos, er hatte einen Beruf, der auch in Krisenzeiten ausgeübt wird. Er war Fleischer geworden und arbeitete auf dem Schlachthof. Seine Arbeit beschränkte sich auf das Schlachten von Kälbern. Er band einem Kalb die Hinterbeine zusammen, hob dann das dumm glotzende Tier mit riesenstarken Armen in die Höhe, hängte es mit den zusammengebundenen Beinen an einen Haken wie man einen Mantel an einen Haken hängt, dann ließ er die freien Vorderbeine und den Kopf des Tieres nach unten fallen. Die Beine versuchten zitternd, Halt zu finden, die schaumige Schnauze wischte über das am Boden klebende Blut eines schon toten Kalbes. Xaver ergriff einen Hammer und einen spitzen Stahl, und die Spitze grub sich tief hinein zwischen die kugeligen, sich drehenden, fast herausspringenden Augen. Das Kalb zuckte noch einmal ein bißchen, aber es war schon tot, es wurde gleich abgehäutet, ausgehäutet, geteilt, auf einen Wagen wurden die noch warmen Fleischteile geworfen, das blutige Fell auf einen anderen, der Kopf kam in einen Bottich mit kochendem Wasser, einer griff hinein ins tote Maul, ergriff die glitschige Zunge, hielt so den Kopf an der Zunge, kratzte mit einem Messer den Kalbskopf kahl, um Xaver herum floß Blut, ein Junge leerte Wassereimer über den Steinfußboden und kehrte die noch dampfenden roten Gedärme auf einen Haufen, das nächste Kalb mußte dran glauben, es wurde mit den Hinterbeinen wie ein Mantel an den Haken gehängt, Xaver schlug zu, den ganzen Tag schlug er so zu, das war sein Beruf.

In einer anderen Ecke des großen Schlachthofes schächtete Herr Klein aus der Schloßgasse 33 jede Woche ein Rind für die frommen Juden der Stadt. Es wurden, wie es das Ritual vorschreibt, dem Tier die Vorder- und Hinterbeine gebunden, dann warf man es um, auf die Seite, und Herr Klein durchschnitt ihm von hinten mit einem blitzschnellen Schnitt den Hals, aus den Adern ergoß sich das Blut. An jenem Tag, als die lokale Nazizeitung entrüstet schrieb, das rituelle Schächten müsse verboten werden, der Jude quäle nicht nur das deutsche Volk, sondern auch das deutsche Vieh – an diesem Tage fanden sich im Schlachthof etwa zwanzig junge Fleischer, darunter Xaver Wunder, die dem Schochet Klein von hinten einen Sack über den schönen bärtigen Kopf stülpten, ihn dann mit Stöcken und Riemen verprügelten, das arme deutsche Rind losbanden und es mit Johlen und Pfeifen über die weiten Höfe der großen Schlachthofanlage jagten.

Drei alte Fleischer erbarmten sich ihres jüdischen Kollegen, befreiten ihn aus seinem Sack und stellten ihn wieder auf die Beine. Sie fingen ihm auch das Rind wieder ein, und es wurde zum zweiten Mal gebunden, wieder auf die Seite geworfen und dann tötete es der stöhnende Schochet, genau wie es vorgeschrieben ist. Er bemühte sich sehr, den Eindruck zu erwecken, als mache er sich nichts aus den soeben erhaltenen Prügeln. Er war vor vielen Jahren aus Warschau nach Deutschland gekommen, zu seiner Zeit waren in Warschau die Juden von dort herrschenden Russen oft verprügelt worden. Er erinnerte sich gut an seine Kindheit und lächelte bitter. Die jungen Leute auf dem Schlachthof in dieser kleinen mitteldeutschen Stadt ärgerten sich über dieses jüdische Lächeln. Sie wußten nicht, woran dieser Klein dachte. Er lächelte, weil er an seine Kindheit dachte. Er war damals den Prügeln entlaufen – und hier in Deutschland hatten sie ihn wieder eingeholt. Und deshalb, deshalb, deshalb lächelte der Jude!

Er wußte nicht, wer ihn überfallen, wer ihn geschlagen hatte. Aber er wußte, daß von den vielen Metzgern, die hier arbeiteten, nur drei den Mut gehabt hatten, ihm wieder auf die Beine zu helfen. Er lief jetzt von Halle zu Halle, hinkend, mit großen forschenden schwarzen Augen, er sah sich die verlegen grinsenden Fleischer an, sie waren blutig wie er, mit blutigem Messer bewaffnet wie er, nur ein Unterschied war sichtlich: er allein trug hier einen schönen schwarzen Bart und ein dunkles Käppchen. Xaver Wunder schlug gerade sein zehntes Kalb nieder, als er den Judenmetzger einsam auf sich zukommen sah. Schadenfroh murmelte er, ob denn Herr Klein den Weg nach Palästina suche. Bald, warten wir noch ein Weilchen, wird Xaver nicht mehr murmeln, da wird er brüllen, da werden den Juden die Ohren wehtun von dieser hämischen Aufforderung und von jener andern, die sie einladen wird, zu verrecken.

Auch Xavers Mutter und der nun pensionierte Eisenbahnangestellte Heider waren Mitglied der Nazipartei geworden. Nie waren die beiden Wunders und der alte Heider so glücklich gewesen wie jetzt. Das Leben, die Welt, das Glück und das Unglück – sie hatten sich das alles nie »erklären« können, alles war ihnen lange Zeit wie ein Buch mit sieben Siegeln erschienen. Aber seitdem ihnen Kupke die Zeitungen brachte, und seitdem sie in Versammlungen immer wieder eine Erklärung hörten, immer wieder die gleiche Erklärung für alles, da ging ihnen ein Licht auf, da verstanden sie endlich und mit einemmal das ganze Leben und alles, was dazu gehörte! Eigentlich hätten sie sich das schon früher sagen können! Natürlich war der Jude schuld an den Millionen Arbeitslosen, an dem Hunger, an dem Elend in Deutschland! Die Zeitungen schrieben es doch ganz deutlich, welche Untermenschen die Juden waren. Dürften sie es denn schreiben, wenn es nicht wahr wäre, he? Kupke selbst stellte gern diese Frage – und die Antwort war doch so einfach: Weil die Fischmanns Juden waren, waren sie Verbrecher und Untermenschen und noch viel Schlimmeres!

Und auch die dicke Hebamme, Frau Schade, war Nazi geworden! Im Krieg waren wir zusammen auf die Dörfer gezogen und hatten gehamstert, die Hebamme und ich, der kleine Judenjunge – und jetzt war sie Nazi. Sie war es geworden, als während der Krise die Geburtenzahl zurückging und damit ihr Verdienst. Und eines Tages befand sie sich in einem Schulungshaus der Nazipartei, in der benachbarten Stadt Z. Sie war von Doktor Hinkel, mit dem sie zufällig bei einer schweren Entbindung zusammenkam, eingeladen worden, zwei Wochen kostenlos an einem »Parteilehrgang für Hebammen« teilzunehmen. Solche Lehrgänge hielt die antidemokratische Nazipartei ganz offen in allen Teilen des demokratischen Reiches für alle Berufe ab – die Demokraten waren geduldig wie die Kälber des Xaver Wunder und wie das Rind des Schächters Klein.

Frau Schades Lehrgang sollte dazu beitragen, aus jeder deutschen Hebamme eine glühende Vorkämpferin für das kommende Dritte Reich zu machen.

»Kein Frauenberuf hat so viele Möglichkeiten, im Volke politisch zu wirken, wie der Hebammenberuf«, wurde den Kursusteilnehmerinnen von einer Berliner Hebamme erklärt. »In engster Berührung mit Frauen aller Schichten des deutschen

Volkes, auch mit den Ärmsten, die weder Zeitung noch Radio haben, in Stunden, in denen die Frauen besonders aufgeschlossen und empfänglich sind, können Hebammen, selbst in allen wichtigen Fragen geschult, einen sehr großen Einfluß auf die Bevölkerung ausüben.« Am Zusammenbruch des Hebammengewerbes und der katastrophal gesunkenen Geburtenziffer seien vor allem die jüdischen Hebammen schuld.

Zaghaft meldete sich da Frau Schade zu Wort und wandte ein, in ihrer Stadt gebe es gar keine jüdische Hebamme, nicht eine einzige. Doch tröstete sie die Berlinerin mit der Versicherung, in Berlin gebe es tatsächlich jüdische Hebammen, sie hießen sogar alle Frau Kohn.

Nachdem Frau Schade zwei Wochen lang täglich zu hören bekommen hatte, daß die Juden sich verschworen hätten, durch Abtreibungen und durch den Verkauf von Gummiwaren die Geburtenzahl in Deutschland zu senken und damit den Hebammenberuf und das deutsche Volk auszulöschen, was schon eindeutig aus den vor drei Jahrtausenden niedergeschrieben gemeinen hebräischen Werken hervorgehe – siehe die Sondernummer des *Stürmer* – nachdem ihr immer wieder und wieder diese »gigantische jüdische Verschwörung gegen Deutschland und die deutschen Hebammen« vorgehalten worden war, begann auch sie an all das zu glauben.

Sie war es, die nach ihrer Rückkehr den Staubkrieg gegen die Juden organisierte. Sobald aus einem »Judenfenster« Bettzeug hing, schüttelten fast alle anderen Bewohner der Schloßgasse 21 ihre Läufer und Besen am Fenster aus.

Auch Anna Gaal grüßte keine Juden mehr. Sie war die Geliebte von Kupke geworden! Zwischen ihr und Kupke gab es einen Altersunterschied von zwanzig Jahren, aber Anna hätte wirklich nichts Besseres finden können. Kupke verdiente ganz groß, er war einer der wenigen in der Schloßgasse, die noch regelmäßige Arbeit hatten. Vergessen war die arme Lina, vergessen war das Gefängnis – stolz war Ida Gaal auf ihre tüchtige Tochter Anna und auf den uniformierten strammen »Schwiegersohn in den besten Jahren«. Ein bißchen beneidete sie ihre Anna um den Schatz, sie selbst war doch auch noch nicht so alt und hätte selbst noch gern einen gehabt, aber keiner biß mehr bei ihr an. Die Anna jedoch hatte Erfolg bei Männern. Sie hatte es schon mit einem Fußballer gehabt (damals interessierte sie sich für Sport). Später schnappte sie sich einen Klavierspieler (da summte sie von früh bis spät alle Schlager vor sich hin). Noch später hatte sie einen Kommunisten zum Freund (da demonstrierte sie jeden Sonntag mit den kommunistischen Frauenorganisationen, ein funkelnagelneues Kopftuch hatte ihr der Junge gleich am ersten Tag ihrer Freundschaft geschenkt). Und jetzt schlief sie mit Kupke, da haßte sie prompt die Juden, die Roten und die Republik. Kupke hatte ihr versprochen, sie vielleicht einmal zu heiraten, im Dritten Reich, er würde sichs jedenfalls überlegen. Und in einer schwachen Stunde, da sie sich aus dem Schlafzimmer in jene Küche begaben, in der einst Lina gewirtschaftet hatte, in einer schwachen Stunde, als sie gerade Wurstbrote machten, um sich zu stärken, verriet Kupke der glühenden Anna, daß er gute Aussichten habe, im Dritten Reich eine große Nummer bei der Städtischen Polizei zu werden. »Nein!« rief Anna staunend aus und war gleich wieder Feuer und Flamme. Kupke aber wollte lieber schlafen. Er habe morgen Dienst, »'ne gegnerische Versammlung sprengen«, und da müsse er auch noch bei Kräften sein. Das sah die Anna auch brav ein.

»Heitla!« sagte sie folgsam, bevor sie einschlief.

Kupke wird überfallen

Jossel Fischmann wartete lange auf die Gelegenheit, seinen Plan auszuführen. Um von vornherein kein Mißverständnis aufkommen zu lassen: von Plan kann eigentlich keine Rede sein. Jossel Fischmann war kein sehr einfallsreicher Mensch. Er arbeitete also weder im voraus eine Taktik aus, noch ging er mit großer Umsicht an die Verwirklichung der ersehnten Zusammenkunft mit Kupke heran. Er wollte einfach einmal mit dem Nazi »von Mensch zu Mensch« reden. Und als er ihn jetzt zufällig vor seinem Laden gehen sah, Arm in Arm mit Anna Gaal, ging er, wenn auch klopfenden Herzens, tapfer auf ihn zu und sagte bekümmert:

»Guten Tag, Sie brauchen nicht zu erschrecken, Sie brauchen nicht zu haben Angst vor mir. Bin ich ein so fürchterlicher Mensch und hab ich Ihnen schon einmal etwas getan?«

Es war eine aufregende Situation, ohne Zweifel, und Jossel Fischmanns Stimme klang gar nicht zuversichtlich. Aber auch Kupke war aus dem Gleichgewicht geworfen. Es blieb ihm nichts anderes übrig als verächtlich zu lachen: »Sie und mir was tun! Möcht ich Ihnen nicht geraten haben!«

»Sie kennen mich vielleicht nicht mehr. Vielleicht haben Sie mich schon vergessen«, sagte Jossel Fischmann vorsichtig. »Früher haben Sie mich ganz gut gekannt. Es ist Ihnen damals aber leider schlecht gegangen, viel schlechter als heute. Heute geht es Ihnen, Gottlob nicht schlecht. Damals habe ich Sie bedauert und heute können Sie mich bedauern – wenn Sie wollen, natürlich nur wenn Sie wollen. Jaja, jetzt geht es Ihnen sehr gut, ich sehe es und ich höre es. Sie sind geworden immer jünger, anders wie ich. Sie haben sich wieder verlobt. Eine schöne junge Braut haben Sie, mein Kompliment. Nun, Sie brauchen nicht rot zu werden, Fräulein, ich kann doch ein Kompliment machen, ich bin doch ein verheirateter Mann.« Hier brach er ab und räusperte sich scheu, ehe er mit vehaltenem Atem fortfuhr: »Vielleicht erlauben die Herrschaften, daß ich Ihnen ein kleines Verlobungsgeschenk in meinem Geschäft heraussuche. Vielleicht kommen Sie bitte herein, es wird mir eine Ehre sein.«

Jossel Fischmann wunderte sich selbst, wie leicht die Worte ihm heute einfielen, wie leicht er sie heute aussprechen konnte. Doch hätte ihm das wenig genützt, wäre Kupke allein gewesen. Kupke machte jedenfalls alle Anstalten, um sich aus dem Staub zu machen. Doch weigerte sich Anna, ihm zu folgen.

»Sie nicht so dumm«, raunte sie ihm zu. »Es sieht ja keiner!«

Es war tatsächlich weit und breit niemand in Sicht. Verlegen kichernd betrat Anna die Firma J. FISCHMANN, DAMEN-, HERREN- UND KINDERBEKLEIDUNGSARTIKEL und zog den immer noch überrascht glotzenden Kupke resolut hinter sich her.

Einmal im Laden, und nachdem die Tür geschlossen war, gab sich Kupke schnell als geistesgegenwärtiger Bräutigam. Großspurig setzte er sich auf den Ladentisch, lachte laut und ohne ersichtlichen Grund, ließ die Beine baumeln. Seine Beine steckten in hohen braunen Reitstiefeln. Selbstgefällig winkte er der neugierigen Braut zu, machte ihr Zeichen. Er würde die Geschichte schon schmeißen, sollte das heißen.

Jossel Fischmann holte Handtücher aus einem Karton heraus. Anna wußte, was sich gehörte, und lächelte dankbar und gnädig und hochmütig zugleich. Kupke beteuerte lärmend, er wolle sich nichts schenken lassen, er nehme die Handtücher nur, wenn er sie bezahlen dürfe.

Jossel Fischmann sah ihn schräg an. »Wenn ich Ihrem Fräulein Braut etwas schenke, wo ich sie schon als Kind gekannt habe, so ist das meine Sache.«

Anna vergaß ganz ihre weltanschaulichen Verpflichtungen Kupke gegenüber. »Wissen Sie noch, wie ich jeden Freitagabend kam, um das Gas auszumachen? Und jeden Sabbat machte ich das Feuer im Ofen an«, erinnerte sie sich fröhlich. »Stell dir vor«, sagte sie zu dem wütend horchenden Bräutigam, »sogar die Leuchter dürfen sie nicht in die Hand nehmen. Ist das eigentlich immer noch so, Herr Fischmann?«

»Natürlich, Fräulein. Das ist schon seit tausend Jahren und noch länger so und wird immer so sein.«

Nachdem Jossel Fischmann sechs Handtücher eingepackt hatte, bat er das Paar, doch sein Büro zu besichtigen. Kein Geräusch drang in den fensterlosen Raum herein. Eine einzige Fliege hatte sich auf den Fliegenfänger verirrt, dort klebte sie und summte sich verzweifelt in den Tod. Die weiße Lampenkugel spendete ein mattes Licht. Kupke ließ sich widerwillig von Anna auf das kleine Sofa drücken. Er starrte auf die Fliege, auch Annas Blick wurde von dem schwarzen Punkt gefesselt. Beide wußten auf einmal nicht mehr so recht, wie sie denn zu Fischmann hereingekommen waren. Jetzt erst kam ihnen zum Bewußtsein, bei wem sie sich befanden!

»Stören wir auch wirklich nicht?« fragte Anna piepsend. Sie sah immer wieder auf die arme Fliege und wollte fliehen.

Jossel Fischmann beruhigte sie. Es komme ja doch kein Kunde ins Geschäft, der Laden gehe überhaupt nicht mehr... Blinzelnd saß er an seinem Küchentisch, der ihm als Schreibtisch diente. Hinter dem spärlichen Spitzbart erspähte das Paar den mageren Hals, die Schlagader. Fischmann war ein kleiner dünner Mann, ein Zwerg verglichen mit Kupke.

Er zeigte auf einen Stoß von Briefen. »Wissen Sie, was das für Papiere sind? Lauter Rechnungen, Mahnungen, Steuerzettel und Zahlungsbefehle, ja, auch Zahlungsbefehle, warum soll ich es verheimlichen?« Seine Hände waren zwei offene übersichtliche Flächen. »Warum soll ich es verheimlichen? Es geht schlecht, mein Geschäft! Vielleicht werden Sie meinen, daß ich jammern will, weil jetzt alle jammern. Aber ich sage Ihnen die reine Wahrheit. Meine Gläubiger wollen Geld haben, aber woher soll ich es nehmen? Meine Kunden haben kein Geld, da habe ich auch keins. Was halten Sie da für eine Zeitung in der Hand, Herr Kupke? Kann ich sie sehen?«

Kupke konnte nicht verhindern, daß Fischmann einen Blick in sein Blatt warf. »Ich habe es mir schon gedacht«, schüttelte Jossel Fischmann traurig den Kopf. »Die Juden, immer die Juden! Da!« Er gab Kupke die Zeitung zurück.

»Wir müssen wohl gehen«, sagte Anna verlegen.

»Bleiben Sie noch eine Minute«, bat Jossel Fischmann heiser. »Sehen Sie, wie weit ich gekommen bin. Hören Sie ruhig zu, von Mensch zu Mensch, wie es einem Mann geht, der sich alle Mühe gegeben hat, sein Leben ehrlich zu verdienen. Aber jetzt bin ich bald fertig, ich bin bald ruiniert. Nun, ich brauche mir nicht einzureden, daß Ihnen diese Nachricht wehtut. Sie werden sich freuen, Herr Kupke. Schütteln Sie nicht den Kopf, Fräuleinchen. Ich mache jede Wette, daß Ihr Bräutigam lachen wird, wenn ich erledigt bin.«

Anna schwitzte vor Verlegenheit. Kupke begehrte schwach auf. »Wie können Sie das von mir annehmen!«

»Ich weiß, ich weiß, Sie wünschen mir alles Gute«, sagte Fischmann kläglich und sein Mund zitterte. »Aber bin ich nicht ein Dieb und ein Verbrecher und was weiß ich was? Sehn Sie mich nur gut an, bitte. Bin ich nicht ein Räuber für euch Nazis? Ich, der Jude Fischmann, bin an allem schuld. Gott soll euch verzeihen.«

Kupke sah verzweifelt auf den Fliegenfänger. Seine Hände waren naß. »Damit sind doch aber nicht Sie gemeint«, verteidigte er seine Zeitung.

Anna ließ ihr Paket nicht los. »Nein, damit sind nicht Sie gemeint«, beteuerte auch sie. Ihre Stimme war so schrill, daß sie selbst zusammenfuhr.

»Gut, also ich nicht. Gegen mich habt ihr nichts«, entrüstete sich Jossel Fischmann. »Da meint ihr vielleicht den armen Chaskel Weiß und seine Frau Dwore?«

»Die auch nicht«, schüttelte Kupke den Kopf. »Nee«, winkte er großartig ab. Dann fragte er mit einem ganz schlauen Grinsen: »Aber es gibt doch geheime Kräfte und fremde Mächte bei den Juden, was?« Er flüsterte lauernd: »Das können Sie doch nicht leugnen.«

Die Fliege stellte jäh ihr Summen ein, die Flügel klebten fest am Leim, der Leib zuckte nicht mehr, das lange gelbe Band bewegte sich leise hin und her.

»Wer erzählt Ihnen solche Kriminalromane?« fragte Jossel Fischmann gereizt. »Wer behauptet solche Dummheiten?«

»Der Führer hat das erklärt«, beteuerte Kupke treuherzig. »Und was der Führer sagt, das stimmt.«

»Gegen Sie hat mein Bräutigam nichts«, mischte sich Anna wieder ins Gespräch. »Aber es geht doch gegen die jüdischen Verbrecher. Und solche gibt es doch!«

Kupke nickte ihr zustimmend zu. »Wir meinen gar nicht die armen Juden, Fischmann«, sagte er großzügig. »Gegen Sie haben wir nichts. Aber der Warenhaus-Kahn muß dran glauben, wenn wir an die Macht kommen!«

»Und was hat Ihnen schon der Herr Kahn getan, Herr Kupke?«

»Er ruiniert die deutsche Wirtschaft«, schimpfte Kupke. »Er wirft seine Angestellten auf die Straße! Ihm verdanken wir die Arbeitslosigkeit!«

»Meinen Sohn hat er auch entlassen müssen«, sagte Fischmann verzweifelt. »Aber hat er es aus Spaß gemacht? Wollte er einen jüdischen jungen Mann unglücklich machen? Ist es denn dem Herrn Kahn nicht lieber, daß sein Warenhaus gut geht und daß er gut verkauft und gut verdient und alle Angestellten beschäftigen kann? Sie verstehen nicht viel vom Geschäft, Herr Kupke, glaube ich.«

»Und Sie haben die jüdische Hinterlist immer noch nicht durchschaut«, regte sich Kupke auf. »Es ist doch alles so einfach, Fischmann! Ihre reichen Rassegenossen haben sich gegen Deutschland verschworen, sie haben 1914 den Krieg entfesselt und ihn 1918 verloren! Und die Revolution und die Inflation ist auch von ihnen, Hand in Hand mit den Bolschewisten, gemacht worden. Hinter allem, mein lieber Fischmann, ist die rächende Hand der geheimen blutigen jüdischen Weltregierung zu spüren! Daß Sie das noch nicht selbst eingesehen haben! Daß Sie das nicht verstehen! Daß Sie das nicht zugeben wollen!«

»Wirklich«, redete Anna dem bleichen Jossel Fischmann zu. »Es ist doch wirklich so einfach«, sagte sie eindringlich.

»Noch einfacher kann es wirklich nicht mehr sein«, ergab sich Jossel Fischmann. Er stand auf. »Ich sehe jetzt alles ein. Ich habe einmal gemeint, in Deutschland kann ich finden Ruhe. Und jetzt sehe ich alles ein. In dem Land, in dem ich zur Welt gekommen bin, zu dieser schönen Welt, habe ich auch schon alles eingesehen. Man sieht nicht genug einmal ein, man muß als Jude immer wieder einsehen. Auch dort ist der Jude der Schuldige gewesen: für den Hagel und für das Feuer und für das Wasser und für die Trockenheit. Wenn wir dort sehr unglücklich gewesen sind, hat meine Mutter selig immer gemeint, in Deutschland sind die Menschen klüger als in Galizien. Weil sie Tag und Nacht die deutschen Bücher von dem Herrn von Schiller und von dem Herrn von Lessing gelesen hat, hat sie gemeint, sie kennt Deutschland.« Er schob das Paar, das ihn mit flakkernden Augen anstarrte, hinaus in den Laden und öffnete die Ladentür, aber er ließ Kupke noch nicht ziehen. »Sie ist gestorben mit diesem schönen Glauben und vielleicht wird sie jetzt im Himmel bei dem Allmächtigen erfahren, daß gebildete deutsche Schreiber sind *eine* Sache, und daß Deutschland ist eine *zweite* Sache. Der Allmächtige wird ihr vielleicht erzählen, daß es in der Schloßgasse keinen Herrn von Schiller und keinen Herrn von Lessing gibt und in ganz Deutschland nicht, denn die beiden Herren sind schon längst begraben. Und vielleicht zeigt Er ihr gerade jetzt den Herrn Kupke im Geschäft von ihrem Sohn. Und Er wird ihr verraten, daß der Herr Kupke ihren weisen Nathan zwar nicht kennt, aber daß er alle Juden und also auch den weisen Nathan ausrotten will, wie ihm sein Führer befohlen hat. Und der Allmächtige wird meiner Mutter verraten, daß Herr Kupke seinen Führer für einen Ehrenmann hält und daß der Führer seinen Kupke auch für einen Ehrenmann hält, aber daß beide sehr feine Ehrenmänner sind und einer ist so viel wert wie der andere, daß wird Er meiner Mutter sagen.« Jossels Stimme überschlug sich, sie tat weh. Jetzt war der Weg frei. »Gehn Sie, gehn Sie, bleiben Sie weiter so ein feiner Mensch, damit Sie sich später vor Gott zeigen können in jener anderen Welt. Gott vergißt nichts, Er wird auch Sie und Ihre Taten nicht vergessen!«

Kupke duckte sich. Er zerrte die weinende Anna hinaus auf

die leere Gasse. Gott! An Gott hatte er bei all dem noch nie gedacht! An Gott hatte er in den letzten Jahren überhaupt nicht gedacht! Und er war im Grunde seines Wesens ein naiver Feigling, der sich nur stark fühlte, wenn er Schwachen gegenüberstand. Aber Gott, das sagte ihm eine dunkle Erinnerung an seine weit zurückliegende Kindheit, Gott war doch stark! Und der Gott dieser fürchterlichen allmächtigen Juden war sicher ein fürcherlicher Gegner ... !

»Tun Sie mir den Gefallen und kommen Sie mir aus den Augen«, schrie Jossel Fischmann und warf die Tür zu.

Bestürzt drehte sich Kupke noch einmal um. »Bleib stehn«, raunte er Anna zu. Und er riß noch einmal die Ladentür auf und rief: »Mensch seien Sie doch bloß ruhig! Wer hat Ihnen denn was getan? Was wollen Sie denn? Wer will denn was von Ihnen? Seien Sie doch bloß ruhig! Was hetzen Sie denn da gegen mich rum? Das ist aber gar nicht recht von Ihnen!«

Und dann ging er schimpfend und nervös lachend mit seiner Anna davon.

Aber von diesem Tag blieb ein Rest in ihm zurück, und wir werden noch sehen, welche Folgen das für die Fischmanns haben wird.

Der lebende Leichnam und sein Kronprinz

In Berlin hatte es einmal ein Café gegeben, in dem Leute verkehrten, die verschroben oder genial oder verrückt oder dies alles zusammen waren. Das Café hieß »Größenwahn«.

Ein Kaffee »Größenwahn« gab es auch in dieser kleinen Stadt. Im Jahre 1933 mußte es nur seinen Namen in »Café Deutschland« ändern, obwohl der verzweifelte Besitzer bei der Polizei in langen schriftlichen Erklärungen nachzuweisen versuchte, daß »Größenwahn« niemals eine politische Anspielung gewesen sei, sondern nur der berühmte Name eines längst geschlossenen Cafés in Berlin.

Jetzt aber, im Herbst 1932, hieß das Café noch »Größenwahn« und zog mit seinen ausliegenden Zeitungen und Zeitschriften, trotz der Krise, eine feste Stammkundschaft an. Darunter waren gewisse Typen der Kleinstadt, die jeden Abend kamen und dem Lokal seine Note gaben.

Da war der Architekt, der behauptete, die heutigen Wohnungen seien keine Wohnungen, die Farbtöne keine Farbtöne, die Wände keine Wände – die heutige Architektur sei nichts anderes als ein krimineller Anschlag auf die arme Menschheit.

»Gleiches Recht für alle Farben!« proklamierte er fanatisch und verschüttete dabei seinen Kaffee. »Ihr werdet sehen, daß wir in spätestens hundert Jahren Wohnungen mit grünen Dekken, roten Türen, schwarzen Fußböden und gelben Möbeln haben werden. Auch das schwierige Wändeproblem wird noch eine Lösung finden!«

»Interessant«, sagte der »Prolet« gelangweilt.

Der »Prolet« war kein Prolet – er hatte einen großen Textilindustriellen zum Vater, der ihn mit reichlichen Mitteln versah. Er gehörte zu den Glanznummern des Cafés. Die Haare wuchsen ihm hinten in den Halsausschnitt hinein, seine Fingernägel waren unappetitlich schwarz, er trug einen verdreckten Mantel, darunter einen alten Sweater. Wer ihn nicht kannte, mußte in Versuchung geraten, ihm ein Almosen zu geben. Und er hätte bestimmt jede milde Gabe angenommen, obwohl er mit einem Hausdiener und einer Köchin eine Villa bewohnte. Diese Villa war ihm von seiner schwergeprüften Familie, die ihn nicht mehr sehen konnte, eingerichtet worden – er ließ sich nämlich »aus weltanschaulichen Gründen« nur im Aufzug eines »Enterbten« sehen.

Er hatte vor, eine Arbeitslosenpartei zu gründen. Nur noch die sechs Millionen Arbeitslosen waren seiner Meinung nach in der Lage, eine »radikalkonservative Umwälzung der bestehenden Verhältnisse« zu erzwingen. Bei den Arbeitslosen, denen er sich immer wieder und ohne Erfolg näherte, war das Urteil über ihn geteilt. Die einen meinten einfach, er sei nicht richtig im Kopf. Andere schimpften über den »Heuchler«, der sich mit seinem künstlichen Aufzug über die »ausgebeutete Klasse« lustig mache. Ganz Schlaue erklärten, er wolle ja doch nur den Arbeitern »Asche in die Augen streuen«, damit sie nicht merkten, was für eine Gaunerei er da »im Auftrage der Großbourgeoisie« betreibe. Es half ihm also wenig, daß er keinen Kragen und keine Krawatte trug, dreckig und speckig herumlief und es liebte, sich recht vulgär auszudrücken. Keiner glaubte ihm seine laute Vulgarität. Es sollte ihm auch nie gelingen, seine »Ultraradikalkonservative Arbeitslosenpartei« zu gründen.

Doch zahlte er vielen arbeitslosen Kaffeehausbesuchern die Zeche.

Der dünne Vegetarier haßte ihn leidenschaftlich und stellte ihm jeden Abend boshafte Fragen.

»Praktizieren Sie eigentlich noch immer nicht die Reformregeln?«

»Wie meinst du das?«

»Sie essen noch immer nicht artgemäß?«

»Zum Teufel, nein! Leck mich doch am Arsch!«

»Und wie steht es mit Ihren Kauwerkzeugen?« Der Vegetarier meinte es ganz ernst!

»Womit?« fragte der »Prolet« unwillig. »Was sind Kauwerkzeuge?«

»Zähne«, übersetzte Rascher das gewaltige Wort. Aber er beging den Fehler, dabei zu lächeln.

»Du bist ein Zyniker, Rascher!« Der Vegetarier tobte. Die rothaarige Kellnerin kam an den Tisch und fragte: »Wer hat mich gerufen?«

»Ich«, behauptete der Maler und klopfte ihr auf den Hintern.

»Laß das«, regte sich der Vegetarier auf. »Ich behaupte jedenfalls, daß in hundert Jahren keiner mehr Fleisch noch Eier...«

»Quatsch«, sagte der Kronprinz. »Ich bin Redakteur einer sozialistischen Zeitung. Was verstehst denn du vom Zukunftsstaat?«

»...noch Milchprodukte kennen wird und deshalb auch keine Arterienverkalkung!« Der Vegetarier ließ sich nie aus seinem Konzept bringen.

»Interessant«, sagte der Architekt gelangweilt.

»Mein lieber Kronprinz«, wandte sich der Vegetarier an den Redakteur. »Im Zukunftsstaat wird der Vitaminlehre die gleiche Bedeutung beigemessen werden wie dem Marxismus. Wir werden erst glücklich sein, wenn die Menschen mehr Gewicht auf die innigen Beziehungen zwischen chemischer Konstitution und physiologischer Wirkungsweise legen werden.«

»Schon gut«, sagte der Maler mitleidig. »Die Kellnerin hat einen wunderschönen Popo!«

»Jedesmal wenn wir mit ernsten Problemen beschäftigt sind«, warf ihm der Vegetarier böse vor, »bringst du das Gespräch auf Frauen!«

»Lebt der lebende Leichnam immer noch?« erkundigte sich Rascher liebevoll beim Kronprinzen.

Der Kronprinz war natürlich kein Kronprinz – er wurde nur so genannt, weil er vielleicht später einmal Chefredakteur der »Volksstimme« werden würde. Wenigstens glaubten er und andere das im Jahre 1932 noch. Vorläufig aber war noch immer der weißhaarige Albert Koch Chefredakteur. Koch hieß jetzt allgemein »der lebende Leichnam«. Niemand wußte, wer ihm diesen Spitznamen gegeben hatte, aber alle wußten weshalb. Es hatte einmal eine Zeit gegeben, da dachte Albert Koch weder an sich noch an seinen Tod. Vor dem Krieg hatte er wegen Majestätsbeleidigung in Festungshaft gesessen, während des Krieges hatte er einen Munitionsarbeiterstreik organisiert, und nur der Zusammenbruch des Kaiserreiches und das Kriegsende retteten ihn aus dem Zuchthaus und vor Schlimmerem. Mutig hatte er alle Gefahren überstanden. Er selbst erinnerte sich und andere gern an einen Märztag, an dem er unbewaffnet schwerbewaffneten Rebellen entgegengetreten war und »Der Tod macht mich lachen!« ausgerufen hatte. Lang, lang war das her. Und sein Verhältnis zum Tode hatte sich grundlegend geändert. Das ging so weit, daß er, der früher die schönsten Reden am Grabe verstorbener Parteifreunde gehalten hatte, jetzt jedesmal irgendeinen Grund erfand, um den Friedhof nicht betreten zu müssen. Der Tod, so entschuldigte er sich laut, erschrecke ihn nicht, ganz im Gegenteil, der Gedanke an ein Aufhören des Lebens habe etwas Beruhigendes für ihn – aber er könne nicht auf den Friedhof gehen, denn er müsse sich vor Zugluft in acht nehmen, er fühlte sich »sowieso« sterbenskrank... Es war tragisch: in einer Zeit, da das Schicksal des Landes auf dem Spiel stand, waren für diesen politischen Redakteur Krankheit und Tod seine Hauptprobleme geworden. Er war ein alter Mann. Einmal behauptete er, er spüre in sich ein böses Magengeschwür. Ein andermal hielt er sich für krebskrank. Dann wieder war er sich nicht klar darüber, ob er nicht vielleicht unter einer Herzbeutelentzündung oder unter einem Geschwür am Zwölffingerdarm leide. Mit der gleichen Leidenschaft, mit der er sich in seinen jungen Jahren in die Schriften von Karl Marx, von Malthus und Ricardo vertieft hatte, verschlang er jetzt, in seinen alten Tagen, unzählige medizinische Werke. Wie er die Gesetze des gesellschaftlichen Lebens studiert hatte, so studierte er jetzt die Krankheitssymptome des menschlichen Körpers – was leider zur Folge hatte, daß er sich ernsthaft krank wähnte, ohne sich jemals über die Natur seiner Krankheit ganz im Klaren zu sein. Denn fast alle Krankheitssymptome, die er in den medizinischen Werken beschrieben fand, konnte er hinterher prompt an sich bemerken. Einmal glaubte er sogar, er sei wieder an Masern erkrankt, in seinem Alter! Aber der Arzt behauptete lachend, es sei nur ein harmloses Nesselfieber. Natürlich wechselte er daraufhin beleidigt den Arzt, wie er überhaupt seinen Ärzten untreu war, einfach weil sie ihm, wie er ihnen vorwarf, meistens nur ein harmloses Abführmittel verschrieben, statt seine Krankheit ernst zu nehmen. Nur die Naturheilkundler schienen ihn zu verstehen. Er schwor auf Naturheilkunde. Er schluckte unzählige Knoblauchpillen und schlürfte übelriechenden Tee. Und sogar im Sommer trug er jetzt Pulswärmer. Fahl und frierend hockte er in der Redaktion, hustete, spuckte und zischte drohend: »Es hat schon eine Bedeutung, wenn ich so zusammengesunken wie ein Haufen Asche dasitze!«

Und der Kronprinz mußte auf seine Stunde warten. Streberisch wartete er, zäh, ein bißchen heimtückisch sogar und beleidigt, weil ihm da ein Greis den Weg versperrte. Wahr ist, daß die Artikel des lebenden Leichnams schon lange nicht mehr zu genießen waren, so wenig wie Gespräche mit ihm. Er schrieb und erzählte immer wieder dieselben Geschichten, dieselben Anekdoten, zum zweiten und zum dritten Mal, er erinnerte sich nicht mehr genau an vorausgegangene Gespräche und Artikel. Der Kronprinz, der am meisten mit ihm zu tun hatte, gab sich auch keine Mühe mehr, sein Gähnen zu unterdrücken. Er war jung und verstand nicht, warum es dem Leichnam so schwer fiel, endlich abzutreten. Er litt an der typischen Unruhe der Stellvertreter, wie in jedem gewöhnlichen Unternehmen, wie auch eine politische Redaktion ganz gewöhnlich ist, wenn die üblichen Eifersüchteleien auftreten.

Der Kronprinz bekam es satt, ewig zu warten. Er wollte schneller zum Ziele kommen und so begann er, Fallen zu stellen. Er legte sich, im Verkehr mit allen Menschen, außer mit dem Leichnam, die Rolle des biederen jungen Mannes zu. Beim Leichnam gähnte er weiter, stumm und schadenfroh, er ließ ihn sich müde reden. Mit allen anderen aber gab er sich sehr vertraulich, lachte ausgelassen, gab flüsternd interne Erlebnisse aus der Redaktion zum Besten.

Vor allem umwarb er die Geschäftsleitung. Die Zeitung der größten Linkspartei der Stadt wurde von einer Pressekommission verwaltet. Da saßen nun einige Arbeiter mit einigen Angestellten aus der Krankenkasse, aus dem Konsumverein und einige Sekretäre der Gewerkschaften beisammen, brave Männer aus der Provinz, es war ihnen eine gewisse Pfiffigkeit nicht abzusprechen. Vor allem schien jeder von ihnen darauf bedacht, daß ja nicht ein anderer etwas Außergewöhnliches veranlaßte, daß ja alles im gewohnten Trott lief, wie schon vor fünf und vor zehn Jahren und noch früher. Mit diesen Männern hatte es der Kronprinz verdammt schwer. Sie sagten ihm ganz offen, er sollte sie in Ruhe lassen. Der Vorsitzende der Pressekommission, Alfred Richter, sagte, die Differenzen in der politischen Redaktion, die sich mit der Reichspolitik zu befassen hatte, ließen ihn kälter als etwa die Probleme der Lokalredaktion, wo ein ungeschickter lokalpolitischer Artikel leicht zum Verlust von Inseraten und Abonnenten führen könnte! Was der Kronprinz nur wollte! Daß der lebende Leichnam immer seniler wurde, entging ja auch ihm nicht. Aber beeinflußte etwa die Behandlung der Reichspolitik die Geschäftsleitung der Zeitung? Wichtig für die Pressekommission war in erster Linie, daß die Buchführung am Ende des Jahres 1932 eine günstige Bilanz aufwies... Selbstverständlich würde auch der Kronprinz allein mit dem lächerlichen Zuschneiden der Kommentare, die täglich mit der Post aus Berlin eintrafen, fertig werden. Aber vorläufig war nicht daran zu denken, daß der lebende Leichnam seinen Abschied erhielt.

Ohne Erfolg bemühte sich also der Kronprinz, durch Lächeln und Schweigen und verfängliche Andeutungen den Alten zu Fall zu bringen. Wenn er mit Mitgliedern der Pressekommission sprach, öffnete er seine Lippen vertraulich und nur halb – aber auch dieser schiefe Mund half nichts. Die Mitglieder der Pressekommission waren anständige Männer, alle waren altgediente Parteileute, alle waren über die Fünfzig. Oft unterhielten sie sich über Dankbarkeit in der Politik, und es wurde ihnen heiß und kalt dabei. Da war also nun dieser alte Tribun! War es nicht traurig zu sehen, welch erbärmlichen Beifall er heute in Versammlungen fand, da er greisenhaft und heiser geworden war!

Wie anders war das politische Leben für ihn früher gewesen! Wo Albert Koch auch aufgetaucht war, überall hatte ihn brausende, tobende Begeisterung begrüßt! Aber wenn er jetzt, blaß und müde, das Wort ergriff, sprach aus den Augen der Masse Mitleid. Nein, nicht nur Mitleid. Auch Ungeduld, auch Spott und Hohn und Vergessen. Sie aber, seine Altersgenossen, seine Kampfgefährten vor und während des Krieges – sie hatten nichts vergessen. Der lebende Leichnam hatte unzweifelhafte Verdienste. Und wenn er heute in seinen Artikeln empfahl, ruhig Blut zu bewahren, die Dinge so zu sehen, wie sie sind, und sich nicht provozieren zu lassen von der Reaktion, so zeugte das doch von großem Verantwortungsbewußtsein. Da konnte der Kronprinz immer wieder behaupten, diese Ansichten des Leichnams seien nichts anderes als seine Verkalkung, die sich auch politisch auswirkte. Vielleicht litt er wirklich an Verkalkung. Wer weiß das so genau? Keiner aus der Pressekommission war Arzt...

»Lebt der lebende Leichnam immer noch?« wollte also Rascher wissen.

Um ein Uhr nachts war Polizeistunde. Wir mußten das Café verlassen. Aber keiner dachte daran, schon heimzugehen. So machten wir eine Runde nach der andern. Die Kirchenuhren schlugen jede Viertelstunde. Die dunklen Straßen lagen verlassen da. Voran ging der Kronprinz mit einem Stoß Zeitungen unterm Arm. An seiner Seite schüttelte sich der diskussionswütige Vegetarier, er vertrat eine Synthese aus Rohkost, Gymnastik, freier Liebe und Sozialismus. Ab und zu blieben die beiden vor uns stehen, wir hörten ihre Stimmen hallen.

»Ich sage Ja!«

»Also du sagst Ja?«

»Ja! Ich sage Ja!«

»Unglaublich! Und weißt du, was ich sage?«

»Keine Ahnung«, brummte der Vegetarier gekränkt.

»Ich sage Nein!« erklärte der Kronprinz von oben herab.

Ein Polizist tauchte auf und bat, die nächtlichen Gespräche doch leiser zu führen. Dann verschwand er grüßend.

»Ich sage trotzdem Ja!« Der Vegetarier gab sich nicht geschlagen.

»Kinder!« sagte der Maler begeistert. »Ich male jetzt eine Frau! Ein Prachtweib, sag ich euch!«

»Schon wieder die Frauen«, seufzte der Vegetarier.

Früh um drei Uhr schleppte uns der Maler noch hinauf in sein Atelier, um uns seine neue Arbeit zu zeigen. Sein großer Stolz war das »Bildnis der Eltern«, das bis Dezember fertig werden sollte. Zwei alte Leutchen saßen auf einem dunklen sofaähnlichen Gestell. Der Vater mit grünem Gesicht. Die Mutter mit bestialischem Gebiß. Hinter dem Vater ein leuchtender roter Vogel. Hinter der Mutter eine blaue Katze. Zwischen beiden, im großen Bild, hing ein kleines Bild, der Sohn mit Pinsel und Palette.

»Um das Ganze kommt dann ein breiter grauer Rahmen«, träumte der Maler.

»Ich glaube nicht«, erklärte der Architekt höhnisch, »daß man in hundert Jahren noch Bilder an die Wände hängen wird.«

»Unsinn!«

»Wollen wir wetten?« schlug der Architekt vor. »Ich behaupte, daß es in hundert Jahren gar keine Wände mehr geben wird.«

In der Ecke gähnte der Kronprinz das schmale vegetarische Gesicht an. »Ich sage trotzdem Nein!«

»Dir ist nicht zu helfen!« schrie der Vegetarier wie ein getretener Hund auf.

»Ruhe! Sonst kommt die Polizei!«

»Zu mir? Ausgeschlossen!« behauptete der Maler. »Hierher kommt die Polizei nie! Ihr könnt brüllen, soviel ihr wollt. Und wenn sich mal einer verstecken muß, kann er immer zu mir kommen. Hier ist er sicher.«

Er sagte es im Spaß.

Aber bald sollte ernst daraus werden.

Schöne Zeit für Liebespaare

Es war Herbst. Wie ein Faden sah von hier oben der Fluß aus. Es war ein kleiner Fluß. Es war eine kleine Stadt. Sie hatte sechzigtausend Einwohner. Ich kannte viele von ihnen. Und ich kannte jede Straße, jede Gasse, jeden Winkel.

Ich saß auf einer Waldbank. Dieser Wald, der Berg, die Bäume, der Duft der Erde – alles war mir vertraut, hier oben war ich heimisch. Und unten in der Stadt war ich heimisch. Ich sah von hier die Schloßgasse, in der ich vor ein paar Jahren wohnte. Andere wohnten noch dort: einfache Leute und Dummköpfe, Säufer und Nüchterne, Gauner und anständige Menschen – alles war in dieser Schloßgasse zu finden. Und inmitten dieser so verschiedenen Menschen wohnte mein Vater... Ich hatte ihn heute gesehen, gesprochen, er sprach nur von seinem Unglück. Das heißt, er sprach kaum davon, er schwieg mehr als er sprach. Aber ich verstand ja diese Sprache zu gut, ich hatte sie noch nicht vergessen. Ich kannte Vater, ich verstand alles, worüber er schwieg.

Wie ich ihm heute gegenüber saß, überfiel mich ein ganz irrsinniger Gedanke: ich wünschte auf einmal, ich hätte ein Elternhaus, ich könnte manchmal dort ein paar Stunden verbringen, vielleicht eine Nacht in meinem alten Kinderzimmer, im alten Kinderbett wieder schlafen... Diese Sehnsucht, die mich da jäh überfiel, war lächerlich. Nie hatte ich so etwas Großartiges wie ein eigenes Kinderzimmer besessen. Und auch kein eigenes Kinderbett, überhaupt kein Kinderbett. Ich schlief bis zu meinem vierzehnten Jahre gemeinsam mit Hermann in einem sehr breiten Holzbett, das Vater alt gekauft hatte. Dann bekam Hermann ein schmales Metallbett in die Schlafkammer gestellt...

»An was denkst du?«

»An nichts Besonderes«, wich ich aus.

Vater sprach von den Sorgen, die er hatte. »Mir fehlen tausend Mark. Mit tausend Mark kann ich die Firma retten, kann ich weitermachen. Nur tausend Mark und ich bin wieder in der Lage, ein paar Rechnungen zu bezahlen und etwas neue Ware zu kaufen. Ich brauche so dringend zwei bis drei Wintermäntel, es ist doch bald Winter und ich habe keinen einzigen Wintermantel auf Lager.«

Leider besaß ich keine tausend Mark.

»Mit weniger«, bedauerte Vater, »ist mir nicht geholfen. Ich habe mir ganz genau ausgerechnet und gefunden, ich brauche tausend Mark, nicht mehr, aber wirklich auch nicht weniger.«

Jetzt stieg ich den Weg hinab, stadtwärts wieder. Die Blätter, die jetzt auf dem Boden lagen, hingen einmal an den Ästen. Es war einmal ein sonniger Frühling, und die Blätter waren damals winzige kleine hellgrüne Knospen gewesen. Der Regen hatte sie bespritzt, dann kam der Sommer, heiß und dürr, dann jetzt der Herbst, das Leben der Blätter war abgelaufen, sie fielen ab, jetzt lagen sie auf dem Boden, ich trat darauf. Die Erde war feucht und kalt.

Es war Herbst, aber ich kam mir komisch vor, daß ich es überhaupt bemerkte. Wer achtete heutzutage schon auf die Jahreszeiten? Die Natur hatte aufgehört, wichtig zu sein. Und vieles andere auch. Auch der einzelne Mensch war nicht mehr wichtig. Die Stadt schien nur noch aus marschierenden Kolonnen zu bestehen. Die einen waren Republikaner, sie trugen Windjakken aus graugrünem Stoff, dazu blaue Mützen. Die anderen waren Nazis, ihre Windjacken waren braun, ihre Stiefel waren braun, braun waren ihre Sturmkappen. Die Kommunisten trugen nur rote Armbinden. Trotz der Verschiedenheit der Uniformen, der Mützen, der Armbinden, stand vielen Marschierenden im Gesicht Verzweiflung, Hunger, Arbeitslosigkeit, Fanatismus. An manchen Tagen zogen zur gleichen Zeit aus verschiedenen Vierteln gegnerische Gruppen auf den Marktplatz. Sie umlagerten gemeinsam das Rathaus, schrien »Hoch!« und »Nieder!«, schrien »Wir wollen Arbeit und Brot!« Auf jeder Seite des großen Baues stand eine andere politische Gruppe und schrie die gleichen Forderungen und die gleichen Flüche gegen die geschlossenen Fensterscheiben. Die Polizei beschränkte sich darauf, das Zusammenstoßen der Kolonnen zu verhindern. Aber die Aufwiegler wollten gerade die Zusammenstöße.

Kupke führte eine Truppe Nazis an. Wenn die Polizei auftauchte, waren seine Schläger schon längst auf und davon, nur die Opfer lagen bewußtlos an einer Hauswand, mit eingeschlagenen Nasen, mit aufgerissenen Fingern, die das Gesicht vor Schlägen hatten schützen wollen. Die Polizei war nicht sehr aktiv, wahrscheinlich witterte sie schon damals den kommenden Herrn und wollte sich nicht für den Schwächeren engagieren... Kupkes Bande zog singend durch die Straßen, schlug um sich, ihre Lieder peitschten das Blut selbst der Schwerhörigen. Nach und nach gelang es den Nazis, die ganze Stadt einzuschüchtern. Sie traten mehr in Erscheinung als alle ihre Gegner zusammengenommen. Es war deutlich zu sehen, daß Geld bei ihnen keine Rolle spielte. Neue Fahnen, neue Hemden, neue Reithosen, neue Stiefel, Armbinden, Gürtel, Sturmriemen, neue Trompeten, neue Trommeln, Zeitungen, Flugblätter ohne Zahl – alles hatten die Nazis, weil sie Geld hatten. Und auch Waffen hatten sie. Es wagte sich bald niemand mehr allein aus dem Haus, wenn der Abend heranrückte und mit dem Abend die Gefahr, überfallen zu werden.

Eine schöne Zeit für Einsame, für Ruhebedürftige und zum Beispiel für Liebespaare, dieses Jahr 1932! Wohin man ging, überall hörte man aus den Lautsprechern der Propagandaautos: Nieder mit der Demokratie! Nieder mit dem Marxismus! Nieder mit den Juden! Nieder!! Nur recht laut, nur recht brüllen, nur recht deutlich rufen: Nieder mit dem System von heute! Her mit dem Dritten Reich! Hoch! Nieder! Nieder!! Je lauter geschrien wird, desto besser! Nur alle Wut, allen Haß, alle Verachtung auf das System gehäuft! Das deutsche Unglück, der verlorene Krieg vor vierzehn Jahren, die Inflation, die Scheinkonjunktur, die Krise, die Arbeitslosigkeit – das alles hat ja nun endlich eine einleuchtende Ursache: das System! Und die Juden, natürlich, die Juden!! Die Fahnen hoch! Die Reihen dicht geschlossen! Die Juden planen Verrat! Haut die Juden! Schlagt die Juden! Juda verrecke! Denkt an den jüdisch-marxistischen Dolchstoß in den Rücken unserer tapferen siegreichen Krieger!! Die gefallenen Soldaten sind Judas' Werk! Die Straße frei den braunen Bataillonen! Die Straße frei dem Sturmabteilungsmann! Deutscher erwache! Deutschland erwache!! Jude verrecke!!

Tag und Nacht schreien Lautsprecher, Versammlungsredner, Sprechchöre, Zeitungen, Flugblätter, Plakate, Grammophonplatten dieselben Parolen, immer wieder den gleichen Trommelwirbel, Tag und Nacht trommeln sie Haß und Wut und Rache und Erbitterung und Blut und Vergeltung und Mord und Totschlag in das deutsche Volk hinein. Tag und Nacht, immer wieder, Tag und Nacht, immer wieder, Hurra! Das Volk marschiert! Hurra! Das Volk marschiert willig mit! Das Volk marschierte immer, wenn es Kommandostimmen vernahm, wenn getrommelt wurde, wenn es gegen einen Feind ging! Es marschierte von 1914 bis 1918! Und jetzt marschiert es wieder! Jetzt nimmt es den damals unterbrochenen Marsch wieder auf! Hurra! Endlich kann man wieder marschieren, wieder hassen, wieder vernichten! Diesmal geht es gegen den inneren Feind! Zuerst gegen den inneren Feind!! Hurra!! Deutschland erwache!! Huraaaaa!!!!

Der Haifisch hat ein gutes Gedächtnis

Sie saßen einander gegenüber, am Riesenschreibtisch, Willy Linke und Grünfeld, zwei Sphinxgesichter. Es war ein Tag wie jeder andere, ein fahler Dezembertag im Jahre 1932. Kein Wort fiel. Die Teilhaber spielten einander Verstellung, Undurchdringlichkeit, krampfhafte Erstarrung vor. Sie waren verkracht. Grünfeld redete sich ein, daß Linke ihn aus der Firma herausekeln wollte. Könnte ihm natürlich passen, jetzt in der Krise! Damit er den Verdienst ganz allein einstecken kann! Was wäre er ohne mich geworden, dieser Bauernlümmel... Und Linke behauptete seinerseits, daß Grünfeld ihn loszuwerden wünschte. Könnte ihm natürlich passen, jetzt in der Krise! Damit er den Verdienst ganz allein einstecken kann! Was wäre er ohne mich geworden, dieser hergelaufene Jud...

Irgend etwas war in der Firma vor Monaten vorgefallen. Drohend, pöbelnd, hemmungslos hatten sie einander gegenseitig verdächtigt. Und obwohl sich ihre heiß umstrittene Differenz schnell als lächerliches Mißverständnis entpuppte, war es von da ab zwischen den beiden aus und vorbei. Vergessen war alles, was vorher schön und gut gewesen. Die alte unbelastete Beziehung stellte sich nicht wieder ein, nur weil sie während lumpiger dreißig Minuten einander nicht getraut hatten. So entstand zwischen Linke und Grünfeld der erbitterte, schmutzige, heimtükkische Kleinkrieg zweier Geschäftsteilhaber, die auf einmal nur noch die Fehler des andern kennen, die sich trennen wollen, aber keiner sagt das klar und deutlich. Erst muß bewiesen werden, daß der eine den andern schon immer bemogelt hat, daß der eine schon immer eine ruppige, niederträchtige, klebrige, heuchlerische Dreckseele gewesen ist und der andere schon immer ein vertrauensseliges Unschuldslamm...

Täglich, punkt neun Uhr, trafen sie in ihrem vielräumigen Geschäftshaus ein. Fast gleichzeitig drängten sich beide durch die Glastür, die ins gemeinsame Privatbüro führte, der eine mit gekünstelt hoher Stimme trällernd, der andere falsch pfeifend. Lärmend entfaltete jeder eine mitgebrachte Zeitung. Der eine war wütend, daß der andere, während der Geschäftszeit, ausgerechnet Zeitung las, statt die eingegangene Post zu erledigen. Beide kochten. Beide liefen rot an. Beide hörten ganz plötzlich auf zu trällern und zu pfeifen. Beide schmissen zähneknirrschend ihre Zeitung hin, blickten einander wutentbrannt aber wortlos an, standen auf, nahmen stehend und zähnefletschend die Zeitung wieder in die Hand, um sie, nun völlig außer sich, ganz zusammenzuballen und in den Papierkorb zu stopfen. Dann verließen beide das Privatbüro, fast Schulter an Schulter, sie rasten durch die vielen Räume, mit hochrotem Kopf, schwer geladen.

Das Telefon läutete. Der Telegrammbote kam. Wo sind die Chefs? Nicht da. Kommen gleich. Sie sind nebenan. Ja, beide. Dicke Luft. Neue Post wurde auf den Riesenschreibtisch gelegt. Angstellte polierten sich heimlich die Fingernägel. Einige spielten in der Klassenlotterie und hatten wieder verloren, aber sie wisperten sich zu, daß sie weiterspielen würden, einmal muß es doch klappen, wer will wieder mitspielen? Einige erzählten, was sie gestern in den politischen Versammlungen gehört hatten: Sittliche Erneuerung, ideale Ertüchtigung, Wiedergeburt, Weimarer Verfassung, Moskau, Zentrum, Rom, Wahlurne, Links, Parteiuniform, Rechts, Kapitalismus, Kommunismus, Schiebung, Sozis, Fememord, Parlament, Überfall mit fünf Toten, alles Schwindel. Diese Worte wurden wie Flugblätter, die die letzte Wahrheit offenbaren, von Tisch zu Tisch geworfen, weitergegeben, scharf betont, daraufhin heftig aber leise bekämpft, dann zaghaft verteidigt. Die demokratische Versammlung war gestern von den Nazis gesprengt worden, Saalschlacht, siebzehn Schwerverletzte, vierzig Verhaftete, im Saale wurden Schußwaffen und Totschläger gefunden, Lumpenpack, geschieht den Demokraten recht, die Nazis sind Verbrecher, wenn sie das noch einmal sagen, dann! Was dann? Dann haue ich Ihnen ein paar ins Gesicht! Pssst! Ruhe...!

Die Chefs jagten derweilen, vor Wut kochend, immer noch durch die Räume. Die Schreibmaschinen klapperten. Die Federn kratzten. Die Zentralheizung machte Kopfschmerzen. Darf ein Fenster aufgemacht werden? Nein, die Fenster müssen zubleiben! Kommt nicht in Frage! Aufmachen! Zubleiben! Das Telefon! Nicht da! Das Telefon schrillte wieder! Herr Linke, wo ist Herr Linke! Da bin ich! Endlich!

Was? Seine Frau will wissen, ob es heute regnet, ob es schneit, ob sie schon ihren Pelzmantel anziehen kann? Sie läge im Bett und sei zu faul, um aufzustehen? Zu faul, um selbst nachzusehen? Herr Linke gab keine Antwort, hing auf...

Neben ihm stand mißtrauisch sein Sozius Grünfeld. Durchbohrte den Apparat.

»Wer war das?«

»Meine Frau«, zischte Linke eine Erklärung, höhnisch, grob. Schwebte dann lautlos auf Gummisohlen davon, Grünfeld schnuppernd hinterher. Beide finster vor sich hinstarrend, verschwanden wieder hinter der undurchsichtigen Glastür, setzten sich wieder an ihren Riesenschreibtisch, es war ein Tag wie jeder andere, ein fahler Dezembertag im Jahre 1932.

Auf Grünfelds Platz lag ein Brief. Ein Privatbrief. Eine Marke aus Litauen. Eine unbekannte Handschrift, Poststempel Kowno. Seine Mutter lebte in Kowno. Warum eine unbekannte Handschrift? Er bekam es mit der Angst zu tun. Starrte zaudernd den Brief an. Wagte erst nicht. Öffnete ihn dann doch. Mit krampfigen Fingern. Zerriß dabei das inliegende Blatt. Legte es schnell, schnell wieder zusammen. Mit zitternden Fingern. Riß an Riß. Las die erste Zeile. Ein Stich in der Herzgegend! Sperrte den Mund auf. Weit. Schreckhaft. Zwang sich, die zweite Zeile zu lesen. Begriff. Alles stand still. Er bekam seinen Mund nicht wieder zu. Röchelte. Rang nach Luft. Zerrte an der teuren Krawatte. Riß den Kragen des rohseidenen Hemdes auf. Atmete in kurzen dicken Stößen. Die Augen brannten. Heiß und trocken.

Eine kleine Sekunde lang genoß Willy Linke dieses seltene Schauspiel, diesen wunderschönen einzigartigen Zusammenbruch seines Sozius'. Endlich sah er seinen Partner klein und hilflos vor sich. Aber dann sah er das würgende fleischige Gesicht, die wächserne Starre der Stirn. Er erschrak. Er klingelte heftig nach der Sekretärin. Als das kokett lächelnde Fräulein, bewaffnet mit Schreibblock und Bleistift, die undurchsichtige Glastür mit ihren schönen Beinen aufstieß, kam Grünfeld wieder zu sich. Er schüttelte sich wie ein Eisbär. Erhob sich wankend. Schleppte sich ans Fenster. Atmete zwar noch schwer, aber alles hatte schon wieder für ihn den alten Platz eingenommen, alle Dinge im Zimmer und alle Gefühle in ihm. Sein Gesicht ließ er nicht sehen. Nur seinen gewaltigen Rücken. Er war ganz allein in der Welt und hier verstand ihn keiner. Keiner konnte ihn verstehen. Sie ist tot... Tot... Schema Jisroel, sie ist tot... Es zwang ihn. Er wehrte sich nicht. Er murmelte dreimal den heiligen Satz. Bedeckte den hämmernden, in Schweiß gebadeten Kopf mit seinen kurzen dicken Fingern. Nein, nicht barhäuptig, ein jüdischer Sohn muß den Kopf bedecken, sie ist ja tot, sie lebt nicht mehr...

»Sie ist tot, Linke«, krächzte er. »Meine Mamme ist tot.« Er schnaufte einige Male tief auf, brachte dann seinen Kragen wieder in Ordnung, seine Krawatte. »Tot. Die alte Frau ist tot.«

»Sie haben geklingelt«, zirpte die Sekretärin.

»Was für ein Tag ist heute?« schrie Grünfeld sie an.

»Sonnabend«, sagte sie beleidigt.

»Mantel und Hut«, verlangte er. Er schämte sich seiner Tränen. »Meine Mutter ist tot«, schnaufte er. »Was schauen Sie mich an wie'n Weltwunder?«

Linke begleitete ihn bis zur Glastür. »Tut mir leid«, rang er sich ab. »Herzlichstes Beileid.«

»Streng dich nicht so an«, bellte Grünfeld und schlug die Tür hinter sich zu.

Natürlich kam er, als sie fast fertig waren. Aber selbst wenn er es vorher gewußt hätte, wäre er noch hingegangen – auch auf die Gefahr hin, zu spät zu kommen. Als er die Tür der ehemaligen Kegelbahn öffnete und vierschrötig eintrat, im mausgrauen Flauschmantel mit breitem Gürtel, die Hände tief vergraben in den mächtigen Taschen, trauten die armen Ostjuden ihren Augen nicht. Sie starrten Grünfeld an, als sei er der Messias persönlich. Grünfeld war ein einziges Mal in seinem Leben in diese ostjüdische Betstube gekommen, vor dreizehn Jahren, damals hatte er eine Thorarolle gespendet und seine Anwesenheit schien damals begründet. Aber jetzt kam er da hereingeschneit, ohne sich vorher angesagt zu haben, er kam ganz einfach, ließ sich schwerfällig auf der nächsten Bank nieder, grüßte kaum, schob mit seinen breiten Händen den Hut in den Nakken. Seine Haut war grau. Er hatte sich sehr verändert. Sein Gesicht schien verzerrt, Falten und Runzeln verstärkten noch diesen Eindruck. Die Augen hatten heute nichts von einem Haifisch, sie lagen sinnlos in dem zerstörten Gesicht.

Er ließ den Kopf hängen und horchte. Als das Schlußgebet gesprochen war, erhob er sich, trat vor an die schmucklose Ostwand, von hinten sah er in seinem mausgrauen Flauschmantel wie ein Elefant aus. Er sagte das Totengebet. Vor vielen Jahrzehnten, er war ein Knabe von neun Jahren gewesen, hatte er das Kaddisch gesagt, damals war sein Vater gestorben. Und jetzt stand er hier für seine Mutter und sprach wieder das Totengebet – ohne Stocken, aus dem Gedächtnis, Satz für Satz, kein Wort hatte er vergessen, ihm war es selbst fast unheimlich, immerhin lag ein halbes Jahrhundert dazwischen. Was war in diesen fünfzig Jahren nicht alles vorgefallen! Sein Leben hatte sich von Grund auf geändert. Aus dem einstigen Judenjungen von Poniewesch war ein erfolgreicher Kaufmann geworden. Nichts war ihm in den Schoß gefallen. Er hatte kämpfen und lernen müssen. Er hatte viele, unglaublich viele Dinge lernen müssen, bevor er mit Geschick und Rücksichtslosigkeit da angelangt war, wo er sich heute befand. Niemand hatte ihm den Weg erleichtert, kein reicher Onkel in Deutschland, kein Jugendfreund, der später ein einflußreicher Mann geworden war. Seine Jugendfreundschaften hatte er in Litauen gelassen und auch seine Onkels, die armen. Aber seinen Kopf hatte er mit nach Deutschland gebracht. Er wußte ihn zu benutzen. Bevor er ausholte, pflegte er nachzudenken. Er hatte schon frühzeitig die Sinnlosigkeit des menschlichen Betriebes, der ihn umgab, durchschaut. Er erschrak, als er dahinterkam, daß für die Menschen der Dieb eines Markstückes ein Dieb – und der Dieb einer Million ein Finanzgenie ist. Er setzte sich hin und prägte sich wörtlich die Gesetze ein, die ihn hinderten, und die Gesetze, die ihn förderten. Er lernte im Gesicht eines Menschen zu lesen wie auf den Seiten eines Buches. Er lernte, wie man Fäden spinnt, um Schwache zu fangen, und wie man Fäden zerreißt, in denen er gefangen werden sollte. Er fürchtete sich vor nichts, er zitterte nie, er ließ andere zittern. Er erledigte seine Gegner kaltblütig und ohne Gewissensbisse. Er freute sich, daß es keinem gelang, ihn zu erledigen.

Man mußte es ihm lassen, er hatte seine Zeit nie vergeudet. Er war nach dem Westen gekommen, um ein Vermögen zu machen, und er hatte sein Ziel erreicht. Er hatte seine Lebenstüchtigkeit bewiesen. Er gehörte weder zu jenen alten Ostjuden, die sich auch hier an die Brust schlugen und schrien: »Nächstes Jahr in Jeruscholajim!« – noch gehörte er zu den jungen ostjüdischen Idealisten, die hier ihre Träumereien und Phantastereien fortsetzten, die Marx studierten wie ihre Vorfahren einst den Talmud... Grünfeld vergeudete seine Zeit weder mit Religion, noch mit anderen unrentablen Dingen. Nur was Zinsen trug, interessierte ihn. Daran hielt er sich. Er kannte nur ein Problem: »Was kann ich an dieser Sache verdienen? Wieviel Geld wird mir dieser Gedanke einbringen?« Geld – das war sein ganzes Geheimnis. Mit Geld konnte man alles machen, alles erwerben und alles vergessen. Aber das Kaddisch, das er vor einem halben Jahrhundert für seinen Vater gesagt hatte, das hatte er nicht vergessen, das sprach er jetzt aus dem Gedächtnis, für seine Mutter. Ein tolles Gedächtnis! Er bewunderte sich selbst.

Er verließ die Betstube. Jossel Fischmann ging neben ihm her. Ein armer und ein reicher Jude aus dem Osten. Die Wetterlage, behauptete Grünfeld schnuppernd, sei veränderlich, er befürchte Schneefälle ... Dabei zog er seinen Kopf noch mehr ein, er versank in dem dicken Mantelkragen wie in einer Badewanne.

In Fischmanns Wohnung, in der Schloßgasse, trank er einen Schnaps. Er nahm ein Stück Honigkuchen. Dann aß er Karpfen. In gefrorener scharfer Soße.

»In ihrer schwersten Stunde war sie allein«, machte er sich schmatzend Vorwürfe. Er leckte jede Gräte ab. »Sie starb einsam, und ich habe ihr nicht beistehen können. Warum habe ich sie nicht hierher zu mir genommen? Aber hat sie gewollt? Sie hat nicht gewollt. Ich habe es ihr oft genug geschrieben und gesagt habe ich es ihr auch, damals, als ich bei ihr war, als ich sie in Kowno besuchte, ein Jahr nach dem Krieg. Aber sie wollte nicht, sie wollte in Kowno bleiben. Sie war damals schon halb erblindet. Ich fuhr in ein Hotel und von dort aus, mit einer Kutsche, zu ihr. Sie war krank und lag im Bett. Sie hatte mir nichts davon geschrieben, um mich nicht zu erschrecken. Und plötzlich stand ich in ihrem Zimmer. Erst wollte sie nicht glauben, daß ich ihr Sohn sei. Aber dann mußte ich mich an ihr Bett setzen und erzählen, wie es in der Welt aussieht und wie es den Juden überall geht. Die ganze Nacht habe ich ihr erzählen müssen, sie ließ mich nicht ins Hotel zurück. Ich durfte nicht schlafen gehen, und auch sie wollte erst wieder schlafen, wenn ich weggefahren sei ... In fünfzig Jahren habe ich sie ein einziges Mal gesehen. Sie war eine alte jüdische Mutter und ich der jüdische Sohn, der in die Fremde zieht, um sein Glück zu machen. Sie fürchtete die Fremde. Sie glaubte nicht an ein Glück für uns Juden außerhalb von Kowno. Und jetzt ist sie tot.«

Jossel Fischmann sagte tröstend auf hebräisch, daß alles wohlgetan sei, was Gott tue...

Grünfeld wagte zu zweifeln. »Sprechen wir lieber von irdischen Dingen«, schlug er vor. »Wie geht es bei Ihnen?«

»Es geht schlecht«, jammerte Fischmann. »Die Kunden kaufen auf Abzahlung, nehmen die Ware mit, zahlen zwei Raten, dann hören sie auf zu zahlen, die Ware ist weg, der Kunde ist weg, schrecklich! Ich werde den Laden schließen müssen, wenn kein Wunder geschieht.«

»Es geschehen keine Wunder«, brummte Grünfeld.

»Was ich brauche«, versicherte Fischmann ängstlich, »sind höchstens tausend Mark. Mit tausend Mark komme ich wieder hoch.«

»Hoch? Wieder hoch?« Grünfeld sah den kleinen Fischmann mitleidig an. »Mit tausend Mark kommen Sie wieder hoch?«

»Wenn ich das Geld nicht kriege, ist alles verloren«, stöhnte Jossel Fischmann seinem Gast vor. »Wissen Sie nicht zufällig, wo ich mir das Geld borgen kann?«

»Ich will mir's überlegen«, lächelte Grünfeld. »Vielleicht fällt mir etwas ein.« Er schenkte sich noch einen Schnaps ein. Dann nahm er das Messer und schnitt sich noch eine Scheibe vom Honigkuchen ab. »Linke will die Firma alleine haben«, sagte er dann und spielte mit dem Messer. »Ein Halsabschneider, dieser Linke.« Er sah Fischmann forschend an, Fischmann nickte einverstanden. »Auch er ist Nazi geworden und meint, ich wüßte es nicht. Er zahlt heimlich Beiträge. Heimlich! Als ob mir so etwas entgehen könnte! Er will mich loswerden und alles alleine einstecken. Er wartet nur noch auf das Dritte Reich.«

»Nie kommen die Nazis zur Herrschaft«, versicherte Jossel Fischmann seinem Gast. »Hier im Haus sind zwar schon viele verrückt, aber es wird ihnen nicht gelingen. Im Hinterhaus wohnt eine Frau Schaller, die hat mir erst kürzlich gesagt, daß die linken Parteien bis zum letzten Mann die Republik verteidigen werden.«

»Und Sie glauben das?« fragte Grünfeld böse. »Die Linke hat seit 1930 in Deutschland nichts mehr zu sagen. Sie hat hier noch nie viel zu sagen gehabt!«

»Verstehen Sie mich nicht falsch.« Erschrocken verteidigte sich Jossel Fischmann. Es ging ihm jetzt schlechter als einem vollbeschäftigten Arbeiter, aber er mußte dem reichen Grünfeld schnell beweisen, daß auch er von den linken Parteien, also von den Arbeitern, nicht viel halte, daß auch er, wie ein richtiger Großindustrieller, mit Verachtung auf die Organisationen der Arbeiter blicke. Er brauchte sich bei dieser Verteidigung nicht einmal sehr anzustrengen. Er hatte die üblichen kleinbürgerlichen Anwandlungen, er war schon längst der Massenbeeinflussung verfallen und fürchtete sich vor dem roten Schreckgespenst, das ihm von den anderen Schreckgespenstern warnend täglich vorgehalten wurde...

Grünfeld ließ ihn reden. Er selbst schwieg. Jossel Fischmann verrannte sich in seinen Ansichten. Um Grünfeld zu beweisen, daß er nicht etwa, Gottbehüte, ein Roter sei, redete er fast wie ein Nazi daher. Gegen den Reichstag, gegen die Republik, gegen die egoistischen linken Parteien.

»Strengen Sie sich nicht so an«, schüttelte Grünfeld mitfühlend den Kopf. »Es fehlt nur noch, daß auch Sie schreien, *Die Juden sind Deutschlands Unglück*...«

Jossel Fischmann schnappte nach Luft.

»Kommen Sie Montag zu mir«, sagte Grünfeld müde und erhob sich. »Ich gebe Ihnen die tausend Mark. Nein, bedanken Sie sich nicht«, schnitt er dem stammelnden Fischmann die Dankesworte ab. »Viel nützen wird Ihnen das Geld nicht mehr. Ich glaube, es ist zu spät. Wenn Sie jünger wären, würde ich Ihnen den Rat geben, dieses Land zu verlassen. Sehen Sie sich nur die Gesichter an auf der Straße. Wir leben inmitten von Räubern und Mördern. Und wenn die einmal zur Macht kommen, dann wird Sie Ihre Frau Schaller aus dem Hinterhaus nicht retten können, auch nicht meine tausend Mark. Aber Sie sollen sie haben. Ich brauche sie sowieso nicht mehr. Ich brauche bald nichts mehr. Gut Schabbes.«

Sechstes Buch
Die Neue Zeit

Der Tag, der später Nationalfeiertag wurde

Die Nachricht kam so unerwartet, so überraschend, daß alle wie betäubt waren. Zunächst wollte es niemand glauben. Als dann aber kein Zweifel mehr möglich war, begannen sie vor Freude zu schreien.

Es war Montag, ein kalter nasser Mittag. Die Sonne fehlte. Der graue Himmel drohte mit Schneefall. Rascher rauchte, sah nach der Uhr, es war bald zwei Uhr. Marie sehnte sich nach Sommer, nach Wärme, nach Ferien. Fräulein Erna servierte jetzt den Mokka. Am Nachbartisch saßen Herr Huster und Fräulein Patzig, sie tranken feindselig und aus Überzeugung deutschen Pfefferminztee – die Feindseligkeit galt uns, die Überzeugung dem Tee. Der dritte Stuhl an ihrem Tisch war frei. Fräulein Nachtigall war in ihr Zimmer gegangen, um Radio zu hören. Der Tenor Enrico, der nicht Enrico hieß, spielte mit seiner Frau Karten, wie jeden Tag nach dem Essen.

»Ich fahre nächste Woche in die Berge, jetzt ist endlich Schnee gefallen«, sagte Rascher und zeigte uns Bilder in der Zeitung. Wir wußten also, daß er sich nun wieder einmal mit seiner ehemaligen Frau treffen würde, um einen halben Tag glücklich zu sein und um sich nach sechs Stunden Zusammensein wieder mit ihr zu verkrachen.

»Es wäre schön, wenn wir jetzt im ›Goldenen Anker‹ säßen und es wäre Juli«, wünschte sich Marie. Wir hatten zu dritt im »Goldenen Anker« eine Ferienwoche verbracht, vor einigen Monaten erst, mir schien jetzt, als sei es vor vielen Jahren gewesen. Wir hatten auf einer Wiese gelegen, nichts getan, einfach in den Himmel geschaut, auf die Wolken, auf das Blau, auf den Strich, der zwischen dem Bergkamm und dem Himmel verlief. »Ich sehe keinen Strich«, hatte sie behauptet. »Du mußt nur genau hinsehen, da, ganz genau ist der Strich zu sehen«, hatte ich gesagt. »Auch der Strich ist eine Illusion«, hatte Rascher gebrummt. Wir lagen im Schatten, vor uns der See in der prallen Sonne. Wir wünschten uns, immer so leben zu können, das ganze Leben lang. Ein Frosch sprang ins Wasser, wir lachten gleichzeitig, seufzten gleichzeitig. Ich rasierte mich nicht mehr, Rascher auch nicht. Nach vier Tagen trugen wir beide einen flaumigen Bartkranz. Sie behauptete aber, uns trotzdem zu lieben, und aus Liebe versprachen wir, am nächsten Morgen wieder rasiert zu erscheinen. Ich hielt mein Wort, Rascher nicht. In der duftenden Stille des Gasthofes summten Bienen um den lockenden Honigtopf, um den Butterteller, um die frischen Brötchen aus dem nahen Dorf. Später lagen wir faul auf Liegestühlen, summten Lieder, pfiffen, schliefen ein, wachten wieder auf, liefen auf die Wiese, an den See, ruderten, schwammen, machten Ausflüge auf die Berge, an Bergbäche. Dann packten wir seufzend die Koffer, nächstes Jahr würden wir wiederkommen, sagten wir zu den Wirtsleuten, es hatte uns hier so gut gefallen, es war so schön gewesen...

»Leider ist jetzt Januar«, bedauerte Marie.

»Der 30. Januar 1933 genau«, stellte Rascher fest.

Mitten im Saal, so daß ihn jeder sehen konnte, an einem kleinen Tisch, saß ganz allein der falsche aber hübsche, zu hübsche Herr Schön. Schweigend nahm er sein Mahl ein. Nur seine Krawatte leistete ihm Gesellschaft. Regelmäßig überzeugte er sich, daß der Knoten immer noch dort saß, wo er zu sitzen hatte. Herr Schön, Vertreter in Solinger Stahlwaren, ließ jeden Morgen sein Rasierzeug ungereinigt im gemeinsamen Badezimmer liegen. Jeden Sonntagabend kam eine Freundin, jede Woche eine andere, ins Haus und fragte: »Ist mein Bräutigam, Herr Schön, da? Er hat mir geschrieben, daß er mich heute erwartet.« Und wenn Fräulein Erna Montag nach dem Mittagessen den Mokka brachte, flüsterte sie uns zu: »Heute hat er wieder ’ne Neue im Fotorahmen auf seinem Nachttisch stehen.«

Und dann kam Fräulein Nachtigall in den Speisesaal. Es mußte etwas passiert sein, denn sie kam nicht wie sonst heimtückisch hereingeschlichen, sondern sie stürzte polternd auf Huster zu, lispelte ihm etwas ins Ohr, ihr Gesicht glühte, ihre Augen vollführten ein wildes Spiel. Und da sprang Huster auf, so, als hätte er auf einer Sprungfeder gesessen. Auch Fräulein

Patzig sprang auf, sie strich sich verklärt das zitronengelbe Haar aus der Stirn. Huster ergriff einen Kaffeelöffel, schlug an die Pfefferminszteetasse und verkündete frohlockend:

»Er ist Reichskanzler!«

Seine Stimme war der Nachricht nicht gewachsen, sie versagte bei der Amtsbezeichnung.

Alle starrten ihn an, als habe er Chinesisch gesprochen.

Rascher flüsterte mir zu: »Huster ist verrückt geworden. Das kann nicht sein!« Ich fühlte, wie mir alles Blut in den Kopf schoß.

Frau Molls mehliges Gesicht schwebte durch den Saal, auf Husters Tisch zu. Ihr Busen wogte. Die Augen waren farblos. Sie hielt die runden Brillengläser mit beiden Händen auf der ausdruckslosen Nase fest.

»Treiben Sie keinen Scherz mit uns«, lächelte sie sauersüß. »Woher wissen Sie es?«

Der Speisesaal lag in tiefer Stille.

»Mein Radio!« durchschnitt der Schrei der Nachtigall diese Stille. »Und jetzt werde ich das Braune Haus anrufen!« verkündete sie so, als wollte sie sich mit Gott persönlich in Verbindung setzen.

Ehrfurchtsvoll wurde ihr Platz gemacht. Alle Blicke folgten ihr, als sie festen Schrittes ans Telefon schritt. Sie verlangte eine Nummer, sie brauchte nicht erst im Telefonbuch nachzusehen, sie kannte diese Nummer. Sie wartete. Alle warteten. Dann stieß sie ihren Kriegsruf aus:

»Heitla! Hier Nachtigall! Wer dort?« – – – »Ich hörte es eben im Radio!« – – – Ein glückliches Glucksen der Nachtigall. »Also ist es authentisch?« – – – »Ich bin so glücklich!« – – – »Er ist doch *Alles* für mich! Ich habe sein Bild in meinem Zimmer hängen! Wenn ich ihn ansehe, dann empfinde ich ganz tief, wie groß er ist! Ich habe nie den Glauben an ihn verloren!« – – – Die Stimme zitterte. Die Nachtigall war dem Weinen nahe. »In meiner Kindheit habe ich vom lieben Gott geträumt. Jetzt träume ich vom Führer! Ich spreche sogar mit ihm! Jede Nacht! Im Traum natürlich!« Sie seufzte. – – – Sie jauchzte auf! »Er ist herrlich!« – – – »Er ist wunderbar!« – – – »Es ist also wirklich authentisch?« – – – »Ich danke Ihnen vielmals! Heitla!«

Sie legte auf. Drehte sich um. Ihr Gesicht war rosig verklärt. Sie überblickte die Tische. Jeden einzelnen Tisch. Sagte dann überlegen wie eine Bankbeamtin, die soeben eine unerhörte Weihnachtsgratifikation erhalten hat:

»Es ist authentisch!«

Augenblicklich löste sich die Spannung. Alle schrien durcheinander. Sie wußten vielleicht nicht genau, weshalb, aber sie spürten den Drang in sich, zu brüllen, zu lärmen, etwas anzustellen! Nur unser Tisch wirkte wie ein Ölfleck in einem Wellenbad. Nein, auch der Tisch des alten Ehepaares Löwenstein. Huster ergriff die Pfefferminzteetasse und schmiß sie wie ein übermütiger Knabe auf den Boden. Zum Glück war sie leer, aber unglücklicherweise war sie aus Porzellan gewesen. Frau Moll und Fräulein Erna kreischten auf. Herr Schön griff sich verlegen an die Krawatte, dann verschwand seine Hand in der Hosentasche, ein Taschenmesser kam zum Vorschein, dann noch ein Taschenmesser, dann ein Korkenzieher, dann ein Büchsenöffner (Vertreter in Solinger Stahlwaren!) – aber plötzlich leuchtete ein Hakenkreuz auf seiner Krawatte! Er trat auf Huster zu, machte vor den jauchzenden Damen eine artige Verbeugung, stellte sich als »alter Kämpfer« vor. Purzel bellte. Der Tenor schritt aufs Klavier zu. Es war verschlossen. »Wo ist der Schlüssel?« fragte er heldisch. »Da!« gab die fast zu Tränen gerührte Frau Moll ausnahmsweise nach. Der Tenor setzte sich, er war ein schwerer, langsamer Mensch. Seine Hände hämmerten wuchtig auf die Tasten. Er begann zu singen: »Die Straße frei den braunen Bataillonen! Die Straße frei dem Sturmabteilungsmann!« Seine Frau unterbrach ihn: »Enrico, bitte drei Töne tiefer!« Er warf ihr einen mißbilligenden Blick zu und begann von Neuem. Einer nach dem andern fiel ein. Die Krankenschwester Beate Stock schluchzte hysterisch auf, verständnislos blickte sie um sich und murmelte: »Ich bin so froh! Ich bin so froh!« Purzel sprang begeistert von Tisch zu Tisch. Rascher lockte ihn mit einem Stück Zucker zu uns heran. Herr und Frau Löwenstein hatten sich erhoben, sie blickten einander traurig an, sprachen kein Wort miteinander, dann gingen die zwei alten Leutchen auf die Tür zu.

Als das Lied zu Ende war, wußten die Sänger nicht recht, was sie nun tun sollten. Sie waren auf alle Fälle ein wenig atemlos, erhitzt und erholten sich erst einmal.

Fräulein Erna, in der Schürze die Scherben der zerbrochenen Tasse, faßte ihre Freude über den gemeinsamen Gesang in die

Worte zusammen: »Ich bin so ergriffen! Da merke ich doch wirklich so richtig, daß ich 'n Herz habe!«

»Geben Sie mir den Klavierschlüssel!«, sagte Frau Moll ungerührt zum Tenor, der Anstalten machte, ein zweites Lied anzustimmen. »Ein Lied genügt vollkommen! Der Klavierstimmer ist teuer.«

Der kleine Herr Moll machte sich an Huster heran. Er lächelte schüchtern. »Auch ich bin eigentlich ein alter Anhänger Ihrer Bewegung.«

»Männe, schweig!« befahl ihm seine Frau. »Wir sind nicht allein!« Damit waren wir gemeint.

Rascher steckte sich eine Zigarette an und hielt sich selbst einen Vortrag. Zuerst sprach er leise, aber nach und nach konnte jeder im Saale seine Worte hören. Es war in diesem Monolog die Rede von strebsamen Überläufern, die bei jedem Regierungswechsel die Zeit nicht abwarten können, um schnell den Anschluß zu erreichen. »Es ist wahr«, wandte er sich erklärend an mich, aber jeder hörte zu, »daß der Krankenschwester nicht ganz wohl zu Mute ist, man sieht es ihr deutlich an. Sie sträubt sich wohl noch ein wenig. Sie weiß ja von dieser Partei nur, daß sie gesiegt hat. Ihr Sträuben ist also verständlich.«

Die Krankenschwester verließ wortlos, hocherhobenen Hauptes, das Taschentuch an den schluchzenden Mund gedrückt, den Raum.

»An diesem Tage entpuppt sich manche Dreckseele«, sagte Rascher laut, verächtlich. »Da wäre Herr Schön, Solinger Stahlwaren«, schlug er vor.

»Und unser berühmter Tenor«, sagte ich artig.

»Wir verbitten uns, von Ihnen genannt zu werden«, sagten die beiden Herren nervös, wie aus einem Munde.

»Schön, Herr Schön«, sagte Rascher. »Nehmen wir die Anwesenden aus. Aber Ihre Festfreude regt mich an und auf.« Er erhob sich und machte eine Verbeugung. »Die Konjunktur für Psychopathen, für Verräter, für die ewigen Überläufer, für erbärmliche Charakterlose, für Dummköpfe ist angebrochen«, dozierte er sanft. »Ich will Sie nicht verletzen, beziehen Sie also nichts auf sich. Es war einmal ein Abenteurer, der wählte sich Deutschland und die Politik zum Tummelplatz. Und da das Land ihn gewähren ließ, bildete er sich eine Bande, die sich aus vielen dunklen Elementen zusammensetzte. Auch diese Bande wurde nicht behelligt und wurde immer größer. Ein Land wie Deutschland, nach einem verlorenen Krieg, besitzt genug verkrachte Elemente, törichte Wesen, haltlose Landsknechte, Gescheiterte, Erfolglose, die sich gern von einem Bandenführer, der scheinbar Geld, Erfolg und hohe Gönner hat, anlocken lassen. Und jetzt ist also der Bandenführer endlich unser Regierungschef geworden. Und Sie jubeln, ohne zu wissen, welches Unglück heute über unser Land hereingebrochen ist!«

Huster kam auf unseren Tisch zu, fixierte Rascher mit gespielter Ruhe, aber seine Stimme zitterte vor Erregung. »Ich werde Sie ins Gefängnis bringen! Sie beleidigen den Führer! Sie sind Zeuge!« wandte er sich im Befehlston an den hinter ihm stehenden Herrn Schön.

Herr Schön nickte geschmeichelt. Dann schien er erst zu begreifen, was von ihm verlangt wurde. Er faßte sich erschrocken an die Krawatte, um einen Halt zu finden. »Ich bin bereit«, murmelte er undeutlich. »Bereit, alles zu beschwören.«

»Zu diesem Herrn gratuliere ich Ihnen besonders«, lachte Rascher den tobenden Huster an.

Herr Schön stammelte puterrot los: »Ich bin wirklich ein alter Kämpfer! Das große Hakenkreuz auf dem WC im dritten Stock stammt von mir!« Ich habe es schon vor vierzehn Tagen gemalt!«

»Also Sie waren das!« schrie Herr Moll auf.

»Die schöne Tapete!« protestierte Frau Moll. »War das nötig?«

»Vielleicht war es wirklich nötig«, wagte der kleine Herr Moll seiner Frau zu entgegnen. »Die Herren verstehen doch besser, was Politik ist.« Der ehemalige Clown brauchte nur den Mund aufzutun, und schon war es schwer, ernst zu bleiben.

Nun polterte Huster gegen mich los, dann gegen die Juden in Deutschland, dann gegen die Juden der ganzen Welt. »Wir werden alle Juden vernichten! Und mit Ihnen machen wir den Anfang!« versprach er mir.

»Sie werden sich das noch überlegen«, redete ich ihm gut zu.

»Was wir tun werden, geht Sie nichts an!« verbat er sich meine Einmischung.

»Ehe Sie mich vernichten wollen, habe ich ja wohl noch ’n Wort mitzureden!«

»Diese liberalen Zeiten sind vorbei!« verkündete Huster

energisch und griff wieder nach einer Tasse, diesmal aber war Frau Moll schneller als er. »Was wir mit den Juden vorhaben, geht nur uns Deutsche was an! Nicht die Juden!«

»Das könnte Ihnen so passen!« sagte ich.

»Heitla!« rief die Nachtigall und hob den rechten Arm.

»Heitla!« rief Huster, rief die Patzig, rief der Tenor, rief ganz schüchtern auch Herr Moll. Alle streckten den rechten Arm in die Luft. Etwas Ärgeres fiel ihnen in diesem Augenblick nicht ein, um mir zu zeigen, daß sie meine Feinde waren.

Wir verließen den Speisesaal, Marie, Rascher und ich. Im dritten Stock hörten wir die Meute noch gröhlen.

Wir wollten schon in unsere Zimmer gehen, da sahen wir am anderen Ende des Ganges Herrn Ignatz Löwenstein stehen. Er winkte uns zu sich heran.

Die Löwensteins waren ruhige alte Leutchen, die jeden Monat etwas Geld von ihren Kindern geschickt bekamen. Sie hatten einmal ein Lederwarengeschäft besessen, aber durch die Krise hatten sie alles verloren, sie mußten sogar ihr Haus verkaufen, um die Gläubiger bezahlen zu können. Nun lebten sie hier in der Pension Moll. Eigentlich waren die Pensionsgäste erst eines Tages im Jahr 1932 auf sie aufmerksam geworden. Damals gab es einen Auftritt, weil sich der alte Herr Löwenstein gekränkt fühlte. »Ein Nazilümmel, der mein Sohn sein könnte, aber Gott sei Dank nicht ist«, hatte seinen Gruß nicht erwidert. Bis zu diesem Tage war von den Löwensteins nur bekannt: wenn früh die Tür ihres Zimmers versehentlich offen stand, sah man ihn in lila Unterhosen Zeitung lesen und sie beschäftigte sich mit ihrem Dackel. Der »Nazilümmel«, der seinen Gruß nicht erwidert hatte, war Huster gewesen. Er rächte sich, indem er erklärte: »Juden, die zu Ostern Christenkinder schlachten, können mich nicht beleidigen.« Der alte Löwenstein fühlte sich von Neuem gekränkt. Er wollte diesen grausigen Verdacht nicht auf sich sitzen lassen. Als Huster seinen beiden Tischgenossinnen diese Geschichte von den geschlachteten Christenkindern laut zum besten gab, servierte Fräulein Erna gerade Königsberger Klopse. Herr Ignatz Löwenstein erhob sich, strich sich seinen schneeweißen Schnurrbart zurecht und erklärte mit tiefer würdiger Stimme, als ehemaliger deutscher Landsturmmann möchte er ein paar Worte an die verhetzte Jugend richten. Nichts quäle die Menschheit mehr als die Politik, vielleicht der Krieg ausgenommen, versicherte er die Tischgäste der Frau Moll. Keine Naturkatastrophe bringe so viel Unheil über die Menschen wie die Menschen selbst mit ihrem Gruppenhaß, Rassenhaß, mit ihrem Ehrgeiz, mit ihrem Machthunger, mit ihrer dreckigen Politik. Was er sagte, war überlegt und klar. Die schwarzen Pocken, so behauptete er mit einem Faustschlag auf den Tisch, seien gnädig mit den Menschen verfahren, verglichen mit den braunen Pocken, die jetzt in Deutschland ausgebrochen seien ...

Das Dreigestirn Huster-Patzig-Nachtigall verhinderte damals mit drohenden Zwischenrufen, daß der Alte seine Gedanken weiter entwickelte. Auch seine eigene Frau war dagegen, daß er weitersprach.

»Du machst nur Ärger«, flehte sie ihn leise an. »Setz dich und iß den Klops. Er wird kalt!«

Von nun an hatte Herr Ignatz Löwenstein immer das Bestreben, Ansprachen an die verhetzte Jugend zu halten. Aber immer wieder hielt ihn seine Frau zurück.

Es fiel ihm ungemein schwer, zu schweigen. Aber in Gegenwart seiner Frau kam er tatsächlich nicht wieder zu Wort. Nach und nach merkte man ihm an, wie er immer verbitterter wurde. Ganz gleich, worüber man mit ihm sprach, immer war man in den letzten Monaten des Jahres 1932 sicher, von ihm Ansichten zu hören, in denen dunkle Farben eine Rolle spielten.

»Ach was! Das Leben ist grau!« sagte er, wenn vom Wetter und vom grauen Himmel die Rede war.

»Ach was! Die Zukunft ist schwarz!« sagte er, wenn von scharzem Kaffee die Rede war. »Und an allem Elend ist die Politik schuld!«

Und nun standen die beiden Alten vor uns.

»Wir verlassen die Pension«, sagte Herr Löwenstein. »Sie haben ja gehört, daß er Reichskanzler geworden ist. Ich sehe sehr schwarz!«

»Braun!« sagte Rascher.

»Wir fahren nach Nürnberg, zu unserer Tochter«, sagte die alte Frau. »In einer großen Stadt ist der Antisemitismus nicht so zu spüren wie hier in der Kleinstadt.« Und leise zu mir: »Er ärgert sich hier sehr. Aber in Nürnberg wird er sich nicht weniger ärgern.«

»Was redest du von Nürnberg!« regte sich Herr Löwenstein

auf. »Ich fahre nicht nach Nürnberg! Unsere andere Tochter ist in Danzig verheiratet. Ich will nach Danzig fahren!«

»Und wie wäre es mit Wien?« fragte Frau Löwenstein ängstlich.

»Richtig!« rief Herr Löwenstein aus. »Unsere Jüngste, die Anni, ist dort mit einem Österreicher verheiratet, mit einem sehr bekannten Nasenarzt!« sagte der Alte stolz. »Mit einem Doktor Levy, vielleicht haben Sie den Namen schon gehört.«

»Oh ja«, sagte Marie, sie gab sich Mühe, ihre Tränen nicht sehen zu lassen.

»In Österreich«, sagte Herr Ignatz Löwenstein sicher, »gibt es wenigstens solche Husters nicht. Da werden wir endlich unsere Ruhe haben.«

Flucht nach Berlin

Marie würde diesen Tag nie vergessen. Es war zwei Wochen später. Sie fuhr aus dem Schlaf hoch. Sie hörte viele Schritte die Treppe heraufkommen. Sie wußte sofort, daß wieder Haussuchung war. Schon vorgestern war Haussuchung gewesen, aber Rascher und Jakob waren nicht gefunden worden. Jetzt versuchten sie es wahrscheinlich zum zweiten Mal. Aber sie würden keinen Erfolg haben, dachte sie froh. Sie horchte fünf Minuten lang, dann hörte sie, wie sich die Schritte ihrem Zimmer näherten. Es klopfte an ihrer Tür. Zwei harte Schläge.

»Polizei! Aufmachen!«

Es war sechs Uhr morgens.

»Die Tür ist offen«, sagte sie.

Als die Tür aufging, sah sie draußen braune Uniformen. Auch zwei Polizisten. Herein trat Huster. Marie blieb liegen.

»Wo sind die beiden!« fuhr er sie an. »Wir wissen genau, daß sie in der Stadt sind!«

»Dann wissen Sie mehr als ich«, sagte sie.

Natürlich wußte sie, daß die Gesuchten einen Unterschlupf gefunden hatten, der keine fünf Minuten von der Mollschen Pension entfernt lag. Jakob war vom Maler im Atelier untergebracht worden, und Rascher hielt sich bei den Eltern des Malers verborgen, im gleichen Hause, nur zwei Stockwerke tiefer. Es war ein gutbürgerliches Haus, von zehn Mietern waren sechs eingetragene Nazimitglieder. Sie war aber sicher, daß Huster keine Ahnung hatte, wo sich die beiden befanden.

»Gestehen Sie!« donnerte er.

»Sie haben kein Recht, bei mir herumzuschreien«, sagte sie ruhig.

»Ich bin Vizepolizeipräsident!«

»Seit wann?«

»Seit gestern«, sagte er und zeigte stolz einen Lichtbildausweis, der seine eigene Unterschrift trug.

»Gratuliere«, sagte sie.

Er mußte unverrichteterdinge wieder abziehen.

Sie wußte, daß Jakob sehr gereizt war, und daß der Maler es nicht leicht mit ihm hatte.

»Ich störe dich sicherlich«, sagte Jakob jeden Tag.

»Du störst mich gar nicht«, sagte der Maler jeden Tag. Er ließ sich auch nicht stören. Er war intensiv mit sich beschäftigt. Er malte an einem neuen Selbstbildnis, benutzte diesmal zur Abwechslung nur grüne Farbtöne. Nebenbei erzählte er Neuigkeiten aus dem Café »Größenwahn«.

»Der Architekt ist Nazi geworden«, sagte er und nahm sein rechtes Auge in Angriff.

»Es ist nicht wahr«, schrie ihn Jakob an.

»Der Prolet auch«, sagte der Maler.

»Ach was!« lachte Jakob ärgerlich. »Du wirst mir das auch vom Kronprinzen erzählen!«

»Nein, aber vom Vegetarier«, sagte der Maler ruhig und fuhr sich mit einem grünen Schatten über die rechte Backe.

Jakob lag auf dem Divan, sah ihm zu. »Das ist eine Wiese, aber kein Gesicht«, sagte er bissig.

»Mach dir keine Sorgen, es wird auch wieder anders werden«, sagte der Maler gutmütig. »Natürlich ist es langweilig, tagelang im gleichen Raum zu leben und nicht auszugehen.« Er machte sich einen dunkelgrünen Haaransatz auf die weißlichgrüne Stirn. Dann umrahmte er mit dem gleichen dunklen Grün das gelbgrüne Kinn, die linke graugrüne Nasenwand. »Das Café Größenwahn muß jetzt seinen Namen ändern.« Er pinselte sich zwei Flecke ins Gesicht. »Warzen«, erklärte er.

Jakob war zornig. »Du hast keine Warzen«, sagte er zornig.

»Ich selbst nicht«, gab der Maler lächelnd zu. »Aber auf meinem Selbstbildnis nimmt es sich nicht schlecht aus.« Er sah Jakob freundlich an. »Hier sind Zigaretten, hier ist Schnaps.« Er schenkte sich auch ein Glas ein. »Prost! Und denk nicht so viel. Sauf und schlaf! Du wirst deine Nerven noch brauchen.«

»Meine Nerven sind ganz in Ordnung«, regte sich Jakob auf. Dann lachte er unruhig auf. »Ist es wirklich wahr? Der Architekt und die andern zwei auch?«

»Freilich«, sagte der Maler. »Was ist da weiter dabei? 'n paar Idioten mehr oder weniger in der braunen Front...«

»Ich glaub's nicht!«

»Wenn dir das hilft, hast du recht«, sagte der Maler. »Also die Warzen gefallen dir nicht?«

»Du könntest dir ebensogut Sommersprossen ins Gesicht klecksen!«

»Ein famoser Gedanke! Man muß es ausprobieren«, sagte der Maler erfreut.

Und er mischte sich einen Schuß giftigen Grüns und spritzte begeistert unzählige kleine grelle Punkte auf das Bild.

»Eine grüne Wiese mit Disteln«, schüttelte Jakob mißbilligend den Kopf.

»Das nächste Bild«, sagte der Maler ganz ernst, »werde ich in braun malen. Einen Mann mit Hakenkreuz. Es ist schon bestellt. Vom Braunen Haus.«

»Du bist verrückt!«

»Ja.«

Und nun war Marie gekommen. Verlegen, ohne ihn anzusehen, setzte sie sich zu ihm.

»Wie geht es dir?« wollte sie wissen. »Ich muß dir etwas sagen«, fuhr sie gleich fort, ohne auf seine Antwort zu warten. »Ich weiß jetzt, wer mein Vater ist.« Sie lachte nervös auf. Sprach sofort von etwas anderem. »Es darf niemand erfahren, daß wir beide noch befreundet sind.« Verwirrt sah sie ihn von der Seite an. »Tante Moll kriegt glatt einen Herzschlag, wenn sie erfährt, daß ich noch mit dir zusammenkomme. Huster hat gedroht, jeden einzusperren, der mit dir in Verbindung steht. Der Onkel, die Tante, die ganze Pension – alle haben sich jetzt bei den Nazis angemeldet. Und gestern hat mir Onkel Moll gestanden, daß er gar nicht mein Onkel ist. Er ist mein Vater! Glaubst du das? Jedenfalls ist er außerdem auch noch Nazi geworden. Ich muß jetzt sehr vorsichtig sein. Du verstehst das doch?« fragte sie ängstlich. Sie wurde blaß und rot und wieder blaß. Sie sah weg.

Er saß auf der Kante des Divans, das eine Bein vorgestreckt, als wollte er aufspringen. Er sprang nicht auf.

»Du mußt weg«, sagte sie stockend. »Heute früh waren sie bei mir.«

»Du bist verhört worden?« fragte er mißtrauisch.

»Von Huster. Er gibt keine Ruhe, ehe er dich und Rascher nicht gefunden hat. Mit Rascher habe ich schon gesprochen.« Sie weinte still vor sich hin.

Er merkte es nicht einmal! »Was will Rascher tun?«

»Er fährt heute Abend nach Berlin. Du sollst den gleichen Zug nehmen, aber in einem andern Abteil reisen. Auf dem Anhalter Bahnhof könnt ihr euch dann treffen. Er hat Bekannte in Berlin. Er meint auch, daß ihr hier nicht mehr bleiben könnt.«

Am Abend kam Marie wieder. Der Maler ließ die beiden allein. Im Atelier brannte nur eine kleine Lampe. Regungslos standen sie am großen Fenster. Sein Mantel lag bereit. Auch sie war fertig zum Ausgehen. Er sah hinaus in die regnerische Nacht. Er riß die Augen auf, aber er sah trotzdem nichts von der Stadt. Er sah nur ein dunkles triefendes Dach gegenüber. Er versuchte ein Lächeln. Es war eine arme Grimasse.

Heiser sagte er, er werde bestimmt nicht lange wegbleiben, er würde sehr bald zurückkommen. Sehr bald... Das war alles, was er zu sagen imstande war.

Sie holte seinen Mantel. Sie dachte verbittert: Wie oft hat er auf fremde Leute eingeredet, sie mit vielen Worten zu überzeugen versucht. Aber jetzt, allein mit mir, versagt seine Redelust... Ich muß ihm helfen...

»Komm«, sagte sie. Sie sah wie ein ganz kleines Mädchen aus, das einen großen Kummer hat, aber nicht wagt, sich anzuvertrauen. »Komm schon«, drängte sie. »Wir müssen zu Fuß zur Bahn. Wir dürfen nicht die Trambahn nehmen.«

Sie gingen. Er spannte ihren Schirm auf. Sie drückte sich eng an ihn heran. Es war dunkel. Das war gut so. Niemand konnte sie erkennen.

Sie zitterte, aber er sollte es nicht merken. Als wenn er etwas an ihr bemerken würde! Sie mußte lächeln, ein bitteres Lächeln. Nein, sie brauchte ihre Gefühle nicht zu verbergen. Sie brauchte sich nicht zusammenzunehmen. Sie kannte ihn. Alles bemerkte er, alles beschäftigte ihn, er konnte stundenlang über die Parteien und ihre inneren Kämpfe reden, über den Sturz der alten und die Bildung der neuen Regierung, über den wachsenden Terror der Nazis, über den Zerfall der Linken, über den Apparat als Ursache des Niederganges der Arbeiterbewegung, über die verheerenden Folgen der Senkung der Arbeitslosenunterstützung. Wie oft hatte sie geduldig neben ihm gesessen, und er hatte geredet, und sie hatte gewartet. Vergebens hatte sie gewartet, daß er auch von ihr reden würde, aber dazu hatte er keine Zeit. Wenn er mit Reden aufhörte, machte er sich Notizen. Und wenn er keine Notizen mehr zu machen hatte, schnitt er Zeitungsartikel aus. Zuweilen traf er mit Freunden im »Größenwahn« zusammen. Mit ihnen sprach er über die Perspektiven der kommenden Tage, diese Perspektiven zogen alles in Erwägung, nur nicht die Liebe...

»In zehn Minuten geht dein Zug«, sagte sie leise.

»Wir müssen uns beeilen«, sagte er aufgeregt. »Und schreibe mir bitte postlagernd. Postamt SW 68. Ritterstraße.«

»Ich werde schreiben.« Sie seufzte, wandte ihr Gesicht ab...

Manchmal waren sie in den Wald gegangen. Sie hatte schwache Knöchel und konnte nur schwer Schritt mit ihm halten. Er konnte nicht langsam gehen. Immer hatte er es eilig. Er merkte nie, daß sie schlecht mitkam. Er lief vor ihr her und sprach. Er sprach in die Luft! Sie bildete sich ein, seine Ansichten seien für sie bestimmt, das beglückte sie dann auch etwas. Wovon sprach er? Vor vier Jahren habe es in der Stadt kaum Arbeitslose gegeben und fast keine Nazis, sagte er nachdenklich. Jetzt hätten die Nazis hier fünfundvierzig Prozent der Wahlstimmen erhalten. Die Republik wähle sich zu Tode. Im Jahr 1932 sei in Deutschland schon fünfmal gewählt worden, fünf Elendswahlen, Verzweiflungswahlen, Quellen dauernder Unruhe... »Schade, daß ich nicht eine statistische Zahl bin«, bedauerte sie einmal bei einem dieser Spaziergänge. »Du würdest dich dann anders mit mir beschäftigen.« Aber er hatte diese Bemerkung gar nicht gehört. Deutschland, so setzte er ihr ernsthaft auseinander, steuere dem Chaos zu... Einmal, im Dezember, hatte sie die Nerven verloren, hatte ihm alles gesagt, was sie auf dem Herzen hatte. Sprachlos hatte er sie angestarrt. Ob sie ihm denn vorwerfe, daß ihn das Schicksal des Landes beschäftige? Sie wich aus, enttäuscht, erschrocken. Nein, nichts werfe sie ihm vor, er solle nur keine Rücksicht auf sie nehmen, das wolle sie nicht, oh nein.

Er verstand sie nicht, aber sie verstand ihn gut. Sie verstand alles, alles , was er tat. Selbst sein Interesse für Politik verstand sie. Sie bewunderte ihn sogar, weil er darin völlig aufgehen konnte. Aber sie fühlte, daß sie diesem Leben nicht gewachsen war. Immer mußte man Zeit für andere haben, nie hatte man Zeit für sich selbst. »Das Jahr 1932 ist kein Privatjahr«, sagte er immer wieder. Sie hatte nie seine Leidenschaft für Politik teilen können, sie würde es nie können, sie spürte das auch heute ganz deutlich... Sie brachte ihn jetzt zur Bahn, er flüchtete nach Berlin. Wenn er sich um Politik und um Huster nicht gekümmert hätte, meinte sie erbost, wäre er jetzt nicht zu dieser Flucht gezwungen. Sie haßte in diesem Augenblick die Politik. Sie pfiff auf die Politik. Mochte doch in Deutschland regieren, wer wollte! Was ging das sie an? Sie wollte lieben, sie wollte geliebt werden, sie wollte von ihm geliebt werden. Er aber kannte kein Privatleben, wahrscheinlich hatte er es nie gekannt, wußte gar nicht, wie schön das sein konnte.

Als sie ihn kennengelernt hatte, erzählte er ihr einmal aus seinem Leben. Es war ein seltsames Leben, er kam aus einem fremden Land. Er hatte schon viele Dinge erlebt, die unvorstellbar für sie waren. Er gehörte nicht recht zu einer Familie, genau wie sie. Und doch war es etwas anderes... Er hatte ihr erzählt, seine Stiefmutter habe ihn aus dem Hause getrieben. Sie glaubte nicht, daß er bei seinem Vater geblieben wäre, wenn es diese Stiefmutter nicht gegeben hätte. Sie war einmal in das Geschäft seines Vaters gegangen, hatte sich etwas Wäsche gekauft, er wußte nichts davon. Sie hatte seinen Vater kennengelernt und keine Ähnlichkeit mit dem Sohn, den sie liebte, feststellen können. Er war ein einsamer Junge, und die Politik ersetzte ihm die fehlende Familie, das fehlende Heim, sie war dessen fast sicher. Aber warum kam er nie auf den Gedanken, daß sie ihm geben könnte, was ihm fehlte? Versuche, mit ihm darüber zu sprechen, scheiterten. Das Wort »Familie« jagte ihm Schrecken ein. Er war glücklich, wenn er Wirtschaftskurven überfliegen konnte. Er durchraste Zeitungen, Broschüren, wissenschaftliche Wälzer, ihr graute vor diesen Blättern, Zeilen, Buchstaben. Er aber las und schrieb und schrieb und las – das war sein Leben...

Und dann die Versammlungen. Es hatte etwa im März 1932 begonnen. Damals erklärte er plötzlich, auch er müsse alles hergeben, was in seinen Kräften stehe, um sich gegen die Naziflut zu stemmen. Er war Mitglied der stärksten Linkspartei. Sechsmal in der Woche fuhr er abends auf die Dörfer, sprach in verqualmten Gasthöfen, in Turnhallen, auf Marktplätzen, immer dieselbe Leier, dieselben Sätze. Daß er da nicht müde wurde! Immer wieder setzte er den Hörern auseinander, was sie doch schon wußten – denn die, die es nicht wußten, kamen ja gar nicht. Er wußte das ganz genau, er sagte es sogar selbst, aber ihm machte das nichts, er redete trotzdem. Und in der Diskussion stellten sie ihm Fragen, immer die gleichen, ob es denn wahr sei, daß der Sozialist Müller in Berlin wirklich ein Dienstmädchen habe, wie es die Nazis hier im Dorf behaupten, was doch eine Schweinerei sei für die Sozialisten, was meint der Referent dazu... Und er sagte, was er dazu meinte. Sechsmal in der Woche sagte er seine Meinung über das Dienstmädchen, er wurde nicht müde von dem Dienstmädchen zu sprechen, aber von ihr sprach er nie. Er sagte nur manchmal: Später, Liebling, später...

Der Bahnhof tauchte auf. Noch drei Minuten hatte er Zeit.

»Hier müssen wir uns trennen«, sagte er. »Es soll dich niemand mit mir sehen.«

»Schlag den Mantelkragen hoch«, sagte sie. »Und gib acht auf dich«, sagte sie ganz, ganz leise.

»Spätestens in vier Wochen bin ich wieder hier«, sagte er. Es klang fröhlich fast, freundlich, lieb, zuversichtlich...

Sie stand unter einer flackernden Laterne. Es goß jetzt in Strömen. Sie spannte den Schirm nicht auf. Eine Lokomotive pfiff. Das war sein Zug. Sie sah die erleuchteten Waggonfenster. Jetzt nahm der Zug hinter den Güterschuppen einen großen Bogen nach Norden. Verschwand.

Sie ging den Weg zurück. Einsam. Ganz allein. Die Straßen waren wie ausgestorben. Ihr Gesicht war naß. Es regnete sehr.

Menschenjäger

Es war Hermann Fischmann zumute, als habe er das große Los gezogen. Er war mit zwanzig anderen Arbeitslosen vom Arbeitsamt hergeschickt worden, die Fabrik stellte ungelernte Arbeiter ein. Noch vermochte er nicht, sich richtig zu freuen. Vielleicht war alles nur ein Irrtum. Aber nein, es konnte kein Irrtum vorliegen. Man ließ sie ja in den Hof hinein, dann führte man sie durch viele Gebäude, über viele Treppen.

Auf dem Gang, vor dem Büro für Arbeiterannahme, standen Bänke. Sie sollten warten, es würde jeder einzeln hineingerufen werden. Der lange, halbdunkle Korridor im Verwaltungsgebäude der größten Maschinenfabrik der Stadt beeindruckte sie ebenso wie die Aussicht, ab heute nicht mehr Arbeitslose zu sein.

Draußen, vor dem Fenster, standen ein paar nackte Bäumchen, die dünnen Zweige hingen nach unten, bewegten sich traurig. Ein Vorfrühlingsregen troff kläglich auf die kalten Scheiben. Ein Lastwagen fuhr in den Hof ein. Der Mann neben Hermann hustete. Zwischen ihnen lag eine nasse Mütze.

»Der Reichstag in Berlin soll gestern abgebrannt sein«, sagte der Mann.

»Ich weiß es nicht«, sagte Hermann.

»Im Radio haben sie es gesagt«, sagte der Mann.

»Wir haben keinen Radioapparat«, sagte Hermann.

»Sie sollen den Brandstifter gleich gefaßt haben, haben sie gesagt.«

»Laß uns in Frieden mit deinem Radio«, sagte der Arbeitslose, der links von Hermann saß. Und zu Hermann sagte er: »Laß ihn quasseln und antworte nicht mehr.«

Da wurde nicht mehr gesprochen...

Viel wird er als Fabrikarbeiter nicht verdienen, aber mehr als Arbeitslosenunterstützung wird es auf alle Fälle sein. Es war ihm ganz gleichgültig, was für eine Arbeit er bekommen würde. Einmal war er Verkäufer in einem Warenhaus gewesen. Ein Traum, den er längst ausgeträumt hatte. Exotische Seide, echt chinesisch Honan, echte japanische Pongée – das alles war einmal gewesen. Er war jetzt ein junger Arbeitsloser. Die berufliche Vergangenheit interessierte niemanden. Nicht einmal ihn selbst. Heute waren seine Stoff- und Verkäuferkenntnisse keinen Pfennig wert. Ihm war die Beschäftigung mit exotischen Seidenstoffen schon längst nicht mehr anzumerken.

Er war im vergangenen Jahr froh gewesen, wenn er mal eine Gelegenheitsarbeit gefunden hatte. Vier Wochen lang war er beim städtischen Arbeitsdienst gewesen, hatte mit einer Kolonne junger Arbeitsloser Erdarbeiten im Stadion gemacht, dann Schnee in den Straßen geschippt, an Rodungsarbeiten im Wald teilgenommen, acht Stunden pro Tag, Essen frei, zwanzig Pfennig Stundenlohn. Dem Vater war fast das »Herz gebrochen«: sein Sohn, ehemaliger erster Verkäufer im Warenhaus Kahn A.G., ein Erdarbeiter! Dem Sohn aber brach das Herz nicht, nur die Hände brachen ihm auf, es dauerte eine Weile, bis sie Schwielen bekamen. Er gewöhnte sich an die körperliche Arbeit, denn er hatte das Nichtstun wirklich satt, ihm waren die Hacke und die Schaufel immer noch lieber als das untätige Herumlaufen in der Stadt, das Herumsitzen in der Wohnung oder im Laden des Vaters, in diesem Laden ohne Kunden, hinter dem kleinen Schaufenster mit einer Puppe und drei Schlüpfern...

Und jetzt würde er vielleicht Arbeit kriegen! Er würde wieder Geld verdienen! Keine Unterstützung, nein, sondern richtigen Lohn für eine richtige Arbeit, nicht für eine städtische Hilfsarbeit! Es war auch Zeit. Gewiß, in diesen zwei Jahren der Arbeitslosigkeit hatte er nicht auf der Straße hausen müssen wie so viele andere. Er brauchte nicht die Wärmehallen und Volksküchen kennenzulernen, nicht das Durchwühlen der Müllkästen und das Übernachten bei der Heilsarmee, auf einer Parkbank oder bei der Polizei. Er wohnte ja beim Vater, er setzte sich mit an den Tisch, aber es war entsetzlich für ihn, es war zum Heulen, die Eltern hatten es doch selbst schwer. Vater mußte die Miete für die Wohnung und für den Laden aufbringen, er hatte an die Wechsel zu denken, an die Steuern, an drei erwachsene Personen – und das Geschäft ging kaum... Wenn er jetzt was verdienen würde, könnte er wieder wie früher Kostgeld geben, das würde für ihn angenehmer sein und für die Alten auch...

Wenn er heute dem Vater sagen wird, daß er eine feste Arbeit in einer Fabrik bekommen hat, wird er sicherlich zu hören bekommen: »Hab ich dich in eine Handelsschule geschickt, damit du Fabrikarbeiter wirst?« Vater konnte sich noch immer nicht an die veränderten Zeiten gewöhnen. Er geriet immer tiefer in sie hinein, aber er dachte noch genau so wie vor der Krise...

Hermann wäre froh, wenn er die Arbeit schon hätte. Hoffentlich fragen sie nicht nach der Religion. In einigen Betrieben sind nach dem 30. Januar jüdische Arbeiter und Angestellte entlassen worden. Wenn sie hier keine Juden annehmen, dann ist die ganze Freude vergeblich gewesen...

Keiner der Männer neben Hermann war zu Gesprächen aufgelegt. Die Minuten krochen dahin. Niemand kam, um ihre Namen aufzurufen. Vielleicht waren sie gar vergessen worden. Aber nein, das war unmöglich, man hatte sie nicht vergessen, man ließ sie nur warten. Und sie hatten sich daran gewöhnen müssen... Als sie vorhin kamen, hörten sie von irgendwoher Schreibmaschinengeklapper. Jetzt hörten sie es nicht mehr. An alles gewöhnt sich der Mensch. In den Ohren summte es eintönig. Die Zeit stand still in diesem Gang. Vierzig Arbeitslosenaugen starrten auf die wichtigste Tür der Welt...

Und auf einmal verlor Hermann allen Mut und allen Glauben, daß sie ihn hier annehmen würden. Wenn er Kraft gehabt hätte, wäre er jetzt aufgestanden und fortgegangen. Aber die Kraft war fort, mit dem Glauben und mit dem Mut. Er saß da und starrte auf diese Tür. Nur diese Tür war schuld an seiner Angst, das fühlte er ganz deutlich. Er hätte diese Tür mit einem Beil zu Kleinholz schlagen können, sie verbrennen können – so haßte er solche Türen.

Diese Tür, hinter der sich sein Arbeitslosenschicksal entscheiden würde, hatte wie alle Türen, die hier auf dem langen Gang mündeten, einen behördlichen Anstrich. So deutlich war ihre Amtlichkeit, ihre Seelenlosigkeit, ihre Unnahbarkeit, ihre Schwerhörigkeit, ihre Blindheit zu spüren, daß Hermann seinen Kopf verschüchtert einzog und alle Hoffnung aufgab, obwohl er verzweifelt gegen seine Furcht ankämpfte. Aber durch die hohen Türfüllungen schwebte ein vertrauter Amtsgeruch, fast wie die Bürokratenluft im feindlichen Arbeitsamt... Man geht hinein in einen Raum, in dem sich scheinbar alle Gegnerschaft konzentriert hat. Man stellt sich vor dem Türrahmen auf, ganz allein, ganz wehrlos, und wartet, bis jemand hitzig murmelt: »Was wünschen Sie?« Das ist das Stichwort, um loszustammeln: Ob nicht doch eine Arbeit frei sei, irgendeine Arbeit, ganz gleich welche, als Totengräber meinetwegen, irgendwo aber ohne Arbeit geht es nicht mehr, das hält keiner auf die Dauer aus, da geht man doch unweigerlich vor die Hunde, und man kann doch als Erwachsener seinem Vater nicht ewig auf der Tasche liegen... Ganz einsam steht man am Rand des kahlen Amtsraumes, ein armer Kerl ohne Verdienst, ein Nichts, und bittet und bettelt das staatseigene Schreibpult an, es möge doch ein Einsehen haben, sicher ist doch irgendwo irgendein ganz kleiner Arbeitsplatz frei, bitte, lieber Herr, bitte... Und dann versteht man das Schweigen auf der anderen Seite der Welt. Und man dreht sich still um. Und man geht wieder fort. Und man hat nichts, nichts, nichts erreicht. Hinter einem bleibt der Feind auf seinem Platz. Die Tür schließt sich. Mit einem falschen Seufzer, daß man sie zerstören möchte, um sie nie wieder sehen zu müssen...

Der arme Kerl glaubte nicht, daß es hinter dieser abweisenden Tür etwas anderes für ihn geben konnte als Enttäuschung. Er hatte nicht die robuste Forschheit und Unbefangenheit der alten Reinemachefrau Ruzenza, die solche Türen und solche Räume mit dem Scheuerlappen abfertigte. Er saß unruhig und hilflos da und wußte vielleicht gar nicht, warum er es war...

Und so kam es, daß er gebückt durch den Türrahmen stolperte, als man endlich seinen Namen aufrief. Er war kein Feigling, aber er war skeptisch und müde geworden. So viele waren arbeitslos, und jetzt würde man ihm wohl sagen, daß alles nur ein Mißverständnis sei und daß man keine Arbeit für ihn habe... »Gehn Sie doch schon, es tut uns leid, es war ein Versehen, wir haben nichts, ein andermal vielleicht, versprechen können wir Ihnen aber nichts, heute auf keinen Fall, gehn Sie doch schon...« Man muß die Ruhe bewahren in solchen Augenblicken, nahm sich der Arbeitslose vor, als er ins Büro gerufen wurde...

Erst als er wieder auf der Straße stand, hinter sich die rußgeschwärzte Fabrikmauer und darüber der Himmel und die Wolken, als er ganz tief Atem holte und auf den Zettel blickte, den er krampfhaft in der Hand hielt, erst von diesem Augenblick an glaubte er an das Wunder. Er hatte Arbeit! Richtige Arbeit! Eine feste Arbeit! Er war nicht mehr arbeitslos!

Er ging zögernd stadtwärts, nachdenklich, er mußte sich erst an den wundervollen Gedanken gewöhnen. Ganz von selbst wurden seine Schritte sicherer, schneller. Es regnete nicht mehr. Und er war nicht mehr der junge arbeitslose Hermann Fischmann! Er war angenommen worden! Dabei hatte er bis zuletzt nicht dran glauben wollen. Wie war es denn drinnen im Büro gewesen? Er wußte es nicht. Er hatte keine Ahnung, wonach er alles gefragt worden war und welche Antworten er gegeben hatte. Er war ja so aufgeregt gewesen! Es ist ja auch keine Kleinigkeit, mein Lieber! Arbeit! Nein, er irrte sich nicht! Er hielt ja den Zettel in der Hand, morgen früh konnte er anfangen! Morgen war Mittwoch, der erste März. Er träumte nicht, es stand ja auf dem Zettel! Er wird eine Beschäftigung haben, er wird nichts mehr mit dem Arbeitsamt zu tun haben! Hatten sie ihm eigentlich gesagt, welche Arbeit er bekommen würde? Ach, die Art der Beschäftigung spielte doch keine Rolle! Die Hauptsache war, daß er Arbeit hatte!

Arbeit! Schon schwangen seine Beine anders als vor einer Stunde, die Füße setzten die Sohlen sicher auf, er schob sich nicht mehr mit dem ratlosen Gehabe der Zwecklosigkeit über die Straße. Er schritt wieder aus wie ein selbstbewußter junger Mann, der weiß, was er will. Er stöhnte vor Behagen, als er an den morgigen Tag dachte. Er wollte jetzt gleich ins Geschäft, er wollte dem Vater diese unerwartete Neuigkeit mitteilen. Er hatte ihm vorher nichts von der Vorladung in die Fabrik erzählt. Jetzt, da alles geregelt war, konnte er sprechen. »Na? Was sagst du nun? Ich habe Arbeit!« So würde er ganz einfach in den Laden treten.

Er wollte es ihm schnell sagen und er beschleunigte seine Schritte. Unseligerweise – denn er traf auf eine Kolonne der Nazis und fiel in ihre Hände. Wäre er langsamer gegangen, wäre die Kolonne nicht mehr in der Kaiserstraße gewesen, und niemand hätte ihn bemerkt. Aber er hatte es ja so eilig, er freute sich ja so.

Als er in die Kaiserstraße einbog, stieß er auf die Kolonne. Er versuchte noch auszuweichen, wollte in eine Nebengasse laufen, aber es war schon zu spät. Sie hatten ihn bereits gesehen. Einer hatte gejohlt: »Da läuft ein Jude!« Und gleich stürzte sich ein ganzes Rudel auf ihn und zerrte ihn vom Bürgersteig herab, mitten auf den Fahrdamm.

Sie waren mindestens dreißig, und er war allein. Auf den Bürgersteigen sammelten sich schnell Zivilisten. Der größte

Teil trug Hakenkreuzabzeichen. Arme flogen hoch zum Gruß. Rufe erschollen: »Gebt dem Juden Saures! Haut ihn! Heitla!«

Hermann gebrauchte seine Ellenbogen, er suchte fieberhaft einen Ausweg aus dem Kreis, vergebens, er war umstellt. Was wollten sie denn von ihm? Dreißig gegen einen! Sie haben Totschläger, Reitpeitschen, Gummiknüppel! Er konnte nicht glauben, daß sie ihn schlagen würden! Der Gedanke, um Hilfe zu schreien, kam ihm gar nicht! Wer sollte ihm denn helfen? Er sah nur boshafte verzerrte schadenfrohe Fressen und nirgends ein menschliches Gesicht. Er hatte Frau Pilz aus der Schloßgasse gesehen, Frau Pilz, bei der Herr Feiwel wohnte – aber jetzt sah er sie nicht mehr. Als er nun schrie, hatte es keinen Sinn mehr, und wahrscheinlich hätte es auch wirklich keinen Sinn gehabt, wenn er gleich geschrien hätte, als sie ihm noch nichts getan hatten. Den ersten Schlag bekam er mit einer Stahlrute, auf die Schulter. Ein tauber Laut fuhr ihm in die Haut, in einen Knochen, in den linken Arm, in alle Glieder, ins Herz! Er duckte sich stöhnend, hob den andern Arm, um sein Gesicht zu schützen. Nun hagelten die Schläge auf ihn herab. Nach dem ersten Schlag hatte er wieder versucht, das Haus zu erreichen, das nur fünf Meter von ihm entfernt stand. Er sah ein offenes Tor, Fenster, leere Blumentöpfe, ein Firmenschild, eine Fahnenstange, es gelang ihm auch, einen halben Sprung zu machen, aber einer stellte ihm ein Bein, er flog hin. Als sie ihn am Boden liegen sahen, prügelten sie unbarmherzig und mit viehischem Gebrüll auf ihn los. Die Schläge klangen dumpf, die Nazis gaben sich alle Mühe, sein Wimmern durch Keuchen und Schnaufen zu übertönen. Und die Zuschauer auf den Bürgersteigen schrien wie besessen: »Haut das feige Judenschwein!« Er verlor das Bewußtsein...

Als die Nazis merkten, daß sich ihr Opfer nicht mehr rührte, ließen sie ab von ihm, schienen aber keineswegs erschreckt. Sie umstanden abwartend das Bündel Mensch. Einer kam auf einen famosen Gedanken. Er sprang in ein Haus hinein, kam gleich wieder mit einem Eimer heraus und goß dem leblos Daliegenden etliche Liter kaltes Wasser über den Kopf.

Sachlich, immer noch die Stahlruten in der Hand, sahen alle zu, wie das feige Judenschwein zu sich kam, die Augen aufschlug. Da er keine Anstalten machte, von selbst aufzustehen, halfen sie ihm auf die Beine, lehnten ihn an eine Laterne. Da stand nun der armselige Hermann, käsig das Gesicht, auf der Wange eine Blutspur, die im Halsausschnitt verschwand, die Arme hingen kraftlos am Körper. Er ließ den Kopf auf die Brust sinken, von innen heraus lähmte ihn eine große Traurigkeit, die keiner sah, vielleicht Gott, aber wer weiß das schon...

Plötzlich war ein Pappschild da. Mit einem Bindfaden hing man es dem jungen Juden um den Hals. Er ließ es geschehen. Seine Augen sprachen weder von Haß noch von Angst. Sie waren ganz klein und wie erstarrt, sie verschwanden fast ganz hinter den Schwellungen des Gesichtes. Dieses Gesicht glich in nichts mehr dem des jungen Fischmann. Und sein Anzug glich jetzt dem eines Säufers, der sich in einer Pfütze herumgewälzt hat. Und der Kragen des Hemdes war zerrissen. Und einer hing ihm die Krawatte wie einen Strick über die Schulter, hinten auf den Rücken, ein kurzes und ein längeres Ende. Der Nazi, der vorhin die famose Idee mit dem eiskalten Wasser gehabt hatte, malte jetzt mit blauer Kreide auf die gelbe Pappe: *Tod dem jüdischen Kapitalismus! Nieder mit den jüdischen Brandstiftern!*

»Und jetzt machen wir mal einen Spaziergang durch die Stadt! Los, Jude!« rief er.

Als er nicht gleich zu begreifen schien, was sie von ihm wollten, gaben sie ihm einen Stoß nach vorn. Damit er nicht umfiel, nahmen ihn zwei zwischen sich, hielten ihn aufrecht. So setzte sich die Kolonne in Bewegung. In ihrer Mitte wankte ein Mensch. Auf beiden Bürgersteigen schrie eine fanatische Menge begeistert:

»Heitla! Hängt ihn auf! Juda verrecke! Heitla! Heitla!«

Die Nazis grinsten befriedigt.

Auf den Bürgersteigen standen noch keine tausend Nazianhänger. Die restlichen neunundfünfzigtausend Einwohner der Stadt waren nicht zu sehen.

Auch die Polizei nicht.

Jedesmal, wenn sich die Tür öffnete, zuckten alle zusammen. Sie wußten, sie hörten, daß ein neuer Gefangener in den Raum gestoßen wurde. Aber wer der Neue war, wußten sie nicht, denn sie durften sich nicht bewegen.

Da stand nun auch Hermann Fischmann. Das Gesicht zur Wand. Die Hände auf dem Kopf. Im Mund der Geschmack von Blut. Der linke Arm schmerzte, brannte früchterlich. Als er versucht hatte, ihn hängen zu lassen, hatten sie ihn von hinten in die Kniekehlen geschlagen, daß er zusammengesackt war. Er hatte, wie eine halb zerquetschte Maus, an der Wand gelegen. Aber nicht lange. Eine halbe Minute nur. Sie gaben ihm einen Tritt und noch einen Tritt, ganz systematisch und berechnend, einen in den Rücken und einen an das linke Schienbein. Sie befahlen ihm kurz: »Steh auf, Jud!« Da richtete er sich wimmernd auf, hob die blutigen Hände hoch, legte sie auf den Kopf, versuchte stramm zu stehen.

»Schön!« lobten ihn hohnlachende Stimmen.

Er zitterte. Er konnte nichts dagegen machen, daß er zitterte. Hoffentlich sahen sie es nicht. Nur nicht immer wieder geschlagen werden! Er schloß die Augen. Das schmerzte, brannte wie Feuer! Die Lider waren geschwollen. Das ganze Gesicht war geschwollen. Die Haut spannte. Drohte zu reißen. Brannte. Alles brannte. Ein offenes Feuer war die Haut. Er riß die Augen wieder auf. Sah die weiße Wand! Ein Berg, der ihn begraben wird! Er schloß die Augen jäh wieder, weil er die weiße Wand nicht mehr sehen konnte. Und öffnete sie gleich wieder, denn ihm wurde schwindelig und er durfte nicht fallen! Wer fiel, wurde mit Hundepeitschen wieder hochgeprügelt. Wer sich bewegte, bekam Schläge. Er durfte sich nicht bewegen. Nein, er wollte nicht fallen! Wenn nur das Zittern nicht wäre... Die Haare klebten auf der Stirn... Er durfte sich die Haare nicht aus der Stirn streichen... Die klebrigen Haare machten ihn verrückt... Wenn nur diese Haare nicht wären!...

Einer schrie plötzlich:

»Ich bin Professor am Realgymnasium! Ich verlange, gehört zu werden! Ich protestiere gegen meine Festnahme! Ich will gehört werden!«

Etwas pfiff durch die Luft, ein Schlag folgte, ein schriller unmenschlicher Aufschrei, viele Schläge, viele Schreie, ein Körper neben Hermann fiel zu Boden, schlug um sich, die Peitschen hieben auf Fleisch, auf Stoff, Schreie, Bitten...

»Jetzt biste gehört worden!« brüllte einer.

Und ein anderer schnauzte: »Wehe dem, der sich umdreht!«

Dann wurde es wieder still im Raum. Nichts war zu hören, als der ängstliche fliegende Atem von vierzig gefangenen Männern. Von gequälten geschlagenen bedrohten Menschen. Und ihre Peiniger marschierten auf und ab. Militärstiefel... Diese

Schritte peitschten das Blut, drohten die Adern zum Platzen zu bringen...

Die Zeit verlor jede Bedeutung. Wenn die Tür aufgestoßen wurde, rasten die Herzen los, der Körper blieb auf demselben Fleck. Wenn die Tür zugestoßen wurde, zuckten die Knie, das Herz setzte jählings aus.

Ein neuer Gefangener! Wer? Wenn man sich nur umdrehen dürfte! Nein, nur nicht zusehen müssen! »Au! Nein! Nein!« Neues Stöhnen, Schläge, Winseln. Dann wieder Angst. Das Leben nahm kein Ende. Unter den Füßen schaukelte der Boden. Die Luft schaukelte. Der Atem war heiß und trocken. Durst! Die Decke drohte zu fallen! Die Wand bewegte sich! Neigte sich vor, zurück, wieder vor, zurück! Nur nicht fallen! Die Wunden! Wasser! Nur einen kleinen Tropfen auf die Zunge! Diese Lumpen, Feiglinge, Mörder! Warum kommt die Polizei nicht! Gibt es denn keine Polizei mehr in der Stadt? Warum nimmt uns keiner in Schutz! Was habe ich denn verbrochen? Warum bin ich denn hier? Was wollen sie von mir? Hoffentlich weiß Vater, wo ich bin! Er wird bestimmt etwas für mich tun. Ich bin nicht zum Mittagessen heimgekommen, er wird mich bereits suchen. Ist denn schon Mittagszeit? Sicher... Sicher ist es schon bald drei Uhr oder vier Uhr oder noch später. Hoffentlich sucht mich Vater schon... Schrecklich, diese lederne Luft! Die Zunge schmeckt nach geronnenem Blut! Diese Lumpen!

Er war ihnen in die Hände gefallen, weil er es eilig gehabt hatte mit seiner Neuigkeit. Es war doch tatsächlich etwas Besonderes passiert, so etwas passiert doch nicht alle Tage! Er war nicht mehr arbeitslos! Nicht mehr arbeitslos... Morgen früh soll er mit der Arbeit anfangen! Lassen Sie mich bitte gehen, ich habe Arbeit bekommen, morgen früh um sieben Uhr muß ich in der Fabrik sein, am ersten März... Sie lassen einen nicht mal pissen gehen, diese Lumpen, sie werden mich bestimmt nicht zur Arbeit gehen lassen. Ich muß mich langsam dran gewöhnen. Es kann mindestens vierundzwanzig Stunden dauern, bis ich hier rauskomme und dann ist mein Arbeitsplatz schon besetzt! Lieber nicht mehr dran denken...

Wenn nur dieser Atem neben ihm nicht wäre! Wer ist denn der Mann rechts von ihm? Wenn er sich nur ein ganz klein wenig bewegen dürfte! Wer steht denn neben ihm?... Durch die ganze Stadt haben sie ihn geführt. An jeder Straßenecke waren sie mit ihm stehengeblieben, hatten auf ihn gezeigt, hatten gebrüllt: »Seht euch Deutschlands Unglück an! Der Jud ist an eurem Elend schuld! Nieder mit den Reichstagsbrandstiftern! Deutschland erwache!« Und mit Fausthieben und Fußtritten hatten sie ihn hierher gejagt...

Dann kam der Abend. Der erste Abend. Eine elektrische Lampe an der Decke. Ein einfacher moderner Beleuchtungskörper. Aber sie hatten den ganzen Tag nichts zu essen und nichts zu trinken bekommen.

Sie standen jetzt zur Abwechslung mit dem Rücken zur Wand, die Hände an der Hosennaht. Inzwischen hatten sie im Chor: »Deutschland erwache!« und »Juda verrecke!« rufen müssen. Eine ganze Stunde lang. Wer den Mund nicht schnell genug aufmachte, dem fuhr ein Faustschlag ins Gesicht. Zum Schluß waren die Nazis zufrieden und müde geworden, sie setzten sich. Die Gefangenen standen weiter.

Hermann hatte die befohlene Kehrtwendung dazu benutzt, um einen Blick auf die Mitgefangenen zu werfen. Einen schnellen Blick. Der Bruchteil einer Sekunde. Aber er sah nichts. Sie hatten ihm ja seine Brille abgenommen...

Sechs Nazis betraten jetzt den Raum. Sie musterten die Gefangenen. Jeden einzelnen. Stumm, verächtlich lächelnd starrten sie in jedes geschwollene, blutunterlaufene Gesicht. Als sie ganz dicht vor Hermann standen, erkannte er den Oberlehrer Zunk. Und hinter Zunk erkannte er Kupke! Kupke aus dem Hinterhaus der Schloßgasse 21! Und Kupke zuckte zusammen – er hatte ihn also auch erkannt! Aber er richtete kein Wort an Hermann...

Da stand nun Zunk vor den Gefangenen. Er war nie in der Lage gewesen, einem Mitmenschen eine eigene Meinung zuzubilligen. Er war einmal Turnlehrer gewesen und wenn er »Rechtsum!« befohlen hatte, so war der Befehl ohne Widerrede ausgeführt worden. Ungerührt stand er jetzt vor den Wehrlosen und sah aus, als wollte er einen Mord begehen – aber Toleranz durfte keiner von ihm erwarten. In der einen Hand hielt er eine Hundepeitsche, die andere Hand spielte mit dem Verschluß der Revolvertasche. Er hatte jetzt ungeahnte Macht in der Hand. Er spürte, daß die Gefangenen furchtsam und verschüchtert ahnten, daß sie ihm ganz und gar ausgeliefert waren. Diese Atmosphäre behagte ihm sichtlich. Er würde ihnen schon den neuen Geist beibringen! Wenn überhaupt einer wußte, wie man sich Strammstehende vornimmt, dann war er es. Es war sein Beruf, Widerspruchsgeist zu brechen, zu brüllen, mit Strafen zu drohen und diese Strafen anzuwenden, bis die Burschen ihm gehorchten. Er war hier ganz in seinem Element. Er war gewohnt, im scharfen Befehlston zu erklären.

»Wartet, ihr Burschen! Ich werde euch schon beibringen, wie man die Hacken zusammennimmt!«

So pflegte er einstmals eine Turnstunde zu beginnen. Und genau so begann es hier.

Aber es war dann doch noch viel, viel schlimmer. Es war keine Turnstunde.

»Warum bist du hier?« wurde der erste gefragt.

»Weil ich Jude bin.«

Schon traf ihn die Hundepeitsche!

»Und du?« wurde der zweite gefragt.

»Weil ich Demokrat bin.«

Die Hundepeitsche!

Der dritte war ein alter Mann. Professor Urban vom Realgymnasium!

»Herr Kollege Zunk«, sagte er zitternd. »Es muß ein Mißverständnis vorliegen. Ich wurde aus dem Unterricht herausgeholt. Klären Sie bitte Ihre Herren auf.«

»Ich bin nicht dein Kollege!« brüllte Zunk. »Ich bin jetzt Polizeipräsident! Steh gerade, wenn ich mit dir spreche!«

»Warum bist du hier?« wurde der nächste gefragt.

»Weil ich Republikaner bin.«

Zunks Stimme schnappte über vor Wut. »Ihr seid hier, weil ihr Schweine seid! Verstanden!«

Und dann begann das Verhör wieder beim ersten.

»Warum bist du also hier?«

»Weil ich ein Schwein bin.«

»Sehr schön«, nickte Zunk zufrieden. »Also endlich begriffen. Und du?« fragte er den zweiten.

»Weil ich ein Schwein bin.«

»Und du?«

»Herr Kollege . . .«

Die Hundepeitsche zischte wieder durch die Luft! Der Alte schrie auf.

»Weshalb bist du hier?« fragte ihn Zunk lauernd.

»Weil ich ein Schwein bin«, weinte der alte Professor Urban.

»Ich glaube es nicht«, sagte Fischmann. Er wurde blaß und ließ seinen Zwicker fallen. »Ich glaube es nicht. Was soll er ihnen getan haben? Ihre Wirtin hat ihn verwechselt. Sie hat einen andern gesehen.«

»War er beim Mittagessen?« Herr Feiwel ärgerte sich sehr. Da war er nun hierhergekommen, alle Gefahren nichtachtend. Da hatte er nun diesen Jossel Fischmann ganz vorsichtig vorbereitet. Und das Resultat? Er glaubte es ihm nicht einmal!

»Ich habe allein gegessen und bin gleich wieder ins Geschäft. Er kommt manchmal erst später heim, er findet ab und zu eine kleine Arbeit.«

»Gehen Sie zur Polizei«, empfahl ihm Herr Feiwel. »Tun Sie etwas! Sagen Sie, daß Sie Ihren Sohn vermissen!«

Der ängstliche kleine Mann. Sein Schritt war nicht ganz sicher. »Ich wünsche Ihnen einen guten Tag«, sagte er dem Polizeibeamten. Der sah in einer langen Liste nach und behauptete, er wüßte nichts von einem Hermann Fischmann, er sollte nur mal nach Hause gehen, wahrscheinlich säße der Herr Sohn in der Wohnung.

Natürlich saß er nicht in der Wohnung. Jossel Fischmann erfuhr von seiner aufgeregten Frau, daß vor einer Stunde die Nazis im Haus waren und zwei Leute verhaftet hätten! »Du wirst mir nicht glauben wollen, wen sie geholt haben!« sagte sie noch ganz verstört. »Aus dem Vorderhaus die Frau Liebig! Und im Hinterhaus waren sie auch, dort haben sie Herrn Schaller geholt. Nun, das ist etwas anderes.« Beide wurden in ein Lastauto gestoßen, das gleich wieder wegfuhr! Alles sei sehr schnell gegangen.

»Mein Hermann!« schrie Jossel Fischmann und lief wieder zur Polizei. Diesmal war sein Auftreten schon sicherer. Auch seine Stimme.

»Er ist nicht zu Hause«, sagte er hartnäckig.

»Haben Sie ein Geschäft?«

»Ja, ich habe ein Geschäft.«

»Dann sehen Sie dort mal nach.«

Im Geschäft war niemand. Jossel Fischmann stellte sich mitten auf die Gasse und hielt verzweifelt Ausschau nach seinem Sohn, der nicht kam.

Herr Feiwel kam wieder. Er zog den niedergeschlagenen Herrn Fischmann ins Geschäft hinein, verschloß die Ladentür.

»Lesen Sie«, sagte er und reichte ihm eine Zeitung. Ein Artikel war angestrichen: *Wann darf ich jemanden festnehmen?*

»Ich habe jetzt keine Geduld zum Lesen«, wehrte Jossel Fischmann ab, aber er las doch: Jedermann sei befugt, einen Juden zu verhaften, der sich in irgendeiner Weise gegen das deutsche Volksempfinden vergangen habe. Ob es sich bei einem solchen Vergehen um ein Verbrechen oder um eine Übertretung handle, sei gleichgültig. Die deutsche Volksseele sei erwacht und werde, wenn sie gröblichst verletzt werden sollte, den Schuldigen zu treffen wissen. Eine Verletzung des deutschen Gefühls liege auch vor, wenn der Jude zwar nicht wisse aber bei gehöriger Überlegung erkennen müsse, daß seine Handlungsweise die deutschen Volksgenossen ungebührlich belästigen würde. Jeder Volksgenosse sei berechtigt, einen Juden zu verhaften, und wenn sich der Jude zur Wehr setzte, so dürfe Gewalt angewandt werden. Der Jude handle rechtswidrig, wenn er sich der Festnahme widersetze. Jeder Deutsche könne mit ruhigem Gewissen rücksichtslos einschreiten, wenn er die Ehre des deutschen Volkes verletzt sehe...

Erschöpft, geschlagen ließ Jossel Fischmann die Zeitung wieder sinken. »Dürfen sie das wirklich?« murmelte er. »Oder ist es nur ein Spaß von der Zeitung? Ich kann es nicht glauben.«

»Wohnt dieser Kupke noch bei Ihnen im Haus?« erkundigte sich Feiwel.

»Leider.«

»Er hat den Schuh-Goldstein verhaftet.«

»Warum erschrecken Sie mich! Woher wollen Sie das alles wissen?«

»Die ganze Stadt spricht davon. Nur Sie sitzen hier in Ihrem Laden und wissen nicht mal, daß Ihr Sohn verhaftet ist!«

»Die Polizei hat mir gesagt, daß er nicht verhaftet ist«, beteuerte Herr Fischmann.

»Die Polizei verhaftet nicht!« schrie ihn Feiwel an. »Die Nazis verhaften! Die Polizei schaut zu oder schaut weg! Den jungen Herrn Levy, der mit seiner Mutter auf dem Marktplatz wohnt, haben sie aus der Trambahn herausgeholt! Und den Zahnarzt Löb haben sie in der Sprechstunde unterbrochen, er mußte im weißen Kittel mit auf das Auto!«

»Begleiten Sie mich bitte auf die Polizei! Erzählen Sie der Polizei das alles«, bat Herr Fischmann. »Tun Sie mir den Gefallen!«

»Ich werde mich hüten!« rief Herr Feiwel aus. »Sind Sie verrückt !«

Zum dritten Mal lief nun Jossel Fischmann heute zur Polizei. Alle Gänge waren gedrängt voll. Überall standen ängstliche Frauen, viele weinten. Er mußte warten, lange warten. Frau Schaller kam auf ihn zu. Sie trug ihr Kind im Arm. Das Kind schlief.

»Ein schönes Kind haben Sie. Unberufen«, sagte Herr Fischmann. Dann seufzte er. »Ich suche meinen Sohn.«

»Mein Mann ist verhaftet worden«, sagte Frau Schaller laut.

»Ich fürchte mich so für meinen Sohn Hermann.«

»Wo ist denn Ihr Jakob.«

»In Berlin«, sagte Herr Fischmann. »Er hat mir geschrieben.«

»Seien Sie froh«, sagte Frau Schaller. Sie sah sich um, dann murmelte sie: »Sie haben eine leerstehende Fabrik zu einem Gefängnis eingerichtet. Wahrscheinlich sind dort alle Verhafteten.«

»Die nächsten zwei«, wurde gerufen.

Mit ihm betrat Frau Kohn das Büro des Kommissars, die Frau des jüdischen Klempnermeisters.

»Auf unserem Dach war schon lange was zu reparieren. Heute ist nun mein Mann rauf!« zeterte sie los, noch bevor sie recht im Büro war. »Kaum ist er aber oben, kommt der Klempner Meißner, der mal bei uns gearbeitet hat und mit dem sich mal mein Mann verkracht hatte. Da hat dann der Meißner eine eigene Klempnerei aufgemacht...«

»Zur Sache!« sagte der Kommissar.

»Also der Meißner hat 'ne Naziuniform an und 'ne Armbinde von der Hilfspolizei. Wie er hört, daß mein Mann auf dem Dach arbeitet, steigt er rauf und ich höre, wie er ihm zubrüllt: ›Jetzt ist es aus mit der Konkurrenz, du Judenschwein! Der Reichstag hat nicht umsonst gestern nacht gebrannt! Komm runter!‹...«

»Sie haben das alles gehört?« fragte der Kommissar verlegen.

»Ich bin doch hinter dem Meißner her, als er aufs Dach stieg. Ich stand am Dachfenster. Mein Mann weigerte sich, dem Meißner zu folgen. Erst als der ihm seine Hilfspolizeibinde zeigte und den Revolver zog und noch sagte: ›Sie sind verhaftet, kommen Sie oder ich schieße!…‹ da folgte ihm mein Mann. Und unten wartete ein Lastauto, da mußte mein armer Mann hinaufspringen und das Auto fuhr weg!« Und sie fügte wütend hinzu: »Ich bin keine Jüdin, ich will mein Recht, ich will meinen Mann wieder, er hat keinem was getan!«

»Wenn Sie keine Unannehmlichkeiten haben wollen«, sagte der Kommissar mit einem mechanischen Lächeln zu der aufgeregten Frau, »dann rate ich Ihnen, keinem Dritten etwas von der Verhaftung Ihres Mannes zu erzählen. Ich meine es gut mit Ihnen. Und über den augenblicklichen Aufenthalt Ihres Mannes können wir Ihnen vorläufig keine Auskunft geben.«

Und damit wandte er sich von ihr ab und Jossel Fischmann zu. »Was wollen Sie denn schon wieder hier? Sie waren doch heute schon zweimal bei mir!«

»Gott segne Sie, wenn Sie mir nur sagen können, wo mein Sohn ist«, bettelte Jossel Fischmann. »Er ist nicht in der Wohnung und nicht im Geschäft.«

»Wir können Ihnen keine Auskunft über den augenblicklichen Aufenthalt Ihres Sohnes geben. Die nächsten zwei, bitte.«

Jossel Fischmann hatte gehofft, daß er vielleicht am Abend etwas erfahren würde. Aber er erfuhr nichts. Chaskel und Dwore Weiß blieben bis Mitternacht bei den Fischmanns und warteten auch. Aber Hermann kam nicht. Dagegen gerieten Jossel Fischmann und Chaskel Weiß aneinander.

»Von der Polizei haben wir Juden noch nie Gerechtigkeit erwarten können«, behauptete Chaskel. »Und jetzt schon gar nicht! Hat die Polizei uns Juden jemals geliebt? Und da gehen Sie zur Polizei und melden, daß Sie Ihren Sohn verloren haben! Meinen Sie wirklich, die Polizei sucht einen verlorenen Juden?«

»Ich habe der Polizei gesagt, daß er sicher von den Nazis verhaftet wurde. Ich habe aber nicht gesagt, daß er verlorengegangen ist!« regte sich Jossel Fischmann auf.

»Nun? Und ist die Polizei erschrocken«, fragte Chaskel hämisch. »Die Polizei wird sich vielleicht noch wegen Hermann mit den Nazis schießen. Mein Lieber, ein Jude mehr oder weniger, was macht das der Polizei aus? Noch dazu, wenn es sich um den Sohn eines Ostjuden handelt! Mit uns eingewanderten Juden, werden sie sich sagen, haben sie nur Schwierigkeiten. Wenn wir kommen, stimmen unsere Papiere nicht. Und dann stimmen die Namen nicht, ich habe gesagt, ich heiße Chaskel und sie haben behauptet, ich heiße Schaskel. Und dann haben wir die russischen Geburtsdaten und sie haben die deutschen. Nichts stimmt mit uns! Und wenn sie einen von uns ausweisen, geht er nicht fort. Wohin soll er auch gehn? Jedenfalls hat die Polizei nur Arbeit mit uns und sie liebt uns nicht.«

Jossel Fischmann geriet außer sich. »Sie haben gut reden! Was soll ich aber praktisch für meinen Sohn tun?«

»In Rußland, unter dem Zaren«, sagte Chaskel Weiß, »hat man mit Geld manches machen können.«

»Hier nicht!«

»Hier auch«, sagte Chaskel Weiß bedächtig. »Hier sagen sie zwar, daß sie sich nicht bestechen lassen. Aber das heißt immer, daß sie sehr viel Geld verlangen.«

»Ich bin doch ein armer Mann«, jammerte Jossel Fischmann. »Selbst wenn ich schon wüßte, wer meinen Sohn freigeben kann, könnte ich nicht genug zahlen!«

»In Rußland, unter dem Zaren«, erzählte Chaskel Weiß, »ist vor einer Pogromnacht immer eine Kirche angezündet worden, damit die Bauern einen Grund hatten, die Juden zu erschlagen. Hier zünden sie den Reichstag an...«

In dieser Nacht schlief Jossel Fischmann schlecht. Er horchte ununterbrochen, ob nicht doch vielleicht die Tür gehen würde. Aber die Tür ging nicht. Seine Frau tröstete ihn, so gut sie es konnte. Sie kam auf einige rettende Gedanken. So wollte sie gleich früh ins Gefängnis gehen, nicht erst zur Polizei, gleich ins Gefängnis.

»Chaskel hat nicht ganz unrecht«, meinte sie. »Polizisten sind schon immer Antisemiten gewesen. Aber im Gefängnis ist es vielleicht anders. Vielleicht sind sie dort nicht antisemitisch. Ich werde dort in den Saal hineingehen und nachsehen, ob nicht einer der Gefangenen unser Hermann ist.«

Sie hatte einmal in einem Buch gelesen, daß Gefangene in

einem großen dunklen Saale an einem langen Tisch sitzen und Tüten kleben. Und sie sah schon Hermann in Sträflingskleidern, wie er Tüten klebte, neben Mördern und Dieben. Sie erschrak so über dieses schaurige Bild, daß sie laut aufschluchzte und ihr Gesicht in den Kissen vergrub.

Jossel aber hielt nicht viel von einem Besuch im Gefängnis.

»Warum?« fragte sie ihn weinend.

»Ich weiß nicht warum«, gab er freimütig zu. »Aber ich hab so das Gefühl, daß es nicht viel nützen wird.«

Sie brauchte auch nicht ins Gefängnis zu gehen. Es kam den Fischmanns von einer Seite Hilfe, von der sie sie am allerwenigsten erwartet hatten.

Kupke hatte den Tag nicht vergessen, da ihn der Jude Fischmann vor seinem Laden überfallen hatte. Er haßte die Juden nicht nur, er fürchtete sie auch, er glaubte ja ganz fest an ihre fremden Mächte und geheimen Kräfte. Ihm war dieser Glaube in immer größeren Dosen eingeimpft worden und er war wirklich davon überzeugt, daß die finsteren Geschicke der unschuldigen Welt von den teuflischen Semiten bestimmt würden. Er sah sich als einen Vertreter der unschuldigen Welt, und in jedem Juden sah er einen Vertreter dieser dunklen Kräfte. Er hatte zwar damals gelacht, als ihm dieser Fischmann mit seinem Judengott gedroht hatte – aber so richtig wohl war ihm dann, wenn er gelegentlich an diesen Tag dachte, nicht zumute. Er fürchtete sich ganz einfach, auch wenn er es niemandem erzählte, nicht einmal der Anna.

Zu ihr sagte er jetzt nur: »Wenn es heute Abend dunkel ist und dich niemand sehen kann, gehste mal rauf zum Juden Fischmann und sagst ihm, ich hätte sein Früchtchen gesehen und würde was für ihn machen. Wahrscheinlich kann er dann schon morgen wieder heim. Sag ihm aber gleich, daß er sich ja nicht wieder unterstehen soll, mir mit seinem Judengott zu drohen!«

»Was ist denn das mit dem Judengott?« wollte Anna wissen.

»Frag nicht! Führ den Auftrag aus!« winkte Kupke ab.

Frau Fischmann weinte vor Freude.

Jossel Fischmann protestierte. »Noch nie in meinem ganzen Leben habe ich Ihrem Herrn Bräutigam gedroht!« Er erinnerte sich auch wirklich nicht mehr so genau an jedes Wort, das er damals mit dem Paar gewechselt hatte. »Ihr Bräutigam ist ein hochanständiger Mensch«, stammelte er dankbar. »Ich bin so froh, daß er meinen Hermann unter seinen Schutz nimmt.«

»Mein Bräutigam ist jetzt sehr mächtig«, nickte die Anna geschmeichelt. »Und eigentlich«, sagte sie geheimnisvoll, »dürfte ich Ihnen ja nicht alles erzählen und wenn er dahinterkommt, schlägt er mich bestimmt tot. Aber wenn Sie mir versprechen, mich nicht zu verraten, dann sage ich Ihnen was.«

»Wir versprechen es«, versicherten Jossel Fischmann und seine Frau und wagten nicht, laut zu atmen.

»Wissen Sie, wer die Liebig verhaften ließ?«

Die Fischmanns wußten es nicht.

»Mein Bräutigam! Er hat sie als Kommunistin holen lassen! Der Robert Liebig ist zwar Polizist, aber machen kann er da nichts!« Schadenfroh lachte sie. »Mein Bräutigam ist jetzt viel mächtiger als jeder Polizist! Vielleicht wird der Liebig sogar entlassen, wir müssen es uns nur noch überlegen. Seine Frau hat mal meinen Bräutigam mit 'nem anonymen Brief im Braunen Haus verpfiffen, jetzt muß sie es büßen! Natürlich war sie nie Kommunistin. Aber bis sie es beweisen kann, ist sie erledigt.«

Plötzlich merkte sie, daß sie doch schon zu viel verraten hatte. Eine tolle Wut packte sie gegen die beiden Juden, die ihr da zuhörten.

»Wenn Sie jemandem was davon erzählen«, drohte sie ihnen, »dann zeige ich Sie als Kommunisten an und als Brandstifter beim Reichstagsbrand! Mein Bräutigam läßt Sie sofort verhaften, wenn Sie was verraten! Und dann geht es Ihnen so dreckig, wie einem andern Juden gestern Nacht!«

Aber sie wollte unter keinen Umständen sagen, was gestern Nacht gewesen war und um welchen Juden es sich gehandelt hatte.

Die Nacht zuvor hatte sich Folgendes ereignet:

Zuerst wachte Frau Goldstein auf. Es war fünf Uhr morgens. Sie weckte ihren Mann. Vor dem Haus hielt ein Auto. Ein Scheinwerfer leuchtete die Fenster ab. Das Haustor ging krächzend auf. Dann hörten sie vor ihrer Wohnungstür ein unheimliches Tuscheln. Dann Stille. Dann ein hartes kurzes Klopfen.

Goldstein sprang aus dem Bett. »Wer ist da?« fragte er erschrocken.

»Polizei! Sofort aufmachen!«

Er machte auf. Es waren Nazis!

Frau Goldstein klammerte sich zitternd an ihren Mann.

»Machen Sie keine Geschichten«, sagte einer. »Ziehen Sie den Mantel über Ihren Pyjama. Kommen Sie mit!«

»Kann ich meinen Kindern Adieu sagen?« fragte Goldstein. Es gelang ihm nicht, gleichmütig zu erscheinen.

»Ach was! In einer Stunde sind wir wieder zurück!« polterte ein etwa neunzehnjähriger Bursche los. »Kommen Sie schon! Wir haben keine Zeit!«

»Was wollen Sie von meinem Mann? Er hat doch nichts getan!« Frau Goldstein versuchte jammernd, ihren Mann zurückzuhalten.

Der Bursche stieß sie ins Schlafzimmer zurück. »Er soll nur 'ne kleine Spazierfahrt machen«, sagte er spöttisch und gab den anderen einen Wink.

Unten mußte Goldstein auf den Lastwagen klettern. Er verlor die Hausschuhe, sie warfen sie ihm nach. Außer ihm standen noch zwei ihm unbekannte Zivilisten oben. Der Wagen fuhr los. Bald würde er wohl auf der Polizeiwache sein und hören, was sie von ihm wollten, dachte er verzagt. Er fror. Er zählte scheu die Nazis, die ihn umstanden. Es waren zehn. Plötzlich merkte er, daß sie nicht mehr in der Stadt waren. Die Straße stieg an, der Wagen näherte sich dem Wald.

»Wohin fahren Sie mich?« fragte er kläglich.

Er bekam keine Antwort.

Jetzt hielt das Auto.

»Aussteigen!«

Goldstein und die beiden andern wurden brutal heruntergestoßen.

Schwarz hoben sich die Bäume vor der Morgendämmerung ab.

Vom Führersitz sprangen zwei Männer.

Einer kam auf Goldstein zu.

»Kennst du mich noch?«

Goldsteins Knie wurden weich. Er erkannte Kupke, obwohl der ehemalige Hilfspostbote einen Militärmantel und einen Stahlhelm trug.

»Macht schnell«, sagte der Chauffeur grob.

Ein Gefangener neben Goldstein flüsterte: »Ich heiße Winkler. Bin Drehermeister. Hab den Kupke mal aus der Fabrik rausgeworfen, weil er soff. Wer bist du?«

Goldstein konnte nicht mehr antworten.

Sie wurden einzeln über die Straße getrieben, in den Wald hinein.

Ein blutjunger Bursche stapfte hinter dem zitternden Goldstein her.

Der Boden war glitschig.

»Ich habe eine Frau, ich habe Kinder«, bettelte er.

Zweimal verlor er seine Hausschuhe.

Als er sie zum drittenmal verlor und sich bückte, knallten die Schüsse.

Das äußere Bild der Stadt änderte sich nicht. Die Bäckereien und Milchläden waren geöffnet wie sonst auch. Die Gemüsehändler und Fleischer schlossen ihre Ladentüren auf wie jeden Tag. Nur vor dem Haus, in dem der Lebende Leichnam wohnte, herrschte an diesem Morgen besonderer Betrieb. Junge Kerle in neuen braunen Hemden und braunen Sturmmützen, an den Ledergürteln drohende Revolvertaschen, schleppten gerade den alten Redakteur auf die Straße.

Sie hatten es leicht mit ihm. Johlend führten sie ihn zu einem Karren, dem man es ansah, daß er sonst dazu diente, Mist aufs Feld zu fahren.

»Kriech rauf!«

Als er oben saß, stellte sich einer hinter ihn und schor ihm unter dem wiehernden Gelächter der Umstehenden die schönen weißen Haare ab. Einer knotete ihm die Krawatte auf, knöpfte ihm den Kragen ab. Er hockte schattenhaft in der Ecke des Karrens. Die Jacke war offen. Eine Uhrkette hing lächerlich unnütz an der Weste. Ein kahlköpfiger alter Sträfling mit buschigen Brauen, dem man seinen Zivilanzug belassen hat. Der Kehlkopf stach spitz und zittrig hervor. Doch sprachen aus seinem Gesicht ohnmächtiger Trotz und stumme Verachtung für diese hemmungslose Meute.

An der Deichsel standen zwei Schreckgestalten. Sie hielten sich nur mühsam aufrecht. Der eine war der Kronprinz, der andere war Alfred Richter. Sie hatten bereits eine Nacht im Gestapogefängnis hinter sich. Auch sie waren ohne Kragen, die Haare schon geschnitten.

Ein Fotograf tauchte auf. Die Nazis umstellten lärmend den

Karren. Jeder wollte aufs Bild kommen. Einer legte dem Alten die Hand auf die Schulter, mit sieghaftem Lächeln. Ein anderer hielt grinsend seinen Gummiknüppel über den kahlen Schädel. Der Alte rührte sich nicht. Ließ alles mit sich geschehen.

»Bitte recht freundlich!« rief der Fotograf.

Dann setzte sich der Zug in Bewegung. Die Räder kreischten bei jeder Umdrehung. Die Nazis schrien wie Jahrmarktsbudenbesitzer ihre Attraktion aus. Einer schwang eine große Glocke. Hausfrauen blieben überrascht stehen, sahen einen alten Mann auf dem Karren, preßten die Milchkanne an sich, rissen die Augen weit auf, flüchteten wortlos in die nächste Haustür.

Einige Megären konnten ihre Begeisterung nicht verbergen und schrien beifällig: »Heitla! Heitla!«

Ein paar Männer, die zur Arbeit gingen, starrten betroffen auf den Karren, dann sahen sie rasch weg, auf eine Hauswand, auf ein Dach, auf einen Schornstein, auf den Himmel, dann auf ihre Schuhe, jedenfalls woandershin.

Herr Liebig besucht einen Juden

Am Nachmittag des nächsten Tages ging die Ladentür auf. Jossel Fischmann stürzte aus seinem Büro heraus. Es war immer noch nicht Hermann. Ein fremder Mann stand vor ihm. Der Mann kam ihm bekannt vor, diesen Schnurrbart hatte er schon gesehen – und auf einmal erkannte er diesen Mann. Es war der Polizist Liebig. Aber der Polizist war in Zivil, er trug keine Uniform.

»Ich bin erstaunt«, sagte Herr Fischmann. »Noch nie waren Sie bei mir im Geschäft. Und noch nie habe ich Sie in einem normalen Anzug, mit einem normalen Hut und mit einem normalen Mantel gesehen. Was verschafft mir die Ehre?«

»Ich bin entlassen, Fischmann!« schimpfte Liebig.

»Sie sind nicht mehr bei der Polizei?«

»Meine Frau ist verhaftet!«

»Ich weiß. Mein Hermann auch.«

»Und wissen Sie, wer an allem schuld ist?« Er wartete gar nicht auf eine Antwort, sondern tobte los: »Ich bringe den Halunken um! Ich knall ihn über den Haufen!«

»Mein Gott! Stürzen Sie mich nicht ins Unglück! Reden Sie

leise!« flehte ihn Fischmann an. »Kommen Sie mit herein ins Büro!«

Liebig wartete gar nicht erst, bis er saß. Wie in einem Anfall stürzten ihm die Worte von den Lippen.

»Stellen Sie sich das mal vor! Ich werde zum neuen Polizeipräsidenten gerufen. Ich komme ins Zimmer, und wer ist auch drin? Kupke! Unser Kupke! Raucht mit dem Neuen 'ne Zigarre! Ich stehe stramm. Der Polizeipräsident brüllt mich an, ich sei mit 'ner Kommunistin verheiratet, meine Frau sei ein ganz verworfenes Subjekt, ob ich keine Scham empfinde undsoweiter... Ich sage ›Meine Frau ist keine Kommunistin, sie ist eine Unglückliche...‹ Dabei sehe ich den Kupke grinsen. Ich sage: ›Dieser Herr kennt meine Frau ganz genau, Herr Polizeipräsident, er kennt sie so gut wie ich, er weiß, daß sie mit Politik nichts zu tun hat...‹ Da kommt dieser Kupke auf mich zu, bläst mir seinen Zigarrenrauch ins Gesicht und schreit mich an: ›Wenn Sie frech sind, werden wir Sie auch noch verhaften! Geben Sie Ihre Waffe her! Und den Ausweis! Sie sind entlassen!...‹ Ich denke mich trifft der Schlag...«

»Warum kommen Sie mit Ihrer Geschichte ausgerechnet zu mir?« Jossel Fischmann war sehr ungehalten. »Was kann ich denn Ihnen helfen? Nie haben Sie bis jetzt mit mir viel gesprochen. ›Guten Tag‹ haben Sie gesagt und vielleicht noch ›Wie geht es...‹ Und jetzt kommen Sie zu mir mit so einer gefährlichen Geschichte! Warum? Wozu?« Abwehrend, beschwörend hob er seine Hände, schüttelte verzweifelt den Kopf. »Warum sind Sie zu mir gekommen?«

»Sie kennen doch meine Frau«, räusperte sich Liebig verwirrt.

»Ich lehne es ab, sie zu kennen. Es kann ihr nur schaden, wenn ein Jude sie kennt. Und es kann mir nur schaden, wenn ich sie kenne. Fragen Sie lieber die Frau Wunder oder die Frau Schade. Oder noch besser: Fragen Sie Herrn Stiefel.«

Unbeholfen, schnurrbärtig saß Liebig auf dem kleinen Sofa. Er packte den Hut wie einen Tschako, suchte sogar nach dem Sturmriemen, fand ihn nicht, zog sein Taschentuch, wischte sich den Schweiß von der Stirn.

»Niemand im Hause grüßt mich mehr seit gestern«, gestand er schwerfällig ein. »Sie haben ja alle Angst, mit mir gesehen zu werden. Aber was haben denn Sie zu verlieren? Mit Ihnen kann ich doch ohne Gefahr reden. Sie sind doch Jude, die Juden sitzen doch selbst in der Tinte drin. Sie verraten mich nicht.«

»Ich will aber nichts wissen!« protestierte Fischmann hartnäckig. »Erst erzählt ihr uns eure Sorgen oder eure Geheimnisse. Und dann seid ihr erschrocken, weil ihr uns was erzählt habt und ihr schimpft und bedroht uns!«

Etwas dümmlich kaute Liebig an seiner erkalteten Zigarette. Seine Backen leuchteten rot in dem weißlichen Gesicht. Er sieht nicht gesund aus, bedauerte ihn Fischmann und klopfte ihm auf den breiten Rücken. Liebig schnaufte, wischte sich mit dem Taschentuch über die Augen, ließ den Kopf sinken.

»Ich habe alles gewußt, alles«, stöhnte er tief auf. »Ihr habt im Hause immer gemeint, ich sehe nichts und Louise betrügt mich. Sie konnte mich gar nicht betrügen. Seit dem Krieg hat sie sich abgequält, aber sie blieb trotzdem bei mir. Im Revier verstanden sie nicht, warum ich mich immer zum Nachtdienst drängte...« Er brach ab, hustete laut, spuckte in sein Taschentuch, hustete wieder, bevor er fortfuhr. »Der Krieg, Fischmann, ist an allem schuld, nur der Krieg. Und Louise hat fünfzehn Jahre lang neben einem Krüppel gelebt und hat sich nie beklagt. Aber voriges Jahr kam es über sie. Ich wußte es von Anfang an. Ich hatte doch immer damit rechnen müssen. Ich war ja krank, und sie war eine gesunde Frau. Ich durfte doch nichts sagen. Aber als ich dahinterkam, mit wem sie es hatte, da gab es mir doch einen Schlag. Aber ich schluckte auch das. Ich spielte den Dummen. Ich tat so, als sähe ich nichts. Ich freundete mich sogar mit dem Verbrecher an, damit sie es leichter habe. Und sogar, als es zwischen ihnen in die Brüche ging, tat ich noch alles, um ihn immer wieder in die Wohnung zu bringen. Vielleicht würde es sich doch wieder einrenken lassen, hoffte ich. Aber es war zwecklos. Ich hatte nicht damit gerechnet, daß diese Göre Anna mit ihm anbändeln würde. Als Louise dahinterkam, gab ihr das den Rest. Sie ist nicht schlecht, Fischmann. Sie konnte ihn nicht vergessen, den Lumpen. Sie strengte sich an, um ihm wieder zu gefallen. Sie trug plötzlich ihre Röcke ganz kurz wie 'n Schulmädchen, und dazu tief ausgeschnittene Blusen. Mir tat sie so leid, sie kannte kein Maß mehr. Und eigentlich war ja ich an allem Schuld... Sie schnitt sich die Haare ganz kurz, aber alles vergebens, sie blieb ja doch weiter eine alte Frau. Und das merkte sie auch eines Tages. Und da begann sie, täglich in die Kirche zu gehen, ich folgte ihr regelmäßig unbemerkt, sie kniete vor dem Altar und betete und weinte... Und jetzt läßt er sie verhaften! Und mich entläßt er! Dieser ehemalige Zuchthäusler entläßt mich, einen Polizisten! Er sitzt drin bei seinem Freund, dem Polizeipräsidenten, und raucht mit ihm dicke Zigarren und hat das Recht, mich zu entlassen!« Er starrte in die Ecke, vermied es, Fischmann anzusehen. »Ich bringe ihn um«, schrie er. »Ich knalle ihn ab! Und dann mich!«

»Sie sind ein armer Mensch«, jammerte Jossel Fischmann. »Aber stürzen Sie mich bitte nicht ins Unglück! Ich bin ein Geschäftsmann! Ich habe nicht ein einziges Wort von dem verstanden, was Sie mir jetzt erzählt haben! Ich fürchte mich, zu verstehen, lieber Herr Liebig! Verstehen Sie?«

»Schutzhaft«

Beim Verhör fragten sie ihn:

»Wie heißt du?«

»Hermann Fischmann«, flüsterte er.

Er sah den Tisch. Vier Männer umstanden ihn. Er sah Riemen und Knüppel und Säcke und Blutflecke und vergitterte Fenster und dicke Mauern und Wassereimer.

»Welche Bindungen hast du?« fragten sie weiter.

»Keine«, beteuerte er leise.

»Lügen hilft bei uns nichts!« drohten sie.

»Ich bin unverheiratet. Ich bin auch nicht verlobt!«

»Stell dich nicht dumm!« zischten sie ihn an und packten ihn.

Der Kopf schwindelte ihm, er lag auf dem Tisch, die Beine langgestreckt, seine Gedanken verwirrten sich, sein Wille war ausgeschaltet, er wollte alles sagen, was er wußte, doch wußte er nicht, was er sagen sollte, er schrie verzweifelt: »Verzeihung!« und »Ich verstehe Sie nicht!« Er war seiner Sinne nicht mehr mächtig, er dachte plötzlich an seine Skier mit der alten Huitfeld-Bindung, es war klar, daß sie etwas anderes meinten, aber er erinnerte sich an keine andere Bindung.

»Deine politischen Bindungen wollen wir kennenlernen!« sagten sie schnaufend. »Rück mit den Adressen raus!«

Sie fragten ihn nach Leuten, mit denen er nie gesprochen hatte, die er nicht einmal dem Namen nach kannte.

Er wimmerte und weinte und schrie, aber er konnte nichts gestehen.

»Ihr Juden seid doch alle Rote!«

»Ich nicht!«

»Dein Vater ist 'n Roter!«

»Nein!«

»Aber deine Schwester!«

»Ich habe keine Schwester!«

»Du lügst! Du hast 'ne Schwester!«

»Nein! Nein!«

»Was bist du von Beruf?«

»Verkäufer.«

»Bei wem?«

»Ich bin jetzt arbeitslos.«

»Genug für heute! Zu den andern!« befahl der Mann, der das Verhör leitete.

Sie schnallten ihn los, er fiel vom Tisch herab. Ein paar Fußstöße brachten ihn wieder auf die Beine. Sie warfen ihn wieder in die Massenzelle.

Er machte Anstrengungen, aufzustehen. Er hatte viehische Schmerzen. Er humpelte durch den überfüllten Raum. In einer Ecke stand der Lebende Leichnam, mit Alfred Richter und mit dem Kronprinzen. Die drei waren von tuschelnden Parteifreunden umgeben. In einer anderen Ecke flüsterten Kommunisten miteinander. Hermann erkannte in ihrer Mitte Franz Schaller aus dem Hinterhaus! Aber er wagte nicht, auf ihn zuzugehen.

In der Nähe eines vergitterten Fensters, durch das die bleifarbene Abenddämmerung fiel, sprach Heinz Levy auf seinen ehemaligen Mitschüler Benno Nadel ein.

»Mensch, nimm dich doch zusammen! Du blamierst uns Juden ja mit deiner Heulerei!«

»Ich weiß«, zuckte der krummgewachsene Benno zusammen. Er schlich davon. Lief wie ein verwachsener Schatten an der Wand entlang, aber der Schatten hatte weit geöffnete schwermütige Augen. Als er die Türklinke leise bewegte, starrten alle erwartungsvoll zu ihm hin. Aber natürlich war die Tür verschlossen.

Er lehnte sich erschöpft an die Wand und zog keuchend die Luft durch die lange blasse Nase. Seine Unterlippe hing. Als

Kind hatte er zwei Jahre lang trainiert. Vor dem Schlafengehen hatte er jede Nacht die widerspenstige Unterlippe entschlossen und eigensinnig eingezogen und sie auch endlich bezwungen. Aber seitdem er hier war, hing sie wieder, es war nichts zu machen. Obwohl er keinen Spiegel besaß, wußte er genau, daß sie hing. Er fühlte es. Fühlte er vielleicht auch, daß er bereits sein Totenhemd trug? Fühlte er schon, daß sie ihn in ein Konzentrationslager transportieren würden, um ihn dort zum Gaudium der Wachmannschaft zu quälen? Erinnerte er sich etwa an die Schulzeit, da ihm Zunk die Faust in den ewig krummen Rücken stieß? Dieser Faustschlag war einmal Zunks besonderes Vergnügen gewesen – dieser Faustschlag, der lächerlich hohl klang und ihn zwang, seinen komischen Versuch zu machen, stramm zu stehen, wobei dann sein Buckel plötzlich vorn auf der Brust hockte. Wußte er schon, daß sie ihn bald mit diesem Scherz erledigen würden? Er würde vor ihnen auf die Knie fallen, alles versprechen, allen weinend schmeicheln, er würde dreckige Stiefel und eiskalte Waffen küssen müssen. Und er würde alles tun, was sie von ihm verlangen werden, aber nichts wird ihm nützen. Er war erledigt. Er war gezeichnet. Er würde das Lager, in das sie ihn bald bringen würden, nicht mehr lebend verlassen... Fühlte er das schon?

Allein, auf einem Strohsack, lag der Demokrat Urban. Dieser alte Professor glich einem sterbenden Landstreicher. Sein Bart war verfilzt, der Anzug hatte keine glatte Stelle mehr, das Hemd war dreckig, sie hatten ihm Kragen und Krawatte abgenommen. Und seine Brille. Er sah nichts, blickte tolpatschig ins Leere.

Er hielt seiner unsichtbaren Klasse einen Vortrag. Seine Stimme klang wie eine ungespannte Geigensaite. »Meine Herren Oberprimaner, notieren Sie folgende Beobachtung: ›Im zoologischen Garten lebten die Pelikane bis jetzt in trauter Gemeinschaft mit den Enten. Aber kürzlich kam zu ihnen ein fremder Pelikan, der gewohnt war, Enten zu fressen und er setzte diese Gewohnheit hier fort. Jetzt wollen auch die einheimischen Pelikane Entenfleisch. Die Menschen sind nicht besser als Pelikane. Sie lassen sich gern zu Kannibalen bekehren.‹ Es hat geläutet. Die Stunde ist zu Ende. Schließen Sie Ihre Hefte. Sie können gehen.«

Hermann ließ sich bei ihm nieder. »Auch ich habe meine eigene Theorie, Herr Professor«, sagte er und fügte kleinlaut hinzu: »Ich heiße Fischmann, Hermann Fischmann. Sie waren der Deutschlehrer meines Bruders Jakob Fischmann.« Während er dies sagte, ließ er kein Auge von Benno Nadel, der mit seinem Buckel, seinem eingezogenen Kopf und den abstehenden Ohren wie ein komisches Tier aussah. »Es ist das Schicksal, Herr Professor, das Schicksal hat es so gewollt. Ich lief nichtsahnend auf der Straße und Sie gaben Ihren Unterricht in der Schule. Und trotzdem verhafteten sie uns. Wir wären wahrscheinlich sogar verhaftet worden, wenn wir uns auf dem Mars befunden hätten. Oder anderswo, wenn Sie wollen, Herr Professor. Dagegen ist nichts zu machen. Gegen das Schicksal ist nie etwas zu machen.« Er wartete sehnsüchtig auf eine Antwort des Professors, aber der schwieg.

»Es ist natürlich nur meine private Meinung, ich war Handelsschüler«, stotterte Hermann. Er kam sich wieder wie in der Schule vor, hatte im Examen eine falscheThese entwickelt.

Der Professor würdigte ihn keiner Antwort.

»Hat man Sie auch nach Bindungen gefragt?« schluckte Hermann.

»Geben Sie sich keine Mühe!« Die Stimme des Professors klang sehr fest. »Sie werden aus mir nichts herauskriegen. Die ganze Welt ist voller Ungerechtigkeit, die nach Sühne und Wiedergutmachung schreit. Je älter die Welt wird, desto mehr Ungerechtigkeiten begeht sie gegen uns Menschen. Es ist kein Platz mehr da für Liebe, nicht für Gott, für nichts mehr. Ich werde nie mehr an etwas glauben können.«

Dann verstummte er, starrte mit seinen fast blinden Augen glühend ins Leere.

Hermann zog sich ängstlich von ihm zurück.

Hier stand nun also der alte Albert Koch nach einem arbeitsreichen Leben, in dem er sich ernsthaft eingebildet hatte, er könnte Staats- und Weltpolitik machen, indem er von Arbeiterfragen und Arbeiterinteressen ausginge. Er war überzeugt gewesen, er könne mit diesem handlichen einleuchtenden Maßstab die Gesamtlage des politischen Lebens überblicken, beeinflussen und auch verändern. Nun war das politische Leben gründlich verändert worden, doch nicht von ihm. Aber jetzt zeigte sich auf einmal, daß der Lebende Leichnam doch nicht ganz so vertrottelt war wie seine Kritiker immer behauptet hatten. Er ließ sich in dieser neuen und heiklen Situation nicht ganz unterkriegen. Es war rührend zu sehen, wie er sich aufrichtete, von einem zum andern ging, diesem und jenem die Hand drückte, wie er jetzt, trotz der Erlebnisse der vergangenen Tage, fast sein altes wohltönendes Pathos wiederfand, um zu beweisen, wie starr er *trotz alledem* an seinen Grundsätzen festhielt.

Er gehörte zu der Partei, die entscheidend bei der Verankerung der jetzt gestrandeten Republik beteiligt gewesen war. Er kannte also diese Verankerung genau. »Ich kenne mich aus in unserer Gesetzgebung«, sprach er sich und den andern Mut zu. »Ich kenne mich ganz gut darin aus. Ich habe die Absicht«, erklärte er seinen Freunden vertraulich, »einen Prozeß wegen Freiheitsberaubung anzustrengen. Es liegt hier ein glatter Bruch der Reichsverfassung vor. Ich werde den Kampf um die Wiederherstellung geordneter Rechtszustände unverzüglich beginnen!« Seine Stimme vibrierte heroisch. »Ich werde kämpfen!«

»Kämpfen? Wie denn?« fragte der Kronprinz spöttisch. Auch er konnte nicht aus seiner Haut heraus. Er freute sich schon wieder wie der jüngere Kollege über den älteren Kollegen, der Fehler über Fehler begeht. Er vergaß dabei ganz, daß er sich nicht in der Redaktion, sondern in einem Gefängnisraum befand.

»Ich werde ans Gericht appellieren! Und wenn ich bis an den Staatsgerichtshof gehen muß!«

Der Kronprinz schüttelte sich vor lautlosem Lachen. Es gelang ihm spielend, mit seinem intrigierenden schiefen Mund und begünstigt von der Nervosität, die alle wie ein Strick zu erdrosseln drohte, eine sichtbare Opposition gegen den Lebenden Leichnam zu bilden. Und was ihm in der Freiheit nie gelungen war, erreichte er jetzt hier in der Zelle! Alle, selbst der Vorsitzende der Pressekommission Alfred Richter, ließen den Alten fassungslos stehen. Der Kronprinz erlebte einen großen Augenblick. Den größten seiner politischen Laufbahn! Er wußte nur noch nicht, daß er ihn zu spät erlebte. Trotz der körperlichen Schmerzen empfand er Freude, heiße Genugtuung. Wenn er wieder frei sein würde, wollte er schon dafür sorgen, daß sich Alfred Richter und die anderen an diese wichtige Minute hier erinnerten. Und dann würde der Lebende Leichnam endlich begraben werden können. Eine Minute lang hatten sie jetzt am gesunden Menschenverstand des Alten gezweifelt und das genügte. Nie würden sich die alten Beziehungen wieder herstellen lassen, der Zweifel von einer Minute, erlebt in diesem Raum, würde stärker nachhalten als ein ganzes Leben... Soviel wußte der Kronprinz von den Menschen immerhin schon...

Franz Schaller war nicht geschlagen worden.

Sie hatten ihn in den Keller geführt, dort eingeschlossen. Nach einer Stunde kamen sie wieder, setzten sich schweigend um ihn herum, er blieb stehen.

»Es ist kein Stuhl mehr da«, sagte einer.

Dann sahen sie ihn lange an. Schaller wartete.

Mürrisch, feindselig fragte er nach einer Weile:

»Was wollt ihr eigentlich wissen?«

»Deine politische Einstellung.«

»Ihr habt ja mein Parteibuch vor euch liegen.«

»Also Kommunist.«

»Ja.«

»Ehrlich?«

»Ja«, sagte er einfach. Nicht eigensinnig, wie sie erwartet hatten.

»Wer ist der Rudy?« fragten sie lauernd. »Wie heißt er mit seinem Familiennamen?«

»Ich kenne keinen, der Rudy heißt«, sagte er.

»Mach uns nichts vor«, lächelten sie brutal. »Am 28. Januar war bei dir Zellenzusammenkunft. Da hat er gesprochen.«

»Ihr wißt wohl alles?«

»Wir wissen alles«, prahlten sie.

»Spitzel?« fragte er.

»Spitzel«, sagten sie.

»Dann wißt ihr auch, daß ich den Rudy nicht kenne. Er kam aus Berlin, ich habe ihn da zum ersten Mal in meinem Leben gesehen.«

»Er hat über die Technik des Bürgerkrieges gesprochen!«

»Ihr habt schlechte Spitzel«, sagte Schaller verächtlich. »Es sind Lügner!«

»Worüber hat er gesprochen?«

»Über den geplanten Untergrundbahnbau in Moskau.«

»Das glaubst du selbst nicht! Zwei Tage vor unserem Machtantritt?«

»Heute scheint es mir selbst auch unwahrscheinlich«, sagte Schaller bedauernd. »Aber es ist so. Das war das Thema.«

Einer fragte ihn plötzlich: »Willst du nicht zu uns?«

»Nein.« Er sah aus wie einer, der keinen Wert darauf legt, weiter Rede und Antwort zu stehen.

»Wir brauchen solche Leute wie dich«, sagte nachdrücklich der Fragesteller. »Es ist für dich besser, mit uns zu sein als gegen uns. Du bist Arbeiter und wir brauchen Arbeiter. Wir sind gegen die Juden und gegen die Bonzen, aber nicht gegen Deutsche wie du einer bist.«

Franz Schaller beharrte in seinem undurchdringlichen Schweigen.

»Du kennst doch den schönen deutschen Spruch: Und willst du nicht mein Bruder sein, so schlag ich dir den Schädel ein...«

Franz nickte.

»Also?«

Franz schüttelte den Kopf.

»Überleg dir's mal«, sagte der andere. »Führt ihn wieder rauf.«

Jetzt stand er neben Hermann Fischmann, gab ihm Verhaltensmaßregeln. Er meinte es gut mit ihm.

»Wo wir doch aus dem gleichen Haus sind, müssen wir zusammenhalten. Du mußt immer das zugeben, was sie schon wissen und was keine Wichtigkeit hat«, sagte er leise. »Also wenn sie wissen wollen, ob du links bist, so sag ruhig ja.«

»Ich bin aber gar nicht links«, wehrte sich Hermann. »Ich kann doch nicht was zugeben, was gar nicht der Wahrheit entspricht.«

»Du bist nicht links? Was bist du denn da sonst?«

»Nichts«, brüstete sich Hermann stolz. »Ich habe Glück gehabt, daß ich mich nie für Politik interessiert habe.«

»Ganz großes Glück hast du gehabt, ein ungeheures Glück«, nickte Schaller verträumt. »Was ist denn eigentlich für'n Wetter heute auf der Straße, Herr Fischmann?«

Es sollte aber nicht dazu kommen, daß ihm Hermann Auskunft über das Wetter geben konnte.

Eine Stimme brüllte plötzlich von der Tür her:

»Der Jude Fischmann!«

Draußen sah er sich dem Kupke gegenüber!

»Kannst heimgehen«, sagte Kupke. »Aber wenn du was von dem erzählst, was du hier gesehen hast, kommste gleich wieder hinter Schloß und Riegel und nie mehr raus!« Er betrachtete den Sohn des Jossel Fischmann. »Bist wohl die Treppen runtergefallen, weil du so blau und grün und gelb im Gesicht bist, he?«

Hermann schwieg. Stand weiter stramm.

»Hier unterschreib!«

Hermann unterschrieb einen Zettel, darauf stand: Er habe freiwillig um Schutzhaft gebeten. Er sei in Schutzhaft sehr anständig behandelt worden und verlasse ohne gesundheitliche Schädigung das Gefängnis der Geheimen Staatspolizei.

»Hau ab!«

Rosa fährt in die Stadt

Rosa war das erste Dienstmädchen der Goldsteins gewesen, sie war über fünf Jahre bei ihnen geblieben, dann heiratete sie nach dem Dorf D. Es war damals ein schwerer Abschied für das Mädchen gewesen. Besonders schwer trennte sie sich von den Kindern, die sie von deren ersten Lebenstagen an gekannt und betreut hatte. Von Zeit zu Zeit kam sie in die Stadt, um bei den Goldsteins zu sehen, »ob noch alles so wie früher klappt«. Ostern holte sie sich Mazzes, die sie *schrecklich gern* aß. Von Frau Goldstein bekam sie alle abgelegten Kleider für sich und für ihre Kinder, sie hatte inzwischen selber drei zur Welt gebracht. Und von den Goldsteins hatte sie den Kinderstuhl, die ganze Kindsausstattung, den Spielpark und sogar ein Kinderbett mit dem Bettzeug bekommen.

Rosa sah als Ehefrau noch genau so aus wie einst als Mädchen. Ihr Verhältnis zu den Goldsteins änderte sich nicht in all den Jahren. Sie *schenierte* sich noch genau wie früher. Wenn sie in die Wilhelmstraße kam, gab es ihr zu Ehren immer Kaffee, aber der Besuch weigerte sich jedesmal, mit den *Herrschaften* zu trinken. »Nein, ich bleibe in der Küche! Da kenne ich mich aus! Nein! Nein!« – »Also kommen Sie schon rein in die Stube, Rosa! Machen Sie keine Geschichten!« – »Aber nein, das kann ich nicht! Nein, das gehört sich nicht!« Bis sie sich dann doch noch überreden ließ.

Wenn ein Kind bei den Goldsteins krank war oder sonst was bei ihnen schiefging, schrieben sie der alten treuen Rosa eine Karte. Denn die Goldsteins waren der Meinung: »So ein Mädchen wie die Rosa gibt es nie wieder.«

Und nun las diese Perle Rosa in ihrem Dorfe in der Zeitung:

»Drei Männer tot aufgefunden. Wie wir soeben erfahren, wurden gestern von Landstraßenarbeitern in einer kleinen Tannenschonung an der Landstraße nach D. die Leichen dreier Männer aufgefunden. Der Polizeipräsident Zunk begab sich sofort mit seinem Stab an die Fundstelle. Der ihn begleitende Parteigenosse Kupke erkannte mit Sicherheit in dem einen der Toten den Juden Goldstein, der ein Schuhgeschäft in der Wilhelmstraße betrieben hat. Die beiden andern Leichen konnten gleichfalls identifiziert werden. Die Leichen weisen mehrere Schußverletzungen auf, die ihnen wahrscheinlich von fremder Hand beigebracht wurden. Die Staatsanwaltschaft ist mit der Aufklärung betraut und wird hierbei von Pg. Kupke unterstützt, welcher der Geheimen Staatspolizei angehört.«

Rosas Mann war ein kleiner Angestellter in einer Braunkohlengrube. Als er heimkam, hielt sie ihm diese Zeitungsnotiz hin, Tränen rannen ihr über das Gesicht.

Ihr Mann war Nazi und konnte sich schon denken, was diesem Goldstein da passiert war. »Wahrscheinlich ist er 'n Kommunist gewesen«, sagte er achselzuckend. »Sie verhaften jetzt alle Kommunisten, wo doch der Reichstag brannte. Das ist doch eine großartige Gelegenheit, um reinen Tisch zu machen.«

»Ich lege meine Hand für ihn ins Feuer, daß er's nicht war!« weinte Rosa. »Du hast ihn ja nicht gekannt, aber ich habe ihn ganz genau gekannt. Er war immer so anständig mit uns! Und so einen netten Mann bringen deine Nazis um! Jawohl, deine Nazis waren das! Ihr seid ja so gemein!«

Dem Mann merkte man das schlechte Gewissen an. »Schrei nicht so laut, es braucht dich niemand zu hören! Du liest doch, daß sie die Mörder nicht kennen. Und auf diesen Kupke von der Geheimen Staatspolizei kannste dich sicher verlassen. Der wird die Übeltäter finden, ich muß den Namen Kupke schon wo gehört haben, das ist sicher 'n energischer Mann. Und du wirst sehen, vielleicht haben sogar die Roten deinen Juden umgebracht. Oder vielleicht ist es sogar eine gemeine Provokation der Juden selbst. Ich würde mich da gar nicht wundern.«

Sie richtete das Essen, sie selbst aß aber nichts. »Ich kriege nichts runter. Sie haben ihn erschossen, weil er 'n Jude war. Auch du bist gegen die Juden, dabei kennste nicht einen einzigen. Aber die Schuhe, die mir der arme Herr Goldstein zu Weihnachten für dich mitgab, die haste jetzt an!«

Der Mann hatte keine Lust, sich den Appetit verderben zu lassen. Er aß erst einmal. Dann wollte er ihr seine Einstellung zu den Juden auseinandersetzen. »Siehste, ich habe ja keinen in meiner Bekanntschaft, aber ich habe auch kein Bedürfnis nach ihnen. Ich habe wirklich nichts gegen sie, aber das ist doch allerhand, daß sie alle Minister wurden und das deutsche Volk regieren wollten.«

»Aber nicht der arme Herr Goldstein!«

»Aber der Jude Brüning und der Jude Schleicher und wie sie alle heißen. Das ist natürlich eine ernsthafte Angelegenheit. Wenn die Amerikaner ihre Juden Wilsohn und Abraham Linkohn als Präsidenten dulden und die Franzosen ihren Juden Klemensohn und die Engländer ihren Juden Baldwein, so braucht sich das deutsche Volk bei sich sowas nicht gefallen zu lassen. Man muß den Juden sowas klipp und klar sagen! Wie gesagt, ich habe keine Vorurteile, man braucht sie nicht umzubringen, aber wenn du solche Tatsachen in unseren Versammlungen hörst, da kriegste doch 'ne Wut! Die Juden sollen doch bleiben, wo der Pfeffer wächst oder wo sie sonst hingehören. Deutschland uns Deutschen und Juda den Juden! Da hat der Führer ganz recht!«

»Wo liegt denn Juda?« fragte Rosas achtjährige Tochter.

»Keine Ahnung, irgendwo bei den Ägyptern, in Palästina oder jedenfalls dort in der Nähe, ich habe mich da nie drum gekümmert. Aber auf alle Fälle ist es nicht recht von den Juden gewesen, uns ihre Herrschaft aufzwingen zu wollen.«

Rosa antwortete ihm nicht. Sie mußte immer wieder an die unglückliche Frau Goldstein denken. Sie beschloß, morgen in die Stadt zu fahren. Sie war schon lange nicht mehr dort gewesen, es soll sich viel inzwischen verändert haben, wurde im Dorf geflüstert.

Hier im Dorf hatten sie ja jetzt auch statt zwei Gendarmen

sieben Gendarmen und außerdem zwei in Zivil, von der Geheimen Staatspolizei, zwei aus dem Dorf. Den jungen Lehrer verhafteten sie gleich am ersten Tag, weil er sich im Wirtshaus das Maul verbrannt hatte. »Wenn man jetzt die Todesanzeigen liest«, hatte er am Stammtisch gesagt, »dann wird jede Leiche als Opfer des Weltjudentums und der Reparationsverpflichtungen betrauert. Es stirbt kein Deutscher mehr an einer natürlichen Krankheit, nur noch an den Weisen von Zion oder an den vierzehn Jahren der sogenannten demokratischen Schmach. Und die verrückten Hinterbliebenen schließen ihre Nachrufe mit der pathetischen Aufforderung, das Andenken des teuren Dahingeschiedenen zu rächen. Solange ich zurückdenken kann«, hatte der Lehrer gelächelt, »haben wir Deutsche ja immer etwas rächen und retten müssen: das Volk, das Vaterland, die Heimat, die Welt, das Weltall, die Hölle, den Himmel...«

»Sie sind verhaftet!« sagte sein Skatbruder, der bis vor kurzem Buchhalter in der Grube gewesen und jetzt einer der beiden von der Geheimen Staatspolizei war. »Folgen Sie mir!« Und niemand erfuhr, wohin er den unvorsichtigen jungen Lehrer im Auto gebracht hatte.

Rosa war ganz in schwarz gekleidet. Der Laden in der Wilhelmstraße war geschlossen. Sie zögerte noch, das Haustor war weit offen, aber sie fürchtete sich hineinzugehen. Angst packte sie vor dem, was sie erwartete. Man wird sie in ein dunkles Zimmer führen, sicher in den Salon, der große runde Tisch wird inzwischen draußen im Flur stehen, dabei ist im Flur sowieso immer so wenig Platz gewesen...Sie wird vor der Bahre stehen, vor dem offenen Sarg. Sie sah schon jetzt die blutige Leiche in einer Wolke von Gaze liegen. Sie hatte zwar schon Tote im offenen Sarg gesehen, einen Onkel, dann auch Nachbarn im Dorf, aber noch nie einen Ermordeten. Und der Ermordete war Herr Goldstein!

Ein verheultes Mädchen öffnete ihr stumm, sie hatten also ein neues Mädchen, hoffentlich machte sie ihre Arbeit anständig... Im Flur stand der große runde Tisch aus dem Salon nicht, also lag der gute einzige unersetzliche Herr Goldstein auch nicht im Salon. Vielleicht hatten sie ihn schon auf den Friedhof gebracht. Ihre Lider schmerzten, sie schneuzte sich laut.

Im Wohnzimmer lief die Witwe auf und ab, sah nicht den

Besuch, sah nur das Unwiderrufliche, das ihr widerfahren, ihr Schmerz war grenzenlos, sie konnte es nicht fassen, sie würde es nie fassen können. Heute morgen war sie in ein düsteres Gebäude gekommen, in die Leichenhalle. Männer hantierten an Särgen herum, es wurden einige Deckel gehoben, sie sah fremde tote Gesichter, ihr Mann war nicht dabei; sie stand starr an fremden Särgen; einer fragte, ob sie eine Verwandte des Toten sei, den sie suche; er sah auf eine Liste, der Tote war bereits verbrannt, sie würde die Asche zugeschickt bekommen, es sei auf Anweisung der Geheimen Staatspolizei erfolgt; die Nächsten wurden in die Halle gerufen, die arme Frau ging; sie weinte nicht, sie schrie nicht, es war kalt, sie fror nicht, mit verglastem Blick ging sie durch die Stadt, sie sprach vor sich hin, niemand hörte sie, sie sprach mit dem Toten.

»Ich bin es, die Rosa«, weinte die gute alte Perle, sie umarmte die Witwe, die nur noch eine Erinnerung an die Frau Goldstein war, sie brauchte sich heute nicht zusammenzunehmen, sie dachte gar nicht daran in die Küche zu gehen, wo sie sich besser auskannte. Sie war gekommen, um die Witwe zu trösten, hier saß sie nun, die gute brave Rosa. Und sie redete einfach drauflos:

»Ich hab so mit meinem Mann geschimpft«, weinte sie. »Dummes Zeug, ich kenne doch die Juden besser, hab ich ihm gesagt. Und den armen Herrn Goldstein hab ich doch so gut gekannt, ich war doch fünf Jahre bei ihm in Stellung, der war doch kein Kommunist, habe ich gesagt. Der hat bestimmt nichts mit eurem Reichstagsbrand zu tun. Was war das für ein braver Mann! Nicht einmal geraucht hat er!«

So redete sie ununterbrochen, sie gab der Witwe Ratschläge, es hätte doch keinen Zweck, es wären doch noch die Kinder da, und sie wäre doch noch jung, und vielleicht könnte sie wieder ein neues Leben anfangen, und er war ein guter Herr, auch sie wird ihn ja nie vergessen können, aber so ist nun mal das Leben, man lebt und dann stirbt man, aber wer hätte das vorausgesagt, aber nun hätte man genug davon geredet, aber nun sollte sie mal den Kopf hochhalten, aber natürlich müsse sie Trauerkleidung tragen, es wäre nicht recht, wenn sie für ihren herzensguten Mann nicht schwarz tragen würde, wo er doch immer so 'n anständiger Mann gewesen war...

Rosa konnte es nicht übers Herz bringen, jetzt fortzugehen.

Sie blieb über Nacht. Sie ging in die Küche und sagte dem Mädchen, sie sei fünf Jahre hier gewesen, sie solle nur sehen, daß sie hier bleiben könne, für die Gläser habe sie aber ein anderes Wischtuch genommen, da müßten im alten Küchenschrank, unten rechts, besondere Gläsertücher liegen. Es kamen dann noch drei jüdische Damen, auch sie blieben über Nacht in der Wohnung. Aber Rosa wußte genau, daß das nichts für die arme Frau Goldstein war, diese fremden Frauen, die sie, die Rosa, noch nie gesehen hatte...

Nach und nach erfuhr sie auch, daß Frau Goldstein ihre Kinder ins Ausland schicken wollte, nach Italien in eine Schule, und später, wenn alles mit dem Geschäft erledigt wäre, würde sie ihnen nachfahren.

»Ins Ausland? So weit fort?« Vorwurfsvoll behauptete Rosa: »Das ist aber nicht recht von Ihnen!«

Es sollte alles viel schneller gehen, als Rosa sich das an diesem Abend vorstellte. Da war der Lebensmittelhändler Kühne, er war alter Parteikämpfer, er hatte eine Belohnung verdient, und als auf einmal so viele jüdische Läden zur Auswahl standen, da durfte er sich etwas Passendes für seinen Schwiegersohn Richard Lorke aussuchen. Er entschied sich für den Goldsteinschen Schuhladen, bot der Witwe einen von ihm festgesetzten Betrag. Schon am Tage nach diesem Kauf hing ein Schild am Schaufenster: *Rein arisches Unternehmen.*

Goldsteins Asche kam zufällig am selben Tag als Einschreibpäckchen ins Haus. Das Mädchen gab dem Briefträger ein Trinkgeld.

Uniformen, Uniformen, Uniformen

Berlin.

Es nieselte. Menschen kletterten verdrießlich auf den Autobus. An den Straßenecken boten Uniformierte Hakenkreuzabzeichen, Zeitungen, Bilder feil. Der Himmel verschwand in manchen Straßen hinter den Hakenkreuzfahnen, die überall von den Dächern, aus den Fenstern hingen. Vierhundert braune Hilfspolizisten marschierten drohend über einen Platz. Gewehre, Revolver- und Patronentaschen, Stahlhelme mit

Sturmriemen. Achthundert Nagelstiefel knallten auf den nassen Pflastersteinen. Hände flogen unter Regenschirmen hoch zum Gruß. Der Chauffeur zog die Handbremse an. Der Autobus wartete. Alle Autobusse warteten.

Lärm. Hupen. Lautsprecher. Musik. Militärmärsche. Extraausgabe! Extraausgabe! Die Hochbahn ratterte heran, übertönte polternd, pfeifend, donnernd den Lärm der Riesenstadt, verschwand irgendwo hoch oben in einem plötzlichen Bogen, jetzt kam der Straßenlärm wieder hoch. Extrablatt! Schwarzweißrote Fahnen hingen tief von den massigen Warenhäusern. Flugzeuge flogen unter den grauen Wolken, warfen Zettel ab. Auf den Tragflächen Hakenkreuze. Überall Hakenkreuze. Die Verkehrspolizisten trugen Armbinden mit Hakenkreuz.

Als ich in Pankow ankam, ging ich erst mehrere Male am Haus vorüber. Es stand in einer langen Reihe kleinerer Siedlungshäuser. Nichts regte sich. Die Fenster waren verschlossen, von innen verhängt. Genau wie gestern, wie vorgestern, nichts hatte sich verändert. Jeden Tag war ich hier gewesen, hatte geläutet, niemand machte mir auf. Jetzt läutete ich wieder, wartete.

Ein Straßenkehrer kam vorüber, sah mich, blieb stehen.

»Sie haben wohl Staubsauger zu verkaufen?« fragte er.

»Es ist niemand zu Hause«, sagte ich ausweichend.

»Nein, es ist niemand da«, sagte er.

»Sicher sind sie in Ferien«, sagte ich.

»Ich habe Sie schon gestern hier gesehen«, sagte er. »Wie geht denn das Geschäft?« Er begann den Bürgersteig zu kehren.

»Ich verkaufe keine Staubsauger.«

»Radioapparate?«

»Nein.«

Er sah mich forschend an. »Sie brauchen nicht wiederzukommen.«

»Was wissen Sie?« fragte ich unsicher.

»Nichts. Ich bin hier Straßenkehrer«, sagte er, ohne seine Arbeit zu unterbrechen. »Am 28. Februar war noch jemand drin.«

»Am 28. Februar?«

»Nach dem Reichstagsbrand«, sagte er leise.

»Danke«, sagte ich leise. »Ich verstehe.«

»Ich habe nichts gesagt«, brummte er. »Erst brannte der

Reichstag, dann wurden zwanzigtausend Berliner verhaftet. Wenn die Bude nicht gebrannt hätte, dann hätten sie keinen Grund gehabt, so viele Leute zu verhaften. Und die säßen jetzt drin im Haus. Guten Tag.«

Ich ging fort, ohne mich umzuschauen.

Weder Rascher noch mir war es gelungen, mit Berliner Bekannten zusammenzukommen. Wir hatten sechs Adressen. Wo wir auch klingelten, überall standen wir vor verschlossenen Wohnungstüren. Die Portiers gaben ausweichende Auskünfte. »Verreist«, oder »Weiß nicht« oder »Lassen Sie Ihre Adresse da« oder »Schreiben Sie doch 'ne Karte«.

Wenn wir eine Telefonnummer verlangten, antwortete niemand. Die Störungsstelle erklärte regelmäßig: »Teilnehmer meldet sich nicht.«

Und wenn wir baten: »Fräulein, versuchen Sie es doch bitte noch einmal«, so hörten wir immer wieder die gleiche gleichgültige Stimme: »Teilnehmer meldet sich nicht.«

Ich mußte Schluß machen! Ich mußte mich endlich aufraffen! Ich durfte nicht weiter in diesem Zustand völliger Ohnmacht in Berlin herumlaufen! Ich mußte mir klar darüber werden, daß jetzt nur eins zählte ... Ja, was zählte nun? Ich wußte es nicht.

Was sollte ich tun? Ich wußte es einfach nicht. Ich hatte keine Ahnung, was werden sollte.

Ich wohnte jede Nacht in einem anderen Hotel, schlief kaum, traf mich jeden Tag mit Rascher in einem Café auf dem Potsdamer Platz. Wenn der Kellner vorüberging, sprachen wir laut vom Wetter. Wenn er sich um andere Tische kümmerte, steckten wir die Köpfe zusammen, flüsterten, verstanden einander selbst nicht, so leise flüsterten wir. Bildeten wir uns ein, wir hätten etwas zu beraten? Wir hatten nichts zu beraten. Wir hingen beide in der Luft und wußten das ganz genau. Aber einer wollte es dem anderen nicht eingestehen.

Ich mußte endlich zu einer Entscheidung kommen! Eine Entscheidung irgendeine! Aber was für eine Entscheidung? Ich war voller Erbitterung gegen mich selbst, weil ich es nicht wußte. Ich ging, und merkte es genau, mit weiten nervösen Schritten durch die Straßen. Ich sah mich um, viel zu oft. Ich merkte selbst, daß ich unsicher war. Ich mußte mich zusammennehmen! Ich blieb stehen. Ein Schaufenster. Eine Preistafel. Gehacktes Rindfleisch RM 1,30. Speck RM 1,76. Schweinefett RM 0,94. Ich lief weiter. Ich dachte verwirrt: Die Augen müßte man schließen, dann wieder aufmachen und feststellen, daß alles nur ein Traum gewesen ist. Es war kein Traum. Ich befand mich in der Prenzlauer Allee in Berlin.

Menschen stießen mich, pufften mich, ich kam nur langsam vorwärts. Ich ging verärgert auf die andere Seite der breiten Straße. Aber dort liefen ebensoviel Menschen. Überall Hakenkreuze. Überall braune und schwarze Uniformen. Armbinden. Zeitungsverkäufer. Ein Polizeiwagen flitzte vorüber. Schutzpolizei. Tschakos. Umgehängte Gewehre. Hakenkreuzfahnen. Ein zweiter Polizeiwagen. Noch einer. Noch einer. Die Passanten blieben stehen. Noch einer. Starrten schweigend den vollbesetzten Wagen nach. Noch einer. Schluß. Das Gedränge ging wieder los. Es war Zeit, ans Essen zu denken. Ich hatte keinen Hunger. Ich kaufte eine Zeitung. Las auf der ersten Seite: »Der Oberstaatsanwalt in Magdeburg hat verfügt, daß Matthes, der den linken Bürgermeister Kasten in Staßfurt erschossen hat, aus der Haft entlassen wird. Gleichzeitig wird die Aufhebung des richterlichen Haftbefehls veranlaßt.« Ich las die Überschriften: »Gewerkschaftshaus gestürmt. Feuergefecht. Fünf Verletzte.« – »Große Razzia. 389 Festnahmen. Beschlagnahme hochverräterischen Materials.« – »Wie die Roten hetzen.« – »Große Aktion gegen jüdische Hetze geplant.« – »Sensationelle Haussuchung in Dresden.« – »Siebzigjähriger Justizrat erschießt sich in Lichterfelde.«

Ich stand vor einem Kino, nahm ein Billet an der Kasse, betrat den Vorführraum. Setzte mich in die erste Reihe, auf den Sitz am Notausgang, über dem ein rotes Lämpchen brannte. Neben mir saß jemand. Ich lehnte mich zurück, es war dunkel, das war gut, ich genoß die Dunkelheit. Ich schaute auf die Leinwand. Es war mir völlig gleichgültig, was gespielt wurde. Ich war froh, weil ich jetzt keine Uniformen, keine Hakenkreuze sah – und niemand sah mich. Und ich brauchte mich nicht umzudrehen. Doch, es war vielleicht gut, sich einmal umzudrehen. Ich drehte mich um. Im Kino saßen zehn Personen. Es war Mittagszeit. Der Mann neben mir schien zu schlafen. Ich sah genauer hin. Ja, er schlief.

Langsam wurde ich ruhiger. Meine Nerven waren überspannt. Das war es, was mich so erledigte. Ich merkte, daß mein Mund offen war. Ich hustete verlegen... Natürlich war jetzt alles vorbei. Es gab einmal eine deutsche Republik. Und jetzt war nichts mehr da. Die Republik war fertig, erledigt. Die Nazis hatten keinen Widerstand gefunden. Der Terror wütete...

Noch zwei Tage vor dem 30. Januar saß ich in einer freien Volksversammlung. Das Thema lautete: »Unsere Arbeit im Stadtrat«. Es sprach achtundvierzig Stunden vor dem Zusammenbruch der Weimarer Republik der linke Stadtverordnete Alfred Richter zu den Versammelten:

»In meiner Eigenschaft als Vorsitzender der Friedhofskommission habe ich das ganze Städtische Begräbniswesen unter mir. Ihr habt, Genossen, keine Ahnung, was da alles durch meine Hände geht«, behauptete er stolz. »Es kann keiner begraben werden, der nicht bei mir als Toter gemeldet ist. Jeden Totenschein sehe ich mir an. Und auf jeden Totenschein drücke ich meinen Stempel *genehmigt*, dann erst nimmt das Schicksal seinen Lauf. Die Toten einer ganzen Stadt – da gibt es schon was zu tun!«

Da war ich nun im Kino, ich hatte gehofft, im Dunkeln würde mir vielleicht eine Idee kommen, was ich tun sollte. Aber alles, was mir durch den Kopf ging, war diese letzte republikanische Versammlung am 28. Januar.

»Vor uns war eine bürgerliche Mehrheit am Ruder«, hatte Richter am Rednerpult spöttisch gelächelt. »Sie hinterließ eine Mißwirtschaft, die nicht zu beschreiben ist. Sie trieb Korruption! Sie trieb Versorgungspolitik! Ich will nur eine erwähnen: das Grabsteinbüro. Dieses Büro war einem gewissen Haase unterstellt. Und was machte dieser Haase? Er überschritt alle seine Kompetenzen! Er umging alle Entscheidungen des Stadtparlamentes! Als ich dahinterkam, berief ich den erweiterten Begräbnisausschuß zu einer außerordentlichen Vollsitzung ein. Ich sagte: ›Meine Herren, der Haase, *Ihr* Herr Haase, hat seine ganze Verwandtschaft im Grabsteinbüro untergebracht, indem er vorher alle alten Angestellten als überzählige Kräfte entließ! Ich verlange, meine Herren, die Wiedereinsetzung der früheren Angestellten und die Entlassung der gesamten Familie Haase‹, das erklärte ich. Was taten da die bürgerlichen Kollegen? Sie protestierten! Daraufhin fragte ich: ›Also decken Sie, meine Herren, die Versorgungspolitik der Familie Haase?‹ fragte ich. Darauf verließen die Feiglinge die Sitzung!«

Nein, nein, es war nichts zu machen! Ich nahm mich zusammen, versuchte die Handlung des Filmes zu erfassen. Ich sah eine Autofahrt durch eine schlafende Stadt, am Steuer ein Besoffener, ein Kirchturm, die Uhr, drei Uhr, der Mond, eine Straßenkreuzung, der Besoffene zieht die Bremse an, eine vermummte Gestalt steigt ins Auto, der Besoffene ist gar nicht besoffen, der Mann neben mir schnarchte...

Man merkte dem Redner die Begeisterung an. Mit triumphierender Stimme berichtete er von seinen Plänen. Er wollte die alte Friedhofsmauer niederreißen lassen und dafür eine neue errichten. Eine helle Mauer, die jedem Mitbürger ein friedliches, ja ein einladendes Bild vermitteln werde. Weiße Grabkreuze werden über diese schöne Mauer ragen. Und die Bänke auf dem Friedhof werde er grün streichen lassen. Zwischen die Gräber wollte er bunte Büsche setzen. Auch mit dem jetzigen Gras sei er ganz und gar nicht zufrieden. Er denke an hüfthohes Gras und an rote Hocker für einsame Friedhofsbesucher. Und dies alles müßten die Reichen zahlen! Er wisse natürlich, daß die Reichen ihr Geld nicht umsonst herzugeben pflegen. Deshalb, um sie zu animieren – er lächelte bauernschlau – plane er eine schöne Baumanlage, ganz im Hintergrund des Friedhofes. Und dort also, im Verborgenen, abseits von den gewöhnlichen Gräbern, würde die Stadt an die Reichen Familienkapellen verpachten, teure Sarghütten für tote Kapitalisten. »Ich sehe, daß einige der Anwesenden meine schlauen Absichten verstanden haben«, sagte der Redner mit zufrieden glänzendem Gesicht. »Die besitzende Klasse muß, entsprechend ihren Mitteln, zu außerordentlichen Leistungen herangezogen werden. Man muß«, rief er aus, »man muß Politik mit richtiger Diplomatie machen! Und was ist richtige Diplomatie? Nichts einfacher als das! Wenn man Fische fangen will, hängt man vorher Regenwürmer an den Angelhaken. Sonst beißen sie nicht an!« Er setzte sich. Nach der Pause ergriff er nochmals das Wort. Er wolle es kurz machen, tröstete er die Zuhörer. »Der kommende 30. Januar 1933 wird für unsere Stadt ein historischer Tag werden. Endlich wird unsere Stadt einen Leichentransport-Kraftwagen haben. Der Wagen bietet, außer für den Fahrer, Platz für sechs Leichenträger. Mit dem Verschwinden des mit Pferden bespannten Leichenwagens geht der Wunsch vieler unserer Mitbürger nach würdiger und zeitgemäßer Leichenbeförderung in Erfüllung.«

Ganz deutlich, zum Greifen nahe, sah ich vor mir den Vorstandstisch mit dem Rednerpult, sah die Männer, die sich sehen ließen und selbst niemanden sahen, diese Männer, die mit immer wiederkehrenden Worten und weiten Gebärden den Nebenmann auf sich aufmerksam machen wollten, aber der Nebenmann war mit sich selbst beschäftigt, jeder nahm sich selbst ungeheuer wichtig, zwei Tage vor dem 30. Januar...

Das Licht ging an, der Film war zu Ende. Der Mann neben mir fuhr hoch. Er blickte hastig nach rechts, nach links, rückte von mir ab, sah starr nach vorn. Auch ich sah starr geradeaus, drückte den Hut auf die Seite, er brauchte mich nicht zu sehen. Unmerklich drehte ich dann den Kopf. Wie seltsam benahm sich der Mann neben mir! Er drückte sich den Hut auf die Seite! Es war mir unmöglich, sein Gesicht zu sehen! Plötzlich aber sah ich seine Augen. Sie blickten unter dem Hutrand forschend in mein Gesicht.

Bis zum Notausgang war es nur ein Schritt. Vor dem Kino war der Weg frei, Ich glitt in eine Haustür. Wartete. Das Herz klopfte laut. Niemand folgte mir. Wer sollte mir auch hier in Berlin folgen? War ich denn verrückt geworden! Ich lachte laut und fremd auf. Ich verließ mein Versteck. Ich pfiff etwas. Ich hielt mitten im Pfeifen inne, sah nach der Uhr. Ich mußte jetzt schnell machen. Ich eilte zur nächsten Untergrundbahnstation.

Ich sprang in einen Waggon. Der Zug fuhr los. Ich war außer Atem. Zum Teufel, so durfte es nicht weitergehen. Wenn ich mich nicht zusammenriß, ging ich zugrunde, war ich verloren!... Ich werde ein neues Leben beginnen, nahm ich mir vor. Ich mußte versuchen, mich zu retten. Vielleicht konnte ich mich nicht retten, aber wenn ich gar nichts unternahm, würde ich bestimmt zugrunde gehen. Ich wollte heute mit Rascher ganz ernsthaft sprechen. Wir mußten etwas unternehmen! Ich war vierundzwanzig Jahre alt, es sollte den Nazis nicht gelingen, mein Leben zu zerstören. Sie zerstörten die Republik – doch auf mein eigenes Leben hatte ich noch Einfluß, zum Donnerwetter! Wenn dieser Bursche Huster mich in seine Hände bekommen wollte, so mußte er es anders anfangen! Er sollte mich nicht kriegen!

Der Zug sauste. Ich hing an einem Haltegriff. Neben mir hing ein brauner Arm, eine Armbinde mit Hakenkreuz, eine braune Uniform...

Ich mußte wieder an Huster denken. An Rache dachte ich, an einfache, kalte Rache. Ich wollte Huster erledigen. Ich wollte ihn vernichten, schlagen, mit seinen eigenen Waffen. Er war schuld, daß ich jetzt hier so litt. Ich malte mir aus, wie er in meine Hände geriet, wie ich ihn überrumpelte, wie ich ihm plötzlich und ohne Vorbereitung erklärte: »Mein Lieber, Ihr Spiel ist aus, soeben ist das Dritte Reich zerplatzt, Ihr Führer sitzt bereits hinter Schloß und Riegel, rufen Sie noch einmal Heitla, und ich schlage Ihnen sämtliche Zähne ein!«

Huster würde einen schönen Schrecken bekommen! Er würde natürlich irgendetwas erklären, eine gewundene Entschuldigung anbringen, er würde sagen, daß er nie etwas gegen mich persönlich gehabt hätte. »Ach was!« würde ich ihm erwidern, »reden Sie nicht so gewunden um den Brei herum! Ich werde Ihnen nichts glauben, denn ich weiß, daß Sie ein verdammter Schweinehund sind! Nichts wird Ihnen mehr nützen! Sie sollten mich verhaften lassen? Jetzt lasse ich Sie verhaften! Vor der Tür steht Polizei. Sie können gehn. Die Herren warten.« Ich genoß diese Szene. Ich lachte still in mich hinein. Ich stellte mir Husters Gesicht vor. Und die Nachtigall. Sie würde Huster ansehen, dann ans Telefon stürzen. Sie würde nicht »Heitla! Hier Nachtigall! Wer dort?« zwitschern, sondern mit blutleerem Gesicht »Ist es authentisch?« fragen. Und daneben das Gesicht der zitronengelben Patzig. Und die Molls. Und Fräulein Erna würde seufzen: »Soll ich auch Herrn Schön rufen?« Und Frau Moll würde ungebeten das Klavier aufschließen. Nein, das wäre nicht nötig, würde ich abwinken...

Der Zug raste. Wenn er einen Bogen nahm, legten sich die Menschen in die Kurve. Wie Seiltänzer arbeiteten sie mit den Schultern, mit den Hüften, um das Gleichgewicht nicht zu verlieren. Stumm ahmten sie die Schlingungen des Zuges nach. Sie sprachen nicht miteinander. Wenn sie sich stießen, entschuldigten sie sich nicht, sondern sahen mißtrauisch, schräg, trügerisch, ausdruckslos, traurig irgendwohin. Sie sahen nirgendwohin. Sie hüteten sich, die Aufmerksamkeit auf sich zu ziehen. Nur der Uniformierte neben mir sah allen herausfordernd ins Gesicht, auf die Nase, auf den Rockkragen. Er war der einzige, an den niemand anstieß. Er grinste. Er war der einzige, der grinste.

Ich war ein armer Tropf. Lächerliche Komödie, die ich mir da vorspielte! Vorläufig konnte Huster unbesorgt sein. Sich nur keine Illusionen machen! Ich ballte die Fäuste, die Nägel gruben sich ins Fleisch. Ich machte mir bittere Vorwürfe, daß ich immer wieder aus der Wirklichkeit herausflüchtete. Ich biß die Zähne zusammen, hielt mich fest an der Strippe, damit ich nicht fiel. Ganz allein war ich. Vorhin hatte ich nur einen Uniformierten im Waggon gesehen, jetzt sah ich zehn, noch mehr. Sie saßen, sie standen, sie hatten mich umstellt, sie hatten alle Zivilisten umstellt. Sie fixierten uns scharf. Sie sahen trotz ihrer neuen Uniformen wie Verbrecher aus, die sich Polizeikleidung verschafft hatten. Das Licht an der Decke zitterte. Die Waggonwände zitterten. Ich befand mich in einer Stadt, die von feindlichen Truppen besetzt war. Arrogante, hohnvolle, forschende Blicke streiften mich. Der Nazi neben mir puffte mich. Er sagte nichts. Ich sagte nichts. Er sah mich prüfend an. Ich sah weg. Ich zog die Zeitung aus der Tasche, tat, als vertiefte ich mich in einen interessanten Artikel. Er war auch wirklich interessant. »Jeder Deutsche kann einen Juden verhaften«, las ich da. »Sie sind verhaftet, kommen Sie mit!« brauchte der Deutsche nur zu sagen und der Jude hatte zu folgen...

Auf jeder Station flogen die Türen auf. Schweigende Leute stiegen ein. Andere sprangen befreit heraus. Durch die Scheiben sah ich sie auf Treppen zuhasten. Treppen die nach oben führten. Treppen, die nach unten führten. Neidisch sah ich durch die Scheiben auf diese Treppen. Ich war noch nicht am Ziel. Der Zug setzte sich wieder in Bewegung. Kam ins Sausen. Raste...

Auf dem Potsdamer Platz. In diesem Café wartete Rascher auf mich. Ich ging durch die Drehtür. Sah mich um. Er saß oben. Langsam schlenderte ich auf die Treppe zu. Quer durch den Saal. Alle Tische waren besetzt. Eine Kapelle spielte. Militärmusik.

Er saß vor einem Glas Bier, der Aschenbecher war voll von Zigarettenstummeln. Als ich vor ihm stand, steckte er sich eine neue Zigarette an. An der Lippe klebte ein Stück Goldpapier.

»Und?« fragte er.

«Nichts.«

»Ich habe auch niemanden angetroffen. Setz dich und trink was.«

Vor Rascher lagen schon drei Bieruntersetzer.

»Du trinkst wieder zu viel«, sagte ich.

»Wenn ich trinke, wird's mir wohler.«

Es hatte begonnen,als wir gewahr wurden, daß unser Aufenthalt in Berlin nicht von kurzer Dauer sein würde. Er behauptete, Alkohol beruhige seine Nerven.

»Ober!«

Der Kellner kam. Er kannte mich schon.

»Guten Tag«, sagte er. »Wie immer?« fragte er dann.

»Wie immer«, sagte ich.

Als er fort war, flüsterte ich Rascher zu: »Wir müssen das Lokal wechseln. Der Kellner kennt uns schon zu gut. Vielleicht arbeitet er für die Polizei.«

»Mir ist jetzt alles egal«, sagte Rascher.

Er blickte wehmütig hinab in den Saal. In seinem Glas war noch ein wenig Bier, er goß es hinunter.

»Ober, noch eins!«

Es fiel mir auf, daß hier oben auf der Estrade niemand eine Uniform trug.

Der Kellner brachte ein neues Glas.

»Ein scheußliches Wetter«, sagte ich zu Rascher.

Der schwieg.

Der Kellner hüstelte.

Rascher leerte sein fünftes Glas in einem Zug. »Ich halte es nicht mehr aus. Ich verlasse noch heute Berlin. Ich fahre zurück.« Er sah ganz verzweifelt aus, nahm sich auch gar nicht mehr zusammen, sprach viel zu laut. »Fährst du mit? Ich kann nicht länger hierbleiben!«

Der Kellner kam wieder, wischte über die Tischplatte.

»Nein, das Wetter will mir gar nicht gefallen«, sagte ich zu Rascher.

Rascher schwieg.

Der Kellner hob mein Glas hoch, wischte langsam über einige verschüttete Tropfen, machte dabei ein aufreizend indifferentes Kellnergesicht. »Rechts von Ihnen sitzen zwei Geheime«, sagte er leise. »Politische Polizei. Falls Sie gehen müssen, zahlen Sie jetzt.«

Er stellte die Gläser wieder vor uns hin.

»Zahlen!« sagte ich.

Die zwei Männer lasen eifrig Zeitungen, der Nacken des einen war kahlrasiert, seine Ohren leuchteten rot. Als wir an ihrem Tisch vorbeigingen, blickten sie kurz auf, dann vertieften sie sich wieder in ihre Blätter.

Wir gingen schweigend durch die Stresemannstraße. Rascher steckte sich eine Zigarette nach der anderen an. Er machte einige Züge, dann warf er sie wieder weg, griff wieder nach der Schachtel.

Je unruhiger er wurde, desto ruhiger wurde ich. »Ich fahre auf keinen Fall wieder zurück«, sagte ich.

Ein blutrotes Plakat zog uns an. Es war ein frisches Plakat, der Leim war noch naß. Viele Menschen strömten herbei. Das Plakat prangte in doppelter Manneshöhe auf einer großen Holztafel.

Wir lasen:

»Eine unvorstellbare Greuelhetze ist wieder einmal, wie 1914, gegen Euch,deutsche Frauen und Männer, vom Ausland entfesselt worden! Es wird von der jüdischen Weltpresse behauptet, wir Deutsche behandelten unsere Juden schlecht! Wir rufen Euch zur Abwehr gegen diese gewissenlosen Lügner und Hetzer auf! Am 1. April 1933 beginnt der offizielle Boykott gegen die Juden! Wir wissen, daß das deutsche Volk einen feinen Sinn für Gerechtigkeit und Gesetzlichkeit hat, daß es im Grunde seines Wesens geringe Sympathien für Gewaltmaßnahmen empfindet! Aber es steht unser internationales Ansehen auf dem Spiel! Deshalb wird hiermit bekanntgegeben:

Sonnabend, den 1. April haben sich alle nationalsozialistischen Betriebsobleute, die in jüdischen Geschäften arbeiten, Schlag 10 Uhr vormittags mit den zuständigen Geschäftsleitungen ins Benehmen zu setzen, um eine *zweimonatige* Vorausbezahlung aller Löhne und Gehälter für nichtjüdische Arbeiter und Angestellte zu erwirken.

Die Juden dürfen keinerlei Entlassung beim christlichen Personal vornehmen. Dagegen sind die Angehörigen der jüdischen Rasse *fristlos zu entlassen,* wobei auch die angenommene Konfession keine Rolle spielt.

Alle Forderungen der nationalsozialistischen Betriebsobleute müssen von den jüdischen Geschäftsleitungen durchgeführt werden. Gegen Juden, die sich den Forderungen entgegenstellen, werden *erforderliche Maßnahmen* getroffen werden. Weitere Anordnungen ergehen noch.

Der Boykottag beginnt schlagartig und spontan Punkt zehn Uhr!«

Wir wandten uns ab, setzten unseren Weg fort.

Rascher vergaß ganz, sich eine neue Zigarette anzustecken.

Plötzlich blieb er stehen, hielt mich am Arm fest.

»Ich werde nicht mehr zurückfahren«, sagte er. »Ich will versuchen, nach Prag zu kommen. Fährst du mit?«

Siebentes Buch
Ein langer schrecklicher Tag

Der vielversprechende Vorabend

Es war kein Zweifel mehr möglich, er war erledigt. Willy Linke hatte ihn reingelegt, aber richtig diesmal. Noch vor einem Jahr, noch vor vier Monaten hätte er sich gewehrt, wäre er sicher noch der Stärkere von beiden gewesen. Aber jetzt war es aussichtslos. Jetzt war Linke der Stärkere, er trug die Uniform, er war reiner Arier, dieser Lump.

Grünfeld hatte sich erst über die eingeschüchterten Leutchen auf der Straße lustig gemacht. Er sah, daß sie nicht verstanden, was vor sich ging – er verstand. Er sah, daß sie verblüfft waren – er war nicht verblüfft, er hatte es ja kommen sehen. Er sah, daß sie die Hand zum noch ungewohnten Gruß erhoben, weil es befohlen wurde, weil sie ja alles taten, was ihnen befohlen wurde – er feixte. Sie waren gewohnt zu gehorchen, sie hatten ihr ganzes Leben lang nur das getan, in der Schule, vor dem Kriege, im Kriege, nach dem Kriege, in der für sie schlechten alten Zeit und in der für sie schlechten neuen Zeit, es waren ja brave dumme Leute. Er aber ließ sich nicht befehlen, er war ein freier Mann, er war nicht einzuschüchtern – so meinte er wenigstens.

Aber er lernte schneller um, als er es vermutet hätte. Plötzlich wurde er gewahr, daß auch er sich schon ans Flüstern gewöhnt hatte. Selbst beim Telefonieren war er vorsichtig geworden, als ihm von seinem Teilhaber hinterlistig warnend gesagt wurde, daß jetzt Telefongespräche überwacht und Briefe geöffnet würden. Dann hörte er von Verhaftungen, von der Ermordung des Goldstein, von den Untaten in anderen Städten, in Berlin, in ganz Deutschland. Linke ersparte ihm kein Detail, sagte schlau blinzelnd, daß er es nicht für ausgeschlossen halte, daß man ihn *so oder so* von seinem jüdischen treuen ehrlichen unschuldigen Teilhaber befreien würde...

So kam es, daß Grünfeld zusammenzuckte, daß er sich nicht umdrehte und eilig weiterlief, wenn ihn jemand auf der Straße beim Namen rief. Er vermutete wirklich, daß er verfolgt wurde – und daß Linke dahintersteckte!

Und nun hatte Linke zum letzten Schlag ausgeholt. Er hatte sich den Tag nicht schlecht gewählt, mußte Grünfeld bewundernd zugeben. Morgen war der erste April. Grünfeld mußte zugeben, daß er sich an Linkes Stelle auch keinen besseren Tag hätte wählen können.

Dabei war die Gaunerei von beiden ausgeheckt worden, beide hatten das Geld eingesteckt, beide hatten sich schmunzelnd die Hände gerieben, hatten einander auf die Schultern geklopft, gemeinsam eine Flasche Wein geleert, gemeinsam sich über den saublöden Steuerinspektor halbtot gelacht. Aber das lag ja alles schon so lange zurück. Damals war Willy Linke noch nicht Mitglied bei den Nazis gewesen. Damals war das Verhältnis der beiden zueinander noch nicht offen unaufrichtig gewesen.

Jetzt stand sein Sozius vor ihm, der dicke Bauch war hineingezwängt in eine straffsitzende braune Uniformjacke. Nur noch die schwarze Hose seines Straßenanzuges aus englischem Stoff erinnerte an den eigentlichen Stand des Herrn Linke.

»Entweder du verläßt die Firma freiwillig«, legte Herr Linke seinem jüdischen Teilhaber nahe, »oder ich zeige dich wegen der Steuerschiebungen an, die du gemacht hast.«

»Mit dir gemeinsam«, lächelte Grünfeld sauer.

»Nein, ohne mein Wissen«, lächelte Linke zurück.

»Du hast die Steuererklärungen mit unterschrieben«, warnte ihn Grünfeld.

»Und du hast sie ausgefüllt. Ich unterschrieb als zweiter, hinter dir. Außerdem spielt das alles keine Rolle«, fügte Linke hinzu. »Ich bin Arier und du bist Jude. Mir glaubt man und dich hängt man.«

Gegen diese Logik half Grünfelds Toben nicht.

»Du willst mich also rausschmeißen?«

»Ich lade dich nur freundlichst ein, die Firma zu verlassen.«

»Wieviel willst du als Abfindung zahlen?«

»Keinen Pfennig. Du hast in den vielen Jahren genug verdient.«

»Und wenn ich mich weigere?«

»Lies diesen Brief und du wirst nachgeben«, versicherte

Linke. Grünfeld las den Brief. Langsam faltete er ihn dann wieder zusammen, das Lächeln in seinem Gesicht wurde grau und verschwand ganz.

»Schämst du dich gar nicht?« fragte er neugierig.

Linke lachte. »Wenn ich nur von Steuerschiebungen schreibe, kommst du vielleicht zu billig davon. Aber wenn ich behaupte, daß du ein gefährlicher jüdischer Bolschewist bist und daß du immer behauptest, das Mittelalter sei in Deutschland noch immer nicht zu Ende und die meisten Deutschen aus deiner Bekanntschaft seien Barbaren, dann kostet mich das nur Tinte, aber dich Blut. Jüdische Greuelmärchen werden schwer bestraft, mein Lieber!«

»Lump!«

»Die Kasse habe ich schon an mich genommen«, informierte ihn Linke und verließ das Büro.

Grünfeld überzeugte sich – der Kassenschrank war leer. Auch die Geschäftsbücher waren fort. Grünfeld riß das Fenster auf, schmiß es wieder zu, nahm die Briefwaage, warf sie in die Ecke, hob sie wieder auf.

Das Telefon läutete. Es war Linke. »Ich telefoniere vom Café nebenan. Wenn du anständig bist und freiwillig gehst, stelle ich dich als Buchhalter an. Also bis morgen. Morgen ist Boykottag gegen dich«, säuselte er und hängte wieder ab.

Grünfeld versuchte vergebens, eine Zigarre in Brand zu stekken... Die Streichhölzer taugen nichts. Er wird den Linke unschädlich machen, er wird ihn umbringen, er hat aus diesem Hochstapler einen ehrlichen Kaufmann gemacht und jetzt erntet er diese Undankbarkeit! Er oder ich! Lieber er! Er wird ihn auslöschen, pfff, wie ein Streichholz!...

Er ging auf die Bank, überwies sein ganzes Bankguthaben auf das Konto seiner Frau. Er würde morgen zu ihr gehen, morgen war Schabbes, er würde polnischen Karpfen essen und eine gute heimische Nudelsuppe. Er würde sich über ihre Tranigkeit ärgern und ihr alles erklären. Nein, nichts würde er ihr sagen, er würde keinen Abschied von ihr nehmen, er würde sie im Glauben lassen, daß er in acht Tagen wieder käme. Er würde nie wiederkommen, er würde sie nicht mehr zu sehen brauchen und sie ihn auch nicht. Eigentlich ganz schön, das. Es war wirklich aus, er war entschlossen, einen Schlußstrich zu ziehen, es ekelte ihn alles an, er schüttelte sich.

Seine Mutter war tot, seine Mutter war der einzige Mensch auf der Welt gewesen, an dem er gehangen hatte. Wenn seine Mutter gelebt hätte, würde er diesen Schritt nicht wagen, nie hätte er den Mut gefunden, ihr einen Abschiedsbrief zu schreiben, nie hätte er es gewagt, sie allein zurückzulassen, er war ja ihr einziger Sohn gewesen, ihr Halt, ihr einzige Stütze. Aber sie lebte nicht mehr. Er brauchte auf niemanden Rücksicht zu nehmen. Es war alles leicht. Was ihm zu tun übrig blieb, erschien ihm wirklich leichter, unwahrscheinlich leichter als das, was er alles schon getan hatte in seinem Leben bisher. Er begab sich in seine Wohnung, nahm ein Bad, legte sich schlafen...

Hermann war seit seiner Haftentlassung nicht mehr auf die Straße gekommen. Er wollte nicht. Er sagte nicht, warum er nicht wollte. Er hockte den ganzen Tag in der Wohnung, redete nicht, schien unablässig über etwas nachzugrübeln, aber niemand erfuhr, worüber. Niemand erfuhr, wer ihm die Wunden im Gesicht, auf dem Hinterkopf, auf den Händen beigebracht hatte. Er sprach nicht.

Mit angstvollen Fragen war er bei seiner Rückkehr von den Eltern, von Chaskel und Dwore Weiß überschüttet worden: Was ihm denn zugestoßen sei? Und ob denn die Nazis, nicht gedacht soll ihrer werden, ihn gezwungen hätten, in ihrem Gefängnis wie ein einfacher Mörder Tüten zu kleben, o Schande! Aber seine ganze Antwort war gewesen: »Laßt mich, ich weiß nicht.« Und bei diesem »Laßt mich, ich weiß nicht« war es geblieben. Er erzählte weder, daß er an seinem Unglückstage Arbeit gefunden und gleich auch verloren hatte, noch erzählte er, in welcher Hölle er gewesen war, in einer Hölle, in der keine Tüten geklebt wurden. Er ließ sich auch sonst in kein Gespräch verwickeln, verschüchtert flüchtete er in seine Kammer, saß allein teilnahmslos stumpf in einer Ecke, ohne Beschäftigung, wartete auf die Zeitung, die eine Botenfrau gegen Abend in die Wohnung brachte.

Wenn er die Zeitung in der Hand hatte, ging eine erschrekkende Verwandlung mit ihm vor, obwohl es eine Verwandlung zum Guten war, blieb dieser jähe Wechsel erschreckend. Sein Gesicht verriet plötzlich wieder Interesse für etwas, die Augen flogen angespannt über die Druckzeilen, seine Wangen bekamen wieder etwas Farbe. Nur seine Hände versteckte er weiter.

Er war nie ein großer Leser gewesen. Die alten Fischmanns sahen verwundert auf ihren Hermann, konnten sich das alles nicht erklären. Doch fragten sie ihn nicht – sie hatten sich schon langsam daran gewöhnt, daß sie von ihm jetzt keine oder nur verwirrte Antworten erhielten.

Vor einigen Wochen war die Zeitung noch eine demokratische Zeitung gewesen, jetzt war es ein Naziblatt geworden, die Fischmanns lasen es aber noch, weil das Abonnement bis zum 30. Juni lief. Früher hatte sich Hermann höchstens nur für die Rubriken *Sport vom Tage, Wettervoraussage, Veranstaltungen, Bälle und sonstige Ereignisse der kommenden Woche,* für den Roman und das Kreuzworträtsel interessiert. Jetzt aber stürzte er sich auf die erste Seite, die sich mit der Reichspolitik befaßte! Dann auf die zweite Seite, die den lokalen Ereignissen gewidmet war! Hierauf ließ er das Blatt erschöpft sinken. So geschah es regelmäßig jeden Abend.

Aber am 31. März überraschte Jossel Fischmann seinen Sohn bei der Lektüre einer neuhebräischen Sprachlehre! Hermann ließ sich nicht stören, blickte nicht auf. Jetzt am Vorabend des ersten April, unter dem Druck der drohenden Ereignisse und deshalb in dem Glauben, daß früher alles, alles besser gewesen sei, bildete sich Jossel Fischmann ein, er habe in Hermann bis vor kurzem noch einen grenzenlos offenen Sohn gehabt, der nie Geheimnisse vor ihm hatte. So war er besonders betroffen, wie rätselhaft und unbekannt sein Hermann ihm jetzt vorkam. Er dachte verbittert: Daß ich mir an diesem Abend in der Stadt, in der ich lebe, geschlagen vorkomme, dagegen kann ich nichts machen, die Nazis sind fremde Menschen, es sind viele Menschen und ich bin nur ein Mensch, und außerdem sind die Nazis überhaupt keine Menschen – dagegen bin ich schwach und kann nichts unternehmen. Aber in meinen eigenen vier Wänden! Was will eigentlich mein Sohn von mir? Warum quält er mich? Warum macht er mich unglücklich? Genügen mir denn die Sorgen mit den Nazis noch nicht?«

»Warum redest du nicht mehr, seitdem du von *dort* zurück bist?« Allen väterlichen Unwillen legte er in diese Frage.

»Warum soll ich immer reden?« erwiderte der Sohn.

»Du hast dich sehr verändert, seitdem du *dort* gewesen bist«, klagte der Vater.

»Warum soll ich mich nicht verändert haben?« sagte der Sohn böse.

»Ist das ein Leben? Den ganzen Tag sitzte hier im Zimmer.«

»Wo soll ich sonst sitzen?«

»Du willst mich nicht verstehen. Auch gut. Kann ich die Zeitung haben?«

»Du kannst sie haben«, erwiderte der Sohn.

»Morgen ist Boykottag gegen uns.«

»Ich weiß.«

»Hast du das gelesen?« fragte der Vater unverdrossen weiter und las vor: »Die Juden planten einen Anschlag, aber unser Führer war auf der Hut, und nun werden sie morgen zu büßen haben.«

»Ich habe schon genug gebüßt«, sagte der Sohn verzagt. Doch gleich darauf rief er: »Was fragst du mich denn! Laß mich doch endlich in Frieden! Immer wieder diese Fragen! Jeden Tag! Den ganzen Tag! Ich habe dir nichts gesagt! Hörst du! Nichts habe ich dir erzählt!«

Aber Jossel Fischmann wollte nicht mehr locker lassen. »Du lernst wieder hebräisch«, sagte er. »Wozu? Was hast du vor? Ich will es wissen!«

»Einmal muß ich es dir ja doch sagen, aber ich fürchte, es wird dir nicht passen«, warnte ihn der Sohn. »Also ich will fort von hier. Ich will auswandern.«

»Wohin?« fragte der Vater erschrocken, aber das aufgeschlagene Lehrbuch gab ihm ja schon die Antwort.

»Nach Palästina. Ich will dort Bauer werden.«

»Ein Bauer!« lächelte der Vater verwundert. Beinahe hätte er den Plan für ernst genommen, jetzt war er sicher, daß es nur eine Kinderei von Hermann war. Er atmete erleichtert auf. »Du weißt nicht, was du willst«, sagte er.

»Ich weiß ganz genau, was ich will.«

»Ein Bauer! In deinem ganzen Leben haste noch keine Kuh angefaßt!«

»Ich werde es lernen.«

»Von der Erde weißt du nur, daß sie Hände und Kleider beschmutzt.«

Der Sohn schwieg.

»Du hast vielleicht Geschichten über Bauern gelesen und du hast vielleicht Bauern auf Bildern gesehen. Aber das ist doch keine Grundlage für einen so schweren Beruf. Und bist du dafür in die Handelsschule gegangen?« redete Jossel Fischmann auf seinen Sohn ein. »Warum willst du denn fort? Hast du es denn nicht schön bei mir? Ich bin doch dein Vater! Was ist mit dir? Ich habe doch ein Recht darauf, die Wahrheit zu wissen!«

»Ich habe Angst«, sagte der Sohn leise. »Ich kann nicht mehr hierbleiben. Ich darf nicht mehr hierbleiben. Glaub mir doch! Ich habe eine Angst, die du nicht verstehen kannst, die niemand verstehen kann...«

»Ach was!« sagte Jossel Fischmann unsicher. »Überschlafen wir es beide noch einmal. Reden wir morgen wieder von deinem Plan. Morgen ist ja auch noch ein Tag.«

Emanuel Stiefel und seine Mieter nehmen Stellung

Auch an diesem Tag machte Emanuel Stiefel morgens seinen täglichen Rundgang, der ihn flüchtig durch das Hinterhaus und gründlich durch das schönere Vorderhaus und an die Kaninchenställe führte. Wie er die herrlich fetten Belgier und Japaner stolz betätschelte, erinnerte er sich an jene längst vergangene große Zeit, als die Zucht dieser beiden Rassen aus patriotischen Gründen plötzlich nicht mehr in Frage kam. Nachträglich bedauerte er es, daß die armen unschuldigen Kaninchen es vor achtzehn Jahren mit ihrem Leben hatten büßen müssen, daß sie die Namen damaliger Feinde trugen. »Aber was damals sein mußte, mußte eben sein«, seufzte er jetzt, auch noch nach so vielen Jahren.

Der Krieg gegen die unglücklichen Kaninchen war eigentlich das einzige Kriegserlebnis, woran er sich selbst erinnerte. Wenn er vorgab, sich an andere Dinge aus jener Zeit zu erinnern, so hatte er diese Kriegserinnerungen bestimmt vorher in seiner Zeitung gelesen. Alles Gelesene verwandelte sich bei ihm im Handumdrehen in ein eigenes Erlebnis, in eigene Erfahrung. So war er heute morgen beim Frühstück überzeugt gewesen, er habe als einfacher Soldat am Weltkrieg teilgenommen.

»Nicht du!« Seine Frau ließ sich nichts weismachen, sie kannte ihn zu gut. »Du hast gestern abend die Lebensbeschreibung vom Führer gelesen«, sagte sie in einem höchst beleidigenden Ton.

Stiefel ließ sich aber nicht beleidigen. »Wenn ich so das Buttermesser in die Hand nehme«, träumte er, »erinnere ich mich wieder ganz deutlich an den schmählichen jüdischen Dolchstoß in den Rücken des tapferen deutschen Heeres.«

»Das alles steht heute in der Zeitung«, nickte seine Frau verächtlich.

»Ich habe ihn aber mit eigenen Augen gesehen«, träumte er weiter.

»Schon gut«, sagte die Frau kauend.

»Deshalb und weil dadurch der Krieg von uns verloren wurde und weil sie auch jetzt wieder einen Anschlag gegen uns planen, werden die Juden heute ihre ewigen Missetaten gegen das wehrlose deutsche Volk zu büßen haben!«

»Ach das habe ich heute schon gelesen«, behauptete seine Frau bissig.

Stiefel zog es vor, sich auf seinen Rundgang zu begeben.

Er blieb beim alten Bieber stehen, der kritisch auf die Wolken starrte. Er ließ sich mitteilen, daß es heute nicht regnen würde, nein, es sah nicht danach aus, ein schöner erster April.

»Wird 'n schöner Tag«, brummte auch er zufrieden.

»'n recht schöner Tag.«

»Der Winter ist ja nun rum.«

»Es war 'n strenger Winter. Und nun ist der Frühling gekommen.«

»Es war höchste Zeit, daß der Frühling kam. Meinen Sie nicht auch?«

Zustimmendes Kopfnicken. »Und die Sonne scheint schon anständig warm.«

»Aber am Abend ist es doch noch kalt.«

»Stimmt. Am Abend merkt man noch nicht viel vom Frühling.«

»Er hat ja auch eben erst begonnen.«

»Immerhin, es könnte auch abends wärmer sein. Ich hätte nichts dagegen.«

»Ich auch nicht. Aber es ist eben wie es ist.«

Sie waren sich übers Wetter ganz einig. Auch darüber, daß es Zeit gewesen war. »Ich meine: mit dem Systemwechsel und so.« Auch daß die Juden ein rechtes Verschwörerpack wären, eigentlich hatten sie beide darüber nie anders gedacht. »Sollen sie uns Deutsche in Ruhe lassen, nehmen uns direkt die Lebensfreude weg.«

»Nicht nur die Lebensfreude!«

»Ganz gefährlich! Und alle sind sie heimlich Millionäre, reiche und mächtige Kapitalisten!«

»Ich bin kein Jude«, sagte der alte Bieber verbittert, »und deshalb bin ich 'n Trottel und arm wie eine Kirchenmaus. Geht das mit rechten Dingen zu?«

Stiefel nickte. Nein, das ginge nicht mit rechten Dingen zu.

Sie sahen beide gleichzeitig hinauf zu den verschlossenen Judenfenstern. Sie lachten verächtlich.

»Jaja«, sagten sie.

Emanuel Stiefel sah, wie Anna ein Fenster in der Wohnung vom Kupke öffnete. Ganz mächtig ist dieser Kupke jetzt, dachte Stiefel erschauernd. Man verbeugte sich vor ihm, hob die Hand und schrie »Heitla!« Er war eine Persönlichkeit, ein Erfolgreicher, er soll sogar schon mal den Führer persönlich gesehen haben. Er war doch mal nach München zu einem Parteitreffen gefahren. Vieles, vielleicht alles lag jetzt hier in der Stadt in seiner Hand... Niemand weiß eigentlich, was für ein Amt Kupke bei der Geheimen Staatspolizei bekleidet, was er kann und wozu er ermächtigt ist. Es ist jedenfalls gut, sich mit ihm auf freundschaftlichen Fuß zu stellen. Er ist jetzt einer der Herren der Stadt. Der Xaver Wunder steht auch stramm vor ihm. Ein Glück, daß so einer im Haus wohnt. Kupke kann einem vielleicht mal behilflich sein... Die Elli war natürlich Feuer und Flamme für ihn. »Was habe ich gesagt, Vater?« frohlockte sie. »Ist er nicht großartig? Und er gibt sich dabei so menschlich, so großmütig.« Auch Stiefels Frau war ganz begeistert. »Er ist gar nicht so schlimm«, verteidigte sie ihn gegen niemanden.

Ganz so begeistert war Emanuel Stiefel nicht. Er war der Meinung: Kupke gleicht einem Fuchs, der in eine Kaninchenfarm eingebrochen ist und sich gerade noch besinnt, welches Kaninchen er schnappen soll. Er hütete sich aber, seine Meinung über Kupke laut zu äußern. Selbst in seiner Familie schwieg er lieber. Am Ende würde ihn seine eigene Tochter Elli anzeigen, nein, so dumm war Emanuel Stiefel nicht.

Daß er weniger begeistert als seine Weiber war, hatte schon seine Gründe. Der Fuchs Kupke schnappte tatsächlich nach seinen, nach Stiefels Kaninchen. Seit dem 30. Januar hatte er sich bereits acht Prachtexemplare angeeignet. Stiefel wagte nicht, ihm etwas abzuschlagen. Aber wenn das so weiterging, war es aus mit seiner Kaninchenzucht.

»Einen schönen deutschen Widder habe ich jetzt.« Emanuel Stiefel ließ den alten Bieber stehen und ging wieder zurück zu den Kaninchenställen. Mit sicherer Hand griff er hinein ins Stroh, packte ein fettes Tier an den Löffeln, klopfte ihm aufs Fell, hielt die schnüffelnde Schnauze an die Backe, sagte: »Na, Alterchen, wie gefällt es dir bei mir?«

Er hatte dieses Prachttier dem Siegmund Edelmann abgenommen. Vorgestern hatte der Kaninchenzüchterverein sein einziges jüdisches Mitglied Edelmann ausgeschlossen. Ganz verzweifelt war Herr Edelmann zu seinem bisherigen Zuchtbruder Stiefel gekommen und hatte ihm den eingeschriebenen Ausschlußbrief gezeigt.

»Unter Hinweis auf die neuesten Ereignisse in Deutschland bitten wir nichtarische Mitglieder, ihre Austrittserklärung bis zum ersten Mai der Geschäftsstelle des Bundes schriftlich anzuzeigen. Der Vereinsbeitrag muß bis zum 31. Dezember bezahlt werden.«

»Vor dreiundzwanzig Jahren bin ich dem Verein beigetreten«, hatte er geweint, richtig geweint. »Meine Zuchtbrüder werden mir das nicht antun! Im Krieg hat mir der Verein sogar 'n Telegramm ins Lazarett geschickt, als ich verwundet war! Stiefel, du mußt mir helfen!«

»Du hast doch so 'nen schönen Deutschen Widder«, tippte Stiefel vorsichtig an. »Ich hab ihn bei der letzten Ausstellung gesehn. Er hat mir gut gefallen.«

»Er hat den zweiten Preis bekommen.« Etwas dümmlich verzog Herr Siegmund Edelmann die scharf geformten Lippen.

»Der Widder würde mir Spaß machen«, lächelte Stiefel schlau mit seinem Altweibergesicht. »Laß mir mal den Brief da.« Er schien sich die Vereinsangelegenheit ernsthaft überlegen zu wollen.

»Ich schenke dir den Widder. Ich schicke ihn dir!« Angstvoll hatte Edelmann gebettelt. »Bring es in Ordnung! Wo ich doch seit dreiundzwanzig Jahren...«

»Sobald ich 'ne Gelegenheit habe«, versprach Stiefel nichts. Er dachte gar nicht daran, sich wegen des Juden die Finger zu verbrennen. Aber den Deutschen Widder hatte er jetzt.

Kupke trat noch einmal an den Vogelkäfig heran bevor er ging. Der Kanarienvogel piepste, sah seinen Besitzer von der Seite an, ganz still, rührte sich nicht, ganz wie ein ausgestopfter Vogel.

»Gilligilligilligilligi!« machte Kupke. Rasch überzeugte er sich, daß im Glashäuschen frisches Wasser war. Er schüttelte Futter auf den blaulackierten Blechboden des Käfigs.

»Hast du deinen Revolver?« fragte Anna zärtlich und hängte sich bei ihm ein.

»Ich habe alles, was ich brauche.« Er hatte auch den Totschläger eingesteckt.

»Morgen ist Sonntag«, sagte Anna. »Heute hast du ja viel zu tun und ißt in der Stadt. Aber was soll ich dir morgen machen? Ich weiß nie, was ich dir Sonntag vorsetzen soll.«

»Ich will Kaninchenbraten, wie jeden Sonntag«, sagte Kupke und griff nach seiner Sturmkappe. »Der Stiefel hat 'nen Deutschen Widder, 'n ganz tolles Tier. So was von Fett! Ich schlag ihm heute Abend noch den Kopf ab und bring ihn dir. Ich sag's ihm dann morgen, daß ich 'n für uns genommen hab.«

Anna schmatzte ihn ab. Er ließ es sich gefallen. Noch einmal, an der offenen Tür schon, machte er: »Gilligilligilligi!« Dann sprang er stramm die Treppe hinunter, dachte einen kurzen Augenblick an seine Anna, an seinen Kanarienvogel, an seinen morgigen Braten. Als er aber das Hinterhaus verließ, hob der alte Bieber die Hand zum Gruß und sagte: »Heitla!« – da gab er sich einen Stoß und zwang sich, an die Juden zu denken. Er würde es ihnen heute schon zeigen! Das deutsche Volk war erwacht! Er, Kupke, war erwacht! Jetzt hatte sich das aber gründlich ein Ende, die jüdische Ausbeuterei! Er lief rot an, als er unvermittelt an Goldstein und seine Hausschuhe dachte. Ach was, nur kein Schlappschwanz sein!

Arthur Schubert sah ihn über den Hof marschieren.

»Heitla!« rief er aus dem Fenster.

»Heitla!« erwiderte Kupke gnädig.

Zu seiner Frau sagte Arthur Schubert: »Haste ihn gesehen? Die Nazibewegung, meine Liebe, das ist wirklich Demokratie! Da kannste doch wenigstens was werden! Da heißt es doch wirklich: Freie Bahn dem Tüchtigen... Kein Mensch fragt danach, was der Kupke früher mal angestellt hat. Er ist früh, sehr früh mitmarschiert, dafür ist er heute wer! Der liebe Herrgott persönlich, möchte man meinen. Nein wirklich! Und Geld hat er auf einmal! Geld! Der imponiert mir!«

»Woher weißt du denn, daß er Geld hat?«

»Das sieht man doch einem Menschen an. Und haste nicht gemerkt, wie es sonntags bei ihm fein aus dem Fenster duftet? Immer Braten!« Dann sagte er mit seiner Fistelstimme: »Ich muß heute mit dir ein ernstes Wort reden. Ich muß dir Verhaltensmaßregeln für die Zukunft geben. Daß du mir nie wieder was bei einem Juden kaufst!«

»Ja, Arthur.«

»Und daß du mir nie wieder 'nen Juden grüßt!«

»Ja, Arthur.«

Martha hatte in ihrer Jungmädchenzeit von einem Lohengrin geträumt, aber statt Lohengrin war Arthur gekommen und hatte sie sehr enttäuscht. Aber sie war ein stiller Mensch und ließ sich diese Enttäuschung niemals anmerken. Sie aß gern Eisbein mit Sauerkraut, Arthur auch, das verband sie mehr als die Liebe, die sie nicht kennengelernt hatten. Über dem Ehebett hing eine bunte Seeschlacht, die sie täglich abstaubte, seit zwanzig Jahren. Sie war eine folgsame, fast demütige Ehefrau. Sie hatte zwar in den fünfhundert Heften der großen Romanfolge *»Das Geheimnis der schönen Gräfin«* gelesen, daß es auch andere Frauen geben mußte, aber sie gehörte nicht zu diesen verworfenen Geschöpfen. Ihre Stimme entsprach ganz ihrem kleinen, fast zierlichen Körper.

»Hör zu, Martha!« sagte Arthur. »Nur die Gewalt hat Erfolg!« Er pochte energisch auf den Tisch. Die schwache Frau mußte ihm recht geben. Ja, sie gab zu, daß auch sie stark beeinflußt sei, das sei wohl endlich richtige Politik, sagte sie zaghaft, eine bewundernswürdige und beispielhafte Politik, wo auch das Volk mittun könnte, nicht nur die Abgeordneten im Reichstag, ach ja.

»Man muß«, schrie Arthur begeistert, »mit der Faust auf den Tisch schlagen! Man muß den Revolver ziehen und sagen: Alle mal herhören! Ihr gehorcht mir jetzt alle ohne Widerrede oder ich schieße euch Bande einfach über den Haufen, verstanden!...«

Arthur selbst hatte in seinem ganzen Leben noch nie einen Revolver gezogen, hatte auch nie gewagt, außer vor seiner

Frau, mit der Faust auf den Tisch zu schlagen, er hatte niemandem zu drohen oder zu befehlen gewagt. Immer nur war ihm gedroht und befohlen worden. Immer nur waren es die andern, die etwas zu sagen hatten. Er hatte auch nie Erfolg gehabt, er war nie zu etwas gekommen. Er hatte eben alles falsch angestellt bis jetzt, deshalb nur war er zu nichts gekommen!

»Man muß roh und skrupellos sein wie der Führer – ich meine das natürlich nur im guten Sinne!« erklärte er begeistert. »Das ist ein Mann! Der weiß genau, was er will! Habe ich es nicht schon immer gesagt?«

Sie mußte zugeben, daß er es wirklich schon immer gesagt hatte.

Schüchtern gestand sie ein, daß sie wenig von dem Führer wisse.

»Er lebt jetzt natürlich in Berlin, denn er muß doch den ganzen Tag regieren. Er ist ein großer Mann«, verkündete Arthur und er erhob sich vom Frühstückstisch. »Er ist der Sohn einer einfachen Familie. Sein Vater war ein kleiner Zollbeamter! Ich bin besonders darauf stolz.«

»Oh, ich verstehe«, lispelte Martha beglückt. »Auch dein Vater war...«

»...ein kleiner Zollbeamter«, Arthur fühlte sich geschmeichelt, daß auch seine Frau auf dieses seltene Zusammentreffen gekommen war. »Auch mein Vater war ein einfacher Mann aus dem Volke, der die Grenze unseres Reiches hütete. Und der Führer ist also der einfache Sohn aus einfacher Familie. Er hat jetzt die Macht in der Hand und wir teilen sie mit ihm!«

»Hat er eine Frau?«

»Nein«, winkte Arthur ab.

»Auch keine Kinder?«

»Er war nie verheiratet«, sagte Arthur verträumt. Dann setzte er geheimnisvoll hinzu: »Er ist ein Einsamer.«

»Und geht er in die Kirche?«

»Was glaubst du denn? Meinst du, er hat so viel Zeit, um überall hingehen zu können?«

»Ich möchte gern wissen«, träumte die Frau, »ob er Domino spielt, wenn er abends mit seiner Frau zu Hause ist.«

»Martha, er ist doch nicht verheiratet! Ich hab's dir doch eben gesagt. Und zu Haus ist er auch nie!« behauptete Arthur vorwurfsvoll. Dieser Vorwurf galt natürlich seiner Frau. »Er ist immer in Versammlungen, muß immer zu Sitzungen gehn. Er muß eben regieren! Du machst dir scheints gar keine rechte Vorstellung, was das heißt, Martha!« Er sah seine Frau mißbilligend an. Dann entspannten sich seine Züge. »Die Roten und die Juden sagen, er habe keine Seele. Ich aber sage dir, daß er die größte deutsche Seele hat, die es überhaupt gibt! Kupke, der doch mal in München war, hat mir sogar gesagt, daß er sehr gemütlich ist, weißt du, so ein richtiger gemütlicher deutscher Mann!«

Martha starrte gebannt auf den kleinen Schnurrbart, den sich Arthur jetzt hatte wachsen lassen.

»Martha, ich halte ihn für einen Heiland! Für einen Übermenschen, den Gott uns Deutschen geschickt hat! Und jetzt mach dich schnell fertig! Wir gehen in die Stadt. Heute wird der jüdische Wurm von uns zertreten!«

Am Morgen dieses Tages litt Paul Hummel unter einer seltsamen Müdigkeit. Er war unfähig, die Lage zu erfassen, ruhig nachzudenken, etwas zu unternehmen, er war todunglücklich. Er sagte ärgerlich: »Mein Schnupfen macht mich verrückt!«

Ach, ein Mann der Schnupfen hat, ist unausstehlich, er fühlt sich sterbenskrank, und seine Frau muß es büßen, dachte seine Frau. Sie setzte sich zu ihm, nahm seine Hand in die ihre. »Noch nie war jemand bei uns in der Familie so krank wie du heute«, sagte sie. »Aber es ist gar nicht der Schnupfen.«

»Ich habe doch alles getan, was ich tun konnte«, beteuerte Paul Hummel. »Jede Nacht sind wir unterwegs gewesen, wir haben ihre Plakate abgerissen, sie waren hinter uns her, wir hatten nichts in den Händen und sie schossen hinter uns her. Aber es hat keinen Sinn mehr, das Ganze. Ich gebe es auf.«

Seit einem Jahr wohnte Paul Hummel in der Schloßgasse 21, im Hinterhaus. Er war jetzt arbeitslos.

Er war immer ein ausgezeichneter Mitkämpfer für die Sache des Proletariats gewesen. Er hatte immer den Glauben an diese Sache gehabt, hatte bei Freunden und Unbekannten geworben, hatte für sie gesprochen, Propaganda gemacht, bei Wahlen für sie gestimmt, Beiträge gezahlt – er hatte wirklich alles getan, was ein klassenbewußter aktiver Mitkämpfer tun kann. Und als der 30. Januar kam, stand er bereit und wartete darauf, daß etwas geschehen würde, daß irgendeine Kampfparole kommen würde – aber nichts kam, nichts geschah. Die Partei nur rief auf, er solle Ruhe bewahren, er solle sich nicht provozieren lassen, er solle sich bereit halten. Er hielt sich bereit, aber die Sache, für die er so lange gekämpft hatte, verstummte ganz... Nichts war mehr von ihr da in dieser kleinen Stadt. Die Parteileitung war verhaftet, aus Berlin hörte man auch nichts mehr...

Im Krieg hatte seine Mutter für ihn ein Stipendium fürs Gymnasium oder fürs Realgymnasium haben wollen. Er hatte es aber nicht bekommen, obwohl er ein guter Schüler gewesen war. Und als dann sein Vater heimkam aus dem Krieg, war es sowieso mit diesen hohen Schulplänen der Mutter vorbei. Der Vater wollte von solchen Rosinen im Kopf nichts wissen, er sagte grob: »Ich ziehe mir keinen Klassengegner in der Familie groß!«

Sein Vater, ein tuberkulöser Textilarbeiter, hatte einmal in der Schweiz gehört, Heilung für sein schleichendes Leiden gäbe es nur in Höhenluft. Er war ein zärtlicher, ein vorsorglicher Vater gewesen. Nur wollte er sich seinen Sohn nicht zum Klassengegner erziehen lassen – er wollte auch von vornherein vermeiden, daß Paul jemals in staubige Fabrikräume geriet. Deshalb hatte er ihm eine Beschäftigung gesucht, bei der er immer in frischer Luft bleiben konnte. So wurde Paul Hummel Schornsteinfeger. Dennoch begann er im zwanzigsten Lebensjahr anfällig zu werden, er kränkelte viel, und es stellte sich heraus, daß er das Leiden seines Vaters geerbt hatte. Auf den Dächern dieser Stadt gab es scheinbar doch nicht die richtige Höhenluft, von der sein Vater einmal gehört hatte.

Von diesem in vielen Dingen originellen Vater, der inzwischen längst tot war, hatte Paul also den schwächlichen Organismus geerbt. Und von seinem Großvater hatte er seinen Heißhunger geerbt nach Wissen, nach Lektüre, nach Beschäftigung mit sozialen Problemen. Pauls Großvater war nämlich zu Bismarcks Zeiten in die Schweiz geflüchtet, als jugendliches Mitglied der damals verbotenen Sozialistischen Partei. Auf den Enkel hatte sich die politische Leidenschaft übertragen.

Aber augenblicklich war der wissensdurstige Schornsteinfeger ohne Arbeit.

»Vielleicht wird es jetzt wirklich besser«, seufzte seine Frau. Sie sah ihn ängstlich an, als sie hinzusetzte: »Die Nazis haben es doch versprochen. Vielleicht kriegste nun doch was zu tun.«

Paul verließ verzweifelt die Wohnung. Seine Frau begann also auch schon an diesen Nazischwindel zu glauben! Wie allein war er doch! Vor einer Musikalienhandlung blieb er stehen, im Fenster lagen die Neuerscheinungen. »Braunes Vaterland, Marschlieder«, las er. Er hatte keine Lust zu marschieren. Er hatte nie Lust gehabt zu marschieren. Manchmal erinnerte er sich mit Grauen an den Turnlehrer Zunk, diesen Nazihäuptling...

Paul war Mitglied der Gewerkschaft, der Partei, er war im Arbeitergesangverein *Vorwärts,* in der Volksfürsorge *Ruhiges Gewissen* und im Feuerbestattungsverein *Freiheit*, er hatte überall Beiträge bezahlt, im letzten Jahre allerdings nur Arbeitslosenbeiträge – und nun waren alle diese Organisationen so gut wie machtlos oder schon verboten. Er war bei der geschlagenen Armee – jetzt ging ihm das auf. Aber was ist das schon, wenn einem Unbekannten wie diesem Paul so etwas aufgeht?...

Er saß in seinem Zimmerchen, seine Frau stellte leise den Topf mit Linsen auf den Herd, dann schnitt sie das kleine Stück Speck in winzige Würfel, mit Paul konnte sie heute kein vernünftiges Wort reden. Er war enttäuscht, er fühlte sich betrogen, er hatte ja doch noch gehofft, daß die linken Parteien und die Gewerkschaften ein Signal zum Widerstand geben würden. Er wäre bereit gewesen, auf die Straße zu gehen, er hatte noch vor fünf Minuten gehofft, er hoffte ja noch jetzt, aber niemand klopfte an die Tür... Er kam sich wie ein Rindvieh vor, er sagte das auch. Seine Organisationen waren ja alle verloren! Wie würde er nur ohne diese Organisationen, die ein Stück seines Lebens waren, leben können? Er konnte es sich nicht vorstellen. Ohne Politik? Lieber war es ihm noch, an der Politik zugrunde zu gehen, als ohne sie seine beschäftigungsarmen Tage zu verbringen. Alles war ja für ihn Politik, wie konnte sich denn das auf einmal ändern? Unmöglich, sich das vorzustellen! Wenn er eine Kirche sah, dachte er ganz automatisch: Ich bin Freidenker. Sah er eine Bierstube, dachte er: Ich bin Abstinenzler. Hörte er Tanzmusik, dachte er: Wie kann man tanzen, solange das Proletariat noch nicht befreit ist? Las er von einem Begräbnis, wußte er: Ich werde einmal verbrannt werden... Bei allen Dingen gab es für ihn ein Für oder ein Wider, und das eine oder das andere aus ganz bestimmten Gründen. Und jetzt sollte er dies alles nicht mehr können? Jetzt sollten seine Ansichten verboten sein? »Jetzt soll ich nicht mehr eigene Entscheidungen treffen dürfen?«

»Den Feuerbestattungsverein werden sie nicht verbieten«, tröstete ihn seine Frau. »Der Kassierer war vorhin da, als du fort warst. Er wollte den Beitrag für April haben.«

»Er hat es eilig! Es ist doch erst der Erste!« brummte Paul, nahm seine Mütze aus dem Schrank und ging fort, in die Stadt. Er war von tiefem Mitgefühl für die armen Juden erfüllt. Er ging mit dem Vorsatz in die Stadt, irgendetwas für die Juden zu unternehmen. Schon damit sich die Nazir ärgern! Er wollte beim alten Fischmann vorbeisehen, sogar in den Laden reingehen, obwohl die Nazis das Betreten von Judengeschäften verboten hatten! Er würde sich zu ihm setzen und abwarten, er sollte heute nicht allein sein. Der Jakob Fischmann war mal sein Mitschüler gewesen. Die Berta Schaller hatte ihm gestern gesagt, daß der Jakob und der Rascher von der Stadtbibliothek nach Berlin gefahren seien. Ob sie noch in Berlin waren? Hoffentlich werden sie nicht dort geschnappt...

Es sollte sich nur keiner unterstehen, den alten Fischmann anzurühren, da verstand Paul keinen Spaß, da würde er sich dazwischen stellen und sagen: »He, was ist da los! Hand runter! Den Fischmann kenn ich! Er wohnt mit mir im gleichen Haus!«

Er würde schon aufpassen!

Grünfelds Rechenexempel

Grünfeld schlief durch bis zum Morgen. Dann stand er auf. Er schenkte der Haushälterin hundert Mark, trank Kaffee, verließ die Wohnung.

Linke erwartete ihn schon.

»Hast du dirs überlegt?«

Grünfeld suchte wie jeden Morgen die eingegangene Post. Sie lag nicht auf dem Schreibtisch. »Ich war zu gutmütig, zu vertrauensselig. Es geschieht mir recht. Ich habe dir zu viel Macht im Geschäft eingeräumt. Ich habe geglaubt, daß ich dich auf eine anständige Bahn gebracht habe. Du bist aber der alte Bandit und Falschspieler und Dieb geblieben.«

»Ich muß mich wundern«, spielte Linke den Erstaunten.

Auch er sprach ruhig, fast leise. »Du vergißt ja ganz, was uns bisher verbunden hat. Du vergißt auch, daß auch du mir manches verdankst.« Seine Augen wurden feucht vor Rührung.

Grünfeld sah ihn verwundert an, verstand nicht. Es war ihm jetzt auch einerlei. »Laß mich allein«, sagte er. »Bis Mittag hast du meine Antwort.«

Linkes Augen waren wieder trocken. Ärgerlich fragte er: »Kann ich mich drauf verlassen? Hast du dich bestimmt bis Mittag entschieden? Ehrenwort?«

»Ehrenwort«, nickte Grünfeld.

Linke ging. Grünfeld saß an dem mächtigen Schreibtisch, jetzt ohne Gegenüber. Er wollte nicht wehleidig werden. Ein wenig wunderte er sich auch, weil er nicht richtig traurig sein konnte. Er versuchte sich einzureden, daß sein Sterben ja auch gar keine so große Sache sei, bis jetzt hatte er ja nur zu diesem Zwecke gelebt... Mechanisch griff er zu einem Geschäftsbogen, malte Männchen am Galgen, Männche am Galgen, Männchen am Galgen... Er schrieb den Satz nieder: »Grünfeld hat keine Aussichten mehr«. Darunter schrieb er: »Hinzu kommt: Er hat auch keine Freude mehr, an nichts.« Unter beide Zeilen zog er einen dicken Strich wie bei einer Rechenaufgabe und vermerkte darunter: »Bleibt ihm nur übrig: Schluß machen.« Er las diese Worte immer wieder durch, war mit ihnen nicht zufrieden und nicht unzufrieden, er malte noch ein Männchen am Galgen, schrieb darunter mit Kinderschrift: »Linke.« Er steckte den Briefbogen ein.

Er dachte angestrengt nach. Es blieb noch ein interessanter Weg frei. Er könnte sich von heute ab nicht mehr rasieren und dann als bärtiger alter Jude von Stadt zu Stadt, von Land zu Land, von Kontinent zu Kontinent wandern. Er könnte überall und in verschiedenen Sprachen schnorren gehen, bei den jüdischen Gemeinden der ganzen Welt, den Hut auf dem Kopf und die offene Hand vor dem knurrenden Bauch. »Herr Rabbiner, lassen Sie Ihr jüdisches Herz sprechen, geben Sie mir etwas, ich habe nichts gegessen seit acht Tagen...« War es das aber wert, um sein Leben zu retten, ein armer alter Schnorrer auf den Landstraßen der Welt zu werden? War das Leben solche Armeleute-Reisen wert? Nein, das war nichts für ihn, er war ein müder Mann, er lief nicht gern.

Er wollte sich endlich zur wohlverdienten Ruhe niederlassen.

Das Leben war wirklich ein sinnloser Betrieb. Warum hatte er eigentlich so geschuftet? Als er seine Mutter in Kowno besuchte, gleich nach dem Kriege, segnete ihn die halbblinde Frau, sie segnete ihn, damit es einstmals ein gutes Ende mit ihm nehme. Jedes Ende ist gut, was sie nur damals wollte, der Tod ist sicher idyllisch und ich werde drüben endlich ausspannen können... Im Paradies sind ja auch Haifische arbeitslos, im Paradies gibt es keine Schleichwege, kein Dickicht der Gesetze, niemand wird da ins Unglück gestürzt und niemand läßt sich stürzen. Endlich wird man sich nicht mehr seiner Haut zu wehren brauchen, man hat ja keine mehr, und die Seele des toten Menschen ist über jeden Angriff erhaben... Natürlich gibt es kein Weiterleben nach dem Tode, man ist rettungslos tot, für immer und ewig, Amen. Aber wie stirbt man?

Er sah auf die Uhr, es war noch lange nicht Mittag. Er hatte noch Zeit. Zeit zu sterben. Sollte er sich ein starkes Schlafmittel verschaffen, zehn Pillen schlucken? Aber würden zehn Pillen wirklich genügen? Am Ende retteten sie ihn, und Linke würde sich grinsend über sein Krankenhausbett beugen und sagen: »Na, kleiner Schelm, geht es wieder besser? Mach dir nur keine Sorgen, ich hab dir ja den Posten in meinem Betrieb versprochen. Du kannst jederzeit Bleistifte spitzen und Papierkörbe leeren...« Nein, auf Pillen war kein Verlaß.

Auf einen Strick war auch kein Verlaß. Wie oft war ein Strick schon gerissen oder einer konnte rechtzeitig, das heißt: zu früh kommen, und ihn wieder abschneiden. Und er läge im Krankenhaus und Linke käme.

Der Fluß kam nicht in Frage. Er schwamm zu gut. (Er hatte kein Vertrauen zu sich! Wer weiß, ob er nicht im letzten Augenblick...)

Schade, daß er in seiner Wohnung kein Gas hatte, die Haushälterin kochte auf einem elektrischen Herd. Er könnte zwar zu seiner Frau gehen, sie unter irgendeinem Vorwand aus dem Hause locken und den Gashahn aufmachen. Aber nein, er wollte seine Frau nicht zu sehr erschrecken. Das Phlegma sollte nur ruhig weiterstricken können, er hinterließ ihr genug, daß sie Wolle für ein langes, langes Leben kaufen konnte.

Das einfachste war, sich eine Kugel in den Kopf zu jagen. Aber woher einen Revolver nehmen?

Er erhob sich müde. Noch einmal umfaßte sein Blick den

Raum, in dem er viel gearbeitet, sich viel gefreut und sich viel geärgert hatte. Er klingelte. Als die Sekretärin nicht kam, fiel ihm ein, daß ja heute der antijüdische Boykottag war und alle Angestellten frei hatten, damit sie sich das Schauspiel in der Stadt ansehen konnten. Ach natürlich! Dieser Boykottag! Er hatte ganz vergessen, sich darüber aufzuregen, sich über die Nazis zu ärgern! Wozu auch? Um mit dem Bewußtsein zu scheiden, daß er sich darüber auch noch geärgert hatte? Wichtigkeit! Herr Führer, bei den Würmern sehen wir uns wieder! Schade, der Sekretärin hätte er noch gern ein paar freundliche Worte sagen wollen, sie war eine tüchtige Kraft, hübsche Beine hatte sie; er wird keine Sekretärin mehr brauchen. Sie mich auch nicht mehr. Nun schön, sie war nicht da.

Er setzte sich in seinen Wagen, lenkte ihn in eine Nebengasse, begegnete kaum einem Menschen, vor einem kleinen Waffenladen hielt er, stieg aus. Ließ den Schlüssel stecken. Brauchte ihn nicht mehr. Ging in den Laden hinein.

»Sind Sie Jude?« fragte er den Händler.

»Aber nein!« protestierte dieser, »mein Geschäft ist ein uraltes arisches Unternehmen!«

»Aber ich bin Jude«, beruhigte ihn Grünfeld. »Gilt eigentlich dieser Boykott auch andersrum? Verkaufen Sie einem Juden einen Revolver? Ich brauche eine sehr gute, eine sehr schöne, eine sehr kostbare, eine ganz sichere Waffe. Das Teuerste ist immer das Billigste, das war mein ganzes Leben lang mein Grundsatz. Warum soll ich ausgerechnet jetzt von diesem Grundsatz abgehen? Wollen Sie mir was Vernünftiges verkaufen?«

»Eigentlich darf ich keine Waffen verkaufen«, sagte der Händler leise und schloß die Tür ab. »Aber ich bin Kaufmann«, verteidigte er sich vertraulich. »Ob Sie 'n Jude oder 'n Neger oder sonst 'n Ausländer sind, ist mir ganz egal.«

»Mir auch«, nickte Grünfeld. Er ließ sich mehrere Waffen zeigen, entschloß sich zu einer kleinen teuren Waffe mit Perlmuttergriff, es war die teuerste. Er zahlte. Er zahlte auch gleich eine Schachtel Patronen. »Eigentlich brauche ich keine ganze Schachtel«, sagte er zerstreut, »aber Sie verkaufen diese Dinger wohl nicht einzeln.« Er bat den strahlenden Händler, ihm doch mal die Waffe zu laden und ihm zu zeigen, wie man sie entsichert.

Er begriff das System sofort.

»Das ist ja spielend leicht«, nickte er nervös. »Man lernt bis zum Schluß«, sagte dieser sonderbare Mensch. Er hatte viel gesehen, viel erlebt und viel gelernt in seinem Leben. Er hatte viel gewagt und viel gewonnen. Er hatte mit einem Reisekoffer und mit seinem Kopf begonnen, mit kühnen Ideen und mit eiserner Energie hatte er sich hoch gearbeitet. Aber höher konnte es jetzt nicht mehr gehen. »Man lernt bis zum Schluß«, sagte er wie einer, der es schon immer gewußt hat und nun seine vorausschauenden Gedanken bestätigt findet.

Er vergewisserte sich nochmals, daß der Händler das Geld eingesteckt hatte.

Dann sagte er, mehr zu sich selbst als zu dem Waffenhändler: »Heute wartet meine Frau auf mich. Aber ich gehe nicht mehr zu ihr. Am Ende schmeckt es mir zu gut und ich werfe meinen Plan um, bloß um nächste Woche wieder bei ihr Mittag zu essen. Verstehen Sie das?«

»Offen gestanden«, gab der Händler erstaunt zu, »offen gestanden verstehe ich nicht, was Sie damit sagen wollen.«

»Das macht auch nichts«, tröstete ihn Grünfeld. Er hustete verlegen, suchte nach einem schönen Abschiedssatz. »Und verzeihen Sie die Umstände, die ich Ihnen mache.« Aber damit war er nicht zufrieden. Er setzte noch vorwurfsvoll, höhnisch kreischend hinzu: »Warum müssen Sie aber auch ausgerechnet solche unmoralischen Artikel verkaufen?«

Dann drückte er ab. Er war sofort tot.

In derselben Stunde betrat Willy Linke das Braune Haus. Er habe eine ganz wichtige Erklärung abzugeben, sagte er.

Es empfing ihn der Gauleiter Grosse.

»Ich habe einen jüdischen Teilhaber, er heißt Grünfeld«, gab Linke schwitzend zu Protokoll. »Dieser Grünfeld hat mir soeben gestanden, er sei Bolschewist und werde noch heute nach Berlin fahren, um den Führer zu erschießen.« Er setzte mit entschuldigendem Lächeln hinzu: »Und mit so einem Manne habe ich jahrelang zusammengearbeitet! Keine Ahnung hatte ich davon, wie gefährlich dieser Jude ist!«

»Wir werden sofort alles Nötige unternehmen«, sagte der Gauleiter erregt. »Jedenfalls danke ich Ihnen vielmals. Sie sind ein anständiger Volksgenosse, und ich werde nicht verfehlen, Ihre vaterländische Haltung dem zuständigen Minister bekanntzugeben.«

Jossel Fischmann bleibt nicht zu Hause

Als er am Morgen erwachte, sagte Jossel Fischmann zu seiner Frau wie an jedem Sabbatmorgen:

»Gut Schabbes.«

Etwas später sagte er: »Ein Schabbes ist ein Schabbes und was ein Schabbes ist, weiß ich ganz genau. Aber was der heutige Schabbes uns bringen wird, dieser Boykottag, das weiß ich nicht. Woher soll ich es auch wissen?«

»Und trotzdem willst du in die Schul gehen?« rang seine Frau die Hände. »Bei uns in Sambor gab es, ich erinnere mich da zum Beispiel...«

»Gut«, sagte Jossel Fischmann. »Ich erinnere mich auch. Aber du kannst die Deutschen nicht mit unseren ungebildeten Antisemiten in Galizien vergleichen! Haben etwa bei uns die Analphabeten vorher in den Zeitungen und auf Plakaten geschrieben: ›Ab zehn Uhr, Panje żyd, spucken wir dir und allen anderen Juden im Städtel spontan ins Gesicht, psia krew, Schlag zehn Uhr fangen wir spontan und schlagartig zu spucken an!‹ ... Hat es so eine geschickte Sache bei uns gegeben?«

»Nein, freilich nicht«, gab seine Frau zu. »Aber ich erinnere mich...«

»Nun ja«, sagte Jossel Fischmann, »ich erinnere mich doch auch. Aber einen so organisierten Tag hat es doch nie gegeben. Und du kannst dich auf die Deutschen verlassen, du weißt doch, wie gut sie organisieren können! Sie werden also unsern Tag schon ganz ausgezeichnet organisieren! Nichts wird von ihnen vergessen werden! Sie haben wirklich ein großes Geschick!« Und er lachte anerkennend, verlegen, ablenkend.

Aber sie ließ sich nicht ablenken. »Jossel, ich will nicht, daß du gehst«, sagte sie ängstlich.

»Hör doch vernünftig zu!« regte sich Jossel auf. »Ich muß gehen, ich muß! Wir haben beschlossen, heute in unsere Schul zu gehen, wie wir jeden Tag und jeden Schabbes bis jetzt gegangen sind. Wir haben beschlossen, uns dort zu versammeln und die Lage zu beraten.«

»Und was machen die deutschen Juden?« wollte sie wissen. »Werden sie sich auch in ihrer Synagoge treffen.«

»Die deutschen Juden«, sagte Jossel Fischmann überzeugt, obwohl er keine Ahnung von dem hatte, was die deutschen Juden machen würden, »die deutschen Juden werden sich auch versammeln.«

»Und warum versammelt ihr euch nicht mit den deutschen Juden in ihrer Synagoge?« fragte sie.

»Hast du die Orgel vergessen?«

»Aber an einem so wichtigen traurigen Tage«, meinte die Frau, »kann man eventuell eine Ausnahme machen.«

»Warum machen nicht sie eine Ausnahme«, ärgerte sich Jossel. »Warum spielen sie sogar an diesem Schabbes ihre Orgel?«

»Soll wenigstens Hermann dich begleiten«, schlug sie vor.

»Lassen wir ihn schlafen, er fühlt sich nicht wohl«, lehnte Jossel ihren Vorschlag entschieden ab. »Und mach dir wirklich keine Sorgen, es wird mir nichts passieren.«

»Gott behüte«, sagte sie. »Aber vor acht Tagen...«

»Schön«, sagte er. »Ich habe es noch nicht vergessen.«

Das war ein Tag gewesen, den wirklich keiner der Beteiligten vergessen würde. Vor einer Woche war die ehemalige Kegelbahn von den Nazis gestürmt worden, plötzlich standen die Uniformierten zwischen den betenden Juden. Es hatte gerade das stille Gebet begonnen, da keiner sprechen darf und da ein jeder sein Antlitz gen Osten zu richten hat und sich nicht abwenden darf von dieser heiligen Richtung. Uralte Bräuche, die streng respektiert werden. Ein lautes Husten kann die Harmlosesten zur Verzweiflung, zu stummer Verzweiflung bringen – denn nicht einmal räuspern soll man sich, bevor das stille Gebet nicht zu Ende ist... Und während dieses Gebetes also brachen die Nazis ein. Und sie brüllten: »Wer sich rührt, wird erschossen!« Und sie weideten sich an dem Anblick der unbeweglichen Juden. Von einem zum andern gingen sie, fuchtelten mit ihren Gummiknüppeln in der Luft herum. Einer schlug mit einer Stahlrute auf den hohen Tisch, auf dem üblicherweise die Thora lag. Sie lachten dröhnend. »Schön steht ihr Juden stramm!« lachten sie. »Kaum nehmen wir euch in Behandlung und schon habt ihr begriffen, was Strammstehen heißt! Was die Angst nicht alles fertigbekommt!« lachten sie. Und einer der

Bande stellte sich vor den heiligen Schrein und sah sich diese in ihren Gebetmänteln eingewickelten Juden an und stemmte seine Hände in die Hüften und erklärte gnädig: »Also jetzt könnt ihr euch rühren! Rührt euch!«

»Also rührt euch schon!« Es vergingen noch einige Sekunden, dann rührten sich die Juden. Auf eine sonderbare Art – die Nazis schnappten schier über vor Lachen. Die Juden gingen nämlich drei kleine hopsende Schritte zurück, dann wieder vor, dann verbeugten sie sich vor der Ostwand und vor dem heiligen Schrein. »Haha!«, lachte der Uniformierte, der vor dem Schrein stand. »Haha! Nun zeigt mal eure Papiere, eure Pässe und was ihr sonst eingesteckt habt!«

Die Juden griffen in ihre Taschen und zeigten ihre Pässe vor. Es waren zwei rumänische, zwei litauische, vier polnische, zwei jugoslawische, zwei tschechische und zwei ungarische Pässe, die sie dem Anführer hinhielten, aber neun hatten nur Staatenlosenpässe und sechs hatten nur einfache Blätter in ihrem Besitz, sogenannte Nansen-Ausweise.

»Alles Ausländer«, sagte der Anführer unwillig und schien sich nicht im klaren darüber, was er nun weiter machen sollte. Plötzlich kam ihm ein Gedanke. »Wer von euch ist mit Stalin verwandt?« fragte er lauernd.

Es meldete sich keiner. Und vielleicht wäre niemandem etwas passiert, hätte nicht in diesem Augenblick der Autoschlosser Schmutzler die ehemalige Kegelbahn betreten. Er kenne die Leute hier seit vielen Jahren schon, beschwor er die Nazis, es seien ganz harmlose Juden, die täglich zweimal zum Beten herkämen, jeden Tag und seit zwölf oder dreizehn Jahren schon, ganz harmlose Juden...

Der Arme!

»Es gibt keine harmlosen Juden!« schrie der Anführer außer sich. Er gab seinen Begleitern einen Wink, die Nazis wandten sich von den Juden ab, nahmen den schlotternden, protestierenden Autoschlosser in ihre Mitte, brachten ihn gleich zum Verhör. Ins Gesicht schrien sie ihm, er sei ein Verräter am deutschen Volke, ein Bombenwerfer und Attentäter, er solle nur schleunigst gestehen. Als Schmutzler bettelnd versicherte, er habe wirklich nichts zu gestehen, flößten ihm vier Nazis eine Flasche Rizinusöl ein und da gestand er alles, alles, alles. Er gestand: zwei jüdische Großmütter, eine marxistische Verschwörung gegen den Staat, einen bewaffneten Überfall auf zehn Minister – es gab nichts, was er nicht eingestand. Seine Hosen waren voll. Er krümmte sich stöhnend. Sie umstanden ihn roh lachend, stellten Fragen über Fragen, und er sagte zu allem Ja und Ja...

»Natürlich habe ich es nicht vergessen«, sagte Jossel. »Und trotzdem gehe ich. Ich habe mein Wort gegeben, daß ich komme. Alle werden da sein.«

Es waren alle da. Zuerst beteten sie. Jossel Fischmann hatte seinen Platz neben dem einbeinigen Chaskel Weiß. Chaskel war ein sehr sentimentaler Mensch, für ihn war der Sabbat immer ein Tag der Träumerei, des stillen verstehenden Lächelns gewesen, er ging nicht ins Geschäft, er ging spazieren. Im Sommer ging er auf der schattigen und im Winter auf der sonnigen Straßenseite, die Hände auf dem Rücken brüderlich vereinigt, den Hut hinten im Nacken, mit den langsamen abgemessenen Schritten eines armen spitzbärtigen Kauzes, der sich schon für einen König hält, weil er spazieren gehen kann.

An diesem Sabbat aber konnte Chaskel Weiß nicht verstehend lächeln, und Jossel Fischmann kam gar nicht erst auf den Gedanken, einen königlichen Spaziergang auf der sonnigen Straßenseite zu wagen. Dieser Sabbat unterschied sich sehr von allen anderen Sabbaten. Alle Juden, und auch die beiden aus der Schloßgasse 21, fühlten sich heute zutiefst in ihren Gefühlen verletzt. Sie waren in Gefahr. Ab zehn Uhr sollte es ihnen also dreckig gehen. Zahllose übermächtige Feinde bedrohten sie. Und Gott, so beteten sie, sollte sie beschützen.

Behäbig, schabbesdig lagen sonst die Gebetmäntel auf ihren dunklen schabbesdigen Anzügen. Heute aber hatten sie ihre Gebetmäntel wie Felddecken umgehängt, abwurfbereit. Der blasse Jossel Fischmann schaukelte auf und ab. Auf Chaskels rothaarigem Hinterkopf rutschte das schwarze Käppchen hin und her.

Die nervösen Hände wachten über die rutschenden Gebetmäntel, die gleitenden Käppchen, die flatternden Seiten der alten Gebetbücher. Leise schluchzende Töne klangen auf. Ein wortloses Gesumme war es, nicht der lärmende schmetternde Singsang, der sonst die Betstube erfüllte.

Sie hatten beschlossen: Nach dem Gottesdienst gehen die

Schuster und Schneider in ihre Werkstätten, die Kaufleute in ihre Geschäfte und Büros.... Sonst blieben am Sabbat die Läden und Werkstätten dieser frommen Ostjuden geschlossen. Heute aber wollten sie sich nicht verstecken, wenn die Nazis kamen. Sie wollten nicht fliehen, es konnte ja auch keiner fliehen. Die Stadt war ein einziger großer Pranger für sie. Es war ihr Los, zu bleiben. Sie waren gefesselt an diese Stadt, sie konnten nicht einfach fortfahren, in eine andere Stadt. Ein frommer Jude fährt am Sabbat nicht. Und in jeder anderen Stadt standen die Juden heute genauso am Pranger wie hier. Ihr Schicksal war nicht, daß sie gerade in dieser Stadt lebten – ihr Schicksal war, daß sie Juden in Deutschland waren.

»Schwer und unangenehm ist das, ihr könnt es mir schon glauben«, versicherte Herr Feiwel den anderen, die schweigend ihre Gebetmäntel zusammenlegten und in ihre Samtbeutel stopften, denn der Gottesdienst war zu Ende. »Hätte mich nur 1920 die deutsche Polizei mit Gewalt aus dem Land herausgetrieben! Da wäre ich jetzt in Paris oder in Antwerpen oder in New York, aber auf keinen Fall hier!« Er glaubte sich zu erinnern, daß er damals etwas mit den deutschen Juden gehabt hatte – oder eigentlich nichts mit ihnen gehabt hatte, sie hatten seine verzweifelte Lage als ostjüdischer Flüchtling nicht verstanden, behauptete er jetzt. »Nun aber werden auch sie verstehen, was es heißt, ein verfolgter Jude zu sein!«

»Euer Geschmunzel regt mich auf!«, schrie Jossel Fischmann.

»Ich habe nicht geschmunzelt!« schrie Feiwel zurück. »Wozu nehmen Sie eigentlich die deutschen Juden in Schutz? Er nimmt unsere Herren Aristokraten in Schutz! Was haben sie mir 1920 gesagt, diese Herren! Bei euch im Osten, haben sie gesagt, ist das kein Wunder, aber bei uns in Deutschland kann so etwas nie vorkommen... Aber schon damals habe ich behauptet, daß in jedem Land Verbrecher auf einen Bandenführer warten. Nun, und habe ich recht gehabt?« Es war ihm die Freude anzusehen, daß er recht gehabt hatte. »Bei uns hat er geheißen Petljura und hier heißt er – nun, ihr wißt schon, wie Aron Hirsch heißt... Alles habe ich den deutschen Juden vorausgesagt!«

»Was willst du von den deutschen Juden haben! Sie haben es jetzt genau so schwer wie wir!« protestierte Chaskel Weiß.

»Sie haben es leichter, sogar jetzt im Unglück bleiben sie die

Aristokraten und wir die Schnorrer«, beharrte Feiwel. »Sie haben doch schöne deutsche Reisepässe. Sie können noch heute ins Ausland. Heute, am ersten April 1933, wünsche ich mir nichts anderes als ein deutscher Jude zu sein und einen deutschen Reisepaß zu haben. Ich garantiere euch, ich würde noch heute, gleich nach dem Abendgebet, wenn Schabbes aus ist, über die Grenze gehen. Wenn ich an den armen Goldstein denke! Aber ich habe keinen Paß, ich wage nicht, ohne Paß über die Grenze zu gehen. Ich bin staatenlos – das heißt, ich bin gefangen wie eine Maus im Käfig.«

»Ich bin auch gefangen wie eine Maus im Käfig! Aber deshalb schreie ich trotzdem nicht wie Sie, Feiwel!«, schrie Herr Klein...

Sie hatten es gar nicht so eilig, auf die Straße zu kommen. Es war ja noch lange nicht »Schlag zehn Uhr«. Immer wieder fand sich einer, der etwas zu erzählen hatte. Da war der Schochet Klein. Er hatte nach dem Zwischenfall auf dem Schlachthof vor einigen Monaten den waghalsigen Einfall gehabt, Deutschland zu verlassen und ins ruhige Südamerika auszuwandern. Aber erst nach dem 30. Januar begann er, sich ernsthaft mit diesem Gedanken zu beschäftigen. Und als vor acht Tagen die Betstube von den Nazis überfallen worden war, stand es für ihn fest: Er bleibt nicht mehr länger in diesem gefährlichen Lande! Aber wie nach Südamerika reisen? Natürlich mit einem Schiff, das war kein Problem. Aber etwas anderes war ein sehr ernstes Problem: Er war staatenlos, besaß keine Papiere, und auch seine Frau besaß keine Papiere und die Tochter auch nicht. So war er denn vor drei Tagen in die nächste Großstadt gefahren. Dort gab es ein polnisches Konsulat. Er ging hin, füllte ein Formular aus und wurde nach vielem Hin und Her in ein kleines Büro geführt.

»Guten Tag«, sagte er. »Vor vielen Jahrzehnten«, sagte er, »bin ich mit russischen Papieren nach Deutschland eingewandert. Diese russischen Papiere habe ich in Warschau bekommen, damals gehörte Warschau zum großen russischen Reich. Es lebten noch in Rußland der Zar und die Zarin und der Zarewitsch – aber ich lebte hier in Deutschland. Und wie der Krieg, nicht heute gedacht, ausbrach, haben mich die Deutschen – Sie kennen doch die Deutschen! – als Russen behandelt, als feindlichen Ausländer! Kurz und gut, was gibt es darüber viel Worte zu verlieren? Auf einmal ist doch mein Warschau eine polnische Stadt geworden. Aber ich«, entschuldigte er sich, »bin dadurch gar nichts geworden. Ich bin nicht mehr Russe und bin nicht Pole. Und nun brauche ich Papiere. Was soll ich tun?«

Das polnische Fräulein, dem er so mit einfachen Worten seine komplizierte Lebensgeschichte erzählte – dieses Fräulein war eine ausgesprochene Schönheit, das, was man so eine nationale Schönheit nennt, eine stolze nationale Schönheit. Und sie wußte es auch. Aber sie wußte nicht ganz genau, was sie nun mit diesem Panje Klein zu tun habe.

»Sind Sie wirklich in Warschau geboren?« fragte sie auf alle Fälle ungläubig.

»Und warum, so frage ich Sie, soll ich nicht in Warschau geboren sein?«

»Also in der polnischen Stadt Warschau?«

Aus einem unerfindlichen Grunde erregte sich Herr Klein. »Nein!« rief er aus. »Ich habe Ihnen doch schon gesagt, daß Warschau zu meiner Zeit eine russische Stadt war!« Etwas Dümmeres hätte er kaum sagen können. Hätte er dem Fräulein einen Mord gestanden, so wären die Folgen in diesem Büro nicht katastrophaler gewesen. Aber »Warschau eine russische Stadt«! Ein total Verrückter!

So etwas durfte sich das schöne Fräulein wirklich nicht bieten lassen.

»Nie«, erhob sie sich graziös, »nie war Warschau eine russische Stadt!«

»Ich schwöre Ihnen, daß Warschau zu meiner Zeit...«

»Warum gehen Sie denn da nicht zum russischen Konsul?« fragte sie mit einem charmanten Lächeln und zeigte auf die Tür, auf der ein buntes Plakat empfahl: *Besucht Warschau...* »Der russische Konsul ist eher für Sie zuständig!«

»Ich danke Ihnen für Ihren ausgezeichneten Rat«, verbeugte sich Panje Klein.

Natürlich war der russische Konsul auch nicht da, auch nicht der Vizekonsul, auch nicht der zweite, nicht der dritte, nicht der vierte Vizekonsul. Aber er wurde auch da in ein kleines Büro geführt, es empfing ihn mit einem breiten Lächeln eine junge stupsnäsige Russin.

»Ich bin aus Warschau«, sagte er und so weiter.

»Ich bin aus Moskau«, lächelte das Fräulein. »Und es kann sein«, fuhr sie fort zu lächeln, »daß vor dem gewaltigen Oktober Ihre Geburtsstadt russisch war. Aber die russische Geschichte vor 1917 ist von uns liquidiert worden.«

»Oih!« schüttelte Herr Klein verzweifelt seinen schönen bärtigen Kopf. »Das ist wirklich schade! Und wie ist es da eigentlich mit meiner Frau? Sie heißt Channe Klein und ist eine geborene Kipnis. Eine geborene Kipnis aus Bendery in Rußland.«

»Heute«, lächelte die Russin, »liegt diese Stadt in Rumänien ...«

Das alles erzählte Herr Klein breit und ausführlich. Und alle hörten interessiert zu und keiner machte Anstalten, die Schul zu verlassen.

»Und sind Sie noch zum rumänischen Konsul gegangen?« wollte nun Herr Chaim Blumenstein, der auch aus Bendery stammte, wissen.

»Nein. Wozu? Ich habe schon genug gewußt. Ich bin in ein gutes jüdisches Restaurant gegangen und habe mir Kischke bestellt, sie war nicht schlecht, ich kann allen das Restaurant empfehlen«, schnalzte der Schochet Klein mit der Zunge. »Und so also endete«, schloß er den Bericht ab, »meine Reise in die Großstadt. Ich werde nie Papiere bekommen und muß also hierbleiben. Wir Juden haben alle unsere Feinde überlebt, den Herrn Pharao, den Herrn Haman, den Herrn Nebukadnezar und den Herrn Titus, alle unsere Feinde sind gestorben – aber wir, wir leben! Und wir werden auch ihn überleben.«

»Mir wäre schon lieber«, sagte Feiwel, »ich könnte ihn in einem andern Land überleben. Wie leicht hat man früher fahren können! Sogar so eine große Reise von Riga bis nach Wladiwostock hat man doch in einem Stück abgemacht, mit einer Fahrkarte und in einem einzigen Land die ganze Strecke und mit dem gleichen Geld! Heute ist so etwas unmöglich! Außer einem gültigen Paß muß man hundert verschiedene Visen haben. Ein Visum für Litauen und eines für Lettland und eines für Finnland und eins für Polen und eins für ich weiß nicht für welches Land noch. Und dann muß man verschiedene Gelder haben: litauische Litas und lettländische Latis und finnländische Penniäs und polnische Zlotys und kommunistische Tscherwonetzkes. Und zuletzt hilft das alles nicht einmal, weil sich plötzlich über Nacht ein neues Land auf der Strecke zwischen Riga und Wladiwostock aufgemacht hat.«

»Noch nie habe ich gehört«, sagte Chaskel Weiß erstaunt, »daß jemand von Riga nach Wladiwostock gefahren ist. Ich kenne viele Leute aus Riga, und so etwas hätte ich bestimmt gehört!«

»Vor dem Kriege ist sicher schon jemand diese Strecke gefahren«, beteuerte Feiwel. »Warum auch nicht? Wozu macht man eine Strecke, wenn nicht, um darauf zu fahren? Außerdem spielt es keine Rolle, ob es diese Strecke war oder eine andere Strecke.«

»Ich verstehe auch gar nicht«, behauptete Herr Wolf, »warum man von Riga nach Wladiwostock über Finnland und über Litauen fahren muß.«

»Wer behauptet, daß man das muß?« zuckte Herr Feiwel die Achseln.

»Aber wenn man will, kann man sicher über Litauen und über Finnland nach Wladiwostock fahren.«

»Es ist bald zehn Uhr«, räusperte sich Herr Wolf. »Wer geht als erster?«

»Ich«, beschrieben Jossel Fischmanns Hände eine zaghafte schiefe Linie nach oben.

»Eigentlich wollte ich als erster gehen«, sagte Herr Klein. »Aber natürlich trete ich zurück.«

Jossel Fischmann verabschiedete sich umständlich von Herrn Weiß, dann von Herrn Blumenstein, dann von Herrn Klein, dann von Herrn Rappaport, dann von Herrn Wolf – von jedem einzelnen verabschiedete er sich.

»Ich gehe jetzt ins Geschäft«, sagte er.

»Ins Geschäft gehe ich jetzt«, sagte er.

»Nun werde ich wohl ins Geschäft gehen müssen«, zögerte er.

»Wir werden jetzt einer nach dem andern gehen müssen«, sagte er.

Und zu Herrn Klein gewandt, sagte er unsicher kichernd:

»Was ist eigentlich mit den Nazis los? Sind sie verrückt, daß sie gegen mich kämpfen? Wer bin ich denn? Verstehen Sie das? Möchte wissen, was ich ihnen getan habe.«

Die Reparaturwerkstatt war geschlossen. Der arme Schmutzler befand sich immer noch in Haft. So ein braver Goy! Auf der

Straße herrschte ein außergewöhnliches Leben und Treiben. Jossel Fischmann zuckte zusammen, als zwei Leute auf ihn zukamen!

Nein, sie kamen gar nicht auf ihn zu! Sie liefen, Gott sei Dank, nur an ihm vorüber! Das Herz kann einen Schlag bekommen von einem solchen Schreck!

An der Ecke stand eine Gruppe. Wer weiß, ob sie nicht von uns Juden sprechen... Vielleicht kannten ihn diese Männer, vielleicht sprachen sie über ihn, vielleicht führten sie irgendetwas im Schilde...

Er schlich an ihnen vorbei, am liebsten hätte er sich ganz unsichtbar gemacht. Hoffentlich sahen sie ihn nicht. Hoffentlich hatten sie ihn nicht gesehen. Sie hatten ihn sicherlich nicht gesehen, sonst wäre bestimmt ein Unglück passiert.

Auf den Bürgersteigen sahen alle Leute wie Mörder aus! Jossel Fischmann benahm sich wie ein Hase, der einem Autoscheinwerfer auf der Landstraße entkommen will. Er entkam nicht. Er stolperte vom Bürgersteig und lief nun mitten auf dem Fahrdamm. Überall standen Leute und tuschelten sich etwas zu, redeten heimlich über ihn, wovon sonst, dieses gefährliche Geflüster machte ihn fahl, er war allein und die anderen waren Hunderte... Er bildete sich ein, er mache einen Bogen, um nicht gesehen zu werden – aber auf dem breiten Fahrdamm wurde er bei jedem Bogen, den er unsicher machte, erst recht gesehen, der hastende Herr Fischmann.

Er war gekleidet wie jeder andere Mann in Deutschland. Aber trotz der deutschen Kleidung würde man wohl das weiße, ängstliche, spitzbärtige Gesicht des Juden aus Strody erkennen, das ganze Leben eines Gejagten, dachte er schwitzend. Er glaubte zu wittern, daß ihn alle Antisemiten der Stadt anstarrten, daß sie sich hinter ihm hermachten... Von den Plakatsäulen, von den herumliegenden Handzetteln schrie es ihn an:

Der Jude ist Deutschlands Unglück!

Ein grausamer Tag. Auch der Himmel war grausam, war gegen die Juden. Es war ein schöner Tag. Es regnete nicht. Die Plakate brüllten ungehindert und frech ihre Schreie heraus. Es gab kein Entrinnen. Er mußte sich aufraffen, allen Mut zusammennehmen. Ganz allein stand heute Jossel Fischmann dem Dritten Reich gegenüber, Stirn an Stirn. Und Jossels Stirn war von vielen kleinen kalten Perlen bedeckt.

Er näherte sich seinem kleinen Laden. Im Schaufenster stand die Puppe, er sah sie schon von weitem. Und dann sah er, daß zwei Nazis vor dem Fenster standen, mit einem gelben Plakat! Seine Gläser wurden undurchsichtig, er wischte sie schnell ab. Die grellen Worte des Plakats sprangen ihn wie Hunde an. Er fürchtete Hunde, Hunde hatten die Bauern rings um Strody auf ihn gehetzt, wenn er zu ihnen kam, um Draht und Nägel und Schaufeln zu verkaufen... Jetzt stand er vor dem Plakat, seine Hände suchten zitternd den Ladenschlüssel. Er las: *Achtung, Lebensgefahr! Die Juden der ganzen Welt wollen dein Land vernichten! Deutsches Volk, wehr dich! Kauf nicht bei Juden! Juda verrecke!*

Einer der beiden Nazis war Xaver Wunder.

Endlich befand sich Herr Fischmann in seinem jüdischen Laden. Er behielt den Mantel an. Er schob den Vorhang vor dem Holzregal zurück, zählte mechanisch die drei Wintermäntel, die vier Anzüge, die acht Kleider. Dann trat er an das Schaufenster, vermied es, auf die Gasse zu sehen. Er nahm die drei dikken, innen angerauhten Schlüpfer heraus. Dann die Strickweste. Dann die baumwollenen Socken. Dann das einzige Paar Herrenschuhe. Ganz zuletzt zog er der stupid ins Leere starrenden Puppe den himmelblauen Unterrock aus Seidentrikot aus. Das bunte Papier, mit dem der Boden und die Wände bekleidet waren, hatte helle Flecken, es war verschossen. Jossel Fischmann vergaß auch nicht, das Schild herauszunehmen, auf dem *Samstag geschlossen* stand. Und er ließ auch die unbekleidete Puppe nicht im Schaufenster stehen.

Da fiel sein Blick auf den Briefkasten, der innen auf der Ladentür aufgeschraubt war. Ein Brief lag darin. Er nahm ihn heraus. Der Brief kam von seinem Sohn Jakob, aus Berlin, auf dem Poststempel stand Berlin. Was tut er immer noch in Berlin? Ich habe ihm doch geschrieben, er soll sehen, daß er nicht in Berlin bleibt. Dort sitzen doch alle Obernazis, dort ist es doch sicher noch schlimmer als hier. Er wird sich noch unglücklich machen, er wird mich noch unglücklich machen mit seinem Starrkopf. Ein junger Mensch wie er bleibt nicht in Berlin. Ein junger Mensch wie er fährt nach, nun, vielleicht nach Frankfurt. Aber ausgerechnet Berlin!... Es war Sabbat und so konnte Jossel Fischmann den Briefumschlag nicht aufreißen. Einen Moment lang spielte er mit dem Gedanken, die Ladentür aufzumachen und dem Xaver Wunder zu sagen: »Sie kennen mich doch, wir wohnen im gleichen Haus und auf dem gleichen Flur. Sie wissen doch sicher, daß ich ein Jude bin, wollen Sie mir vielleicht bitte den Brief aufreißen, es ist doch heute Sabbat...« Aber er wollte es lieber bleiben lassen, er wird warten, bis die ersten drei Sterne den Ausgang des Ruhetages anzeigen würden. Und er steckte den Brief ein.

Vor dem geräumten Schaufenster hielten die beiden Nazis weiter ihre Wacht. Nie zuvor hatte das Schaufenster so viel Aufmerksamkeit geweckt wie heute. Passanten, die Jossel Fischmann nie zuvor in dieser kleinen Gasse gesehen hatte, blieben stehen, hoben den Arm, grüßten lachend die Wache. Andere zeigten stumm auf das graue Firmenschild, auf das leere Fenster, gingen weiter, ohne etwas gesagt zu haben. Es wogte vor dem Laden Fischmanns hin und her wie nie in all den Jahren des Bestehens dieser kleinen Firma. Zur Feier des Tages hatten die Banken, das Rathaus, das Gericht und die Schulen geschlossen. Die ganze Stadt sollte Zeuge des antijüdischen Kampfes werden. »Nur kein falsches Mitleid!« rief Xaver Wunder der zögernden Menge zu.

Einen Augenblick sah Jossel Fischmann wie gebannt auf das Gedränge vor seinem Geschäft. Vor allem trieb sich da viel johlende Jugend herum, kleine Rohlinge, die schon gelernt hatten, Machtlosigkeit zu verachten. Sie malten mit Ölfarbe Hakenkreuze an das schmale Schaufenster, sie verteilten Flugblätter unter den Neugierigen.

Welch ein Mißverhältnis zwischen dem gewaltigen Apparat, den die Nazis da heute mobilisiert haben – und dem kleinen Lädelchen. Welch ein Mißverhältnis zwischen dieser gaffenden heulenden aufgeregten Stadt – und mir, dachte Jossel Fischmann bedrückt, bevor er sich in sein winziges Büro hinter dem Ladenraum zurückzog.

So sah er nicht, daß sich jetzt ein Mann einen Weg durch die Menge bahnte. Es war Paul Hummel, der geradewegs auf Fischmanns Laden zuging.

»Halt! Bei Juden wird nicht gekauft!« schrie Xaver Wunder.

»Sieh mal einer an! Noch einer aus Stiefels Haus!« brummte Paul Hummel finster. »Laß mich durch! Ich kaufe dort, wo es mir paßt!« Er hatte zwar keinen Pfennig in der Tasche, aber sollten sie nur ruhig glauben, er wollte wirklich was kaufen.

»Eintritt verboten!« brüllte der andere Nazi. »Die Juden sind unser Unglück!«

»Weg da!« sagte Paul Hummel und schob den Nazi von der Tür. Der packte ihn am Arm und drückte ihm blitzschnell einen Stempel auf die Stirn! Hummel wehrte sich gar nicht. Er machte nur ein überraschtes Gesicht. Die Farbe klebte auf der Haut. Die Leute umstanden ihn jetzt wie eine Plakatsäule. Einer las laut vor *Dieser Verräter kauft bei Juden!* Uniformierte klatschten Beifall. Jemand raunte ihm zu, er sollte doch verschwinden, nicht in den Laden gehen, auf die andere Seite der Straße springen.

»Nein«, sagte Paul Hummel trotzig. »Ich gehe, wohin ich will.«

»Judenknecht«, riefen sie ihm haßerfüllt nach, als er die Ladentür aufmachte.

Über dem Laden wohnte ein Ehepaar. Er war Buchhalter im Städtischen Wasserwerk, wog in der Badehose 228 Pfund. Ganz tief in dieser Fleischmasse hauste eine unbändige Lust nach Bewegung, Spannung, Abenteuer, Gefahren. Freilich zog er es vor, daß Gefahren anderen begegnen möchten. Er wollte lieber zuschauen. Dieser erste April kam solchen unbändigen Gelüsten entgegen. Er hockte am Fenster und schaute nun von oben gespannt zu, wie da unten die Juden ein Abenteuer erlebten. Daß gerade die Juden in Gefahr waren, befriedigte ihn ungemein. Man brauchte nur *Nieder mit den Juden!* zu sagen, und er war schon überzeugt und gewonnen. Er war ein alter brauner Kämpfer. Er war zu den Nazis gekommen, weil ihn seine Frau und die öden Abende langweilten, und auch das Kino und das Radio, das war doch alles keine Unterhaltung für einen Menschen wie er einer war. Er hatte bei den Nazis Vergessen für die Dürftigkeit seines privaten Lebens gesucht und gefunden. So was von interessanten Burschen! Richtige Draufgänger waren sie! Da ging es direkt um Leben und Tod oft! Schade, daß er nicht bei den Sturmabteilungen mitmachen konnte, dafür war er zu dick, zu wenig gewandt. Der Parteiarzt Hinkel hatte ihm abgeraten, wegen Herzverfettung und seiner Blutbeschaffenheit. Aber sonst war er in Ordnung, er war reiner Arier, er konnte wenigstens passives

Mitglied sein, sein Bürovorsteher war es schon längst. Das konnte nur Vorteile haben, sagte er immer zu seiner Frau.

Seine Frau war ein braves graues Mädchen. Schon als Elfjährige sah sie wie eine alte Jungfer aus, mit einem mitleiderregenden wehen Zug um die dünnen Lippen, mit einer Nickelbrille auf der mit Mitessern besäten weißen Nase. Sie sprach wenig, hatte aber eine rege Phantasie. Jetzt sah sie mit ihrem Manne hinunter in die Gasse. Nicht nur er, auch sie hatte Ideale, wenn auch harmlosere – und solche, von denen sie nie redete. So liebte sie leidenschaftlich Rettiche mit Schwarzbier zum Abendbrot. Und ihr geheimer Wunsch war: einmal im Leben so eine schwerreiche Gräfin zu sein wie die Titelheldin des großen Romanes in fünfhundert Fortsetzungen *Das Geheimnis der schönen Gräfin*. Aber sie war schon zufrieden, daß endlich etwas in dieser zum Sterben langweiligen Gasse los war.

Sie hatten keine Kinder, aber einen Hund. Der Hund hieß Fipsie. Die Liebe zu diesem Fipsie war das Band, das sie aneinander kettete. »Komm her, Fipsie, guck mal runter! Jetzt kriegt der Judenknecht 'nen Stempel!« wurde der Hund eingeladen. Fipsie bellte. Jossel Fischmann fuhr in seinem Laden zusammen. Sollte er auch heute vielleicht mehr Angst vor Hunden als vor Menschen haben?... »Nur kein Mitleid!« rief jetzt der dicke Angestellte des Wasserwerkes der Ansammlung vor dem Hause zu. Es lichtete sich gerade das Gedränge, die Menschen wollten zu weiteren Abenteuern, es war ja ein großer Tag. Nur die beiden Posten blieben.

»Am Samstag ist mein Geschäft geschlossen, Herr Hummel«, begrüßte Herr Fischmann den Eintretenden. »Ich verkaufe am Samstag nichts.«

»Ich will nichts kaufen«, ärgerte sich Paul Hummel. »Wo hängt denn ein Spiegel bei Ihnen?«

Jossel Fischmann zeigte auf den kleinen Spiegel in der Ecke. Paul Hummel begann mit einem Taschentuch auf der Stirn herumzureiben. Fischmann fixierte ihn kopfschüttelnd. »Mußten Sie denn ausgerechnet heute zu mir kommen?« fragte er neugierig.

»Die Farbe geht so nicht runter«, sagte Hummel grob. »Haben Sie Benzin?«

»Ich habe kein Benzin. Das ist mir zu gefährlich.« Er faßte

sich ein Herz. »Ich habe da einen Brief bekommen, den ich heute nicht aufreißen darf«, sagte er, »weil heute Samstag ist und ich bin doch ein frommer Jude. Vielleicht könnten Sie ihn mir bitte aufreißen.«

Paul Hummel sah ihn sprachlos an, aber er griff zu dem Brief, machte ihn auf, legte ihn auf den Ladentisch.

Jossel Fischmann bedankte sich, las den Brief durch. »Von meinem Sohn«, sagte er erklärend. »Von meinem Jakob, Sie waren ja mal mit ihm in der Schule, haben Sie mir einmal gesagt. Er ist immer noch in Berlin. Ich bin dagegen. Aber er fragt mich ja nie vorher. Er hat mich noch nie gefragt.«

Nach einer Weile stellte er eine überraschende Frage:

»Sind Sie eigentlich ein frommer Mensch, Herr Hummel? Ich meine natürlich: ein frommer christlicher Mensch.«

»Ich glaube nicht«, brummte Hummel und spuckte auf das Taschentuch, wischte weiter an dem Stempel herum.

»Das macht nichts«, sagte Fischmann. Aber es tat ihm sichtlich leid, daß Hummel kein frommer Mensch war. »Ich will Ihnen sagen, warum ich Sie frage. Ich selbst bin ein frommer Jude und so habe ich bis jetzt immer die von dem Allmächtigen eingesetzte Obrigkeit geachtet. Aber gerade wie Sie ins Geschäft gekommen sind, habe ich mir die Frage gestellt, ob ich recht hatte oder nicht.«

»Mit Spucke geht es nicht«, schüttelte Hummel ärgerlich den Kopf. »Draußen steht ja unsere Obrigkeit. Achten Sie sie, wenn Sie Lust haben.«

»Es gibt eben auch Obrigkeiten, die vom Bösen eingesetzt sind«, flüsterte Jossel Fischmann.

»Das lasse ich mir schon eher gefallen«, nickte der Freidenker beruhigt.

»Gottlob gibt es eine ausgleichende Gerechtigkeit«, vertraute ihm Jossel Fischmann an.

»Glaub ich nicht«, winkte Hummel ab. »Jedenfalls ist das, was wir jetzt erleben, nicht gerecht«.

»Wer weiß, wozu dieser Tag gut ist?« redete Jossel Fischmann dem skeptischen Hummel gut zu. »Wir wissen oft nicht, warum wir leiden. Aber alles hat einen Sinn. Schütteln Sie nicht so Ihren Kopf. Verlassen Sie sich auf mich. Unser Leben ist eine weise Prüfung.«

»Wenn Sie das Leben so auffassen«, protestierte Hummel,

»sind Sie 'n ganz verschrobener Mensch. Aber ich bleibe trotzdem bei Ihnen. Und wenn Ihnen jemand was tun will, da wird er sich wundern. Jetzt wissen Sie auch, warum ich hergekommen bin.«

Sie saßen in dem kleinen fensterlosen Raum hinter dem Laden, fern von der drohenden Stadt.

»Zum Beispiel haben mich die Nazis heute zu einer großen Persönlichkeit gemacht«, kratzte sich Jossel Fischmann verlegen das bärtige Kinn. »Jeder gute Mensch weiß heute, daß es einen Fischmann gibt und wo er sein Geschäft hat und daß es ihm schlecht geht, weil er ein Jude ist. Die ganze Welt sieht heute mich und meine Feinde. Und alle Menschen mit Verstand vergleichen mich mit meinen Feinden, und ich brauche mich nicht zu schämen. Ich nicht! Und einmal wird auch ein anderer Tag kommen, vielleicht noch nicht nächstes Jahr, aber dieser Tag, auf den ich von heute ab warten werde, wird bestimmt kommen. Es wird vielleicht auch ein erster April sein . . . Ich verlier nicht den Glauben . . .« Er lächelte verträumt vor sich hin.

Dem so schwer enttäuschten Paul Hummel ging es sonderbar. Er bekam bei diesem Juden wieder Mut und Hoffnung. Natürlich hatte dieser Fischmann recht! Nach jedem Heute kommt ein Morgen und ein Übermorgen!

»Wir müssen zusammenhalten, Fischmann!« sagte er eindringlich, leise. »Meinetwegen dürfen Sie dabei an Ihren Gott glauben. Wir müßten zusammen gegen die Nazis kämpfen! Wir würden sie schnell zum Teufel jagen!«

»Ich bin doch ein viel zu schwacher Mensch«, lehnte Jossel Fischmann entschieden ab. »Was soll ich kämpfen? Wie soll ich kämpfen? Ich bin ein kleiner ostjüdischer Kaufmann, es ist nicht meine Sache, mich in die Politik einzumischen.«

Paul Hummel war in der Idee *Unterdrückte, vereinigt euch, denn Einigkeit macht stark* aufgewachsen. Er konnte seine Mißbilligung nicht verbergen. »Ich verstehe Sie nicht! Sie wollen nicht mithelfen, damit es in Deutschland anders wird?«

»Lieber Herr Hummel, ich helfe euch schon genug! Später werden Sie vielleicht verstehen, daß ich sogar sehr mithelfe, damit es hier einmal wieder besser wird für ehrliche und unschuldige Menschen. Mit meinen Leiden helfe ich. Ist das nicht genug?«

»Nein! Das ist 'n Dreck!«

Sie konnten sich nicht einigen. Trotzdem blieben sie beisammen. Mittags schloß Jossel Fischmann seinen Laden ab. Noch immer standen die beiden Nazis Wache. Paul Hummel wich nicht von Jossel Fischmanns Seite.

»Volksverräter!« zischte Xaver Wunder.

»Ich habe nichts gehört«, sagte Paul Hummel trocken.

»Meine Herren! Vertragen Sie sich bitte!« zitterte Jossel Fischmann.

»Kommen Sie schon!«, drängte ihn Hummel über die Straße. Er begleitete ihn bis in die Schloßgasse 21, sie trennten sich erst im Hausflur.

»Sie sind ein hochanständiger Mensch, ein wirklich guter Mensch«, sagte Jossel Fischmann. »Ich werde das meinem Sohne schreiben.«

»Und Sie sind eine komische Nudel«, lachte Paul Hummel. »Ich habe Sie eigentlich bis heute gar nicht gekannt.«

Philosophie ist gefährlich

Gestern hatten sie ihn aus dem Krankenhaus entlassen.

Jetzt stand er in der kleinen Wohnung, im dritten Stock, Marktplatz 7, und schaute hinab auf die Marschierenden. Sie nahmen Aufstellung vor dem Rathaus. Er sah wieder die verhaßten Uniformen.

Vor einem Monat lag er in einem Keller, nach einem Verhör, konnte sich vor Schmerzen nicht rühren, verlor das Bewußtsein. Als er wieder zu sich kam, befand er sich in einem Bett, in einem weißen Raum. Er erfuhr von den Krankenschwestern, er wäre einem Autounfall zum Opfer gefallen, man hätte ihn auf der Landstraße gefunden. Er hörte sich das an und schwieg. Er schwieg auch, als ihn seine Mutter im Krankenhaus besuchte und weinend bestürmte, zu reden, damit man nach dem Auto suchen könnte, das ihn überfahren hatte. Er war nicht zu bewegen, von dem Autounfall zu sprechen...

Er hörte, daß die Mutter ins Zimmer trat, auf ihn zukam, er drehte sich nicht um. Er schloß die Augen. Wie gerne hätte er geweint, aber er konnte nicht. Wie gerne hätte er sich von der besorgten Mutter rühren lassen, aber nichts war mehr möglich. Er fühlte in seinem Innern eine entsetzliche eisige Last, einen einzigen Klumpen kaltes Blei.

Sie standen dicht beieinander. Die Mutter bestürmte ihn. »Komm weg, laß sie doch, laß doch das Fenster zu.«

Aber er öffnete das Fenster. Eine Militärkapelle spielte. Drüben auf dem Balkon des Rathauses stand eine Gruppe Uniformierter. Er erkannte einige aus dieser Gruppe! Es schauerte ihn! Trotz der Entfernung fühlte er, wie kalt ihre Augen blickten, wie grimmig ihr Aussehen war. Er spürte seinen ehemaligen Lehrer Zunk, der jetzt die rechte Hand zum Gruß erhob und die Stimme zum Donnern.

Die Nazis hatten aus der deutschen Sprache eine bluttriefende Sprache gemacht. Über zehn Jahre lang hatten sie ihren Anhängern *Judenblut*, die *radikale Vernichtung der Verräter*, eine *blutige Rache für den verlorenen Krieg*, eine *Nacht der langen Messer* versprochen. Jetzt hatten sie die Macht, und ihre ungeduldigen Anhänger warteten auf die versprochene *blutige Abrechnung*.

»Mit den Juden haben wir heute angefangen!« schrie Zunk. »Die reichen Völker glauben, sie können uns deswegen ihre Moral predigen! Wer reich ist, wer in schönen Häusern wohnt, kann sich Moral leisten! Wir aber sind arme Schlucker, wir Deutsche! Wir können uns diesen Luxusartikel Moral nicht leisten!«

Jeder Satz wurde von frenetischen Beifallsrufen unterbrochen. Zunk war kein junger Mann mehr, und dieser Tag stellte einen Markstein in seinem Leben dar. Er war ehrgeizig gewesen und nun stand er endlich auf dem Balkon des Rathauses, er war Polizeipräsident, und die ganze Stadt hörte auf seine Worte!

Jetzt trat der stämmige Gemüsehändler Kühne an die Brüstung.

»Es gibt noch Leute, die ihr Mitleid mit den armen Juden nicht verbergen können! Die es sogar heute für richtig gehalten haben, bei Juden zu kaufen, statt in unsere arischen Geschäfte zu kommen! Diese Verräter«, schrie er, »kennen noch immer nicht den verderblichen und gefährlichen Einfluß dieser Rasse! Wer gegen uns meckert, der beweist, daß er viel Zeit hat – zu viel Zeit! Wir werden dem Einzelnen keine freie Zeit mehr lassen für seinen Kegelabend! Wir werden ihn zum Marschieren zwingen! Mancher Deutsche hat in diesen vierzehn Jahren der demokratischen Schmach vergessen, was Deutschsein heißt! Deutschsein heißt: immer marschbereit sein! Faul sind viele geworden! Wir werden diese Faulheit zu bekämpfen wissen! Wir werden euch wieder glücklich machen wie in jener schönen alten guten Zeit! Und wer da nicht mitmachen will, dem sei schon jetzt gesagt: Dafür haben wir unsere braunen Sturmabteilungen! Wir werden das Volk in Reihen aufstellen, wir werden es ausrichten und gleichschalten! Und wenn wir befehlen, dann ist der Befehl auszuführen! Jeder hat zu gehorchen, denn es geht um Deutschlands Größe!«

Und es trat der Gauleiter Grosse vor, in einer schwarzen Uniform, mit vielen Orden auf der Brust. Rot leuchteten die Schmisse in seinem harten Gesicht. Schnarrend schrie er hinab auf die Versammelten:

»Wir alle sind jetzt wieder Soldaten! Wir sind Soldaten des Vaterlandes! Wer denkt, daß den Juden Unrecht geschieht, dem sei gesagt: Denken ist keine soldatische Eigenschaft! Wer denkt, hat Hemmungen! Denken macht unruhig! Nur gehorchen macht ruhig! Jeder muß wissen: Einer ist da, der für uns alle denkt, und das ist unser Führer! Es gibt kein privates Leben mehr, kein schlechtes und kein gutes Gewissen! Soldaten haben zu marschieren, sonst nichts!«

Nachdem sich die begeisterte Menge auf dem Platz beruhigt hatte, ergriff Huster das Wort. »Und nicht nur die Juden müssen dran glauben!« schrie er mit wilden Gebärden. »Wir werden das ganze deutsche Volk von Grund auf ändern! Wir werden Schluß machen mit dem bürgerlichen Klimbim! Wir werden keinen feinen Fünf-Uhr-Tee dulden! Vorbei ist die Zeit, da unter dem Deckmantel der sogenannten Unterhaltung, fremdartige geschmacklose jüdische Negermusik dem deutschen Volk in die Ohren geschmettert wurde! Dieses Jaulen und Gemauschel der modernen Instrumente werden wir hinfort zu unterbinden wissen! Wir dulden auch nicht mehr das Hütelüpfen! Und auch nicht mehr den überlebten Händedruck! Und wir erlauben auch keinen Guten Tag mehr! In Deutschland ist nur noch unser Gruß gestattet! Und dieser Gruß ist...«

»Heitla! Heitla! Heitla!!« brauste es über den Platz, hinauf zu den Herren der Stadt, hinauf zu den vielen besetzten Fenstern, aus denen unzählige bunte Hakenkreuzfähnchen geschwenkt wurden, hinauf zu dem Rathausturm, von dem eine übermächtige Hakenkreuzfahne hing, hinauf zu Heinz Levy, der leise das Fenster schloß, sich abwandte.

»Laß mich bitte allein«, bat er.

Er studierte Philsophie, stand vor der Doktorarbeit. Viele Bücher und Hefte lagen auf seinem Schreibtisch, zuoberst ein Buch von Dürr, *Ethik*. Zufällig war es aufgeschlagen, zufällig fiel sein Blick auf einen angestrichenen Abschnitt, in dem es hieß, der Tod sei »das Gegenteil des Lebens, ein gewiß sehr erträglicher Zustand«.

Es wäre übertrieben zu sagen, daß dieser Satz die Entscheidung brachte. Es wäre falsch, wenn man diesem Zufall keine Bedeutung beimessen würde. Sicher ist: Heinz Levy war ein Mensch, bei dem der Weg von einem Gedanken bis zur Ausführung immer gefährlich kurz gewesen war...

Er riß das Blatt heraus, unterstrich den Satz mit einem Rotstift, legte das Blatt auf seinen Tisch. An der Wand hing das Bild seines Vaters. Er erinnerte sich kaum noch an ihn. Er sah das Bild an. Ein Feldgrauer mit Pickelhelm, ein fremdes schmales Gesicht mit Brille und Schnurrbart, Schaftstiefel mit hineingestopften Hosenbeinen. Der Vater lag irgendwo in Flandern. Er, sein Sohn, würde hier liegen. So kommen die Familien auseinander...

Noch immer standen die Herren der Stadt auf dem Balkon, nahmen den Vorbeimarsch ihrer bewaffneten Banden ab. Das waren keine Philosophen, keine übermäßig großen Geister, sie hatten kein hinderliches Wissen von der Welt und von sich selber. Ihre Gedanken waren fest umgrenzt. Sie waren fanatisch. Er aber war es nicht. Er war erledigt. Er hatte keine Kraft mehr. Sie hatten ihn zerbrochen. Sie hatten ihn in eine Ecke geschleift, sie hatten ihn so gepeitscht, daß er seine eigenen Schreie nicht mehr gehört hatte...

Er war noch jung, aber er gab es auf. Es lohnte sich nicht zu kämpfen. Allein? Mit Freunden? Er hatte keine. Sie hatten es geschafft. Wieder einer weniger. Noch vor ganz kurzer Zeit hätte er gedacht, der Tod ginge ihn nicht groß etwas an, das sei was für Greise, das sei noch nicht an seine Generation herangekommen. Und nun stand er ihm gefährlich gegenüber, mit dreiundzwanzig Jahren, ein junger deutscher Jude, und er wollte ihm nicht ausweichen, und er konnte ihm nicht ausweichen, wohin sollte er auch ausweichen...

Er setzte sich an den Tisch, nahm Papier und Bleistift, schrieb: »Verzeih mir, Mutter.«

Er nahm sein Tagebuch her, blätterte darin herum, las auf der letzten Seite: »War denn das Blut meines Vaters von einer anderen Farbe als das eurer gefallenen Väter? Und das Massengrab in Flandern, in dem mein Vater liegt: ist da auch eine Sonderabteilung für Juden gemacht worden? Ist er denn nur für euch gefallen und nicht auch für mich?... Ihr habt vielleicht ganz recht. – – – Ich glaube jetzt selbst, daß ich nicht zu euch passe...« Er las von Plänen und Hoffnungen, lächelte traurig. Er hatte also Pläne für die Zukunft gehabt! Er las: »Ich will im Dezember 1933 für vierzehn Tage in den Süden, vielleicht nach Frankreich oder nach Italien...« Noch nie hatte er das Meer gesehen. Nun würde er es auch nie mehr sehen. Es war der erste April 1933.

Über ihm ging jemand auf und ab. Er schreckte auf, lag im Keller, hörte knallende Schritte auf dem Steinboden vor seiner Tür... Die Lampe zitterte. »Du verstehst mich«, flüsterte er fragend. Er wußte nicht, er wollte nicht wissen, ob diese Frage dem toten Vater oder der unglücklichen Mutter galt... Er schloß die Schublade auf. Griff hinein. Dann richtete er schnell die Mündung der Waffe auf sich, fühlte voller Angst den Lauf zwischen zwei Rippen, dann drückte er los, fühlte einen Stoß, riß Mund und Augen weit auf, fiel hin.

Viele Monate später fand ein Prozeß gegen einen Arzt statt, der es abgelehnt hatte, dem Selbstmörder Levy Hilfe zu leisten. Der Arzt erklärte:

»Ruft mich da eine Frau an, erstens verstehe ich überhaupt kein Wort von dem, was sie am Telephon sagt, so heult sie am Apparat, also nicht ein Wort verstehe ich. Wie ich dazu noch höre, daß sie Levy heißt, denke ich: Eher geht doch die Welt unter, als daß ich heute am ersten April – Sie wissen ja noch! – zu einem Juden gehe.«

Der Verteidiger erklärte:

»Man muß die nationale Gesinnung des Arztes und die Tatsache berücksichtigen, daß das Gefühl tiefer menschlicher Abneigung gegen einen Levy am antijüdischen Boykottag berechtigt gewesen ist. Daß dieser Levy starb, kann meinem Klienten nicht zur Last gelegt werden. Er wäre auch trotz ärztlicher Hilfe gestorben. Die Verletzung, die er sich beigebracht hatte, war tödlich. Er soll zwar noch eine Stunde lang geatmet haben, aber wer kann das beschwören?«

»Ich«, sagte der Hausbesitzer des Hauses Marktplatz 7. »Ich bin Arier«, sagte er. »Und ich habe auch die Anzeige gegen den Arzt erstattet. Ich fand sein Verhalten unmenschlich! Ich fand es sogar...«

»Laß dich nicht zu Beleidigungen hinreißen«, schrie seine vorsichtige Frau dazwischen.

Sie wurde verwarnt.

Der Arzt erhielt eine Geldstrafe von hundert Mark.

Der arische Hausbesitzer kam noch am gleichen Tag ins Konzentrationslager.

Feiwel stirbt nicht – er und Hermann nehmen Abschied

Feiwel hatte sich, als er aus der Betstube in die Schloßgasse lief, sofort in seinem Zimmer eingeschlossen. Er wagte sich nicht mehr auf die Straße. Er wohnte noch immer in Untermiete bei Frau Pilz, die eine schon ältliche Tochter namens Elisabeth hatte.

Frau Pilz und ihre Tochter Elisabeth waren in die Stadt gegangen, sie wollten sich den Boykottag nicht entgehen lassen. »So eine Gaudi«, sagte Elisabeth, »passiert nicht alle Tage.« Und Frau Pilz sagte gar nichts. Aber sie hatte heute rote Bäckchen wie ein ganz junges Mädchen vor der ersten Begegnung mit einem Mann. Feiwel aber, warum es leugnen, er leugnete es ja selbst nicht, blieb aus Feigheit in seinem Zimmer. Er hatte mit solchen Tagen schon früher unliebsame Begegnungen gehabt. Für ihn war der Antisemitismus nichts Neues. Er war ein ukrainischer Jude.

Und nun kam Frau Pilz heim, heißgeschwitzt, obwohl es doch erst April war, und vollgeladen mit Neuigkeiten. Und sie erzählte ihrem Untermieter alles, alles, was sie in der Stadt erfahren hatte: Der Warenhaus-Kahn sei verhaftet worden, und der Rabbiner sei auch verhaftet worden, und man habe zwei Juden erschossen aufgefunden, einen gewissen Grünberg oder Grünfeld und einen gewissen Heinz Levy, einen ganz jungen Mann. »Aber ich will nichts gesagt haben, ich weiß von nichts, Herr

Feiwel, ich sage Ihnen nur, was ich hörte. Lach nicht, Elisabeth! Geh aus dem Zimmer!« Und Elisabeth, die nun Fünfunddreißigjährige, schlängelte sich blöd kichernd in die Wohnküche.

Feiwel wurde von einem panischen Schrecken gepackt. Alles verblaßte: Die hilflose arme Scham vor diesem Tag, der ihn zeichnete; die Erinnerung an gewisse Erlebnisse in der Ukraine, die ihn heute, was ganz natürlich war, verfolgte und plagte... Dies alles verblaßte ganz und gar, er dachte nur noch an die Verhaftung, die ihm vielleicht auch drohte, und an einen schrecklichen gewaltsamen Tod, den also, nach dem armen Goldstein, wieder zwei Juden der Stadt gefunden hatten. Eben noch hatte er trübsinnig räsonniert, was für ein dummer glücklicher Mensch er doch im Jahre 1920 gewesen war. Glücklich hatte er sich damals gefühlt, weil er doch noch die Aufenthaltsgenehmigung in Deutschland bekommen hatte. Man kann sich schon denken, mit welchen Gefühlen er heute an dieses damalige Glück dachte! Und nun waren alle diese Erinnerungen nichtig, lächerlich geworden, einfach nicht mehr da. Stärker als alles war jetzt die Furcht vor einem Schicksal, das jetzt jeden Tag auf die Juden kam, sogar auf die Aristokraten unter den Juden, auf die deutschen Juden! Denn nur der Grünfeld, es konnte sich um keinen Grünberg handeln, es gab nur einen Grünfeld in der Stadt – nur dieser Grünfeld war ein Ostjude. Ein Haifisch war er gewesen, Feiwel hatte ihn nie ausstehen können, »aber vor Gott sind alle gleich, möge er in Frieden ruhen«...

Der Entschluß, die Stadt und Deutschland zu verlassen, dieser Entschluß zur Flucht war natürlich schon in ihm gewesen. Ein uralter Instinkt der verfolgten Juden hatte ihm schon längst geraten, keinen Tag zu verlieren, »denn etwas besseres kommt für uns nie nach«. Er hatte nur nicht den Mut gehabt, ohne Paß diese Flucht zu wagen, er hatte schon einmal Schwierigkeiten wegen eines fehlenden Geburtsscheines gehabt... Aber jetzt war ihm alles gleich. Nur fort! Er packte mit einer rasenden Hast, die seiner Wirtin sinnlos erschien, seinen Koffer.

Flennend und verständnislos für diesen, wie sie annahm, plötzlichen Entschluß, stand sie neben ihm, reichte ihm ein Hemd, noch ein Hemd, Schuhe, zwei Krawatten, Socken. Sie konnte nicht wissen, wieviel Generationen von Feiwels an dieser jüdischen Hast ihres Untermieters beteiligt waren. Sie selbst hatte eine andere Sorge: Das Zimmer, das nun frei wurde. Er sollte ihr versprechen, wieder bei ihr zu wohnen, wenn er wiederkäme. Feiwel versprach kopfnickend alles, was sie wollte. Als wenn es für ihn ein Zurück gäbe! Keine Ahnung hatte die Frau, auf wie lange ein Feiwel fortfährt, wenn er flüchtete...

»Nie habe ich einen so anständigen Mieter gehabt«, weinte sie.

Es war ein kritischer Augenblick. Diese Anerkennung nach den vielen Verunglimpfungen, Beschimpfungen und Bedrohungen, die er als Jude in letzter Zeit über sich hatte ergehen lassen müssen – diese einfachen Worte rührten ihn. Er war so empfindsam für solche Worte! Und es fehlte wahrscheinlich nicht viel, nur noch so ein paar Anerkennungen, und er hätte wohl seinen Fluchtplan umgestoßen, hätte den Koffer wieder ausgepackt, hätte die Gelegenheit verpaßt, dieses Land in dem Augenblick zu verlassen, wo die Angst noch befruchtend auf die Gedanken wirkte, wo sie vorwärtsstieß, wo sie noch nicht zur stumpfen Gewohnheit geworden war und alle Fähigkeiten zum Handeln abgetötet hatte. Beinahe begann ein stiller Kampf in ihm, nur weil die Wirtin sagte: »So einen anständigen Mieter wie Sie, Herr Feiwel, finde ich nie wieder.« Weil sie ganz ehrlich und brav sagte: »Mir tun Sie so leid, und es ist mir so peinlich, daß Sie glauben können, wir Deutsche seien gegen Sie persönlich, Herr Feiwel.«

Aber dann hatte sie etwas hinzugefügt, was ihn (»Zu meinem Glück«, sollte Feiwel später immer dankbar denken) endgültig veranlaßte, den Koffer doch nicht wieder auszupacken.

»Sie wollen also wirklich fahren?«, hatte sie gefragt und sich ihre Tränen aus dem Gesicht gewischt. »Da will ich Ihnen doch noch sagen, was ich über Euch Juden denke. Es ist jammerschade«, sagte sie, ein wenig erbost, »daß man es den Juden so oft ansieht, daß sie Juden sind. Und warum tragen denn eigentlich alle Juden so auffällige Namen wie Kohn und Einstein und Rosenberg? Warum tut ihr Juden denn so was? Auch Sie, Herr Feiwel! Jawohl! Warum heißen Sie gerade Feiwel? Warum heißen Sie denn nicht wie alle vernünftigen Menschen Kunze oder Wulle oder Pilz wie ich? Verstehen Sie das?«

Nein, er verstand es auch nicht.

»Sehen Sie«, frohlockte sie und ging noch einen braven und ehrlichen Schritt weiter. »Und heute habe ich mir wieder sein Bild angesehen. Er sieht doch ganz anständig aus mit seinem Schnurrbärtchen und die schöne Locke in der Stirn. So schlimm, wie Sie immer meinen, kann er doch gar nicht sein.«

So kam es, daß Feiwel die Verzückte und die kichernde Elisabeth verließ. Er ging mit seinem Koffer rasch über die Gasse, auf der anderen Seite stand Herrn Stiefels Haus. Bei Fischmanns wollte er bis zur Abfahrt seines Schnellzuges bleiben, auch Chaskel Weiß und seine Frau Dwore wollte er noch einmal sehen. Er war der erste Ostjude, der diese Stadt, die seine zweite Heimat geworden war, wieder verlassen wollte. Wie ein Lauffeuer verbreitete sich diese Kunde bei den anderen Ostjuden der Stadt. Frau Fischmann lief zu den Kleins, Frau Weiß zu den Wolfs. Und so erfuhren es alle. Feiwel hatte vor, den Nachtzug, der zur Süd-Ostgrenze ging, zu nehmen.

Die Kleins und die Wolfs wollten ihn noch einmal sehen. Sie warteten die Dunkelheit ab, aber sie hatten auch dann noch Angst, von den Nazis erkannt und ergriffen zu werden. Ein Jude war schnell erkannt. Nazis trugen Uniformen und Juden trugen keine Uniformen. Wer ohne Uniform herumlief, war verdächtig. Wer nicht hellblond war, tat gut daran, seinen Kopf mit einem großen Hut zu bedecken. Eine nicht ganz gerade Nase, ein hastiger Gang konnte zum Verhängnis werden. Schon wer kein Hakenkreuz am Mantelkragen trug, fiel ja auf. Juden trugen kein Hakenkreuz. Auf Schritt und Tritt fielen sie also auf. Den Nazis fiel jeder auf, der nicht auch ein Nazi war.

»Aber wir müssen trotzdem hingehen, es gehört sich so«, sagte Herr Klein zu seiner Frau. »Aber zwei Personen fallen eher auf als eine Person. Ich werde also zuerst das Haus verlassen und fünf Minuten später kommst du mir nach. Und vergiß den Schirm nicht!«

Als er die Treppe hinabeilte, bemüht keinen Lärm zu machen, denn in seinem Hause wohnten ja auch Nazis, wie in jedem Hause der Stadt – als er also allein das Haus verlassen wollte, dachte er: Hoffentlich regnet es . . . Auch er hatte natürlich seinen Regenschirm bei sich und wollte ihn sofort aufspannen. Aber es regnete nicht! Nicht das leiseste Anzeichen war vorhanden, daß es regnen würde! Wenn es geregnet hätte, wäre die Gefahr geringer gewesen. Er hatte vorgehabt, den Mantelkragen hochzuschlagen, den Kopf einzuziehen, den Regenschirm ganz tief zu halten – niemand hätte dann seinen jüdischen Bart erkannt. Mit Wonne wäre er jetzt in einen Wolkenbruch geraten. Aber leider kam er in keinen Wolkenbruch hinein, leider fiel kein einziges Tröpfchen vom Himmel. Es war ein schöner Abend. Das heißt, es war kein schöner Abend.

Etwas später schlich sich Frau Klein aus dem Haus. Die Tochter hatte sie begleiten wollen, aber Frau Klein hatte es nicht gestattet. Obwohl es eine deutsche Stadt war, wurde Fräulein Klein streng erzogen, so streng wie ängstliche jüdische Eltern in einem polnischen Städtel ihre schöne Tochter halten. Sei zehn Jahren nähte sie schon an ihrer Aussteuer, sie war jetzt zweiundzwanzig Jahre alt. Sie war sagenhaft fleißig, und ihre Aussteuer war schon sagenhaft groß und schön und kostbar. Damit nichts »passiert«, durfte sie, die auf den Namen Mirjam hörte und tiefe traurige schwarze Augen hatte, nie unter Leute kommen. Und an so einem Abend erst recht nicht. So ging also die Mutter tapfer allein. Sie glaubte, ihr Herz schlagen zu hören. Sie brauchte nur an die alte Frau Schapiera zu denken, und sofort traten ihr Tränen aus den Augen. Vor einer Stunde war es ihr erzählt worden. Die arme alte Frau!

Heute mittag saß die alte Frau Schapiera auf einer Bank. Seit fünfundzwanzig Jahren wohnte sie hier in dieser Stadt, seit fünfundzwanzig Jahren ging sie zuweilen ins Wäldchen, sah dort den Kindern zu, die im Sandkasten spielten, sah den Vögeln zu, die herumhüpften. Auch nach dem 30. Januar ging sie weiter ins Wäldchen, vermummt in ihrem alten Wintermantel, die wärmehungrigen müden Hände in den weiten Ärmeln versteckt. Vergebens bemühten sich ihre Kinder und Kindeskinder, ihr die neue Zeit und die neuen Deutschen zu erklären. Sie glaubte ihnen nicht, sie war mißtrauisch und fragte sich, was wohl ihre Kinder und Kindeskinder im Schilde führten, wenn sie da auf einmal verhindern wollten, daß sie weiter ins Wäldchen ginge. Schon um ihnen zu zeigen, daß sie sich nichts sagen lasse, ging sie spazieren, setzte sich auf eine Bank und sah aus wie eine alte Ostjüdin, die unzählige gutgeratene Söhne und Schwiegertöchter und »deutsche« Enkelkinder wie Sand am Meer hat – und Erinnerungen an eine russisch-jüdische Jugend.

Ganz allein hatte sie nun heute im Wäldchen gesessen, nicht einmal die Vögel hüpften heute auf dem Boden und alle Kinder trieben sich in der Stadt herum. Da kamen Nazis durch das Wäldchen marschiert, Nazis, die auf dem Marktplatz gewesen waren. Sie sahen diese einsame Jüdin. Es waren zwanzig Nazis, sie marschierten zu viert – fünf Reihen hintereinander.

»Halt!« befahl eine Stimme. »Steh auf, Dreckjüdin!«

Wenn einem der Schreck in die Glieder fährt, ist es schwer, solchem Befehl Folge zu leisten. Die Alte spürte keine Beine mehr, kein Muskel gehorchte ihr, sie konnte sich nicht erheben. Doch schreien konnte sie. Und also schrie sie grell und herzzerbrechend:

»Gewalt! Helft mir! Menschen, helft mir!«

Es war gegen zwei Uhr nachmittags, und es hörten auch einige Menschen diese ängstlichen Schreie. Sie hörten es von weitem und blieben sogar stehen, aber als sie die Nazis sahen, kam ihr keiner zu Hilfe. Niemand wollte in die Nähe der Nazis geraten, denn die Nazis waren jetzt der Staat, die Macht, die Richter, die Henker – sie waren allmächtig und mächtiger als Gott waren sie, denn Gott war weit und im Himmel, und die Nazis waren hier in der Stadt. Durch ihre Brille sah die alte Jüdin, daß die Menschen am Rande des Wäldchens stehen blieben und sie im Stich ließen. Da ließ auch ihre Stimme sie im Stich, ihre Stimme versagte, ihre Augen traten ängstlich aus der Stirn, sie tat einen Laut und verstummte. Einer gab ihr einen Stoß in den alten Rücken, daß sie von der Bank rutschte und in den kalten Sand fiel. Zwei Naziburschen stellten die Zitternde wieder auf die Beine. »Lauf!« befahlen sie ihr und sie johlten: »Hepp! Jüdin, Hepp!«

Da begann sie davonzuhumpeln, sie hopste, sie japste, die Hände flatterten, die schwarze Perücke rutschte ihr ins Gesicht, der bebende Mund versuchte die losen Zähne zu halten – so lief sie. Und sie lief auf die Menschen am Rande des Wäldchens zu. Und diese Menschen sahen die alte Frau auf sich zukommen, verfolgt von den Nazis, die im Chor *Nach Jerusalem!* brüllten. Aber niemand half der alten Frau...

Daran dachte die ängstliche Frau Klein, als sie fünf Minuten nach ihrem Mann das Haus verließ. Es war leider kein schöner

Aprilabend, weil es nicht regnete, und sie also ihren Regenschirm nicht aufspannen konnte. Hoffentlich würde sie niemand sehen, hoffentlich würde sie niemand als Jüdin erkennen. Wer hätte das gedacht? Man mußte Angst haben. Ein ehrlicher Mensch, eine Frau, mußte Angst haben, gesehen zu werden... Zu anderen Zeiten wäre dieser Abend schön gewesen, denn es wehte ein angenehmer Wind. Aber jetzt wehte dieser Wind den Regen fort und verhinderte das Aufspannen des Regenschirmes. Früher hätte Frau Klein zu solchen jagenden Wolken am nächtlichen Himmel »wunderschön« gesagt – diese Wolken schwammen wie kleine und größere Schiffe auf der Dnjestr bei Bendery und auf dem Schwarzen Meer vor Odessa... Es schien sogar der Mond, der halbe Mond. Aber jetzt war der Mond ein gemeiner unfreundlicher Mond, er beleuchtete die Schloßgasse, die Häuserwände, die Menschen, und es war eine große Gefahr, vom Mond beleuchtet zu werden. Ein Nazi konnte, Gottbehüte, auf Frau Klein zugehen, sie am Arm packen und sagen: »Sie haben das Deutschtum beleidigt! Folgen Sie mir! Sie sind verhaftet!«...

Auch die Wolfs hatten beschlossen, nicht zu zweit in die Schloßgasse zu gehen. Als erster schlich sich Herr Wolf aus dem Haus. Er war sehr niedergeschlagen. Sein Beruf war gefährdet. Herr Wolf reiste.

»Reisen« klingt großartig, solange man nicht weiß, was dahintersteckt. Aber wir wissen ja schon, was dahintersteckt – immer noch dasselbe: er reiste noch mit seinen Musterkoffern, die nicht ihm gehörten, von Dorf zu Dorf. Herr Wolf nannte sich jetzt Reisender, aber Hausierer wäre wohl richtig gewesen, wenn auch nicht so schön. Und nun hieß es, die Gewerbescheine der Juden würden von den Nazis eingezogen werden! Es war heute schon strafbar, ein Jude zu sein. Aber ein jüdischer Reisender ohne Gewerbeschein – das war nicht auszudenken! Was sollte aus der Familie Wolf nur werden? Jahrelang hatte Herr Wolf an seiner Tour gearbeitet, ohne zu klagen, hatte er die Strapazen ausgehalten. Nie hatte er sich Ferien gegönnt. Er reiste nur beruflich. Vielleicht wußte er gar nicht, daß man auch zu seinem Vergnügen Reisen unternehmen konnte. Er hatte schon einige große Reisen gemacht, der Ostjude Wolf, aber man kann nicht sagen, daß er sie zu seinem

Vergnügen gemacht hätte. Seine erste große Reise führte ihn vor dreiundzwanzig Jahren als Emigranten aus einem ostgalizischen Nest nach Deutschland. Als dann der Krieg ausbrach, mußte Herr Wolf seine zweite große Reise im Leben unternehmen – er war österreichischer Soldat geworden und fuhr von Deutschland an die österreichische Ostfront, an der er vier Jahre lang zu tun hatte. Ende 1918 fuhr er wieder zurück nach Deutschland, das war seine dritte große Reise. Und dann begannen also die kleinen Reisen für ihn, von Dorf zu Dorf.

Dabei war Herr Wolf immer zufrieden gewesen, er war kein Abenteurer. Er nahm sein Leben so hin, wie es war. Aber er war nie zufrieden, wenn er an seine Kinder dachte. Für sie war er ein ganz gefährlicher Abenteurer. Ein tollkühner Gedanke hatte ihn schon sehr früh erfaßt, die Kinder waren damals noch nicht einmal in die Schule gegangen. Und dieser Gedanke ließ ihn nicht wieder los: Nie sollten seine Söhne Musterkoffer schleppen müssen wie er, ihr Vater. Und deshalb schickte er sie ins Gymnasium.

Die Wolfs waren Kleinbürger: ostjüdische Kleinbürger. Sie hatten weder einen Schrebergarten, noch gingen sie ins Theater, nie ins Konzert, hatten kein Radio – sogar im Kino waren sie bis jetzt vielleicht nur viermal gewesen! Ihren letzten Film sahen sie vor vier Jahren, es war der erste Tonfilm gewesen, und sie waren hingegangen, weil sie gehört hatten, daß in diesem Wunderfilm ein amerikanisch-jüdischer Schauspieler, ganz echt wie im Leben, Kol-Nidre singe. Sie hatten sich aber bei diesem Lied so aufgeregt und hatten so geweint, daß sie seit damals nie wieder ein Kino betreten wollten. Außerdem war es ihnen auch, offen gestanden, um das Geld zu tun. Was so ein Kinoplatz auch immer kostete! Sie waren geizig, die Wolfs, ohne Zweifel – aber sie waren es ihren studierenden Söhnen zulieb. Es ist schwer zu sagen, wer ihnen diese Idee von den studierten Söhnen gegeben hatte. Schuld ist vielleicht wieder einmal die überlieferte Geschichte, aus der die Wolfs mit Stolz erfuhren, daß ihre Vorfahren Könige, Propheten oder mindestens Schriftgelehrte waren. Sie lasen gern die hinterlassenen Werke ihrer berühmten Vorfahren. Alle Welt kennt diese Werke. Und die Wolfs träumten davon, daß auch ihre Söhne einst solche Werke schreiben würden, solche oder ähnliche oder vielleicht, wenn Gott es wollte, noch schönere und noch berühmtere. Und deshalb waren sie geizig, und deshalb hatten sie mit dem so mühsam ersparten Geld die Söhne auf die Universität geschickt, als sie mit dem Gymnasium fertig waren. Natürlich mußten sich die Söhne durch Stundengeben den großen Rest selbst verschaffen... Wären die Vorfahren der Wolfs protestantische Tischler, Fleischer, Bäcker oder Bauern gewesen, dann hätten sie für ihre protestantischen Kinder andere Träume gehabt: Eine große moderne Tischlerei mit einer elektrischen Hobelmaschine, mit Kreissäge, mit einer Bandsäge, mit einer Fräsmaschine – oder ein ganz modernes Bauerngut mit Traktoren und elektrischen Dreschmaschinen, mit gesunden Kühen und fetten Feldern. Aber Herr Wolf war eben kein Protestant, dafür konnte er ja nichts. Und nun sollte alles ein Ende nehmen! Wie sollten seine Söhne fertigstudieren können, wenn er ihnen nichts mehr schicken konnte? Sie waren fast fertig mit dem Studium!

Frau Fischmann machte ihm die Tür auf. Er hatte, obwohl es doch nicht regnete, den Mantelkragen hochgeschlagen und den Hut vorn in die Stirn gedrückt. Nicht seinetwegen hätte er sich so vermummt, sondern nur seiner Frau zuliebe. Sie habe ihn beschworen, erklärte er, sein Gesicht so zu verstecken. Und seine Frau komme gleich...

Sie war schon unterwegs. Atemlos lief sie an den Häuserwänden entlang. Der halbe Mond leuchtete ihr ins Gesicht! Anfangs begegnete sie niemandem. Aber dann war ihr, als hörte sie hinter sich Schritte. Jemand schien sie zu verfolgen! Als sie sich umdrehte, glaubte sie hinter sich einen riesengroßen Nazi zu erkennen, er war vielleicht hundert Meter noch entfernt, aber sie sah, daß er einen Säbel in der rechten Hand trug und einen Revolver in der linken. Wenigstens schwor sie später, so habe ihr Verfolger ausgesehen, und dies und jenes habe er in seinen Händen getragen. Daß sie verfolgt worden war, erschien allen Anwesenden nicht nur glaubhaft, sondern natürlich. Sie begückwünschten die blasse Frau, daß sie heil und gesund einer großen Gefahr entronnen war. Nur den Säbel wollte ihr niemand glauben, obwohl sie verdrossen schwor, es sei bestimmt ein silberner Säbel gewesen, er hätte sogar geblitzt!

»Vielleicht war es ein Totschläger oder eine Reitpeitsche«, tröstete sie da Herr Feiwel.

»Was es auch gewesen sein mag, schlage ich jedenfalls vor«, brummte Herr Klein entschlossen, »daß wir heute Abend über das alles nicht mehr sprechen.«

Worüber aber sollte man bis zum Abgang des Zuges sprechen?

Sie saßen um den Tisch herum, es war ein Ausziehtisch, alle hatten Platz. Auch Hermann hätte noch dran sitzen können. Er wollte nicht. Er saß allein am Fenster. Er hörte mit halbem Ohr die Gespräche mit, die am Tisch geführt wurden. Er bemühte sich krampfhaft, nicht an Heinz Levy zu denken. Er versuchte, seine Aufregung zu verbergen. Aber bei jedem Geräusch, das von der Gasse zu ihm drang, zuckte er zusammen.

Jossel Fischmann gab seinen Gästen durch heimliches Augenzwinkern und Handbewegungen zu verstehen, daß sein Sohn *etwas mit dem Kopfe* habe und sie sollten sich deshalb nicht um ihn kümmern. Sie kümmerten sich nicht um ihn. Nicht einmal um Feiwel kümmerten sie sich. Sie sprachen nicht von seinem Abschied, nicht von seinen Zukunftsplänen, nicht einmal über ihre eigenen Sorgen und Befürchtungen wollten sie sprechen. Es wurde vorgeschlagen, Doppelkopf zu spielen. Da brauchte man wenigstens nicht *über das alles* nachzudenken. Da verstrich die Zeit von selbst, man hatte nichts zu tun, als die Karten in die Hand zu nehmen und zu spielen. Nur nicht an Feiwels Abschied und an sich selbst denken!

Zwanzig Minuten spielten sie so, dann ließen sie es wieder sein. So wie heute hatten sie noch nie Doppelkopf gespielt! Sie spielen und spielen und keiner gewinnt, plötzlich stellen alle Spieler fest, daß ja jeder verliert! Nein, das ist kein Spiel! ... Also mußten sie doch wieder sprechen. Und es ging, wie es immer in solchen Fällen zu gehen pflegt. Da sich alle bemühten, ja nicht über eine ganz bestimmte Sache zu reden, kamen sie unweigerlich auf diese bestimmte Sache zu sprechen, auf den Tod von Grünfeld und auf den Tod des jungen Levy. Als sie dann merkten, daß sie schon mittendrin im unangenehmsten Thema waren, war es schon zu spät. Trotzdem zogen sich alle mit großem Geschick aus der Schlinge. Wie auf Verabredung sprachen sie von den beiden Toten so, als seien sie des natürlichsten Todes der Welt gestorben. Von keinem Revolver, von keiner Kugel und von keinem Schuß war die Rede. Alle vermieden diese schrecklichen Worte zu erwähnen.

»Noch gestern habe ich mit Grünfeld gesprochen«, sagte Herr Wolf niedergeschlagen.

»Und was hat er denn gesagt? Haben Sie nichts gemerkt von seiner – Krankheit? Hat er denn keine Andeutung gemacht in seinem Gespräch?«

»›Guten Tag‹ hat er gesagt.«

»Und was noch?«

»Sonst nichts. Nur ›Guten Tag‹.«

»Sehr verdächtig. Mir wäre das gleich aufgefallen«, bedauerte Jossel Fischmann die Kürze dieses Gespräches. »Was für ein sonderbares Gespräch: ›Guten Tag‹ und sonst nichts...«

»Seinen Teilhaber habe ich auch gesehen. In einer Uniform...«

»Ihr wißt doch, was für ein guter Bekannter Grünfeld von mir war«, sagte Jossel Fischmann. »Immer habe ich ihm gesagt: Lieber Grünfeld, nehmen Sie einen Rat von einem erfahrenen Mann an. Lassen Sie Ihre Hände weg von diesem Linke! Sie werden, habe ich ihm immer wieder gesagt, Kopf und Kragen verlieren...«

»Er hat nicht auf dich hören wollen«, seufzte Frau Fischmann.

»Nein, er hat nicht auf mich hören wollen«, bestätigte Jossel Fischmann. »Vor ungefähr drei Monaten, als er seine Mutter verloren hat, ist er zu mir gekommen, um sich sein Herz auszuschütten. Ihr müßt wissen, daß er öfters gekommen ist, um meinen Rat zu hören. Er saß dann hier am Tisch, an dem Platz, an dem Feiwel jetzt sitzt...«

Feiwel sprang erschreckt auf und rückte seinen Stuhl an die Wand.

»...meine Frau hat ihm Fisch serviert und einen süßen Schnaps. Er war wirklich ein gebildeter Mensch, müßt ihr wissen, und gar nicht stolz, nein, im Gegenteil, er hat immer genommen. Nur meinen Rat hat er nie befolgen wollen. Er war eben kein Kaufmann, kein vorausschauender Kaufmann ...«

Und weil sie nun so schön mit dem verfänglichsten Thema beschäftigt waren, konnte Frau Klein nicht mehr an sich halten und schlug vor, ihr Mann sollte nun gleich erzählen, was er über den Herrn Rabbiner und über den Warenhaus-Kahn wüßte! Und da erfuhren sie von Herrn Klein ganz tolle Dinge! Besonders Feiwel hätte das von den hiesigen deutschen Juden nicht für möglich gehalten! »Es sind also doch anständige Menschen unter ihnen«, nickte er gerührt. Dieses halbe Zugeständnis war für diesen Ukrainer, der nichts vergessen konnte, schon viel!

Und dies erzählte der Schochet Klein:

Der Rabbiner und der Warenhaus-Kahn waren bereits gestern abend verhaftet worden. Von den vierhundert deutschen Juden der Stadt hatten fünfzehn Leute vor einigen Jahren einen *Bund nationaldeutscher Israeliten* gebildet, unter Vorsitz eines Herrn Siegfried Naumann, Teppichverkäufer in Firma Max Kahn AG. Diese Fünfzehn nun hatten für gestern alle deutschen Juden der Stadt zu einer Versammlung eingeladen. Vor einigen Monaten schon hatten sie einmal eine Versammlung veranstaltet, aber damals waren die fünfzehn Mitglieder ganz allein geblieben. Gestern aber, am Vorabend des Boykottages, waren fast alle deutschen Juden der Stadt gekommen, sogar der Herr Rabbiner und sogar Herr Max Kahn. Bei manchen mag es Neugierde gewesen sein, bei anderen die bange Furcht vor dem kommenden Tag und die Hoffnung, irgend etwas Tröstendes zu hören. Jedenfalls war der Vortragssaal des Hotels *Zum deutschen Kaiser* voll. Er war reichlich mit schwarzweißroten Fahnen dekoriert, Herr Naumann war nicht nur ein tüchtiger Teppichverkäufer, er war auch ein tüchtiger Schaufensterdekorateur. Ein Klavierspieler hämmerte Militärmärsche. Zwei Nazis saßen in der ersten Reihe, sie hatten den polizeilichen Auftrag, die Versammlung zu überwachen.

Die fünfzehn Bundesmitglieder sangen stehend einige nationalistische Lieder. Im Saale saßen die fast vierhundert Gäste, mit besorgten Mienen, an morgen denkend, unwillig hörten sie sich jetzt Lieder an, die sonst nur von ihren erbittertsten Feinden gesungen wurden. Die beiden Nazis überblickten mißtrauisch die stummen feindseligen Zuhörer.

Bevor Herr Naumann seinen Vortrag begann, hoben die fünfzehn Juden den rechten Arm zum Gruß! Es war der Gruß der Nazis! Eine unwillige Bewegung ging durch den Saal. In dieser Unruhe begann Herr Naumann seinen Vortrag. Er wandte sich zunächst ergriffen und weinerlich gegen die Lehre von der Bedeutung des Blutes. Nach und nach wurde sein Vortrag sicherer. Es käme nicht auf die Abstammung und Rasse an, sagte er, sondern auf Gesinnung und Charakter. Es gäbe seiner

Ansicht nach auch nicht 565 000 Juden in Deutschland, sondern nur anständige Israeliten und unanständige Juden. »Gegen uns anständige Israeliten wird niemand etwas haben. Es ist ein gewaltiger Unterschied, ob ein Israelit aus einer seit langem in Deutschland ansässigen und mit der deutschen Kultur verwurzelten Familie stammt oder ob einer ein frisch aus Tarnopol eingewanderter ostjüdischer Schnorrer ist, der eben erst seine Schläfenlöckchen abgeschnitten, aber seinen asiatischen Charakter behalten hat... Wir nationaldeutsche Israeliten bejahen die nationale Revolution des Führers, die unseren Anschauungen entspricht. Wir haben mit einem Isaak Kanalgitter aus Tarnopol nichts gemein. Wir müssen dahin wirken, daß der nationalsozialistische Staat unsere Gesinnung anerkennt und gegenüber uns seine Judenpolitik nicht anwendet...«

Bei dieser Stelle sprang der Rabbiner auf und schrie dem Redner zu: »Sie sind kein Jude! Sie sollten sich schämen, so zu reden! Sie sind kein Jude!«

»Nein, ich bin Israelit, deutscher Israelit!« zischte Herr Naumann mit versteinertem Gesicht.

»Ein verantwortungsloser Mensch sind Sie!« schrie nun auch Herr Kahn und erhob sich. »Lassen Sie sich das von Ihrem Chef sagen!«

»Hier sind Sie nicht mein Chef!« schrie Herr Naumann zurück und lief blaurot an.

Herr Kahn verlangte das Wort zu einer kurzen Erklärung. Er habe es bis heute nicht für möglich gehalten, sagte er, daß ein Glaubensgenosse so hundsgemein über andere Juden sprechen könnte. Er sagte das fast schreiend, sehr erregt – aber dann fing er sich wieder auf, beruhigte sich sichtlich, begann sogar zu lächeln. »Ich habe mich der Mühe unterzogen und forschte nach, woher meine Familie stammt«, sagte er und sein Lächeln wurde immer deutlicher. »Nicht aus Tarnopol, haben Sie keine Angst, Herr Naumann, sondern aus Wilna. Im Jahre 1656 kam einer meiner Vorfahren als unglücklicher Flüchtling mit ›asiatischem Charakter‹ nach Deutschland. In den Papieren, die ich fand, las ich von hundertdreißig Glaubensgenossen, die damals aus Polen in sehr elendem Zustand in Lübeck ankamen. Ich las auch, daß für sie in der portugiesischen Synagoge zu Hamburg gesammelt wurde. Schnorrer war also einer meiner Vorfahren auch, Herr Naumann! Es ist aber nicht mein Verdienst, daß dieser Vorfahre schon vor fast dreihundert Jahren nach Deutschland kam. Er hätte auch erst vor zwanzig Jahren herkommen können, und auch dies wäre nicht mein Verdienst gewesen. Der Mann, der heute deutscher Reichskanzler ist, kam auch erst vor zwanzig Jahren über die deutsche Grenze! Ich weiß auch nicht, ob jeder in Deutschland, Arier oder Jude, nachweisen kann, wo seine Vorfahren vor dreihundert Jahren waren und wer sie waren. Und es ist nicht Herrn Naumanns Verdienst, daß er Siegfried Naumann und nicht Siegfried Kanalgitter heißt...«

Hier wurde Herr Kahn von den beiden Nazis unterbrochen. Sie erklärten ihn sowie den Rabbiner für verhaftet! Ostentativ verließen alle Anwesenden den Saal, als die fünfzehn Bundesmitglieder begeistert ein neues Lied zu schmettern begannen...

»Und nur die fünfzehn Meschuggenen sind geblieben?« wollte Feiwel genau wissen.

»Nur die fünfzehn«, bestätigte es Herr Klein, der das alles heute mittag von dem deutschen Juden Siegmund Edelmann erfahren hatte.

»Es ist doch anständig von den deutschen Juden«, sagte Feiwel anerkennend, »daß sie uns so in Schutz genommen haben.«

»Die Juden von Tarnopol soll man verfolgen und die fünfzehn Verrückten nicht! So eine Gemeinheit!«

»Wenn ein Nazi so etwas sagt, ist es schwer zu verstehen. Aber ein Jude wie dieser Naumann!«

»Ich möchte wetten, daß er kein Jude ist!«

»Er ist Jude! Ich weiß es bestimmt!«

»Wie kann ein jüdisches Kind seinen Vater so beschimpfen?«

»Er hat meinen Vater beschimpft, nicht seinen Vater!«

»Er hat auch seinen Vater beschimpft!«

»Sein Vater soll aus Posen stammen«, sagte Herr Klein. »Nicht aus Tarnopol!«

»Aber mein Vater ist aus Tarnopol!« schrie Herr Wolf.

»Regen Sie sich nicht so auf, es hat keinen Zweck. Von den vierhundert deutschen Juden hier denken ja nur fünfzehn so wie dieser Naumann.«

»Meschuggene!«

»Nein, Verbrecher!«

»Kahn schmeißt ihn jetzt bestimmt heraus!«

»Vorläufig sitzt Herr Kahn.«

»Aber sobald er freikommt, wirft er ihn sofort hinaus. Verlassen Sie sich auf Herrn Kahn. Er hat ein jüdisches Köpfchen! Kein Wunder, wenn er aus Wilna stammt.«

»Vor dreihundert Jahren... Vielleicht ist man sogar ein bißchen mit ihm verwandt«, träumte Frau Dwore Weiß.

»Jedenfalls ist er ein sehr tüchtiger Mensch, der Herr Kahn!«

»Schreiben Sie mir, ob er den Antisemiten Naumann herauswirft. Ich bin sehr neugierig«, sagte Feiwel. »Ich werde Ihnen sofort aus Wien meine Adresse schicken.«

Hermann hatte bis jetzt nicht ein Wort gesprochen. Aber jetzt machte er plötzlich den Mund auf und sagte:

»Vater, ich will noch heute mit Herrn Feiwel ins Ausland.«

Einmal, vor vielen, vielen Jahren, wollte ein junger unbekannter Ostjude aus Strody am Flusse Styi in der Fremde sein Glück suchen. Jossel Fischmann war dieser junge Mann gewesen. Damals hatte sich sein Vater, der alte Leib Fischmann, verzweifelt gegen diese Reise gewehrt. Aber alles Protestieren hatte dem Alten nichts genützt.

Und jetzt wollte Jossels Sohn hinaus in die Welt. Es ist wahr, daß Hermann anders an seinen Reiseplan herantrat als einstmals sein Vater. Etwas sehr unvermittelt teilte er seine Absicht mit; und was den Widerspruch des Vaters besonders reizte: in einer Stunde ging ja schon der Zug! Erbost dachte Jossel Fischmann an jene idyllischen Zeiten, da er erst jahrelang von Amerika träumen und reden mußte, bevor alle Widerstände bei seinem Vater überwunden waren. Und jetzt sollte er sich in einer Stunde entscheiden! In diesem Augenblick kam ihm nicht der Gedanke, daß sich auch die Zeiten und nicht nur die Söhne geändert hatten. Am ersten April 1933 mußten Pläne schnell gefaßt und schnell durchgeführt werden. Viele gingen an diesem Tage leider so zu Werk wie Jossel Fischmann in Strody vor mehr als zwanzig Jahren...

Er war ein Vorsichtiger, und Entscheidungen an sich waren noch nie nach seinem Geschmack gewesen, besonders unwiderrufliche Entscheidungen nicht. Und außerdem wollte er wirklich nicht, daß sein Sohn ihn verließ. Es war ganz einfach das. Er dachte dabei vielleicht mehr an sich, den zurückbleibenden

Vater – aber so genau legte er sich ja nicht Rechenschaft ab über seine Gedanken. Und so konnte er wirklich hemmungslos losjammern, als der erste Schreck vorüber war. Und er genierte sich gar nicht. Hermann bekam einiges zu hören: Was seien das bloß für Einfälle! Und wohin er denn wollte! Und zu wem er denn wollte! Und ob es noch immer die Geschichte sei, die er ihm gestern erzählt habe! »Und wißt ihr, was er mir gesagt hat? Er will Bauer in Palästina werden! Bauer! Womit habe ich das verdient!« begehrte er auf und nahm keine Rücksicht auf seine Gäste. »Was willste von mir? Was will die Welt von mir? Was habe ich euch allen denn getan, daß ich so gestraft werde! Ich habe nie gestohlen und nie gemordet! Und ich habe nie jemanden zum Stehlen, zum Morden, zum Krieg oder, Gottbehüte, zu sonst einem Verbrechen aufgefordert! Aber was hat mir meine Anständigkeit genützt? Ein ganzes Land ist jetzt gegen mich und mein Herr Sohn ist auch gegen mich!«

»Ich bin nicht gegen dich«, wehrte sich Hermann.

»Wenn du wegfahren willst, bist du gegen mich!« beharrte Jossel Fischmann. Und dann fiel ihm ein schlagendes Argument ein. »Du kannst ja gar nicht fahren«, frohlockte er. »Erstens bist du staatenlos und hast keinen Paß. Und zweitens kannste ohne Paß in kein Land hinein.«

Es stellte sich aber heraus, daß ja auch Feiwel ohne Paß losfuhr und daß er versuchen wollte, an der Grenze einen Weg zu finden.

Jossel Fischmanns Wut richtete sich jetzt gegen Feiwel. Er überlegte sich, ob er ihm nicht bittere Vorwürfe machen sollte, weil er ein solches Abenteuer wagen wollte. Und er kam nach einigen Minuten – so lange brauchte er, um sich zu entscheiden – zu der Auffassung, daß es sogar seine Pflicht sei, ihn vor solchen Abenteuern zu warnen. Feiwel aber meinte achselzukkend, er wäre nur ein Abenteurer, wenn er in Deutschland bliebe.

Während dieses Zwischenfalles war Hermann in seine Kammer gegangen, jetzt kam er mit einem kleinen Koffer zurück. Er erklärte, er habe alles Nötige für die Reise zusammen, es fehle ihm nur noch das Geld für die Fahrkarte. Jossel, der Angst hatte zu begreifen, daß es seinem Sohne sehr ernst mit der Reise war, begann mit zitternden Händen die Spielkarten zu mischen.

»Spielen wir noch einen Doppelkopf«, schlug er heiser vor. »Wer spielt mit? Setz dich an den Tisch, Hermann«, bettelte er, »sonst gelingt es dir wirklich, daß ich dir glaube. Und meine Herren! Nehmen Sie doch bitte die Karten! Bitte, spielen Sie schon! Bitte! Ich fange an!« Und er spielte hastig eine Karte aus.

Aber die andern spielten nicht mit. Sie hatten die Karten, die er vor jeden hingelegt hatte, nicht einmal ergriffen. Verlegen waren sie damit beschäftigt, Würfelzucker in kleine Stücke zu zerbrechen.

Weinerlich gab es Jossel Fischmann auf. Er legte seine Karten wieder hin.

»Ihr seid alle keine Menschen«, sagte er still. »Ihr könnt mich nicht verstehen. Und ihr wollt mich nicht verstehen. Ihr wollt mir nicht helfen. Meinetwegen fahr. Meinetwegen auf den Mond.«

»Wenn ich ein jüdischer Vater wäre«, schlug sich Chaskel Weiß ärgerlich auf sein Holzbein, »dann wäre ich glücklich, wenn mein Sohn heute wegfahren würde.«

»So etwas!« Jossel Fischmann rang nach Luft. »Was geht das Fremde an! Wie kommen Sie, Herr Weiß, dazu, mir Ratschläge zu erteilen?«

»Herr Fischmann«, sagte Herr Weiß und schlug sich noch heftiger auf sein Holzbein, »Herr Fischmann, ich gebe Ihnen keine Ratschläge, nicht einmal für hundert Mark! Ich lehne es ab, verstehen Sie, einem Menschen wie Ihnen, einem erwachsenen Menschen sozusagen, auch noch Ratschläge zu geben! Wie komme ich wirklich dazu? Haben Sie mich darum gebeten?«

»Ich werde Sie auch noch darum bitten!«

»Herr Fischmann«, sagte Herr Weiß böse, »ich will Ihnen etwas im Vertrauen sagen und die andern können ruhig zuhören. Leider bin ich schon fünfzig Jahre alt, sonst würde ich gleich mitfahren!«

»Chaskel, rede keine Dummheiten«, weinte Frau Dwore Weiß. Sie saß neben Hermann und sah ihn wie einen eigenen Sohn an, den sie nie gehabt hatte.

»Außerdem habe ich ein deutsches Holzbein«, brummte Herr Weiß.

»Herr Weiß«, sagte Herr Wolf, »wenn ich noch fünfzig Jahre alt wäre, würde ich trotzdem fahren. Aber ich bin leider schon fünfundfünzig Jahre alt.«

»Du würdest trotzdem nicht fahren«, sagte Frau Wolf.

»Woher willst du das wissen?« fragte Herr Wolf ärgerlich.

»Wenn ich es dir sage«, sagte seine Frau bestimmt, »dann kannst du dich darauf verlassen!«

»Ich bin schon sechzig Jahre alt«, seufzte Herr Klein. »Aber wenn es wirklich ein Mittel gäbe von hier fortzukommen, ohne Papiere – denn ich habe ja auch keine Papiere – und mit Frau und Tochter ...«

»Liebe Leute«, sagte Herr Feiwel, »ich sehe für die Zurückbleibenden sehr schwarz.« Und er prophezeite traurig: »Man wird euch noch alle totschlagen.«

Frau Wolf begann zu weinen, dann begann auch Frau Klein zu weinen.

»Nichts wird uns passieren«, behauptete Jossel Fischmann. »Verlassen Sie sich auf mich, meine Damen.«

»Und ich sage euch«, erklärte Feiwel, »daß ihr alle sterben werdet.«

»Herr Feiwel, ich kenne die Deutschen besser als Sie!«

»Sind Sie drei oder fünf Jahre vor mir hergekommen?« wollte Feiwel aufgeregt wissen.

»Als unser Geschäft noch gegangen ist«, half Frau Fischmann, die verzweifelt gegen ihre Tränen ankämpfte, ihrem Mann, »kamen die Deutschen viel zu uns in den Laden und haben sich immer sehr lange mit meinem Mann unterhalten.«

»Brave Menschen sind die Deutschen«, versicherte Jossel Fischmann mit einer ratlosen Stimme. Jeder merkte, daß seine unsicheren Worte für seinen Sohn bestimmt waren, der schon in Mantel und Hut dastand. »Nur die Regierung will uns vielleicht töten. Aber kann die Regierung zu jedem einzelnen von uns kommen und jeden einzelnen von uns umbringen? Es war ein schwerer Tag für uns Juden heute. Aber ihr seht doch selber, wie brav die Deutschen sind! Haben sie uns totgeschlagen? Sind wir tot?«

»Wir sind tot«, behauptete Feiwel. Aber er verbesserte sich finster: »Wer hierbleibt, ist so gut wie tot.«

»Einige sind aber wirklich schon tot«, sagte Chaskel Weiß. »Wir reden und reden und haben das schon wieder vergessen. Und wer von den Nazis nicht umgebracht werden wird, dem werden sie verbieten, weiterzuleben. Die Deutschen, das sage ich euch, sind sehr gerissene Leute! Sie werden uns tatsächlich alle noch zwingen, entweder zu flüchten oder zu sterben.«

Jossel Fischmann verlor jede Selbstbeherrschung.

»Verdrehen Sie meinem Sohn nicht den Kopf!« schrie er erregt.

»Stiller! Die Nazis werden uns ja hören!« jammerte Frau Wolf.

»Was erzählen Sie ihm da von flüchten!« schrie Jossel Fischmann. »Und soll ich vielleicht auch flüchten? Soll ich vielleicht wieder fort von hier? Ich bin in meinem Leben schon genug gewandert! Wohin soll ich nun jetzt wieder hin? Könnt ihr mir sagen, wohin ich soll, ihr Gescheiten!«

Es ging ihm jetzt gar nicht mehr um den heutigen Tag und nicht mehr um die Nazis. Jossel Fischmann tobte nur noch gegen Chaskel Weiß und gegen die anderen, die ihm nicht helfen wollten, seinen Sohn zurückzuhalten, die im Gegenteil alles taten, um ihn in seinem Plan zu bestärken. Sein Zorn riß ihn fort. Er drohte allen, er würde sie auf der Stelle hinauswerfen, mitten in der Nacht, mitten auf die Straße. Nein, er nahm keine Rücksicht auf die fortgerückte Stunde. Es war glücklicherweise heute auch nicht nötig.

Im ganzen Hause wurde jetzt gelacht, geschrien, gesungen. Zur Feier des Tages hatten die deutschen Rundfunkstationen die Dauer ihrer Sendungen mit Tanzmusik, Liedern und Militärmusik bis drei Uhr früh verlängert. Zwischendurch kamen Meldungen aus Kassel, aus Frankfurt, aus Hamburg, aus anderen Städten. Man hatte Juden verhaftet, verprügelt, ihre Geschäfte geschlossen, »weil sie das deutsche Volk frech provoziert haben«...

Dann wieder kamen Rheinlieder.

Bei Wunders nebenan wurde gesungen. Auch bei Schuberts.

Korns hatten Gäste, Kupke und Anna waren bei ihnen. Emil Korn tanzte mit der Anna, Kupke mit Elli einen schönen Walzer.

»Ein so schönes Radioprogramm!« juchzte Anna.

»Es war ein schöner Tag!« schrie Kupke.

»Kinder! So gut habe ich mich schon lange nicht mehr amüsiert!« gestand die glühende Elli.

»Die Kinder schlafen, wir müßten vielleicht etwas ruhiger sein«, wagte Emil Korn zu sagen.

»Sag mal«, sagte Kupke drohend, sie hatten vor einer Stunde

Bruderschaft getrunken, »sag mal, Elli, ist dein Emil vielleicht 'n verkappter Jude?«

»Den Witz müssen wir begießen!« lachte die Elli schallend los.

»Sehn wir doch mal nach, ob er vielleicht wirklich 'n Jude ist«, kicherte Anna...

»Schreien Sie soviel Sie wollen, Herr Fischmann«, sagte Chaskel Weiß. »Mich erschrecken Sie nicht. Niemanden erschrekken Sie. Wir sind schon besseres und stärkeres gewöhnt. Und ich weiß, was ich zu tun habe.« Damit zückte er seinen Geldbeutel.

Er besaß kein Vermögen, der Chaskel. Er betrieb einen Altkleiderhandel. Aber selbst in diesem Beruf hatte sich die Krise bemerkbar gemacht. Der Einkauf war schwer geworden. Niemand trennte sich leichten Herzens von einer Hose, selbst wenn sie noch so abgetragen war. Und für den Weiterverkauf war es nicht einfacher. Obwohl er für die alten Sachen nur wenig verlangte, fanden sich immer weniger Interessenten, denn die ärmlichen Interessenten für Altkleider waren während der Krise noch ärmer geworden. Er hatte also nicht viel Geld. Trotzdem sagte er jetzt zu Hermann:

»Ich habe ja keinen Sohn, den ich von hier wegschicken kann. Aber ich verstehe dich gut. Und die Reise, lieber Hermann, bezahle ich dir.« Und er holte väterlich, einen Schein, seinen einzigen aus dem Geldbeutel.

»Er braucht Ihre zwanzig Mark nicht!« protestierte Jossel Fischmann beleidigt. »Hier! Da! Hier hast du fünfzig Mark von mir! Wenn du schon fahren willst, dann mit meinem Geld!«

In den folgenden zwanzig Minuten geschah nicht viel. Nur Feiwel gab verschiedene Erklärungen ab, die sich aber zum Schluß völlig widersprachen.

»Ich denke gar nicht daran«, sagte er ergrimmt, »eine solche lebensgefährliche Reise mit einem so unerfahrenen Begleiter zu machen!«

Als ihm keiner antwortete, wurde er noch deutlicher.

»Wie kommt man denn dazu«, sagte er saugrob, »sich mir anschließen zu wollen, ohne mich vorher zu fragen, ob ich will?«

Auch darauf erhielt er keine Antwort.

»Sich so einfach mit in meinen Zug zu setzen!« schimpfte er.

Diesmal brach Chaskel Weiß das Schweigen. Er wandte sich aber nicht an Feiwel, sondern an Hermann.

»Nimm nicht seinen Sonderzug«, sagte er. »Nimm den normalen Schnellzug und fahr allein bis zur österreichischen Grenze.«

Das paßte dem Feiwel aber auch nicht.

»Er soll allein fahren? Seid ihr verrückt? Dieser junge Mann, der noch nie im Ausland war, der immer nur hier in dieser deutschen Stadt gelebt hat, soll allein fahren? Nie und niemals! Natürlich fährt er mit mir!«

Jossel Fischmann saß neben seinem Sohn, aber beide fanden keine Worte. Jossel blickte starr auf den Ausziehtisch, auf die leeren Teegläser und die auf den Untertassen liegenden Zitronenscheiben, auf die herumliegenden Spielkarten. Er hatte das Gefühl, als schrumpfe ihm langsam sein Herz zusammen ... Hermann wehrte sich gegen die Gefühle, die in ihm pochten, indem er nicht aufsah, indem er sich platt gegen die Stuhllehne stemmte, sich die Unterlippe blutig biß. Er bekam jetzt Angst vor seinem Mut und am liebsten hätte er losgeweint. Aber plötzlich dachte er wieder an den Tag, an dem er Arbeit in einer Fabrik gefunden hatte und sie ihn auf der Straße überfielen und er wehrloser war als eine arme Katze, die von gemeinen Buben in einen Fluß gejagt wird. Nein, er hatte jetzt keine Angst mehr...

Frau Klein spielte aufgeregt mit ihrem Taschentuch. Sie hatte das Bedürfnis, das ganz starke Bedürfnis, etwas zu sagen:

»Mein Mann sagt immer: Gegen das Schicksal ist der Mensch machtlos.«

»Mein Mann sagt das auch immer«, flüsterte Frau Wolf und rang die Hände.

Die Männer aber sagten gar nichts. Jetzt hätten sie allesamt am liebsten einen richtigen Doppelkopf gespielt. Etwas Schönes hatten sie sich da eingebrockt! Nicht eigentlich sich, sondern mehr den Fischmanns. Aber auch sich.

»Machen Sie ihm etwas zu essen. Für unterwegs«, schlug Frau Dwore Weiß vor. Sie heulte kläglich wie eine richtige Mutter.

Frau Fischmann lief schluchzend in die Küche, dann kam sie

mit einem großen Paket wieder. Hermann packte alles wieder aus, nahm nur etwas Brot und Käse in seinen Koffer...

Erst als er und Feiwel schon fort waren, fand Jossel Fischmann die Sprache wieder. Er stand mit krummem Rücken am Fenster und machte sich jetzt Vorwürfe, daß er seinem Sohne kein einziges herzliches Wort gesagt hatte. Und wer weiß, wann er ihn wiedersehen wird und ob er ihn wiedersehen wird...

»Außerdem habe ich ganz vergessen ihm zu sagen«, murmelte er verwirrt, »daß er uns oft schreiben soll.«

Und da fiel ihm plötzlich noch etwas ein.

»Im Geschäft war heute ein Brief von Jakob«, sagte er stokkend. »Herr Hummel vom Hinterhaus hat ihn mir aufgemacht. Ich habe euch ja erzählt, was das für ein anständiger Mensch ist. Er ist ins Geschäft gekommen, um mir beizustehen. Solche anständigen Menschen gibt es. Es ist doch schön zu wissen, daß man mit solchen anständigen Menschen in einem Haus wohnt...« Er verlor wieder den Faden, wußte auf einmal nicht mehr, was er hatte erzählen wollen.

»Und was schreibt dein Jakob?« fragte Frau Fischmann.

»Er hat geschrieben«, wachte Jossel Fischmann wieder auf, »daß es ihm gut geht, ich soll mir keine Sorgen um ihn machen. Er ist immer noch in Berlin.«

Und er fing an zu weinen, bittere kraftlose Tränen rannen in den zitternden Spitzbart. »Jetzt bin ich allein, ohne Kinder«, entschuldigte er sich. »Ich bin doch ein alter Mann...«

Er war an diesem Tage noch keine einundfünfzig Jahre alt.

Jemand lachte im Haus.

Anna und der Kupke verließen gerade die Kornsche Wohnung.

»Das war vielleicht bei den Juden«, vermutete Anna. »Bei den Fischmanns.«

»Ausgeschlossen«, sagte Kupke. »Heute lacht kein Jude!«

Es war fast drei Uhr morgens.

Die deutschen Radiostationen beendeten gerade ihre Spätsendungen.

Wieder auf der Flucht

Noch war nichts geschehen. Noch herrschte Stille in den Straßen. Aber die Menschen verglichen bereits aufgeregt ihre Taschenuhren mit den öffentlichen Uhren. Niemand ließ sich von der gespannten Ruhe täuschen. Es war ja im voraus angekündigt worden, daß es erst um zehn Uhr, und dann aber schlagartig und spontan, losgehen würde. Es war eben noch nicht zehn Uhr. Bestimmt stand heute den Berlinern etwas Außergewöhnliches bevor. Es fuhren die Trambahnwagen und die Autobusse mit schwarzweißroten Fähnchen und Hakenkreuzwimpeln geschmückt durch die große Stadt.

Und auf die Minute pünktlich, wirklich schlagartig, begannen am Wittenbergplatz, im Westen Berlins, und gleichzeitig in allen Vierteln der Millionenstadt, die Propagandaumzüge. Es marschierten mit den uniformierten Nazis auch jüngere und ältere Frauen, Freundinnen, Bräute oder Ehefrauen der Braunen. Im Sprechchor Parolen schreiend zogen sie durch die Straßen. Sie trugen Plakate, auf denen kurze einprägsame Reime standen. Wie zum Beispiel:

Niemand soll hungern – niemand soll frieren – aber die Juden – sollen krepieren.

Sie klebten an alle Trambahnmasten bunte Zettel mit Texten wie: *Juda verrecke!* und *Tod den Juden!* Jeder Mast verwandelte sich in eine Litfaßsäule. Eine musterhafte Organisation stand hinter dem ganzen, alles war vorbereitet, nichts war dem Zufall überlassen worden. Die bunten Zettelchen waren sauber bedruckt, die Buchstaben schön leserlich, die Rückseite gut gummiert. Vor allen Häusern, in denen jüdische Ärzte praktizierten oder jüdische Rechtsanwälte ihre Kanzleien hatten, standen jetzt Plakatträger. Auf jedem Plakat war zu lesen: *Achtung Jude! Besuch verboten!* Es war kein Jude vergessen worden. Seit Monaten wurden, spontan, Listen geführt.

Auf dem Potsdamer Platz waren die Cafés nur schwach besetzt. Weniger Menschen als sonst waren hier zu sehen. Aber schon am angrenzenden Leipziger Platz, beim Warenhaus Wertheim, drängten sich dichte Scharen um die Boykottposten, die vor den großen geöffneten Türen standen.

Die ganze Leipziger Straße war belebt wie bei einem Volksfest. Die Friedrichstraße desgleichen. Polizei und Nazis sahen darauf, daß trotz der vieltausendköpfigen Menge der Fahrverkehr nicht gestört wurde. Ordnung mußte ja sein. Wo käme eine Millionenstadt hin, wenn sie nicht auf eine gute Verkehrsordnung sehen würde? Besonders starke Polizeiposten standen vor den Banken. Aber an keinem Bankgebäude hing ein Plakat. Nur an den Läden lasen die Schaulustigen, daß der Kauf beim Juden mit Lebensgefahr verbunden sei.

Gegen elf Uhr begannen die ersten jüdischen Geschäfte zu schließen. Aber die Nazi-Posten blieben weiter vor den Läden stehen. Gruppen feiertäglich Gekleideter unterhielten sich mit ihnen. Andere betrachteten die Auslagen der geschlossenen Geschäfte. »Weitergehen. Nicht stehen bleiben!« wurden sie grob aufgefordert. Flugblätter wurden verteilt. Es wurde gelacht, manche sprachen laut miteinander, manche schwiegen, manche flüsterten, manche starrten geradeaus, manche hatten es eilig, manche hatten viel Zeit, manche hatten Durst, deshalb gingen sie in eine Bierstube, dort aßen sie heiße Würstchen mit Senf, dazu kleine Semmeln, dazu tranken sie Bier, immer wieder schäumendes Bier, denn sie hatten ja Durst, dann gingen sie wieder auf die Straße, lachten, schwatzten, riefen sich unflätige Witze über die Itzigs zu, riefen den Leuten »Heitla!« zu, riefen den Boykott-Posten »Heitla!« zu, bekamen wieder Durst, gingen wieder in eine Bierstube, tranken wieder schäumendes Bier, einen Schnaps extra, gingen wieder auf die Straße, sangen nationalistische Lieder, ließen die Regierung hochleben und ließen anschließend jedes einzelne Regierungsmitglied hochleben, bekamen wieder Durst, gingen wieder in eine Bierstube, tranken, tranken, tranken, torkelten wieder auf die Straße, rempelten die Passanten an, schrien, brüllten, johlten, schmissen einige Schaufenster ein, lachten, taumelten wieder in eine Bierstube, die Polizei sah weiter genau darauf, daß der Verkehr nicht gestört wurde.

Im Norden, in der Königstraße, am Rathaus, am Alexanderplatz war der Verkehr stellenweise von der Polizei kaum noch zu bewältigen. Vor allem dort, wo mehrere jüdische Geschäfte in einer Straße bewacht wurden. Deshalb verschwand dort die Polizei ganz aus dem Straßenbild, zurück blieben nur noch die Nazis und die schaulustige Menge.

An den großen Scheiben der jetzt geschlossenen Hermann-

Tietz-Filiale war mit brauner Farbe aufgemalt: *Achtung Lebensgefahr! Auf nach Palästina! Tod den Juden! Juden raus!*

Geschäfte, deren Inhaber keine Juden waren, hatten schwarzweißrot umrandete Plakate mit der Aufschrift *Deutsches Geschäft* angebracht, und ihre Ladentüren waren weit geöffnet. Nazis liefen von einem dieser Geschäfte zum anderen, legten Sammellisten vor. Bis auf die Straße hörte man sie drohend sagen: »Na, heute geht aber das Geschäft ausgezeichnet, was!« Sie sagten: »Na, jetzt haben wir eure Judenkonkurrenz aber schön zum Verstummen gebracht!« Sie sagten: »Na, haben wir das nicht prima gemacht?« Sie sagten: »Wir werden euch die Juden für immer vom Halse schaffen! Aber umsonst ist nur der Tod! Hier ist die Liste!«

Ich kannte mich nicht aus in diesem Viertel. Ich suchte nach einem Straßenschild, es war die Münzstraße. Nach dem Stadtplan mußte das Polizeipräsidium ganz in der Nähe sein. Aber kein Polizist war zu sehen. Die Straße war schwarz und braun von Menschen, die Häuser grau, die Hauseingänge dunkel wie Fallen, Kneipe neben Kneipe, und kleine niedrige Lädchen, Trikotagen, Schmuck, Uhren, Garderobe auf Teilzahlung, grell geschminkte Mädchen, Straßenhändler mit Erdnüssen.

Halbwüchsige, finstere Gestalten mit brutalem Gesicht, jeder zweite trug ein Hakenkreuz. Einige Geschäfte hatten ihre eisernen Sicherheitsläden heruntergelassen. Aber zu spät, denn auf den Bürgersteigen lagen überall Glasscherben. Die Reste zertrümmerter Schaufenster... Wenn die Beute des heutigen Tages zufriedenstellend ausfiel, dann wehe den Juden und den nach den Juden kommenden Opfern!... Ich wanderte wie durch einen Irrgarten. Ich kam mir wie auf einem gespenstischen Jahrmarkt vor, umringt von verwegenen Taschendieben, Vagabunden, Falschspielern, die sich alle irgendeine Phantasieuniform und irgendwelche runde, sehr auffällige Abzeichen zugelegt hatten...

Ich war seit fünf Stunden unterwegs. Anfangs hatte mich tiefes Entsetzen gepackt. Ich schämte mich für diese Bestien, die mit ihrer verhetzten Masse, mit ihrer bewaffneten Gewalt protzten. Aber ich empfand keine Angst. Nur Haß fühlte ich in mir, wehrlosen Haß. Und Einsamkeit, ohnmächtige Einsamkeit. Ich war sehr allein.

Karl Rascher war in Prag. Es war ihm tatsächlich gelungen,

über die Grenze zu kommen. Vor drei Tagen erhielt ich einen Brief, in dem er mir andeutete, wie man sicher aus Deutschland herauskomme. Bis gestern hatte ich mich immer noch nicht entschließen können. Jetzt schien es mir selbstverständlich, daß ich fahren würde. Allerdings nicht nach Prag. Ich wollte nach Paris. Ich hatte gerade noch so viel Geld, um die Reise zu bezahlen...

Ich setzte mich in ein kleines Café. Und ich vergaß für Minuten, daß ich in Berlin war. Ich vergaß sogar diesen Tag und die letzten Wochen und alles, was gewesen war. Ich träumte mit offenen Augen von einer schönen Stadt, in der Balzac und Victor Hugo und Emile Zola gelebt und gearbeitet hatten. Ich träumte von persönlichen Pariser Tagen, die nicht historisch sein sollten, und von einem Dasein, das nicht auf Schritt und Tritt traurige Geschichte sein muß. Ich hatte genug. Ich war todmüde. Ich wollte fort von hier.

Ein Mann stieß mich an. »Verzeihung«, sagte ich. Er sagte nichts. Er setzte sich zu mir an den Tisch. Er hatte hohe Stiefel an und ein braunes hochgeschlossenes Hemd. Ich zahlte angewidert und stand schnell auf. Ich verließ das Café. Als ich mich nach zwei Schritten umdrehte, merkte ich, daß der Mann mir folgte. Er hatte einen sonderbaren Schritt, hob die Füße kaum vom Boden. War es nur ein Zufall, daß er mir folgte? Ich blieb plötzlich stehen! Er auch! Ich ging weiter. Er auch! Ich fühlte, daß ich erbleichte und verlangsamte meinen Gang. Ich versuchte, in der Menschenmasse unterzutauchen. Aber ich hörte immer wieder hinter mir seinen schleifenden Schritt. Er war mir ganz dicht auf den Fersen! Ich spürte seinen Blick in meinem Nacken! Da machte ich plötzlich kehrt, wich nach links aus – aber er verstellte mir den Weg!

»Wo haben Sie Ihr Hakenkreuz?« zischte er mich an.

»Ich bin Jude«, sagte ich und bemühte mich, ganz ruhig zu erscheinen.

»Geben Sie mir eine Zigarette!« sagte er.

»Ich habe keine.«

»Sie wollen mir keine geben?«

»Warum folgen Sie mir?« fragte ich.

»Das wirst du gleich merken«, grinste er. Er drehte sich um und winkte einer Gruppe Nazis zu, die vor einem Geschäft stand.

Diesen Augenblick benutzte ich, um vom Bürgersteig zu springen. Die vorwärtsdrängende Menschenwoge erleichterte meine Flucht. Aber kaum hatte ich einige Schritte gemacht, schrillte ein gellender Pfiff. Die Menge, die in dichtem Gedränge die ganze Breite der Straße einnahm, stutzte – viele blieben horchend stehen. In dieser entscheidenden Sekunde gelang es mir, noch ein paar Schritte zu machen, ich stand hinter einem leeren Auto. Und schon merkte ich, daß ich auf der anderen Seite der Straße gesucht wurde! Gleichzeitig begannen die Menschen neugierig zu der Stelle hinzudrängen, wo ich eben noch mit dem Nazi gestanden hatte. Manche hatten es sehr eilig, sie begannen zu laufen, sie stießen einander gegenseitig an, ein unentwirrbares Gedränge entstand zwischen mir und den Nazis, die mich suchten. Das war mein Glück! Blitzschnell sah ich mich nach einem Ausweg um! An einem Haustor sah ich plötzlich auf einem weißen Emailleschild hebräische Buchstaben. Darunter in Deutsch: »Koscheres Restaurant im 1. Stock.« Ich quetschte mich durch die Menge, die immer noch nicht verstanden hatte, was da los war! Ich lief ins Haus. Atemlos stand ich eine halbe Minute hinter dem Tor, lehnte meinen Kopf an das kalte Holz. Ich hörte mein Blut in den Ohren klopfen. Die Luft zitterte vor meinen Augen. Ich lief rasch die Treppe hoch. Riß eine Tür auf. Ein bärtiger Mann und eine dicke Frau standen vor mir.

Der Mann streckte mir die Hände entgegen, zog mich in die Wohnung hinein. »Kommen Sie schnell! Ich will zuschließen! Wir haben hinter den Vorhängen gestanden und alles gesehen. Setzen Sie sich, junger Mann.«

Zwanzig Tische standen im Speisesaal, aber kein Gast war zu sehen. Die dicke Frau sagte in einem Gemisch von deutsch und jiddisch: »Sonst muß man bei uns ganz eng zusammenrücken, es ist nie Platz da, immer wieder geht die Tür auf, immer neue Gäste kommen, die einen, um zu lachen, und die andern, um zu jammern, aber heute kommt niemand zu uns. Es ist auch besser so.«

»Schweig, Channe!« sagte der Mann. »Kommen Sie herein. Setzen Sie sich auf das Sofa. Ruhen Sie sich aus. Sind Sie aus Berlin? Woher sind Sie, wenn ich fragen darf? Und was tun Sie ausgerechnet jetzt in Berlin? In einer kleinen Stadt, zum Beispiel in Mitteldeutschland, ist es sicher weniger gefährlich. Es geht mich natürlich nichts an – aber wie können Sie heute in so einer gefährlichen Straße spazieren gehen? Wir paar jüdische Menschen wagen uns schon lange nicht mehr aus unseren Wohnungen heraus und heute schon gar nicht. Nun, Sie haben noch, unberufen, Glück gehabt. Haben Sie vielleicht Hunger? Ich lade Sie ein, Sie sind mein Gast. Aber nein! Was bilden Sie sich ein! Ein Jude darf sich am Schabbes einladen lassen! Warum schüttelt Ihr den Kopf? Channe, er geniert sich! Seid Ihr ein Jude oder sind Sie vielleicht kein Jude? Nun also! Mir brauchen Sie doch nicht zu sagen, wer und was Sie sind! Ich verstehe mich doch auf Menschen! Auf den ersten Blick sehe ich, wer und was ein Mensch ist! Also Channe, deck ihm den schönsten Tisch, den großen Tisch mit den acht guten Lederstühlen! Und wisch sie vorher alle ab! Aber nein, was sag ich da! Es ist doch Schabbes! Wisch sie nicht ab! Sie müssen aber, junger Mann, allein essen, wir haben nämlich schon gegessen. Wollt Ihr euch die Hände waschen? Draußen im Flur steht der Krug mit Wasser, und die Waschschüssel. Den Hut habt Ihr sicher auf der Straße verloren. Channe, bring ihm einen Hut von mir. Channe, er sieht nebbich noch sehr erschrocken aus! Channe, gib ihm ein schönes Mittelstück mit viel Soße! Sie sind doch sicherlich, wenn ich mir die Frage erlauben darf, ein deutscher Jude. Nicht ganz? Was heißt das: nicht ganz? Channe, hast du gehört? Sein Tatte ist aus Galizien! Was sagt man dazu! Scholem-Aleychem, junger Mann, Scholem-Aleychem! Und woher stammt Euer Vater, wenn ich fragen darf? Vielleicht sind wir sogar ein bißchen verwandt? Aus Strody? Oih! Es ist wirklich schade, daß ich nicht aus Strody bin! Ich stamme leider aus der Gegend von Krakau. Eßt nur, eßt nur, laßt Euch nicht stören! Channe, schau ihm nicht immer ins Gesicht! Channe, wein nicht! Geh in die Küche, wenn du weinen mußt! Es ist mir wirklich lieber, wenn wir allein sind... So, jetzt sind wir allein. Ihr müßt nämlich wissen, junger Mann, daß wir einen Sohn haben, einen einzigen Sohn, und er ist seit vier Tagen in Brüssel. Und dieser Sohn ist in Eurem Alter. Und da weint sie, meine Frau. Und warum weint sie? Ich will Euch ganz offen sagen, da Ihr doch der Sohn eines Landsmannes seid, daß ich mit meinem einzigen Sohn leider nicht viel Glück gehabt habe. Was soll ich Euch viel erzählen? Er ist ein ganzer Deutscher, er ist doch hier in Berlin aufgewachsen und er hat nur goyische Freunde gehabt. Immer habe ich ihm gesagt: ›Mein Sohn‹, habe ich ihm gesagt, ›du meinst, weil du nicht in die Schul gehst und nicht mehr Gebetriemen legst und überhaupt schon vergessen hast, was ein Jude ist und was er zu tun hat, wird es uns Juden besser gehn? Mein Sohn‹, habe ich ihm immer gesagt, ›zu solchen Juden wie du einer bist, sagen die Antisemiten: „Sie drängen sich vor in unserer Wirtschaft, in unserer Wissenschaft, in unserer Politik, in unserer Literatur, in unseren Tanzlokalen"‹, habe ich ihm gesagt!... Channe, bring ihm die Suppe! Nun, wie schmeckt Euch die Suppe? Ich habe gewußt, daß sie Euch schmecken wird... Aber mein Sohn war doch immer klüger als sein Tatte aus der Gegend von Krakau, weil er doch ein Berliner ist! ›Vater‹, hat er gesagt, ›wenn wir Juden uns von dem Leben der Deutschen zurückhalten und immer nur für uns und unter uns bleiben, dann sind wir ein Fremdkörper und nur das ist ein gefährliches Argument für die Antisemiten‹, hat er gesagt... ›Mein Sohn‹, habe ich ihm darauf erwidert, ›die Antisemiten brauchen keine Argumente, sie brauchen nur Juden und sie machen keinen Unterschied unter den Juden, nur die Juden machen sich Unterschiede...‹ Nun, er hat auf mich gehört, wie man auf eine Katze hört... Wollt Ihr noch ein bißchen Suppe? Nein? Channe, bring ihm also Fleisch! Wollt Ihr dazu Meerrettich? Ich habe gewußt, daß Ihr Meerrettich nehmen werdet! Mein deutscher Sohn hat natürlich zum Fleisch kein Meerrettich gegessen. Und warum? Nur um mich zu ärgern! Mich und ärgern! Bedauert hab ich ihn!... Vor vierzehn Tagen ist ein junger Herr zu ihm gekommen, er war zum erstenmal hier und mein Sohn war nicht da. Und was habe ich da gemerkt, wie der junge Herr mich und meinen Bart und meine Nase erstaunt anschaut? Dieser Freund, den er schon seit vielen Jahren kennt, hat gar nicht gewußt, daß mein Sohn ein Jude ist! Was soll mein Sohn sonst sein, habe ich geschrien... Nun, so einen Sohn habe ich! Weil er nun aber nicht zu Hause war, habe ich seinen Freund hereingebeten, habe ihm ein Glas Tee offeriert, es war ein offener Mensch, ich verstehe mich doch auf Menschen, und ich habe ihm gesagt: ›Mein lieber Herr‹, habe ich ihm gesagt, ›über was hat sich denn mein Herr Sohn eigentlich mit Ihnen unterhalten in all den Jahren? Nie über sich? Gibt es denn wichtigeres heute, frage ich Sie‹, habe ich seinen Freund gefragt, ›als die jüdische Frage für einen Juden?...‹ Ach, von allen Sachen hat mein Sohn mit ihm gesprochen, aber nicht von seinen jüdischen. Und dabei weiß ich nicht einmal, was sie miteinander für wichtige Sachen zu besprechen hatten seitdem sie bekannt waren miteinander. Sein Freund hat es mir leider nicht sagen wollen. Ihr braucht nun nicht zu glauben, daß ich mich darüber kränke. Nein, ich kränke mich darüber nicht... Und jetzt ist mein Sohn in Brüssel. Und warum ist er in Brüssel? Wegen einer Sache, über die er nie hat sprechen wollen! Und vielleicht denkt er jetzt gerade nach über seinen Vater und über seines Vaters Vater, und vielleicht wird er in Brüssel das werden, was er in Berlin nicht geworden ist: ein Jude. Es ist doch ein Unglück für einen jungen Menschen, nicht mehr ein Heim zu haben. Aber wer weiß, zu was das gut ist! Im Unglück fängt doch jeder Mensch erst an zu verstehen, wer er ist und was er falsch gemacht hat. Meint Ihr, daß Hiob seinem Unglück nichts verdankt? Und manchmal lernt man doch an einem Tag mehr als in seinem ganzen Leben. Ich hoffe, daß mein Sohn heute an seine Mutter und an seinen Vater denkt und auch an sich... Channe, bring Kompott! Nein, bleib nicht sitzen, ich habe mit dem jungen Mann noch zu reden... Also jetzt wißt Ihr, warum meine Frau vorhin geweint hat. So sind die Frauenzimmer. Ich, muß ich ganz offen sagen, ich reg mich über meinen Sohn gar nicht auf. Ich denke nicht einmal an ihn. Soll er machen, was er will... Aber reden wir jetzt von etwas anderem. Was sagt Ihr zu diesem Tag? Seit zwei Monaten ist die neue Regierung da, aber was hat sie schon für ein Unglück gebracht! Fast zweitausend Jahre haben wir Juden gebraucht, von Jerusckolajim bis ins europäische Ghetto. Und kaum hundert Jahre leben wir wie Menschen – oder sagen wir lieber: beinahe wie Menschen. Aber da kommt eine Regierung, sie ist noch kein Vierteljahr da, aber es genügt...«

Vier Stunden blieben noch bis zur Abfahrt des Zuges. Ich hatte bereits die Fahrkarte in der Tasche, hatte mir alles Wissenswerte genau eingeprägt, hatte noch zwei Briefe geschrieben, einen an Vater, den andern an Marie...

Um das uniformierte Gesindel und die Freudenfeste auf der Straße nicht mehr sehen zu müssen, ging ich, wie oft schon in den letzten traurigen Wochen, in ein Kino. Aber der Film zeigte, wie viele deutsche Filme in dieser chaotischen Zeit, ein getreues Spiegelbild des Landes, der Menschen und der Straße: Halbverrückte, Wüstlinge, Blutlachen, Prügeleien, Leichen, Verbrecher...

Als ich das Kino verließ, nahm der Film in meinen Gedanken seinen Fortgang. Nur handelte es sich nicht mehr um Einzelne, sondern um Kollektivverbrecher, um gigantische Räuberbanden... Es gibt eine einfache Möglichkeit, ungestraft zu verleumden und zu lügen und zu quälen und zu prügeln und zu rauben und zu morden. Ungehindert können die Gestrandeten aller Schichten ihre asozialen Fähigkeiten entwickeln. Sie hören auf, einfache Verleumder und Lügner und Schläger und Räuber und Mörder zu sein, wenn sie es als Antisemiten sind. Als Antisemit kann es ein gerissener Asozialer zum Politiker und Staatsmann bringen...

Daran dachte ich, als ich den Zug bestieg. Ich war gar nicht traurig. Mich ekelte es nur an, aus dem Fenster zu sehen. Überall standen die Verbrecher in ihren braunen Uniformen...

Es war drei Uhr morgens.

Der Schnellzug sauste durch einen Tunnel. Trostloser wurde die Nacht. Ich war allein im Abteil. Ich hätte jetzt gerne geschlafen, tief, traumlos, ich war hundemüde, aber ich durfte nicht einschlafen. In den Zügen, die zur Grenze führten, war vielleicht Kontrolle. Ich mußte wachbleiben...

Fulda.

Ein dicklicher Herr kam zu mir ins Abteil.

»Grüß Gott!« sagte er lustig.

Er hatte einen kleinen Bauch, war kahlköpfig, glattrasiert, die Bäckchen glänzten, als wären sie poliert. Er war ohne Gepäck. Den Lodenmantel und den grünen Hut warf er ins Netz. Dann setzte er sich mir gegenüber.

Schon nach fünf Minuten stellte er sich vor.

»Mein Name ist Bayer«, verbeugte er sich. »Häute und Leder«. Seine kleinen Augen blinzelten mich fröhlich an.

»Mayer«, verbeugte ich mich ebenfalls.

»Bayer und Mayer! Was für ein lustiger Zufall! Auch Häute und Leder?« lachte er. Es klang, als springe ein vollgefressenes Ferkelchen quietschend über die Eisenbahnschienen. Aber ganz unvermittelt fragte er:

»Fahren Sie auch ins Ausland?«

»Nein.«

Er stand auf und spähte hinaus auf den Gang. Dann sagte er mit der biederen Miene eines Familienvaters und mit vertrauensvoller Stimme: »Ich habe ihn vor acht Tagen in Berlin sprechen hören. Ich war zufällig in Berlin. Haben Sie ihn auch schon mal gehört?«

»Nein.«

»Ich war sehr enttäuscht«, sagte er leise. »Er ist ein geschickter und zynischer Demagoge, sonst nichts.« Er beugte sich vor und sprach noch leiser: »Wissen Sie, was er will? Er will das Volk zu kriegerischen Abenteuern aufputschen! Zuerst gegen die Juden und die Linken, dann gegen die ehemaligen Kriegsfeinde! Er behauptet zwar, daß er Ordnung und Frieden wolle. Aber er hat ja schon so oft gelogen, daß man sehr dumm sein muß, um auf ihn hereinzufallen!«

Seine Lippen mußten ihm ordentlich wehtun, so krampfhaft lächelte er jetzt vertrauenerweckend. Als er merkte, daß er vergebens auf Antwort warten würde, lehnte er sich wieder zurück und bot mir eine Zigarette an. Wir rauchten.

»Reisender?« fragte er lächelnd.

»In Gummiartikeln«, nickte ich und blies den Rauch an die angelaufene Fensterscheibe.

»Er hat mich wirklich sehr enttäuscht«, vertraute er sich mir wieder an. »Natürlich ist er ein guter Redner. Aber er hat nie eine Diskussion mit einem Gegner gewagt. Halten Sie das für tapfer oder für feige?«

»Ich verstehe nichts davon«, sagte ich.

Ich wischte über das Fenster. Grüne, gelbe und rote Signallichter flogen vorüber. Weißlich-grauer Dunst blieb in den Telegraphendrähten hängen.

»Als Reisender hören Sie doch so manches«, zwinkerte er mir ermunternd zu. »Wie machen es denn heutzutage Leute, die ins Ausland fahren wollen? Die paar Mark, die man offiziell mitnehmen darf, sind doch ein lächerlicher Pappenstiel. Sicher muß es da Möglichkeiten geben, um Geld herauszubringen.«

»Keine Ahnung«, beteuerte ich. »Meine Kunden fahren nicht ins Ausland.«

Ich beschloß, in Karlsruhe auszusteigen und einen Zug zu überspringen. Ich mußte ihn loswerden. Als wir in Karlsruhe eintrafen, griff ich nach meinem Mantel.

»Steigen Sie hier auch aus?« gähnte der Dicke, erhob sich

und holte sich seinen Lodenmantel und den grünen Hut aus dem Netz.

»Nein«, sagte ich. »Mir ist nur kalt.«

Draußen auf dem Bahnsteig sah ich ihn in einen Zug nach Berlin steigen. Er sah jetzt recht zerknittert aus, alles Lächeln war aus seinem Gesicht verschwunden, die Bäckchen glänzten nicht mehr. Er hatte sich vergebens bemüht. In Fulda würde er sicher wieder aussteigen, dort auf den Zug warten, der über Karlsruhe nach Basel fuhr...

Weiter rollte der Zug. Ich war wieder allein. Ich war nicht mehr müde. Ich fühlte mich überwach... Wäre ich über Kehl-Strasbourg gefahren, befände ich mich jetzt bereits fast am Ziel. Aber Rascher hatte mir in seinem Brief angedeutet, er hätte in Prag gehört, die Orte an der deutsch-französischen Grenze seien für einen Erholungsurlaub nicht gerade sehr zu empfehlen... Deshalb hatte ich einen Umweg gewählt. Ich wollte in Lörrach aussteigen und zunächst auf Schweizer Gebiet, nach Basel. Von Basel aus nach St. Louis, nach Frankreich. Es war es nicht weit. Dort begann die Fremde, aber dort begann auch die Freiheit...

Ich mußte bald in Lörrach sein. Ich knöpfte meinen Mantel zu, sah hinaus in die morgendliche Landschaft. Ich klopfte nervös gegen die Scheibe. Ich merkte plötzlich, daß ich nichts von der Landschaft sah. Ich sah mein Leben vor mir. Ich stand im Begriff, das Land zu verlassen, in das ich als Kind gekommen war. Als ich sieben Jahre alt war, erlebte ich in diesem Lande den Krieg. Mit dreizehn erlebte ich hier die Inflation. Mit zwanzig die Wirtschaftskrise und mit vierundzwanzig die Errichtung einer Gewaltherrschaft. Es waren keine fröhlichen Jugendjahre in Deutschland gewesen – und trotzdem mußte ich mich zwingen, nicht immer wieder in den wahnsinnigen, unsinnigen Gedanken zu verfallen, noch im letzten Augenblick doch hier zu bleiben. Natürlich wußte ich ganz genau, daß dieser Gedanke, der mich anfiel, sinnlos war. Es gab kein Zurück für mich...

Ich mußte auf einmal an Zeiten denken, die in mir längst gestorben schienen. Es war vor achtzehn Jahren. Ich saß auf einem Leiterwagen. Ich war ein Flüchtling und sieben Jahre alt. Mutter lebte damals noch... Hinter uns ließen wir Strody, das wir nie wieder sehen sollten. Es war Krieg, und wir flohen vor den Russen. Zum erstenmal war ich damals auf der Flucht und jetzt war ich es wieder...

Und ich dachte an meinen Vater. Er war einige Jahre vor uns aus Strody fort. Einmal fuhr auch er einer Grenze entgegen, saß in einem Zug wie jetzt ich... Freilich, es war wohl damals eine andere Zeit gewesen, aber es erwartete ihn doch das gleiche wie mich: die Fremde... Ich sah ihn vor mir, wie ich ihn zuletzt gesehen hatte, klein, grauhaarig, gebückt, von vielen Sorgen zerquält. Dieses Bild würgte mir die Kehle. Ich wußte, daß ich ihm nicht helfen konnte. Trotzdem packte mich eine romantische Sehnsucht, jetzt mit ihm gemeinsam in diesem Abteil zu sitzen, gemeinsam diese Fahrt in die Freiheit zu wagen. Aber dann schob sich plötzlich sein Leben dazwischen, das so ganz anders war als meins. Und eine Frau schob sich dazwischen, zu der er gehörte... Was würde wohl Hermann tun? Würde er in Deutschland bleiben? Sobald ich die Lage überblicken würde, mußte ich sehen, ob für ihn nichts zu machen war. Nach Berlin hatte mir Vater geschrieben: »Hermann geht es gut.«

Bevor Vater nach Deutschland kam, war er zwei Jahre in Amerika gewesen. Wie anders wäre unser Leben verlaufen, wenn er drüben geblieben wäre und wir zu ihm hätten kommen können! Ich wäre heute Amerikaner... Irgendwo wird ein Kind geboren. Irgendwohin kommt ein heimatloses Kind. Kinder haben kein Vaterland. Das Vaterland wird ihnen beigebracht, wie ihnen alles im Leben beigebracht wird...

Lange dauerte es nicht mehr, und der Zug würde in Lörrach halten... Nimm dich zusammen, dachte ich wütend, beschämt, verloren... Daß mir das Verlassen dieses Zuges so schwer fallen könnte, hatte ich mir beim Einsteigen nicht überlegt... Ich redete mir wieder ein, daß ich ja in einigen Monaten bestimmt zurückkäme, ganz bestimmt... Aber so richtig glaubte ich es nicht, ich wollte es mir nur leichter machen... Abschied von Deutschland... Hier ließ ich das Grab meiner Mutter zurück... Und einen armen gealterten Vater... Und einen Bruder... Ich ließ ein Land zurück, in dem ich Städte, Menschen, Berge und Täler kannte... Hier hatte ich als Kind Räuber und Gendarm gespielt und als Jüngling die ersten langen Hosen getragen... Hier formten sich meine Gedanken und meine Bilder... In deutscher Sprache lernte ich träumen, denken, sprechen und schreiben... Bei anderen versteht sich alles von selbst... Was wissen sie von unserem Leben, vom Leben heimatloser Kinder? Nichts wissen sie... Ich mußte anders ringen, als sonst Kinder ringen... Anders mußte ich lernen, als sonst Kinder lernen... Nichts fiel mir von Geburt zu... Nur Heimatlose können mich verstehen... Deutschland wurde von mir erkämpft, ich verfiel diesem Land... Daß es heute auf dem Kopf stand, hatte ja nichts mit mir zu tun... Ich haßte die Nazis, aber ich liebte Deutschland... Und jetzt mußte ich es verlassen...

Aber was nun aus mir werden würde, wußte ich noch nicht. Ich machte mir keine Gedanken darüber. Alles Unbekannte erschien leicht, wenn man am zweiten April 1933 aus Deutschland floh...

EXIL

Literarische und politische Texte aus dem deutschen Exil 1933–1945

Herausgegeben von Ernst Loewy
unter Mitarbeit von Brigitte Grimm,
Helga Nagel und Felix Schneider

Diese Dokumentation über das literarische Exil während der NS-Zeit bringt insgesamt 230 ungekürzte Texte (vom Gedicht zum Romankapitel, von der politischen Rede zum Offenen Brief) von hundert verschiedenen Autoren – von prominenten wie fast vergessenen, auf die sie vor allem aufmerksam machen möchte.

Band 1
Mit dem Gesicht nach Deutschland
Fischer Taschenbuch Band 6481

Band 2
Erbärmlichkeit und Größe
Fischer Taschenbuch Band 6482

Band 3
Perspektiven
Fischer Taschenbuch Band 6483

Fischer Taschenbuch Verlag

fi 57/1